新疆师范大学西域文史丛书

西域历史与文献论丛

（第三辑）

吴华峰　施新荣　主编

学苑出版社

图书在版编目（CIP）数据

西域历史与文献论丛. 第三辑 / 吴华峰，施新荣主编. —北京：学苑出版社，2021.10
　ISBN 978－7－5077－6273－0

　Ⅰ. ①西… Ⅱ. ①吴… ②施… Ⅲ. ①西域—地方史—文集 Ⅳ. ①K294.5－53

中国版本图书馆 CIP 数据核字（2021）第 190915 号

责任编辑：	张敏娜
出版发行：	学苑出版社
社　　址：	北京市丰台区南方庄2号院1号楼
邮政编码：	100079
网　　址：	www.book001.com
电子信箱：	xueyuanpress@163.com
销售电话：	010-67601101（营销部）、010-67603091（总编室）
印　刷　厂：	北京虎彩文化传播有限公司
开　　本：	850×1168　1/16
印　　张：	20.5
字　　数：	350千字
版　　次：	2021年11月第1版
印　　次：	2021年11月第1次印刷
定　　价：	80.00元

卷首语

《西域文学与文化论丛》和《西域历史与文献论丛》，是新疆维吾尔自治区普通高等学校人文社会科学重点研究基地——新疆师范大学西域文史研究中心——的同人集刊。

以塔里木盆地为核心，包括其周边邻近地区的亚欧内陆地带，是中国历史上习称的"西域"。虽然在不同的历史时期和不同的传世典籍中，它的指称和面积都有所不同，但以新疆这一丝绸之路上连接东西方文明的重要地域为中心，则是毫无疑问的。独特的地缘决定了西域成为世界文化多元对话的十字路口，也注定了西域——无论是过去还是今天——要为人类创造出丰富而珍贵的文化遗产。

新疆师范大学建立伊始，注重西域本土的研究便成为当然的学科理念。21世纪之初，"西域文史"被确立为学校的第一批优先发展学科；经过几年的努力，这一学科群体升级为第一批校级人文社会学科重点研究基地——"西域文史研究中心"。2011年，新疆师范大学"西域文史研究中心"再度升级为新疆维吾尔自治区普通高等学校人文社会科学重点研究基地。

在"立足西域，弘扬文史"目标下，我们创办了《西域文史》年度集刊，希望在新疆本土建立起与世界学术潮流遥相呼应的西域研究园地，打造学术刊物的新品牌。这一努力是有效的，在其创刊之初，便得到了来自国际方面的回应，著名的日本中国学家池田温教授高度评价集刊"体现了近年来中国学界的近代化和文化水准的提高"。如今，《西域文史》已经出版15辑，并从第六辑开始，与教育部人文社会科学重点研究基地北京大学中国古代史研究中心合办，继续在国际学界推动西域研究的发展。

以增强和提高西域研究的综合水平为己任，是新疆师范大学西域文史研究中心创立之初的学术追求。因此，与《西域文史》为海内外学人搭建西域研究的平台相表里，我们力图将新疆本土，特别是在西域文史研究中心组织下的研究成果，比较集中地展示给学术界，这便是中心集刊《西域文学与文化论丛》和《西域历史与文献论丛》创办的缘起。

以西域文史研究中心升级为新疆维吾尔自治区普通高等学校人文社会科学重点研究

基地为契机，自2012年起，我们共推出两种论丛的创刊号。此后，我们将以不定期的方式，按专题分类，汇集中心成员新近发表的代表性研究成果，持续不断地提供给学界批评，从而体现我们为历史时期西域文明的研究、为"一带一路"倡议，以及"文化润疆"政策背景下当代新疆的文化建设所做出的努力。

新疆师范大学西域文史研究中心
2012年4月
2021年5月修订

目 录

夏文明研究的困局与突破 ………………………………………… 刘学堂（1）
《史记·大宛列传》所载中心人物经营西域得失管窥 …………… 马晓娟（7）
唐西州马价考 ……………………………………………………… 孟宪实（19）
北庭的李元忠时代
　　——胡广记《唐李元忠神道碑》研究 ………………………… 刘子凡（38）
"可敦墓"考
　　——兼论11世纪初期契丹与中亚之交通 …………………… 白玉冬（53）
克孜尔石窟"佛陀神变"故事研究
　　——龟兹佛教"佛陀观"思想研究之一 ……………………… 苗利辉（71）
贺兰山回鹘四族名号考 …………………………………………… 孙小敏（90）
河西民间宗教宝卷的叙事体制 …………………………………… 程　瑶（96）
"内地会三女士"在新疆的游历与传教述评 …………………… 蒋小莉（108）

从告于庙社到告成天下
　　——清代西北边疆平定的礼仪重建 …………………………… 朱玉麒（123）
清末新疆的蝗灾与政府应对 ……………………… 阿利亚·艾尼瓦尔（140）
清代新疆的蝗灾与蝗神信仰 ……………………………………… 王鹏辉（163）
晚清吐鲁番郡王经济权益研究 …………………………………… 王启明（176）
清代新疆义仓与地域社会 ………………………………………… 赵　毅（188）
乾隆朝新疆"格绷额"案研究 …………………………………… 锋　晖（204）
伊犁将军萨迎阿与新疆研究二题 ………………………………… 史国强（215）
清末新疆建省前后官办学校教育研究
　　——以《中国经营西域史》为中心 …………………………… 多　强（223）

唐西州契约的基础研究 …………………………………… 裴成国（233）
佛教与政治之间
　　——土尔扈特汗"精进修行"汉字官印考 ………… 巴·巴图巴雅尔（255）
史源学方法的价值
　　——以清代伊犁惠远城建城时间为例 …………… 施新荣　魏晓金（262）
《回疆志》初纂本考 …………………………………………… 吴华峰（270）
《回疆通志》史学价值论析 …………………………………… 孙文杰（282）
《西域考古录》的文献学价值探析 …………………………… 司艳华（293）
唐道西域著述考辨 …………………………………… 周燕玲　吴华峰（301）
论《新疆图志》中的国家意识 ……………………… 黄晓东　宋晓蓉（312）

Contents

Dilemma and Breakthrough in the Study on Xia Civilization ·········· Liu Xuetang (1)

Study on the Management of the Western Region by the Main Characters in *Dawan Commentary Section of the Historical Records* ········ Ma Xiaojuan (7)

A Research on Horses Price in Xizhou of Tang Dynasty ··········· Meng Xianshi (19)

Li Yuanzhong Period of Beiting: Study on the *Li Yuanzhong's Tombstone Inscription of Tang Dynasty* Recorded by Hu Guang ················ Liu Zifan (38)

Research on Qatun Sïnï, together with the Traffic of Khitan and Central Asia during the Early Eleventh Century ·············· Bai Yudong (53)

The Concept of Buddha in Kucha Buddhism: Study on the Stories of "Buddha's Magical Change" in Kizil Grottoes ·············· Miao Lihui (71)

A Study of the Titles of the Four Uighur Tribes in the Helan Mountains ············· Sun Xiaomin (90)

The Narrative Pattern of Folk Religion of Hexi Baojuan ············· Cheng Yao (96)

Review of the Trip and Missionary Work of the Trio of China Inland Mission in Xinjiang ·············· Jiang Xiaoli (108)

From Praying to the Ancestors and the Heaven and Earth to Declaration to the People: Reconstruction of the Celebration for Pacifying the Northwest Frontier of the Qing Dynasty ·············· Zhu Yuqi (123)

The Plague of Locust and the Control of the Disaster in Xinjiang During the Late Qing Dynasty Period ·············· Aliya Aniwar (140)

Locust Plague and Locust Spirit Belief in Xinjiang in the Qing Dynasty ·············· Wang Penghui (163)

On the Economic Right and Interest of Turpan Junwang (吐鲁番郡王) in the Late Qing Dynasty ·············· Wang Qiming (176)

Xinjiang Granaries and Local Society in the Qing Dynasty ……………… Zhao Yi (188)

A Research on Xinjiang "Gebenge" Case in the Period of Emperor Qianlong …………
……………………………………………………………………… Feng Hui (204)

Sayinga, the Yili General and Xinjiang ……………………… Shi Guoqiang (215)

A Study on the Education of Govern-run Schools before and after
  the Establishment of Xinjiang Province in the Late Qing Dynasty: Based on
  History of China's Western Regions Management ……………… Duo Qiang (223)

Basic Study on the Contracts in Xizhou of Tang Dynasty ……… Pei Chengguo (233)

Between Buddhism and Politics: Research on Turhute Khan's Official Seal
  of Chinese Characters "Diligence Practice" ……………………… Batubayar (255)

The Value of Historiography Method: Taking the Construction
  Time of Huiyuan City of Yili in Qing Dynasty as an Example ……………
  ……………………………………………… Shi Xinrong, Wei Xiaojin (262)

Research on the First Compile of *Huijiang Zhi* ……………… Wu Huafeng (270)

The History Value of *Xinjiang Annals* …………………………… Sun Wenjie (282)

Analysis of the Documentary Value of *Xi Yu Kao Gu Lu* ………… Si Yanhua (293)

A Study on Tang Dao's Writings of the Western Regions …………………
  ……………………………………………… Zhou Yanling, Wu Huafeng (301)

A Study of the National Consciousness in *Xinjiang Tu Zhi* …………………
  ……………………………………………… Huang Xiaodong, Song Xiaorong (312)

夏文明研究的困局与突破

刘学堂

一

夏文明出现的时间和地点，是中华文明探源的焦点问题。"夏商周断代工程"给出了一个《夏商周年表》，把夏朝开始的时间定在了公元前 2070 年，夏商交替定于公元前 1600 年。① 但是，夏文明的起源，并不像《夏商周年表》中所列年代数字那么简单。长期以来，学术界倾向认为，河南偃师的二里头遗址是能证明夏文明存在的考古遗存，同时也早就写进了中学和大学的历史教材。然而近些年来，二里头遗址年代学研究的结果出人意料，这一遗址的年代被定在公元前 1750—公元前 1530 年间，前后持续存在 200 多年，又被分为了四期。二里头第二期有了宫殿和大型贵族墓葬，出现了铸铜的作坊。第三期是城市发展的兴盛期，有了严整的宫室制度，开始铸造成组的青铜礼器，显出了王家的气派。第四期开始就进入了衰落期。② 二里头遗址始兴终衰的年代，与夏朝的兴亡难以匹配。特别是二里头遗址具王家风范的大型宫殿、成组的青铜礼仪重器，修建铸造的年代，甚至晚到了早商。多年主持二里头考古工作的许宏在谈到这个问题时，也承认说"二里头文化的主体是否与夏纪年相合，就更加不确定了"，二里头是姓夏还是姓商，难以遽然认定。③ 围绕着二里头遗址和文化研究夏文明的起源问题，又出现了新的困局。

---

① 夏商周断代工程专家组《夏商周断代工程 1996—2000 年阶段成果报告（简本）》，北京：世界图书出版公司，2000 年。
② 许宏、刘莉《关于二里头遗址的省思》，《文物》2008 年第 1 期，第 43—51 页。
③ 许宏《二里头：华夏王朝文明的开端》，《寻根》2010 年第 3 期，第 4—12 页。

近年来的中华文明探源工程，取得了一系列的学术成果。①研究过程中，逐渐摆脱了中原中心论的潜在影响，也从区域性直线进化的窠臼中解放出来；引入自然科学手段与成果，多学科交叉已成大势所趋；传统的平面静态分析的机械研究模式不断被打破，人们更倾向从动态的历史进程中追寻夏文明起源的轨迹。不过，问题依然存在，探源工程任重道远。尤其是夏文明形成的过程机制、夏文明的结构形态分析，并没有实质性的突破。虽然张光直说过中国（文明）起源的形态很可能是全世界向文明转进的主要形态，②但是，这一文明的原始形态究竟是一个什么样的结构模式，探源工程未给出一个满意的答案。

二

公元前2千年初开始，即在夏文明的形成时期，中原地区突然出现了相当成熟的青铜冶铸技术、大田种植小麦技术和日益推广的牛羊畜养技术。这些技术因素在夏文明起源过程中，起到过举足轻重的作用。它们在中原大地同时或先后的出现，与史前的"青铜之路"密切相关。③

近东西亚最先兴起的青铜冶铸工业，在距今3千年以内，就传到了新疆，到了夏代，完整和成体系的冶铸工业兴起于中原。④铜器，特别是青铜器是人类步入文明的重要标志。因为，任何一件青铜器的出现，都要经历找矿、开采、冶炼、制模的过程，有时还要寻找不同的矿源，或者从别处购买矿料。所以，哪怕是最不起眼的铜渣，它的背后都有一个有绝对控制力的社会管理系统在起作用。这个有绝对控制力的社会管理系统，就是人们常说的人类进化历程中的文明。距今1万年前，近东西亚绿洲区域的古代居民首先培育出小麦和大麦等农作物。公元前3千年内，麦子种植技术已传入新疆，继而东传。夏文明起源时期，小麦在传入中原后很快普及开来。小麦是一种高产的农作

---

① 这方面的成果可以参阅科技部社会发展科技司、国家文物局博物馆与社会文物司编的系列丛书《中华文明探源工程文集》，分《社会与精神文化卷》《环境卷》《技术与经济卷》，科学出版社2009年版。

② 张光直《连续与破裂——一个文明起源新说的草稿》，《中国青铜时代》，北京：生活·读书·新知三联书店，2013年，第484—496页。

③ 刘学堂、李文瑛《史前"青铜之路"与中原文明》，《新疆师范大学学报》2014年第2期，第79—88页。

④ 刘学堂《中国早期青铜器的起源与传播》，《中原文物》2012年第4期，第51—57页。

物，它的广泛种植，为社会经济快速发展奠定了重要的物质基础。大田小麦的种植需要灌溉，需要一个公共管理系统对水源进行分配与调节，需要水利灌溉及水源管理的知识体系，需要精细的中程田间管理。所以，小麦传入中原对夏代文明机制的转型与完善，有过不同凡响的贡献。① 黄牛与绵羊的驯化，也是近东西亚"新月沃地"新石器革命的重要成果。② 青铜时代早期开始，生活在新疆阿尔泰和天山地区的古代居民开始畜养牛羊，公元前3千年内，牛羊的畜养就是环塔里木盆地的古代居民的主要生业。③ 牛羊畜养继而由西北甘青地区传播到中原地区，时间不会早于公元前2500年。公元前2000年前后开始，中原地区绵羊畜养突然异军而起。④《尔雅·释畜》中就说："夏羊，牡羭，牝羖。"《本草纲目·兽·羊》也说："牛秦晋者为夏羊，头小身大而毛长，土人二岁而剪其毛，以为毡物，谓之绵羊。"传入中原的绵羊称为夏羊，或能说明绵羊最初进入中原与夏人在这一区域活动有关。牛羊的人工畜养传入中原内地，极大地改变了中原以猪肉为主的肉食结构，丰富了人类的营养，增强了人类体质。牛羊与中原当地传统的家畜猪相比，有着特殊的人类学意义，这是因为猪的食物与人类的食物具有很强的同质性，或者说猪吃的食物，人类也可勉强下肚充饥。就是说，猪是人类食物的竞争者而不是互补者。牛羊是食草动物，人不能食草，以牛羊为中介，无限拓宽了草类食物资源的开发利用。另外，牛羊的毛、皮和乳产品等副产品对社会的贡献，更是猪所难以匹敌的。牛羊驯养技术传入中原，对夏文明起源的物质财富的积累所做出的贡献，不可低估。

三

公元前第二个千年开始的数百年间，人类文明进程中起过关键作用的多种要素，在伊洛盆地突然显现：宫殿和神坛并列于城市，青铜冶铸工业颇具规模，五谷农耕有质的飞跃，猪、鸡、牛、羊全面饲养，制度化的社会走向稳定，夏文明诞生并走向成熟。夏

---

① 陈星灿《作为食物的小麦——近年来中国早期小麦的考古发现及其重要意义》，科技部社会发展科技司、国家文物局博物馆与社会文物司编《中华文明探源工程文集·社会与精神文化卷Ⅰ》，北京：科学出版社，2009年，第104—111页。

② 近东西亚从尼罗河向东北延伸到底格里斯河，向东南伸展至波斯湾，是一条弧形狭长地带，犹如一弯新月，这里是世界新石器革命的最早发源地，学术界称其为"新月沃地"。

③ 伊弟利斯·阿不都热苏勒、李文瑛《罗布泊地区古代人类活动》，夏训诚主编《中国罗布泊》，北京：科学出版社，2007年，第390—410页。

④ 袁靖、黄蕴平《公元前2500年—公元前1500年中原地区动物考古学研究——以陶寺、王城岗、新砦和二里头遗址为例》，《科技考古》（第二辑），北京：科学出版社，2007年，第1—32页。

文明起源的途径和动力问题，众说纷纭。苏秉琦先生在区系类型学说基础上，归纳出古文化－古城－古国的演进模式，是中国古代国家起源的三部曲。① 张光直说过，中国早期文明体的形成是政治领导与萨满教结合的产物。② 另外，还有聚落形态演进、③ 礼仪等级文明基础等等的论述，④ 不一而足。

　　文明起源是一个复杂的系统工程。自然聚落（农耕聚落）、中心聚落发展到早期的政治商业城市，都是走在文明途中的人群对居住形态的变化需求的结果，渐次地由氏族部落聚落的文明之花，步步结出都市的文明之果。文明结构中，聚落和城市是外在的集中呈现，或者说是表层结构。支持表层结构的存在，归根结底是与生产直接相关的技术因素，尤其是需要集约化生产的关键性技术。这些关键技术因素的汇流，引起了基础社会的变迁，和建立在其上的复杂社会形态的形成。新石器时代开始，中原居民已经踏上了文明的征程，一路上为东方文明社会的最终形成、培土奠基的有三大社会系统：一是家族世系与祖先崇拜，二是礼仪和等级制度的严格化，三是萨满信仰成为超越社会的存在。前两者关系密切，互为表里。这三者相互结合，在生产力要素不断发展的前提下，像是蜗牛一样步履蹒跚，推动着东方文明的航船前行。

　　距今5000年前后开始，中国境内曾出现过红山、良渚文明，甚至还可以包括长江中游屈家岭文化——石家河文化早期、黄河下游的大汶口文化晚期——龙山文化。前两者是文明的突现，后两者沐浴在文明社会的晨光里。红山和良渚文明研究表明，支持和架构这两个文明昙花存在的不是别的，是具有沟通人神天地能力，级别分层和职责分工明确的萨满们。许宏说，宗教在其社会生活中都占有着极为突出的地位。从红山文化所谓的"女神庙"、大型祭坛、积石冢群，到良渚文化大型礼仪性台基址、人工"坟山"、"葬玉大墓"，再到石家河遗址数以千万计的陶塑动物、人像和红陶杯等。其宗教似乎带有深厚的原始巫术的色彩，宗教建筑和遗物近乎泛滥。⑤ 赵辉说："峰值期的良渚社会是一个宗教色彩极其浓重的社会，整个社会生活的运作被笼罩在厚重而偏激的宗教气氛里，为此，社会投入了大量非生产性的劳动，而这些付出对社会的长期发展显然不会有

---

① 苏秉琦《中国文明起源新探》，沈阳：辽宁人民出版社，2011年。
② 张光直《连续与破裂——一个文明起源新说的草稿》，《中国青铜时代》，第484—496页。
③ 王震中《"聚落三形态演进"说》，《光明日报》，2013年1月14日第15版。
④ 卜工《历史选择中国模式》，北京：科学出版社，2009年。
⑤ 许宏《"连续"中的"断裂"——关于中国文明与早期国家形成过程的思考》，《文物》2001年第2期，第86—91页。

任何正面效应。"① 新石器时代以来，中国境内从东北到南方长江流域，孕育出来的萨满文化，发展到了红山、良渚阶段，达到一个顶峰，结果就是出现了依靠具有通天神力的萨满来维系的畸形文明体。当时的社会里，萨满权利掩盖了其他世俗的社会权利。这样结构和严重畸形的文明体，天然脆弱，一遇社会风浪，不堪一击。实际上，世界历史上的不同阶段，先后出现过类似的文明体，比如南美的玛雅文明和一些岛屿文明，在文明过程中误入歧途，唯灵是拜，神权相系。它们的相继毁灭，给人以殊途同归之感。

　　史前"青铜之路"是一个世界体系。② 通过"青铜之路"，近东文明形成过程中起过关键作用、异常活跃的技术因素，进入到了中原大地，优化重组了中原地区与生产直接相关的技术体系。青铜冶铸的先进技术为统治阶层所垄断，同时冶金的社会化程度不断推进，小麦的大田耕作与普及，都是集约化的社会生产。牛羊畜牧更受人们欢迎，它们成几何倍地扩展着中原居民的肉食来源。青铜冶金、小麦与牛羊种植与畜养，在促进整个社会财富快速增长和积累方面，与传统的社会生产相比，速度之快，不可同日而语。这些是文明起源物质基础和显性的技术因素，比较容易从考古遗存中辨识和分析出来。另外，保护社会化生产能顺利实施的制度因素，维护社会稳定发挥积极作用的精神层面的因素，也会相随而至，只是它们是非显性因素，难从考古遗迹中去把握，只有一些蛛丝马迹，让我们感觉到了它们的存在。③ 无论如何，近东文明要素的汇流中原，打破了东方人群细碎缓行的文明脚步。历史地看，西来的文明因素，沿着"青铜之路"历经了至少有一两千年旅程，沿途不断变异和再生，早已经失却了其本源的意义。当它们出现在中原大地时，虽然与传统文化之间会出现某种错接对合的局面，但融合的潮流将外来文化的痕迹涤荡得无声无息。

四

　　外来的技术与精神文化因素，对当时正处于文明前夜的中原文明进程，产生了重构效应。

　　黄河中下游区域，是中华文明起源的重要核心区。这一区域传统的文明要素是社会化的萨满信仰、传承相续的家族谱系以及附着在其上的礼仪等级制度。显性突现的是集

---

① 赵辉《良渚文化的若干特殊性——论一处中国史前文明的衰落原因》，浙江省文物考古研究所编《良渚文化研究——纪念良渚文化发现六十周年国际学讨论会文集》，北京：科学出版社，1999年。

② 易华《夷夏先后说》附录二《青铜时代世界体系中的中国》，北京：民族出版社，2012年，第240—274页。

③ 刘学堂、李文瑛《公元前2千纪的新疆（二）》，新疆师范大学历史与民族学院主编《新疆民族研究论集（二）》，北京：民族出版社，2014年。

约化生产的技术要素与相关制度。生产集约化的步履加快，集约化的生产与新石器时代传统园圃式农业和个体手工业相比，重要的区别就在于前者是有严密组织的生产形式和过程，需要一个系统管理体制的存在作为背景和保障。基层社会生产的集约化，无疑会推进社会管理体系的自我更新与完善。这个系统的世俗管理体制，不断地打破中原传统的家族权和萨满权相结合的东方式文明链条。文明之树上的一枚重要果实——绝对世俗权利——随着集约化生产，如雨后春笋般在中原大地成长，瓜熟蒂落。

新兴的世俗权利的立足，会有一个过程。它在与祖先崇拜为基础的家族权、诸神崇信为基础上的萨满权斗争中，取得了社会民众的认可，并逐渐取得了优势地位。这是一场关乎文明成长的革命，是在西方青铜文化影响和刺激下引发的重大历史事件。文明的诞生不是理性的构造，一定伴随着区域文化的冲突与社会阶层的再构，社会动荡在所难免，也会伴随着暴力事件。[①] 近年来有学者将沿西东向的青铜之路进入中原的技术引发的社会变革，称之为中国的"青铜时代革命"[②]。这次革命的重要成果集中体现在独立和绝对王权的出现，就是说夏王君临天下，稳固地掌握了中原社会的控制权；体现在世俗政治体系的确立与法体系的建构。它们在维系社会管理体系运作方面所起的作用，要比从前萨满与家族式的统治，更为持久、有效。特别是世俗王权，成功地协调了神与人、家族与社会之间的关系，这是此前中国早期文明进程中一直没有很好破解的难题。新的文明因素输入之后，社会结构的重构必然会发生，新的文明体脱胎分娩，浴火重生。这个新的文明体的模式是：超社会的萨满信仰、家族谱系与等级礼仪、世俗王权政治，是一个三位一体结构。这三者之间互为表里，互相渗透，补充相依，重铸了东方文明的体系结构。这也是一个能够自我完善、刚柔相济的文明体，有着相当的持续稳定性，自我修复功能比较完善。这也是此后东方文明区别于西方其他文明，能在历经数千年风浪之后，避开其他文明类型沉船覆灭的宿命，绵延至今的要因所在。

一个世界体系——史前"青铜之路"——开通后，中国不断借着这条文化交流的大通道，获取与外部技术、制度、精神层面广泛接触的机会。外部世界的文明因素进入中原，通过改良和适应，加入中原文明的起源进程之中，为夏代东方文明体的诞生和模式的形成做了新的奠基。夏文明是在中原大地深厚的传统乐曲与主要是西来的外来乐章的合奏中完成的。

(本文原载《中原文物》2015年第3期，第21—24页)

---

① 何驽、严志斌、宋建忠《襄汾陶寺城址发掘显现暴力色彩》，《中国文物报》2003年1月31日；许宏《公元前2000年：中原大变局的考古学观察》，山东大学东方考古研究中心编《东方考古》第九集，北京：科学出版社，2012年，第186—201页。

② 韩建业《略论中国的"青铜时代革命"》，《西域研究》2012年第3期，第66—70页。

《史记·大宛列传》所载中心人物经营西域得失管窥

马晓娟

《史记·大宛列传》不仅是西域文史的建构者，① 也是现存西汉首次经营西域历史的最早记录者。其核心内容记载了汉武帝为抗击匈奴，派遣张骞两次出使西域，以及对西域最大的一次动武——大宛之役。透过历代正史"西域传"可以看出，无论是张骞通西域，还是大宛之役，对后世经营西域均产生了深远的影响。就目前相关研究来看，张骞通西域，特别是对内地与西域民族关系发展之贡献是一个热门话题；② 关于汉武帝初期经营西域，多有宏观性的探讨，且多为正面性评价。③ 而对两者经营西域具体的微观层面的得与失，特别是后者则少有论及；对大宛之役中的一个核心人物李广利在经营西域中的个人具体得失则更是鲜有论及，所涉也基本是谈到大宛之役的积极与消极影响，而非其本人。④ 得可资，失亦可资。正基于此，笔者在前人研究基础之上，意在拾遗补阙，透过司马迁当时视野及撰述与评价对《大宛列传》⑤所载中心人物汉武帝、张骞和李

---

① 张玉生《司马迁与西域文史的构建》，《西域研究》1999 年第 3 期。

② 参见向红《〈史记〉中的张骞——读〈史记·大宛列传〉》，《新疆师范大学学报》1996 年第 3 期；洪涛《张骞"凿空"与东西经济文化交流》，《西域研究》1998 年第 1 期；白庆红《张骞通西域及通西域"凿空"的内涵及意义》，《德州师专学报》1999 年第 1 期，等等。

③ 参见张倩《汉武帝在西域的民族政策研究》，《民族论坛》2014 年第 5 期；张安福《汉武帝经略西域的策略研究》，《史林》2009 年第 6 期；苏北海《论汉武帝征大宛》，《新疆师范大学学报》(哲学社会科学版)1983 年第 1 期；高荣《论汉武帝"图制匈奴"战略与征伐大宛》，《西域研究》2009 年第 2 期，等等。

④ 参见郝树声《浅论李广利伐大宛的功过是非》，《甘肃社会科学》2002 年第 4 期；赵汝清《浅谈李广利伐大宛在中西交通史上的作用——读〈史记·大宛列传〉》，《宁夏大学学报》1985 年第 2 期。

⑤ 《史记》卷一二三《大宛列传》，北京：中华书局，1959 年，第 3157—3179 页。以下凡出自该列传的内容均不再出注。

广利经营西域，特别是在具体层面上的得与失做一个梳理与探析。

一、汉武帝在经营西域方面的得失反映

审视《大宛列传》行文，最核心的展现是司马迁对汉武帝在经营西域方面得失的描述与总结。

(一)用人当与否

在经营西域微观层面，司马迁尤为注重的是汉武帝在用人方面的当否记载与总结。透过史文，也可以看得出，汉武帝在经营西域最成功与最失败之处均表现在用人方面。

1. 慧眼识英雄

从本传来看，汉武帝经营西域伊始在用人方面很认真，也很有眼力，表现在他对张骞与堂邑父的任用上。司马迁对汉武帝初次选派使者出使西域，并无过多描述，但从侧面记载可以反映出他的伯乐之眼。

从西汉伊始到武帝初期，匈奴与汉可以说是敌对关系，出使西域不仅路途艰苦遥远，而且"道必更匈奴中"。不难想象，出使西域意味着生死两茫茫，贪生怕死之辈是不可能主动去应征的。本传言：

> (帝)乃募能使者。骞以郎应募，使月氏，与堂邑氏胡奴甘父俱出陇西。经匈奴，匈奴得之。……留骞十余岁。……然骞持汉节不失。居匈奴中，益宽，骞因与其属亡乡月氏……留岁余，还，并南山，欲从羌中归，复为匈奴所得。留岁余，单于死，左谷蠡王攻其太子自立，国内乱，骞与胡妻及堂邑父俱亡归汉。汉拜骞为太中大夫，堂邑父为奉使君。骞为人强力，宽大信人，蛮夷爱之。堂邑父故胡人，善射，穷急射禽兽给食。初，骞行时百余人，去十三岁，唯二人得还。

此段主要讲的是张骞首次出使西域的事迹，但从中却可以反衬出汉武帝使用张骞是不错之举，特别表现是张骞在匈奴中多年"持汉节不失"，终不忘自己的身份与使命，并见机行事，"居匈奴中，益宽"，便"与其属亡乡月氏"。"骞行时百余人，去十三岁，唯二人得还。"从往返时间与人数差异中不仅能看到张骞英勇的一面，也可侧面反映出武帝的慧眼识英雄。除此，本段行文还特意点到了一个人物——胡人"堂邑父"。在出使西域过程中，他一直忠于职守，并借着"善射"的本领，时至"穷急射禽兽给食"，使得他与张骞"二人得还"。虽寥寥数语，却足以表现出他善始善终、持之以恒和英勇忠诚的精神。反之，他的被任用又间接体现出汉武帝用人得当。尤其是此人乃胡人之后，即匈奴人，武帝派他随从张骞出使西域，可见考虑周全。当然，他也不辱使命，故而，后来被武帝封为"奉使君"。

虽然张骞两次出使西域均没有达到联合大月氏或乌孙夹击匈奴的目的，但他却打破了西域与西汉官方关系的封闭局面，特别是为西汉与西域诸国往来奠定了良好基础，这远远超出汉武帝的最初设想。而且张骞的出使，也使汉朝官方获悉了出使西域的路况及西域诸国的面貌，张骞本人因途中居匈奴多年从而熟悉匈奴之地的环境，故后来"骞以校尉从大将军击匈奴，知水草处，军得以不乏"。可见武帝在经营西域伊始，就用人方面来说是成功的。司马迁通过史文也给予了肯定。但是，随着西汉与西域诸国关系的发展，武帝在经营西域用人方面就不如初期了，势必，也得到了司马迁犀利的讽刺与笔伐。

2. 滥竽充数

优秀的使者能推动良好的民族关系，张骞事迹就是这方面最典型的例子，如本传言"骞为人强力，宽大信人，蛮夷爱之"，逝世后"岁余，骞所遣使通大夏之属者皆颇与其人俱来，于是西北国始通于汉矣。然张骞凿空，其后使往者皆称博望侯，以为质（诚信也）于外国，外国由此信之"。与之相反，则会阻碍民族关系的发展，甚者会造成民族间兵戈相见。张骞之后由于汉武帝在使者人选上的滥用，不仅破坏了张骞所树立的西汉良好形象，而且也严重影响了民族关系，传载：

> 自博望侯（按：张骞）开外国道以尊贵，其后从吏卒皆争上书言外国奇怪利害，求使。天子为其绝远，非人所乐往，听其言，予节，募吏民毋问所从来，为具备人众遣之，以广其道。来还不能毋侵盗币物，及使失指，天子为其习之，辄覆案致重罪，以激怒令赎，复求使。使端无穷，而轻犯法。其吏卒亦辄复盛推外国所有，言大者予节，言小者为副，故妄言无行之徒皆争效之。其使皆贫人子，私县官赍物，欲贱市以私其利外国。外国亦厌汉使人人有言轻重，度汉兵远不能至，而禁其食物以苦汉使。汉使乏绝积怨，至相攻击。而楼兰、姑师，小国耳，当空道，攻劫汉使王恢等尤甚。而匈奴奇兵时时遮击使西国者。使者争遍言外国灾害，皆有城邑，兵弱易击。于是天子以故遣从骠侯破奴将属国骑及郡兵数万，至匈河水，欲以击胡，胡皆去。其明年，击姑师。……虏楼兰王，遂破姑师。因举兵威以困乌孙、大宛之属。……王恢数使，为楼兰所苦，言天子，天子发兵令恢佐破奴击破之。

从这段描述可看出，西汉首次对西域动武——姑师、楼兰之役，是"外国亦厌汉使人人有言轻重"所造成的一系列不良连锁反应的结果。而汉伐大宛也有类似性，大宛不予汉使马，"汉使怒，妄言，椎金马而去。宛贵人怒曰：'汉使至轻我！'遣汉使去，令其东边郁成遮攻杀汉使，取其财物。于是天子大怒"。一个"妄言"，一句"汉使至轻我"，司马迁客观真实地再现了大宛与西汉矛盾激化的导火索，是汉使的"无礼"。《汉书》中对此也有追述与评论，如其云："先是时，汉数出使西域，多辱命不称，或贪污，为外国所苦。"①

西域诸国对前使者张骞与后之使者态度有着鲜明的不同，司马迁通过对此极大反差的描述，一方面说明了道德礼仪在民族关系中所起的重要作用，影响度有时甚至超过经济、政治、地域等因素；另一方面，他也意在针砭时弊，抨击武帝继张骞之后，在经营西域人选方面的滥竽充数，即使用一些唯利是图者，进而造成了西汉与西域诸国关系的恶化。

(二)大宛之役中的得失

大宛之役是汉武帝时期对西域最大一次动武，意义深远，在民族关系发展史上起了承上启下的作用，历代世人多有探讨，是非各有说法。② 笔者此处以本传所载大宛之役全过程为底本，通过行文分析，来看看司马迁对此役，特别是对汉武帝在此役中的得失总结。

就司马迁本人而言，一些学者认为他对此战持完全否定态度。③ 客观来说，笔者认为他对西汉伐宛既有否定又有肯定，从道德评价来说他基本上是持否定态度，特别是汉武帝第一次伐宛。传载：大宛不予天马，"汉使怒，妄言，椎金马而去。宛贵人怒曰：'汉使至轻我！'遣汉使去，令其东边郁成遮攻杀汉使，取其财物。于是天子大怒。诸尝使宛姚定汉等言宛兵弱，诚以汉兵不过三千人，强弩射之，即尽虏、破宛矣。天子已尝使浞野侯攻楼兰，以七百骑先至，虏其王，以定汉等言为然，而欲侯宠姬李氏，拜李广利为贰师将军，发属国六千骑，及郡国恶少年数万人，以往伐宛。期至贰师城取善马，故号'贰师将军'……是岁太初元年也。而关东蝗大起，蜚西至敦煌"。显然，西汉与大宛矛盾激化主要责任在汉方。汉使的妄言轻举，武帝的轻信谗言，轻率选将，以及对对方的各种轻视态度等最终酿成了战祸。这与传文前半部分所记张骞第二次出使西域之

---

① 班固《汉书》卷七九《冯奉世传》，北京：中华书局，1962年，第3294页。
② 参见马晓娟《〈史记·大宛列传〉与大宛之役》，《西域史林》（第一辑），西安：三秦出版社，2013年。
③ 参见苏诚鉴《谈〈史记·大宛列传〉叙大宛之役》，《历史研究》1979年第2期。

况形成了鲜明的对比：当时，张骞携带贵重财物，欲联合乌孙，虽遭拒绝，却没有任何轻视对方的举动，而是带其使者一同归汉地，"乌孙使既见汉人众富厚，归报其国，其国乃益重汉"，这为汉以后联合乌孙奠定了良好的基础。特别是后来乌孙还主动请婚于汉，愿与之结为昆弟。张骞与后之出使大宛之臣，均身为汉使且为君请命，前者求婚求联盟，后者求马，前后二者虽都遭到对方拒绝，但由于二者持不同的态度及采取相异的处理方式，使其结果及影响截然相反。司马迁通过前后对比记载，不仅意在强调使者人选道德修养与能力的重要性，也反映了他对第一次伐宛的基本看法。这在《史记》诸多篇章中都有反映，如《万石张叔列传》言："是时汉方南诛两越，东击朝鲜，北逐匈奴，西伐大宛，中国多事。"①《封禅书》曰："是岁，西伐大宛。蝗大起。丁夫人、雒阳虞初等以方祠诅匈奴、大宛焉。"②《天官书》说："越之亡，荧惑守斗；朝鲜之拔，星茀于河戍；兵征大宛，星茀招摇：此其荦荦大者。"③

针对第二次伐宛，司马迁从历史角度评价来说，并没有完全否定，其中就有对汉武帝肯定的一面。因为第二次伐宛虽缘于第一次，但当时形势及出发点与第一次有所不同，传云："其夏，汉亡浞野之兵二万余于匈奴。公卿及议者皆愿罢击宛军，专力攻胡。天子已业诛宛，宛小国而不能下，则大夏之属轻汉，而宛善马绝不来，乌孙、仑头易苦汉使矣，为外国笑。"很明显，第二次伐宛不可与第一次只为求马同日而语。司马迁对武帝所言的一部分原由是赞同的，而且对后来伐宛胜利后的影响与西汉所采取"逆取而顺守"的措施也是认可的。④如传言："贰师将军之东，诸所过小国闻宛破，皆使其子弟从军入献，见天子，因以为质焉。"这实际上远远超过了汉武帝所想要达到的目的。再者，如传曰："汉已伐宛，立昧蔡为宛王而去。岁余，宛贵人以为昧蔡善谀，使我国遇屠，乃相与杀昧蔡，立毋寡昆弟曰蝉封为宛王，而遣其子入质于汉。汉因使使赂赐以镇抚之。"接着"敦煌置酒泉都尉；西至盐水，往往有亭。而仑头有田卒数百人，因置使者护田积粟，以给使外国者"。对第二次伐宛的作用及武帝的这些举措，司马迁从历史角度出发，显然都是给予肯定的。

当然，对第二次伐宛的某些方面也不乏驳斥之处，其中有两点值得注意：一是，武

---

① 《史记》卷一〇三《万石张叔列传》，第 2767 页。
② 《史记》卷二八《封禅书》，第 1402 页。
③ 《史记》卷二七《天官书》，第 1349 页。
④ 学者大多肯定的是此役对民族关系的历史影响。参见苏北海《论汉武帝征大宛》，《新疆师范大学学报》（哲学社会科学版）1983 年第 1 期；高荣《论汉武帝"图制匈奴"战略与征伐大宛》，《西域研究》2009 年第 2 期，等等。

帝用人不利,仍然使用李广利,劳师动众,使得战备远超过了战争本身所需。传载:武帝"乃案言伐宛尤不便者邓光等,赦囚徒材官,益发恶少年及边骑,岁余而出敦煌者六万人,负私从者不与。牛十万,马三万余匹,驴骡橐它以万数。多赍粮,兵弩甚设,天下骚动,传相奉伐宛,凡五十余校尉。……发戍甲卒十八万酒泉、张掖北,置居延、休屠以卫酒泉,而发天下七科适,及载糒给贰师。转车人徒相连属至敦煌"。二是,揭露与驳斥了西汉将领的腐败现象,即"一将功成万骨枯"。传云"贰师后行,军非乏食,战死不能多,而将吏贪,多不爱士卒,侵牟之,以此物故众。天子为万里而伐宛,不录过,封广利为海西侯",而且其他将领也相应受封。这说明,由于将领的贪污腐败,使得战争所耗远远超过战争本身所失。形成鲜明对比的是,司马迁描述道:大宛一方却能齐心协力抗击来侵,后之虽降,却能力斩叛"国"之人——昧蔡。由此可知,司马迁对大宛之战,主要意在批评"自己"——汉方,特别是汉武帝在选将与治军方面的腐败。

二、张骞凿空

张骞,西汉与西域官方关系的开拓者。故而,司马迁将其开通西域称之为"张骞凿空"。这实际上是字面之意,翻开《大宛列传》,"张骞凿空"也蕴含着司马迁对张骞经营西域的概括或者说得失总结。

(一)以义属之

以实录精神著称的司马迁,通过他的笔墨向我们全景式地展现了张骞出使与经营西域的全过程。其中也包含了,张骞首次出使西域及其对西域诸国情况的了解,及向汉武帝所提出的经营西域之总方针。如传云:

> 天子既闻大宛及大夏、安息之属皆大国,多奇物,土著,颇与中国同业,而兵弱,贵汉财物;其北有大月氏、康居之属,兵强,可以赂遗设利朝也。且诚得而以义属之,则广地万里,重九译,致殊俗,威德遍于四海。

这里点到了西域诸国两种国情,即"兵弱"与"兵强"。西汉经济均对二者有吸引力,汉可通过经济为先导,或者说为纽带,与之建立关系,继而达到"利朝"的目的,实际而言,二者是平等、互惠互利的。后来事实证明,张骞此说是非常有建设性的。与此同时,他也提出了一个既富传统性又具有远瞻性的经营理念,或者说原则,

"以义属之"。换言之，诚信建交，以德施治。而他本人在经营西域中也自始至终坚持这一原则。

1. 尊重有礼

这是张骞处理西域民族问题的一个成功点，如上文所指，张骞第二次出使西域，携带贵重财物，欲联合乌孙，虽遭拒绝，但却没有任何轻视对方的举动。但是与之相反的，张骞之后武帝派去西域唯利是图、没有德行的使者，在遇到相似情况时，表现得是不守诚信与无礼，进而最后引发矛盾，继而兵戈相见。以上已有详述，此不赘述。

2. 真诚守信

张骞经营西域民族的又一亮点是他的诚信。张骞首次抵达大宛，如传载：

> 大宛闻汉之饶财，欲通不得，见骞，喜，问曰："若欲何之？"骞曰："为汉使月氏，而为匈奴所闭道。今亡，唯王使人导送我。诚得至，反汉，汉之赂遗王财物不可胜言。"大宛以为然，遣骞，为发导绎，抵康居，康居传致大月氏。

大宛王相信了张骞的承诺，故而成功地将其送往大月氏。反之，张骞也遵守诺言，第二次出使乌孙时，携带财物"分遣副使使大宛"等诸国。如前引司马迁给予他很高的评价：

> 骞为人强力，宽大信人，蛮夷爱之。……其后岁余，骞所遣使通大夏之属者皆颇与其人俱来，于是西北国始通于汉矣。然张骞凿空，其后使往者皆称博望侯，以为质于外国，外国由此信之。

由上可以看出，"以义属之"不仅是他经营西域民族的成功所在，也为汉朝初期经营西域树立了良好形象，掀开了两地友好交往的序幕。

(二) 了解风土民情

张骞在经营西域方面还有一点可以称道的，就是他注意了解西域风土人情，并且回汉地之后，还将这些消息告诉了汉武帝。这使西汉官方首次对西使路况和西域诸国风土人情有了正面性了解，为西汉正式经营西域做了基础准备。正如，本传总体性的描述："天子既闻大宛及大夏、安息之属皆大国，多奇物，土著，颇与中国同业，而兵弱，贵汉财物；其北有大月氏、康居之属，兵强，可以赂遗设利朝也。"特别是当时汉朝对匈奴作战，急需优良马匹，张骞则向汉武帝提供了西域诸国盛产良马的信息，如他向天子进言："（大宛）多善马，马汗血，其先天马子也。"本传还讲到了西域之马对两地的交流促进。如其云：

> 初，天子发书《易》，云"神马当从西北来"。得乌孙马好，名曰"天马"。及得大宛汗血马，益壮，更名乌孙马曰"西极"，名大宛马曰"天马"云。而汉始筑令居以西，初置酒泉郡以通西北国。因益发使抵安息、奄蔡、黎轩、条枝、身毒国。而天子好宛马，使者相望于道。

从表面上看是因"天子好宛马，使者相望于道"。但从当时历史背景来看，汉武帝的喜爱马与对匈奴作战有着直接关系。西域马匹的东来，无疑增加了西汉对匈奴的作战力。而且张骞对西域诸国经济、民生状况、政治实力、内部之间与匈奴地理政治关系做了深入了解，如其言大宛、乌孙与康居。

> 大宛在匈奴西南，在汉正西，去汉可万里。其俗土著，耕田，田稻麦。有蒲陶酒。多善马，马汗血，其先天马子也。有城郭屋室。其属邑大小七十余城，众可数十万。其兵弓矛骑射。其北则康居，西则大月氏，西南则大夏，东北则乌孙，东则扜罕、于寘。于寘之西，则水皆西流，注西海；其东水东流，注盐泽。盐泽潜行地下，其南则河源出焉。多玉石，河注中国。而楼兰、姑师邑有城郭，临盐泽。盐泽去长安可五千里。匈奴右方居盐泽以东，至陇西长城，南接羌，鬲汉道焉。
>
> 乌孙在大宛东北可二千里，行国，随畜，与匈奴同俗。控弦者数万，敢战。故服匈奴，及盛，取其羁属，不肯往朝会焉。
>
> 康居在大宛西北可二千里，行国，与月氏大同俗。控弦者八九万人。与大宛邻国。国小，南羁事月氏，东羁事匈奴。

这些信息，无疑为西汉如何发展与西域诸国关系、平衡外交提供了基础。这些在本传对两地友好往来与矛盾冲突事件记载中都有反映，上文已有展现，此处不再列举。可见，了解区情与民情是张骞经营西域成功的重要一点，也是武帝时期经营西域成败得失的一个关节点。

(三) 不得要领

上文已说，世人谈及张骞经营西域，多为宏观性的评价，而且正面性居多；反之，对其经营过程中的失误之处，涉及甚少。然而，以信史著称的《史记》在述其成功一面时，对此却没有放过。司马迁在《大宛列传》中对其两次出使西域没有达到联合对方的目的后，均用"不得要领"概括了他的所失之处。传云：张骞首次到达大夏即大月氏之地时，"大月氏王已为胡所杀，立其太子为王。既臣大夏而居，地肥饶，少寇，志安乐，又自以远汉，殊无报胡之心。骞从月氏至大夏，竟不能得月氏要领"。通过行文，不难看出，司马迁认为张骞的"不能得月氏要领"是因为他没有认清和把握月氏发展的形势转变。这时臣大夏而居的大月氏，并非是最初与匈奴邻里而居的月氏。如本传所记：

> 故时强，轻匈奴，及冒顿立，攻破月氏，至匈奴老上单于，杀月氏王，以其头为饮器。始月氏居敦煌、祁连间，及为匈奴所败，乃远去，过宛，西击大夏而臣之，遂都妫水北，为王庭。

结合前引，可见月氏主要群体的时空迁移，高层统治人物的新旧转换，政治形势变迁，张骞在大夏见到的大月氏及其王已"今非昔比"。是故，起初汉武帝欲结盟原来那个与匈奴有不共戴天之仇的月氏已不复存在。因此司马迁言："骞从月氏至大夏，竟不能得月氏要领。"是指张骞并没有洞察到，从原有河西走廊的月氏到大夏的大月氏前后主客观形势的变化。这就意味着，张骞按原有既定情况与方式联合现在大月氏夹击匈奴的计划必然流产。

同样性质的失误也出现于张骞第二次出使西域联合乌孙中。原有乌孙状况，如传载："乌孙在大宛东北可二千里，行国，随畜，与匈奴同俗。控弦者数万，敢战。故服匈奴，及盛，取其羁属，不肯往朝会焉。"根据这种状况，张骞向汉武帝提出了结盟乌孙夹击匈奴的计划，如其言：

> 今单于新困于汉，而故浑邪地空无人。蛮夷俗贪汉财物，今诚以此时而厚币赂乌孙，招以益东，居故浑邪之地，与汉结昆弟，其势宜听，听则是断匈奴右臂也。既连乌孙，自其西大夏之属皆可招来而为外臣。

但事与愿违，张骞第二次出使西域仍然没有达到联合西部势力乌孙夹击匈奴的目的。对其原因,司马迁也做了交代:"乌孙国分,王老,而远汉,未知其大小,素服属匈奴日久矣,且又近之,其大臣皆畏胡,不欲移徙,王不能专制。骞不得其要领。"张骞原预想联合的乌孙是一个国强统一的实体,而现在却面对的是一个"国分,王老"的乌孙;还有一点就是,乌孙虽与匈奴有隙,但二地相连,且关系久远,张骞只注意到了二者的矛盾,并没有关注到二者的联系。再有一点,就是张骞并没有认识到,对于乌孙,汉是个陌生体,实力如何也没有认知,势必就会使乌孙对汉产生不信任,会觉得如与之联合,祸福难料。这些当是司马迁所言的张骞在联合乌孙中失败的真正原因,即"不得其要领"。此可由司马迁对后来乌孙与汉关系的转折与发展加以证明,如其言:

> 乌孙发导译送骞还,骞与乌孙遣使数十人,马数十匹报谢,因令窥汉,知其广大。……乌孙使既见汉人众富厚,归报其国,其国乃益重汉。其后岁余,骞所遣使通大夏之属者皆颇与其人俱来,于是西北国始通于汉矣……自博望侯骞死后,匈奴闻汉通乌孙,怒,欲击之。及汉使乌孙,若出其南,抵大宛、大月氏相属,乌孙乃恐,使使献马,愿得尚汉女翁主为昆弟。天子问群臣议计,皆曰"必先纳聘,然后乃遣女"。

不难看出,在乌孙与汉关系发展中,双方的主动与被动地位发生了极大转变。这缘于乌孙对汉认知程度的变化,匈奴与乌孙矛盾的升级,汉与乌孙周边诸国关系的发展。这些势必使乌孙在与汉的关系中转向主动联合。

由上可见,司马迁对张骞的两次"不得要领"之认识与其"通古今之变""原始察终"思想互为表里。从中给我们的启示是在处理民族问题中,要注意使双方知己知彼、产生互信,政策的实施要因常会因人而变,在动态认识中把握二者的关系,还要注意与第三方关系的发展。

三、李广利伐宛

翻开《大宛列传》,结合上文可知,与大宛之役成败有着直接关系的一个关键性的人物就是李广利。透过史文看,司马迁对李广利笔墨不多,甚至没有正面性评价。从字里行间中,也能感知,司马迁对此人描述多在刻意针砭时弊于汉武帝。世人对李广利的评价"非"远大于"是"①,甚至司马迁在寓论断于序事当中时,对此人也是贬大于褒。但作为汉武帝时期对西域动武最大一次战役的领军人物,这里有必要尽可能客观地来谈一谈他经营西域的得与失。他直接性的参与经营西域就是大宛之役的全过程。这里也就从此役中其表现来谈谈他的得失。

(一)统军不利

李广利的身份,司马迁用颇有讽刺的口吻说了一句:天子"欲侯宠姬李氏,拜李广利为贰师将军。……以往伐宛"。他的出场就遭到司马迁与时人的非议。不言而喻,此人并非靠真材实料而获得贰师将军位置,是被汉武帝搞裙带关系而特别提拔的,故大宛之役的整个过程中,他的统军才能都是没有太让人称道的。上文言及汉武帝在大宛之役中的得失时多有言及,此不再赘述。

(二)治军腐败

李广利统军不利,也许缘于能力所限,但他的治军腐败,就是他个人问题了。如传言:"贰师后行,军非乏食,战死不能多,而将吏贪,多不爱士卒,侵牟之,以此物故众。"可想,军队将领既然能侵牟自己的士兵,所克西域诸国也必然受其害。治军是否清廉不仅关系到军队战斗力,也关涉大军所到之处的百姓民生。更具体的是,治军腐败,也使战争中人力、物力、财力所耗远大于战争实际损耗,无疑是增加了经营成本。对此后人也颇有诟病,如刘向言:"贰师将军李广利捐五万之师,靡亿万之费,经四年之劳,而仅获骏马三十匹,虽斩宛王毋鼓之首,犹不足以复费,其私罪恶甚多。"②

(三)顺势行事

虽然,李广利在大宛之役中有很多可非议之处,但也有肯定的地方。这主要就是他在第二次伐宛中的顺势行事、不恋兵事。第二次伐宛中,大宛贵人为形势所迫,欲与汉军达成和解,如传言:

> 宛贵人……共杀其王毋寡,持其头遣贵人使贰师,约曰:"汉毋攻我。我尽出善马,恣所取,而给汉军食。即不听,我尽杀善马,而康居之救且至。至,我居

---

① 否定的评价,参云帆《贰师将军李广利》,《丝绸之路》1993年第6期。肯定的评价,也基本是针对汉武帝所发动的大宛之役在民族关系史中的地位,而非李广利本人在经营中所表现出的才能或策略。参见郝树声《浅论李广利伐大宛的功过是非》,《甘肃社会科学》2002年第4期;赵汝清《浅谈李广利伐大宛在中西交通史上的作用——读〈史记·大宛列传〉》,《宁夏大学学报》(社科版)1985年第2期。

② 《汉书》卷七〇《陈汤传》,第3017页。

内，康居居外，与汉军战。汉军熟计之，何从？

这时李广利并没有孤注一掷，贪恋战功，而是顺应时事的发展，见机行事。一如传曰：

是时康居候视汉兵，汉兵尚盛，不敢进。贰师与赵始成、李哆等计："闻宛城中新得秦人，知穿井，而其内食尚多。所为来，诛首恶者毋寡。毋寡头已至，如此而不许解兵，则坚守，而康居候汉罢而来救宛，破汉军必矣。"军吏皆以为然，许宛之约。宛乃出其善马，令汉自择之，而多出食食给汉军。汉军取其善马数十匹。中马以下牡牝三千余匹，而立宛贵人之故待遇汉使善者名昧蔡以为宛王，与盟而罢兵。

李广利与同僚在关键时候，抓住时机、见好就收，一定程度上减少了战争损耗，也完成了汉武帝派给他们的任务，并且因俗施治，"立宛贵人之故待遇汉使善者名昧蔡以为宛王"，并"与盟而罢兵"，逆取而顺守。这一点是值得认可的。

综上，通过《大宛列传》，即司马迁的记录与评述，展示与反映了西汉经营西域初期，高层人物在经营西域，包括处理民族关系方面的经验与教训。前事不忘，后事之师。《大宛列传》所载这三位中心人物经营西域事迹中的得与失，对今日处理民族关系仍有可资借鉴之处。

(本文原载作者著《历代正史"经营西域人物事迹"撰述资鉴》第一章第一节，社会科学文献出版社，2017年，第1—11页；原章节标题为《〈史记〉对经营西域人物事迹的撰述》，有增补)

唐西州马价考

孟宪实

唐西州，即今新疆吐鲁番市。在唐朝管理西域广大区域的机制中，西州一直占据重要地位。① 这不仅是因为西州是唐朝首个都督府州，且是一个以汉人为主要居民的都督府，还因为西州位于丝绸之路的要冲，是东西南北交通的路口，也是农牧产品贸易的集散地。具体而言，就战略物资马匹而言，西州也是一个影响较大的重要市场。②

牛马骡驴，外加骆驼，是传统社会的大型饲养型动物，它们不仅是运输的基本动力来源，也是一种战略物资，尤其是马匹对于军队和战争的影响力极大，是国家战力的有机组成部分。北宋历史学家欧阳修著《新唐书》，首创《兵志》，研究总结军事对于国家盛衰的影响，而《新唐书·兵志》专门设置一节介绍唐朝的马政。唐朝有专门畜牧机构，饲养大型畜力，以为国家所用。其中，马的重要性是最核心的，依照欧阳修的观点，唐朝军力的起伏变化，马政的盛衰也是重要的一环。

除了机构饲养，唐朝马匹另一重要的来源是互市。中央政府有专设机构，即"互市监"。《唐六典》对互市的制度史描述为："汉魏已降，缘边郡国皆有互市，与夷狄交易，致其物产也。并郡县主之，而不别置官吏。至隋，诸缘边州置交市监，视从第八品；副监，视正第九品。皇胡因置之，各隶所管州、府。"可见，隋唐时期国家更加重视互市工作。对互市工作也有基本描述，其文如下：

> 凡互市所得马、驼、驴、牛等，各别其色，具齿岁、肤第，以言于所隶州、

---

① 对此，参见张广达《唐灭高昌国后的西州形势》，初载日本《东洋文化》第68期，东京大学东洋文化研究所，1988年。收入作者《张广达文集·文书、典籍与西域史地》，桂林：广西师范大学出版社，2008年，第114—152页。
② 孟宪实《唐西州的马匹贸易——以吐鲁番出土文书为中心》，《明月天山"李白与丝绸之路国际学术研讨会"论文集》，北京：国家图书馆出版社，2018年，第262—278页。

府，州、府为申闻。太仆差官吏相与受领，印记。上马送京师，余量其众寡，并遣使送之，任其在路放牧焉。每马十四，牛十头，驼、骡、驴六头，羊七十口，各给一牧人。(若非理丧失，其部使及递人，改酬其直)其营州管内蕃马出货，选其少壮者，官为市之。①

很清楚，虽然互市是"致其物产也"，但具体说来，几乎都是畜牧产品，马匹则是重中之重。而蕃马，就是来自互市的主要商品，所谓蕃马就是产自周边蕃人居地的马。对此，《厩牧令》唐13条、14条皆有相关规定："其互市马，官市者，以互市印印右髀；私市者，印左髀。"而互市印归互市监管辖："互市印在互市监。其须分道遣使送印者，听每印同一样，准道数造之。"② 西州属于边州，西州市场属于唐朝的互市系统。马印是马匹管理的重要方法之一，《唐会要》有专门章节介绍蕃马之印。③ 而结合考古资料进行的相关研究，也有呈现。④

西州马价，是指西州市场上的马价，并非特指蕃马。蕃马进入中国之后，或者成为官马，或者成为私马，继续流通的可能性依然存在。马价，是一个很具体的问题，但作为重要商品，与民生大有关系。幸有吐鲁番出土文书提供许多信息，对于我们考证此题，极有益处。

一、西州的马价

西州市场上的马价调查，主要通过研究吐鲁番出土文书中具体马匹贸易个案来完成。有的资料具体简明，有的属于间接资料，所代表的信息需要进一步分析才能获得。另外，既然是市场价格，有波动是十分正常的，然而所获资料不足以分析时，只能努力求其近似值。

(一)高宗时期的"十驮马"与"六驮马"价钱

阿斯塔纳125号墓出土的《武周军府牒为请处分买十驮马欠钱事》文书，是一件清楚

---

① 陈仲夫点校《唐六典》卷二一，北京：中华书局，1992年，第580页。
② 《天一阁藏明抄本天圣令校证·清本》，北京：中华书局，2006年，第401页。
③ 《唐会要》卷七二《诸蕃马印》，上海：上海古籍出版社，1991年，第1546—1549页。
④ 有关马印问题，请参考罗丰《规矩或率意而为？——唐帝国的马印》，研究甚详，载荣新江主编《唐研究》第十六卷，北京：北京大学出版社，2010年，第117—150页。

的十驮马文书。① 其内容如下：

1　　　□件人□
2　　　派送讫
3　　　□买奴　氾定海　张小□
4　　　张 胡智　张守多　范永□
5　　　已上十人买十驮马一匹送八百行□
6　　　□父师一分付刘校尉团赵□
7　　　右同前上件人□　发有限奉 处
8　　　分，令十驮六□　　　有 换者孝通
9　　　临时□　　　　　　发日为欠
10　　　马钱遂□　　　马领得银钱
11　　　伍拾文讫，今孝通差行征得者，即请分
12　　　□不得者，请于后征付保达数有欠少
13　　　□即 注
14　　　　　　　　　　　处 分 发

文书证明有了纠纷，但不是本文所关心的问题。对于本文有价值的是十驮马的价钱。十驮马是一种用来驮运辎重的马，属于府兵制时代的驮马制度。八百行，是高宗时期的一次战役名称，氾定海等十人每人一匹练共同购买了一匹十驮马。现在仅仅知道这是高宗时期，一匹马的价钱是十匹练。

另外一件文书，时间清楚，这就是《唐咸亨二年(671)四月杨隆海收领阚佑洛等六驮马价练抄》②，文书如下：

---

① 唐长孺主编《吐鲁番出土文书》叁，北京：文物出版社，1996年，第436页。
② ［日］仁井田陞《唐宋法律文书の研究》，东京：东方文化学院东京研究所，1937年，图4，第40页；《敦煌资料》第一辑，北京：中华书局，1961年，第453页；池田温《中国古代の租佃契》（上），《东洋文化研究所纪要》60，1973年，第101页。

1　阙佑洛、田阿波六驮马价练陆匹，张欢相练

2　叁匹，张惠照练叁匹半，准得钱肆拾

3　陆文。

4　　右件物咸亨二年四月十八日付杨隆海①领。

这件文书不明之处还有很多，比如文书中涉及四位交纳练的人是什么关系，接收这些练的杨隆海是什么角色。《敦煌资料》当初命名此文书为《唐咸亨二年阙佑洛等卖练文书残卷》，强调的是卖练，没有把六驮马价钱当作核心词。总共十二匹半练是属于"六驮马价"是没有疑问的。或许当时买马主要以银钱为计，而银钱当时的价值也比较高。这是府兵征行在准备驮马，与前文准备的十驮马性质一样，只不过是六驮马而已。

于是，我们知道高宗时期西州的马价，用练在十至十三匹之间。

(二)和满买马案

阿斯塔纳188号墓出土的两件文书，事关买马事实的调查，其中很清楚地透露了一件买马个案。《唐神龙三年（707）和满牒为被问买马事》，由两件相关文书组成，内容如下：

(一)

1　□壹拾叁匹

2　问今付上件练充马壹匹直□

3　得以不者，但前件练依旧□

4　被问依实，谨牒。

5　　神龙三年二月　日和满□

6　　　附敬仁白

7　　　　　一日

(二)

1　马一匹骝敦，七岁，大练壹拾叁□

2　□蕃中将前件马至此□

---

① 本文书中，"钱肆拾"下、"陆文"后、"杨隆海"下画有指节。

3　　马请 准 例处分，谨牒。
4　　　神龙三年二月　日领客使别奏和□
5　　依注付司定□□
6　　　　　一日
7　□月一日录事使
8　　　录事摄录事参军
9　　检案敬仁白①

买马的人似乎叫和满，由他经手购买了一匹马，使用大练十三匹，此马是一匹七岁骟敦，即七岁赤身黑鬃的骟马。"蕃中将前件马至此"一行字很清晰地说明，这是一匹蕃马，是有人从"蕃中"带到西州的马。相关部门对和满的询问和调查，是这件文书的主体，出了什么问题需要调查，我们无从知道，但神龙三年二月在西州发生过一起马匹交易，为我们提供了当时这匹马的价钱。

这是个案，神龙三年，公元707年，一匹七岁敦马，用大练十三匹。

(三)何德力买马案

这确实是件买马个案，但何德力仅仅是经手交钱的人，不是真正的买马人。阿斯塔纳188号墓出土的《唐译语人何德力代书突骑施首领多亥达干收领马价抄》则提供了一个新事证，证明交易通常要经过翻译人来完成。

1　□钱贰拾贯肆伯文
2　右酬首领多亥达干马叁匹直。
3　十二月十一日付突骑施首领多亥达
4　干领。
5　　　　译语人何德力②

多亥达干是突骑施首领，文书中写得清清楚楚。他卖出三匹马，获得"贰拾贯肆伯文"钱，而这笔钱是通过"译语人何德力"帮助签收的。因为文书中明确写作是"首领

---

① 唐长孺主编《吐鲁番出土文书》肆，北京：文物出版社，1996年，第31—32页。
② 唐长孺主编《吐鲁番出土文书》肆，第41页。

多亥达干领",而"译语人何德力"在这个过程担任的角色是证明此事。译语人就是翻译人,互市中需要翻译很容易理解。何德力,从名字上看应该是一个入籍的粟特人,显然他是能与西突厥一部的突骑施进行对话的。

此文书与《唐神龙三年(707)和满牒为被问买马事》同墓出土,而此墓文书有纪年者,在神龙元年与开元四年之间,译语人何德力所属文书,也可以看作是这个时期的。

同墓还出土一件《唐市马残牒》,文书很残,第三件残文书第一行有"赤敦七岁直壹拾伍匹"字样①,很明显这是一匹马的价钱。紧接着下一行残留"大练捌匹",如果是马价,不该如此之低,故不取。第七件残文书也有"壹拾伍匹"字样,可以看作是某匹马的价钱。

同墓出土的另一件文书,相信也是同时代《唐便钱酬马价文书》②,其文如下:

1　　　前后便钱总玖拾
2　卅六贯文便将还李
3　廿一贯便将酬马价
4　卅七贯六百五十文便将还宴

这大约是西州都督府的账目,不同项目支出是分行排列的。其中第三行"廿一贯便将酬马价",虽然文书有残,但基本含义能够明白。二十一贯,应该买几匹马呢?这与上引译语人何德力文书的数字很接近,那次是二十贯肆佰钱,买三匹马,那么二十一贯买也只能买三匹,每匹比上次稍多,但能够接受。

一些文书表明与买马贸易有关,但是我们关注的马价信息没有及时显现,造成了信息缺乏。同是阿斯塔纳188号墓出土的《唐上李大使牒为三姓首领纳马酬价事》③文书,显示是一次官方购马,数量相对比较大,一次就购买十六匹马,内容如下:

1　　　　　　　　九日
　　　　　　一匹匹州拾

---

① 唐长孺主编《吐鲁番出土文书》肆,第42页。
② 唐长孺主编《吐鲁番出土文书》肆,第40页。
③ 唐长孺主编《吐鲁番出土文书》肆,第40页。

2　三姓首领胡禄达干马九匹□匹各柒□

3　三姓首领都担萨屈马六匹，匹别各□

4　右检案内去十一月十六□得上件

5　牒请纳马，依状检到前官□

6　□□牒上李大使，请牒□

从中我们得知，卖马的一方是三姓首领，其中胡禄达干出卖九匹马，都担萨屈出售六匹马，另外一位出售者没有留下名字。文件书写者应该是西州都督府，因为有"牒上李大使"字样，应该是西州政府在帮助李大使买马，李大使应该是专门的市马使，[①] 代表内地的某个机构前往西州购马。

最遗憾的是这件文书的马价部分残损过甚，无法获得。这组文书所显示的数据，可以看作是开元初的西州马价。

(四) 石染典买马

我们如今能看到西州私人买马、并且价钱清楚的应当首数石染典。阿斯塔纳509号墓出土的《唐开元二十一年(733)石染典买马契》，内容如下：

1　马壹匹，骝敦六岁

2　开元廿一年正月五日，西州百姓石染典，交用大练拾捌

3　匹，今于西州市，买康思礼边上件马。其马

4　及练，即日各交相分付了。如后有人寒

5　盗认识者，一仰主、保知当，不关买人之事。恐

6　人无信，故立私契。两共和可，画指为记。

7　　　　　练主

8　　　　　马主别将康思礼年卅四

8　　　　　保人兴胡罗世郍(那)年卅

10　　　　保人兴胡安达汉年卅五

[①] 来自内地的"市马使"，吐鲁番出土文书中是存在的，可参考著名的《唐开元十六年(728)西州都督府请纸案卷》文书，见小田义久主编《大谷文书集成》叁，京都：法藏馆，2003年，第208页。

11　　　　　　　　　　　　　保人西州百姓石旱寒年五十①

这是一个典型的马匹买卖案例。卖方也称"马主",名康思礼,三十四岁,是唐朝府兵的别将。根据《唐六典》的记载,折冲府设有别将一人(上府正七品下,中府从七品上,下府从七品下)②,地位在折冲都尉、左右果毅都尉之下,在长史、兵曹参军之上,属于折冲府办公机构官员。

买方石染典,这里称"西州百姓"。但根据同墓出土《唐开元二十年(732)瓜州都督府给西州百姓游击将军石染典过所》,其中分明写着"西州百姓游击将军石染典"③。游击将军是武散官,品阶是"从五品下"④。石染典跟康思礼一样,都属于粟特人来华,所以擅长经商,但他们对于唐朝肯定多有军功,否则就不能担任武散官和现役军官。

双方买卖的马,基本情况都有记录。这是一匹六岁敦马。敦,即騸,是雄性去势后的称谓。騮(駵),指马的毛色,赤身黑鬃。马帐一般都要记载马的基本特征,就是"齿岁、肤第"。这匹马,价值是十八匹大练。

在阿斯塔纳509号古墓出土的文书中,有多件文书与石染典有关,这使得我们对他有了更多的了解。比如,同年某月廿日,石染典用大练十七匹,从杨荆琬那里购买一头母骡,青色五岁,"近人颊膊有蕃印并私印,远人膊损"⑤,即前腿上有蕃印和私印,后腿受伤。契约没有写清月份,估计是同一个正月。

石染典又买马,又买骡,是为什么呢?为了转卖。同墓出土的《唐开元二十一年(733)染勿等保石染典往伊州市易辩辞》⑥,提供了这方面的信息,很快石染典就申请前往伊州"市易"。文书内容如下:

1 ▢▢石染典计程不回,连▢▢

2 罪者。谨审:但染勿 等保石染典在此见有家宅

3 及妻儿亲等,并总见在。所将人畜,并非寒弦等

4 色。如染典等违程不回,连答之人,并请代承课

5 役,仍请准法受罪。被问依实。谨辩。元

---

① 唐长孺主编《吐鲁番出土文书》肆,第279页。
② 陈仲夫点校《唐六典》卷二五,第645页。
③ 唐长孺主编《吐鲁番出土文书》肆,第276页。
④ 陈仲夫点校《唐六典》卷五,第153页。
⑤ 唐长孺主编《吐鲁番出土文书》肆,第280页。
⑥ 《吐鲁番出土文书》肆,第277—278页。

6	开元廿一年正月　日
7	石染典人肆，马壹，騍、驴拾壹。
8	请往伊州市易，责保
9	可凭，牒知任去。谘。元
10	璟白。
11	廿三日
12	依判，谘。延祯示。
13	廿三日
14	依判，谘。齐晏示。
15	廿三日
16	依判，谘。崇示。
17	廿三日
18	依判。斛斯示。

　　石染典繁忙的经商活动告诉我们，他在西州买马，一定还有利润空间，至少相对伊州而言，西州是更核心的骡马贸易市场。

　　总之，石染典用十八匹大练购买一匹六岁敦马，时间是开元二十一年，即公元733年。这是西州马价重要个案。

（五）唐朝的政府估价

　　唐朝有自己的一套物价控制体系，这就是市司的估价，凡商品分三等估价，这个估价很重要，不仅是贸易价格参考，甚至是司法量刑的参考。根据池田温先生的研究，市估案虽然每旬都有，但不是强制性的商品定价。[①]

　　大谷文书中，有一组文书为《唐天宝二年（743）交河郡市估案》，根据池田温先生的整理，有关帛练和马匹，都有若干价格被记录下来。

　　大谷文书3097号，帛练行所记录，有如下记录：

　　　　大练壹匹，上直钱肆伯柒拾文，次肆伯陆拾文，下肆伯伍拾文。

---

① 池田温《中国古代物价初探——关于天宝二年交河市估案断片》，收入池田温著，韩昇译《唐研究论文选集》，北京：中国社会科学出版社，1999年，第122—189页。

梓州小练壹匹，上直钱三伯玖拾文，次三伯捌拾文，下三伯柒拾文。①

同是大谷文书，也记载了马匹的价格，内容如下：

突厥敦马壹匹，次上直大练贰拾匹，次拾捌匹，下拾陆匹；次上直小练贰拾贰匹，次贰拾匹，下拾捌匹。

草马壹匹，次上直大练玖匹，次捌匹，下柒匹；次上直小练拾匹，次玖匹，下捌匹。②

由此，我们就获得了又一组马匹的价格指标，现在我们可以进行列表统计：

表1 马匹价格统计表

时 间	经手人	马 况	金 额	平均价(铜钱)
咸亨二年(671)	阙佑洛等	不明	练12.5匹	5750
高宗时期	氾定海等	不明	练10匹	4600
神龙三年(707)	和满	敦马7岁	大练13匹	5980
约开元四年(716)	何德力	3匹马	20贯400文	6800
约同时		7岁敦马	15匹(大练)	6900
约同时		3匹?	21贯	7000
开元二十一年(733)	石染典	6岁敦马	大练18匹	8280
天宝二年(743)		突厥敦马1匹	大练18匹	8280
天宝二年(743)		草马1匹	大练8匹	3680

简单统计可以发现，唐朝的马价主要有两种方式，一是大练，二是铜钱。使用铜钱购马的发现两笔，一是20贯400文，购马3匹马；一是21贯，不知购马几匹，推测应该也是3匹，因为两组数字同墓出土，属于同一时期。21贯，平均1匹马7贯钱，即7000钱。

铜钱与大练的关系，用《交河郡市估案》的资料可以转换，按照唐朝的习惯取中估，

---

① 池田温《中国古代籍帐研究·录文与插图》，日文版，1979年。中文版，北京：中华书局，2007年，第304页。

② 池田温《中国古代籍帐研究·录文与插图》，第309页。

大练1匹为460文，若15匹大练，为6900钱。何德力用20贯400文购买3匹马，每匹马为6800钱。石染典使用18匹大练，换算为铜钱，为8280钱。天宝二年，交河郡市估案，购买1匹突厥敦马，也是8280钱。但草马就格外便宜，中估只有大练8匹，换算为铜钱只有3680钱。

观察此表，我们发现，西州的马价是在上升中的，可以分作几个时期。高宗时期，有两个数字，分别是4600文和5750文，武周末是一个时期，每匹为5980文，开元初第二期，每匹为6900文，增长15%，开元后期到天宝初为第三期为8280文，增长20%。以上皆以敦马为例，草马没有对比性，暂不计。虽然可供统计研究的资料并不多，但皆为买马实例，可以认为是关键资料的抽样，代表性是可以肯定的，资料都来自考古，所反映的真实性也毋庸置疑。在此基础上讨论，因而可以继续进行。

西州是一个重要的骡马市场，吐鲁番出土文书中也有显示西州之前高昌国时期的马匹贸易资料。就马价而言，我们发现高昌延昌二十七年的一组买马文书，可以集中反映当时的马价问题。

阿斯塔纳48号墓出土一组高昌国兵部买马文书，给我们提供了十分具体的资料。这里，先把文书中具体的信息摘录下来，然后归纳马价。

《高昌延昌二十七年(587)四月兵部条列买马用钱头数奏行文书》①，一共使用银钱118文，购买三匹马，一匹37文，一匹45文，剩下的一匹只能是36文。同年六月八日，兵部又买马1匹，用银钱45文。② 同六月二九日，兵部买马48匹。观察文书，没有单匹计价，应该是一并合计，文书有残，没有留下总价钱，但第2行残留"用钱卅七文"，这可能是平均价，如此则总价为1776文。③ 同年七月，兵部再次买马。这次是每匹计价，总数银钱258文，买马共8匹，每匹32文多。④ 此外，根据同墓出土文书《高昌延昌二十七年(587)某月兵部条列买马用钱头数奏行文书》，高昌兵部再买马两匹，用银钱67文。⑤ 综合以上数字，这一年高昌买马，平均马价为36.5文。

---

① 唐长孺主编《吐鲁番出土文书》壹，文物出版社，1992年，第338页。
② 《高昌延昌二十七年(587)六月兵部条列买马用钱头数奏行文书》，《吐鲁番出土文书》壹，第339页。
③ 《高昌延昌二十七年(587)六月廿九日兵部条列买马用钱头数奏行文书》，《吐鲁番出土文书》壹，第340页。
④ 《高昌延昌二十七年(587)七月兵部条列买马用钱头数奏行文书》，《吐鲁番出土文书》壹，第341页。第8行"都合用钱贰伯伍拾捌文，买得马捌口"，最后一字残缺，应是"匹"字。若是数字，则买马太多，钱数太少。
⑤ 《吐鲁番出土文书》壹，第344页。

高昌的银钱，即萨珊银币，是丝绸之路上的一个国际货币，高昌就使用银币作为一般货币。到西州时期，银币还流行过一段时间，唐高宗至武则天时期，渐渐退出，被唐朝的铜钱取代。根据卢向前先生的研究，唐初西州银钱与铜钱的比值是1：32。① 如此换算成铜钱，在高昌延昌二十七年，唐朝的1168文铜钱就可以购买一匹马。当然，这个比值是银钱退出前的比值，银钱价值正处于下降的状态中。即便如此看，从高昌到西州马价处于上升状态是可以肯定的。

二、敦煌及中原马价

上文所示，从高昌到西州，当地的马价处于上升之中。但是，即使在唐朝前期，西州仍然属于马价的低价地区，这就解释了为什么西州成为重要马匹市场。

敦煌的马价，是由一件《唐沙州某市时价簿口马行时估》提供的。这是张大千当年获取于敦煌，文书现藏于四川省图书馆。张勋燎先生首先发文介绍研究这件文书，② 随后朱雷先生著《敦煌所出〈唐沙州某市时价簿口马行时估〉考》③、池田温先生著《口马行考》④，都是重要研究文献。

这件文书中，前面部分是奴隶价格，最后两行是马价，内容如下：

6 上家生细敦父马壹匹　　直柒拾阡文　　次陆拾伍阡文
7 上家生口敦父马壹匹　　直贰拾叁口口　　次贰拾壹阡口⑤

第7行第4字，朱雷先生补为"粗"，池田先生补为"本"，唐马分细粗，应该同意朱先生。随后的两个空格，朱先生未补，池田先生分别补为"阡文"和"文"，完全同

---

① 卢向前《高昌西州四百年货币关系演变述略——敦煌吐鲁番文书经济关系综述之一》，收入作者《敦煌吐鲁番文书论稿》，南昌：江西人民出版社，1992年，第217—266页。

② 张勋燎《敦煌石室奴婢马匹价目残纸的初步研究》，《四川大学哲学社会科学学报》1978年第3期，第85—91页。

③ 朱雷《敦煌所出〈唐沙州某市时价簿口马行时估〉考》，原载唐长孺主编《敦煌吐鲁番文书初探》，武汉：武汉大学出版社，1983年。收入作者《朱雷敦煌吐鲁番文书论丛》，上海：上海古籍出版社，2012年，第230—246页。

④ 池田温《口马行考》，载《佐久间重男教授退休纪念中国史陶磁史论集》，东京都：燎原书店，1983年，第31—57页。

⑤ 这里的录文主要依据朱雷先生的文章，并参考池田温先生而成。

意。唐朝的市估案，价格通常分为三栏，即上、次、下，此文书残留的是前两栏，第三栏完全不见，池田先生恢复第三栏格式，正确。

这件敦煌文书，时间不确，但性质与《交河郡市估案》一致，是地方物价的一个官方报表。这种物价表，虽然不是官方定价表，但功能很强大，尤其在估赃定罪方面，是一个很重要的量刑参考体系。① 但敦煌的这件市估案，残缺太多，尤其没有时间标识，给研究增加了难度。

张勋燎先生认为，这件敦煌市估案，应该是唐玄宗开元、天宝时期的，即属盛唐。池田先生认为，敦煌唐代的物价，有一个起伏过程：隋末唐初的混乱时期物价是高的，贞观之后初唐属于安定时期，物价是低的，武后时期物价腾飞，开元、天宝的盛唐时期物价再次降低，安史之乱后物价暴涨，贞元末到元和、长庆时期再次低落。后一个安定期，绢的价格几乎相当于盛唐时期的两倍，不过黄巢以后到唐朝灭亡，物价再次高涨。② 最后，池田先生认为这件文书应该属于至德、乾元到建中之间(756—780)。

且以中等价来衡量，敦煌市估中的敦父马，为2.1万文。天宝二年交河市估案中敦马1匹是大练18匹，即8280文，与敦煌相比两倍有余。但敦煌出现了家生细敦马，是6.5万文，而西州没有出现过细马价格。细马，即好马，在唐人的观念中，细马与粗马(一般马)是有明确区别的。根据《天圣令》中保存的唐代"厩牧令"，细马是专门供应皇帝使用的特殊马，从养护到使用，规格都远远高于一般马。

从《厩牧令》可知，马分为细马、次马和粗马三等，而在牧监的时候，细马、次马就与粗马分开，前者为左监，后者为右监。"诸陇右诸牧监使每年简细马五十匹进，其祥麟、凤苑厩所须杂给马，年别简粗壮敦马一百匹同进。仍令牧监使预简敦马一十匹别牧放，殿中须马，任取充。若诸监细马生驹，以其数申所由司次入寺。其四岁以下粗马，每年简充诸卫官马"。③ 大约可以这样看待细马、粗马问题，即对于民间而言，细马十分罕见，细马主要属于皇家使用的良马，史书或有一见，如皇帝以细马赏赐大臣等。而敦煌此时估文书，有私家细马，价格昂贵，显然不是常见马。

池田先生认为沙州时估文书属于安史之乱后，至德至建中时期，个中原因一是因为

---

① 卢向前《唐代市估法研究》，原载《敦煌吐鲁番学研究论文集》，北京：汉语大词典出版社，1989年。收入作者《唐代政治经济史综论——甘露之变研究及其他》，北京：商务印书馆，2012年，第363—402页。
② 池田温《口马行考》，载《佐久间重男教授退休纪念中国史陶磁史论集》，第43页。
③ 宋家钰《唐开元厩牧令的复原研究》，载《天一阁藏明抄本天圣令校证》，北京：中华书局，2006年，第498—520页。有关细马、次马、粗马见唐第18条、第24条，文中所引为第24条，作为补加的一条唐令，宋先生进行了研究之后才完成的。

马价特高，二是与西州差距太大，而通常西州应该与沙州一致。其他物价或许有此问题，但大型牲畜而言，西州与敦煌很大的不同是西州有互市，而敦煌不见互市的资料，这是池田先生也承认的。同时，我们看到，河西地方是前往西州购买马匹，同时民间的商人如石染典就从西州买马到伊州、沙州贩卖。这应该说明，沙州地方的大型牲畜的价格一定高于西州，石染典们才会有利可图。再有，安史之乱后，西域、河西的军队都奉命勤王，主力回撤中原平叛，河西走廊一带立刻军事空虚。吐蕃充分利用这个机会大举进攻，先占领陇右，切断河西与中原的联系，然后节节进取。广德二年(764)占领凉州，永泰二年(766)占领甘州、肃州，大历十一年(776)攻陷瓜州，并包围沙州。沙州陷蕃虽然是在贞元二年(786)，但此前几乎一直处于战斗状态。时估文书是在市场正常运行状态下的产物，战时状态下，是否还有这样的措施，疑点很大。

总之，本文认为，张勋燎先生的意见应该更可取，即这个官估，取开元、天宝还是比较可信的。

池田先生认为敦煌马价过高，其实是被细马的价钱吸引了，细马民间少见，从其他资料看，细马的这个价钱，是完全正常的。先看家生敦马，敦煌的马价是不能算高的。

《新唐书·兵志》载："凡发府兵……，当给马者，官予其直市之。每匹予钱二万五千。刺史、折冲、果毅岁阅不任战事者鬻之，以其钱更市，不足则一府共足之。"① 这是府兵基本制度之一。既然是政府给马值，那么2.5万钱，应该证明当时马价的基本情况。这比敦煌的还高出4000文。

唐代的马价，细马与一般马匹的价格向来差距很大。马是重要的代步工具的时代，代步的功能之外，有一整套的相关文化存在，所以有关马的问题也会牵涉众多。在社会底层，拥有马匹是件奢侈的愿望，而上层人士，不惜重金购买一匹良马，因为这同时是社会身份与等级的关键标志。

著名小说沈既济《任氏传》也记载，任氏有预知能力，指导郑子经营，天宝九载以6000钱买一马，后来本可以卖3万文，最终以2.5万出手。后来真相获知，原来马是御马，政府正以6万钱征买。② 相马是那个时代的一个专业，需要专门的经验和技术，而对于一般大众而言，一匹马到底好在哪里，并不是人人尽知的常识。所以，郑氏在大家的劝说下，以2.5万文卖出，还认为是获得大利的。那么，他们的这种想法，一是来自底价6000这个事实，另外2.5万正是朝廷给府兵买马的价钱。后者很可能与社会一

---

① 《新唐书》卷五十《兵志》，第1326页。
② 《太平广记会校》卷四五二，第8059—8065页。

般马价的观念相契合。

这匹马，正是细马。政府征购的价钱，当然还不是它应有的价格。如此，对比敦煌的细马价，敦煌的多出数千文，不是不能接受。

马既然是商品，马价自然会有波动。《新唐书·兵志》记载："自贞观至麟德四十年间，马七十万六千。……方其时，天下以一缣易一马。"唐先生认为这个说法应该来自张说《陇右监牧颂德碑》①。一缣，当指一匹缣，这种比绢贵重一些的丝织品，有的时候也用来概指丝织品。如《唐六典》："凡缣、帛之类，必定其长短广狭之制，端、匹、屯、綟之差焉。"注曰："罗、锦、绫、绢、纱、縠、絁、䌷之属以四丈为匹，布则五丈为端，绵则六两为屯，丝则五两为绚，麻乃三斤为綟。"② 对应地看，缣正是所有丝织物的概称。所以，通常情况下，可以认为缣即是绢。所谓一匹缣交易一匹马，也就是一匹绢换一匹马，反映马价处于极低状态。其实《新唐书·兵志》等要表达的意思也不过是马多价低这个现象而已。

马价以绢定，但绢价也处于变动之中，甚至不同地区的官估都会大有不同，因为是否是产绢区，市场反映出来的价格就有巨大差距。于是唐玄宗时期有了这样的规定，根据《唐会要》的说法，这是李林甫的建议，内容如下：

> 开元十六年五月三日，御史中丞李林甫奏："天下定赃估，互有高下，如山南绢贱，河南绢贵，贱处计赃，不至三百即入死刑，贵处至七百已上，方至死刑。即轻重不侔，刑典安寄。请天下定赃估，绢每匹计五百五十价为限。"敕依。③

这是从官估对于刑法影响应该统一的角度来制定的，但就物价而言，无论是时间还是空间，差距的存在都是必然的。马价的情形也一样。

大约属于隋朝的《启颜录》，曾记载这样的一个故事。侯白在接待陈国的使者时回答陈国使者的询问："汝国马价贵贱？"侯白即报曰："马有数等，贵贱不同。若足伎两，有筋脚，好形容，直卅贯已上。若形容不恶，堪德骑乘者，直廿贯已上。若形容粗壮，虽无伎两，堪驮物，直四五贯已上。"④ 一贯为1000钱，马匹的差价由此很能说明问题。

这样看来，西州马价，不论是相较于敦煌还是中原的一般情形，都是比较低的。

---

① 唐长孺《唐书兵志笺正》卷一，北京：中华书局，1962年，第113页。
② 陈仲夫点校《唐六典》卷三，第82页。
③ 《唐会要》卷四十《定赃估》，第850—851页。
④ 董志翘笺注《启颜录笺注》上编，北京：中华书局，2014年，第27页。

三、草马价钱

以天宝二年交河郡市估案的资料来看,马有大练、小练两种计算方法,而三等之间的差距似乎有限。另外就是不同的马,价格差距很大。常见的敦马与草马的价格竟然有一半以上的差距。

表2 交河郡市估案马价差比一览表

马品种	等级上	等级中	等级下	差 距
突厥敦马1匹	上直大练20匹	次18匹	下16匹	2匹
	上直小练22匹	次20匹	下18匹	2匹
草马1匹	上直大练9匹	次8匹	下7匹	1匹
	上直小练10匹	次9匹	下8匹	1匹

从该表可以清晰地看到,三等之间基本上是一个等差的数值排列。再看侯白所言,30贯、20贯和四五贯,差距实在很大。侯白的故事,因为有着讽刺、报复和调侃陈国使者的背景,或许是进行了文学夸张。但是,为什么草马的价格会如此之低?

马的性别品种有三,父马、草马与敦马。草马即母马,而敦马是去势父马。就使用的马匹而言,总是以敦马为主。吐鲁番文物局2007年新获文书,有一件是前庭府上西州勾所的马匹情况说明,整理者命名为《唐神龙元年(705)六月后西州前庭府牒上州勾所为当府官马破除、见在事》,其中,"见在"和"在槽死"的马匹,给出了性质说明,具体内容如下:

9	册	疋	见	在
10		徐善恭马瓜敦	朱和义马瓜敦	竹苟奴马赤敦
11		王定感马瓜敦	张洛达马□念敦	李圈德马白念敦
12		竹绪子马念敦	许思齐马赤父	张尾住马赤敦
13		康洛胡马留敦	李阿鼠驼敦	王玄艺马赤敦
14		阚嘉庆马赤敦	牛洛子马念草	令狐定德马留敦

　　　　　　　　　　　　("远","左玉钤卫前庭府之印")

| 15 | | 周文护马骠敦 | 郭石鼠马留父 | 和怀恪马念敦 |

16	匡德师马紫敦	史行义马瓜敦	孟感通马怂敦
17	白苟辈马怂敦	康禅师马留敦	泛和敏马瓜敦
18	李怀礼马瓜敦	匡德祀马留敦	贾祀隆马赤敦
19	鞠和骏马赤父	曹君住马怂父	董玄获马骆敦
20	曹伏奴马乌骓敦	史赤女马骟敦	江安洛马留敦
21	马定之马骓敦	王才达马骆骠敦	康德□马留敦
22	孙寅住马留敦	张小石马乌敦	曹通子马瓜敦
23	傅安师马乌敦		
24	合从长安五年正月一日至神龙元年六月卅日巳前，在槽死官马总二匹。		
d		会同，凭□。	
25	江安洛马留驳敦神龙元年四月十九日死		
e		会同，卫禼。	
26	董玄获马赤敦神龙元年六月十三日死		

（后缺）①

这是前庭府向西州都督府汇报官马的情况。一共 80 匹，40 匹因公死亡，两匹"在槽死"，还有"见在" 40 匹。"见在"和"在槽死"共 42 匹，每匹都记录了马的性质。这是前庭府所有官马的状况，可以当作一种抽样资料使用。在已知的 42 匹官马之中，4 匹父马，1 匹草马（牛洛子马怂草），其余都是敦马，可见敦马是绝对多数。

为什么草马如此之少，这需要从草马的主要功能去理解。草马的主要功能是繁殖，不是使用，而马的怀孕期大约十一月，再加上哺乳期半年，草马基本上不能承担其他劳动。世界上很多草原民族不骑母马，甚至认为骑母马是一种耻辱，可能也跟这个问题相关。

传世文献也能说明这个问题。《汉书·食货志》记载西汉到汉武帝时期财富的积累，比汉初已有天壤之别，其中还特别提到马的情况：从汉初的"自天子不能具醇驷，而将相或乘牛车"，到汉武帝时期"众庶街巷有马，仟伯之间成群，乘牸牝者摈而不得会聚"。对于最后一句说为什么不能乘牝马聚会的解释，孟康说："皆乘父马，有牝马间其间则蹏啮，故斥出不得会同。"意思这是马之间的问题，父马见到牝马会踢会咬，所以

---

① 荣新江、李肖、孟宪实主编《新获吐鲁番出土文献》，北京：中华书局，2008 年，第 34—37 页。其中，d、e 两行原是红色字体，应是有关部门的检核文字。

无法聚会。唐朝的颜师古反对这个解释，他的观点是："言时富饶，故耻乘牸牝，不必以其蹏啮也。"① 即，不是马的问题，而是人的问题，因为现在社会富饶，骑牝马会感到耻辱。颜师古的解释得到民族学知识的支持，这是没有问题的。同时这也证明牝马骑乘功能的确较弱。

据《汉书·窦田灌韩传》，皇帝对内史郑当前后态度不一感到愤怒，说他是"局趣效辕下驹"，而关于"辕下驹"的解释，注释家也有不同。应劭曰："驹者，驾着辕下。局趣，一小之貌也。"张晏曰："俯头于车辕下，随母而已。"师古曰："张说非也。驾车不以牝马。《小雅·皇皇者华》之诗曰'我马维驹'，非随母也。"② 车辕下的马，自然是局促的样子。而张晏解释为"马驹"，遭到颜师古的反驳，颜氏引证《诗经》，证明用驹言马的传统。颜师古所说"驾车不以牝马"，是本文最感兴趣的，因为明显反映的是唐代的马匹使用状态。这再次证明了牝马使用的局限性。

从现存的唐代《厩牧令》看，牧群主要任务是繁殖，而考课的标准就是从母马数量出发的。请看《厩牧令》相关内容：

唐6条：诸牧，牝马四岁游牝，五岁责课；牝驼四岁游牝，六岁责课；牝牛、驴三岁游牝，四岁责课；牝羊三岁游牝，当年责课。

唐7诸牧，牝马一百匹，牝牛、驴各一百头，每年课驹、犊各六十，其二十岁以上，不在课限。三岁游牝而生驹者，仍别簿申省。骡驹减半。马从外蕃新来者，课驹四十，第二年五十，第三年同旧课。

唐8诸牧，马剩驹一匹，赏绢一匹。驼、骡剩驹二头，赏绢一匹。牛、驴剩驹、犊三头，赏绢一匹。白羊剩羔七口，赏绢一匹。羖羊剩羔十口，赏绢一匹。每有所剩，各依上法累加。③

母马四岁开始成熟，但唐朝从五岁开始责课，即开始计算生驹，百匹母马，一年要生驹四十，这是标准。多者有赏，多生一匹，赏绢一匹。承担运输骑乘的马，其实主要是敦马（骟马），母马和少数种马主要承担繁殖后代的使命。

这样，我们就能理解，为什么市场上草马的价格很低，因为社会购买马匹是为了使用，或者骑乘，或者驮运，很少买马繁殖，所以草马就变成了很低价的品种。

---

① 《汉书》卷二四《食货志上》，北京：中华书局，1962年，第1127、1135、1136页。
② 《汉书》卷五二《窦田灌韩传》，第2389—2391页。
③ 《天一阁藏明抄本天圣令校证·清本》，第400页。

马价是马匹市场的重要内容，通过马价的考证，从一个特别的角度审视西州市场的特点，并补充了西州作为马匹市场功能一个要素。通过比照，我们更容易看到西州在全国至少在西北的重要地位，从而为更全面地认识理解西州提供了可能。

资料不足是史学研究中的永久缺憾，所有的研究只能面对相对性的资料，这让研究变得更加具有阶段性。可以乐观一些的是，我们对未来报以资料期待是允许的，尤其是在吐鲁番考古未来还有远大前程的条件下。

（本文原载《新疆师范大学学报》2016年第3期，第117—126页）

北庭的李元忠时代

——胡广记《唐李元忠神道碑》研究

刘子凡

对西域的经营，是唐朝前期的基本战略。玄宗时期，唐朝对西域的控制达到顶峰，伊西北庭节度使与安西四镇节度使成功控制了丝绸之路的要冲，牵制了东突厥、突骑施、吐蕃等势力。然而，安史之乱爆发之后西北边兵赴中原作战，吐蕃趁机自东向西占领陇右、河西诸州，北庭、安西也就与中原隔绝开来，成了一片飞地。坚守了数十年之后，北庭、安西终于在唐德宗贞元年间陷落。自此，唐朝再也未能恢复其在西域的疆土，同时也失去了对丝绸之路沿线绿洲国家及诸部落的控制。此为唐朝边疆形势的一大转折。

不过由于长时间的隔绝，史书中关于这一时期北庭、安西的记载相对较少。经唐长孺、陈国灿、王小甫、薛宗正、陈玮等先生借助传世史料及出土文献细心钩沉，[1] 方得管窥安史之乱后北庭与安西之大致情形。然而其中还有很多关键问题悬而未决，笔者亦曾梳理考证相关史事，[2] 但仍限于史料的缺乏，很多问题只能推测。恰恰就在相关研究者较少注目的明代文献中，保存有最为重要的史料。明代胡广《记高昌碑》一文记有唐伊西庭节度使李元忠之神道碑一本，并录出了大部分碑文。在中原史书所载不详的情况下，出自西州当地的碑刻自然弥足珍贵。此前西域史上的很多悬案，得此碑便可一一解

---

[1] 参见唐长孺《唐肃代期间的伊西北庭节度使及留后》，原载《中国史研究》1980年第3期，此据作者《山居存稿》，北京：中华书局，2011年，第425—443页。王小甫《安史之乱后的西域形势及唐军的坚守》，《敦煌研究》1990年第4期，第57—63页。陈国灿《安史之乱后的唐二庭四镇》，《唐研究》第2卷，1996年，北京：北京大学出版社，第415—436页。薛宗正《安西与北庭——唐代西陲边政研究》，哈尔滨：黑龙江教育出版社，1998年，第265—320页。陈玮《唐孙杲墓志所见安史之乱后西域、回鹘史事》，《西域研究》2014年第4期，第56—62页。

[2] 刘子凡《瀚海天山——唐代伊西庭三州军政体制研究》，上海：中西书局，2016年，第309—354页。

答。近来陈晓伟先生撰文介绍了胡广记录的几件高昌碑，使学界认识到了其重要的史料价值。① 然而关于《李元忠神道碑》中的相关内容，尚需进一步讨论。本文即拟借助《李元忠神道碑》的相关记载，以安史之乱后的北庭为中心，再考唐军坚守西域之史事。

一、胡广所记《李元忠神道碑》

胡广《胡文穆公文集》卷一九"记高昌碑"载有"高昌旧碑"拓本六件，包括高昌国时期碑刻四件以及唐代碑刻两件。胡广所见之拓本，均系明永乐年间陈诚出使西域时于火州拓得，其地为唐代西州之所在。胡广关于两件唐碑的记载如下：

> 后二碑，乃唐碑也，亦用俳体。其一《西州四面精舍记》，随军守左金吾卫兵曹参军张玠为节度观察处置副相李公述。末云："唐大历十五年岁在庚申六月日，摄西州柳中县令、给事郎、守太子司议郎杨澹然书。"其二《大唐故伊西庭节度使开府仪同三司刑部尚书宁塞郡王李公神道碑》，摄支度判官兼掌书记、朝散大夫、虞王友朱霁述。李公，名元忠，前碑称李公而不名者，疑即元忠也。元忠名略见于唐史，未有列传，观此碑可得其概，遂撮其事迹于后，聊备唐史之阙云。

> "李元忠，河东人也，本姓曹，字令忠，后以功赐姓改名。祖考以上，皆负名称。元忠天资杰出，年幼狎诸童儿，好为战阵之形，缀幡旗以为乐。及弱冠从军，蓄气厉节，尝抗臂言曰：'大丈夫必当驱戎狄，扫氛祲，达号立功，皆□□□□能唇腐齿落而为博士者乎？'故恒遇战，勇冠□□□□□西伊西庭节度使、工部尚书弘农杨公之亚将。及弘农公被屠害，元忠誓报酬。乃以师五千枭周逸、戮强颜，雪江由之耻，报长泉之祸，义感四海，闻于九重。解褐授京兆洭道府折冲都尉。大历二年，遣中使焦庭玉授伊西庭节度兼卫尉卿、瀚海军蕃落等使。大历五年九月，中使将军刘全璧至，加御史中丞。大历八年四月，中使内寺伯卫朝瑎至，加御史大夫，赐姓改名，赐衣一袭。元忠勇于济时，急于周物，不矜不傲，俭约从下，辛勤玉塞，斩将褰旗，摧坚陷敌，以成厥功。大张权宜，广设方略，峻城深池，劝课耕桑，政令严明，边庭肃靖。虽在戎旅之间，轻裘缓带，志闲心逸。故能使葛禄叶护

---

① 陈晓伟《胡广〈记高昌碑〉与高昌曲氏、唐李元忠事迹杂考》，《文献》2016年第6期，第53—61页。

稽颡归仁，拔汗那王屈膝饮义。值边境有灾，民艰于食，尽发廪以振之。不足，倾竭其资。又不足，解玉带□□金鞍骏马以易粟。远近襁来者以万计，恩施绝幕，惠被(中阙)三年二月廿七日，中使。"(此处阙四百廿九字)年土蕃围凉州，走保(中阙)否？碑云："建中三年二月廿七日，加刑部尚书、宁塞郡王。"……碑云："建中五年五月五日，公薨于北庭之廨宇，六年葬前庭东北原，火山南面。"①

胡广所见唐碑拓本，为《西州四面精舍记》与《李元忠神道碑》。前碑未记碑文内容，仅知其时间为大历十五年(唐德宗建中元年，780)六月，由西州柳中县令杨澹然书写。如胡广所言，其中的节度使李公便是当时在任的伊西北庭节度使李元忠。至于《李元忠神道碑》，胡广述其碑中载李元忠薨于北庭，葬于"前庭东北原，火山南面"。则石碑最初应是立于西州前庭县(治所在今吐鲁番高昌故城遗址)东北的李元忠墓前。明初陈诚出使经过火州时，尚且得见此碑，如今已不知所踪。

李元忠，原名曹令忠，因坚守北庭有功而被唐代宗赐姓改名。荣新江先生根据其改从皇家的李姓之事，推测李元忠很可能是出身胡族的曹姓，同时也有可能是来自西北其他地区。②从《李元忠神道碑》的记载看，李元忠确实并非北庭当地居民，而是河东人。不过碑文关于其出身的记载太过简略，仅称"祖考以上，皆负名称"。这或许是因为其父祖实际上默默无闻，抑或与安史之乱后许多胡人故意隐去其胡族身份有关，毕竟河东的胡人与安禄山的关系还是十分密切的。李元忠幼年便喜好战阵，又弱冠从军，倒是带有河北、河东一带粟特胡人所普遍具有的军事色彩。自代宗大历年间出任节度使，至德宗贞元年间病逝，李元忠主政北庭长达18年，正是他亲手结束了安史之乱后北庭的乱局，并成功带领北庭为唐朝坚守。《李元忠神道碑》诚可谓其一生功绩之表彰。

二、阴谋：长泉事变的真相

根据碑文所载，李元忠最初为"□西伊西庭节度使、工部尚书弘农杨公之亚将"，之后杨公遭遇"长泉之祸"，李元忠为其报仇，枭首周逸，由此建功立业，得授伊西北庭节度。此事实为安史之乱后唐朝西域边疆最为重要之变故，与敦煌P.2942判集中所

---

① 胡广《胡文穆公文集》卷一九，清乾隆十五年刻本，叶三三至叶三五。
② 荣新江《9、10世纪西域北道的粟特人》，吐鲁番学研究院编《第三届吐鲁番学暨欧亚游牧民族的起源与迁徙国际学术研讨会论文集》，上海：上海古籍出版社，2010年，第450页。

见之长泉事变正相吻合。

敦煌 P.2942 文书为河西节度使（或掌权之留后）的判集，① 其中有《伊西庭留后周逸构突厥煞使主兼矫诏河已西副元帅》（以下简称《周逸煞使主判》）：

> 副帅巡内征兵，行至长泉遇害，军将亲观事迹，近到沙州具陈……周逸非道，远近尽知，理合闻天，义难厘务。既要留后，任择贤良，所贵当才，便请知事。某某谬司观察，忝迹行军，欲宽泉下之鱼，有惭弦上之矢。公道无隐，敢此直书。各牒所由，准状勘报；当日停务，勿遣东西，仍录奏闻，伏待进止。②

又，同一写卷中有《差郑支使往四镇索救援河西兵马一万人判》（以下简称《索兵马判》）：

> 勠力勤王，古今所重，帅义殄寇，《春秋》则书。盖生人之令谟，实臣子之守节。况河湟尚阻，亭障犹虞。元帅一昨亲巡，本期两道征点，岂谓中途遇害，遂令孤馆自裁，痛愤辕门，悲感□□……差河□□□□赞善，专往计会，征发讫先报。各牒所由，准状□条表录奏。③

文书中出现的"副帅""元帅"，全称为"河已西副元帅"。安史之乱后常见此类副元帅，通常兼统数道。文书中的副元帅是河西节度使，同时又是伊西北庭的"使主"，至少是兼任河西与伊西北庭两道节度使。为了抵御吐蕃，副元帅亲赴北庭、安西征兵，不想在伊州至北庭途中的长泉驿遇害。④ 而河西方面指控的罪魁祸首就是伊西北庭留后周逸。这正与《李元忠神道碑》中关于"长泉之祸""枭周逸"的记载相呼应。而碑文中的节度使杨公，便应是 P.2942 文书中的副元帅。则碑文"西"字前可补一"河"字，即杨公为河西、伊西北庭节度使。

---

① 唐长孺《唐肃代期间的伊西北庭节度使及留后》，《山居存稿》，第 415—443 页。杨宝玉《法藏敦煌文书 P.2942 作者考辨》，《敦煌研究》2014 年第 1 期，第 62—67 页。
② 录文见唐耕耦、陆宏基编《敦煌社会经济文献真迹释录》2 辑，北京：全国图书馆文献缩微复制中心，1990 年，第 630—631 页。
③ 录文见唐耕耦、陆宏基编《敦煌社会经济文献真迹释录》2 辑，第 631—632 页。
④ 《新唐书》卷四〇《地理志·伊州》载："别自罗护守捉西北上乏驴岭，百二十里至赤谷；又出谷口，经长泉、龙泉，百八十里有独山守捉；又经蒲类，百六十里至北庭都护府。"北京：中华书局，1975 年，第 1046 页。

唐长孺先生认为，P.2942文书中被杀的副元帅便是河西节度使杨志烈。① 史书中十分简略地记载了安史之乱后凉州失陷以及杨志烈遇害之事。《旧唐书·吐蕃传》载：

> 广德二年(764)，河西节度杨志烈被围，守数年，以孤城无援，乃跳身西投甘州，凉州又陷于寇。②

《新唐书·代宗本纪》于"永泰元年(765)"下记载：

> 十月，沙陀杀杨志烈。③

又，《资治通鉴》卷二二三"广德二年十月"载：

> 未几，吐蕃围凉州，士卒不为用；志烈奔甘州，为沙陀所杀。④

当时由于精兵强将多半远赴中原靖难，河西防御空虚。吐蕃在迅速占领陇右之后，随即自东向西进攻河西诸州。从上引史料来看，大致凉州失守在广德二年，次年十月节度使杨志烈即被杀。联系到P.2942文书，就可以理解为凉州失守后，杨志烈自甘州赴北庭征兵，途中遇害。沙陀世居北庭，伊西北庭留后周逸作为主谋指使沙陀杀害杨志烈，也是符合逻辑的。安家瑶、王小甫、金滢坤等先生皆持同样观点。⑤

然而，也有很多学者反对这一说法。史苇湘、马德等先生便认为P.2942中被杀之副元帅为河西节度使杨休明。⑥ 近来，杨宝玉先生撰写多篇论文对P.2942进行了全面

---

① 唐长孺《唐肃代期间的伊西北庭节度使及留后》，《山居存稿》，第440—442页。
② 《旧唐书》卷一九六《吐蕃传上》，北京：中华书局，1975年，第5239页。
③ 《新唐书》卷六《代宗本纪》，第172页。
④ 《资治通鉴》卷二二三，北京：中华书局，1956年，第7168页。
⑤ 安家瑶《唐永泰元年(765)——大历元年(766)河西巡抚使使判集研究》，《敦煌吐鲁番文献研究论集》，中华书局，1982年，第254—261页。王小甫《安史之乱后的西域形势及唐军的坚守》，《敦煌研究》1990年第4期，第60页。金滢坤《敦煌本〈唐大历元年河西节度观察使判牒集〉研究》，《南京师大学报》2011年第9期，第73—79页。
⑥ 史苇湘《河西节度使覆灭的前夕——敦煌遗书P.2942号残卷研究》，《敦煌研究》1983年创刊号，第126页；马德《关于P.2942写卷的几个问题》，《西北师院学报·敦煌学研究专辑》1984年10月，第63—66页。

考证，详述被杀之人为杨休明，而非杨志烈。① 笔者幸得杨宝玉先生当面指点，颇觉此说亦有理据。不过考虑到周逸可能曾与仆固怀恩通信一事，笔者还是倾向于认为被杀者应是杨志烈。② 杨休明乾元元年(758)曾任凉州长史，③ 杨志烈死后，杨休明接任河西节度使。《资治通鉴》卷二二四"大历元年(766)"载：

夏，五月，河西节度使杨休明徙镇沙州。④

此时，甘州、肃州已相继陷落，河西节度使只得退居沙州。如果 P.2942 中遇害的节度使是杨休明的话，事变的时间只能是在大历元年五月以后。史苇湘先生便认为杨休明"遇害"是在大历二年。可惜，《李元忠神道碑》仅载遇害者为弘农杨公，不知具体是杨志烈还是杨休明。然而值得注意的是，碑文提供了重要的时间点，长泉事变平息后，李元忠先任折冲都尉，大历二年便被任命为伊西北庭节度使。则事变的时间必然在大历二年之前。由此看来，遇害节度使为杨休明的可能性是比较小的。另外，李宗俊先生根据《唐崔汉衡墓志》提出长泉遇害者可能是尚衡。⑤ 以《李元忠神道碑》观之，此推测并不正确。

总的来说，《李元忠神道碑》的记载印证了敦煌 P.2942 所记长泉事变之事实，应即史书中所载河西节度使杨志烈遇害之事，时间大致在广德二年(764)至永泰元年(765)十月间。⑥

---

① 杨宝玉《凉州失陷前后河西节度使杨志烈事迹——以法藏敦煌文书 P.2942 为中心》，《敦煌学辑刊》2013年第3期，第11—21页。杨宝玉《敦煌文书 P.2942 中重要官称所涉历史人物及相关史事考辨》，《形象史学研究》2013年，第286—301页。杨宝玉《敦煌文书 P.2942 校注及"休明肃州少物"与"玉门过尚书"新解》，《隋唐辽宋金元史论丛》第4辑，上海：上海古籍出版社，2014年，第103—124页。

② 刘子凡《瀚海天山》，第332—333页。

③ 见敦煌 P.3952 文书《乾元元年侍御史凉州长史杨休明奏》。

④ 《资治通鉴》卷二二四，第7191页。

⑤ 李宗俊《法藏敦煌文书 P.2942 相关问题再考》，《敦煌研究》2014年第4期，第54—64页。

⑥ 广德二年凉州失守，见上文。永泰元年十月，唐朝已得知杨志烈死讯，见《资治通鉴》卷二二四，第7185页。

三、复仇：河西再统北庭

《李元忠神道碑》揭示了我们此前未曾注意到的一个重要事实，即长泉事变之后，河西军队曾一度攻至北庭，并将北庭留后周逸枭首。长泉事变的结局终于真相大白。

据碑文所载，节度使杨志烈遇害后，李元忠"以师五千枭周逸、戮强颙，雪江由之耻，报长泉之祸"。由此看来，李元忠是这次报仇行动的领军者，或者至少是重要参与者。"长泉之祸"自然指事变本身。至于"江由之耻"，《三国志》引《汉晋春秋》曰：

> 初艾之下江由也，以续不进，欲斩，既而舍之。及瓘遣续，谓曰："可以报江由之辱矣。"①

卫瓘遣田续讨邓艾，欲激励其报邓艾、江由不杀之辱。比附这一典故，李元忠所谓"江由之耻"，应是指其曾被周逸"欲斩，既而舍之"。由此猜测，李元忠很可能当时是跟随杨志烈赴北庭征兵，在长泉被俘；杨志烈死后，李元忠又被放回河西。前引P.2942《周逸煞使主判》中有"副帅巡内征兵，行至长泉遇害，军将亲观事迹，近到沙州具陈"。亲眼得见副帅遇害并返回沙州报信的军将，极有可能便是李元忠。另外，《周逸煞使主判》中也流露出了征讨北庭的意向，其中有：

> 察其情状，法所难容，宜绝小慈，用崇大计。彼道军将，早抱忠贞，数州具寮，素高节操。前车既覆，已莫辨于熏莸；后辙须移，可早分于玉石。事上固能剿绝，临下岂惮锤埋。请从曲突之谋，勿误焦头之祸。②

即是希望朝廷早做决断，铲除周逸，以免焦头烂额之祸患。

吐鲁番出土文书刚好验证了河西军在北庭的活动。OT.11040《广德四年(766)正月百姓周思温牒》有：

1 刺柴叁拾柒束

---

① 《三国志》卷二八，北京：中华书局，1959年，第781页。
② 录文见唐耕耦、陆宏基编《敦煌社会经济文献真迹释录》2辑，第631页。

2　　右件柴，去年十一月九日被所由典张元晖捉，将供

3　　曹卿厨，其直不蒙支给，便不敢征理价直，今

4　　大例户各税刺柴，供河西军将厨，今请将前件

5　　柴，回充军将厨户料，公私俱济，谨连前判

6　　命如前，谨处分。

7　　牒件状如前，谨牒

8　　　广德四年正月日百姓周思温牒①

广德四年即永泰二年，当时西州因与朝廷阻隔而不知改元。从文书内容看，当年正月西州当地按户征收刺柴，专门供给河西军将。周思温在去年十一月已经交纳三十七束刺柴，但官府未支付其直，周思温便申请将其折纳今年供河西军将厨的刺柴。如此大规模征收刺柴，河西军将数量应当不少。陈国灿先生已经注意到西州当时突然到来了一大批河西军将。他猜测，这些军将可能是吐蕃进攻伊州时，从伊州撤至西州的。② 然而，从《李元忠神道碑》所载来看，这次河西军将大规模进驻西州，更有可能是河西节度使杨志烈遇害后，河西对伊、西、北庭发起的报复性军事行动。西州可能已经处于河西军将的军事管制之下。而河西军队发起行动的时间，应当就在永泰二年（766）正月或之前不久。

据《李元忠神道碑》，李元忠"枭周逸、戮强颤"，河西方面取得全胜，伊西北庭节度留后周逸被枭首。从 P.2942 文书中也可以看到一些蛛丝马迹，其中《周逸与逆贼仆固怀恩书判》有：

> 推亡固存，《商书》重，去顺效逆，《春秋》则诛。周逸猖狂，素怀悖乱，辇毂之下，□见逃门……③

河西方面截获了周逸与仆固怀恩的通信，这是证明周逸叛逆的决定性证据。广德二年（764）十月，朔方节度使仆固怀恩勾结回纥、吐蕃大举入寇，逼近长安。刚刚平息安史之乱的唐朝又陷入危局。周逸或许是为求地方自保，倒向了仆固怀恩，杀害杨志烈。

---

① 图版见小田义久主编《大谷文书集成》肆，京都：法藏馆，2010年，图版八三。录文参池田温《中国古代籍帐研究》，东京：东京大学东洋文化研究所，1979年，第445页。

② 陈国灿《安史之乱后的唐二庭四镇》，荣新江主编《唐研究》第2卷，第430—431页。

③ 录文见唐耕耦、陆宏基编《敦煌社会经济文献真迹释录》第2辑，第632页。

所幸仆固怀恩永泰元年(765)九月即死去。在这种情况下，周逸勾结仆固怀恩，无疑是最严重的反叛行为。而如此重要的证物，极有可能便是在河西军将占领北庭后获得的。在P.2942《索兵马判》中，河西再度派出郑支使径直去往安西四镇征兵，显然此时伊西北庭已经入于河西军将彀中。

身为河西节度使杨志烈的亚将，也是对北庭军事行动的重要领导者，李元忠代表河西势力成了伊西北庭最高军政权力的控制者。这一点在得见《李元忠神道碑》之前是根本无法想象的。实际上，在前文引到的P.2942《周逸煞使主判》中就已经有了更换伊西北庭留后的意向，其中提到"周逸非道，远近尽知，理合闻天，义难厘务。既要留后，任择贤良，所贵当才，便请知事"。在枭首周逸之后，河西方面自然会在河西军将中挑选新的伊西北庭留后，而李元忠正当其选。实际上，杨志烈在宝应元年(762)或稍早便曾经出任过伊西北庭节度使，吐鲁番出土《唐宝应元年五月节度使衙榜西州文》中见有"使御史中丞杨志烈"①。杨志烈出任河西节度使后，依然是兼任伊西北庭节度使。故而杨志烈本人或也在伊西北庭有比较强的势力。前引P.2942《周逸煞使主判》中有"彼道军将，早挹忠贞，数州具寮，素高节操"，似也暗示伊、西、北庭数州之内，有不少官员并不支持周逸。这也构成了李元忠入主北庭的一部分基础。

还有一些现象或可验证李元忠的河西背景。刘安志先生注意到肃、代年间西北政治舞台上活跃着杨氏诸将，②先后有河西节度使杨预、杨志烈、杨休明。而李元忠死后，继任伊西北庭节度使的是杨袭古。而前文提到胡广所记《西州四面精舍记》，亦是为李元忠所立，其书写者是西州柳中县令杨澹然。这些杨氏军将、官吏在伊西北庭活动，便颇值得注意了。

无论如何，李元忠是在河西军将枭首北庭留后周逸的背景下，作为杨志烈亚将掌管伊西北庭的。杨志烈遇害前，曾以副元帅身份兼统河西、北庭、安西，这就构建起了三道联防，成为唐朝抵御吐蕃攻势的希望。③笔者曾提出以杨志烈之死为标志，联防并未能起到实际作用。④从吐蕃先后占据河西诸州的结果看，事实确实如此。但根据《李元忠神道碑》的记载，在长泉事变后，河西曾奋力一搏，企图通过军事手段控制北庭，进而东御吐蕃。大历二年，具有河西背景的李元忠正式成为伊西北庭节度使，并主政北庭

---

① 《吐鲁番出土文书》图版本肆，北京：文物出版社，1996年，第328页。
② 刘安志《唐朝西域边防研究》，武汉大学博士论文，1999年，第25页。
③ 薛宗正《安西与北庭》，第286页；另参见薛宗正《北庭历史文化研究》，上海：上海古籍出版社，2010年，第369—370页。
④ 刘子凡《瀚海天山》，第334—335页。

18年。其间，北庭成了河西坚实的战略后方，致使河西在仅剩下瓜、沙二州的情况下依然能为唐朝坚守。

四、潜渡：北庭与中原的联络

凉州失守后，河西以西便成了一片飞地。北庭与朝廷之间的音讯往来，只能借道于回鹘。《旧唐书·回纥传》载：

> 初，北庭、安西既假道于回纥以朝奏，因附庸焉。①

其间唐朝的消息曾数次传达到了北庭、安西，而并非完全隔绝。但这种往来要依唐朝与回鹘的关系而定，路途的遥远以及中间的种种阻碍，常常令消息传递极度滞后。陈国灿先生根据吐鲁番出土文书的纪年指出，西州经常因为阻隔而不知道唐朝改元的消息，而继续沿用已经废止的年号。② 张广达、荣新江先生则根据于阗文书中出现的年号改变情况，详细分析了于阗与唐朝的交往年份。③ 笔者亦曾根据史书记载勾勒出北庭与中原联络之始末。④ 而《李元忠神道碑》则明确记载了历次中原使者的姓名及到来的时间，使我们可以更加清晰地了解其详情，李元忠任节度使时的重要历史事件也有了明确的坐标。

李元忠时代的第一次通使，是大历二年（767），唐朝遣中使焦庭玉至北庭，授李元忠伊西北庭节度兼卫尉卿、瀚海军押蕃落等使。李元忠由此正式成为节度使，同时按旧例兼任瀚海军大使，掌控北庭军政大权。笔者曾据《唐大诏令集》卷一一六《喻安西北庭诸将制》载有"河西节度使周鼎、安西北庭都护曹令忠、尔朱某等"⑤ 云云推知，大历四年前后，李元忠（即曹令忠）已出任北庭节度使，而河西节度使也换成了周鼎。⑥ 现在可以知道，李元忠早在大历二年就已经正式出任节度使。而且根据下文所载使者时间，

---

① 《旧唐书》卷一四五《回鹘传》，第5209页。
② 陈国灿《安史之乱后的唐二庭四镇》，第416—418页。
③ 张广达、荣新江《八世纪下半与九世纪初的于阗》，荣新江主编《唐研究》第3卷，北京：北京大学出版社，1997年，第346—348页。
④ 刘子凡《瀚海天山》，第340—349页。
⑤ 《唐大诏令集》卷一一六，北京：商务印书馆，1959年，第605—606页。
⑥ 刘子凡《瀚海天山》，第342—343页。

大历二年是使者到达北庭的时间,其出发时间可能更早。这比此前的推测大大提前了。也就是说,唐朝中央在得知河西军将枭首周逸后不久,便正式任命了李元忠。

第二次是大历五年九月,中使将军刘全璧到达北庭,加李元忠御史中丞。大历四年前后代宗曾下《喻安西北庭诸将制》,慰问河西、安西、北庭将士,并向其通报"子仪移镇于邠郊,抱玉进攻于天水"①的军事形势,以稳定军心,防止吐蕃离间。大历四年五月,唐朝册封仆固怀恩幼女为崇徽公主,嫁与回鹘可汗。②中使刘全璧大概正是借此机会,取道回鹘,并最终于大历五年抵达北庭。

第三次是大历八年四月,中使内寺伯卫朝瑾到达,加李元忠御史大夫,赐姓改名,赐衣一袭。关于赐姓改名之事,史书也有明确记载。《旧唐书·代宗本纪》在"大历七年"下载:

> 八月庚戌,赐北庭都护曹令忠姓名曰李元忠。③

则,代宗下诏赐曹令忠改名为李元忠,是在大历七年八月庚戌。使者当在不久之后出发,历经8个月后才终于抵达北庭。李元忠的宪衔也进一步升为御史大夫。此前杨志烈任伊西北庭节度使时仅是御史中丞,④ 转任河西节度使后方为御史大夫。李元忠以伊西北庭节度使身份任御史大夫,也在一定程度上代表着北庭地位的提升。

第四次是在建中三年二月廿七日,中使抵达北庭,加李元忠刑部尚书、宁塞郡王。可惜由于乾隆刻本《胡文穆公文集》残缺,不知中使姓名。关于此次出使,《旧唐书·德宗本纪》载:

> 秋七月戊子朔,诏曰:"二庭四镇,统任西夏五十七蕃、十姓部落,国朝以来,相奉率职。自关、陇失守,东西阻绝,忠义之徒,泣血相守,慎固封略,奉遵礼教,皆侯伯守将交修共理之所致也。伊西北庭节度观察使李元忠可北庭大都护,四镇节度留后郭昕可安西大都护、四镇节度观察使。"⑤

---

① 《唐大诏令集》卷一一六,第605—606页。
② 《资治通鉴》卷二二四,第7208页。
③ 《旧唐书》卷一一《代宗本纪》,第300页。
④ 《吐鲁番出土文书》图版本肆,第328页。
⑤ 《旧唐书》卷一二《德宗本纪》,第329页。

可知，德宗下诏是在建中二年(781)七月戊子。从诏书内容看，伊西北庭节度使李元忠又被授予北庭大都护的官职。而四镇留后郭昕则被正式任命为四镇节度使、安西大都护。《资治通鉴》卷二二七"建中二年"亦载赐李元忠北庭大都护、宁塞郡王事。① 然而，诸种史书皆称此次通使是北庭隔绝之后首次与朝廷取得联系，如《旧唐书·德宗本纪》载：

> 初，李元忠、郭昕为伊西北庭留后，隔绝之后，不知存亡，至是遣使历回纥诸蕃入奏，方知音信，上嘉之。②

这显然并不符合史实，在此之前至少有三位朝廷中使到达了北庭。建中二年七月出发的中使，在建中三年二月二十七日抵达北庭，也带来了改元的消息。吐鲁番出土文书中见有《建中三年三月廿七日西州授百姓部田春苗历》，时间刚好是在中使到达后的一个月，西州也得到了改元的信息。而从和田出土汉文文书看，俄藏文书中见有《大历十七年(782)闰三月廿九日韩批云收领钱钞》，中国人民大学博物馆藏文书中则有"建中三年三月奉守捉"。可知四镇中的于阗也是在中使抵达后，很快得知改元，但仍有个别继续使用大历年号的情况。值得注意的是，据《唐孙杲墓志》所载，北庭大都护府长史孙杲曾于建中三年入朝。③ 他很可能便是随当年抵达北庭的中使返回中原的。

总体来看，《李元忠神道碑》所记朝廷中使到达的时间，与史书的记载基本相合。李元忠时代朝廷使者到达北庭共有4次，时间分别为大历二年、五年、八年及建中三年。代宗大历末年至德宗初年，唐朝与回鹘交恶，道路不通，北庭与朝廷的音讯也就相互断绝了。从旅行时间看，中使抵达北庭通常要用七八个月，由此也可见北庭与唐朝中央通信之艰难。

五、功业：李元忠的内政与外交

在音讯无法有效传递的情况下，隔绝之后的北庭、安西实际上是处于一种自治的状态。由于很难得到中原的直接支持，北庭、安西的坚守尤为艰苦。在这种形势下，李元

---

① 《资治通鉴》卷二二七，第7303页。
② 《旧唐书》卷一二《德宗本纪》，第329页。
③ 陈玮《唐孙杲墓志所见安史之乱后西域、回鹘史事》，第59—60页。

忠能够统御北庭长达 18 载，必然有其过人之处。从中我们也可以窥见北庭、安西能够长期为唐朝坚守的缘由。

据《李元忠神道碑》所载，李元忠"勇于济时，急于周物，不矜不傲，俭约从下"，"虽在戎旅之间，轻裘缓带，志闲心逸"。这是对其个人品质的肯定，但这种俭约，亦可理解为对物资匮乏的一种应对措施。唐朝西域用兵物资损耗极大，据《通典》卷六《食货典》所载，自开元中及于天宝，伊西北庭每年和籴费用为 8 万匹，给衣费用为 40 万匹。① 吐鲁番出土 OT.4938—2《唐开元十三年(725)西州等兵赐状》有：

1　西州□[
2　京库□北庭瀚海军开十三年六[
3　六万八千屯匹军兵赐八[
4　伊州状敕持节[②

足见伊西北庭所需军赐数量之大。凉州失守后，向西域输送布匹的通道便已断绝。北庭的军需无疑会变得十分窘迫。吐鲁番出土《唐建中七年(786)西州蒲昌县牒为检造秋布花事》文书有：

1　□□县牒[　　]僧法超
2　]检造秋布花口僧法超[　　]嘉禾、女什一已上各壹拾玖□
3　]年造布花讫申者，具检配□可者，向县造秋布花，检配讫[
4　□□五日内分向[　　]准使牒□□□故牒
5　□□建中七年□月廿二日[③

这里的"准使牒"自当是指准伊西北庭节度使之牒。大致是西州蒲昌县牒僧法超等人，要求其按照使牒造秋布花。僧法超、嘉禾、女什一等人可能是寺户。④ 而在旅顺博

---

① 《通典》卷六，北京：中华书局，1988 年，第 111 页。
② 小田义久主编《大谷文书集成》叁，京都：法藏馆，2003 年，第 71 页、图版八。池田温《中国古代籍帐研究》，第 353 页。
③ 陈国灿《斯坦因所获吐鲁番文书研究》，武汉：武汉大学出版社，1995 年，第 431—432 页。
④ 陈国灿《斯坦因所获吐鲁番文书研究》，第 128—129 页。

物馆藏建中五年《孔目司帖》中见有：

1　孔目司莲花渠匠白俱满失离
2　配织建中伍年春装布壹佰尺。行官段俊俊①

这是安西的孔目司下匠人白俱满失离的帖，其中便提到了配织春装布，这是大致同时期的安西四镇的情况。无论是配造秋布花，还是配织春装布，都说明当时北庭、安西官府所需物资，有一部分是通过差科而来的。在无法获得中原物资之时，民间的这种负担可能是相当重的。在这种情况下，提倡俭约、劝课耕桑，以及灾时赈济百姓，无疑都是必要的。

此外，《李元忠神道碑》载其"能使葛禄叶护稽颡归仁，拔汗那王屈膝饮义"。葛禄即葛逻禄，是一支强大的游牧部落，居于东西突厥之间。拔汗那国（在今费而干纳）与唐朝关系颇为密切，是唐朝制衡吐蕃、突骑施的坚定盟友，天宝三载唐朝曾改其国号为"宁远国"②。从地理位置看，拔汗那与四镇节度使距离更近，此外也未见安史之乱后北庭节度使与拔汗那往还之证据。不过，北庭确实与其切近之葛逻禄部落有些联系。《旧唐书·回纥传》载：

初，北庭、安西既假道于回纥以朝奏，因附庸焉。回纥征求无厌，北庭差近，凡生事之资，必强取之。又有沙陀部落六千余帐，与北庭相依，亦属于回纥，肆行抄夺，尤所厌苦。其先葛禄部落及白服突厥素与回纥通和，亦憾其侵掠。因吐蕃厚赂见诱，遂附之。③

葛禄部落一直与回鹘通和，对抗吐蕃，直到贞元六年（790）吐蕃攻占北庭之前才改换阵营。故而借着回鹘的关系，葛逻禄也可以说与北庭有共同的军事利益。实际上，北庭最可依靠的力量是回鹘。为了与吐蕃争夺西域，回鹘给予了北庭极大的军事支持。再加上北庭附近的沙陀，李元忠充分借助了诸部落的力量，达到了制衡吐蕃的目标。

总之，胡广所记《李元忠神道碑》是研究安史之乱后的北庭的极为重要的文献。根据

---

①　录文参照荒川正晴《クチャ出土〈孔目司文书〉考》，载《古代文化》第 49 卷第 3 号，1997 年，第 2 页。
②　《新唐书》卷二一一下《宁远国传》，第 6250 页。
③　《旧唐书》卷一九五《回纥传》，第 5209 页。

碑文可知，李元忠出身河东，原为河西节度使杨志烈的亚将。凉州陷落后，杨志烈赴北庭征兵，被伊西北庭留后周逸害于长泉驿。随后李元忠率领河西军将控制了北庭，枭首周逸。在为杨志烈报仇的同时，也实现了河西势力对伊西北庭的控制。自大历二年任节度使后，李元忠主政伊西北庭18年，期间共4次与中原交通，并实现了为唐朝坚守的任务。最值得注意的是，《李元忠神道碑》为我们提供了一个重要的线索，就是在长泉之祸后，一部分河西的军事势力转移到了伊西北庭。这也是在河西诸州陷落后，北庭能够长期坚守的重要原因。据碑文所载，李元忠建中五年（兴元元年，784）五月五日薨于北庭，建中六年（贞元元年，785）安葬于西州前庭县东北原。贞元二年五月，唐朝任命杨袭古为伊西北庭节度使，并追赠李元忠为司空。北庭的李元忠时代告一段落，而在此后不久的贞元六年，北庭最终陷落于吐蕃。

（本文原载《文史》2017年第2期，第121—134页）

"可敦墓"考
——兼论11世纪初期契丹与中亚之交通

白玉冬

Qatun Sīnī "可敦墓"是见于突厥语、阿拉伯语文献中的我国北方地区古地名。相比西北地区丝路沿线的著名城镇，历史上的可敦墓可谓默默无闻。笔者之所以对其进行讨论，是由于它与沟通11世纪初期北部中国和中亚地区之交通路线的走向有关。

在麻赫默德·喀什噶里(Maḥmūd al-Kāšγarī)11世纪70年代编纂的《突厥语大词典》(Dîvânu Luġat al-Turk)所附圆形地图上，Qatun Sīnī "可敦墓" 远处于 Māsīn "马秦(宋)"西北方向。据词典相关词目，Qatun Sīnī "可敦墓"是位于"西夏与契丹"之间的某座城市，那里的居民曾与唐古特族(党项)发生战斗(详见后文)。另，马卫集(Marvazī)于1120年完成的《动物的自然属性》(Tabā'i' al-Ḥayawān)记录有自沙州经 Khātūn-san、Ūtkīn 到达契丹首都 Ūjam 的路程(详见后文)。系统研究马卫集著作的米诺尔斯基(V. Minorsky)指出，上述马卫集记录的 Khātūn-san 来自比鲁尼(Bīrūnī)在《麻苏迪宝典》(al-Qānūn al-Mas'ūdī，1030年后不久成书)中记录的 Khātūn-sīn "贵妇人墓(可敦墓)"，并将《突厥语大词典》的 Qatun Sīnī 与马卫集记录的 Khātūn-san 分别视作内蒙古额济纳河流域的可敦城与乌拉特中旗阴山北麓的可敦城。[①] 英文版《突厥语大词典》编者之一丹柯夫(R. Dankoff)受米氏影响，亦把 Qatun Sīnī 勘定在额济纳河流域。[②] 1978年，张广达先生在系统介绍《突厥语大词典》时复制了喀什噶里原书地图，并

[①] V. Minorsky, *Sharaf al-Zamān Ṭāhir Marvazī on China, the Turks and India*, London: The Royal Asiatic Society, 1942, pp. 69—69, 73—74.

[②] R. Dankoff, "Three Turkic Verse Cycles Relating to Inner Asian Warfare", in S. Tekin and I. Ševčenko (eds.), *Eucharisterion: Essays Presented to Omeljan Pritsak*, Harvard Ukrainian Studies, vol. 3, no. 4, Cambridge: Harvard University Press, 1979—1980, pp. 164—165.

在 Qatun Sïnï 的位置上标出了"可敦墓—可敦城"①，但未指明具体位置。张先生的上述地图此后为汉文版《突厥语大词典》所沿用（图1）②。杨富学、陈爱峰二位在讨论大食与契丹关系时指出大食经由西夏地入贡契丹，上述马卫集著作中的 Khātūn-san 为可敦城，位于今杭爱山脉支系乌德犍山，惜未进行深入考证。③ 笔者在考察10世纪时期漠北的九姓鞑靼部落与丝路贸易关系时，提出10至11世纪时期虽然存在穿行于漠南、连接河西至契丹本土的交通线，但上述 Qatun Sïnï 与 Khātūn-san 均为漠北鞑靼地内的可敦城，即位于杭爱山脉（历史上的 Ötükän Yïš "于都斤山"）以东、土拉河畔的镇州可敦城。④ 钟焓力陈 Qatun Sïnï 与 Khātūn-san 指的是漠南的昭君墓，并论证11世纪时期存在沙州—丰州—契丹这一东西交通线。⑤ 其主要依据是 Qatun Sïnï 是"可敦墓"，非"可敦城"，漠北镇州一带的突厥回鹘时期草原石人多为男性，且距离西夏遥远，未标出唐古特与契丹的上述圆形地图让人误以为可敦墓位于畏兀儿与宋之间，圆形地图记录的 Ötükän "于都斤"之地与可敦墓地望相差极大，与西夏发生战事的鞑靼应为夏国近边的鞑靼。⑥

概言之，关于 Qatun Sïnï "可敦墓"的地望及其与可敦城之间的关系，学术界观点不一。其中，额济纳河流域存在可敦城的看法，因其依据的是陈说旧论，大可不必考虑。⑦

略有古突厥语知识者均知，"sïn"确有坟墓之意。笔者视 Qatun Sïnï "可敦墓"为"可敦城"，自然是基于前辈学者的研究。至于昭君墓与阴山北麓的可敦城，笔者在进行

---

① 张广达《关于马合木·喀什噶里的〈突厥语词汇〉与见于此书的圆形地图》，作者著《文书、典籍与西域史地》，桂林：广西师范大学出版社，2008年，第53页。原载《中央民族学院学报》（哲学社会科学版）1978年第2期，另收入作者著《西域史地丛稿初编》，上海：上海古籍出版社，1995年。

② 麻赫默德·喀什噶里编，校仲彝等译《突厥语大词典》第3卷，北京：民族出版社，2002年，卷首版权页后。

③ 杨富学、陈爱峰《辽朝与大食帝国关系考论》，《河北大学学报》2007年第5期，第37页。

④ 白玉冬《十世紀における九姓タタルとシルクロード貿易》，《史学杂志》第120编第10号，2011年，第11—18页，尤见第15、18页。

⑤ 钟焓《辽代东西交通路线的走向——以可敦墓地望研究为中心》，《历史研究》2014年第4期，第39—49页。

⑥ 钟焓《辽代东西交通路线的走向——以可敦墓地望研究为中心》，《历史研究》2014年第4期，第36—39页。

⑦ 主要参见前田直典《十世紀時代の九族達靼——蒙古人の蒙古地方の成立——》，氏著《元朝史の研究》，东京：东京大学出版会，1973年，第237—239页（原载《东洋学报》第32卷第1号，1948年）；岑仲勉《达怛问题》，《中山大学学报》1957年第3期，第122页；白玉冬《十世紀における九姓タタルとシルクロード貿易》，第13页；钟焓《辽代东西交通路线的走向——以可敦墓地望研究为中心》，《历史研究》2014年第4期，第35—36页。

相关论证时当然做过一番比较。只是因拙文旨意所在，相关问题未能详尽。故撰此稿，以求大家评判指正。

一、《突厥语大词典》圆形地图所见 Qatun Sïnï 地望

《突厥语大词典》作者喀什噶里出生在今新疆喀什，是喀喇汗朝著名学者。他根据自己多年的实地调查，晚年在巴格达以阿拉伯语注释突厥语词汇，编纂成《突厥语大词典》。

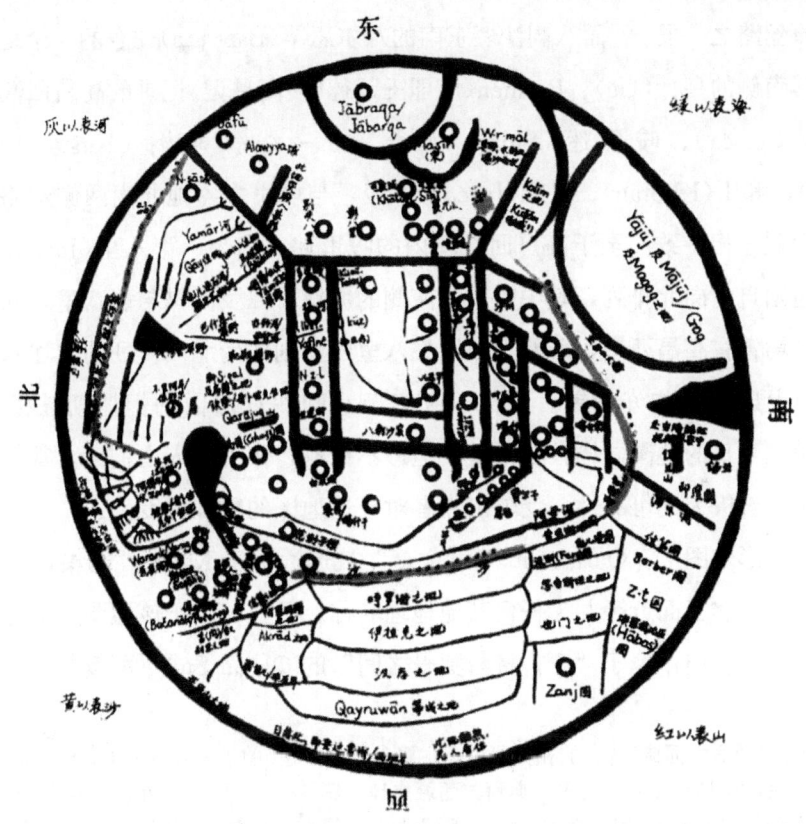

图 1 《突厥语大词典》所附圆形地图

关于《突厥语大词典》所附圆形地图的渊源及其丰富的历史学价值，张广达先生早已做了精辟的分析与介绍。① 诚如张先生所言，该图（图 1）是作者本人在突厥诸部多年

---

① 张广达《关于马合木·喀什噶里的〈突厥语词汇〉与见于此书的圆形地图》，第 52—61 页。

访问调查的实际情况的真实反映，就中亚地区的内涵之丰富而言，该地图是此前任何伊斯兰舆图所望尘莫及的。这一点可从地图记录的中亚与新疆的地理名称与部族名称的分布情况上充分了解到。①

地图正中央是喀喇汗朝都城之一的八剌沙衮（Balasāγūn，遗址在今吉尔吉斯斯坦托克马克东南），其正北方是怛逻斯（Tarāz，遗址在今哈萨克斯坦塔拉斯市）。自怛逻斯至别失八里（Bēš Balïq，遗址在今新疆吉木萨尔县），自西向东排列有6个地名，其中包括双河（Ekki Ögüz，今新疆博乐市东约20公里处的双河市）。虽部分地名尚有待勘同，但该路程无疑应是小亚美尼亚国王海屯在1254—1255年出使蒙古国首都哈喇和林后返程经过的草原丝路之一段。② 而八剌沙衮东南的八尔思罕（Barsqān）往东的4个地名虽未被标出，但其南侧的乌什（Uč）、Barman（应即王延德《使高昌记》记录的高昌回鹘辖下的末蛮）、库车（Kuča）、唆里迷（Sulmi，即焉耆）一线③，喀什（Kāšγar）、叶尔羌（Yārkānd）、和田（Khotan）、且末（Jurčān）一线，与塔里木盆地北南两侧丝路交通主干线城镇排列顺序相一致。至于高昌回鹘境内的唆里迷、高昌、彰八里（Janbalïq）、别失八里等六地则自南向北排列，其中唆里迷南侧的城镇，以及高昌与彰八里之间的城镇未标名称。按焉耆在高昌西南，彰八里在别失八里西，则按南北向排列的上述六城在相互间地理方位上出现了些许偏差。同样，应位于八剌沙衮西面的怛逻斯被标在其正北方——这相比今日的地图同样存在偏差。但瑕不掩瑜，作为时人之描绘，其关于新疆和中亚的记录有着极大的可靠性，反映出作者对上述地区的熟知程度。

在上述圆形地图上，Qatun Sīnī"可敦墓"被远远标于 Māsīn"马秦（宋）"西北方向，其东、南、北三面近旁并无任何其他地理名称。而且，由于该地图并未标出唐古特与契丹，故被作者记作位于"唐古特与契丹之间"的 Qatun Sīnī"可敦墓"实际上并无

---

① 关于《突厥语大词典》地名的相关研究，主要参见张广达《关于马合木·喀什噶里的〈突厥语词汇〉与见于此书的圆形地图》，《文书、典籍与西域史地》第52—61页；牛汝辰、牛汝极《〈突厥语词典〉第一卷新疆地名研究》，校仲彝主编《〈突厥语词典〉研究论文集》，乌鲁木齐：新疆人民出版社，2006年，第187—195页（原载《西北史地》1987年第4期）；牛汝辰、牛汝极《〈突厥语词典〉第三卷地名译释》，《〈突厥语词典〉研究论文集》，第196—197页（原载《西北史地》1990年第2期）；霍加阿合买提·优努斯《〈突厥语词典〉所载地名的历史价值》，《〈突厥语词典〉研究论文集》，第303—306页（初次发表于"中国突厥语研究会第八次学术研讨会"，北京，1996年）。

② J. A. Boyle, "The Journey of Het'um I, King of Little Armenia, to the court of the great khan möngke", *Central Asiatic Journal*, vol. 9, no. 3, 1964, pp. 181—184；［亚美尼亚］乞剌可思·刚扎克赛著，何高济译《海屯行纪》，北京：中华书局，2002年，第15—19页。

③ 唆里迷即焉耆，见张广达、耿世民《唆里迷考》，张广达著《文书典籍与西域史地》，第37—41页（原载《历史研究》1980年第2期；另收入《西域史地丛稿初编》）。

直接的参照物。幸运的是，虽未标上地名，但喀什噶里在 Qatun Sïnï 正西方东西向标注有两座城市，其纬度与 Qatun Sïnï"可敦墓"保持一致。其中，邻近可敦墓的靠东的城市旁标注有"畏兀儿之地"，而靠西的城镇位于高昌与彰八里之间，为上面介绍的高昌回鹘境内南北排列的六城之南数第四。因该地图缺少唐古特与契丹，故上述畏兀儿之地实际上成了确定 Qatun Sïnï 位置的最重要参照物。

钟焓主张未标出唐古特与契丹的该地图，容易使人误以为可敦墓位于畏兀儿与宋（即桃花石）之间。诚如作者在相关序文中所介绍，畏兀儿以东依次是唐古特、契丹、桃花石（宋）。依此而言，即便地图上标出唐古特和契丹（秦），也不会影响到上述高昌回鹘之地成为确定 Qatun Sïnï"可敦墓"纬度的关键参照物。何况在地图上，Qatun Sïnï"可敦墓"距宋相当遥远，我们根本无法判断其应位于畏兀儿与宋之间。

上述圆形地图所标畏兀儿自然是指高昌回鹘。据该书 Uyɣur"畏兀儿"条，畏兀儿著名城市包括唆里迷、高昌、彰八里、别失八里、仰吉八里五城。① 不过，仰吉八里位于别失八里西，地理位置与上述不知名两城不符。如是，上述不知名两城中靠西的城市，即位于高昌与彰八里之间的城市，最大可能是在今乌鲁木齐附近。写于 925 年的于阗文钢和泰（Staël-Holstein）藏卷记录的西州回鹘地名中有乌鲁木齐之名。② 而靠东的邻近可敦墓的不知名城市，应为高昌东、今乌鲁木齐东偏南的哈密、纳职或蒲昌等。于阗文钢和泰藏卷同样记录有这些地名。另，982 年佚名著波斯文地理著作《世界境域志》（Hudūd al-'Ālam）记录的西州回鹘的 17 个地名中，第 9 个为 Kh. mūd。③ 虽然米氏对将其视作哈密存有顾虑，但华涛先生肯定该地就是哈密。④ 写作年代为 1019 年的德藏第 3 号回鹘文木杵文书是 Tängrikän（天汗）Körtlä 可敦夫人一家捐资兴建寺院时的纪念文，其中记录的捐资者名单中，排在宰相之后的是 Qamïl Ögä"哈密立于越"İnal Bürt

---

① R. Dankoff and J. Kelly（eds. and trs.），*Compendium of the Turkic Dialects*，by Maḥ alKāšɣārī，3vols.，Cambridge, Massachusetts：Harvard University，1982－1985，vol. 2，pp. 139－140；校仲彝等译《突厥语大词典》第 3 卷，第 120－122 页。

② H. W. Bailey,"The Stael-Holstein Miscellany,"*Asia Major*, n. s., vol. 2, no. 1, 1951, p. 14；森安孝夫《ウイグルの西遷について》，作者著《東西ウイグルと中央ユーラシア》，名古屋：名古屋大学出版会，2015 年，第 291－292 页（原载《东洋学报》第 59 卷第 1、2 号，1977 年）。年代考订见 E. G. Pullyblank,"The Date of the Staël-Holstein Roll", *Asia Major*, n. s., vol. 4, no. 1, 1954, p. 90.

③ V. Minorsky, *The Regions of The World : a Persian geography*, London：Messrs, Luzac, 1937, p. 95；王治来译《世界境域志》，上海：上海古籍出版社，2010 年，第 78 页及其注 8。

④ 华涛《高昌回鹘在东部天山地区的发展》，作者著《西域历史研究（八至十世纪）》，上海：上海古籍出版社，2000 年，第 134 页。

"亦难 Bürt"。① 考虑到哈密不仅是高昌回鹘的重要城市之一，更是其通往东方的门户，位置险要，将圆形地图记录的高昌回鹘域内最靠东的城市视作哈密，应最合理。

总之，Qatun Sïnï "可敦墓"之西不论是畏兀儿之地，还是哈密、唐古特，该图反映的是——Qatun Sïnï "可敦墓"位于高昌回鹘之东，与可敦墓处于同一纬度的高昌回鹘城市是在哈密一带。就此而言，Qatun Sïnï "可敦墓"难以判定是与高昌回鹘之间间隔有西夏，且位置偏南的呼和浩特南郊的昭君墓。进言之，据 Qatun Sïnï "可敦墓"与哈密一带处于同一纬度而言，难以想象二者之间会有位置偏南的唐古特存在。相反，连接漠北与今新疆的通路在历史上发挥着重要作用。草原游牧政权——如突厥、回鹘、契丹、蒙古——的大军都是从漠北向西方的阿尔泰山、北庭、哈密立一带出征。特殊情况下，今新疆地区与中原政权间会通过漠北取得联系。其中，众所周知的是，当吐蕃侵占唐河西地区时，留守今北庭的唐朝驻军是先东行抵达漠北回鹘之地，即先利用"回鹘路"后再折向南。981 年，出使高昌回鹘的宋使王延德，亦经由漠北的九姓鞑靼之地前往高昌回鹘。契丹与高昌回鹘的交往，也多经由漠北的可敦城之地。② 如此，Qatun Sïnï "可敦墓"完全存在位于漠北的可能。

史载唐朝曾有和亲公主下嫁回鹘。其中的小宁国公主"历配英武、英义二可汗"③，终死在回鹘。王延德《使高昌记》介绍其本人在漠北九姓鞑靼之地时云："次历拽利王子族。有合罗川，唐回鹘公主所居之地，城基尚在……"④ 前田氏考证，上述拽利王子族居地内的"唐回鹘公主所居之地"，即是契丹为了加强对阻卜诸部的防御和统治，于统

---

① 国内外关于德藏回鹘文木杵文书的研究成果众多，兹不赘述。包括相关研究史归纳在内的最新最详实的研究，见森安孝夫《西ウイグル王国史の根本史料としての棒杭文書》，《東西ウイグルと中央ユーラシア》，第 697 页。年代考证见第 683—689 页，相关研究史归纳见第 679—683 页。

② 《辽史》卷八二《耶律隆运传》言其孙涤鲁重熙年（1032—1054）出任西北路招讨使，"后以私取回鹘使者獭毛裘，及私取阻卜贡物"云云，北京：中华书局，2016 年，第 1424 页。当时的辽西北路招讨司位于阻卜地内的镇州可敦城，见陈得芝《辽代的西北路招讨司》，作者著《蒙元史研究丛稿》，北京：人民出版社，2005 年，第 25—38 页（原载《元史及北方民族史研究集刊》第 2 期，1978 年）。关于契丹通过漠北之地与西方间的贸易往来，主要参见长泽和俊《遼の西北路経営について》，《史学雑誌》第 66 编第 8 号，1957 年，第 79—80 页（收入作者著《シルクロード史研究》，东京：国书刊行会，1979 年）。另关于高昌回鹘与契丹之间的密切联系，主要参见华涛《高昌回鹘与契丹的交往》，《西域研究》2000 年第 1 期，第 23—32 页。

③ 《旧唐书》卷一九五《回纥传》，北京：中华书局，1975 年，第 5210 页；《新唐书·卷二一七·回鹘传上》，北京：中华书局，1975 年，第 6125 页。

④ 引自王国维《古行记四种校录》，载《王国维遗书》第 13 册，上海：上海古籍出版社，1983 年，第 5 页。

合二十二年（1004）设置的镇州建安军治所，即镇州可敦城。① 镇州可敦城遗址在今蒙古国布尔根省南部喀鲁河下游之南、哈达桑之东20公里的青托罗盖地方。② 该地位于杭爱山脉东端的鄂尔浑河以东，土拉河附近。小宁国公主或其他公主死后，被埋葬在其生前居住地，即回鹘时期的可敦城附近，这是个自然的选择。契丹的镇州可敦城即是对包括上述唐和亲公主墓地在内的其生活过的城池进行整修后所建，契丹人称之为可敦城，极其自然。当然，也有可能把比较拗口的四字"可敦墓城"简称为"可敦城"。而突厥语 Qatun Sïnï，无疑是忠实的译名。

综上，笔者得出的结论是——Qatun Sïnï "可敦墓"视为漠北的可敦城，即契丹的镇州可敦城，自无问题。唯镇州可敦城地理方位，与位于"西夏与契丹"之间——即喀什噶里所言 Qatun Sïnï 的位置略有出入。笔者将在文末给出意见。

二、《突厥语大词典》圆形地图所见 Ötükän "于都斤"

关于漠北的 Ötükän "于都斤"，喀什噶里称其是邻近回鹘之地的鞑靼草原中的一个地名。③ 而圆形地图记录的此地大致处在八剌沙衮东北45度的方位上，与可敦墓地望相差极大。是故，钟焓认为"喀什噶里根本就不认为郁督军山以北地区和可敦墓之地是在同一地理单元内，故在漠北腹地去寻觅可敦墓的位置无异于缘木求鱼"。笔者对此说法不敢苟同。

圆形地图标注的 Ötükän "于都斤"，西南紧靠额尔齐斯河源头，隔河与 Yemäk "咽蔑"漠野相望，与通常的于都斤——漠北鞑靼地内的杭爱山脉——明显不符。而记录喀喇汗朝与额尔齐斯河流域等地的异教徒之间战斗的诗歌反映，④ 喀什噶里对这一地区比较熟悉，但他在相关章节中并未对 Ötükän "于都斤"做过任何介绍。而鞑靼漠野，则被标在了额尔齐斯河以西的伊犁河源头之西，这与为人所知的漠北鞑靼之地截然不同。是什么原因导致喀什噶里关于 Ötükän "于都斤"和鞑靼之地的看法，出现了如此巨大偏差呢？

---

① 前田直典《十世紀時代の九族達靼——蒙古人の蒙古地方の成立——》，《元朝史の研究》第235—242页。
② 陈得芝《辽代的西北路招讨司》，《元史研究丛稿》第32—33页；白石典之《9世紀後半から12世紀のモンゴル高原》，《东洋学报》第82卷第4号，2001年，第592页。
③ R. Dankoff and J. Kelly (eds. and trs.), *Compendium of the Turkic Dialects*, vol. 1, p. 159.
④ 相关诗文的归纳与分析，详见 R. Dankoff, "Three Turkic Verse Cycles Relating to Inner Asian Warfare", pp. 152—159.

波斯学者葛尔迪吉（Gardīzī）1050年前后著《记述的装饰》（Zainu'I-Axbār）一书，记录了基马克（Kīmek）部落出自Tatar"鞑靼"的传说。其中说到，鞑靼人的首领死后，其两子不和，次子设带着情人逃到了额尔齐斯河流域。之后，7个出自鞑靼的仆人——Īmī、咽蔑（Īmāk）、塔塔尔（Tatār）、Bayāndur（或Bilāndir）、钦察（Qifčaq）、Lāniqāz、Ajlād投奔设。后来，在鞑靼本部遭到敌人攻击后，其他部落也投向他们，进而按上述七人分成七个部落居住在额尔齐斯河地方。① 无疑，鞑靼部落移居至额尔齐斯河流域的年代，定早于喀什噶里所处的年代。

《世界境域志》还记录钦察是从基马克分出来的一个氏族，但其国王由基马克任命。② 据高登（P. B. Golden）介绍③，关于俄罗斯编年史记录的12世纪时期钦察联盟中的Toqsoba / Toγsoba部族，14世纪后半叶至15世纪初的伊斯兰学者伊本·赫勒敦（Ibn Khaldūn）指出："玉里伯里Ölberli构成（钦察东部集团）之一部，同样构成钦察东部集团之一部族的Toqsoba，即露西（俄罗斯）史料所谓的Polovci Dikii也源自鞑靼。"虽然我们还无法确定Toqsoba / Toγsoba的真正含义，但重要的是这个氏族出自鞑靼。

据以上介绍，可知在基马克部落的发展过程中，原属其最初七部族之一的钦察获得了壮大，其中包含出自鞑靼的部族。高登虽然对库蛮（Cuman，钦察联盟中靠近西部的部分）中的东方要素玉里伯里Ölberli进行了系统分析，但对葛尔迪吉关于基马克起源的传说，并未给予足够重视。④ 虽难以一一考证，刘迎胜先生通过对欧亚草原东西方之间民族移动事例之分析，指出葛尔迪吉关于基马克起源传说的背后应该有真实的历史基础⑤，此说不误。同时，刘先生推定上述鞑靼人的移居约发生在回鹘西迁之前或以后，足备一说。

---

① A. P. Martinez, "Gardīzī's Two Chapters on the Turks", *Archinum Eurasiae Medii Aevi*, vol. 2, 1982, pp. 120—121；瓦·弗·巴托尔德著，王小甫译《加尔迪齐著〈记述的装饰〉摘要》，《西北史地》1983年第4期，第107—108页；刘迎胜《9—12世纪民族迁移浪潮中的一些突厥、达旦部落》，《新疆通史》编撰文员会编《新疆历史研究论文选编》，乌鲁木齐：新疆人民出版社，2008年，第11—13页（原载《元史及北方民族史研究集刊》第12、13合期，1990年）；刘迎胜《蒙古西征历史背景新探》，作者著《西北民族史与察哈台汗国史研究》，北京：中国国际广播出版社，2012年，第36—37页。

② V. Minorsky, *The Regions of The World*, p. 100；王治来译《世界境域志》，第87页。

③ P. B. Golden, "Cumanica Ⅳ: The Tribes of the Cuman-Qipčaqs", *Archivum Eurasiae Medii Aevi*, vol. 9, 1997, pp. 108—109, 113—115, 119—121.

④ P. B. Golden, Cumanica Ⅱ: "Ölberli (Ölperli): The Fortunes and Misfortunes of an Inner Asian Nomadic Clan", in *Nomads and their Neighbours in the Russian Steppe: Turks, Khazars and Qipchaqs*, Aldershot, Hampshire: Ashgate, 2003, p. 22.

⑤ 刘迎胜《9—12世纪民族迁移浪潮中的一些突厥、达旦部落》，第11—36页；《蒙古西征历史背景新探》，第27—58页。

在喀什噶里的圆形地图上，钦察之地位于怛逻斯北偏东，与鞑靼漠野所在地——伊犁河源头之西——之间，虽有一不明地理名称，但相距并不遥远。考虑到喀什噶里对中亚地区进行过实地调查，他把鞑靼漠野标记在伊犁河源头之西，想必不会是空穴来风。这可与前面介绍的基马克源自鞑靼、钦察部族中包括出自鞑靼部落的信息相互补。按此分析，那我们就可以了解到喀什噶里把 Ötükän "于都斤"标在西南紧靠额尔齐斯河源头之地的缘由。即，虽然与葛尔迪吉相同——了解到基马克部落源自鞑靼这一传说的存在，但关于 Ötükän "于都斤"，他仅了解到其是邻近回鹘（即高昌回鹘）之地的鞑靼沙漠中的地名。是故，他才把于都斤之地标在与其认为的鞑靼漠野并不遥远，且与基马克部落的产生有着千丝万缕关系的额尔齐斯河流域。

综上，以圆形地图给出的于都斤的地理方位为参照物，借以探讨包括 Qatun Sīnī "可敦墓"在内的其他相关地理名称的位置，这一做法的前提偏离了正常的研究轨迹，其结论难言公允。

三、可敦墓即青冢说之质疑

喀什噶里在《突厥语大词典》sīn "身长"词目中介绍到，墓穴被称为 sīn，是因为其根据人的身长而制作。① 之后，作为 sīn "墓穴"的用例，引用了 Qatun Sīnī "可敦墓"，并言 Qatun Sīnī 是位于党项与 Sīn "秦（中国）"之间的一座城市。② 而 Sīn 在 Tawγač "桃花石（中国）"词目下做如下介绍：现在 Tawγač 指的是 Māsīn "马秦（宋）"，而契丹指的是 Sīn "秦"。③ 看来，位于党项与 Sīn "秦"之间的 Qatun Sīnī 城，实际上位于"西夏与契丹"之间。

米氏与张广达先生视 Qatun Sīnī "可敦墓"为可敦城，或源自把 sīn 视作汉语的"城"。笔者曾就此讨教阿拉伯语专家，得到的反馈是存在这一可能。钟焓指出，视 sīn

---

① R. Dankoff and J. Kelly (eds. and trs.), *Compendium of the Turkic Dialects*, vol. 2, p. 218; 校仲彝等译《突厥语大词典》第 3 卷，第 134 页。

② R. Dankoff and J. Kelly (eds. and trs.), *Compendium of the Turkic Dialects*, vol. 2, pp. 315—316; 校仲彝等译《突厥语大词典》第 3 卷，第 314—315 页。

③ R. Dankoff and J. Kelly (eds. and trs.), *Compendium of the Turkic Dialects*, vol. 1, p. 341; 校仲彝等译《突厥语大词典》第 1 卷，第 479 页。

为汉语"城"的借词的观点,就韵尾-n 与-ng(-ŋ)而言,远不能视作可以接受的定论。①笔者此处无意对这一问题进行进一步讨论。唯想补充的是,在讨论汉语"城"与突厥语中的汉语借词之对音关系时,钟焓未考虑到中古汉语的西北方音。若从西北方音着手进行论证,恐怕更具说服力。②

巴托尔德(W. Barthold)早已介绍,在比鲁尼著《麻苏迪宝典》中可见与 Qatun Sïnï "可敦墓"相同的地名。③ 据米氏转引,比鲁尼书中确有地名 Khātūn-sïn "贵妇人墓"④。鉴于此点,喀什噶里把 Qatun Sïnï 解释作"可敦墓"确有其缘由。

古今中外,名胜古迹成为其所在地的代名词(地理名称)之例并不少见。Qatun Sïnï "可敦墓"之得名应属此例。大概在喀什噶里生活的年代,东方某地存在一个贵妇人(可敦)之墓。在突厥语和阿拉伯语文献中,该墓成了其所在地的地理名称。就"西夏与契丹之间"这一地理位置而言,钟焓提议的昭君墓(青冢)固然可备一说。不过,仍有不少问题有待解决。

首先,存在名称上的龃龉。检《辽史》,青冢之名共出现 7 次。其中《辽史·卷四十一·地理志五》"西京道丰州条"云:"丰州,天德军节度使。……有大盐泺、九十九泉、没越泺、古碛口、青冢——即王昭君墓。兵事属西南面招讨司。"⑤ 而昭君墓之名仅出现 1 次,即上述《地理志》"天德军条"。与喀什噶里所处时代最为接近的上述《辽史》之记录反映,当时的人们更多是以青冢之名来称呼昭君墓。而且,诚如钟焓所言,

---

① 钟焓《辽代东西交通路线的走向——以可敦墓地望研究为中心》,第 36—37 页。

② 据语言学方面的研究,唐五代西北方音中,鼻收声韵尾-ŋ 已经出现脱落或鼻化成-m 的现象。主要参见罗常培《唐五代西北方音》,北平:国立中央研究院历史语言研究所,1933 年,第 38—42、145—146 页;高田时雄《コータン文書中の漢語語彙》,尾崎雄二郎、平田昌司编《漢語史の諸問題》,京都:京都大学人文科学研究所,1988 年,第 126 页;高田时雄《ウイグル字音史大概》,《东方学报(京都)》第 62 卷,1990 年,第 336—337 页。而且,鼻收声韵尾的消失恐怕从五代起就扩展到了-n 与-m 中,见罗常培同书第 146 页。高田时雄则认为西北方言的主要语音特点中包括鼻韵尾-ŋ、-m、-n 的弱化或消失,见 T. Takata, "Phonological Variation among Ancient North-Western Dialects in Chinese", in I. Popova and Y. Liu (eds.), *Dunhuang Studies: Prospects and Problems for the Coming Sencond Century of Research*, St. Petersburg: Institute of Oriental Manuscripts, Russian Academy of Sciences, 2012, pp. 244—245.

③ 巴托尔德著,罗致平译《中亚突厥史十二讲》,北京:中国社会科学出版社,1984 年,第 102 页。

④ V. Minorsky, *Sharaf al-Zamān Ṭāhir Marvazī on China, the Turks and India*, London: Royal Asiatic Society, 1942, p. 69.

⑤ 《辽史》卷四一《地理志五》,第 580 页。相关考证见李逸友《〈辽史〉丰州天德军条证误》,《内蒙古文物考古》1995 年 Z1 期,第 37—40 页。

诗文中经常可见青冢之名。假定昭君墓为远在中亚的喀什噶里所知，那在突厥语中相应的以青冢的音译或直译出现的概率无疑会更高。更何况，王昭君仅是匈奴单于阏氏(yänči，妻子之意)之一，非正室①，青冢从未被称为皇后墓或可敦墓。吹毛求疵的话，昭君墓果真出现于突厥语中，那以 yänči sïnï 出现的概率无疑要高于 qatun sïnï。因为，yänči"妻子"一词在 10 世纪时期的突厥语族黠戛斯人中仍然得以使用②。

其次，出现逻辑思维上的本末倒置。昭君墓位于今呼和浩特南郊，地属辽西京道丰州天德军。辽丰州天德军治所位于今呼和浩特东郊，地理位置上虽与唐五代天德军治所不同，但名称无疑袭自唐代。③ 降至 13 世纪后半叶，经由西亚中亚来华的马可波罗(Marco Polo)，仍然把包括今呼和浩特在内的汪古部辖地称为天德(Tenduc)州，介绍其主城名曰天德(当时已改称丰州)。④ 若马可波罗来华之际北方汉语入声韵尾已经彻底消失，则马可波罗所记 Tenduc 来自汪古人所操突厥语的可能性更大。总之，这些均表明，无论从战略地位，还是从历史渊源而言，历史上天德军之名都远超青冢。尤其是，写作年代约在大中五年(851)的日本杏雨书屋藏敦煌出土文书《驿程记》记录了由西受降城经天德军、中受降城(位于今包头市南郊)、振武(位于今呼和浩特南土城子古城)等前往雁门关的行程。其中，自中受降城至振武的驿站分别是神山关、云迦关、长平驿、宁人驿、子河驿，但并未出现青冢或昭君墓之类的驿站名称。⑤ 这从侧面反映出，历史上的青冢虽然多次出现于诗文之中，但它仅仅是一个文人墨客抒发情怀的风景雅致之地。而

---

① 阏氏并非指皇后，见兰殿君《"阏氏"并非匈奴皇后的专称》，《文史杂志》1989 年第 2 期，第 36 页。

② 阏氏无疑与叶尼塞碑铭中的 yänči "妻子"有着密切联系，如笔者介绍过的哈尔毕斯·巴里碑铭即出现此词。见白玉冬《十至十一世纪漠北游牧政权的出现——叶尼塞碑铭记录的九姓鞑靼王国》，《民族研究》2013 年第 1 期，第 76 页碑铭南 1 行。

③ 关于辽天德军治所，参见李佚友《〈辽史〉丰州天德军条证误》，第 37—40 页；何天明《辽代西南面招讨司探讨》，《内蒙古社会科学》1990 年第 6 期，第 66—70 页。唐天德军治所参见张郁《唐王逆修墓发掘纪要》，魏坚主编《内蒙古文物考古文集》第 2 辑，北京：中国大百科全书出版社，1997 年，第 514—515 页(原载《内蒙古文物考古》创刊号，1982 年)。

④ 主要参见 H. Yule, *The Book of Ser Marco Polo: the Venetian concerning the kingdoms and marvels of the East*, 2vols., London: John Murray, 1903, vol.1, pp. 284—285; P. Pelliot, *Notes on Marco Polo*, 3vols., Paris: Imprimerie Nationale, 1959—1963, vol.2, pp. 849—851; 沙海昂注，冯承钧译《马可波罗行纪》，北京：商务印书馆，2015 年，第 150—151 页。

⑤ 高田时雄《李盛铎舊藏寫本〈驛程記〉初探》，《敦煌写本研究年报》第 5 号，2011 年，第 2—3 页；陈国灿《读〈杏雨书屋藏敦煌秘笈〉札记》，《史学史研究》2013 年第 1 期，第 118—120 页；齐藤茂雄《唐後半期における陰山と天德軍——敦煌発見〈駅程記断簡〉(羽〇三三)文書の検討を通じて——》，《关西大学东西学术研究所纪要》第 47 辑，2014 年，第 79—82 页；白玉冬《沙州归义军政权大中五年入朝路再释》，《内蒙古社会科学》2016 年第 1 期，第 85—86 页。

且,晚唐时期,其重要性远比不过天德军,甚至不及边陲驿站。换言之,辽代的青冢,根本无法替代天德军从而成为今呼和浩特一带的代名词。Qatun Sïnï 之所以以可敦墓之名而为人所知,应是在其周边并无其他知名城镇。

综上,若我们仅把目光聚焦到 sïn"墓"而忽略对 Qatun Sïnï 内涵的分析,并试图探寻出一个与墓相关的地名来解决这一问题,此类研究固然中规中矩,但无异于刻舟求剑。

四、唐古特与 Qatun Sïnï"可敦墓"间战事的背景

喀什噶里在《突厥语大词典》čoɣïla-"(水)汩汩流"词目明确记录 Qatun Sïnï"可敦墓"的人们与唐古特族间发生战斗:

1 行 qatun sïnï čoɣïladï　2 行 tangut bägin yaɣïladï
3 行 qanï aqïp žaɣïladï　4 行 boyïn suvïn qïzïl saɣdï

Qatun Sïnï 沸腾了。他们(即 Qatun Sïnï 的人们)与唐古特族(即党项族)的伯克(即匐,氏族或部族首领)成了敌人。他们(即 Qatun Sïnï 的人们)的鲜血汩汩流淌。他们(即 qatun sïnï 的人们)从颈部流了血水。①

上文所见 Qatun Sïnï 中,末尾的 -ï 是表示第三人称所有的附加词缀。Qatun Sïnï 为 Qatun 之那 Sïn 之意,与 Qatun Sïn 寓意相同。以诗文形式流传于突厥语族人之间的上述战斗,无疑要早于《突厥语大词典》的成书时间,且有一段时间上的距离。

记录同时期西夏历史的《宋史》卷四八五《夏国传》载有控制了河西地区的李元昊呈给宋廷的奏文,其中提到"吐蕃、张掖、交河、塔塔(即鞑靼),莫不从服"②。同时,作为反映同时期西夏与鞑靼之关系的辽朝方面史料,《辽史》卷十九《兴宗纪二》言:"重熙十三年(1044)六月甲午,阻卜酋长乌八遣其子执元昊所遣求援使窊邑改来,乞以兵助

---

① R. Dankoff and J. Kelly (eds. and trs.), *Compendium of the Turkic Dialects*, vol. 2, pp. 314—315;校仲彝等译《突厥语大词典》第 3 卷,第 313—315 页,čoɣïladï(原文误作 čaɣïladï)。另,中英文译注者在词目 yopïla-"欺骗"之下,补注唐古特人的可汗曾欺骗 Qatun Sïnï 之王并以死攻击。分别见上引二书第 163 页与第 316—317 页。
② 《宋史》卷四八五《夏国传》,北京:中华书局,1977 年,第 13995 页。

战，从之。"《辽史》卷三十六《兵卫志下》云："元昊、谅祚智勇过人，能使党项、阻卜掣肘大国。"① 而《宋会要辑稿·蕃夷四》记录："至道二年(996)十月，甘州可汗附达怛国贡方物，因上言愿与鞑靼同率兵助讨李继迁，优诏答之。"② 孙修身先生指出，这是由于党项的隔断，甘州回鹘才北同鞑靼（即漠北的九姓鞑靼，亦即阻卜）联手，附之而走草原路朝贡于宋。③ 按此而言，似乎漠北的阻卜——鞑靼部落——最初曾对抗党项，但后来有一部分鞑靼人受控于西夏。

关于漠北的鞑靼部落在10世纪初期即已深入河西地区，笔者曾专做考释④。而且，拙文《十世纪时期的九姓鞑靼与丝路贸易》，论证敦煌文书记录的10世纪时期与沙州归义军政权间有过使节往来或冲突关系的鞑靼是出自漠北，11世纪初期契丹与沙州之前的密切往来应视作之前的沙州与九姓鞑靼间使者往来之延续。⑤ 钟焓只关注到Qatun Sïnï"可敦墓"，以及辽夏之间达成和解的11世纪后期的情况，而忽略对上述拙文重点讨论的10世纪末至11世纪初期的情况，是顾此失彼。尤其是，虽史料明确记载重熙十八年(1049)，附属于辽朝西北路招讨司的鞑靼部落参加了辽兴宗亲征西夏之役⑥，但仍然执着认为这些鞑靼部落是活动在西夏近边地带⑦，有失公允。其作为证据引用的西夏王陵汉字残碑记录的"北塞鞑靼""变俗用夏""贺兰马蹄峰"等内容，恰恰说明西夏曾征服过部分漠北的鞑靼部落。因为这些残碑属于西夏仁宗(1139—1193年在位)墓碑文，所记当为12世纪中后期之事。⑧ 而且，上述残碑文字，更让人联想起漠北克烈部中，王汗弟札阿柑孛等曾被西夏俘获过的人物。⑨ 是故，笔者以为，上述与唐古特族发生过战斗的Qatun Sïnï"可敦墓"视作漠北鞑靼地内的镇州可敦城，最具说服力。

---

① 《辽史》卷一九《兴宗纪二》、卷三六《兵卫志下》，第263页，第489页。
② 《宋会要辑稿·蕃夷四》，北京：中华书局，1957年影印本，第7714页。年代据马端临《文献通考》卷三四七《四裔二四·回纥》，北京：中华书局，1999年，第2721页。
③ 孙修身《试论甘州回鹘和北宋王朝的交通》，《敦煌研究》1994年第4期，第47页。
④ 白玉冬《于阗文P.2741文书所见鞑靼驻地Buhäthum考》，《西域文史》第2辑，2007年，第231—243页。
⑤ 白玉冬《十世紀における九姓タタルとシルクロード貿易》，第19—22页。
⑥ 《辽史》卷二〇《兴宗纪三》，第275页。
⑦ 钟焓《辽代东西交通路线的走向——以可敦墓地望研究为中心》，第36—37页。
⑧ 李范文《西夏陵墓出土残碑粹编》，北京：文物出版社，1984年，第23—24页，图版38、48、53。张久和《原蒙古人的历史：室韦——达怛研究》，北京：高等教育出版社，1998年，第188页。张先生认为该达怛是阴山鞑靼，笔者难以苟同。
⑨ 李范文《西夏陵墓出土残碑考释》，《西夏研究论集》，银川：宁夏人民出版社，1983年，第117—118页；孟楠《论克烈人与西夏的关系》，《内蒙古社会科学》1998年第3期，第38—40页。

值得一提的是，笔者虽主张 10 世纪时期漠北的鞑靼部落与河西走廊不同政治体间发生联系，但并非断然否定当时的河西地区不存在鞑靼人。随着时间的推移，上述鞑靼人或因冲突，或因贸易等，部分进入到河西地区实属情理之中。如 P.3579《宋雍熙五年（988）十一月神沙乡百姓吴保住牒》谈到吴保住被贼人打劫到伊州，后被沙州使安都知般次押衙曹闰成从"柔远家"处赎买，二人返回沙州途中"左（佐）于达怛边，卖老牛一头，破与作粮"①。上文"达怛"即鞑靼人，应在柔远至沙州之间。另，敦煌出土于阗文文书记录，10 世纪时期在于阗和沙州之间确有鞑靼人在活动。② 笔者想要强调的是，这些鞑靼人或是随回鹘移居的随波逐流者，或是游牧集团的前哨末端，不可能替代鞑靼本部而成为历史主角。

五、11 世纪初期契丹与中亚之交通

马卫集著《动物的自然属性》记录有通往东方之旅程。该书第 19 节中介绍了由喀喇汗朝首都喀什噶尔经由于阗到达沙州后，通往 Sīn（秦，即中国）、契丹和回鹘（西州回鹘）的三条路线。③ 其中，契丹介绍作"从沙州往东约二个月到达 Khātūn-san④，然后一个月到达 Ūtkīn，再需要一个月到达契丹首都 Ūjam"。米氏认为，上述有关从沙州到达契丹首都之路程的原始情报，当来自马卫集书中第 22 节所介绍的、于牛年（1027）同西州回鹘使者一同访问哥疾宁朝，并递交国书（以回鹘文写成）的契丹使者。

据巴托尔德介绍，葛尔迪吉书中记录两位非穆斯林的突厥汗在 1026 年遣使访问哥

---

① 录文主要参见唐耕耦、陆宏基编《敦煌社会经济文献真迹释录》第 2 辑，北京：书目文献出版社，1990 年，第 308 页；陆庆夫《河西达怛考述》，《敦煌吐鲁番文献研究》，兰州：兰州大学敦煌学研究所，1995 年，第 559 页。"柔远家"应指伊州柔远县当地部族。相关简介，另见荣新江《归义军史研究——唐宋时代敦煌历史考索》，上海：上海古籍出版社，1996 年，第 32 页。

② 贝利（H. W. Bailey）"Ttattara"（*Indo-Scythian Studies Being Khotanese Texts Volume Ⅶ*，Cambridge: Cambridge University Press, 1985. pp.92－94）介绍其刊布的《塞语文献文书卷》（*Saka Documents Text Volume*）第 2 卷第 77 页提到于阗使者曾与 Kūysa 地方的鞑靼人首领进行物物交换。笔者查阅施杰我（P. O. Skjaervo），*Khotanese Manuscripts from Chinese Turkestan in the British Library*（London: The British Library, 2002, p. 577）关于 Khot missing frags. 2 的最新研究，惜未能发现相关叙述，或许贝利所言文书编号出现了偏差。

③ V. Minorsky, *Sharaf al-Zamān Ṭāhir Marvazī on China, the Turks and India*, pp. 18－19.

④ 关于 Khātūn-san 与 Khātūn-sīnī 之讨论，见 V. Minorsky, *Sharaf al-Zamān Ṭāhir Marvazī on China, the Turks and India*, p. 74.

疾宁朝，但因文本问题，突厥汗的称号并不能确定。① 米氏在《动物的自然属性》译注中指出，葛尔迪吉与马卫集记录的为同一事件，派遣使者的突厥汗是契丹可汗与西州回鹘可汗。② 另，据马卫集提供的契丹国书内容，可知当时的契丹希望与哥疾宁朝结成友好关系，而且辽圣宗太平元年（1021）可老公主下嫁的大食太子册割即为喀喇汗朝卡迪尔汗（Qadir Khān）之子 Chaghri Tegin③。此处，笔者关注的是契丹使者是与西州回鹘使者一同出使哥疾宁朝。

统和二十二年（1004），在可敦城设置镇州建安军之后，契丹无疑加强了对漠北鞑靼——阻卜诸部的控制，其对蒙古高原的统治优势得到了极大保证。此后，契丹以镇州可敦城为据点，依托镇州建安军的军事威慑力，增强了对沙州归义军政权之影响。其直接结果是带来了 1006—1020 年间沙州与契丹间的 6 次使者往来。④ 而出使哥疾宁朝的契丹使者，显然是经由漠北可敦城之地后与西州回鹘使者会合。考虑到当时喀喇汗朝的势力扩张，以及喀喇汗朝与高昌回鹘、哥疾宁朝间的紧张关系⑤，上述使者虽然有可能抵达沙州与西州，但能否经由喀喇汗朝之地前往哥疾宁朝，在马卫集书获得刊布之前确实是个未知数。幸运的是，马卫集记录的契丹使者带给哥疾宁朝统治者的国书中明言"今有贵主下嫁于卡迪尔汗之子察格里特勤，结成盟好，故命卡迪尔汗开通道路，庶几此后聘使往还无碍"⑥。看来，1021 年可老公主下嫁喀喇汗朝册割太子后，契丹与喀喇汗朝得以保持友好关系，才使得契丹与回鹘使者经由喀喇汗朝前往哥疾宁朝成为可能。

关于上述沙州至中国、契丹的路程，米氏进行了详细分析。他介绍了比鲁尼《麻苏迪宝典》的相关记录，并进行了对比。据其介绍，比鲁尼当时正奉职于哥疾宁朝宫廷，

---

① 相关介绍见巴托尔德著，张锡彤、张广达译《蒙古入侵时期的突厥斯坦（上）》，上海：上海古籍出版社，2007 年，第 286 页（原文 348 页）及其注 3；巴托尔德《中亚突厥史十二讲》，第 91 页。

② V. Minorsky, *Sharaf al-Zamān Ṭāhir Marvazī on China, the Turks and India*, pp. 76—77.

③ 代田贵文《カラハン朝の東方発展》，《"中央"大学大学院研究年报》第 5 辑，1976 年，第 261—263 页；黄时鉴《辽与"大食"》，作者著《黄时鉴文集》第 2 册，上海：中西书局，2011 年，第 23—26 页（原载台北《新史学》第 3 卷第 1 期，1992 年）；胡小鹏《辽可老公主出嫁"大食"史实考辨》，《西北师大学报》（社会科学版）1995 年第 6 期，第 87—88 页（收入作者著《西北民族文献与历史研究》，兰州：甘肃人民出版社，2007 年）。

④ 白玉冬《十世紀における九姓タタルとシルクロード貿易》，第 20—21 页。

⑤ 代田贵文《カラハン朝の東方発展》，第 255—264 页。

⑥ V. Minorsky, *Sharaf al-Zamān Ṭāhir Marvazī on China, the Turks and India*, pp. 19—21. 中译文主要参见周一良《新发现十二世纪初阿拉伯人关于中国之记载》，作者著《魏晋南北朝史论集》，北京：中华书局，1963 年，第 410—411 页（原载《思想与时代》第 41 期，1947 年）；陈述校《全辽文》，北京：中华书局，1982 年，第 15—16 页。

且直接接触过契丹使者。米氏指出，比鲁尼书中相关地名之说明，与马卫集书中所言一致。进而认为，马卫集笔下的地名 Khātūn-san 与比鲁尼记录的 Khātūn-sīn "可敦墓"实为同地。① 考虑到比鲁尼曾直接与契丹使者见面，而马卫集很可能利用了哥疾宁朝的官方记录。而且，就相关派遣使者之事还为 1050 年成书的葛尔迪吉书所记录而言，上述有关从沙州前往契丹首都之路程的情报，诚如米氏所言，无疑来自 1027 年与西州回鹘使者一同访问哥疾宁朝的契丹使者。米氏虽认为马卫集记录的 Ūtkīn 的音值与漠北的 Ötükän "于都斤"相近，但因于都斤之地距契丹使者的出使路途过于遥远，故主张 Ūtkīn 应为《辽史》记录的南京（今北京市）西北的武定军。② 米氏按武定军的现代音 Wu-ting-kiun 与 Ūtkīn 进行比定，凸显其意见的勉强之处。相反，笔者以为，马卫集记录的 Ūtkīn 应即 Ötükän "于都斤"③。钟焓亦与笔者持相同意见④。

不过，钟焓以为马卫集书中虽然保留了更早时候辽朝致中亚国家的国书，但上述喀喇汗朝前往契丹的路程不应是反映至少一个多世纪前相对滞后的信息，并论证连接着漠北草原的丰州在辽金元时期的丝路贸易上发挥着东西南北间交通枢纽作用。需要补充的是，笔者虽然主张上述喀喇汗朝至契丹的路程记录的是 11 世纪初期的情况，且经由漠北之地，但笔者并未否定当时漠南地区亦存在沟通东西方的通道。而且，辽夏关系趋于友好的 11 世纪下半叶以降，辽朝与西夏自然可以经由今河套一带进行交流。故笔者对上述钟焓有关东西方间的交流之考证大体赞同，唯以为其有关上述路程年代之考释难以服众。何况，马卫集著书中关于一个多世纪以前，甚至更为陈旧的内容比比皆是。

关于上述喀喇汗朝至契丹路程的走向，钟焓基于 Qatun Sīnī "可敦墓"为昭君墓，主张"符合实际的情形应当是从可敦墓（即其主张的昭君墓）向北经行月余可达漠北郁督军（Ötükän "于都斤"）之地，同时从可敦墓向东行进，在一月内即可到达 Ūjam，并认为这是由于缺乏实际旅行经历的马卫集所发生的地点方位间的舛乱，"以致将丰州、郁督军之地、Ūjam 误解为一条全长两月行程的东西要道上三个里程碑似的节点"。鉴于钟焓并未对 Ūtkīn、Qatun Sīnī "可敦墓"与 Ūjam 三地间相互位置关系给予关注，此处略加讨论。

据米氏介绍，比鲁尼书中，契丹、Qatun Sīn、Ūtkīn 三地地理坐标如下。契丹：经

---

① V. Minorsky, *Sharaf al-Zamān Ṭāhir Marvazī on China, the Turks and India*, pp. 68—70.
② 武定军见《辽史》卷四一《地理志五·西京道》奉圣州条，第 582 页。另米氏相关考证见 V. Minorsky, *Sharaf al-Zamān Ṭāhir Marvazī on China, the Turks and India*, pp. 73—74.
③ 白玉冬《十世紀における九姓タタルとシルクロード貿易》，第 9、16 页。
④ 钟焓《辽代东西交通路线的走向——以可敦墓地望研究为中心》，第 43—45 页。

度为 158 度 40 分，纬度为 21 度 40 分；Qatun Sīn：经度为 129 度 40 分，纬度为 31 度 50 分；Ūtkīn：经度为 136 度 30 分，纬度为 26 度 0 分。① 据此可知，Qatun Sīn、Ūtkīn 均位于契丹西北。就上述 Ūtkīn 与契丹间的位置关系而言，Ūtkīn 无疑应为漠北的 Ötükän"于都斤"。不过，上述三地地理坐标同时反映，Qatun Sīn 又位于 Ūtkīn "于都斤"之西北。显然，这一地理分布与镇州可敦城位于于都斤山之东这一实际位置相矛盾。米氏根据比鲁尼记录的一系列地理坐标，推定沙州与 Qatun Sīn 间距离为 1610 公里，Qatun Sīn 与 Ūtkīn 间距离为 925 公里，Ūtkīn 与契丹间距离为 2253 公里。据《中国历史地图集》得知，沙州与杭爱山脉，即与 Ūtkīn "于都斤"间直线距离约 800 至 900 公里，杭爱山脉与 Qatun Sīn，即与镇州可敦城间约 300 至 400 公里，镇州可敦城与契丹上京间约 1200 公里。② 显而易见，米氏根据比鲁尼的坐标计算出来的四地间的相互距离，与现代地图所反映的实际距离不符。但若将比鲁尼记录的 Qatun Sīn 与 Ūtkīn 位置互换，则发现沙州、Ūtkīn、Qatun Sīn、契丹四者相互位置与现在的实际地理位置基本一致。看来，比鲁尼混淆了 Qatun Sīn 与 Ūtkīn 的经度，而马卫集记录的从沙州先到达 Khātūn-san，然后再到达 Ūtkīn 这一路程，是沿袭了比鲁尼的错误。

综上，关于马卫集记录的由喀喇汗朝前往契丹的交通线，笔者以为是从沙州经由漠北的于都斤与镇州可敦城之地后抵达契丹。不过，这反映的应该是 11 世纪初期的情况。同时，笔者并不否认当时在漠南地区存在连接契丹与西夏、喀喇汗朝的通路。喀什噶里言 Qatun Sīnī "可敦墓"是位于党项与 Sīn "秦（中国，此处指契丹）"之间的一座城市，是因为其依据的相关材料里包括西夏占领沙州之后的内容，且当时的喀喇汗朝经由西夏入贡契丹，致使其做出上述推断。

六、余 论

拙文最终结论是《突厥语大词典》圆形地图所见 Qatun Sīnī "可敦墓"代指漠北的镇州可敦城，马卫集记录的由喀喇汗朝前往契丹的路程经由漠北于都斤地区和镇州可敦城。

不可否认的是，喀喇汗朝的优素甫·哈斯·哈吉甫（Yūsuf Khāss Hājib）于 1070 年

---

① V. Minorsky, *Sharaf al-Zamān Ṭāhir Marvazī on China, the Turks and India*, p. 69.
② 谭其骧主编《中国历史地图集》第 5 册，香港：香港三联书店，1991—1992 年，第 3、4 页。

创作的《福乐智慧》(*Qutadγu Bilig*)言"契丹的商队带来了桃花石(宋)的商品"云云①。有辽一带,漠南地区应当存在连接喀喇汗朝与契丹、宋的贸易路。而上面介绍的途径漠北的情况,当属于11世纪初期情况。

(本文原载《历史研究》2017年第4期,第158—170页;有增补)

---

① R. Dankoff (trs.), *Wisdom of Royal Glory（Kutadgu Bilig）: A Turko-Islamic Mirror for Princes*, Chicago: University of Chicago Press, 1983, p. 41.

克孜尔石窟"佛陀神变"故事研究
——龟兹佛教"佛陀观"思想研究之一

苗利辉

"佛陀神变"故事,是释迦牟尼传教事业中一种特殊的弘扬佛法的手段。梵语为 vikurvana。为教化众生,佛、菩萨等以超人间之不可思议力(神通力),变现于外在之各种形状与动作。狭义言之,一般系以身来表现,即指六神通中之神足通;广义言之,则包括身、语、意等三种神变(指三示现)。"神变"也是原始佛教"佛陀观"理念中非常重视的内容。在佛教早期的经典里,描述佛陀神变功能的经文非常普遍,它在开创佛教局面、扩大佛教影响方面屡屡取得巨大的成功。

"佛陀神变"故事造像,早在公元前的印度石雕里中就已经出现。随着北传佛教进入中亚、中国西域,神变故事题材在这些地区广泛流行开来。在龟兹石窟中,克孜尔石窟是佛陀神变故事图像的集大成者。本题材研究,就以克孜尔石窟佛陀神变图像为中心而开展。

克孜尔石窟中神变图像,主要有"降伏六师外道""双神变"和"化现诸佛"等。[①] 对这些题材,中外学者进行了多年研究,取得了一系列成果。"降伏六师外道"是个比

---

① 舍卫城神变最早是由中国学者丁明夷等释读出来的,他们以双神变和化现千佛两个基本特点作为判断依据,判定克孜尔第14、123和189窟的三幅图像为舍卫城神变(新疆维吾尔自治区文物管理委员会、拜城县克孜尔千佛洞文物保管所、北京大学考古系《中国石窟·克孜尔石窟1》,北京:文物出版社,1989年,第194页)。近年来,这些被识读出的题材陆续受到了中国和德国学者的质疑。德国学者 Monika Zen 根据对梵文和中文经典的对勘,认为第189窟的图像为佛渡恒河(Monika Zen, "The Identification of Kizil Paintings VI", *Indo-Asiatische Zeitschrift 17*, 2013, pp.9—13)。中国学者赵莉等赞同此观点(赵莉、杨波《龟兹"佛履三道宝阶降还"和"龙王搭桥渡佛过河"壁画探析》,《西域研究》2015年第4期,第135—141页)。澳门大学教授朱天舒认为第123窟主室左侧壁表现的是有关过去佛的本生故事(朱天舒《克孜尔第123窟主室两侧壁画新探》,《敦煌研究》2015年第3期,第4—7页)。中国学者廖旸认为第14窟主室正壁表现的是莲华藏世界海(廖旸《克孜尔石窟壁画年代学研究》,北京:社会科学文献出版社,2012年,第108—110页)。笔者以为克孜尔石窟中的舍卫城神变故事是个值得深入研究的问题,拟另文探讨。

较重大的课题,我国学者丁明夷和赵莉等曾辨析和研究克孜尔石窟第 80、97、114、192 和 207 窟中的"降伏六师外道"的题材内容。"化现诸佛"方面,霍旭初认为第 17 窟的此类图像表现的是佛陀涅槃前显现的法身,第 123 窟表现的是佛陀的"色身圆德"的形象;① 李静杰和彭杰等认为第 17 窟此类图像表现的是卢舍那佛;② 李瑞哲认为是小乘法身。③ 这些观点不尽相同,但都提及了"神通""神变"的作用。此外,丁明夷、赵莉对克孜尔石窟第 178、198、205 和 224 窟的"须摩提女请佛缘"故事做出了辨析,此题材也与"神变"相关。④ 国外学者,对"神变"也有不少研究成果:宫治昭辨识出克孜尔石窟中的"双神变"和"肩上出火"的故事题材;⑤ 霍华德、雅尔迪兹、宫治昭等人对佛头光和身光中绘出"化佛"的神变图像进行了研究。但观点各异,霍华德认为第 17 窟此类图像表现的是"宇宙佛";⑥ 雅尔迪兹则认为第 123 窟表现的是"辟支佛"。⑦ 上述学者的研究,使龟兹地区的"佛陀神变"故事研究有很大推进,取得了可喜的成果,但在有些方面仍有讨论的余地。本人不揣谫陋,就克孜尔石窟中的"佛陀神变"题材的种类、内涵以及产生的原因等方面发表自己的看法,以就教于方家。

一、"降伏六师外道"故事中的神变

"降伏六师外道",讲述了释迦牟尼在舍卫城渐次显现出各种不同的神通,使以六

---

① 霍旭初等《龟兹石窟与佛教历史》,乌鲁木齐:新疆人民出版社,2016 年,第 332—333 页、第 366—368 页。

② 李静杰《卢舍那法界图像研究简论》,《故宫博物院馆刊》2000 年第 3 期,第 62—63 页;彭杰《关于克孜尔 17 窟卢舍那佛像的补证》,《新疆师范大学学报》2006 年第 2 期,第 18—23 页。

③ 李瑞哲《克孜尔石窟第 17、123 窟中出现的化佛现象》,《敦煌研究》2009 年第 2 期,第 37—44 页。

④ 新疆维吾尔自治区文物管理委员会、拜城县克孜尔千佛洞文物保管所、北京大学考古系编《中国石窟·克孜尔石窟 1》,第 195、194 页;赵莉《克孜尔石窟降服六师外道壁画考析》,《敦煌研究》1995 年第 1 期,第 146—155 页。

⑤ 宫治昭著,李萍译《犍陀罗美术寻踪》,北京:人民美术出版社,2006 年,第 184—198 页。

⑥ Angela F. Howard, "Miracles and Visions among the Monastic Communities of Kucha, Xinjiang", *Journal of Inner Asian Art and Archaeology 2007*, Vol. 2, pp. 77—87. 宫治昭也赞成这个论述,见宫治昭著,贺小萍译《宇宙主释迦佛——从印度到中亚、中国》,《敦煌研究》2003 年第 1 期,第 30—31 页。

⑦ Marianne Yaldiz, "One of Xinjiang's Mysteries: Cave 123 in Kizil, the Cave with the Ring-bearing Doves", *Silk Road Art and Archaeology 6* (1999/2000), pp. 245—250.

师外道①为代表的其他宗教派别的弟子和信众为之折服，纷纷皈依佛教。它是佛教史上一件大事。通过这次斗法，佛教战胜了摩揭陀国强大的"外道"势力，开辟了佛教传播发展的新局面，从此，佛教开始拥有了印度主流宗教的地位。"降服六师外道"是佛教具有"奠基"意义的重要事件。这个故事在许多佛经经本中均有记载，汉译的主要有《四分律》《根本说一切有部毗奈耶杂事》《根本说一切有部毗奈耶破僧事》和《贤愚经》，巴利语文献则有《本生经》和《天譬喻经》。在这次事件中，释迦牟尼展现了多项神变，包括在树木复活、虚空中现四威仪、身体出火、身上同时出水出火、身发无量光明、化现千佛和化现地狱等。

关于整个神变的过程，各个经本记载详略不同，《根本说一切有部毗奈耶杂事》中记载较为详细：

> 尔时世尊暂出房外，净洗足已，复入房中，就座而坐入火光定，遂于门钩孔中出大火光。……光明更甚，一无所损，自然火灭。由佛神力及天力故。……尔时世尊便入如是胜三摩地，便于座上隐而不现。即于东方虚空中出，现四威仪，行立坐卧。入火光定出种种光，所谓青黄赤白及以红色。身下出火，身上出水。身上出火，身下出水。如于东方南西北方亦复如是现其神变。既现变已，即还收摄，于师子座依旧而坐。佛告王言，此是诸佛及声闻众共有神通。……大王谁请如来对诸外道及人天众，当现无上大神变事。……时彼龙王知佛意已。……即便持花大如车轮，数满千叶，以宝为茎，金刚为须，从地踊出。世尊见已，即于花上安稳而坐。于上右边及以背后，各有无量妙宝莲花，形状同此，自然踊出。于彼花上一一皆有化佛安坐。各于彼佛莲花右边及以背后，皆有如是莲花踊出化佛安坐。重重辗转上出，乃至色究竟天莲花相次。或时彼佛身出火光，或时降雨，或放光明，或时授记，或时问答。或复行立坐卧现四威仪。佛神力故，假使童儿，亦能现见如来影像。②

---

① 六师是佛陀时代印度中部出现的六种反对婆罗门思想的自由思想学派。其代表人物是：阿耆多·翅舍钦婆罗（Ajita Kesakambala，顺世派的始祖，唯物论者）、迦罗鸠驮·迦旃延（Pakudha Kaccāyana，提倡七要素说之思想家）、富兰那·迦叶（Purāna Kassapa，道德否定论者）、末伽黎·拘舍梨（Makkhali Gosāla 邪命外道之祖、决定论者）、珊阇耶·毗罗胝子（Sañjaya Belatthiputta，怀疑论者）、尼干陀·若提子（Nigantha Nātaputta，耆那教始祖、相对主义者）。

② 《根本说一切有部毗奈耶杂事》，《大正藏》第24册，第331—332页。

但是这个经本中没有提到"树木复活"奇迹,这个情节仅在巴利文《本生经》和汉译《贤愚经》中被提及。但是《本生经》中复活的是芒果核①,而《贤愚经》中复活的是杨枝②。

> 腊月一日,佛至试场,波斯匿王,是日设食,清晨躬手授佛杨枝,佛受嚼竟,掷残着地,堕地便生,蓊郁而起,根茎踊出,高五百由旬,枝叶云布,周匝亦尔。渐复生华,大如车轮,遂复有果,大五斗瓶,根茎枝叶,纯是七宝若干种色,映灿丽妙,随色发光,掩蔽日月。食其果者,美逾甘露,香气四塞,闻者情悦;香风来吹,更相撑触,枝叶皆出和雅之音,畅演法要,闻者无厌。一切人民,睹兹树变,敬信之心,倍益纯厚。佛乃说法,应适其意,心皆开解,志求佛者,得果生天,数甚众多。③

佛陀化现地狱的神变则仅在汉译《贤愚经》中进行了描述:

> 第十五日,瓶沙王请佛,佛豫敕王:唯须餐具。王但严办器物,极令饶多。食时已到,诸器悉满,甘膳百味,种种异美,普令众会饱足有余,食已,身心自然安乐。于时世尊,以手指地,十八地狱一切都现,无量尘数,诸受罪人,各各自说:我于本时,作如是恶,今受此苦。一切众会,具悉闻见,甚怀悲悯,衣毛惊悚。佛便为说法,应适其意,有发大心,住不退者,得果生天,不可称数。地狱众生,缘见佛闻法,心生敬仰,皆遥自归,终皆得生天上人中。④

克孜尔石窟中已经识别为降伏六师外道的图像有五例。它们分别位于克孜尔石窟第80窟和第97窟主室正壁,第114窟主室前壁,第192窟主室右侧壁以及207窟主室左侧壁。⑤ 克孜尔石窟第80窟主室正壁上部的"降伏六师外道"图像,画面中部佛陀交脚坐于方座上,左手放于腿上握衣襟,右手上举作说法印。佛左侧下方绘五身婆罗门,上方内侧绘一身飞行金刚,右手持金刚杵,外侧绘一身人物。佛右侧下方绘帝释天及其眷

---

① 《汉译南传大藏经》第37册,高雄:元亨寺妙林出版社,1994年,第142—157页。
② 《贤愚经》,《大正藏》第4册,第362页。
③ 《贤愚经》,《大正藏》第4册,第362页。
④ 《贤愚经》,《大正藏》第4册,第363页。
⑤ 新疆维吾尔自治区文物管理委员会、拜城县克孜尔千佛洞文物保管所、北京大学考古系编《中国石窟·克孜尔石窟1》,第194页;新疆龟兹石窟研究所《克孜尔石窟内容总录》,第300页。

属和天人。佛上方绘一树,树上方绘七身坐佛。佛座左侧绘一身小鬼,前方绘一鼎状物,其中绘多个人头(图1)。绘于克孜尔石窟第97窟的此题材,位置与图像特点与第80窟基本相似,但是佛座前没有了小鬼、鼎状物和人头,左侧下方的外道绘出了六身,右侧下方所绘帝释天的眷属多了一身天人和金刚。此外,佛上方没有绘出树,但是,位于树上方的七佛每侧身旁均有一身供养天人,七佛两侧各有一身交脚坐,且有头光和身光的菩萨(图2)。第114窟主室前壁的降伏六师外道,画面有所不同,佛左侧绘四身立姿婆罗门,右侧绘六身婆罗门,其中最下一身跪于束帛座上,佛座前跪一身婆罗门(图3)。七佛位置特别,位于门上方,而非佛头上方。第193窟主室右侧壁的此题材比较残破,但是佛头上方的坐佛仍然残存三身。第207窟主室左侧壁的此题材佛左侧下方绘三身婆罗门,上方绘金刚。右侧下方绘帝释天及眷属,上方绘两身比丘。佛头上方绘花树。这几幅图像除207窟外,均有七佛的图像出现,以往有学者认为这是对过去诸佛的表现,相关佛经也有佛显现神通是因为过去诸佛均曾在此地显现大神通的记载。[①] 但笔者以为,画面中出现的七佛展现的是释迦牟尼化现的诸佛,此幅图像表现的是舍卫城神变故事。这种特点尤其以第97窟最为明显,也与上述《根本说一切有部毗奈耶杂事》中化现诸佛的记述及犍陀罗地区有关造像一致。[②]

至于为何以七佛的形式表现化佛,笔者以为这可能有来自印度的影响,也与龟兹地区的图像传统有关。

首先,介绍来自印度的影响。

阿旃陀石窟第2号窟年代为公元5世纪末,[③] 该窟内室的正壁上,"一尊大佛坐在一棵芒果树下,右边是因陀罗,左边是一身菩萨。佛脚踏在一朵白色莲花上,下方偏左是一位供养人。佛上部是结不同手印的七佛,七佛各坐于莲花上,莲茎自下部延伸至上部"。该图像被法国学者福歇判定为舍卫城神变。[④] 阿旃陀石窟第2窟的主佛之上出现了七身化佛,与上述克孜尔石窟第80和97以及192窟降伏六师外道图像相似,这几个洞窟的年代均为公元7世纪。一般认为佛陀在舍卫城展现神变,其目的就是降伏六师外道,这一事件是舍卫城神变故事的高潮部分。

其次,我们谈谈龟兹地区的以七佛表现化佛的图像传统。

---

① 《根本说一切有部毗奈耶杂事》,《大正藏》第24册,第330页。
② 栗田功《ガンダーラ美術Ⅰ佛伝》,东京:株式會社二玄社,1998年,第197页图版396。
③ 李崇峰《佛教考古:从印度到中国》,上海:上海古籍出版社,2014年,第83页。
④ [法]阿·福歇著,王先平、魏文捷译《佛教艺术的早期阶段》,兰州:甘肃人民出版社,2008年,第126页。

据笔者统计，龟兹地区此种在佛周围或身光、头光中绘制化佛的图像有多例。其中在克孜尔石窟中保存较完整的，分别保存在第13、17、47、48、123、160、175、176、189窟。① 这些石窟中的佛像的头光和身光或其周围均绘出了小坐佛或立佛（表1）。其中第13窟的主室正壁甬道上方各绘一身小坐佛，而两侧壁上方近正壁处也各绘二身坐佛。第17窟左右甬道外侧壁外端均绘有立佛，每身立佛头光、身光中均绘有三道和坐佛及立佛。头光中各绘七身坐佛一菩萨，而身光部位则绘有八身、七身和六身不等的小坐佛。第175窟左甬道内侧壁外端绘一坐佛，坐佛身光三圈，不完整，但可辨识出五趣及四佛（立佛）。第176窟主室龛内侧壁绘坐佛，龛外两侧各绘七身坐佛（图4）。可以看出，除了由于空间原因，在头光或身光及其周围绘制六七佛表现化佛是克孜尔石窟中比较常见的做法。此时期中亚和龟兹地区高僧翻译的有关经典中，身光或头光中化现诸佛，也是非常常见的，如佛陀跋陀罗译《佛说观佛三昧海经》载：

  云何观如来颈相，缺瓮骨满相，臆德字相，万字印相，是众字间出生圆光……于佛圆光，了了如画，如镜见面，如是众相，名为圆光。围绕佛颈，上亦一寻，下亦一寻，左亦一寻，右亦一寻，足满八尺，于圆光中流出化佛。②

鸠摩罗什译《禅秘要法经》中亦载：

  佛告阿难。此想成已。……于四方面，生四莲华，其华金色，亦有千叶。金刚为台，有一金像。……身内身外，满中化佛。是诸化佛，各放光明，其光微妙，如亿千日，显赫端严，遍满一切三千大千世界。满中化佛，一一化佛，有三十二相八十种随形好，一一相好，各放千光。其光明盛，如和合百千日月，一一光间，有无数佛。如是渐渐，复更增广，数不可知。一一焰间，复更倍有无数化佛。是诸化佛。……释梵护世，无数天子，持天曼陀罗华、摩诃曼陀罗华、曼殊沙华、摩诃曼殊沙华。③

---

① 克孜尔第27窟主室正壁及侧壁开出多龛，因为塑像全部毁坏，其题材无法辨识，本文不做讨论。
② 《佛说观佛三昧海经》，《大正藏》第15册，第643页。
③ 《禅秘要法经》，《大正藏》第15册，第613页。

至于为何绘制七佛的教义基础,则是说一切有部释迦佛继承"过去佛"法统思想的体现。①

表1 克孜尔石窟中化佛图像分布表

窟 号	位 置	时 代
13	主室正壁及侧壁	公元5世纪
14	主室正壁龛上方	公元5世纪
17	左右甬道外侧壁	公元6世纪
47	后甬道正壁	公元4世纪
48	后室前壁	公元4世纪
123	主室前壁、侧壁、左甬道外侧壁	公元7世纪
160	主室正壁	公元7世纪
175	左甬道内侧壁	公元6世纪
176	主室正壁龛两侧壁及龛外壁面	公元7世纪
184	主室正壁龛两侧壁	公元7世纪
186	主室正壁龛两侧壁	公元7世纪
189	主室券顶	公元7世纪

二、克孜尔石窟中的"双神变"和其他神变故事

除降伏六师外道外,克孜尔石窟中出现较多的佛陀神变现象还有双神变、身上出火和化现诸佛。

佛陀的"双神变"是佛传故事中经常出现的题材。在佛经记载中,佛在成道时、回到释迦族时、度化其妻子耶输陀罗时、度化外道时、调服醉象时、涅槃时、都曾展现此神变。

> 佛说偈已。为守财象说法示教利喜。示教利喜已默然。时守财象。从佛闻法故。心悔泪出。头面礼佛足右绕而去。尔时众人闻佛摧伏恶象希有事故。……佛自知时。佛即洗足。就所敷座坐已。便入禅定。……身下出火。身上出水。复从身上

---

① 霍旭初等《龟兹石窟与佛教历史》,乌鲁木齐:新疆人民出版社,2016年,第243—246页。

出火。身下出水。南西北方亦复如是。①

时净饭王于宽广处数设床座以待太子。……为父礼子为子拜父耶。时佛世尊便作是念。……我今应以神变入劫比罗城。……尔时世尊。先于东方入火光定。现种种焰青黄赤白红颇胝色。或现变神通身上出水身下出火。身上出火身下出水。②

时耶输陀罗等三夫人。与六万婇女。作诸音乐倡伎歌舞。……世尊见已便作是念。……我今应以神通力故令彼女等皆悉调伏。作是念已。即没于地从东方空中而见。于彼空中行住坐卧威仪自在。复入火光三昧。于其身中。放诸青黄赤白种种之光。或复身上出水身下出火。③

时大世主乔答弥便作是念。……我今宜可入于涅槃。……时大世主乔答弥即入三昧。……现四威仪行住坐卧。入火光定。即于身内放种种光。青黄赤白及以红光一时俱现。身下出火上流清水。身下出水上发火光。④

可以看出,这一故事是佛传故事中经常出现的神变现象,而且其情节最重要的特点就是身体同时出水和出火。

就造像方面来看,双神变在犍陀罗艺术和龟兹佛教艺术中也是常见的题材。佛教艺术中犍陀罗地区,不仅有与双神变有关的佛传造像,单尊像形式的双神变造像也有发现(图5、图6)。这些造像中所显现的佛陀神变现象同样是身体出水和出火。

不同于犍陀罗地区双神变造像往往与有关情节有关,克孜尔石窟中的双神变大多以单尊像形式出现,它大量绘制在一些中心柱窟和方形窟的主室和甬道顶部中脊。其具体分布见表2。

表2 克孜尔石窟中的双神变分布表

窟 号	位 置	时 代
8	主室券顶	公元7世纪
34	主室券顶	公元5世纪
38	主室券顶	公元4世纪
58	主室、甬道券顶	公元7世纪

---

① 《十诵律》,《大正藏》第23册,第262页。
② 《根本说一切有部毗奈耶》,《大正藏》第23册,第718页。
③ 《根本说一切有部毗奈耶破僧事》,《大正藏》第24册,第160页。
④ 《根本说一切有部毗奈耶破僧事》,《大正藏》第24册,第248页。

续表

窟 号	位 置	时 代
63	甬道券顶	公元6世纪
80	主室券顶	公元7世纪
97	主室券顶	公元7世纪
98	主室券顶	公元7世纪
100	主室券顶	公元7世纪
104	甬道内侧壁	公元7世纪
126	主室券顶	公元7世纪
163	主室、甬道券顶	公元6世纪
171	主室券顶	公元5世纪
172	主室券顶	公元5世纪
178	右甬道外侧壁	公元7世纪
179	甬道券顶	公元7世纪
188	主室左侧壁	公元7世纪
192	主室正壁、甬道券顶	公元7世纪
196	甬道券顶	公元6世纪
197	后室顶部	公元7世纪

犍陀罗地区的佛陀双神变造像中，火往往位于肩部，水位于脚下，与《根本说一切有部毗奈耶杂事》经文记载较为吻合。

> 尔时世尊便入如是胜三摩地，便于座上隐而不现。即于东方虚空中出，现四威仪，行立坐卧。入火光定出种种光，所谓青黄赤白及以红色。身下出火，身上出水。身上出火，身下出水。①

龟兹地区的水火往往位于同一部位，上方水下方火，或者上方火下方水，有的则水和火交替出现(图7)。

身上出火的图像在克孜尔石窟中也有出现，一些出现在正壁或前壁单独表现的佛传

---

① 《根本说一切有部毗奈耶杂事》，《大正藏》第24册，第332页。

中,如降魔成道、鹿野苑初转法轮、帝释窟说法以及涅槃中,[①] 甚至一些洞窟中所有的佛传中都出现肩上出火的表现(图8),如第92、104、114、189和207窟(表3)。肩上出火的原因,则是因为佛陀深入冥想三昧后,发出了火和光。[②]

表3　克孜尔石窟中肩上出火图像的分布表

窟　号	位　　　置	时　代
4	右甬道外侧壁立佛、后甬道涅槃佛	公元7世纪
7	后甬道涅槃佛	公元5世纪
17	后甬道涅槃佛	公元6世纪
34	后室涅槃佛	公元5世纪
38	后甬道涅槃佛	公元4世纪
58	后甬道涅槃佛	公元7世纪
76	主室侧壁降魔成道中坐佛	公元5世纪
69	主室前壁初转法轮中坐佛、后室涅槃佛	公元7世纪
92	主室侧壁说法图中坐佛	公元4世纪
97	主室正壁龛上方坐佛	公元7世纪
99	后室涅槃佛	公元7世纪
104	主室侧壁说法图中坐佛	公元7世纪
114	主室前壁门上方坐佛及侧壁说法图中坐佛	公元4世纪
161	主室前壁门上方涅槃佛	公元5世纪
163	后甬道涅槃佛	公元6世纪
171	后甬道涅槃佛	公元5世纪
175	后甬道涅槃佛	公元6世纪
178	前室右侧壁说法图中坐佛	公元7世纪
179	后甬道涅槃佛	公元7世纪
189	主室前壁门上方涅槃佛、前壁及侧壁顶部说法图中坐佛	公元7世纪

---

①　关于克孜尔石窟中心柱正壁的题材,由于主室龛像无存,确切辨识其题材存在不同的观点,一般学者认为是帝释窟说法。见李崇峰《克孜尔中心柱窟主室正壁画塑题材及有关问题》,收入《佛教考古:从印度到中国》,上海:上海古籍出版社,2014年,第107—130页。姚士宏《克孜尔石窟部分窟主室正壁塑绘题材》,收入《克孜尔石窟探秘》,乌鲁木齐:新疆美术摄影出版社,2010年,第9—26页。近年来,新疆龟兹研究院的霍旭初先生认为其是梵天劝请。由于上述两种题材与主室正壁现存遗迹都有着某种对应性,且上述两种题材在印度中亚地区都有许多发现,故而本文存其两说。如然,则可能克孜尔石窟的主室正壁龛像中也存在焰肩佛的表现。

②　宫治昭著,李萍译《犍陀罗美术寻踪》,北京:人民美术出版社,2007年,第193页。

续表

窟　号	位　置	时　代
192	右甬道内侧壁降伏火龙中的坐佛	公元 7 世纪
193	后室涅槃佛	公元 7 世纪
205	后甬道涅槃佛	公元 7 世纪
207	主室侧壁说法图中的坐佛	公元 7 世纪

关于石窟内绘制化现诸佛的洞窟已在上文论述，此处从略。

此外，克孜尔石窟中还存在其他的佛陀神变故事。如须摩提女请佛缘壁画中展现了佛陀身发光明照耀四方的神迹；①降魔成道壁画中，佛陀展现神变，将三魔女变现为三老妪；②"鬼子母失子缘"壁画中，佛陀将鬼子母施展神力，将其小儿子收在钵内，而后将其降伏；③"降伏邬卢频螺迦叶波"壁画中佛陀出烟出火，制服毒龙。④限于篇幅，本文无法对其全面列举并加以论述，只有以后留待另文深入探讨。

总体而言，克孜尔石窟中展现佛陀神迹的壁画很多，种类也很多样，其时代主要为 5—7 世纪，其中 7 世纪最多。上述神变现象，有些与佛传情节相关的，有的并没有相应的佛经记载，有些已完全脱离了佛传情节，而具有了某种象征意义。

三、神变图像出现的原因

神变，是神通变化的简称。说一切有部坚持人间的历史的佛陀观，倡导以佛法为中心，佛法是最终的本质所在，是佛身的精神内核。佛身是佛法的显现，佛身有限而佛法无限，因而对于佛陀的神通也持审慎的态度。神通故事被当成神通理论的印证，印证佛教认为神通的真实性、危险性、考验性及不究竟性。因此，佛陀是反对滥用神通的。对神通故事的描述，态度是相当谨慎的，是为了迎合印度当时社会崇尚神通的风气，而采用神通故事作为宣教的权宜策略，非常清楚描述它在佛教整体修行中的位阶，指出追求

---

① 新疆维吾尔自治区文物管理委员会、拜城县克孜尔千佛洞文物保管所、北京大学考古系编《中国石窟·克孜尔石窟1》，第 195 页。

② 克孜尔石窟第 76 窟有此壁画，但被德国探险队剥走，现藏德国亚洲艺术博物馆。

③ 克孜尔石窟第 34、80、171、196 和 206 窟都存有"鬼子母失子缘"壁画图像，见新疆龟兹石窟研究所编《克孜尔石窟内容总录》，第 3、93、191、222 和 233 页。

④ 克孜尔石窟第 189 窟存有此壁画图像，见新疆龟兹石窟研究所编《克孜尔石窟内容总录》，第 214 页。

神通并不相应于佛教的解脱之道,佛教的解脱是智慧的解脱之道。① 神通不敌业力,佛陀色身也要收到业力的制约。②"降伏六师外道"佛陀施展"神通力",是斗争形势需要而作的"权益"之便。

但是,部派的发展,以及在与其他非佛教派的斗争中,为了使一般民众信从佛法,佛法人格化和佛陀主神化便成为一切佛教派别发展的必由之路,说一切有部也不例外。在一些属于说一切有部的佛传经本中,描述佛陀的神通故事日益增多,而描述声闻弟子们的神通故事相对地减少了,如《方广大庄严经》中,对"神通事迹"的描述,不再是那么戒惧谨慎地强调神通的危险性、有限性,而是一再赋予佛陀以法力无边的神通力,来度化众生,来说因果业报之事,甚至佛陀的一生实为示现,佛陀"已形同是超人的存在了"。③ 神通在此是一组符号:象征由神通力带来的奇迹或救赎。因此更是推波助澜地使佛教走上神秘化、信仰化的路线,也使佛教能快速普及到社会的庶民阶级中。④ 其突出反映就是对佛陀十八不共法的强调。

说一切有部认为佛初成道时以智慧所修得的十八种法,是佛独有的,包括十力、四无所畏、三念住和大悲。"三法身等,谓如一佛成就十力、四无所畏、大悲、三念住,十八不共法等无边功德。余佛亦尔故名平等。"⑤

所谓"十力",是指佛陀证得法身实相后,具有十种智力,能说法度众,摧伏邪见,圆满完成各种事情,自在无碍。

具体说来,(一)处非处智力。处,谓道理。指佛陀遍知一切因缘果报定相。如果有情众生做了善业,佛知道他一定会得到善报,称为知是处;如果做恶业,一定不会得到善报,称为知非处。(二)业异熟智力,指佛陀遍知一切众生三世因缘果报。(三)静虑解脱等持等至发起杂染清净智力,指佛陀遍知一切禅定的深浅次第。(四)种种界智力,指佛陀遍知一切众生根性胜劣,得果大小。(五)种种胜解智力,指佛陀遍知一切众生欲乐善恶的差异。(六)根胜劣,指佛陀遍知种种世间的性相。谓如来于世间众生种种界分不同,如实遍知。(七)遍趣行智力,指佛陀遍知一切善道、恶道、圣道所至处。(八)宿住随念智力,又作知宿命无漏智力、宿命智力、宿命力,指佛陀遍知众生

---

① 丁敏《中国佛教文学的古典与现代:主题与叙事》,长沙:岳麓书社,2006年,第98页。
② 霍旭初《从龟兹壁画看说一切有部佛陀生身"有漏"思想》,《西域研究》2009年第3期,第61—69页。
③ 李志夫《中印佛学对比研究》,北京:中国社会科学出版社,2001年,第672页。
④ 丁敏《中国佛教文学的古典与现代:主题与叙事》,第91页。
⑤ 《阿毗达磨大毗婆沙论》,《大正藏》第27册,第85页。

过去世种种事。(九) 死生智力,指佛陀以天眼了知众生死生之时,以及未来受生之处,谓如来借天眼如实了知众生死生之时与未来生之善恶趣,乃至美丑贫富等善恶业缘。(十) 漏尽智力,指佛陀遍知一切众生漏尽与否。①

可以看出,所谓佛的十力,可以归纳为佛尽知一切有情众生的过去、现在和未来,或者说佛陀了知万物的一切因缘。在十八不共法中,十力是十八不共法的基础,是体。四无畏、三念住以及大悲皆从十力中发展而来,是其智慧外在表现而生发出来的诸种品德。佛陀因为遍知一切因缘果报,所以对众生于佛教的信仰有不同分别无有欢喜忧戚之情;② 因为遍知一切因缘、遍知一切众生三世因缘果报、遍知一切善道、恶道、圣道所至处和遍知一切众生漏尽与否,所以,无论说法、问答、论难,从容而安详,勇猛而安稳;③ 因为佛陀遍知一切因缘果报,所以恒常系念救度众生的悲悯心,示教利喜,引导众生入佛知见。④ 佛的十八不共法是智慧和功德的统一,既有遍知一切的智慧,又有度化众生,使众生改变其命运的能力。

我们知道,神通是佛、菩萨、缘觉、阿罗汉都有的能力。说一切有部认为,五神通为佛与弟子共有,但佛更为殊胜。如化佛的神通,佛所化诸佛,其所做行为可与佛不同;但是无论是阿罗汉、缘觉还是菩萨,他们的化身行为只能与主尊保持一致。

彼复翻说佛于一时化作化佛。身真金色相好庄严。世尊语时所化便默。所化语时世尊便默。弟子一时作化弟子。剃除须发着僧伽胝。弟子语时所化亦语。所化语时弟子亦语。问诸大声闻亦能如是。世尊于此有何不共。答佛于心定俱得自在。入

---

① 《阿毗达磨大毗婆沙论》卷三〇云:"彼云云何为十? 一、处非处智力,二、业法集智力,三、静虑解脱等持等至发起杂染清净智力,四、种种界智力,五、种种胜解智力,六、根胜劣智力,七、遍趣行智力,八、宿住随念智力,九、死生智力,十、漏尽智力。……问:何故名力? 力、是何义? 答:不可屈义,是力义。不可伏义,不可摧义,不可害义,不可转义,不可覆义,能遍觉义,能荷担义,坚固义,最胜义,能制他义是力义。"《大正藏》第 27 册,第 14—19 页。

② 《阿毗达磨大毗婆沙论》卷三一云:"已说佛大悲;当说三念住。……如是三种不共念住,应知亦摄在处非处智力。广分别义,如理应思。"《大正藏》第 27 册,第 159 页。

③ 《阿毗达磨大毗婆沙论》卷三一云:"问:此四无畏以何为自性? 答:亦以智为自性。所以者何? 初无畏即初力,第二无畏即第十力,第三无畏即第二力,第四无畏即第七力故。已说自性,所以今当说。问:何故名无畏? 无畏是何义? 答:不怯弱义,是无畏义,不倾动义,勇猛义,安隐义,清净义,鲜白义,不惊怖义。是无畏义,如彼卷一页至五页广说。如是三种不共念住,应知亦摄在处非处智力。广分别义,如理应思。问大悲以何为自性。答以智为自性。"《大正藏》第 27 册,第 158 页。

④ 《阿毗达磨大毗婆沙论》卷三十一云:"已说无畏;当说大悲。问:大悲,以何为自性? 答:以智为自性。有说:大悲、别有自性;非智所摄。如是说者,大悲、是智;无别有体。知药病等而救疗故。"《大正藏》第 27 册,第 159 页。

出速疾不舍所缘。能以一心发于二语。谓自及化。于中欲令语者便语。不令语者便默。声闻心定非极自在。入出迟缓数舍所缘。虽能一心发于二语。谓自及化。然于其中欲令一语第二亦语。欲令一默第二亦默。不能令其一默一语。又佛世尊于诸智境皆得自在非诸声闻。故佛此中亦有不共。①

佛所具有的天耳、天眼、他心通和看透过去、现在、未来的能力也远远超过三乘人，佛是遍知一切和度化一切有情众生的，而其他三乘都是有欠缺的，无论是在智慧上，还是在度化众生的能力上。而且佛所具有的一切智慧和能力是恒常具备的，随时示现。而其他三乘只有在进入禅定等特殊状态下才可以实现。② 此外，相对于身闻、缘觉和菩萨，漏尽通是佛陀独有的，不同于其他三乘。③ 佛具有大悲也与其它三乘的慈悲不同。其它三乘的慈悲，只是想象到众生的痛苦心生怜悯，也想给众生快乐，但是他们事实上不能真正使众生解脱痛苦。而佛的大悲不仅仅是心理上的怜悯和想给众生快乐，而且实际上也真能使众生解脱并带来快乐。④ 之所以会产生佛所具有上述不共三乘的能力，归根结底是佛陀累世修行积累的功德。

这种情况在犍陀罗地区的佛教造像中也有所反映。犍陀罗地区为古代亚洲诸种宗教文化传播和汇聚之地，"异道杂居"⑤，他们之间争夺信众的斗争也是必然的。为了争夺一般教徒，通过神通来神化教主释迦牟尼的佛教造像也不断在发展变化。古代龟兹地区地处北传佛教的重要节点上，并且一直都与古代犍陀罗地区有着密切的交往，这一地区流行的说法是一切有部都是传自犍陀罗地区，上述趋势必然会在这里有所反映，佛陀神变现象的大量出现是必然的事。

克孜尔石窟中神变现象的大量出现也与龟兹地区自身佛教艺术的特点有关。克孜尔石窟佛教艺术在接受犍陀罗艺术的同时，特别注重强调神与人的差异，以及不同角色的差异表现。对于前者，龟兹本土的艺术家们通过券顶的天相图、以菱形为基本构图单元的天空、两侧壁的天宫伎乐以及主室正壁须弥山营造出了浓郁的佛国神圣空间，而且在对佛教人物的塑造上，遵从印度中亚的造像传统，使得这种造像传统具有了神格化的特点。犍陀罗较为常见的世俗服饰"天人装"，即上身赤裸佩戴项链、臂钏、璎珞等各种

---

① 《阿毗达磨大毗婆沙论》，《大正藏》第27册，第699页。
② 《大智度论》，《大正藏》第25册，第235—247页。
③ 《阿毗达磨大毗婆沙论》，《大正藏》第27册，第383、699页。
④ 《大智度论》，《大正藏》第25册，第256页。
⑤ 玄奘、辨机著，季羡林等校注《大唐西域记校注》，北京：中华书局，2000年，第233页。

装饰，下身穿长裤在腰间系带。在克孜尔佛传故事中已经成了一种附加了"神格属性"的造像模式，特别是环绕颈部、缠绕双臂的飘带和头光，将场景的神学色彩表达的惟妙惟肖。这种模式还见于说法图中的听法天部、窟顶的飞天和乐神等角色。① 而世俗人物的服饰则明显具有当地人的特点，从而使得神、人差异显著。这种差异在神话人物和世俗人物的耳饰佩戴上也可以得到反映。"一方面，对于服务于佛教神话壁画中的耳饰种类，尽可能保留其原貌；另一方面，在现实世俗的生活中，则结合自己的民族习惯有所取舍。在耳饰的种类上，他们并不佩戴耳玦和耳珰，而选择了耳环和耳坠，显示了与古代新疆地区耳饰传统的一致性。……对于耳坠，则是在借鉴印度中亚耳珰的基础上，结合本地的审美和社会风尚对其进行了改造和变革，从而形成了具有龟兹特色的耳坠"。② 而犍陀罗佛传人物造像与世俗服饰保持一致。就后者而言，克孜尔石窟的佛传故事中，主要人物与辅助人物之间，正面角色与反面角色间差异明显，例如魔王波旬形象的塑造。犍陀罗地区的魔王特征与上文中的菩萨、天神像无太大差别，不仅没有用头光表现神格特征，不刻意区别塑造人物的正面角色和反面角色，而在龟兹壁画中为了突出魔王波旬的反面性，对其有着更加多样化的表现。③ 提婆达多是佛教中著名的反派角色，克孜尔石窟一些壁画中将其绘为着左袒袈裟，其反面性一目了然（图8）。此外，克孜尔石窟壁画中的魔将魔众，生动形象，各个都彰显着艺术家所赋予的"妖魔化"特征，与犍陀罗"丑化"魔众的艺术手法相比，更胜一筹。④ 凡此种种都体现出龟兹艺术家对神圣空间和神圣人物塑造的特殊关照和积极探索，也为大量神变佛陀造像的出现提供了艺术动力。

克孜尔石窟中这种突出显示释迦牟尼"神通力"的趋势，在7世纪时曾经达到了一个高潮。克孜尔第123、160窟等窟的开凿就是这种情况的反映。此后，龟兹其他石窟，尤其是安西大都护府时期，随着中原大乘佛教的西进，在库木吐喇、阿艾等石窟，出现了大乘佛教思想的造像。龟兹石窟受其影响深刻，石窟的开凿逐渐转移到龟兹都城附近。克孜尔石窟走向衰微，由此，突出描绘"佛陀神变"内容的图像，逐步淡化消失。随大乘佛教思想的传播，龟兹石窟一些洞窟开始出现大乘千佛题材。因而，小乘佛教思

---

① 闫飞《克孜尔石窟佛传故事图像研究》，华东师范大学博士学位论文，2017年，第94—102页。
② 赵丽娅《新疆克孜尔石窟壁画中的耳饰形象初探》，《中国国家博物馆馆刊》2017年第8期，第75页。
③ 闫飞《克孜尔石窟佛传故事图像研究》，第102—107页。
④ 闫飞《克孜尔石窟佛传故事图像研究》，第107—108页。

想体系的"化佛"与大乘佛教思想体系的"千佛",并存于龟兹石窟内,这是佛教历史上罕见的"奇观",十分珍贵。两者的关系究竟如何,这个问题无论是对龟兹佛教与石窟的研究,还是小乘佛教向大乘佛教演化的研究,都是值得深入探索的新课题。

图1　克孜尔石窟第80窟降伏六师外道

图2　克孜尔石窟第97窟主室正壁

图 3　克孜尔石窟第 114 窟主室前壁

图 4　克孜尔石窟第 176 窟主室正壁

西域历史与文献论丛

图5 犍陀罗地区土双神变

图6 迦毕试出土双神变图像

图7　克孜尔石窟第171窟主室中脊立佛

图8　克孜尔石窟第189窟佛传故事

(本文原载《西域研究》2019年第2期，133—144页。发表时原题目作《克孜尔石窟"佛陀神变"故事画初探》；有增补)

贺兰山回鹘四族名号考

孙小敏

《宋史·回鹘传》记载："端拱二年(989)九月，回鹘都督石仁政、麽啰王子、遏捋王子、越黜黄水州巡检四族并居贺兰山下，无所统属，诸部入贡多由其地。麽啰王子自云，向为灵州冯晖阻绝，由是不通贡奉，今有内附意。"① 河西回鹘的分布范围很广，如回鹘使臣曹万通对宋真宗所说："(回鹘控地)东至黄河，西至雪山，有小郡数百。"② 从自行入贡来看，贺兰山下这些部族具有相当的独立性，并不受甘州汗庭约束。正如宋人洪皓在《松漠纪闻》中所说："回鹘……唯居四郡(指甘、凉、瓜、沙)外地者，颇自为国，有君长。"③

但这四族回鹘究竟是哪四族，如何断句，却是个有争议的问题。代表观点有三种：1. 中华书局 1977 年点校本《宋史》断句如上，即："回鹘都督石仁政、麽啰王子、遏捋王子、越黜黄水州巡检。" 2. 白寿彝《中国通史》断句为："回鹘都督石仁政、麽啰王子、遏捋王子越黜、黄水州巡检。"④ 3. 四川大学出版社 2010 年《宋会要辑稿·蕃夷道释》中断句为："回鹘都督石仁政、麽啰王子遏捋、王子越黜、黄水州巡检。"⑤ 再考察其他文献，似乎在当时人们就已被这一问题迷惑。如马端临《文献通考》中索性略去后两族，直言："回鹘都督石仁政、磨(麽)啰王子等四族。"⑥ 恐怕是出于文句通顺的目的，逃避句

---

① 《宋史》卷四九〇《回鹘传》，北京：中华书局，1977 年，第 14115 页。《文献通考》与《宋会要辑稿·蕃夷四》均作"端拱元年"。

② 《宋史》卷四九〇《回鹘传》，第 14115 页。

③ 《长白丛书(初集)：松漠纪闻》，长春：吉林文史出版社，1986 年，第 15 页。

④ 白寿彝《中国通史》第七卷《五代辽宋夏金时期》乙编十四章第三节"回鹘"，上海：上海人民出版社，2004 年。

⑤ 《宋会要辑稿·蕃夷道释》，成都：四川大学出版社，2010 年，第 116—117 页。

⑥ 马端临著，上海师范大学古籍研究所点校《文献通考》卷三四一七《四裔二十四》，北京：中华书局，2011 年，第 9641 页。按，文中"麽"误作"磨"。

读之难题。

不难看出，争议的焦点在于：学者们对"麽啰""邈拏""越黜"这些音译词是官号还是名字的看法不同，从而引发不同的断句处理。由于草原政权中相对稳定的官号传承，我们可以利用审音勘同的方法，从历史语言学的角度寻找突破，进行还原解释，以期解决这一问题。

一、"麽啰"与"王子"

四族首先应在"回鹘都督石仁政"后断开，各方对这一点并无异议，故不再赘述。

"麽啰"应为前一王子的称号，这一点毋庸置疑。我们首先遇到的问题是："邈拏"是前一王子的名字，还是后一王子的称号？后文重提"麽啰王子"时并无"邈拏"二字，但也不能排除第二次提到时省略名字的情况。幸运的是，我们在文献中看到这样的记载，清人吴广成《西夏书事》引刘涣《西行记》曰："贺兰山西北回鹘麽罗王子、邈拏王子部落甚盛，向无统属。端拱中，李继迁破灭之，其地遂成荒碛。"① 刘涣《西行记》见于《宋史·艺文志》，说明成书于宋前，为当时人语，而且提到李继迁破灭一事，史源与宋史不同，参考价值更高。似能说明"麽啰王子"与"邈拏王子"确实是两部。

另外，从官号与官称的角度，我们也可以得出这一结论。学者罗新指出，古代北族政治名号一般由"官号（appellation）+官称（title）"组成，官号用以修饰官称，具有赞誉性和区别意义。在政治发育的早期，官号往往具有更大的影响力，随着政治组织进入较高阶段，君主集权的加强，一般官职的装饰性官号会逐渐取消。②

草原政权的官号具有延续性，但随着中原朝代更替，后代编史者在处理异族史料时，由于不了解前代翻译习惯，往往出现人为割裂的同名异译现象。我们只有利用历史语言学的方法和汉语音韵学的知识，对史料中的外来音译词进行还原，才能理清其中的脉络。学者指出，突厥语与汉语对译中广泛存在 b(p)、m 互易的现象③，如突厥官号"buyruq"，在唐时译为"梅录"，在五代回鹘时被译为"密禄""媚禄"，均用"m"母

---

① 吴广成《西夏书事》卷四，《续修四库全书》第 334 册，影印上海古籍出版社藏清道光五年小岘山房刻本，上海：上海古籍出版社，2002 年，第 325 页。
② 罗新《中古北族名号研究》，北京：北京大学出版社，2009 年。参见《可汗号之性质》《匈奴单于号研究》等文章。
③ 薛宗正《突厥史》，北京：中国社会科学出版社，1992 年，第 720 页。

来表示突厥语的"b"。① 因此,"麼啰"(mua-la)可以对应为突厥官号"boyla"②,一般译为"裴罗"。"裴罗"可作名字,也可作官号,如建立回鹘汗国的骨力裴罗,自立为骨咄禄毗伽阙可汗,后玄宗诏拜为怀仁可汗。③ 这里的"裴罗"可能是名字,但也可能是称汗前作为部落首领时的称号。"裴罗"常与"达干""将军"等军事衔位组合出现,具有武官色彩。如广德三年(765)与朔方节度郭子仪订立盟约的回鹘众宰相中,有一位称为"宰相揭拉裴罗达干"。④ 贾耽《四道记》中有"裴罗将军城"(即巴拉沙衮,boila sāngün)的记载。⑤ 至德二载(757)九月"香积之战"中,有回纥"将军鼻施吐拨裴罗"者。⑥《册府元龟》载乾元二年(759)年十姓突骑施黑姓可汗"阿多裴罗"入贡,同书入贡的其他突厥、回纥使者也不乏称"裴罗啜""裴罗达干"者。⑦

同时,"王子"一词也不能等闲视之。这里的"王子"并非一般意义上的指称,而应是对草原游牧政权组织中"特勤"(tegin)这一称号的翻译。《旧唐书·突厥传》有:"其官有叶护,有特勒(勤),常以可汗子弟及宗族为之。"⑧ 则"特勤"为音译,"王子"为意译。西安市2013年出土的唐代汉文、突厥如尼文双语《故回鹘葛啜王子墓志》中,汉文"葛啜王子"对应的突厥文正是"qarï čor tigin"⑨。罗新在《北魏直勤考》更将"特勤"这一名号追溯至北魏的"直勤",甚至西晋的"宜勤"。⑩ "特勤"表明其宗亲身份和继承权,因此这几位"王子"虽然实际上掌握一定范围的部众统治权,可谓"自立君长",但却依旧保留这一名号。另一方面,特勤作为一个集体的官称,前面必须要加上官号修饰限定,因此可以确定"邈拏"为后一王子不可或缺的官号,不应与之断开。

---

① 另外,《新唐书·回鹘传》记载,葛逻禄"有三族:一谋落,或为谋剌;二炽俟,或为婆匐;三踏实力"。有学者指出"谋落"即为诸史《铁勒传》中的"薄落"。这里的"谋落""谋剌""薄落",都可能是"buyruq"(梅录)的异译。
② 暾欲谷第一碑(西Ⅰ—6):"毗伽暾欲谷裴罗莫护达干。"裴罗,突厥原文为"boyla"。
③《新唐书》卷二一七上《回鹘传》,北京:中华书局,1975年,第6114页。
④《旧唐书》卷一九五《回纥传》,北京:中华书局,1975年,第5206页。
⑤《贾耽四道记》,《古西行记选注》,银川:宁夏人民出版社,1987年,第142页。
⑥《新唐书》卷二一七上《回鹘传》,第6115页。
⑦《册府元龟》卷九百七十六《外臣部》,北京:中华书局,第2003年。
⑧《旧唐书》卷一九四下《突厥传》,第5179页。
⑨ 张铁山《〈故回鹘葛啜王子墓志〉之突厥如尼文考释》,《西域研究》2013年第4期,第78页。
⑩ 罗新《北魏直勤考》,《中古北族名号研究》,第90页。

二、"邈拏"与"越黜"

"邈拏"的中古拟音为"mək-na",根据"m-b"互转的原理,或许可以与喀喇汗王朝的副汗——博格拉汗(buġra,公驼)的称号对应起来。只可惜由于喀喇汗王朝早期史料的匮乏,无法进行进一步的论证。

"越黜"一词的归属也存在争议。如果作为第二位王子的名字,即邈拏王子名越黜,反复出现的麽啰王子却不具名,似乎在行文上不符合习惯。但与之后的"黄水州巡检"连称也很不协调。①

"越黜"二字均为入声,中古拟音为"ɣĭwɐt-ȶʼĭuĕt",很可能是两个突厥语词的音译。先来看"黜"(ȶʼĭuĕt),可以与我们熟知的"啜"(čur)对应起来。"黜"为丑律切,彻母术韵合口三等入声。"啜"为昌悦切,昌母薛韵合口三等入声,拟音为"tɕʼĭwɐt"。二者的韵头、主要元音和韵尾基本一致,主要差异在声母,一为"ȶʼ",一为"tɕʼ"。但王力在《汉语语音史》中指出:宋代知、彻、澄与照、穿、神合并,则彻母"ȶʼ"并入塞擦音"tɕʼ"。②薛宗正也指出,汉语中知、彻、澄没有相对应的突厥语言,根据古无舌上音之说,早期"ȶʼ"可翻译突厥语"t",晚期"ȶʼ"可翻译突厥语"q"③。因此在宋代"黜"与"啜"读音相似,可将"黜"视为"啜"的异译。

至于"越"(ɣĭwɐt)的对音,可以在古突厥碑铭中得到启发。阙特勤碑东面34行有"yir bayïrqu"一名。"bayïrqu"即"拔野古",铁勒部落之一。"yir"有"大地""泥土""地方"的意思,常与"天""水"并称,具有神圣的含义。芮传明选择用"逸"来音译,参考的是《隋书·突厥传》中继土门可汗之位的"逸可汗",将"逸"视为一个赞美性的称呼。④"逸"字为余母质韵开口三等入声(jĭĕt)。余母即喻母四等,"越"为云母即喻母三等,在晚唐至五代时期喻三、喻四混合⑤,因此"越"与"逸"在五代以后读音相似。

---

① 吴广成《西夏书事》中引《宋史》时:"端拱二年九月,麽啰王子,邈拏王子及回鹘都督石仁政、越黜黄水州巡检四族来贡。"改变了原文顺序,体现其将"越黜黄水州巡检"断为一处的思路。《续修四库全书》第334册,第325页。
② 王力《汉语语音史》,北京:商务印书馆,2010年,第299页。
③ 薛宗正《突厥史》,第720页。
④ 芮传明《古突厥碑铭研究》,上海:上海古籍出版社,1998年,第254页。
⑤ 王力《汉语语音史》,第264页。

至此我们可以将"越黜"还原为"yir čur",符合唐以后常用"t"结尾的入声字翻译突厥语"r"的规律。而"啜"在突厥及回鹘官号和姓名中都较常见,如"屈律啜""梅录啜"等。从前后位置来看,这里的"越黜"应当是邈挐王子的名字。

三、黄水州巡检

如前文所述,"黄水州巡检"应当单独断开,但这样一个具有明显官职色彩的名目为何成为回鹘部落的称号,也是个值得探讨的问题。

"巡检"一词最初作为动词"巡视检查",出现在《魏书》《北齐书》中。作为官称始于中晚唐,相当于地方公安官员或低级武官。五代时出现"巡检使"或"都巡检使",是一种差遣使职,具有带兵出征、驻守据点、维护治安、监督地方等多种职能。宋代在边境部族首领中也采取授予巡检等职的羁縻政策,职位往往由子孙承袭。①

宋初四族回鹘行入贡之事,可见此"州巡检"一职并非宋朝所封,否则也无须"内附"了。说明授予边境部族首领"巡检"一职的做法并不始于宋,此回鹘巡检当从前代承袭而来。总体而言,"巡检"一职品阶不高,说明其所辖部族规模较小。那么,这个"巡检"原本负责的"黄水州"又在哪里呢?排除了黄河的可能性后,贺兰山附近并无"黄水",唐时关内道也并无"黄水州"的建置,这个"黄水州巡检"应是从别处迁徙而来。

历代史料中名为"黄水"的河流有若干个,加之有异名、更名的情况,就更加复杂。而我们根据唐宋之间、北方草原、游牧民族这几个必要条件,可以将范围缩小至契丹所居"黄水之南,黄龙之北"的鲜卑故地。

在黄水流域、鲜卑故地居住的除了契丹,还有奚、霫等其他族群。贞观二十二年(648)奚国内附,置饶乐都督府,以其阿会部置弱水州。② 据白鸟库吉考证,"饶乐水""弱洛水""弱水""浇乐水"等皆胡语"黄水"之义。③ 则此弱水州即为黄水州。之后,奚并契丹游移于唐与突厥两大势力之间,数次反复。或许就在此时,一部分奚族部众并

---

① 参见刘琴丽《五代巡检研究》,《史学月刊》2003年第6期,第34—41页;苗书梅《宋代巡检再探》,邓小南主编《宋史研究论文集(2008)》,昆明:云南大学出版社,2009年,第70—91页;胡旭宁《宋代的蕃部巡检探析》,《安顺学院学报》2012年10月,第103—105页。
② 《新唐书》卷二一九《北狄传》,第6173页。
③ [日]白鸟库吉《乌桓鲜卑考》"作乐水(饶乐水)"条,方壮猷译《东胡民族考》,北京:商务印书馆,1934年,第34页。

入突厥，但保留了唐时所封州巡检的名号。9世纪中期，回鹘汗国瓦解，"黄水州巡检"一部亦随之西迁至贺兰山地区。

另一方面，《新唐书》为区别于黄河，改"黄水"为"潢水"，辽金史因之。同在这一区域的白霫有"潢水部"，亦即"黄水部"。白霫君长先是臣于突厥颉利可汗，为俟斤，贞观年间附唐，置窴颜州，以俟斤为刺史。① 其部众"潢水部"首领亦有可能等而次之获封"巡检"等官职。是为"黄水州巡检"的另一可能来源。

查奚、霫二族，读音相若，《旧唐书》均记为"匈奴之别种"，均在突厥以东，一在契丹西，一在契丹北，相距亦不远矣。或许本出同源，不过一近契丹，一近突厥，才被视为两族。"风俗略与突厥同"的奚却常常与契丹同进退，"风俗略与契丹同"的霫却早早臣于突厥，正可说明这是位于契丹与突厥之间的过渡族群，在地缘政治中从属不同，都被视为异族，也就构成了不同文化的分界。

概而言之，贺兰山四族回鹘的断句应为："回鹘都督石仁政、麽啰王子、邈拏王子越黜、黄水州巡检。"不同的称名方式体现了四族回鹘不同的构成特点。从级别来看由高到低排列，"都督"＞"特勤"（王子）＞"巡检"，反映四族回鹘的规模由大到小。"回鹘都督石仁政"从官职到姓名都贴合中原指称传统，说明其与中原政权联系较密切，同时也暗示出自身的中亚［石国］色彩；二王子部落名目遵循突厥传统；"黄水州巡检"则反映了回鹘内部的不同来源与族群融合的过程，体现了北方民族政权更替中你中有我、我中有你的特点。

（本文原载《西域研究》2017年第2期，第12—16页；有增补）

---

① 《新唐书》卷二一七下《回鹘下》，第6145页。

河西民间宗教宝卷的叙事体制

程 瑶

河西宝卷是流传在甘肃河西地区的一种说唱艺术形式，宝卷即是这种讲唱文学的底本。与流传在全国范围内的宝卷一致，河西宝卷从内容上基本可分为宗教类和故事类两大类。其中宗教类宝卷又包括早期的佛教宝卷和明清之际的民间宗教宝卷。明清时期，各类民间宗教一度盛行，他们纷纷通过宝卷来宣传本教教义、修持方式和宗教活动仪规，也有的通过改编神道故事、民间传说故事来传教布道。据车锡伦《中国宝卷总目》统计，国内外公私收藏的宝卷约计1500余种，版本5000余种。① 可见宝卷的数量一度蔚为壮观。

自明代起宝卷开始为民间宗教所利用，在清代又被定为"妖书""邪说"，而遭到毁经焚版。因此，一些宝贵的材料不能得见。"民间宗教宝卷到万历、崇祯年间达到鼎盛。康熙、雍正年间，清政府为了维护自己的统治，加大了镇压、取缔民间秘密宗教组织的力度。"② 迄今所见最早的民间宗教宝卷是明初宣德五年(1430)孟春吉日刻行的《佛说皇极结果宝卷》③。

宝卷在河西地区的流传与明清之际民间宗教在河西地区的活动有着密切的关系。笔者所见结集出版的河西宝卷300余卷，其中包含民间宗教思想的民间宗教宝卷10余卷。现存的这类宝卷多存在文字详略、故事情节删改等方面的情况；存在同一宝卷不同版本，同一版本出现不同改编本，以及同一版本在演唱和传抄过程中出现变异本等情况。甘肃地区所见的最早的刻本宝卷是《敕封平天仙姑宝卷》，车锡伦先生早在1995年就对该宝卷进行了考证，同时指出，这部民间宗教宝卷是在甘肃地区流传最早并由甘肃人编写的宝卷。同时，车锡伦先生还对河西民间宗教宝卷《观音济度本愿真经》系《香山宝卷》

---

① 车锡伦《中国宝卷总目》，北京：北京燕山出版社，2000年，第19页。
② 马西沙、韩秉方《中国民间宗教史》，上海：上海人民出版社，1992年，第9页。
③ 马西沙、韩秉方《中国民间宗教史》，第9页。

进行了辨伪，指出这部在甘肃地区广为流传的宝卷并非李世瑜《宝卷综录》中所列《香山宝卷》，为后代学者的研究扫清了障碍。除此之外，反映民间宗教思想的河西宝卷还有《达摩宝卷》《护国佑民伏魔宝卷》《还乡宝卷》《黄氏女宝卷》《何仙姑宝卷》《目连救母出幽冥宝卷》《贫和尚出家宝卷》《无生老母临凡普度众生宝卷》《无生老母救世血书宝卷》《新镌韩祖成仙宝卷》《新刻岳山宝卷》《湘子宝卷》等10余部宝卷。

这些流传在河西地区的民间宗教宝卷产生时期较早，有些宝卷无论是叙事形态还是叙事文本，仍保留着早期宝卷的体式，同时也呈现出河西民间宗教宝卷叙事体制独有的特点。通过对这些民间宗教宝卷叙事体制的探讨，可以更深入地认识民间宗教类宝卷的起源、特征以及这类宝卷与其他文学体裁的关系，因此本文集中讨论河西民间宗教宝卷的叙事体制。

一、袭古式的命名

河西民间宗教宝卷多以"宝卷"命名，如《敕封平天仙姑宝卷》《新刻岳山宝卷》《湘子宝卷》，此外，还有以"经""传"命名的"宝卷"，如《观音济度本愿真经》《达摩宝传》《新镌韩祖成仙宝传》等。同时，在这类宝卷的序言和正文中，"老祖经""经"等名称也时常出现，这些名称通常是在叙述其教门的"经典"时被反复提及。这些河西宝卷的命名多是对前代历史文献和早期宗教宝卷命名的袭用。

(一) 以"经"命名

早期宝卷以佛教宝卷肇始，这类宝卷的内容以讲释译经为主，其中就不乏以"经"命名者，如说唱佛教传说故事(因缘故事)的《香山宝卷》，又名《观世音菩萨本行经》。这类宝卷中有的虽以宝卷命名，但仍以讲释译经过程为主要内容，目前留有文本的有《大乘金刚宝卷》，简称《金刚宝卷》；《佛说阿弥陀经宝卷》，简称《弥陀宝卷》；讲释鸠摩罗什译《金刚般若波罗蜜多经》《阿弥陀经》等。[①] 以"经"命名的古籍书目自古有之，即奉为经典之意，常行义理、准则、法制皆为经。《左传·宣公十二年》："兼弱攻昧，武之善经也。"杜预注："经，法也。"[②] 在古代文献中，对典范著作及宗教典籍也通常尊称为"经"，如十三经、佛经等。在清黄育楩所编《破邪详辩》中，记录了大量以"经"命

---

① 车锡伦《宝卷的形成和早期的佛教宝卷》，《文史知识》2006年第1期，第21页。
② 杜预集解《春秋经传集解》，上海：上海古籍出版社，第593页。

名的明清时期的民间宗教宝卷,如《混元红(弘)阳显性结果经》《混元红(弘)阳大法祖明经》均为明弘阳教宝卷。《皇极金丹九莲正信阪真还乡宝卷》又称《九莲如意皇极宝卷真经》简称《皇极经》《九莲经》《金丹九莲经》。又如西大乘教宝卷《销释白衣观音菩萨送婴儿下生宝卷》又称《菩萨送婴儿经》,《灵应泰山娘娘宝卷》又称《娘娘经》。① 民间宗教家在编撰民间宗教教义时,一方面延续了早期佛教宝卷的内容和命名,另一方面则沿用古人之法将宝卷奉为经典,即以"经"为之命名,以示自身虔诚的宗教信仰,同时也借用宝卷来宣传本教教义。

(二)以"传"命名

传,指记载个人或群体事迹的文字。《汉书·叙传》:"彼何人斯,窃此富贵,营损高明,作戒后世。述《佞幸传》第六十三回。"② 《新镌韩祖成仙宝卷》又名《新镌韩祖成仙宝传》,这部宝卷记录了韩湘子问道修行,并度化亲人走上修行之路的经历。《达摩宝卷》题为"宝卷",但在宝卷通篇,作者亦称之为"达摩宝传"。其序中写道:"达摩为西天二十八祖者,……夫佛出自西域竺乾国,父曰净梵王,后摩耶氏,秉性慈善,老子见爱,分性放光,国母见光,感而有孕,怀二十二载,于周昭王二十四年四月初八日午时降世,姓刹劫,名悉达多。"③ 可见,以此命名的宝卷是取"传"之本义,即对人物或者群体事迹的记录。传记文学可上溯至东汉,正如前文提及,在《汉书》中即可以见到传记体裁的运用。与早期的本土文献相比,在佛教文献中,以"宝传"命名的文献可追溯至宋代的语录体文献,如北宋慧洪觉范撰《禅林僧宝传》。其时,佛语录中已见使用"宝传"命名的文献来记录人物传记了。

(三)以"宝卷"命名

"宝卷"之名出现于元末明初,现存最早的宝卷是北元宣光三年,洪武五年,即1372年由蒙古脱脱氏施舍的彩绘抄本《目连救母出离地狱升天宝卷》。从早期的佛教宝卷到明清之际的民间宗教宝卷,从近代的世俗宝卷到当代河西地区新创作的宝卷,宝卷之名一直沿用。河西民间宗教宝卷多数以宝卷命名,内容丰富,题材多样。明王源静补注《巍巍不动泰山深根结果宝卷》卷上释其名义云:"宝卷者,宝者法宝,卷乃经卷。"④ 是至今所能见到最早的对宝卷之名的释义。在传世文献中,"宝卷"之名习见于明清小

---

① 车锡伦《〈破邪详辩〉所载明清民间宗教宝卷存佚》,《世界宗教研究》1996年第3期,第131—135页。
② 班固《汉书》卷一○○《叙传》,北京:中华书局,2007年,第1081页。
③ 酒泉市肃州区文化馆编《酒泉宝卷》第4辑,兰州:甘肃文化出版社,2012年,第119页。
④ 车锡伦《中国宝卷总目》,第4页。

说之中。如清代小说《金瓶梅》和《东度记》都分别有着这样的情节:"他好少经典儿!又会讲说《金刚科仪》各样因果宝卷,成月说不了。"① "主者正在那里阅宝卷琼书,查世间有情无情、机缘脱化,乃查到卜垢信道不笃。"② 在这两部传世文献中,体现了宝卷一度在民间盛行并与民众的世俗生活相融合的情况。

二、写实式的序言

河西民间宗教宝卷的序言或开宗明义指出宝卷的主要内容,或为引出下文做好铺垫,渲染气氛。序言有一人作序和多人作序的情况。多个序言一般为重抄者或重新刊印者所作,不同的序言有着别具异彩的思想观点,彰显着宝卷的价值。如《还乡宝卷》有"文昌帝君《还乡宝卷》叙"和"元始天尊新演《还乡宝卷》叙"两个序言。同样,《达摩宝卷》也有"达摩宝传叙"和"记心印来历"两个序言。序言内容多是叙述创教始祖修道的心路历程,以及如何辗转得到宝卷并将用它来教化民众、救民于苦海的。如"《达摩宝卷》记心印来历"中写道:"居檀持山中,修道三载,心知有形非道,遂复学于阿蓝迦叶处三年,不得定静,又便往蔚头蓝参学一年,亦不明其性宗,自伤叹不已。……辞别燃灯,走胜、泗二水,留雪山一宿,思其尼山灵秀所钟,知中国文彩方盛,遂归西方兴教。"③ 在这里作者指出,其教门始祖为老君化释迦,又由释迦牟尼一派相传,并写明了其始祖求佛学道的过程。又如"文昌帝君《还乡宝卷》叙"中提道:"人读书愈多而心愈繁,不能够走出迷津,因此教门应运而生,使大地生众不迷归家之路。"在这里,作者指出教门"应运而生"的初因,其旨在引领众生走上归家之路。

(一)序言记录的写作信息

在这类民间宗教宝卷的序言中,记录着一些关于宝卷的写作信息。如,记录作者于何时何处撰写、抄写宝卷,以及宝卷刊刻的情况等。《新镌韩祖成仙宝卷》写有"道光元年乾月望日二五道人虔新镌韩祖成仙宝卷之一"。《酒泉宝卷》注:"此卷又名《韩祖成仙宝传》,原版本为刻印本。"④ 道光元年(1821),即为宝卷的刊印时间,"新镌"在这里应指新刻板印刷。又如,《观音济度本愿真经》共有两篇序言,末尾时间分别是"时永乐

---

① 兰陵笑笑生撰,陶慕宁校注《金瓶梅词话》下,北京:人民文学出版社,2000年,第526页。
② 清溪道人撰,唐华标点《东度记》,上海:上海古籍出版社,1996年,第114页。
③ 酒泉市肃州区文化馆编《酒泉宝卷》第4辑,第120页。
④ 酒泉市肃州区文化馆编《酒泉宝卷》第4辑,第103页。

丙申岁六月望日书"和"时在大清康熙丙午岁冬至后三日广野山人月魄氏沐手敬叙于明心山房"。两个时间分别为明成祖永乐十四年(1416)丙申和康熙五年(1666)丙午。宝卷的作者为广野山人月魄氏。车锡伦先生曾对序言中的两个时间进行了考证,并指出广野山人的活动年代:"这位广野山人即先天道'五老掌教'时期的'水法祖'彭德源,其活动年代在清道光、咸丰时期。序言中的假借时为'康熙',并编出观音古佛藏经及梵字翻译的种种话头,也是为逃避清政府查办,求得公开刊印流传的缘故。"① 此外,《还乡宝卷》序中所记录的时间是"时圣清光绪岁在于逢淤涒滩火虎月之三候日"。《临泽宝卷》注:"逢淤涒滩,逢,天干中的申;涒滩,指地支的甲,暨甲申年即1884年,火虎月、丙寅月。"② 还有的序言中并未明确提及具体的年代,而只有简单的时间信息,如《达摩宝卷》序"岁甲寅夏悟真子叙于退省所",这类宝卷的写作时间还有待进一步的挖掘与考证。

(二)序言中记录的民间宗教教门

前文已提及,序言的内容多是描写教门的渊源以及创世始祖的求道经历,同时描绘光辉灿烂的彼岸世界,使苦难的现实生活和美好的理想世界形成鲜明的对比。在河西民间宗教宝卷的序言中,先天大道、归家、无生老母等民间宗教思想常为民间宗教家所宣扬,并阐释其义理。

《观音济度本愿真经》序中写道:"余自生以来,不昧本性,知人为万物之灵,质列三才之中,不敢自弃,常行济人利物事件,穷究性命根源,幸遇普定仙师,指示先天大道,授以率性复初功用。"③《新镌韩祖成仙宝卷》序中又说:"常闻大道不远,每听天堂在心。仙云借物阐道,圣曰正心修身。三教经典铺满,五行洞章布盈。名利恩爱乱意,酒色财气迷心。"④ 可见"先天道"是列于三教之外为世人指点迷津、解救苦难的经典。《还乡宝卷》序中有这样的表述:"故老母震怒,定要灭尽中华之人,以充劫坑,要重安天地,再治人伦,尔时众诸佛不忍,协同保本跪哭瑶宫九昼夜,老母方才开恩。"⑤ 先天道是康雍年间崛起的民间宗教教门,在河西民间宗教宝卷中,先天道有时被称为先天大道、大道。先天道由黄德辉(1624—1690)创立,以无生老母为最高神祇,以重返先

---

① 车锡伦《清代民间宗教的两种宝卷》,《兰州学刊》1995年第4期,第52页。
② 程耀禄、韩起祥编《临泽宝卷》,临泽:临泽县华光印刷包装有限责任公司印刷,2006年,第76页。
③ 酒泉市肃州区文化馆编《酒泉宝卷》第1辑,兰州:甘肃文化出版社,2012年,第4页。
④ 酒泉市肃州区文化馆编《酒泉宝卷》第4辑,第209页。
⑤ 程耀禄、韩起祥编《临泽宝卷》,第51页。

天、归家认母为最高宗教理想。

(三)序言反映的语言状况

河西民间宗教宝卷由民间宗教家编撰，这些人一般处在社会底层，文化程度不高，同时，它的主要目的是宣传自己的教义以期教化民众，使自己的宗教思想得以传播并发扬光大。所以，这类宝卷使用的语言不同于同时期的文言，而是采用通俗浅近的白话，甚至不乏"鄙陋"之语。而这些白话语料正是近代汉语时期有着较高研究价值的文献材料。作者在序言中对宝卷的语言状况做了交代，如"元始天尊新演《还乡宝卷》叙"中提到："人莫可逃乎只因三教经典，理同名异，儒有学问，释有机锋，道有异名，文深义远，人难尽晓。余因采访人间善恶，路过南关养性书屋，有玄珠山人，手捧此书予吾一览，吾不禁欢然踊跃，观其言虽浅近，浅正可以化愚，实有益于身心之格言。阅其辞虽俗鄙，正可以破迷，真乃超凡入圣之奥旨今耳。"①

作者首先提出"三教经典"的艰深难懂。在觅得宝卷，初见之时便强调宝卷语言的"浅近""俗鄙"。又如，"《观音济度本愿真经》西天达摩祖师题赞"和"观音古佛原叙"中分别写道："言谈俗语藏奥妙，宝筏遗留度迷津"②，"于是以吾之本末始终，逐一详叙当时言语问答，缕析备载。若为歌句，联为俚语，言简意显，辞浅理确。又将修道之火候功用、玄妙法则，一一流露于常言俗语中，能令阅者一目了然，由浅求深"。③ 在这里，作者明确指出宝卷使用的是"当时言语""俚语"以及"常言俗语"。这些保留在河民间宗教宝卷中的口语无疑是研究明清之际语言现象乃至汉语史的宝贵资料。

三、韵散结合的文体形式

(一)韵散相间的体式

从文体形式上看，河西民间宗教宝卷可以分成三种类型，即韵散相间、全篇散文和全篇韵文。在散文的叙述过程中穿插韵文是河西民间宗教宝卷最基本的构成形式。从现存的河西民间宗教宝卷来看，卷本中韵文所占篇幅较大，有3字句、4字句、7字句，甚至10字句不等。散文部分和韵文部分交替出现，形成韵散结合的整体格局。

---

① 程耀禄、韩起祥编《临泽宝卷》，第51页。
② 酒泉市肃州区文化馆编《酒泉宝卷》第1辑，第2页。
③ 酒泉市肃州区文化馆编《酒泉宝卷》第1辑，第1页。

如《敕封平天仙姑宝卷》的散文部分写道:"盖闻仙姑娘娘生于汉朝之时,观见世人,一切众生,不敬天地,不礼三光,奸盗邪淫,不忠不孝。……于是仙姑一心发愿立志修行,不恋世上繁华,不贪眼前之浮尘,志心向善。"① 紧接的韵文部分写道:"有仙姑,见世人,多行不善;或为奸,或为盗,或为邪淫。贪上财,爱上利,大斗小秤;菩提心,一味是,广行方便;尘世上,虚华界,全不卦分。"②

又如《岳山宝卷》在散文部分写道:"巡按到了城都,径宿察院,便问书班:'城都知县不见迎接是何道理?'书班禀道:'广知县往阎罗天子那里,造夹棍板子去了。因此,不曾迎接巡按。'大人听说大怒说道:'哪里有这样的奇事?'"③ 散文部分写道:"有巡按听此言心中大怒,骂书班狗奴才说话蹊跷。阳间人怎得到阴司之地,将胡言遮掩吾大胆行欺。你受了知县贿无有主意,才说出这样话算得稀奇。"④

《敕封平天仙姑宝卷》的散文部分主要描写仙姑娘娘见下界众生皆受尽苦难,混沌不堪,有违伦常,因此发愿修行。韵文部分则展开描写,更加翔实地描述了这一主旨内容。《岳山宝卷》散文部分叙述巡按往阴曹阎罗处受刑,以问答方式叙述事件发生的过程,在韵文部分又对以上事件进行了详尽地描述。从整体上看,韵文在叙述过程中的具体功用主要体现在:第一,所述内容与前文散文具有一致性,继续概括和深化宝卷叙述的内容;第二,在散文的基础上褒贬人物,评说事件。掺杂作者的主观思想,以第三人称方式表达作者的观点;第三,加强语气,渲染气氛,起到一种警醒听众、促人深思的作用。

宝卷韵散结合的体式并非其独有,这种体式同样存在于宋元短篇白话小说及与宝卷同时期的明清长篇章回体小说中。由于在漫长的历史发展过程中,一些信息载体大量流失,有关宝卷体式的形成与发展的情况变得较为扑朔迷离、难有定论。对于韵散相间叙事体制的最早来源,诸多学者有着不同看法。一派可以称之为"西来说",代表人物主要有胡适、郑振铎、陈寅恪、向达、孙楷第、周叔迦等;一派可以称之为"本土说",主要代表人物有王庆菽、胡世莹、高国藩等。"西来说"认为,韵散相间的文体形式最早见于汉译佛经,汉译佛经的广泛流传对后代文献在形式上有较大影响。⑤ 郑振铎就其

---

① 程耀禄、韩起祥编《临泽宝卷》,第2页。
② 程耀禄、韩起祥编《临泽宝卷》,第2页。
③ 酒泉市肃州区文化馆编《酒泉宝卷》第4辑,第103页。
④ 酒泉市肃州区文化馆编《酒泉宝卷》第4辑,第103页。
⑤ 孙步忠《敦煌藏卷中白话小说的"韵散相间"体式与佛典传译》,《敦煌研究》2000年第4期,第143页。

对变文的影响指出:"变文的来源绝对不能在本土的文籍里找到。"① 王庆菽则认为,韵散结合的叙事体制是中国本土固有的,而且有着非常庞大的文献佐证资料。他在《试谈"变文"的产生和影响》一文中指出:"总的说来,因为中国文体原来已有铺采摛文、体物叙事的汉赋,也有乐府民歌的叙事诗,用散文和韵文来叙事都具有很稳固的基础。"②

(二)形式多样的引入语

河西民间宗教宝卷的韵文相对于散文部分所占篇幅较多。在韵散相间的体式中,这些韵文段落承接下文时使用着不同的引入方式,而这些引入方式又依赖于特征明显的引入语。从这些引入语的基本特点出发,可将其分为如下三大类。

第一类,直接以"偈曰""赞曰""经曰""某人曰"引出韵文的,或者直接简化为"曰"。使用情况详见表1:

表1

宝 卷	引入语
《还乡宝卷》	"赞曰"5处,"偈曰"3处
《贫和尚出家宝卷》	"哭而言曰"1处,"言曰"1处,"答曰"1处,"某人答曰""和尚答曰"共15处
《无生老母救世血书宝卷》	"诗曰"45处,"歌曰"1处
《韩湘子宝卷》	"诗曰"13处
《黄氏女宝卷》	"叹曰"11处,"赞曰"1处
《无生老母临凡普度众生宝卷》	"老母叹曰"1处,"母曰"1处
《目连救母幽冥宝卷》	"讴曰"1处,"赞曰"1处,"道曰"或"僧曰"共4处
《岳山宝卷》	"写着告示曰"1处
《达摩宝卷》	"偈曰"或"偈"17处,"赞曰"1处,"某人曰"如"帝曰"等24处,"言曰"4处,"吟曰"1处
《香山宝卷》	"曰"2处,"读曰"1处
《何仙姑宝卷》	"云"4处

表1列出的《无生老母救世血书宝卷》全书以韵文为主,其中使用"诗曰"45处,仅有1处使用"歌曰"。《韩湘子宝卷》使用"诗曰"13处,但在这里不是大段韵文的引

---

① 郑振铎《中国俗文学史》,北京:商务印书馆,1938年,第191页。
② 王庆菽《试谈"变文"的产生和影响》,周绍良、白化文编《敦煌变文论文录》上册,上海:上海古籍出版社,1982年,第266页。

入,而是作为简短的诗文置于韵文开头,简要以一两句诗文概括前文或总领下文。《达摩宝卷》中使用的引入语样式较多,"偈曰"或"偈"17处,"赞曰"1处,这些是程式化的引入语,同时,以"某人曰",即以某个人物角色说的话引入韵文的情况比较多,如宝卷中出现"帝曰"1处,"老祖曰"("祖曰")共16处,"神光曰"("光曰")、"胭脂曰"、"翁曰"等共6处。

以"某人曰"和"诗曰"开头的引入语不难理解,除此之外即是以"偈""赞"开头的引入语。"偈",本义为梵语"偈佗"(gatha)的简称,即佛经中的唱颂词。通常以四句为一偈。《晋书·艺术传·鸠摩罗什》:"罗什从师受经,日诵千偈,偈有三十二字,凡三万二千言。"①"偈曰",最早见于六朝佛经,如"尔时阿难便说偈曰:于法当念故,如来由是生,法兴成正觉,辟支罗汉道,法能除众苦,亦能成果实"②。由此可见,"偈""偈曰",当是继承汉译佛经而来。除"偈""偈曰"之外,"赞曰"也是一类出现比较频繁的引入语,在以上宝卷中共出现8次。该词最早见于《韩非子》:"文侯谓堵师赞曰:'乐羊以我故而食其子之肉。'答曰:'其子而食之,且谁不食?'乐羊罢中山,文侯赏其功而疑其心。"③ 该词在东汉文献中也颇为常见,但在传世文献中未见作为引入语出现,只偶见一两例在对话中使用。"赞曰"用以大量引入韵文,最早还是见于汉译佛经。

第二类,使用"听吾道来""听我说来"一类引出韵文的,也有的简化为"道""诉""说来""请听我说""云"之类的引入语。这些引入语是在韵文开头起强调作用,并请听众注意的一类引入方式。由这类引入方式引出的韵文,一般语气舒缓平和,将故事因由娓娓道来。具体使用情况详见表2:

表2

宝　卷	引入语
《目连救母幽冥宝卷》	"训教你听"1处,"听我道来"1处
《还乡宝卷》	"听我从头说来"2处,"听我讲来"1处,"列位请听"1处
《贫和尚出家宝卷》	"听吾道来"1处
《韩湘子宝卷》	"道了出来"1处,"听我一言"1处
《达摩宝卷》	"听我道来"1处

---

① 房玄龄《晋书》卷九五《艺术》,北京:中华书局,1974年,第2499页。
② 《大正新修大藏经》第1册,台北:财团法人佛陀教育基金会出版部,1990年,第552页。
③ 转引自杨树达《杨树达 论语疏证》,长春:吉林人民出版社,2013年,第77页。

续表

宝　卷	引入语
《何仙姑宝卷》	"听我道来"9处,"听我传道而来"1处,"讲明便了"1处,"听禀便是"1处,"某人听禀"2处
《香山宝卷》	"听我道来"6处,"为你等而道来"1处,"请细听"1处
《岳山宝卷》	"听冤鬼诉来"1处,"有几行字句说道"1处
《香山宝卷》	"容儿呈禀"1处,"叩禀上呈"1处,"一一奏来"1处,"叹道"1处,"一一明告"1处,"奏道"1处
《黄氏女宝卷》	"听母讲来"1处,"讲一遍"1处

宝卷在河西地区又称"宣卷",有着一定的娱乐和教化功能,据实地考察,在今大的河西地区,每逢节日,一些村庄仍保留着"宣卷"的习俗,只是现在的宣卷已演变为一种娱乐方式,与早期的民间宗教家的宣卷布道相去甚远。在这一问题上,王文仁指出"河西宝卷确源于敦煌俗文学,但本质上应是植根于河西民间的说唱曲艺"①,是一种互动式的文学题材。

第三类,训诫、劝导、叮嘱一类的引入语,与这些引入语相得益彰的还有一类引出"经文"内容的引入语。这类韵文都是劝诫者的"利器"。一般是劝诫人们迷途知返、弃恶从善,或者皈依某宗教教门。这类引入语引出的韵文晓之以理,动之以情,理据充分。此类引入语的出现与河西民间宗教宝卷的性质是密切相关的,正是宝卷作为民间宗教家传教布道的工具的体现,详见表3:

表3

宝　卷	引入语
《目连救母幽冥宝卷》	"训诫一番"1处,"教训一番"1处,"嘱咐一番"1处,"劝他一番"1处,"须当下凡指醒"1处,"一听即醒"1处,"经曰"2处
《还乡宝卷》	"叮咛一番"1处
《何仙姑宝卷》	"劝化他一番"1处
《达摩宝卷》	"不免叹道一番"1处,"伤叹一番"1处,"细听指明"1处,"指示于你"1处
《贫和尚出家宝卷》	"有经为证"4处,"有道歌为证"2处,"读来"(读经)2处,使用"经曰"2处

---

① 王文仁、石芳《河西宝卷的学科属性之辨》,《黄钟》2011年第1期,第111页。

续表

宝 卷	引入语
《黄氏女宝卷》	"有诗为证"5处，经典为证"1处
《岳山宝卷》	"指示于你"1处
《香山宝卷》	"叹道一番"2处

除此以上3种类型的引入语之外，还有一些是因宝卷情节需要而设计的引入语，这类引入语依宝卷中叙述的具体情节而定。因此，用语形象，各具特色，形式上也比较灵活。

《达摩宝卷》使用"且行且歌"1处，"老祖歌曰"3处。在此使用"歌曰"应是为了联系上下文而作，因宝卷中宣扬的"真经"为"真经歌"，由老祖宣唱，因此使用"歌"引出韵文。《目连救母幽冥宝卷》使用"高声而歌"1处，由"歌"引出韵文。在这里，"歌"不是直接引出散文，而是一组小段韵文的引领，下文为对话式的韵文。《目连救母幽冥宝卷》中与"哭"相关的引入语共有5处，如"放声大哭起来""悲声大哭起来""痛哭起来""洒泪而言"。《护国佑民伏魔宝卷》共18段韵文，共有7处以问句作为引入语引出韵文，其中使用"是实么？"6处，使用"物增大众惺得么？"1处，韵文部分当是对散文部分的解释。还有一些引入语，没有明显的表意特征，直接承接到散文部分，如《敕封平天仙姑宝卷》全篇共有26段韵文，用"正是"引出韵文的就达20处之多，《黄氏女宝卷》使用"正是"10处。

河西民间宗教宝卷中还有些韵文段落未见引入语，直接由散文过渡到韵文；但是这些韵文的形式和内容与使用引入语引出的韵文是一致的。粗略统计，无引入语的韵文段落占到整个韵文段落的47%。

四、余 论

河西宝卷现有的叙事体制与河西宝卷的来源是分不开的，对于河西宝卷的源流，先贤学者胜义纷纭，目前较为有代表性的有如下观点。

郑振铎先生说："宝卷确为变文的长房子孙，一直承袭其遗产以至于今的。"[①] 李世瑜先生说："宝卷是一种独立的民间作品，是变文、说经的子孙，不是它们的别称。"[②]

---

① 郑振铎《中国俗文学史》，第479页。
② 李世瑜《宝卷新研》，《文学遗产增刊》1957年第4期，第165页。

谢生宝先生说:"变文中标有'佛子''佛号''念菩萨佛子',就是这种齐声接唱佛号的应声。……河西宝卷基本上承袭了变文的衣钵,确为变文的嫡系子孙。"[1]方步和先生说:"河西宝卷是至今还活在河西人民中间,为河西人民喜闻乐见的民间俗文学,是敦煌俗文学的活样本。"[2]段平先生说:"河西宝卷是敦煌变文的后代,它们在同一土壤中发展、进化;宝卷是变文的嫡系后代,它继承着先祖的基本形式和内容。"[3]车锡伦先生说:"佛教的俗讲和宝卷,都是中国佛教世俗化的产物;宝卷继承了俗讲的传统,也可以称作俗讲的'嫡派子孙'。"[4]

河西民间宗教宝卷是甘肃河西地区的绮丽瑰宝,现世存留的宝卷均是在明清之际几经周转才得以保存,并于此后在河西地区广为流传并为民众传抄。特别是早期的民间宗教宝卷,抄写者奉其为"神物"。宝卷的传抄是一项神圣而严谨的抄录工作,抄录者均需谨遵原文,不得随意改动。另外,甘肃河西地区处在一个相对封闭的地理环境,宝卷在此地流通,变化不大。因此,即便大多数河西宝卷保留的是手抄本,宝卷流传到河西地区之后也大致保留了它的本来面貌。在这里我们不考虑当代河西地区人民新创作的河西宝卷。鉴于河西民间宗教宝卷较之其他类型的河西宝卷产生时期较早、河西民间宗教宝卷的性质以及河西地区的地理位置,河西民间宗教宝卷可以作为一种可靠的研究资料。以现存的河西民间宗教宝卷的叙事体制为研究对象,通过对宝卷现有体式的研究,是探讨河西宝卷来源的又一途径。

(本文原载《宗教学研究》2016 年第 2 期,第 256—261 页)

---

[1] 谢生宝《河西宝卷与敦煌变文的比较》,《敦煌研究》1987 年第 4 期,第 82—83 页。
[2] 方步和《河西宝卷真本校注研究》,兰州:兰州大学出版社,1992 年,第 369 页。
[3] 段平《河西宝卷的调查研究》,兰州:兰州大学出版社,1992 年,第 3 页。
[4] 车锡伦《中国宝卷的渊源》,《敦煌研究》2011 年第 2 期,第 132 页。

"内地会三女士"在新疆的游历与传教述评

蒋小莉

中国内地会(China Inland Mission)是英国传教士戴德生(James Hudson Taylor)于1865年创建的一个跨宗派的新教传教团体,旨在依照"纯福音派"(Evangelism)的差传理念在中国内地拓展教务。1906年,兰州传教站原牧师胡进洁(George Hunter)在乌鲁木齐设立了新疆境内第一个内地会传教站。[①] 至民国初年,该会传教踪迹已达包括新疆在内的16个省以及西藏、东北地区。[②] 内地会著名的女教士冯贵珠(Evangeline Frances French)、盖群英(Alice Mildred Cable)和冯贵石(Francesca Law French)因长年共同传教而被合称为"三人组"(The Trio),她们于中年之后,开始在中国西北的甘肃、新疆等多民族地区进行开创性的福音布道活动,成为教会的先锋人物,她们也是内地会进入新疆传教唯一的女教士团体。作为受过良好教育的知识女性,她们根据自己的传教经历和见闻,写作了大量记录巡回布道过程以及百姓生活状态的纪实作品。最早为中国读者所知的是 *Through Jade Gate and Central Asia*(直译为《穿越玉门及中亚》)[③],该书描述了她们首次的丝路之行,1930年由上海广学会印行中文节译本,书名为《西北边荒布道记》[④]。而在西方世

---

① 内地会在新疆的传教历程,参见蒋小莉《中国内地会新疆传教士巴富义传记及其史料价值》,朱玉麒主编《西域文史》第十辑,北京:科学出版社,2015年,第314—315页。
② 林美玫《信心行传:中国内地会在华差传探析(1865—1926)》,台北:花木兰文化出版社,2009年,第8页。
③ Mildred Gable, Francesca French, *Through Jade Gate and Central Asia*, London: Hodder and Stoughton, 1927.
④ 《西北边荒布道记》由季理斐意译并作序,后收入沈云龙主编《近代中国史料丛刊(三编)》第45辑,台北:文海出版社,1966年。另收入杨镰主编《修女西行记》,乌鲁木齐:新疆人民出版社,2013年。原书无刊行年代,出版时间据译序及刘瑛《〈西北边荒布道记〉及其史料价值》,《西北史地》1997年第4期,第97—99页。

界,她们5次穿越古老丝绸之路的总结性著作《戈壁沙漠》①流传最广。此外,她们出版的《沙漠旅行:来自中亚的信》②、《事情的发生》③、《伴着一个目标的旅行》④、《戈之壁》⑤等书也都反映了她们西北传教的过程,及游历新疆的见闻。

关于三女士在新疆境内的游历,木拉提·黑尼亚提依据新疆民国时期外事档案,在《新疆内地会传教士传教经历及其中外文姓名的勘同》一文中考证了她们几次进疆的行止。⑥ 杜彦波《中华内地会在近代西北穆斯林社会传教活动研究》,简要介绍了三女士的进疆和宣教。⑦ 刘继华《基督教内地会对西北穆斯林的传教活动研究(1876—1951)》,叙及三女士1929—1930年由甘肃河西走廊进疆布道的过程以及1935年9月最后一次从新疆离开的原委,而后者被视为内地会团体被迫撤离新疆的先声。⑧ 然而以上研究主要是把三女士的西北活动作为内地会"穆宣"运动的组成部分加以概述的,其重点并不在三女士本身。本文旨在依据外文资料,对三女士入华背景、西北传教动机以及在新疆游历的具体过程进行较为全面的梳理,并试对其新疆之行的独特意义进行分析评价。

一、"内地会三女士"入华背景及西北传教缘起

19世纪,随着欧洲列强在亚洲、非洲等地进行的殖民地的扩张以及英国福音主义对各教派产生的影响,新教海外传教事业以英国为中心在世界范围内迅速推进,传教士

---

① Mildred Gable, Francesca French, *The Gobi Desert*. London: Hodder and Stoughton, 1942;蜜德蕊·凯伯、法兰西丝卡·法兰屈著,黄梅峰、麦慧芬译《戈壁沙漠》,北京:中国青年出版社,2002年。

② Evangeline French, Mildred Cable, Francesca French, *A Desert Journal: Letters from Central Asia*, London: Constable and Compang Ltd., 1934.

③ Mildred Gable, Francesca French, *Something Happened*, London: Hodder and Stoughton, 1935.

④ Mildred Gable, Francesca French, *Journey with a Purpose*, London: Hodder and Stoughton, 1950.

⑤ Mildred Gable, Francesca French, *Wall of Spears*, Londons: Lutter Worth Press, 1951.

⑥ 木拉提·黑尼亚提《新疆内地会传教士传教经历及其中外文姓名的勘同》,《西域研究》2003年第4期,第83—90页。

⑦ 杜彦波《中华内地会在近代西北穆斯林社会传教活动研究》,新疆师范大学硕士论文,2009年,第24—25页。

⑧ 刘继华《基督教内地会对西北穆斯林的传教活动研究(1876—1951)》,华中师范大学博士论文,2012年,第120—130页。

的大量输出使得新教真正成为世界性宗教。① 鸦片战争后，进入中国建堂传教的各派教士不断增多。在当时中国严格的宗法社会环境中，向中国妇女传教的任务必须由女传教士来完成。② 而成为海外传教士，也是当时西方知识妇女能够实现经济独立、发展自身事业的为数不多的选择之一。三女士正是在这样的时代背景下相继加入中国内地会，开始中国的传教事业的。

三人组中最早入华的是冯贵珠，她来自一个新教家庭。父亲约翰·艾林顿·弗兰斯（John Errington French）是法国加来海峡地区的英国侨民，喜爱冒险和漫游。母亲伊丽莎白·弗兰斯（Elizabeth French），英国柴郡人，喜爱文学艺术。③ 冯贵珠 1869 年出生于阿尔及利亚的小城梅迪。不久他们举家迁往欧洲，过着四处漂泊的生活，年幼的冯贵珠秉承了父亲的性格，喜爱挑战和冒险。1880 年弗兰斯一家定居瑞士日内瓦，冯贵珠进入当地中学读书并开始参加新教教会的活动。④ 当时的日内瓦聚集着来自世界各地不同派别的社会改革家，有着自由包容的思想氛围以及丰富多彩的文化生活。几年后，冯贵珠进入当地大学读书，在此期间结识了美国圣公会传教士莎恩舍夫斯基（Bishop Shereshewsky）夫妇，他们曾在中国传教，因健康原因来到日内瓦休养。莎恩舍夫斯基夫人曾在上海"玛丽理查德森女童学校"教书，冯贵珠从她那里了解到关于中国的生活、亚洲妇女孤立无援的处境以及中国贫困儿童的悲惨生活，这段友谊悄然改变了冯贵珠的生活。⑤ 而当时冯贵珠目睹的活跃在日内瓦街头的"救世军"⑥ 面向社会低层的传教救助运动，也带给了她巨大的思想冲击。19 世纪 80 年代末，冯贵珠随家人回到英国，定居在港口城市朴次茅斯。她很快成了英国国教会的会众，并接受地方教堂指派，在当地贫民区开展宗教救助活动，成为"海滩儿童宣教团"的志愿者。其时"福音奋兴运动"席卷英国，冯贵珠决定像莎恩舍夫斯基夫人那样去中国传教。她申请加入"中国内地会"，在前往受训期间经历了父亲的突然病逝。冯贵珠接受了为期两年的综合培养，

---

① 威利斯顿·沃尔克著，孙善玲、段琦、朱代强译《基督教会史》，北京：中国社会科学出版社，1991 年，第 631 页。
② 参陶飞亚为林美玫《妇女与差传：19 世纪美国圣公会女传教士在华差传研究》所作序言，北京：社会科学文献出版社，2011 年，第 3—4 页。
③ W. J. Platt, *Three Women*, London: Hodder and Stoughton, 1964, p. 20.
④ Linda K. Benson, *Across China's Gobi*, Norwal CT: Eeat Bridge, 2008, p. 84.
⑤ Mildred Gable, Francesca French, *Something Happened*, p. 21.
⑥ 由原循道会牧师威廉·布思（William Booth, 1812—1912）创立的一个军队形式的组织，1880 年定名。它在很多方面仍是一个教会，开展了大量的慈善工作，并在街头宣传福音。参《基督教会史》，北京：中国社会科学出版社，1991 年，第 629—630 页。

内容包括《圣经》课程的学习以及生活技能、医疗知识、传教实践等方面的训练。

1893 年 9 月 1 日，冯贵珠乘船前往中国，她的入华受到了戴德生的直接指派。① 在扬州"内地会女子语言学校"学习汉语半年后，她被派往大运河畔的高邮传教站，因身体不能适应南方的潮湿气候又调往山西省。她先在太原传教站传教并继续学习汉语，后于 1898 年受派前往平遥传教站主持教务。1900 年 7 月，义和团运动波及当地乡村，她与其他逃离的传教士一起取道汉口至上海回国，② 结束了第一阶段长达 7 年的中国传教生活。不久，义和团运动遭到清政府和八国联军的镇压，外国传教士陆续返回中国。1901 年秋，冯贵珠再次从英国启程，到山西霍州开始了她的第二阶段中国传教生涯。

三人组中第二个来到中国的是盖群英。她比冯贵珠小 9 岁，于 1878 年 2 月出生于英国一个中产阶级家庭，在萨里郡的吉尔福德长大。父亲约翰·凯布尔(John Cable)是位成功的布料商，母亲伊莱札·金德里德·凯布尔(Eliza Kindred Cable)受过良好的教育，爱好文学和音乐。盖群英从小家教严格，受到保姆和家庭教师的管束。③ 进入吉尔福德女子中学后，她成为聪明勤奋、成绩优异的学生。虽然凯布尔夫妇对孩子们参加宗教活动并不热心，盖群英还是被当地教会针对儿童的宣教活动所吸引，12 岁时即"把心交给了上帝"④。1893 年夏，她在一次宗教集会中听到内地会传教士艾米丽·惠特彻奇(Emily Whitchurch)女士讲述的中国传教经历，⑤ 这位女士甚至鼓励年纪尚小的盖群英到中国传教。还是中学生的盖群英听了这个建议犹豫不定，特意前往伦敦的"内地会女候选人之家"做了几天拜访。经过慎重考虑，盖群英发愿做海外传教士。高中毕业后，母亲希望学业出众的盖群英能继续接受高等教育，父亲带着她进行了奢华的全欧旅行，想通过这种方式打消她去国外传教的念头，但这并没能改变盖群英的决定。不久，她离家前往伦敦开始积极准备赴中国传教。为了尽快成行，她放弃了完整的学院教育，选择学习更适于在中国打开传教局面的专业技能，她在进修宗教知识的同时取得了药剂师资质，选修了高等物理、高等化学，以及解剖学、外科学和产科学等。伦敦学习期间，她成了后来被誉为"解经王子"的西敏寺牧师坎伯·摩根(Campbell Morgan)的学生，⑥ 并奉其为自己终身的导师，而摩根也一直是三女士中国传教事业的指导者和支持

---

① Mildred Gable, Francesca French, *Something Happened*, pp. 28—39.
② W. J. Platt, *Three Women*, pp. 28—31.
③ Linda K. Benson, *Across China's Gobi*, pp. 29—30.
④ Mildred Gable, Francesca French, *Something Happened*, p. 62.
⑤ Linda K. Benson, *Across China's Gobi*, p. 31.
⑥ W. J. Platt, *Three Women*, p. 33.

者。义和团运动的爆发使得盖群英的行程变得难以确定，与此同时，原本打算与她共赴中国传教的未婚夫也改变了初衷。然而盖群英决意到中国传教，最终与未婚夫解除了婚约。1901年9月，盖群英的中国之行终于起航，她的父亲一直陪着她旅行到美国。① 1902年夏，盖群英完成了语言学校的培训，被派往内地会山西省霍州传教站，与冯贵珠成了搭档。

"三人组"中最后加入的成员是冯贵珠的妹妹冯贵石，她于1871年生于比利时的布鲁日，是家中最小的孩子，性格沉静温柔，很小就显露出文学艺术才华。1891年父亲病逝后，冯贵石作为唯一留在家中的孩子随母亲搬至萨里郡的里士满，承担起照顾母亲的职责。她加入了当地的"圣三一教堂"（Holy Trinity Church），在陪伴母亲的同时学习音乐，过着传统的维多利亚时代晚期的英国式生活。在姐姐冯贵珠尚未离开英国时，姐妹俩曾一同去参加了一次福音派的开西大会（Keswick Convention），这次大会激发了冯贵石献身基督的愿望。之后她积极投身教会活动，在主日学校任教，并加入"青年妇女基督会"里士满分会。1908年母亲去世，冯贵石即前往都柏林接受了医疗培训，学习了她认为对传教有用的助产课程。不久，恰逢冯贵珠和盖群英回英国休假，冯贵石听从了她们的建议，向内地会提出申请，于1909年来到霍州传教站，由此，"内地会三女士"开始了她们共同的传教生涯。②

冯贵石加入之前，冯贵珠与盖群英已在霍州传教7年，她们开办诊所，开展戒除鸦片的救助，以女性特有的亲和方式走村串户，进入乡村家庭宣讲教义，受到当地人欢迎，传教工作渐有起色。她们还开办了女童学校和《圣经》课程，传教的同时对没有机会接受教育的当地女子进行知识的启蒙。③ 冯贵石加入后，学校的事务交由她与盖群英负责，冯贵珠则主要负责在乡间巡回布道。1911年辛亥革命爆发，当年冬天三女士关闭了学校，回英国休假。④ 1912年8月，她们返回霍州，继续拓展教务并重开学校。她们尤其注重地方教会向"本色化"转型，希望本土教士能担负起地方教会的各项工作。数年后，她们培养出的当地基督徒已可以独立传教并承担学校的运作。1920至1921年，三女士再度回国休假，并开始考虑未来的传教方向。1922年5月，第四次在华基督教传教士全国大会在上海召开，在河西地区行医布道的中国籍牧师高金城在会上的发

---

① Mildred Gable, Francesca French, *Something Happened*, pp. 74—77.
② Mildred Gable, Francesca French, *Something Happened*, pp. 83—102, 113.
③ Mildred Gable, Francesca French, *Something Happened*, pp. 106—107; W. J. Platt, *Three Women*, p. 47.
④ W. J. Platt, *Three Women*, p. 56.

言，使三女士了解到中国西北的广大地区大多尚属传教盲区的情况多年来并无改善。1923年6月11日，在得到内地会总部的准许后，经过深思熟虑的三女士离开霍州，前往中国西北传教。① 这时三人组中最年轻的盖群英也已45岁，而对在华时间最长的冯贵珠来说，则进入了她中国传教的第三阶段。她们的这一选择，不但使她们成为基督教近代中国传教史上的先驱人物，也使她们成了近代西域探险史上重要的参与者和记录者。刊载于1923年9月《亿万华民》上三人合撰的《霍州工作21年：一次新的冒险》一文，透露了她们人到中年才做出这个决定的原因：多年来，她们一直希望看到更多年轻而精力旺盛的传教士志愿到中国西北工作，但去者寥寥。时不我待，她们决定自己前往。②

二、途径新疆的西北游历传教

1924年春，三女士经西安、兰州，来到河西中部的甘州（今张掖），在高金城医生的传教站受到热情欢迎，她们在此开办了半年的《圣经》课程。1924年10月，三女士带着二十余名经过培训的基督徒来到肃州（今酒泉），建立了新的传教站，一面开展医疗服务，一面积极传教。当时，西北方向离她们最近的新教传教站是一千多公里外由胡进洁主持的内地会乌鲁木齐传教站，常年驻站的只有他和马慕杰（Percy Mather，又名马尔昌）两名传教士。从这一年开始，三女士以肃州为基地，多次进入甘青藏区及玉门、安西、敦煌等地开展范围广大的巡回布道，她们深入城市与乡间，在村镇市集、商路旅店宣讲教义并销售福音书，因为向沿途百姓提供的医疗服务而更使她们声名远扬。1923至1936年三女士在中国西北布道期间，曾四次进入新疆境内游历并传教。③ 现将这四次新疆布道的起因与主要行程分别叙述如下。

1926年夏，中国境内的军阀战争使得社会环境恶化，加之盖群英得到母亲病危的消息，三女士遂申请回国休假。为避开战争之地，她们选择了沿古老的丝绸之路进入新疆、再经苏联回伦敦的旅行路线。1926年6月11日，三女士离开肃州，随行的还有几

---

① W. J. Platt，*Three Women*，p. 68.

② Mildred Gable, Eva French, Francesca French, *Twenty-one Year's Work in Hwochow：A New Venture*，*China's Mil-Lions*，1923（9），p. 136.

③ 此按照进疆次数为计，《戈壁沙漠》中说是五次，盖将第二次肃州与乌鲁木齐间的往返计为两次单程。

名肃州的中国教徒，她们带着成捆的福音书，打算以缓慢的速度旅行，尽量利用每个合适的机会布道。在进入新疆的边界星星峡后，她们被告知需要等待省府的许可才能继续通行，在等待的几天时间里，她们举行了露天布道，向士兵及旅行者销售福音书。进入哈密前，三女士遇到了前来迎接的胡进洁，她们之前向英国海外圣经协会预订的阿拉伯文福音书这时也寄到了哈密。三女士在哈密以开展诊疗的方式接近民众，她们以及随行的基督徒走访了这个热闹城市的不同角落，宣讲教义，销售经书，拜访穆斯林妇女。① 又经过三周的旅行，三女士一行人来到了新疆的首府乌鲁木齐，她们震惊于这个城市民族的众多，到达不久即正式拜见了时任新疆督军的杨增新，在交谈中，杨增新对她们在山西开展的民众教育表现出兴趣。② 在乌鲁木齐停留的几周时间里，三女士在城中的妇女中开展了宣教活动，她们带来的福音书几乎售罄。而长期在新疆传教的胡进洁和马慕杰以及他们多年来收集的丰富的中亚藏书都成了三女士了解新疆的窗口。1929年内地会出版了《中亚的挑战》③一书，盖群英因亲历中亚而成为该书的合撰者之一，这无疑得益于这次旅行。因女性的身份，她们得以走进新疆穆斯林妇女家庭生活的空间，这一经历使她们相信，当地妇女因依附性的不平等地位所承受的精神痛苦，正是宣讲基督教义的机会，从这一点来讲，新疆需要更多的女传教士。④ 1926年8月27日，三女士和开始休假的马慕杰一同离开乌鲁木齐，继续踏上回国之旅，由胡进洁护送至塔城。1926年9月11日，他们由塔城进入苏俄边境，再经莫斯科、布鲁塞尔，回到英国。

　　杨增新主新期间，新疆局势相对稳定。初次的新疆之旅使三女士萌生了日后到此开展教务的打算。她们对胡进洁和马慕杰多年坚持在新疆布道并努力将福音书翻译成当地少数民族语言的工作深表敬佩，后来盖群英、冯贵石还在这两位内地会新疆传教的开创者逝世后为他们分别写了传记。⑤ 作为前来新疆传教的准备，她们在伦敦休假期间便开始了突厥语的学习。⑥ 回到肃州后，她们一面继续日常教会工作，一面跟一位来自新疆

---

① W. J. Platt, *Three Women*, pp. 149—152.
② Mildred Gable, Francesca French, *Through Jade Gate and Central Asia*, pp. 261—263.
③ Mildred Gable, F. Houghton, R. Kilgour, A. Mclelish, R. W. Sturt, Olive Wyon, *The Challenge of Central Asia*, London: World Dominion Press, 1929.
④ Mildred Gable, Francesca French, *Through Jade Gate and Central Asia*, p. 269.
⑤ Mildred Cable, Francesca French, *The Making of a Pioneer: Percy Mather of Central Asia*. London: Hodder and Stoughton Publishers, 1935; Mildred Cable, Francesca French, *George Hunter: Apostle of turkestan*, London: China Inland Mission, 1948.
⑥ 休假期间她们在伦敦东方语言学校（London School of Oriental Languages）师从著名的中亚语言学家丹尼斯·罗斯（Sir Denison Ross）爵士学习突厥语。Evangeline French, Mildred Cable, Francesca French, *A Desert Journal*, p. 44.

的妇女学习维吾尔语。三女士第二次进疆之行始于 1929 年夏，时值冯玉祥与马仲英交战，甘肃境内局势动荡，教会工作难以正常进行。她们于 1929 年 7 月再次开始了向西的缓慢旅行，这一次新疆并非途经之地而是她们的目的地。三女士带领的小团体在哈密、巴里坤、奇台等地停留并布道，胡进洁再次驾车前来迎接。当年 11 月初，她们安全抵达内地会乌鲁木齐传教站，这时的新疆已进入金树仁主政时期。此次她们在乌鲁木齐停留了三个多月。据马慕杰的家信："几位女士每天都忙着在妇女中工作，吸引她们参加主日活动。教堂被会众坐满了，都显得不够用了。今天竟然有三百人出席，尽管气温在零度以下。"[①] 同时，她们每天都跟来自吐鲁番帮助胡进洁翻译福音书的哈桑阿洪（Hassan Ahong）学习维吾尔语。她们在乌鲁木齐的社交圈还包括当地的外国人以及当时在乌鲁木齐停留的中瑞西北考察团中方代理团长袁复礼。[②] 1930 年春节过后，三女士决定一边巡回布道，一边返回肃州。她们来到吐鲁番用新学的简单维吾尔语与当地人交谈并尝试布道，遭到了一些穆斯林的公开反对，在吐鲁番旅行布道的一个月并不顺利。[③] 她们又向东经鲁克沁、鄯善到达哈密，沿途寻找传教的机会，而她们提供的医疗服务总是受到欢迎。1930 年 6 月，因战争受阻的通往嘉峪关的道路终于可以安全通行。三女士于 1930 年秋回到肃州，她们记录了这次漫长旅行的传教成果：访问 2700 户家庭，举办 665 场集会，发送及销售 4 万份福音书。[④] 她们还曾向当时新疆省府主席金树仁赠送过福音书。[⑤]

三女士第三次进入新疆是为了逃离马仲英的掌控。1930 年冬，马仲英占领甘州、肃州，并在两地盘踞扩张。后迫于马步芳的军事威胁，马仲英以支援哈密的反抗金树仁运动为名，率部入新。1931 年 9 月，围攻哈密不克的马仲英撤回甘肃，他派人传令给在敦煌巡回传教的三女士，命她们随同军队人员前往安西为他治疗腿伤。接下来的几个月，三女士被迫留在马仲英的驻地，除了给马仲英治伤，她们还给前来求医的士兵们看病。1931 年冬，马仲英的腿伤渐愈，三女士多次请求返回敦煌传教，马仲英最终许可，

---

① Mildred Cable, Francesca French, *The Making of a Pioneer: Percy Mather of Central Asia*, p. 245.

② Evangeline French, Mildred Cable, Francesca French, *A Desert Journal*, pp. 93—99；罗桂环《中国西北科学考查团综论》，北京：中国科学技术出版社，2009 年，第 70—73 页。

③ Evangeline French, Mildred Cable, Francesca French, *A Desert Journal*, pp. 109—110.

④ Evangeline French, Mildred Cable, Francesca French, *A Desert Journal*, p. 143.

⑤ 新疆档案馆外事档案 1—2—18："英女教士冯贵殊（珠）等所送耶稣教书一本，已照收讫。该教士等既以起程东下，仰由该特派员函达致谢可也。"转引自木拉提·黑尼亚提《新疆内地会传教士传教经历及其中外文姓名的勘同》。

但要求她们不得离开他的控制地。三女士一行回到敦煌后，一面继续巡回传教，一面暗中计划脱身，因为有消息说马仲英打算让她们做随军医生，如果真是这样，她们将完全失去自由。1932年4月6日，她们佯装去附近乡村布道，乘机带着一直跟随她们的几名肃州教会成员离开敦煌，朝新疆境内急行，这是她们当时唯一可行的逃离路线。她们不停赶路，终于在三周后抵达当时还在马仲英势力范围之外的鄯善，并于5月安全到达乌鲁木齐。此时，胡进洁已前往上海迎接内地会派往新疆的6位年轻传教士，留守传教站的马慕杰迎接了她们。刚安顿不久，当地又传播着马仲英军队要卷土重来的消息。在当时战乱的时局当中，巡回布道已经无法继续，三女士也无法回到马仲英势力之下的肃州，她们决定再次经苏联回英国休假。在等待办理各种通行证件的同时，三女士在乌鲁木齐的妇女中开展了各种宣教活动。传教站开办了中午集会，大约有300名妇女前来参加，而礼拜天坐满了人的小教堂也有一半是妇女。① 拿到通行证件后，她们再次经塔城离开中国，这次同行的还有她们在肃州收养的又聋又哑的中国女孩爱莲。1932年9月23日，四人到达伦敦。②

　　由于迟迟得不到战乱平息的消息，三女士这次离开中国休假的时间长达3年。在此期间新疆经历了1933年"四一二"事件，进入了盛世才主政时期。就在这年，马仲英乘乱率部二次进入新疆，5月，省府乌鲁木齐遭到围困，马慕杰和巴富义（Emil Fischbacher）医生因救治伤员感染伤寒去世。③ 而巴医生即是由胡进洁带领，经过汽车旅行于1932年11月到达乌鲁木齐的6名新来教士之一。消息传到伦敦，盖群英和冯贵石据马慕杰的家信及她们的回忆合撰了马慕杰的传记《先驱之路》（The Making of a Pioneer）。1935年，她们听到中国西北局势已逐渐恢复平静的消息，即于当年秋经莫斯科来到乌鲁木齐，第四次进入新疆。她们原计划一边在新疆境内开展旅行布道，一边向东慢行返回肃州传教站。④ 然而当时东疆及甘肃战事不断，盛世才拒绝签署任何外国人的旅行许可。同时，由于盛世才的亲苏政策，英国人在新疆的活动受到了限制，⑤ 不再能随意旅行的三女士住在乌鲁木齐内地会传教站。她们发现在离开的这几年中，乌鲁木齐发生了很大变化，新修了道路，开办了多种民族语言的学校，当地的医疗条件也有所改善。她

---

① Mildred Cable, Francesca French, *George Hunter: Apostle of turkestan*, p. 86. 原文为引用马慕杰家信内容。
② Linda K. Benson, *Across China's Gobi*, p. 193.
③ Marshall Broomhall, *To What Purpose?*, Edinburgh: R. & R. Clark, 1934, p. 59.
④ Linda K. Benson, *Across China's Gobi*, p. 209.
⑤ 陈慧生、陈超《民国新疆史》，乌鲁木齐：新疆人民出版社，1999年，第291页。

们开始拜访老友并恢复从前的宣教活动,然而她们觉察到自己的行动受到了监视,与她们有所往来的人都会被盛世才的手下记入名册,她们意识到尽管内地会当时已在奇台和玛纳斯等地新建了传教站,①但新疆的传教环境已变得十分不利。时任英国驻京大使馆顾问台克满(Eric Teichman)在1935年冬考察新疆时曾与三女士会晤。他在报告中明确表示,他认为乌鲁木齐对英国公民来说已是危险之地,当然也没有三位女传教士的容身之地,不管她们具备多少西北生活的经验。②1936年年初,她们设法得到了离开新疆的通行许可,2月即由乌鲁木齐动身前往哈密。新修的大路使得汽车旅行成为可能,且乌鲁木齐至北京的航线也已开通,但她们仍旧选择乘坐俄式四轮马车,以便在旅途中有更多机会与旅人和居民交流。她们在哈密停留了一周,于5月21日到达星星峡。这一次是她们最后的新疆之行,也是最后的中国之行。1936年8月,身在肃州的三女士接到一纸公文,所有外国人必须离开中国。她们辗转来到北京,选乘穿越西伯利亚的火车返回欧洲,从此永远告别了中国。③

三、"三女士"新疆传教的独特意义

基督教新教作为世界性宗教,已成为当代新疆多宗教共存格局中重要的组成部分,而包括内地会人员在内的近代西方传教士在新疆的宣教活动正是这一局面形成的起点。内地会在北疆地区的传教架构主要是由几位具备强烈宗教使命感,后来被称为中亚"传教先驱"的传教士历时多年完成的,他们的活动包括福音书的翻译、定期的巡回布道以及传教站开展的日常教务等。三女士的入疆以及在行程中面向妇女的宣教也是其中重要的组成部分。三女士在新疆的活动及影响可从传教特点和文化意义两方面进行分析探讨。

中国内地会主张"信心行传",提倡以深入民间的巡回布道方式将基督教义尽可能广地传布给中国民众,并遵循一切宗教活动与政治无涉的原则。④三女士的传教思想也与此一致,尤其在新疆游历期间,她们更是以广布福音为己任。她们在山西霍州时就已谙熟在村镇之间旅行式的传教生活,对中国城乡的社会结构及民俗民情十分了解。在肃

---

① 木拉提·黑尼亚提《新疆内地会传教士传教经历及其中外文姓名的勘同》,第89—90页。
② Linda K Benson. *Across China's Gobi*, p. 211.
③ W. J. Platt. *Three Women*, pp. 180—188.
④ 林美玫《信心行传:中国内地会在华差传探析(1865—1926)》,第8—9页。

州建立传教站后,她们又多次前往甘肃与青海及内蒙古的交界地带开展宣教活动,有着与不同族群交往的丰富经验。新疆游历期间,她们大多采用"闲谈中布道"(gossiping the Gospel)的方式。① 即在沿途漫游,或是住在旅店时,通过提供医疗服务建立起与当地人交流的渠道,利用人们的好奇心在介绍自己的经历后,再介绍基督教义。每次旅行,她们除携带大量福音书之外,还向英国海外圣经协会预订不同语言的福音书,分寄到沿途的各个站点,待她们到达时收取,再以赠送或销售的方式在各地分发。她们常在旅店中举行简单的宗教仪式,邀请同住的旅客参加,为旅行平安祈祷。这种亲切随机的布道方式看起来并没有很强的宗教性,这使得她们能够以受人尊敬的医生或见多识广的朋友身份,接触社会的各个阶层,甚至走进信仰坚定的穆斯林家庭,以达到她们广布"福音"的目的。正如《戈壁沙漠》中所写"在我们的友谊圈里,王子、公主、乞丐、女佣,都一律平等",这种广交朋友的目的在于"认识我们就必须先认识我们代表的上帝"。② 作为女性传教士,三女士在新疆游历期间的宣教对象主要是妇女。数十年在中国生活的经历,使她们对那个时代广大中国妇女所面临的社会地位的不平等感同身受。作为知识女性,她们深受当时蓬勃发展的女权主义运动的影响,曾经热切希望尽快将在西方世俗世界里已渐成风潮的男女平等思想反映在教会,尤其是海外教团当中。也曾因倡导女教士也应成为教团领导力量而被教会视为激进分子。她们提出未来传教所要达到的目标应当是"迷信将失去力量,新的道德标准将会出现,生命的价值将被重新认识,奴役将会结束,病弱者将得到照顾,妇女将在社会上获得应有的权力,儿童生活将会呈现出新的重要性,文盲也会消失"③,反映出她们宗教思想中进步的社会关怀观念,是值得肯定的。虽然新疆并不是她们传教的重点地区,而且居留的时间也很短暂,三女士仍旧履行着这样的传教理念。据马慕杰的家书,她们在新疆时"整天忙着拜访妇女和年轻女孩,安排课程教她们拼音"④。而三女士也以自身的存在,为当地妇女展现了女性拥有独立自主生活的可能性,具有积极意义。至于三女士在新疆传教的实际收效,则需根据时代背景来分析。当时由于各地军阀混战带来的动荡不安,许多人因逃避战祸从内地省份来到相对安全的新疆暂居,在这种背景下,进入教堂参加宗教活动的妇女人数的

---

① W. J. Platt, *Three Women*, p. 93.
② 蜜德蕊·凯伯、法兰西丝卡·法兰屈著,黄梅峰、麦慧芬译《戈壁沙漠》,第290页。
③ Mildred Cable, Francesca French, *Ambassadors for Christ*, London: Hodder and Stoughton, Limited, 1935, p. 45.
④ Mildred Cable, Francesca French, *The Making of a Pioneer: Percy Mather of Central Asia*, p. 244.

增加，其实并不能看作三女士在当地妇女中的传教收效。以传教士身份进入穆斯林家庭，与穆斯林妇女进行交流，这是三女士引以为傲的开创之举。然而必须指出，当地人对她们的友好相待并不意味着对基督教义的接受，这一点在她们的著作中常常含糊不清。虽然她们采取了医疗传教以及"闲谈中布道"这些易于接受的方式接近当地民众，但她们在穆斯林地区的直接宣教还是不可避免地会遇到抵制，比如在吐鲁番和巴里坤等地受到冷遇。虽然由于地理结构特殊、位于丝绸之路要冲、多民族广泛分布等原因，新疆自古就有多宗教并存的特点，[①] 但在穆斯林人口众多且宗教认同与民族认同密不可分的地区，她们的传教注定难见成效。对此，可以拿同在新疆传教的新教教团"瑞典行道会"（Mission Covenant Church of Sweden）作为参照。该教会在南疆投入了大量人力物力，建立了包括医院、学校、印刷厂在内的教会所属机构，在喀什噶尔等地进行了近半个世纪的传教活动，最终也未能取得实质性的传教成果。[②]

然而，三女士新疆之行的独特价值并不限于传教，她们还是视野开阔、擅长写作的知识女性，其亲历新疆所具有的文化意义更值得挖掘。诚然，她们写作的主要目的和许多传教士一样，是为了宣扬传教生活的奉献精神，让有志入华的教会人员了解更多的中国民情，提前做好传教的各项准备工作，但她们活动与创作的意义远远超越了这个目的。她们所写的马慕杰和胡进洁的传记，使得这两位"传教先驱"在新疆几十年的活动经历为人们所知，也为当时新疆北部新教传教情况以及不同教会之间的交流方式留下了具体的资料，这些已成为当今学者进行相关研究的重要参考。[③] 此外，三女士在中西文化交流上的意义也值得一提。20世纪初，中国尤其新疆地区成了西方列强政治与文化大角逐的竞技场，三女士对新疆境内的探访和记录与同时期著名探险家们的著作一样，成了西方世界了解神秘西域的桥梁。三女士在进行丝路旅行之前，已在中国生活了几十年，对中国不同地区的文化都有很多的了解，与各阶层的接触也较为深入，加之她们自身并未抱持明显的义化偏见，因而在这种认知基础上对不同地域的社会状况进行的介绍和评价也具有更多的客观性。早在1917年盖群英就出版了《一个梦想的实现》一书，内

---

① 李正元、廖肇羽《新疆多元民族文化特征分析》，《兰州大学学报》（社会科学版）2011年第1期，第60—67页。

② 瑞典行道会新疆传教研究参周轩、崔延虎《瑞典传教团在喀什噶尔研究》，《西域研究》1998年第4期，第31—42页；木拉提·黑尼亚提《传教士与近代新疆社会》，《世界宗教研究》2005年第1期，第63—73页。

③ 如郭益海《近代新疆内地会传教士马慕杰传教活动评述——兼评〈中亚的先驱——马慕杰〉》，《新疆师范大学学报》（哲学社会科学版）2005年第4期，第58—61页；陈妍蓉《三位女传教士在甘新大道沿线社会(1923—1936)》，兰州大学硕士论文，2012年。

容为内地会在霍州妇女中的传教历程。该书对当地生活的生动描写朴实无华,使远在千里之外的西方读者也尤如置身其中,有着风俗画卷一般的魅力。① 这种细腻的、带着人文关切的写作特点,也同样反映在由盖群英、冯贵石执笔的三女士以后的著作中。她们专门向西方介绍中国的著作《中国:那里的生活与那里的人民》,用以点带面的方式呈现中国的历史文化,其中提到了新疆的物产,以及乌鲁木齐、哈密、喀什等城镇,全面与特色并重,是当时同类书籍中的优秀之作。② 她们的多部中国西北行记与斯文·赫定(Sven Hedin)、奥莱尔·斯坦因(Aurel Stein)以及勒科克(Albert von Le Coq)等所写的广为流传的探险游记相比,字里行间并没有带着猎奇、探宝、匆匆过客的他者眼光,而更多是作为往来于古老商路上的辛苦旅行者以及绿洲居民生存状况的细致观察者,将自己的经历见闻娓娓道来,忠实地向西方读者展现她们所了解的新疆。例如《戈壁沙漠》中涉及吐鲁番盆地的内容,不仅有对当地地理气候、名胜古迹的介绍,还包含利用汉文史籍和考古发现勾勒出的吐鲁番历史,以及对城镇的市场、当地人生活方式的详细描写。③ 同时,身为传教士,她们还关注沿途不同阶层与族群的不同信仰与精神世界,这样的记录也是难能可贵的。正是由于三女士经验与视角的独特性,她们中国西北生活纪实的著作,在20世纪三四十年代出版之时,就受到教会内外读者的热情欢迎,《事情的发生》在面世后的短短两年间就重版6次,新出版的《戈壁沙漠》曾是英国女王购买的圣诞礼物,④ 而上文提到的巴富义大夫也是《穿越玉门及中亚》的忠实读者。⑤ 在返回英国休假期间,三女士总会受到包括英国皇家地理学会在内的各方演讲邀约,西方普通听众及专家学者都怀着深厚的兴趣看她们展示在中国拍摄的照片,介绍中亚的自然地理、历史古迹以及风土人情。而盖群英更被为认为是西域古迹的考察者和研究者,受到知识界的尊敬。离开中国的三女士晚年继续一同旅行,她们去了澳大利亚、新西兰、印度以及南美洲的一些地区。⑥ 然而她们最具价值的贡献仍是描写中国西北丝路旅行的著作。彼得·霍普科克(Peter Hopkirk)在20世纪80年代所著的《丝绸之路上的外国魔鬼》⑦一书

---

① Mildred Cable, *The Fulfilment of a Dream of Pastor Hsi's*, London: London: Hodder and Stoughton, 1917. 参坎伯·摩根为该书所写序言。

② Mildred Cable, Francesca French, *China: Her Life and Her People*, London: University of London Press, 1946.

③ 蜜德蕊·凯伯、法兰西丝卡·法兰屈著,黄梅峰、麦慧芬译《戈壁沙漠》,第220—248页。

④ W. J. Platt, *Three Women*, p. 195.

⑤ Marshall Broomhall, *To What Purpose*, p. 59.

⑥ Linda K. Benson, *Across China's Gobi*, pp. 236—237.

⑦ Peter Hopkirk, *Foreign Devils on the Silk Road*, Oxford: Oxford University Press, 1980. 中译本为杨汉章译《丝绸之路上的外国魔鬼》,兰州:甘肃人民出版社,2008年。

中多次引用她们的描述，以说明当时来到新疆考察盗宝的西方探险家所处的社会环境。而今天，如果我们想要了解那个时代古老丝路上往来商旅的生活面貌，也可以从她们的细腻描写中寻找。她们是把延续千年的依靠牲畜带步的缓慢旅行方式记录得最为细致的特殊商客了，详细到旅行之前的各项准备，旅行途中的风物民俗，在沙漠中行进的经验，队中厨师、车夫等人的各项职责，沿途停留的驿站等。而这种古老的旅行方式业已随着现代公路的修建消失了。从她们的记录中可以窥见 20 世纪初中国西北商路上社会生活的丰富画面。这些都成了今天我们从事西北地区近代历史和社会学研究的珍贵资料。

四、结 语

近代基督宗教在列强侵华及签订不平等条约的背景下进入中国，是不应忘记的客观事实，但并不能因此就仅以文化侵略涵盖所有传教活动。中国内地会作为一个跨宗派差会一直信守"纯福音派"的传教原则，力求"福音"广布，重视医疗传教和文字宣传的功能。他们在新疆的教务发展极为缓慢，常年驻疆的传教士只有胡进洁、马慕杰两人，虽于 1932 年增派 6 名传教士入疆筹建传教网络，然而因新疆政局的改变，大部分传教士 1938 年即撤离新疆。1941 年，随着胡进洁的离开，内地会新疆传教站彻底关闭。1926 至 1936 年间，内地会三女士以游历或暂居的形式四次进入新疆，开展巡回布道并积极与当地妇女交流。虽然她们在疆的宣教活动并未取得实质性成果，实际上却为缺医少药的普通民众提供了一定的帮助，也具有近代基督教与当地穆斯林"相遇与对话"的历史意义。三女士在新疆停留期间，亲历了杨增新、金树仁、盛世才主政的不同阶段，客观上成了那段剧烈变动时期的历史见证者。同时，她们新疆之行的文化意涵尤其值得重视。从三女士拍摄的照片以及著作的丰富性来看，她们所关注的范围早已超越了传教日的本身。良好的西方教育背景、在中国生活的丰富阅历以及穿越戈壁的探险之旅，使她们有资格成为中西文化交流的独特媒介，而她们出众的写作才华又使得这些作品在 21 世纪的今天仍富有可读性。尤其她们记录丝路之行的游记，更是那个"探险黄金时代"难得的佳作。三女士传教之外的贡献也得到了西方学界的认可，晚年时获得皇家苏格兰地理学会颁发的活石奖章，盖群英还荣获皇家中亚学会颁发的劳伦斯纪念奖章。她们终身都保持着宗教热忱，返回英国后分别参与了"英国与海外圣经协会"等教会团体的工作，[①] 然而她们的思想与情感已深深打上了中国的烙印。如果将传教士与受传者之

---

① Linda K. Benson, *Across China's Gobi*, p. 244.

间的关系看作一场双向度、多方位的对话,① 这场对话折射出的是时代、政治、社会、经济、文化的方方面面。三女士在新疆的游历传教以及留下的珍贵记录,为我们提供了另一种观照历史的视角,其独具的文化价值是新疆近代中西接触、文化交流中值得重视的一环。

(本文原载《兰州大学学报》2017年第2期,第84—92页)

---

① 林美玫《信心行传:中国内地会在华差传探析(1865—1926)》,第140页。

从告于庙社到告成天下

——清代西北边疆平定的礼仪重建

朱玉麒

清朝入主中原以后，西北边疆的平定成为当务之急，康雍乾三世因此屡屡用兵，直到乾隆二十五年(1760)才告成功。乾隆时期的西北平定，主要以二十年平定达瓦齐、二十二年平定阿睦尔撒纳、二十四年平定大小和卓的叛乱为标志，从而全面拥有了天山南北辽阔疆域的统治权。在乾隆晚年回忆一生所取得的奠定帝国版图的战争中，以"平准噶尔、定回部"的三次战役所完成乃祖、乃父的未竟之业为"十全武功"之首(乾隆《御制十全记》)。①

在西北平定战争的每一次胜利之后，乾隆都会举行盛大的凯旋仪式来做宣告。留存到后世的纪功碑、平定战图、平定方略以及西域舆图和图志、同文志等，均作为战争的纪念物，彰显了清代前期建立新的疆域范围和民族共同体并促成帝国共识的努力。

在西域，平定战争结束多年之后，竖立其地的纪功碑确实成为后世凭吊与吟咏的对象。乾隆四十六年谪戍新疆的前黄梅知县曹麟开(生卒年不详)，就曾在乌鲁木齐写下《塞上竹枝词三十首》，其中一首吟咏竖立在伊犁格登山(今新疆昭苏边界松拜河东岸)上的平定准噶尔纪功碑：

永和贞观碣重重，博望残碑碧藓封。何似御铭平准绩，风云长护格登峰。②

在清代前期平定西北的行军过程中，曾经发现过永和二年(137)东汉战胜匈奴而建立的《裴岑纪功碑》和贞观十四年(640)唐代为攻克高昌国而建立的《姜行本纪功碑》，甚

---

① 《高宗纯皇帝实录》卷一四一四《清实录》第 26 册，北京：中华书局，1986 年，第 1018 页。
② 星汉编著《清代西域诗辑注》，乌鲁木齐：新疆人民出版社，1996 年，第 86 页。

至还有伊塞克湖畔的《张骞碑》。① 但在诗人看来，这些记载都不如乾隆平定准噶尔的丰功伟绩，以至于御制的格登山纪功碑至今都得到天地风云的保护。

无独有偶的是，另一位诗人王曾翼(1733—1794)在乾隆五十年以兰州兵备道的身份抚谕天山南路时，也写下《回疆杂咏三十首》，其中一首吟咏了他在叶尔羌（今新疆莎车）所见平定回部的纪功碑：

霍占巢穴剩荒基，断础零砖拾烬遗。扫荡凶氛归化宇，卿云长护御书碑。②

诗歌末句表达对乾隆纪功碑的歌颂方式，与曹麟开如出一辙。这里的御书碑，指的是乾隆皇帝御制的《平定回部勒铭叶尔奇木（叶尔羌）碑》。

在战争的发生地发现纪功碑，从一般的常识来看，并不值得奇怪。但是，当我们发现乾隆年间的金石学家翁方纲(1733—1818)在担任广东学政时期编著的《粤东金石略》，已经著录了距离西北战场万里之遥的广州府学所立平定西北的告成太学碑时，③ 疑问自然发生。

本文的研究，便从这里切入到清代西北边疆平定的凯旋礼仪建置中。

一、纪功碑与告于庙社——传统的继承与弘扬

在边疆战争取得决定性胜利的地点立碑纪功，是清代军礼重要的凯旋仪式之一。因此，乾隆皇帝平定西北边疆的纪功碑——《平定准噶尔勒铭格登山之碑》《平定准噶尔勒铭伊犁碑》《平定准噶尔后勒铭伊犁碑》《平定回部勒铭伊西库尔淖尔碑》《平定回部勒铭叶尔羌碑》被分别修建于天山南北的重镇宁远城（即固尔札，清代伊犁九城之首，今伊宁市）、叶尔羌，以及取得平叛大捷的格登山、伊西库尔淖尔（今塔吉克斯坦戈尔诺－巴达赫尚自治州穆尔加布区西南）。

这一形式，可以看作是对其祖父康熙皇帝在亲征经过地方立碑行为的继承。为了平

---

① 参笔者《汉唐西域纪功碑考述》，《文史》2005 年第 4 辑，第 125—148 页。
② 星汉辑注《清代西域诗辑注》，第 138 页。
③ 翁方纲《粤东金石略》卷首，乾隆三十六年序刻本，叶六正、背。按，《粤东金石略》卷首所载广州府学御碑亭内平定碑凡四：《平定朔漠告成太学碑》《平定金川告成太学碑》《平定准噶尔告成太学碑》《平定回部告成太学碑》。

定噶尔丹的入侵，康熙二十九年（1690）、三十五年、三十六年曾经御驾亲征，最后一次抵达归化城（今内蒙古呼和浩特）部署军务，因此于四十二年御制《敕赐归化城崇福寺碑记》的纪功碑文，分别立石于曾经驻跸的崇福寺（小召）和参加诵经法会的席力图召寺（延庆寺）。其立碑的目的，也在碑文中有明确书写："书此勒石，俾后之览者知朕不惮寒暑、三临绝塞、为民除残之意。"①

而事实上，竖立纪功碑是古已有之的边疆战争纪念方式。秦始皇的东封刻石，是其原始。秦始皇二十八年（前219）以来，多次东巡郡县，分别在峄山、泰山、之罘、东观、琅琊、碣石、会稽等处立石题记。这些刻石的重要功能是"颂秦德"，表达其统一宇内、包有东南沿海的功德。而由此延伸出来的边塞战争奏捷的刻石纪功，则可以追溯到东汉永元元年（89）窦宪抗击匈奴而由班固撰写的《封燕然山铭并序》。此后在汉唐以来的边疆战争中，刻石纪功的文献记载与实物发现，都印证了对"燕然勒石"这一纪功形式的继承。② 清代前期，从康熙亲征的《敕赐归化城崇福寺碑记》③，到五十九年平定准噶尔侵扰西藏而于雍正二年（1724）立在拉萨的《御制平定西藏碑》，无疑都是这一传统表达方式的延续。如上所揭，平定西北的战争之后，乾隆效法乃祖旧胜，在西域所立纪功碑多达五处，④ 其中《平定准噶尔勒铭格登山之碑》和《平定回部勒铭伊西库尔淖尔碑》在晚清的中俄交涉中，成为边界争论的焦点，因此也更为世人所知晓。

但是，边疆平定的奏凯军礼，其重头戏还在京师，那就是告成和劳师之仪。与本文讨论相关的是告成仪式，其在京师的活动又分为两个阶段。

告成仪式的第一个阶段是在捷报传来、不待班师即予举行的祭祀仪式。这种祭祀，是对出征以前向天地神祇、列祖列宗拜祭而许下诺言的还愿行为。如《左传》所记："国

---

① 这一俗称"平定噶尔丹纪功碑"，可参王宏钧、刘如仲《准噶尔的历史与文物》"噶尔丹叛乱的覆灭"，西宁：青海人民出版社，1984年，第55—56、164页。

② 参笔者《汉唐西域纪功碑考述》，《文史》2005年第4辑，第125—148页。

③ 在此之前，康熙还有仿照勒铭燕然的方式，在战争经行和取得胜利的地点察罕七罗、拖诺山、昭莫多、狼居胥山刻写铭文的行为，参《圣祖仁皇帝实录》卷一九〇，《清实录》第5册，第1016—1017页。

④ 以往中国关于这些碑刻的研究，可参史棣祖《清朝平定准噶尔部贵族的叛乱及其意义：从新疆昭苏县格登山石碑谈起》，《文物》1976年第12期，第59—67页；肖之兴《葱岭上的乾隆纪功碑》，《历史研究》1977年第6期，第126—128页；李之勤《格登碑杂考》，《新疆大学学报》1981年第4期，第67—72页，收入作者著《西北史地研究》，郑州：中州古籍出版社，1994年，第429—434页；周轩《平定准噶尔勒铭格登山之碑碑文浅释》，《新疆大学学报》1981年第4期，第73—79页；杨天在《伊犁地区的"平定准噶尔勒铭格登山之碑"和"平定准噶尔勒铭伊犁之碑"》，《中国边疆史地研究导报》1989年第5期，第35—37页；杨永平《格登山碑文考证译释》，《西北史地》1994年第2期，第59—62页；布莉华《平定准噶尔勒铭伊犁之碑解说与补正》，《满族研究》2006年第2期，第52—54页。

之大事，在祀与戎。"① 为了获得战争天赋神授的正义性和必胜信念，出征之际通过祭祀来达到坚定军心的目的，这是从上古鬼神崇拜遗留到宗法社会的重要规则。"祀"是祭祖，"戎"是战争前的祭祀，其实都是在说国家的大事在于祭祀。② 祭天是皇帝的特权，作为天子，是天命的继承人，因此战争的胜利首先归功于上苍乃至万物神灵，需要在天坛、社稷坛等特定的场合举行祭拜天地神祇之仪。而皇位是受命于祖先，故祭拜天地万物之后，则通过祭拜太庙与祖陵来表达对祖先的告慰。正如《清实录》记载乾隆皇帝在二十年五月壬辰（十九日）得到平定准噶尔的捷报之后所表述的那样："今虽值此捷奏频仍，遐荒底定，而朕心初不以为喜，惟有感戴上苍福佑，列祖贻庥。"③ 这一叙述虽不免矫情，但"上苍福佑，列祖贻庥"所表达对上天、祖先的感戴，在宗法祭祀的时代，仍然应该相信是其真实而虔敬的心理。

在清代，这些祭祀行为确实都在战争的捷报传来之后即予举行。如乾隆皇帝于捷报得到的第二天（五月癸巳，二十日），即传谕派皇子永璋、永琪、永珹祭告关外三陵（努尔哈赤的福陵、皇太极的昭陵以及清远祖的永陵）和关内三陵（顺治孝陵、康熙景陵、雍正泰陵）的事宜。④ 而他自身则从乾隆二十年五月庚子（二十七日）起，"以平定准噶尔，告祭太庙，斋戒三日"，至六月癸卯（一日），"告祭太庙，上亲诣行礼"。⑤ 此后又在六月己酉（七日）传谕："平定准噶尔捷闻，……朕仰承先烈，集此大勋，保泰持盈，弥深兢业，亲告成功于太庙，郊、社、岳、渎诸祀，次第遣官敬谨举行，以昭茂典。"⑥ 亲诣太庙、派官告祭天地万物诸神的安排，充分显示了他对祭祀仪式的虔敬用心。

告成仪式的第二个阶段是大兵凯旋后的献俘仪式，即献俘礼。这是从周武王灭商而告庙献俘即已有之的仪式，魏晋以后重新为历朝所遵循，而北周则进一步确定为"献俘于太庙"的制度；到了唐朝，边疆战争尤其重视献俘礼的举行。⑦ 如《唐会要》所载西北战争中，贞观四年张宝相俘颉利可汗，献俘于太庙；二十三年阿史那社尔执龟兹王诃利

---

① 《左传》"成公十三年"条，《十三经注疏·春秋左传正义》，北京：中华书局，1980年，第1911页。

② 具体解释，可参王学军、贺威丽《"国之大事，在祀与戎"的原始语境及其意义变迁》，《古代文明》2012年第2期，第92—98页。

③ 《高宗纯皇帝实录》卷四八九，《清实录》第15册，第134页。

④ 《高宗纯皇帝实录》卷四八九，《清实录》第15册，第136—137页。

⑤ 《高宗纯皇帝实录》卷四八九、四九○，《清实录》第15册，第144、150页。

⑥ 《高宗纯皇帝实录》卷四九○，《清实录》第15册，第159—160页。

⑦ 相关概括，可参盖金伟《"献俘礼"与"北庭大捷"质疑》，《西域研究》2010年第1期，第52—57页。

布失毕及其相那利等，献于社庙；永徽元年(650)高侃执突厥车鼻可汗，献太庙；显庆三年(658)苏定方俘贺鲁，献于昭陵、告于太庙……①这些都是献俘太庙的实际例证。帝王往往利用这一对外公开的献俘仪式，来宣扬国威、昭示怀柔，体现其话语权的实录等政书体国史，对此当有详细的记载，以至于后来的正史得以充分描写，如东突厥颉利可汗事，《新唐书·突厥传》载：

> 颉利至京师，告俘太庙，帝御顺天楼，陈仗卫，士民纵观，吏执可汗至，帝曰："而罪有五：而父国破，赖隋以安，不以一镞力助之，使其庙社不血食，一也；与我邻而弃信扰边，二也；恃兵不戢，部落携怨，三也；贼华民，暴禾稼，四也；许和亲而迁延自遁，五也。朕杀尔非无名，顾渭上盟未之忘，故不穷责也。"乃悉还其家属，馆于太仆，禀食之。……遂授右卫大将军，赐美田宅。②

又如，西突厥别部突骑施可汗苏禄之子吐火仙骨啜与其弟叶护顿阿波，于贞观十三年被碛西节度使盖嘉运联兵破于碎叶城而受擒，《新唐书·突厥传》也记载："嘉运俘吐火仙骨啜献太庙，天子赦以为左金吾卫员外大将军、脩义王，顿阿波为右武卫员外将军。"③凡此种种献俘的仪式，都是帝王为展示宽大为怀的统战需要而创立的仪式。

这种献俘礼仪，同样为清代边疆平定的凯旋仪式所继承。据《清实录》记载，献俘仪式在雍正二年(1724)平定青海之际确立，并分献俘、受俘两个步骤：

> (雍正二年四月)癸亥，总理事务王大臣议奏："青海大捷，应献俘于太庙，恭请皇上临御午门受俘。"得旨："平定青海，实乃皇考留贻之功，故捷音到日，恭告景陵。今造逆首恶吹拉克诺木齐、阿尔布坦温布、藏巴札布等三人槛送来京，朕令议献俘太庙之礼，以慰列祖在天之灵。诸王大臣等乃议请受俘，归功于朕，非朕本意也。可否只行献俘，不行受俘之礼？诸王大臣等再察典礼具奏。"寻议："出师凯旋，执获丑类，献于庙社，即受俘于廷，历代行之，大典攸昭，应请允行。"从之。④

(雍正二年闰四月)癸未，以平定青海所获叛逆俘囚吹拉克诺木齐、阿尔布坦温

---

① 《唐会要》卷一四《献俘》，上海：上海古籍出版社，1991年，第371、372页。
② 《新唐书》卷二一五上《突厥》上，北京：中华书局，1975年，第6035—6036页。
③ 《新唐书》卷二一五下《突厥》下，第6068页。
④ 《世宗宪皇帝实录》卷一八，《清实录》第7册，北京：中华书局，1985年，第306页。

布、藏巴札布三人解送至京，行献俘礼，遣官告祭太庙、社稷。……丙戌，王以下文武百官齐集午门前，设卤簿，鸣金鼓，上御午门楼前楹，升宝座受俘。兵部官率解俘将校，将平定青海所获叛逆俘囚吹拉克诺木齐、阿尔布坦温布、藏巴札布三人白练系颈，跪伏。兵部堂官奏："所获俘囚，谨献阙下。"上命交刑部，于是刑部官领旨，兵部官引俘押出，王以下文武各官行礼毕，上回宫。①

《清朝通典》也记录了雍正二年的献俘仪式：

雍正二年，命将讨平青海，解送俘囚至京师，择日献俘于太庙、社稷。

雍正二年，平定青海，世宗宪皇帝御午门受俘。是年，定献俘次日行受俘礼仪注。②

从以上二书的记载可知，雍正年间的献俘、受俘分离为两个仪式，是经过了皇帝与大臣讨论后确定的。当时这两个仪式的时间相隔三天，不过，又制定了以后在献俘次日行受俘礼的规定。这一献俘于太庙和社稷、次日受俘于午门的礼仪，确实为乾隆所继承。《清朝通典》记录了乾隆四十一年以前的历次献俘和受俘情形：

乾隆十四年，议定献俘之仪："凡出师克捷，如雍正二年平定青海之礼，以俘献于太庙、社稷。"二十年六月，擒获叛逆巴朗、孟克特穆尔并雍正年间叛逃之罗卜藏丹津，献俘于太庙、社稷，悉如雍正二年之礼。十月，平定准噶尔，擒获达瓦齐，献俘行礼，亦如之。仪具《大清通礼》。

乾隆十四年，定出师克捷、于献俘次日行受俘礼，均如雍正二年之仪。二十年六月，擒获巴朗、孟克特穆尔、罗卜藏丹津，以俘来献，皇上御午门受俘，悉如雍正二年议定之礼。有赦而不杀者，奉旨释缚，交理藩院。十月，平定准噶尔，擒获达瓦齐，皇上御午门受俘行礼宥罪仪，与二十年同。二十五年正月，平定回部，函霍集占之首以献，皇上御午门受俘馘。四十一年四月，平定两金川，生擒逆酋索诺木等七人，并函送逆僧格桑首级，献于阙下，皇上御午门行受俘礼。是年，奉谕礼部等："所奏二十八日受俘仪注，将军等应入百官班内，在午门前行礼，但将军

---

① 《世宗宪皇帝实录》卷一九，《清实录》第 7 册，第 312、314 页。
② 《清朝通典》卷五九 "礼·军·献俘、受俘"，上海：商务印书馆，1935 年，第 2443 页。

等于郊劳及凯燕两次俱有行礼之处，受俘时将军及自军营回京之在御前乾清门行走者，俱着扈从登午门楼，不必入班行礼，止须令福康安带领押俘将校等在午门前行礼。"其仪注具《大清通礼》。①

以上由乾隆十四年第一次平定金川开始的礼仪，均继承自雍正二年所定，但也根据实际情况增加了宥罪、将军扈从登午门等仪式。《清实录》的相关记载更为详细，如达瓦齐事：

> 乾隆二十年十月丁巳（十七日），俘酋达瓦齐、罗布扎、茾喀、图巴、敦多克、和通等，解送至京。兵部率解俘官兵，押俘由长安右门入，进天安右门，至太庙街门外，向北立，候告祭大臣至，令俘向北跪，告祭大臣进太庙行礼。毕，兵部率解俘官兵，押俘至社稷街门外，令俘仍向北跪，告祭行礼，如前仪。……戊午（十八日），上诣皇太后宫问安。御午门楼，王公百官朝服侍班，铙歌大乐，金鼓全作，兵部堂官以解到俘酋达瓦齐、罗布扎、茾喀、图巴、敦多克、和通等，跪奏请旨。命达瓦齐等免交刑部，俱交理藩院。理藩院堂官跪领旨，押俘出天安右门，王公百官行庆贺礼。②

文字记录犹嫌不足，对于这些仪式所显示的"天朝"胸怀，乾隆皇帝还策划了中国和西洋的宫廷画家为之画图存照，如曾经著录于《石渠宝笈》、近年以昂贵的价格拍出的徐扬手绘《平定西域献俘礼图》，即是对乾隆二十五年平定回部献俘礼的情景描绘。③ 这一仪式更由乾隆皇帝敕命法国人耶稣会修士王致诚（Denis Attiret，1702—1768）绘制，后来被刻成铜版十六幅之一流传；④ 而包含这一仪式的、收藏于故宫博物院的丁观鹏手绘《平定伊犁回部战图》二十幅，也是那个时期完成的作品。⑤

---

① 《清朝通典》卷五九"礼·军·献俘、受俘"，第2443页。
② 《高宗纯皇帝实录》卷四九九，《清实录》第15册，第273—274页。
③ 《平定西域献俘礼图》手卷，设色纸本，纵42厘米，横1800厘米，2009年10月17日，在北京中贸圣佳拍卖会上，以1.34亿元人民币成交。参聂崇正《观徐扬画平定西域献俘礼图卷》，《收藏家》2009年第3期，第32—34页。
④ 参高田时雄《平定西域战图解说》，京都：临川书店，2009年；谭皓中译本载《西域文史》第六辑，北京：科学出版社，2011年，第301—313页。
⑤ 王宏钧、刘如仲《准噶尔的历史与文物》，第119—124页。他如平定金川的献俘图，也都有徐扬的绘本和据捷克人耶稣会神父艾启蒙（Ignace Sicherbart，1708—1780）绘本刻制的铜版画行世，此处不赘。

献俘礼在京师太庙和社稷坛的完成，也象征了对于天地、祖先告祭的最终完成，成为告成军礼的高潮和终结。从纪功碑到凯旋告祭这一切完备的礼仪，可以看作一个盛世所确立的、继承历代汉文化传统祭祀仪式的踵事增华。

但这还不是全部！

从捷报传来开始，一个本质性的变化贯穿在告成仪式的始终，那就是告成碑和释奠太学的仪式出现，反映出中国古代最后一个王朝在告成礼建置上登峰造极的状态。

二、告成碑与释奠太学——复古名义下的创新

作为战争纪功碑的一种新形式——"告成太学碑"在康熙三十七年首次出现。这就是竖立在太学（即国子监）的《平定朔漠告成太学碑》。《清实录》记载：

> （康熙三十七年十月乙巳，）先是，上亲征朔漠，荡平厄鲁特噶尔丹，诸王大臣等请立碑太学，以垂万世。至是，御制碑文曰……①

碑文本身也对这一事件做了如下叙述：

> 惟朕不得已用兵以安民，既告厥成事，乃蠲释眚灾，洁事禋望，为亿兆期升平之福，而廷臣请纪功太学，垂示来兹。朕劳心于邦本，尝欲以文德化成天下，顾兹武略，廷臣佥谓所以建威消萌，宜昭斯绩于有永也。朕不获辞，考之《礼·王制》有曰："天子将出征，受成于学，出征执有罪，反，释奠于学，以讯馘告。"而泮宫之诗亦曰："矫矫虎臣，在泮献馘。"又《礼》："王师大献，则奏凯乐，大司乐掌其事。"则是古者文事、武事为一，折冲之用，俱在樽俎之间，故受成、献馘，一归于学，此文武之盛制也。朕向意于三代，故斯举也，出则告于神祇，归而遣祀阙里。兹允廷臣之请，犹礼先师以告克之遗意，而于六经之指为相符合也。爰取"思乐泮水"之义，为诗以铭之，以见取乱侮亡之师，在朕有不得已而用之之实，或者不戾于古帝王伐罪安民之意云尔。②

---

① 《圣祖仁皇帝实录》卷一九〇，《清实录》第5册，第1015页。
② 《圣祖仁皇帝实录》卷一九〇，《清实录》第5册，第1016页。

以上占据了碑文一半篇幅的文字，都在申说告成碑的撰写是因为廷臣的请求，并表现出不肯居功自傲的低调姿态。其实这是帝王虚饰的套语，从纪功碑的源头秦始皇起，其东封刻石也都充斥了"群臣相与诵皇帝功德，刻于金石，以为表经"(《琅琊台刻石》)、"群臣诵功，请刻于石，表垂于常式"(《之罘刻石》)这样的用词。①《清实录》和康熙碑文的这种说法，也可以看作是虚矫文辞的一种"用典"。而其他喋喋于符旨六经的典故运用，则正符合其在所有场合不断标榜的上承三代、儒家立国宗旨。

《清史稿》对康熙凯旋仪式的完整描述是：

> 康熙三十五年，圣祖征噶尔丹，破之，还跸拖诺，捷入，焚香谢天。……帝谒堂子如仪。明年，朔漠平，班师亦如之。还宫后，遣祭郊、社、宗庙，遍群神，谒陵寝，御殿受贺。直省官咸进表文，颁诏如制。帝自勒铭镵石，并建碑太学云。②

可见，康熙是在完成了为历代所践行的祭告仪式之后，③ 加上了建碑太学这一内容。④ 其建立告成太学碑的经典依据，是《礼记·王制》："天子将出征，类乎上帝，宜乎社，造乎祢，祃于所征之地，受命于祖，受成于学，出征执有罪，反，释奠于学，以讯馘告。"⑤ 作为对周朝礼仪制度的理想型还原，《礼记·王制》对天子出征的军礼做了如上规定。但如前所揭，军礼中的凯旋之仪自春秋凋零而重新恢复，告于庙社这一内容，一直作为军礼的核心而被历代沿袭，而释奠告成于学的内容，却并没有在历代受到重视。而且周礼的所谓学，是各尊其师以为学，并非以孔子为唯一的先师。尊孔子为先圣、先师，并建立太学释奠礼仪祭孔，是唐代以来被完善的。⑥ 因此在军礼衰而又兴的过程中，以孔子为素王而不与武事，在军礼中舍弃释奠于孔庙的行为并非不正常。

---

① 《史记》卷六《秦始皇本纪》，北京：中华书局，1959 年，第 247、249 页。
② 《清史稿》卷九〇"礼·军礼"，北京：中华书局，1977 年，第 1766 页。
③ 其中"帝谒堂子如仪"的堂子，是清帝祭神之所，可以看作是清代皇帝在以汉文化为主导的军礼中保存的满族特色的祭祀行为。魏源《圣武记》卷一二："《会典》：皇帝拜天则于堂子，出征拜天亦如之。……则堂子自是满洲旧俗，祭天、祭神、祭佛之公所。"《魏源全集》第 3 册，长沙：岳麓书社，2004 年，第 519—520 页。
④ 包括《清史稿》未提及而在《平定朔漠告成太学碑》中记载的"遣祀阙里"，即曲阜祭孔。这一行为与释奠太学并建碑，都为雍正以后的凯旋仪式所继承，兹因篇幅关系，不做铺叙。
⑤ 《礼记正义》卷一二，《十三经注疏·礼记正义》，第 1333 页。
⑥ 参高明士《唐代的释奠礼制及其在教育上的意义》，《大陆杂志》第 61 卷，1980 年第 5 期，第 20—38 页；《隋唐庙学制度的成立与道统的关系》，《台湾大学历史学系学报》1982 年第 9 期(1982)，第 83—122 页。

孔颖达概括《礼记》中的释奠礼仪云："凡释奠有六：始立学释奠，一也；四时释奠有四，通前五也；《王制》师还释奠于学，六也。"① 康熙在平定朔漠的凯旋军礼中"遣祀阙里"之后又"告成太学"的作为，可以说是在祭孔礼仪中第一次真正完整行用了六种释奠礼。这不仅反映了他在以儒家思想为立国根本的指导意识下，一方面是为其武力的征服寻找合理的解释，所以强调"古者文事、武事为一"；而更重要的另一方面，也有超迈前代而直接周统的意愿表达。② 乾隆皇帝对乃祖的意图心领神会，在乾隆二十年平定准噶尔之后的《逐鹿行迭去岁韵》诗中，有"献功将为在泮行……行因释奠文教修"的说辞，③ 御制的《平定准噶尔告成太学碑》也提及："在古周宣，二年乙亥。淮夷是平，《常武》诗载。越我皇祖，征噶尔丹。命将祃旗，亦乙亥年。既符岁德，允协师贞。"④ 其四言铭文的内容和形式，不仅是对康熙武功与周宣王平淮的对接，同样也是对平定准噶尔的自许——这一点，毫无疑问存在着清朝帝王以游牧关外而入主中原、寻求正统皇权的先天意识。

康熙的立告成碑之行为，继而为雍正所继承。《清实录》记载：

（雍正二年六月）乙酉，……礼部题请撰拟平定青海碑文，勒石国学，颁发直省，以昭功德。碑文曰……⑤

雍正的《平定青海告成太学碑》也矗立在国子监，碑文交代勒铭的缘起，仍然以廷臣有请为借口而张扬"稽古典礼"的正统性：

廷臣上言，稽古典礼：出征而受成于学，所以定兵谋也；献馘而释奠于学，所以告凯捷也。宜刊诸珉石，揭于太学，用昭示于无极，遂为之铭曰……⑥

乾隆皇帝也同样遵循了乃祖、乃父的告成方式，每次边疆的平定，都以告成太学碑

---

① 《礼记正义》卷一二，《十三经注疏·礼记正义》，第 1406 页。
② 历代统治者特别是康熙皇帝推崇孔子的意识形态分析，可参黄进兴《优入圣域：权力、信仰与正当性（修订版）》，北京：中华书局，2010 年。特别是其中第二部分《皇帝、儒生与孔庙》。
③ 《西域图志》卷首"天章"，钟兴麒等校注《西域图志校注》，乌鲁木齐：新疆人民出版社，2002 年，第 19 页。
④ 《高宗纯皇帝实录》卷四九九，《清实录》第 15 册，第 278 页。
⑤ 《世宗宪皇帝实录》卷二一，《清实录》第 7 册，第 342 页。
⑥ 《世宗宪皇帝实录》卷二一，《清实录》第 7 册，第 343 页。

的建立为终结。这一仪式,最早存在于乾隆十四年的凯旋仪式中。《清实录》记载:

> 乾隆十四年己巳二月甲午,谕:"金川告捷,边徼敉宁。大学士张廷玉、来保等查照《会典》,奏请升殿受贺。……现经蠲吉谒陵,并依典礼,遣官祭告。但从前青海平定,皇考世宗宪皇帝俯允廷臣之请,曾经举行朝贺典礼,具有成宪。着勉从所请,一切礼仪,该部查例具奏。"又谕曰:"大学士张廷玉、来保等以金川荡平,肤功迅奏,由朕指授机宜,应垂方册,请照皇祖圣祖仁皇帝平定朔漠、纂修方略之例,编辑成书。……着照所请行。"……军机大臣等奏:"平定金川,天威遐畅。请依雍正二年平定青海、告祭典礼,遣官祭告坛、庙、社、稷,用荐成功。"从之。又奏:"圣祖仁皇帝平定沙漠,世宗宪皇帝平定青海,均御制碑文,垂示久远。金川平定,恭请御制文勒石太学。"从之。①

如上所载,乾隆与廷臣互相"启发",以遵循皇祖、皇考为理由,在其平定边疆的凯旋礼仪中,将以往的各种仪程一件不少地继承并丰富。因此《清朝通典》概括这一军礼仪式云:

> 乾隆十四年,平定金川。……是年,议准凯旋礼。一曰告成之仪,经略大将军奏凯功成,应祭告天地、庙社、陵寝,释奠于先师孔子,勒碑太学,并命儒臣辑平定方略,以垂奕祀。②

那一年的《平定金川告成太学碑》也这样记载:"廷臣举皇祖朔漠、皇考青海成例,请勒碑成均,以示来许。"③ 其后《平定准噶尔告成太学碑》:"武成而勒碑文庙,例也。礼臣以为请,故据实事书之。"④ 一方面推诿于群臣的请求,一方面托词于祖、父的成例;而事实上,乾隆对于告成太学碑的建立,较之康熙、雍正更为积极。赵翼(1727—1814)的《檐曝杂记》记载:

---

① 《高宗纯皇帝实录》卷三三五,《清实录》第13册,第595—596页。
② 《清朝通典》卷五九"礼·军·凯旋郊劳",第2441页。《清史稿》卷九〇"承袭之",第1768页。
③ 《高宗纯皇帝实录》卷三三五,《清实录》第13册,第597页。
④ 《高宗纯皇帝实录》卷四九九,《清实录》第15册,第277页。

> 上圣学高深，才思敏赡，为古今所未有。御制诗文如神龙行空，瞬息万里。平伊犁所撰告成太学碑文，属草不过五刻，成数千言。读者想见神动天随光景，真天下之奇作也。寻常碑记之类，亦有命汪文端具草者，文端以属余。余悉意结构，既成，文端又斟酌尽善。及进呈，御笔删改，往往有十数语只用一二语易之、转觉爽劲者，非亲见斧削之迹，不知圣学之真不可及也。①

赵翼入直军机处而目击乾隆御制诗文的回忆，敬仰情绪的表白之外，还揭示了两层事实：一是寻常碑记由属下具草，二是《平定准噶尔告成太学碑》确实是由乾隆亲自撰写。而后一层事实，表达了乾隆对于平定准噶尔和告成太学这两件事的高度重视。

告成太学的凯旋礼仪，是有清一代帝王在军礼中的"复古式"创建。这一礼仪的重建，被后来的思想家魏源(1794—1857)在《圣武记》中慧眼独具地揭示出来：

> (康熙三十六年)四月，上复勒铭狼居胥之山而还。朔漠平，至京师御门受贺，上亲撰碑铭，勒石太学。古帝王武功，或命将，或亲征，惟以告于庙社，未有告先师者，在泮献馘，复古制，自我圣祖始。②

《圣武记》的写作，是魏源有感于鸦片战争以来"海警沓至"的国家危机，欲以歌颂清代前期的武功来激发后世抵御侵略的意志。以勒石太学的方式恢复《礼记·王制》的理想制度而表达告祭先师、在泮献馘的含义，由他在撰述中第一次揭示出来。从撰写《圣武记》的创作动因而言，这一点毫无疑问是值得他大书特书的。

然而，假托复古的名义在军礼中直接表达上古的道统、尊崇孔子的儒学这一理念，仅仅是告成太学的唯一目的吗？

三、告成天下——礼仪重建的终极目的

清代皇帝建立平定边疆而告成太学的纪功碑，是恢复周代礼制而释奠于学的表现。

---

① 赵翼著，李解民点校《檐曝杂记》卷一"圣学"一著，北京：中华书局，1982年，第7页。
② 魏源《圣武记》卷三"康熙亲征准噶尔记"，《魏源全集》第3册，第118页。魏源在《圣武记》卷三"雍正两征厄鲁特记"以及卷四"乾隆平定准部记""乾隆勘定回疆记""道光重定回疆"中，均特别提及勒石太学一事，可见其对此事的认可。参《魏源全集》第3册，第137、153、162、184页。

但在这一目标之后,告成碑更达到了告成于天下的目的。

太学是汉代以来在京师设立的中央最高学府,清代则从隋朝的改名,称为国子监、国子学;而在一些复古的场合,又以太学相称。唐代以来,中国古代的教育体制确立了"庙学制"的学政合一形式。从武德二年(619)开始,国子监内建立周公、孔子庙各一所,四时致祭;贞观二年(628),又停祭周公,仅释奠于孔庙。① 在逐渐形成了"左庙右学"的国子监形制之后,唐代前期也将这一学制普及到州、县,使孔庙释奠礼仪在州学、县学中得到贯彻,而具有了"天下通祀"的儒学教育局面。同时,释奠礼仪也成为五礼体系中吉礼的一大类,与祭祀天神、地祇、人鬼并列。② 因此,唐代以来,国家的官学体制内,从中央到地方的孔庙释奠礼仪,成为精英文士通经问学、获得功名的必由途径。

清代在太学举行的祭孔释奠礼仪,也更是锦上添花。顺治以来的历届皇帝,均曾亲自参加太学的释奠礼,并创立所谓"临雍释奠"的亲诣行礼仪式。《清朝通典》概括:

> 世祖章皇帝定鼎中原,以京师国子监为太学,亲临视学,躬祭文庙。圣祖仁皇帝临雍释奠,典礼优隆。世宗宪皇帝尊礼先师,崇封五代,且又特定春秋亲祭之礼仪,文益为隆备。我皇上临御之初,加崇文庙,诏易黄瓦,继又重新殿庑,厘定题榜,特颁法物,以备礼器。凡春秋丁祀,屡经躬诣行礼。近又新建辟雍,亲临释奠,大典益昭。③

而对地方庙学的兴盛,也不无自豪地夸耀说:"伏惟我朝德化覃敷,崇尚儒术,四海之内,学校如林。圣天子揆文奋武,拓地二万余里,昆仑濛汜,皆我胶黉。文治之隆,亘古未有。"④ 可见乾隆时代的官员,已经将乾隆在告成碑中宣告的"拓地二万余里"说法作为"今典"而用入《清朝通典》的编纂中了。

康熙皇帝以来"告成太学碑"的建立,以健全《礼记》释奠制度为己任,而体现出复古崇儒的意旨。同样,他们也希冀通过这一精英文士荟萃的儒学之门,更大范围地宣传其平定天下的武功。这种意愿,自然也可通过向地方庙学颁发碑文的形式来达成。如

---

① 《唐会要》卷三五"褒崇先圣",第635页。
② 朱溢《唐代孔庙释奠礼仪新探:以其功能和类别归属的讨论为中心》,《史学月刊》2011年第1期,第33—40页。
③ 《清朝通典》卷四八"礼·吉·释奠",第2309、2310页。
④ 《清朝通典》卷四八"礼·吉·释奠",第2315页。

《清朝通典》记载：

> （康熙）三十七年十月，颁御制平定朔漠碑文于直省学宫。
> （雍正）二年六月，颁御制平定青海碑文于直省学宫。
> （乾隆）十四年十二月，颁御制平定金川告成太学碑文于直省学宫。二十年十月，颁御制平定准噶尔告成太学碑文于直省学宫。二十六年六月，颁御制平定回部告成太学碑文于直省学宫。①

将平定碑文颁发到各省学宫（即各省庙学）的广而告之意图，自然也为地方官员所领悟。《清实录》记载：

> （乾隆二十五年三月）是月，直隶总督方观承奏："平定回部，御制告成太学碑文，请于畿辅九府、六直隶州，各照勒一碑。"得旨："不必如此，保定立一碑足矣。"又奏："请将乾隆二十年平定准噶尔御制告成太学碑文，一并摹勒。"得旨："是。"②

方观承（1698—1768）的这个上奏，比《清朝通典》记载的颁发日期要早，显然是碑文还没有颁到时即予表态，并且在得到了皇帝的首肯后，又一不做二不休地上奏将乾隆二十年的平定准噶尔的碑文一并摹勒。虽然在《清实录》上，我们看到的是方观承开启了地方造碑的先河，但事实上从直省到府、州、县的各地官员于此前后也纷纷在文庙从事造碑邀宠的工程。原本仅仅是告成于中央最高学府——太学的碑文，从那个时候起演变成了在全国各地文庙造碑的运动。③《清实录》在稍后的乾隆二十九年记录了这样一则谕旨：

> 十二月甲申。谕军机大臣等："苏尔德奏'平定准噶尔碑文各省学宫地势不一

---

① 《清朝通典》卷四八"礼·吉·释奠"，第2315页。
② 《高宗纯皇帝实录》卷六〇九，《清实录》第16册，第850页。
③ 从目前所见地方残存平定碑的情况看，康熙三十七年《平定朔漠告成太学碑》、雍正二年《平定青海告成太学碑》、乾隆十四年《平定金川告成太学碑》均已见于一些地方府、州、县的文庙，可见平定碑在地方上的建立时间当在方观承奏报之平定准噶尔和平定回部告成太学两碑之前。具体的地方造碑过程，笔者另撰《清代平定边疆立碑全国考》详论。

不必拘定尺寸并遴委通晓清文旗员摹写刊刻'一折。各省、府、州、县、卫学宫，自不能一律高敞，着必照部颁碑式竖立，转难位置适宜。至外省士子，本不谙习国书，碑内亦可毋庸令其镌刻。嗣后各学立碑，视该处采石难易及学宫地势，听其酌量随宜建竖，其清文竟不必刻入，兼可省传写错讹之弊。着于各督抚奏事之便，一并传谕知之。"①

这个谕旨下达的原因，是苏州布政使苏尔德（生卒年不详）上奏在建立平定碑的具体操作过程中遇到了问题。地方立碑的主要困难是受限于各地文庙的格局而无法按照太学原碑尺寸摹刻，以及太学碑文满汉合璧而地方上摹刻满文难以保证准确。乾隆皇帝为此下达了各地庙学立碑可以不必拘于尺寸，也可以省略满文的谕旨。值得我们注意的是，与四年以前回复方观承的意见相比，乾隆皇帝似乎不再操心地方立碑会劳民伤财，不再告诫这一扩大化倾向仅限于行省庙学，而是批示了"各省、府、州、县、卫学宫"建立告成碑的因地制宜意见，纵容了这一浩大工程在基层学宫的展开，他还期待这一意见不局限于江苏一地，而"着于各督抚奏事之便，一并传谕知之"，即是要求逐一传达、覆盖到全国各地学宫。在宽宏大量的背后，反映了乾隆皇帝对于地方建立告成碑只期达到为外省士子阅读目的的实用态度，以及急于求成、务必周知的迫切心情。告成太学碑隐藏着的"告成天下"，特别是告成于汉族知识分子的目的，这才是乾隆皇帝所代表的清代统治者所追求的真正目的。

告成太学的内容，主要是张扬大清的武功使得西北边疆已经成为中华一统的地理疆域，这是乾隆皇帝在平定回部之后上谕所谓"计道里则塞垣以外，更扩二万有余，论时日则军兴以来，不越五年之内"②，御制《恭谒孝陵》诗"辟疆二万里，奏绩五年期"所要表达的意思，③也是刻写在《平定准噶尔勒铭伊犁碑》中"自今伊始，四部我臣，伊犁我宇"，《平定回部告成太学碑》中"古不羁縻，今为臣子，疆辟二万，兵出五年"所要表达的意思。《平定准噶尔告成太学碑》更以批驳放弃边疆的"守在四夷、羁縻不绝、地不可耕、民不可臣"论调，而强调"此以论汉、唐、宋、明之中夏，而非谓我皇清之中夏也"，宣告了清朝建立的新的疆域与民族概念。这个新的"共同体"概念如何成为知识精英，特别是汉族知识分子的共识，正是这一以复古为幌子而重建的凯旋礼仪最终想要达到的目的——由告成太学而实现告成天下的宣传攻略。

---

① 《高宗纯皇帝实录》卷七二四，《清实录》第 17 册，第 1067—1068 页。
② 《高宗纯皇帝实录》卷六〇〇，《清实录》第 16 册，第 718 页。
③ 《西域图志》卷首"天章"，《西域图志校注》，第 32 页。

告成太学碑所能达到的宣传目的，确实为清代帝王所重视。因此再回首检视上述清代的凯旋礼仪，传统的在战争发生地建立纪功碑的措施虽然仍被实行，但远远落在了新的碑建立之后。如前所揭，康熙帝在三十七年平定噶尔丹的当年，即在国子监竖立了《平定朔漠告成太学碑》；而在归化城的两块《敕赐归化城崇福寺碑记》，直到四十二年方御制颁赐。乾隆皇帝《平定准噶尔勒铭格登山之碑》等碑刻的建立，据《清实录》的记载，似乎到乾隆二十五年才开始施工，① 直到二十七年八月，方"监造妥协"。② 而此时，平定准噶尔和回部的告成碑不仅早在京师国子监大成殿阼阶前竖立，地方庙学的摹勒工程也已经风起云涌地开始实施。

四、结　论

如上所述，清代边疆战争的凯旋军礼由继承传统的刻石边地和告于庙社，以及以复古为名义而释奠孔庙和告成太学的创新共同组成。这个礼仪重建的过程，也是大国新秩序的宣传渠道被创建的过程。

如果说传统的对于太庙的祭告，仍然措意于"我大清万年宗社无疆之庥"的帝王一家之天下意识的话；③ 那么，告成太学的祭告礼仪重建，则努力于将帝国江山的新秩序成为天下士子的共识。这个目的，毫无疑问是达到了。

我们不仅看到前揭翁方纲的《粤东金石略》已经著录下广东府学的告成碑，看到魏源的《圣武记》已经发现告成碑的独创性。而且，当平定准噶尔的事件发生之际，曹雪芹（1715—1763）在《红楼梦》里也以文学的笔法隐晦地称道这一事件时④；当龚自珍（1792—1841）在嘉庆二十四年就写下超越时代的《西域置行省议》时⑤；当沈垚（1798—

---

① 《高宗纯皇帝实录》卷六〇一："（乾隆二十四年十一月己巳，）又谕兆惠等：'酌派官兵一千，来春往伊犁巡查，则刻石之事，自可兼办。今定长处既有工匠，着即发往叶尔羌，先行刻石纪功，俟工竣后，再同发往官兵前往伊犁，于格登山刻石。'"《清实录》第16册，第743页。
② 《高宗纯皇帝实录》卷六六八："（乾隆二十七年八月己亥，）谕军机大臣等：'阿桂等奏原任主事富魁带领匠作于固勒扎、格登山监造御制碑文事竣，可否量予奖赏等语，富魁前因获罪，留于军营效力，今既将固勒扎、格登山碑文俱监造妥协，富魁着加恩授为前锋，仍在本旗行走。'"《清实录》第17册，第469页。
③ 《高宗纯皇帝实录》卷四八九，《清实录》第15册，第136页。
④ 冯其庸《〈红楼梦〉六十三回与中国西部的平定》，《红楼梦学刊》2009年第6辑，第1—9页。
⑤ 纪大椿《龚自珍和他的〈西域置行省议〉》，《新疆历史论文集》，乌鲁木齐：新疆人民出版社，1977年，第354—368页。

1840)在道光初年"闭户家居"于江南一隅,却写下具有绝大识力的《新疆私议》时[①]——可以相信,西域的疆土已经成为这些知识精英认定的"大清国"新的共同体的不可分割的部分;而影响其观念的因素里,那些平定西北告成太学的碑刻,一定曾出现在他们的视线里。

(本文原载东方学研究论集刊行会编集《高田时雄教授退休纪念东方学研究论集(中文分册)》,京都:临川书店,2014年,第397—411页;有增补)

[①] 孙燮《沈子敦哀辞》:"著《新疆私议》……徐舍人松一见叹曰:某谪戍新疆,凡诸水道,皆所目击,然犹历十年之久,始知曲折。沈君闭户家居,独从故纸中搜得之,非具绝大识力,曷克有此?"沈垚《落帆楼文集》,北京:文物出版社,1992年影印嘉业堂本,卷尾,叶一背。

清末新疆的蝗灾与政府应对

阿利亚·艾尼瓦尔

蝗灾是我国古代最为严重的自然灾害之一，也是中国灾害史研究的重要话题之一。但是迄今为止，相关的讨论更多集中在华北、江南等地，对于边疆地区则多有忽视，特别是对有清一代新疆天山南北各地的蝗蝻发生、蔓延、成灾以及政府的救灾等关注较少。而在为数不多的有关新疆蝗灾的研究中，更多是从自然科学的角度对蝗虫的种类、分布、形成因子、繁殖条件以及技术性的防治措施进行分析，[①] 对历史时期新疆蝗虫的发生、蝗灾的危害以及政府的应对、民间的响应等问题，有关研究成果并不多见。目前所见只有王鹏辉对清代新疆蝗虫灾害的时空分布和新疆蝗神信仰与蝗灾治理做了分析探讨。[②] 本文将在总结吸收前人研究成果的基础上，进一步挖掘正史、档案、地方志等清代文献，重新梳理清代光绪至宣统年间(1875—1911)新疆各地蝗虫灾害发生的状况，查找前期研究成果中没有收录的灾害事例，探讨清政府应对蝗灾的措施。有误之处，请方家教正。

一、清末新疆蝗灾发生概况及其时空分布规律

相对于新疆其他灾害而言，前人研究涉及蝗灾的要少很多。《新疆维吾尔自治区气

[①] 张学祖《新疆蝗虫初步观察》，《昆虫学报》1955年第5卷第4期；陈永林《新疆维吾尔自治区的蝗虫研究：蝗虫的分布》，《昆虫学报》1981年第1期；陈永林《新疆维吾尔自治区的蝗虫研究：蝗虫的分布(续)》，《昆虫学报》1981年第2期；范福来、王元信《亚洲飞蝗在中国新疆维吾尔自治区的发生与防治》，《生态学报》1995年第2期；乔永民、廉振民等《新疆蝗虫学研究概况》，《西安联合大学学报》1999年第2期；赵玲、肖宏伟等《新疆蝗虫的研究进展》，《新疆农业科学》2012年第7期。
[②] 王鹏辉《清代新疆的蝗灾与蝗神信仰》，《西域研究》2017年第4期。

候历史史料》记有光绪朝 8 次，宣统朝 1 次。①《中国气象灾害大典》记有光绪朝 11 次，宣统朝 1 次。②此外《新疆通志·民政志》收录了光绪朝 5 次，宣统朝无收录。③而《新疆通志·气象志》和《新疆灾荒史》对蝗灾均无收录。④事实上新疆蝗灾频发，其灾情远没有被学界正确认识。兹从清代文献入手，对以上蝗灾记录进行核查增补，并按照时间顺序罗列如下。

（一）光绪朝

1. 光绪元年（1875），博尔塔拉、乌苏蝗灾。《锡伯族简史简志合编》载，光绪元年，博尔塔拉（精河）、车排子等处"禾苗被蝗，屯田官兵粮食缺乏，以致用草根树皮充饥"。⑤《中国气象灾害大典》（新疆卷）亦称，"光绪元，乌苏县蝗害"⑥。《新疆维吾尔自治区气候历史史料》收录了《锡伯族简史简志合编》中的这段史料，⑦还将此次蝗灾的受灾等级定位 4 级。⑧

2. 光绪二年，吐鲁番、托克逊、焉耆、喀什蝗灾。《新疆图志》载，光绪二年，"南路（吐鲁番、托克逊、焉耆、喀什等地）今岁旱蝗为灾，收成歉薄"⑨。《新疆维吾尔自治区气候历史史料》收集了《左文襄奏疏续编》中蝗灾概况，并将此次蝗灾定位为 5 级。⑩

3. 光绪三年，呼图壁蝗灾。《呼图壁乡土志》载，光绪三年，呼图壁"是岁及四、

---

① 新疆维吾尔自治区气象局科研所汇编《新疆维吾尔自治区气候历史史料》，内部印行，1981 年，第 18—30 页。
② 温克刚、史玉光编《中国气象灾害大典》（新疆卷），北京：气象出版社，2006 年，第 288—289 页。
③ 于维诚主编《新疆通志·民政志》，乌鲁木齐：新疆人民出版社，1992 年，第 137—138 页。
④ 白玉玺主编《新疆通志·气象志》，乌鲁木齐：新疆人民出版社，1995 年；刘星编《新疆灾荒史》，乌鲁木齐：新疆人民出版社，1994 年。
⑤ 新疆少数民族调查组编《锡伯族简史简志合编》，北京：中国社会科学院民族研究所，1963 年，第 24 页。
⑥ 温克刚、史玉光编《中国气象灾害大典》（新疆卷），第 289 页。
⑦ 《新疆维吾尔自治区气候历史史料》，内部印行，第 18 页。
⑧ 《新疆维吾尔自治区气候历史史料》["（四）旱涝划分等级说明"，第 3 页]的旱涝划分等级说明中将新疆水旱灾情采用五级划分法表示，即 1 级（涝），2 级（偏涝），3 级（正常），4 级（偏旱），5 级（旱）。根据史料中有关雨情、旱情的描述，按实情出现的时间、范围、严重程度等评定历年等级。4 级指春或夏有旱情，或春夏局地旱或成灾较轻的旱，或邻近地区单季旱及严重旱情记载等（包括蝗）。此乌苏蝗灾为 4 级。5 级指凡旱情记载严重，或较大范围严重干旱饥疫（包括蝗）。
⑨ 袁大化、王树枬撰《新疆图志》卷九五《奏议五》，上海：上海古籍出版社影印本，1988 年，第 901 页。
⑩ 《新疆维吾尔自治区气候历史史料》，内部印行，第 19 页。

五六等年，旱蝗频"①。1878年4月13日，《申报》也刊登了左宗棠奏稿，亦称上年迪化各属厅被旱蝗灾，尤其是呼图壁县旱蝗严重等内容。②《新疆维吾尔自治区气候历史史料》收录了《昌吉县呼图壁乡土志》中的这段材料，将此次蝗灾定为4级。③

4. 光绪五年，精河蝗灾。《钦定平定陕甘新疆回匪方略》载，光绪五年，"旧土尔扈特东西两盟、精河遇蝗灾，人众纷纷逃亡，精河贝勒散吉赍部下被灾尤重"④。《新疆维吾尔自治区气候历史史料》收录了这段史料，将此次蝗灾定为4级。⑤《中国气象灾害大典》（新疆卷）也言及这次蝗灾，但没有注明资料来源。⑥

5. 光绪五年，巴里坤蝗灾。《中国气象灾害大典》（新疆卷）称，"光绪五年，巴里坤县，蝗虫危害严重，豁免田赋"⑦。但并没有注明资料来源。《新疆维吾尔自治区气候历史史料》未收录与此次灾害相关的史料。

6. 光绪五年，阜康蝗灾。《清代新疆档案选辑》载，光绪五年八月十一日，镇迪道属之镇西厅、迪化州、吐鲁番厅及关内外之安西玉门、敦煌等各州县并各营局文武陆续禀报本年夏间少雨，胡泽芦草中虫孽滋生，当分饬督率兵民协力依法扑治，唯阜康报虫灾伤稼约百余户地亩。⑧ 此次蝗灾，在上引研究成果中均无收录。

7. 光绪八年，巴里坤蝗灾。《镇西厅乡土志》称，陈晋藩，光绪七年任官镇西（巴里坤），八年以来发生蝗灾，"因驱蝗并诸善政，民不忍忘"⑨。《中国气象灾害大典》（新疆卷）也言及此次蝗灾，称"光绪八年，巴里坤县蝗虫危害惨重"⑩。但并没有注明资料来源。《新疆维吾尔自治区气候历史史料》未收录与此次灾害相关的史料。

8. 光绪十二年，吐鲁番蝗灾。新疆维吾尔自治区档案馆所藏清代档案中，收有甘肃新疆巡抚刘锦棠于光绪十二年十二月二十五日的灾情奏报，内中提道："新疆全境本

---

① 《昌吉县呼图壁乡土志》，马达正、华立编《新疆乡土志稿》，北京：全国图书馆文献索影复制中心，1999年，第156页。
② 《陕督左奏为参革巡抚短交赈粮片》，《申报》1878年4月13日，第1829号第5版。
③ 《新疆维吾尔自治区气候历史史料》，内部印行，第20页。
④ 《钦定平定陕甘新疆回匪方略》卷三一一。
⑤ 《新疆维吾尔自治区气候历史史料》，内部印行，第20页。
⑥ 温克刚、史玉光编《中国气象灾害大典》（新疆卷），第289页。
⑦ 温克刚、史玉光编《中国气象灾害大典》（新疆卷），第289页。
⑧ 《吐鲁番厅就扑打蝗蝻事宜申镇迪道文》（光绪五年五月初一日），中国边疆史地研究中心、新疆维吾尔自治区档案局合编《清代新疆档案选辑》第7册，桂林：广西师范大学出版社，2012年，第433页。
⑨ 《镇西厅乡土志》，马达正、华立编《新疆乡土志稿》，第203页。
⑩ 温克刚、史玉光编《中国气象灾害大典》（新疆卷），第289页。

年尚称丰年，唯吐鲁番属间，夏禾地亩忽生虫，夏禾小麦、大麦均被虫食。"①《新疆通志·民政志》也提及此次吐鲁番蝗灾。②《新疆维吾尔自治区气候历史史料》未收录与此次灾害相关的史料，《中国气象灾害大典》亦未言及此次灾害。

9. 光绪十八年，乌苏蝗灾。《续修乌苏县志》载，乌苏知县陈纯治任职期间，"光绪十八年蝗虫为灾，即下乡会派兵勇扑捕，愚民以为神虫，则痛斥其妄。斋戒默祷于神，一二日，蝗飞入草湖，不伤稼人，以为德感人云"③。《中国气象灾害大典》（新疆卷）也言及此次蝗灾。④《新疆维吾尔自治区气候历史史料》收录了《续修乌苏县志》中的这段材料，还将此次蝗灾定为4级。⑤

10. 光绪十九年，乌苏蝗灾。《续修乌苏县志》载，光绪十九年至二十年，乌苏甘河子、车排子等处蝗灾，派勇往捕。有鸟形如鹌鸪，首尾皆黑，翅上项下黄白色，千数成群，飞啄食之立尽。⑥《新疆维吾尔自治区气候历史史料》收录了这段材料，将此次蝗灾定为4级。⑦《中国气象灾害大典》（新疆卷）也言及此次蝗灾，然没有注明资料来源。⑧

11. 光绪二十二年（1896），迪化蝗灾。《清德宗实录》载，光绪二十二年十月，谕军机大臣等，"本年新疆迪化、疏勒二属被蝗被雹"⑨。《清史稿》对此次蝗灾亦有记载，称光绪二十二年，"是秋新疆蝗灾"⑩。又《清德宗实录》载，光绪二十二年九月（1896年10月），署甘肃新疆巡抚饶应祺要求"着派员覆勘被灾轻重，分别抚恤"⑪。这次蝗灾也见于中国第一历史档案馆所藏宫中档朱批奏折财政类档案资料中⑫，《中国气象灾害大典》（新疆卷）也曾言及此次蝗灾。

---

① 《甘肃新疆布政使司为吐鲁番地区遭虫风灾申报不详拖延日久给该厅同知龙魁之札文》（光绪十二年十二月二十五日），新疆维吾尔自治区档案馆藏，清代档案，吐鲁番厅Q15-1-410。
② 于维诚主编《新疆通志·民政志》，第137页。
③ 邓缵先纂修《续修乌苏县志》，苗普生主编《中国西北文献丛书二编·西北稀见方志文献》第七卷，北京：线装书局，2006年，第437页。
④ 温克刚、史玉光编《中国气象灾害大典》（新疆卷），第289页。
⑤ 《新疆维吾尔自治区气候历史史料》，内部印行，第23页。
⑥ 邓缵先纂修《续修乌苏县志》，苗普生主编《中国西北文献丛书二编·西北稀见方志文献》第七卷，第458-459页。
⑦ 《新疆维吾尔自治区气候历史史料》，内部印行，第24页。
⑧ 温克刚、史玉光编《中国气象灾害大典》（新疆卷），第289页。
⑨ 《清德宗实录》卷三九六，光绪二十二年十月甲子。
⑩ 《清史稿》卷二四《德宗本纪一》。
⑪ 《清德宗实录》卷三九五，光绪二十二年九月辛亥。
⑫ 《署理新疆巡抚饶应祺奏为新疆迪化疏附等地被蝗被雹成灾陈明现办折》（光绪二十二年九月十九日），第一历史档案馆档案，宫中档朱批奏折财政类，档案号：058-0108。

12. 光绪二十二年（1896），绥来被灾。《清代新疆档案选辑》载，据吐鲁番同知朱冕荣于光绪二十二年九月称，绥来，本年六月二十六日有大股飞蝗，"从东北入境，惟安集海一处距城一百八十里系飞蝗初落之地，户约禀报过迟内有三十八户，春麦地亩被灾十分"。吐鲁番同知朱冕荣通过勘查，赏给每户食量一石五斗，还派乡约据实查造粮名丁口。① 此次蝗灾，上引研究成果均无收录。

13. 光绪二十三年，呼图壁蝗灾。《新疆巡抚饶应祺稿本文献集成》载，据饶应祺奏，光绪二十三年据呼图壁巡检永清具报，该处西北乡若草湖等处，于六月初间，忽有飞蝗入境，势如疾风，骤雨顷刻落集田野，而附近草湖地内小麦，多被齿伤，查明成灾地九千二百七十九亩五分等。② 此次蝗灾收录于《清代新疆稀见奏牍汇编》。③ 中国第一历史档案馆所藏宫中档朱批奏折财政类中也有收录。④ 1897年10月30日，《申报》亦刊登了饶应祺奏稿，称呼图壁县遇蝗灾，酌量赈恤等。⑤ 但上引研究成果均无收录。

14. 光绪二十三年，绥来（玛纳斯）蝗灾。中国第一历史档案馆所藏清代宫中朱批奏折财政类中，收有光绪二十四年甘肃新疆巡抚臣饶应祺的一份报灾奏折，内称，新疆绥来、呼图壁、乌什等属上年被灾地方，分别按轻重恩思蠲缓粮草等内容。⑥《新疆巡抚饶应祺稿本文献集成》中记载更为详细，称光绪二十三年十二月，据署绥来县知县罗经史禀报，该县查明被灾地二十二户，成灾七八分不等。⑦ 此次蝗灾收录于《清代新疆稀见奏牍汇编》。⑧ 但上引研究成果均无收录。

15. 光绪二十三年，塔城蝗灾。《清代新疆稀见奏牍汇编》补遗卷中，收有光绪二十

---

① 《镇迪道为转饬明春搜挖蝗蝻事札吐鲁番厅文》（光绪二十二年九月二十二日），《清代新疆档案选辑》第15册，第330页。
② 《呼图壁飞蝗成灾奏请赈恤蠲缓钱粮片》，《新疆巡抚饶应祺稿本文献集成》第4册，北京：学苑出版社，2009年，第359页。
③ 《呼图壁西北蝗灾请旨蠲缓钱粮片》（光绪二十三年七月二十六日），马达正、阿拉腾奥其尔《清代新疆稀见奏牍汇编》补遗卷上卷，乌鲁木齐：新疆人民出版社，2014年，第2964页。
④ 《奏为新疆绥来呼图壁乌什等属上年被灾地方赈恤完竣分别轻重恩思蠲缓粮草以纾民力恭折》（光绪二十四年八月初九日），第一历史档案馆档案，宫中档朱批奏折财政类，档案号：052—0108。
⑤ 《新抚饶奏为呼图壁西北乡飞蝗为灾酌量赈恤片》，《申报》1897年10月30日，第8816号第13版。
⑥ 《奏为新疆绥来呼图壁乌什等属上年被灾地方赈恤完竣分别轻重恩思蠲缓粮草以纾民力恭折》（光绪二十四年八月初九日），第一历史档案馆档案，宫中档朱批奏折财政类，档案号：052—0108。
⑦ 《绥来乌什两属境内先后被蝗被水成灾奏请蠲缓钱粮片》，《新疆巡抚饶应祺稿本文献集成》第5册，第73—78页。
⑧ 《绥来县东南乡塔西河等处蝗灾请蠲缓钱粮片》（光绪二十三年九月十六日），马大正、阿拉腾奥其尔编《清代新疆稀见奏牍汇编》补遗卷上卷，第3020页。

三年十二月新疆布政使丁振铎的一份奏稿，称，光绪二十三年，塔城属草湖及新耕地亩被蝗颇重，收成歉薄，分别酌借籽种食量，以资调剂。① 此在上引研究成果中均无收录。

16. 光绪二十四年，迪化蝗灾。中国第一历史档案馆所藏清代宫中朱批奏折财政类中，收有光绪二十四年甘肃新疆巡抚臣饶应祺的一份报灾奏折，内中提到，新疆各地"本年夏秋收成尚称中稔"，只有"迪化县先后被水被雹被蝗成灾。……迪化、镇西二属地内夏秋禾苗均经受伤"②。因请清廷分别酌借食粮籽种，以资调剂。1899年2月19日，《申报》亦刊登了巡抚饶应祺奏报上年迪化遇水蝗灾情形。③《中国气象灾害大典》（新疆卷）也曾言及此次蝗灾。④

17. 光绪二十四年，伊犁蝗灾。《新疆巡抚饶应祺稿本文献集成》载，光绪二十四年，五月十九日，伊犁局第三十四号来电称，"地方官将蝗蝻勘验一周，已经各营扑除大半，再有二十日可期灭役，蝗地均有野草，已饬营割取，俟遗孽能飞，黑夜用草焚烧，以期净灭，麦苗甚茂，受伤无几"。⑤《新疆通志·民政志》也收录了此次伊犁灾情。⑥ 上引研究成果均无收录。

18. 光绪二十五年，伊犁蝗灾。《新疆巡抚饶应祺稿文献本集成》载，光绪二十五年四月十五日下午三点三十分，伊犁局寄来的第三十一号电报称，塔勒奇梁、广仁等处蝗虫皆有，多寡不一，当即督率民夫扑捕焚埋，仍不时亲往察勘情形等。⑦ 上引研究成果均无收录。

19. 光绪二十六年，哈密蝗灾。《新疆巡抚饶应祺稿文献本集成》载，光绪二十六年五月十九日下午五十分，哈密寄来的第十八号来电，陈署据报黄芦岗、大泉湾蝗蝻甚

---

① 《新疆被灾地方来春各酌筹调剂折》（光绪二十三年十二月初十日），马大正、阿拉腾奥其尔编《清代新疆稀见奏牍汇编》补遗卷上卷，第3029—3030页。
② 《新疆巡抚饶应祺奏为遵旨查明新疆被灾地方来春酌筹调剂事》（光绪二十五年十二月二十三日），第一历史档案馆档案，宫中朱批财政，档案号：052—0272，043—0227。
③ 《新抚饶奏为吐鲁番迪化等厅县水蝗偏灾赈抚情形片》，《申报》1899年2月19日，第9282号第12版。
④ 温克刚、史玉光编《中国气象灾害大典》（新疆卷），第289页。
⑤ 《禀扑减蝗虫事宜》（光绪二十四年五月十九日），《新疆巡抚饶应祺稿本文献集成》第26册，第87页。
⑥ 于维诚主编《新疆通志·民政志》，第138页。
⑦ 《致迪抚藩臬宪禀蝗蝻滋生情形并扑蝻事宜》（光绪二十五年四月十五），《新疆巡抚饶应祺稿本文献集成》第27册，第65页。

多，仅恃民力治之难。① 之后连续来电发文称："大泉湾蝗蝻过多，陈署协督合队合民夫，实力扑捕需时竣役，……余容续报。"② 上引研究成果均无收录。

20. 光绪二十六年，奇台被灾。《奇台县乡土志·政绩录》载，光绪二十六年，"是时蝗蝻为灾，庄稼未收颗粒，陈光明禀请开仓救济，疏适上下粮道，民不啼叽，并捐市斗义仓粮一百石，以备荒歉"③。上引研究成果均无收录。

21. 光绪二十八年，阜康蝗灾。《清德宗实录》载，光绪二十八年十月，"甘肃新疆巡抚饶应祺奏……北路阜康县被蝗，受灾轻重不一，已先后饬司道委员确勘，筹办赈抚……着饬属详细查勘，分别轻重妥为抚恤"④。可见，当年阜康地方应是遭遇了较为严重的蝗灾。此在上引研究成果中均无收录。

22. 光绪二十八年，玛纳巴什厅（巴楚县）蝗灾。《新疆巡抚饶应祺稿文献本集成》载，光绪二十八年五月二十日，玛纳巴什厅来电称，该厅下五台草滩内小蝗甚好，连日扑打已灭三分之一，……，政府令"应饬文武极力扑除，并诚心禳祈，务绝民患"⑤。《新疆通志·民政志》收录了光绪二十八年六月，南疆玛纳巴什厅属八台蝗灾，⑥ 此次蝗灾因扑打干净未成灾，故未统计到灾况中。

23. 光绪二十九年，绥来、阜康等地蝗灾。《清德宗实录》载，光绪二十九年九月，"甘肃新疆巡抚潘效苏奏绥来、镇西两县被蝗被冻，委员赴该厅县会勘确查，并将被灾极贫各户，妥为抚恤。着查明被灾轻重，分别蠲缓抚恤，毋任失所"⑦。这次蝗灾也见于中国第一历史档案馆所藏宫中档朱批奏折财政类的一则材料中："据署绥来县知县任兆观申称，该县五六月间，蝗虫滋蔓，伤害夏禾，虽经竭力如法扑除，势难一律殄灭，……，成灾已在六七分不等。"⑧ 这份档案破损，阅读困难，也未明示时间，但从

---

① 《致迪抚宪藩臬宪扑捕大泉湾蝗蝻》（光绪二十六年五月十九日），《新疆巡抚饶应祺稿本文献集成》第28册，第13页。

② 《致迪抚宪藩臬宪扑捕蝗蝻事宜》（光绪二十六年五月二十三日），《新疆巡抚饶应祺稿本文献集成》第28册，第20页；《致迪抚宪藩臬宪扑捕蝗蝻事宜并请开报民夫食量及营勇车脚犒赏等赉》（光绪二十六年五月二十五日），《新疆巡抚饶应祺稿本文献集成》第28册，第24页；《致迪抚宪藩臬宪扑捕蝗事》（光绪二十六年五月三十日），《新疆巡抚饶应祺稿本文献集成》第28册，第26页。

③ 《奇台县乡土志》，马大正、华立编《新疆乡土志稿》，第59页。

④ 《清德宗实录》卷五〇六，光绪二十八年十月己亥。

⑤ 《已饬玛厅文武加攻督扑小蝗》（光绪二十八年五月二十日），《新疆巡抚饶应祺稿本文献集成》第29册，第168页。

⑥ 于维诚主编《新疆通志·民政志》，第137—138页。

⑦ 《清德宗实录》卷五二一，光绪二十九年九月丙申。

⑧ 《陕甘总督菘蕃奏报新疆绥来镇西等处被蝗被冻伤害禾情形片》（光绪二十九年九月□日），第一历史档案馆档案，宫中档朱批奏折财政类，档案号：005—0063。

档案内容分析，档案记录的绥来、镇西两县被蝗、被冻与《清德宗实录》卷521所载绥来被蝗、镇西被冻是相吻合的。1904年5月27日，《申报》亦刊登了该两县遇蝗灾的情形。① 此次绥来、阜康等地蝗灾严重，庄稼受损较多，引起了政府的高度重视。

另，中国第一历史档案馆所藏清代宫中档朱批奏折财政类中，收有甘肃新疆巡抚潘效苏的一份对阜康、绥来二处报灾请贷的奏报。② 本文在统计中，按阜康、绥来被灾各一次收录。

24. 光绪二十九年，乌苏蝗灾。《中国气象灾害大典》（新疆卷）称，光绪二十九年"乌苏县境内飞蝗如云，庄家被吃一空"③，该书没有注明史料出处。其他的前人研究成果对于乌苏被蝗均无收录。

（二）宣统朝

1. 宣统元年（1909），镇西等处蝗灾。《宣统政纪》载，宣统元年三月，"蠲免新疆镇西、宁远、莎车、阜康、孚远等府厅县被蝗被雹被水地方粮草"④。《中国气象灾害大典》（新疆卷）言及是年镇西（巴里坤）"蝗虫蔓延成重灾"⑤。

2. 宣统二年，吐鲁番蝗灾。《清代新疆档案选辑》载：宣统二年四月，胜金乡约艾子八亥等为禾苗地内忽生蝗虫吃伤禾苗请予急救。⑥ 此在上引研究成果中均无收录。

综上可以发现，见诸文献的蝗灾，光绪朝至少26次，宣统朝2次，总共28次。见表1。

表1 清末新疆各地州县蝗灾发生统计表

朝代	地点													
	塔城	伊犁	精河	乌苏	迪化	绥来	呼图壁	阜康	奇台	镇西	吐鲁番	托克孙	焉耆	喀什	总计
光绪	1	2	2	4	3	3	2	2	1	2	2	1	1	1	26
宣统	0	0	0	0	0	0	0	0	0	1	1	0	0	0	2
总计	1	2	2	4	3	3	2	2	1	2	3	1	1	1	28

---

① 《甘肃新疆巡抚潘奏为光绪二十九年新疆镇西阜康等厅县被灾地亩应征额粮恳恩分别蠲缓折》，《申报》1904年5月27日，第11173号第14版。

② 《奏为新疆镇西等厅县本年被灾地亩请蠲缓额粮折》（光绪三十年二月初十日），第一历史档案馆档案，宫中档朱批奏折财政类，档案号：005－0125，024－0476。

③ 温克刚、史玉光编《中国气象灾害大典》（新疆卷），第289页。

④ 《宣统政纪》卷一一，宣统元年三月乙亥。

⑤ 温克刚、史玉光编《中国气象灾害大典》（新疆卷），第289页。

⑥ 《胜金乡约艾子八亥等为禾苗地内忽生蝗虫吃伤禾苗请予急救事禀吐鲁番厅文》（宣统二年四月二十九日），《清代新疆档案选辑》第22册，第391页。

需要说明的，此处统计的是成灾性蝗虫为害情况，一般是清政府已采取救济措施及豁免或缓征过的。至于各地发生蝗虫以及蝗蝻滋生，但已扑打未成灾的，并未收录。

从时段上来看，光绪、宣统年间，应为新疆蝗灾最频发时期之一，平均每年发生1次以上，光绪中后期更趋频繁。据学界的相关研究，此时间段也是清末旱灾的高发期，史料中多记有"旱蝗频""旱蝗灾""今岁旱蝗为灾，收成歉薄"等。① 旱蝗并发的几率如此之大，表明干旱是蝗灾发生的主要条件之一。

就年内分布而言，清末新疆蝗灾发生月份集中在4月至9月，其中6月份较多，5月和7月次之，4月和9月发生较少。有学者在最新研究成果中分析了新疆历史时期蝗灾发生月份特点，认为新疆蝗灾主要集中在3月到9月，大致对应北半球的下半年，特别是夏季的4、5、6月，尤其以6月为最。② 本文的研究与这一结论大致吻合。

清末新疆蝗灾的分布范围与民国迄今新疆蝗灾的空间分布规律也大体一致。

据研究，影响新疆的蝗虫主要是亚洲飞蝗、意大利蝗和西伯利亚蝗等，其中亚洲飞蝗是一种繁殖力极强且具有迁飞危害的爆发性害虫，主要发生在呼图壁、塔城和阿勒泰等地。意大利蝗则分布在天山北部，即巴里坤盆地、博尔塔拉蒙古自治州、伊犁、塔城河阿勒泰等地。此种蝗虫也是新疆主要的草原蝗害之一，很容易在局部地区造成灾害。③ 也有学者认为，亚洲飞蝗主要分布在新疆的沿海地区（博斯腾湖、艾比湖、艾丁湖、乌伦古湖等）、河流两岸（额尔齐斯河、玛纳斯河、伊犁河、塔里木河等）及沼泽苇草地带。④

本文的统计表明，清末新疆蝗灾发生的重点区主要是：北疆塔城、伊犁、精河、乌苏、呼图壁和迪化一带；东疆阜康、吐鲁番和巴里坤一带；南疆焉耆、喀什噶尔一带。民国时期与中华人民共和国成立后的1950—2000年间，蝗虫的发生地基本与清朝时期的蝗灾区相似，这与上述学者有关新疆蝗虫分布特点的研究结果比较一致。其中北疆地区的蝗虫灾害比南疆地区多，且很严重。⑤

如乌苏县，据表1，清末共发生蝗灾4次，占新疆蝗灾总灾害的14.2%。之后有关新疆蝗虫灾害的统计也发现，乌苏又发生了几次严重的蝗虫灾害，如1939年7月，乌

---

① 袁大化、王树枬撰《新疆图志》卷九五《奏议五》，第901页。
② 李刚《蝗灾·气候·社会》，北京：中国环境出版社，2014年，第98页。
③ 朱令人等编《新疆减灾四十年》，北京：地震出版社，1993年，第199—200页。
④ 李刚《蝗灾·气候·社会》，第98页。
⑤ 参见陈永宁、范福来和刘举鹏等学者的研究以及《新疆减灾四十年》和《中国气象灾害大典》（新疆卷）等。

苏县三苏木三里图蝗虫食尽田苗;1944—1945年,乌苏县连年飞蝗,危害牧草和庄稼;① 1950—2000年,该地共发生了7次严重的蝗灾。

由于地理位置和地形和气候的影响,迪化常发生的有洪水、干旱、地震等灾害,洪水灾害更是占据首位,但蝗灾也不容忽视。如1940年蝗灾空前,政府使用飞机二十余架次灭蝗;② 1946年也发生了重灾。③ 可见,迪化是易发生蝗灾的区域。在乾隆朝、嘉庆朝以及光绪时期,该地曾设置供百姓祭祀的刘猛将军庙和八蜡庙,亦见其蝗灾为害之严重。④

1946年11月,苏联专家认为:在中国新疆艾比湖与赛里木湖地区与苏联接壤地带,具有非常良好的供亚洲蝗虫大量繁殖的自然条件。1874、1878、1895、1897、1898、1903、1914和1921等年曾有成群成群的蝗虫从中国新疆飞进哈萨克苏维埃社会主义共和国塔尔迪库尔干州地区。苏联档案还称:根据来自哈萨克苏维埃社会主义共和国农业部的信息,1945—1946年又观察到一大群一大群的亚洲蝗虫从中国飞过来,那些年在新疆的西部有许许多多蝗虫,当地居民用极其简单的方法与蝗虫做斗争。⑤

据上文文献考证与其他记载,可见这些年代相关地区确实发生了蝗灾,并且引起了邻近国家的关注。如1874年塔城蝗灾,1878年精河蝗灾,1893年乌苏蝗灾,1896年迪化蝗灾,1897年塔城、玛纳斯和呼图壁等地蝗灾,1898年迪化蝗灾,1903年乌苏、玛纳斯和阜康蝗灾,1914年塔城及北疆地区干旱,1932—1949年北疆地区遭受严重的干旱和部分地区蝗虫灾害。1949年呼图壁县五户地、丹坂地等遭受旱灾,庄民流离失所。⑥

据1950—2000年这50年间的调查统计,各地区共发生101次的重大蝗灾。其(按一地区一次算)发生地与清末和民国时期蝗灾区基本相似。主要有塔城、乌苏、博尔塔拉自治州(精河一带)、阿尔泰、伊犁、乌鲁木齐、昌吉自治州(呼图壁和玛纳斯一带)、巴音郭楞自治州、哈密和喀什地区。⑦

---

① 温克刚、史玉光编《中国气象灾害大典》,第289—290页。
② 温克刚、史玉光编《中国气象灾害大典》,第290页。
③ 《新疆维吾尔自治区气候历史史料》,第78页。
④ 中国人民政治协商会议新疆维吾尔自治区委员会文史资料研究委员会编《乌鲁木齐文史资料》第11辑,乌鲁木齐:新疆人民出版社,1983年,第189页。
⑤ 沈志华编译《俄国解密档案:新疆问题》,乌鲁木齐:新疆人民出版社,2013年,第260页。
⑥ 温克刚、史玉光编《中国气象灾害大典》,第10—11页。
⑦ 温克刚、史玉光编《中国气象灾害大典》,第288页。

二、清末朝廷与新疆地方政府对蝗灾的防治

在科学技术不发达、经济落后的情况下,频繁发生的蝗灾给新疆各族人民带来了巨大的危害。清末担任新疆巡抚的刘锦棠在得到镇西厅蝗蝻复生、几乎无处不有的奏报后,即感叹"新疆甫经收复,民气尚属凋残,何堪受此灾害",并令"所属各州县速严行查勘,毋得稍存玩忽,殆害地方"。①

事实上,清政府非常重视蝗灾,早在康熙朝时期就有了完整的捕蝗法规。乾隆十六年(1751),清政府加大了防治蝗灾的力度,规定:"凡有蝗蝻地方,文武员弁合力搜捕,应时扑灭者,应行文该督察明具题,准其记录一次。"乾隆十八年和三十五年,又接连两次颁发上谕:"嗣后州县官遇有蝗蝻,不早扑除,以致长翅飞腾,贻害田稼者,均革职拿问。著为令。"② 可见清廷对于蝗灾防治的严格规定,对相关官员的要求也很高。

清廷统一新疆之后,推行大规模的移民垦荒,大量百姓移入新疆,带来了新的生产、生活方式,对新疆地区农业和经济的发展发挥了重要的作用,也推动了各民族的向心力和凝聚力。新疆建省之后,清政府对各类灾害采取了更加有效的应对措施,特别是对蝗虫灾害,把内地的捕蝗、除蝗和灭蝗等主要方法及治理方式运用到新疆,以至于天山南北各地官员,上到伊犁将军、都统、巡抚、布政使司,以及同知,下到乡约和普通灾民,每至蝗虫发生之时,纷纷投入到"留心督察""速加扑灭"的热潮之中,往往能取得不俗的成效。下文依据相关史料,对除蝗过程中的一些关键环节以及政府官员的作用进行论述。

(一)灾情的及时奏报与勘验

蝗虫一旦发生,如不及早扑除,则可蔓延变成巨灾。清政府对此比较重视,要求各地官员一旦发现蝗蝻,均须及时奏报。光绪初期新疆蝗灾频发,地方各级官员对蝗虫出现之地格外重视。

在哈密,有哈密郡王、台吉和乡约的及时奏稿。光绪四年六月二十四日,鲁克沁台吉迈引上报了由大尔瓜发来的信息,称陆布沁色尔开皮西、安工火望克尔等处,于本月

---

① 《镇迪道就严打蝗虫等情札吐鲁番文》,《清代新疆档案选辑》第91册,第367页。
② 杨景仁《筹济编·除蝗》,李文海等主编《中国荒政书集成》第5册,天津:天津古籍出版社,2010年,第3249页。

二十四日，忽有蝗蝻。① 同年七月九日，台吉迈引又发出奏报，称"现有蝗蝻于上月二十七、八日俱已走去，今又蝗蝻入境"② 等。说明地方官随时在报告蝗蝻的出现。

地方百姓对蝗虫的出现也非常担心，如不及早灭尽，不仅本家庄稼受损，而且蔓延全村，造成颗粒绝收，因此随时观察，及时反应。光绪五年四月，托克逊伊拉湖汉民乡约田生春向吐鲁番厅报告："伊拉湖一带草湖内，蝗虫振振于飞，甚是繁衍，幸而尚未食我禾苗。近日小麦被热风吹伤，又生贼虫，聚集满身，恐其有啃禾稼不浅。"③ 上引台迈吉七月九日的奏报，也是来自地方乡约来买子和桔八尔呈报的信息。

在档案资料中时有甘肃新疆巡抚刘锦棠、饶应祺，新疆布政使丁振铎，甘肃新疆巡抚潘效苏等多次及时奏报蝗灾的情形。这些奏稿多数得到清政府的批准，说明驻疆大臣总是以身作则，不仅奏报及时，而且督率蝗虫发生地的官府极力扑打，以减少灾害的发生。

地方官主要的工作要详细汇报灾情，重大的责任由巡抚、派员等共同承担。乡约、台吉等非官小吏在民间有一定的威望，在报灾过程中最先了解灾情，也能及时报灾。勘验现场等系列程序由巡抚、委派官员和知县等来处理。从史料中可以看出，各地方官在奏报灾情、亲往灾区以及在勘验中起了重要的作用。在蝗灾严重、蝗虫蔓延时刻，新疆巡抚也派官兵帮助民夫扑灭虫灾，说明了巡抚对蝗灾的重视。④ 勘查、审户工作决定了灾后豁免、缓征和借贷等事宜，是救灾的基础。因此地方官在勘灾中的角色与灾民生活息息相关。⑤

对于蝗灾的发生和蔓延，新疆巡抚刘锦棠一再强调，各地方官及各善后局，须督率员役分头前赴各乡村，将荒僻处所逐细覆勘，并责成约保回目随时巡查。凡讳匿灾情且不认真遵办的，均予治罪，断不稍示姑容。⑥

---

① 《陆布沁台吉迈引就其境内有蝗虫事禀吐鲁番厅文》（光绪四年六月二十四日），《清代新疆档案选编》第7册，第187页。

② 《陆布沁台吉迈引就消灭蝗虫事禀吐鲁番厅文》（光绪四年七月初九日），《清代新疆档案选辑》第7册，202页。

③ 《托克逊伊拉湖汉民乡约田生春就伊拉湖一带蝗虫甚多禀吐鲁番厅文》（光绪五年四月），《清代新疆档案选辑》第7册，第382页。

④ 《新疆巡抚部院就派兵帮民夫扑灭虫灾等情一案的批文》光绪二十年（年代记录不清），新疆维吾尔自治区档案馆档案，档案号：Q15—34—3455（案卷目录）。

⑤ 据学者及相关研究称，清代新疆前期巡抚一类习称封疆大吏，属中央派员，与京官相对，晚清才习称为地方官。晚清新疆知县至巡抚都算是地方官，"由于常驻地方，被视为地方官"。见胡正华主编《新疆职官志(1762—1949)》，内部资料刊印，乌鲁木齐，1992年，第1页。

⑥ 《镇迪道就严打蝗虫等情札吐鲁番文》，《清代新疆档案选辑》第91册，第367页。

当然，那些不及时奏报灾情的官员，也得到了严重的惩罚。光绪十二年十二月，吐鲁番地区发生蝗灾，继而出现大风，灾情严重，并涉及多个地方。由于吐鲁番厅同知龙魁没有及时报案，没有动员群众采取预防措施，造成了严重的后果。后有镇迪道审核委员候补知县龚钧以及地方人员复审勘验，查出托克逊、伊拉湖、胜金和二堡等19处村庄受灾，共有二百二十户灾民。布政使魏光涛详细汇报了此次灾情，并以龙魁身任地方，却于例制毫不经心，甚至隐瞒和拖延灾情为由，对其进行了严厉的批评，并提请记大过三次，以示惩警。与此同时，将吐鲁番属十九庄被灾地亩进行了相应的豁免和带征。① 吞侵赈粮的官员也同样遭到了清政府的惩罚，如光绪三年迪化各属厅被旱蝗灾，尤其是呼图壁县旱蝗严重，经"该营委员勘明，分别轻重发给赈粮籽种以拯残黎而资耕垦"②。但据后署巡检江景曜禀报，前署昌吉县厅呼图壁巡检王瑜圃侵蚀政府发放赈粮麦面，短交三千余斤。最后清廷给予王瑜圃"即行革职，以示儆戒"③ 的处分。

光绪中后期，新疆各地设立电报局，给及时报灾提供了更加便捷的条件。光绪二十六年五月十九日下午，哈密寄来的第十八号电："据报黄芦岗、大泉湾蝗蝻甚多，仅恃民力治之，难期得力，已令曾营派队，如法扑捕。"④ 之后在二十三日、二十五日和三十日相继来电，说明了东路扑蝗工作的进展。⑤ 陈廷珍通过四次来电，汇报了哈密地方蝗虫的发生、民夫扑蝗之事，以及申请民夫的食量及营勇车脚犒赏等。相比以前，效率更高。

(二)官民扑捕与扑蝗方法

驻疆大臣及各级官员得知蝗虫灾情后，一方面立即奏报上属，另一方面须动员群众，带领民夫与乡约亲往现场勘验、及时扑捕。

据文献记载，光绪元年至光绪五年，乌苏、精河、昌吉、绥来、阜康、吐鲁番、托

---

① 《甘肃新疆布政使司为吐鲁番地区遭虫风灾申报不详拖延日久给该厅同知龙魁之札文》(光绪十二年十二月二十五日)，新疆维吾尔自治区档案馆藏，清代档案，吐鲁番厅Q15-1-41；又见《清代新疆档案选辑》第3册，第161页。参见阿利亚《从清代文献看清政府对新疆的救济》，《清史研究》2011年第2期，第125页。

② 《陕督左奏为参革巡抚短交赈粮片》，《申报》1878年4月13日，第1829号第5版。

③ 《陕督左奏为参革巡抚短交赈粮片》，《申报》1878年4月13日，第1829号第5版。

④ 《致迪抚宪藩臬宪扑捕大泉湾蝗蝻》(光绪二十六年五月十九日)，《新疆巡抚饶应祺稿本文献集成》第28册，第13页。

⑤ 《致迪抚宪藩臬宪扑捕蝗事宜》(光绪二十六年五月二十三日)，《新疆巡抚饶应祺稿本文献集成》第28册，第20页；《致迪抚宪藩臬宪扑捕蝗事宜并请开报民夫食量及营勇车脚犒赏等赍》(光绪二十六年五月二十五日)，《新疆巡抚饶应祺稿本文献集成》第28册，第24页；《致迪抚宪藩臬宪扑捕蝗事》(光绪二十六年五月三十日)，《新疆巡抚饶应祺稿本文献集成》第28册，第26页。

克逊、焉耆、喀什等地具报虫灾。尤其镇迪道是被灾最重之处，禾稼无收。针对此次蝗灾，光绪五年十一月十九日，镇迪道札文要求地方官会同文武督率兵役，妥筹速办，务绝孽种，不得稍有玩忽。①

由于蝗虫不分界地，忽来忽起，吐鲁番厅一再强调，传知处户民时时察看，同力合扑，设法扑灭。②因此地方官要求督夫及群众不分界地，同力合打。光绪二十五年八月二日，吐鲁番各地蝗虫发生，经过扑打之后没有成灾，但"在东四十余里之苏骆驼，于七月十一、十二两日，忽有蝗蝻一群飞来，地方官随即派差督同户扑捕，一面行香祷叩未伤庄稼，忽然一夜承风飞去，不知去向何方"。之后地方官日夜守在两村地界，"近旬仍时时察看"③。吐鲁番巡检得知此情后，即便遵照传知各处户民时时察看，如有蝻子入境，不分地界，同力合扑，仍报本府。由于飞蝗流动性大，忽来忽去，飞到哪里造成了地方官的猜疑，因此巡检提出，蝗虫不管飞到哪里，不分界域，灭尽除根。从中可以看出扑蝗的重要性和地方官灭蝗成绩的显著。

从光绪元年至光绪五年，新疆各地报蝗灾的奏稿很多，政府一面下令积极扑打，又下文说明治蝗方法。光绪四年八月二十七日，吐鲁番善后局就防治蝗虫提出多种扑蝗之法：

（1）飞蝗猝至，下集庄稼，急于上风处所，堆积草茂继火□烟，蝗畏烟虫，当即飞起。此救急之法也。外次则莫如挖□……

（2）用木条驱蝗入坑，下土埋之法，或夜间驾干柴于坑内，焚□□。

（3）火光即自扑入，如飞蛾之扑灯，旋自焚毙。

（4）又一法趁翅□□霑露濡湿，不能飞动时，集众猛扑也，可除害。④

光绪二十四年五月，伊犁发生蝗灾，官兵用多种方法扑打，其中用的就是黑夜用草

---

① 《镇迪道就扑治蝗事札吐鲁番厅文》（光绪五年十一月十九日），《清代新疆档案选辑》第 8 册，第 13 页。

② 《吐鲁番厅饬东岗湖巡抚传知户民如有恶蝗通力合扑之谕》（年代不详），《清代新疆档案选辑》第 24 册，第 267 页。

③ 《吐鲁番巡检就扑灭蝗虫事申吐鲁番厅》（光绪二十五年八月初二日），《清代新疆档案选辑》第 16 册，第 402 页。

④ 《吐鲁番善后局就防治蝗虫事移吐鲁番监督府正堂奎绂文》（光绪四年八月二十七日），《清代新疆档案选辑》第 7 册，第 224 页。

焚烧和用土掩埋法。①

从清末新疆文献中可知，当时的捕蝗方法简单，一般是用放烟法、驱赶法、火光法、沾湿法、黑夜用草焚烧法和引粉红椋鸟生物防治法等。我们还可以从乾隆、嘉庆时期的文献中查阅到当时民间的"古岁烧之"和"八蜡庙祭祀"等驱蝗方法。②

光绪二十二年九月二十二日，绥来县知县罗罗令经史禀称："本年六月二十六日有大股飞蝗，从东北入境，当经卑县照案会营率带兵役扑除净尽，仰蒙宪福庇四乡庄稼均收保全，惟安集海一处距城一百八十里系飞蝗初落之地，户约禀报过迟内有三十八户二角春麦地亩被灾十分。"③并称："至于关外地面辽阔草湖淖尔极多，本无扑蝗善法。"知县访问了当地老农捕蝗法，老农回答，每年水雪融化，蝻子始出聚成团，不能飞跃时，会同各厅州县督率兵役在于境内到处搜寻，掘坑聚烧，期一举而尽灭遗孽。当时认为是较为省力省费的好方法。

无论是哪种灭蝗方法，必须投入大量的捕蝗人员，协调配合、分工明确，才能有效率的除灭蝗虫。

另外，在光绪时期，对扑蝗有力、成绩显著人员给予奖励的记载也有。记有"已故提督王化成事迹宣伏史馆立传，并附祀英翰金连昌专祀一折"。称，已故王化成，其在新疆屯垦祭蝗各事，皆职守内应办之事。④当时提督王化成在新疆屯田驱蝗工作中表现突出，但又认为驱蝗工作是他工作范围之内，无须立传。从中反映出清政府对地方官有很高的要求，而且也反映了地方官员扑蝗责任的重大。不管清政府是否立史馆立传及专祀附祀，他的功绩值得表扬。像他这样为了灭蝗呕心沥血的地方官员在地方志中记录不少。

清政府还经常奖励捕蝗得力人员。光绪二十五年七月，甘肃新疆布政使司奖励了吐鲁番厅组织民众灭蝗，并奖赏了伊拉湖和都岗湖等庄并分配新开垦地。⑤扑蝗是地方官

---

① 《致地抚藩臬宪鉴禀扑减蝗虫事宜》（光绪二十四年五月十九日），《新疆巡抚饶应祺稿本文献集成》第26册，第87页。

② 纪昀《乌鲁木齐杂诗》，王希隆《新疆文献四种辑注考述》，兰州：甘肃文化出版社，1995年，第181页；中国人民政治协商会议新疆维吾尔自治区委员会文史资料研究委员会编《乌鲁木齐文史资料》第11辑，第190页。

③ 《迪道为转饬明春搜挖蝗蝻事札吐鲁番厅文》（光绪二十二年九月二十二日），《清代新疆档案选辑》第15册，第330页。

④ 《清德宗实录》卷三三六，光绪二十年三月壬午。

⑤ 《镇迪道饬转新疆巡抚就请奖鄯善县扑蝗出力人员札吐鲁番厅文》，《清代新疆档案选辑》第6册，第72页。

的重要任务，任何官员有责任承担，治理好的都有奖赏。在相应的奖励体制之下，清政府在灭蝗防蝗方面取得了一定的成效。

(三)政府设厂设局与购买蝗虫

我国古代深受蝗灾之苦，尤其是干旱严重的天山南北遇蝗灾频繁，使社会经济遭到严重破坏。古人在灭蝗过程中通过实践认识到除了扑打蝗虫的几种简单方法之外，还有一种更有效的扑蝗活动，就是政府出台设厂、设司收购蝗虫。历代政府深知蝗灾一旦发生，将严重影响农业生产，加重农民的负担，也会对国家稳定带来隐患。在历代荒政文献中，谈论设厂的内容较多。如"宋熙宁八年，昭有蝗蝻处，委县令佐躬亲大朴，如地里广阔，分差通判职官监司提举。仍募人，得蝻五升或蝗一斗，给细谷一斗；蝗种一升，给细谷二升；给价钱者，作中等实直"①。明万历四十年，"御史过庭训山东赈饥疏：捕蝗男妇，皆饥饿之人，不论远近大小男妇，但能捉到蝗虫与蝻子一升者，换饼三十个"②。该文献又谈道，至今以后，能将近地蝗虫或蝻子捕得半升者，才给米面一升，为五日之粮。如无，不许准给。这种方式不仅避免了灾民的饥饿又能在平时扑打的基础上有效治蝗，控制蝗虫的蔓延。

清代政府汲取了前代的经验教训，在扑蝗过程中有了更为丰富的治蝗方法。清代荒政文书就有不少总结前代的经典之作，如陈芳生撰《捕蝗考》、俞森著《捕蝗集要》、王勋撰《扑蝗历效》、陈僅编《捕蝗汇编》、佚名辑《捕蝗要诀》、顾彦辑《治蝗全法》、李炜撰《捕除蝗蝻要法三种》等。③

由于蝗灾爆发正是农忙之际，人手不够，就要雇人扑打或筹议设局，收买蝗虫。清政府规定：其雇募人夫，每名计日酌给银数分，以为饭食之资。许其报明督抚，据实销算。凡换易收买蝗蝻，及捕蝗兵役人夫，酌给饭食，俱准动支公项。④ 从雇佣人扑蝗到购买蝗虫，反映了政府及时扑除蝗蝻，缓解蝗灾压力的努力。在政策推行过程中也有积极的效果：一是农民可因此得到额外的收入；二是各地的扑蝗效率也得以提高。

新疆至少在光绪初年就有设局收蝗的规定。光绪五年十一月，镇迪道就扑治蝗事札吐鲁番厅，文中提到，凡所各处地方，不管是土人疑为蚂蚱，还是蝗虫，无论有无虫孽遗种，各属文武须一体遵照，详细查勘其湖地草场，尤其为虫子孳息之所，亟应挖掘遗

---

① 陈芳生《捕蝗考·前代捕蝗法》，李文海等编《中国荒政书集成》第2册，第1074页。
② 陈芳生《捕蝗考·前代捕蝗法》，李文海等编《中国荒政书集成》第2册，第1074页。
③ 参见李文海等编《中国荒政书集成》第1册，第1—12页。
④ 顾彦《治蝗全法》卷三《捕蝗律令》，李文海等编《中国荒政书集成》第6册，第4180页。

种，以期尽灭，由官设局或给价或给粮，出示收买。①

关于收买蝗虫，新疆布政使司李滋森称，"据鄯善县禀现往鲁克沁地方督扑飞蝗，议交蝗虫三斤，给麦一斤，由仓粮项下支"，并由布政司转饬各道遵照，至收买蝻子，称"尚系好法"②。可见，新疆布政使也鼓励各道设司收买蝗虫。③

光绪二十九年九月，布政使司李滋森又谈及，"本年蝗虫到处皆是，卵育必多，应通饬各属派发居民分途踹看。遇有蝻子落土之交，挖取净尽，毋使稍留余孽，凡缴子一升，即给麦粮一升。其在荒山戈壁，草湖中寻踪挖取，距离城较远者，即酌量加给麦粮，亦无不可，惟均不得掺和沙土耳。统限文到一月内收"④。此类记载，表明雇夫计日给麦方法的普遍实行。

笔者在梳理史料中，未发现乾隆朝至光绪朝前，新疆有关收购蝗虫的记载，亦未发现南北疆各地设司收购的相关内容。而在内地，清初就有换易收买蝻子的方法。如在乾隆十八年七月，"至州县捕蝗，需用兵役民夫并换易收买蝻子，自有费用"⑤。而新疆在光绪时期，才有布政使在吐鲁番厅、辟展、哈密、呼图壁等地设局买蝗，给捕蝗人员日给食的详情。

光绪二年，当收复新疆的战役打响之后，在督办新疆军务大臣左宗棠以及收复新疆总指挥刘锦棠的带动下，新疆善后局在镇迪道迪化建立，随后善后局总局、分局等在南疆各地展开了救济百姓、恢复农业生产等各项工作。尤其是新疆建省之后，清政府将新疆与内地划一，各道属有组织地执行中原的灭蝗方法。

至于收买蝗虫的费用，地方政府买蝗钱粮从何支出，民夫工价又如何呢。

据档案资料记载：光绪十八年六月，吐鲁番胜金大尔瓜阿五牙斯回乡约奏报了胜金

---

① 《镇迪道就扑治蝗事札吐鲁番厅文》（光绪五年十一月十九日），《清代新疆档案选辑》第8册，第13页。

② 《镇迪道就协助鄯善县捕杀蝗虫事札吐鲁番厅文（残文）》（年代不详），《清代新疆档案选辑》第91册，第436页。据查《新疆职官志》，李滋森到任时间为光绪二十八年二月，卸任时间为光绪三十年六月，参胡正华编《新疆职官志（1762—1949）》，内部资料，第75页。则此一文件应在上述时间段内形成。

③ 本文在梳理档案资料时发现另一份设立局的资料，是《镇迪道就该设交代局所有各州县交代自应归局清理事札吐鲁番厅文》。此文中的局是否与收蝗的局或司有类似的收蝗任务，还有待于考证。见《镇迪道就该设交代句所有各州县交代自应归局清理事札吐鲁番厅文》（光绪六年七月十一日），《清代新疆档案辑录》第8册，第157页。

④ 《镇迪道扑灭蝗蝻事再札吐鲁番厅文》（光绪二十九年九月十一日），《清代新疆档案选辑》第18册，第338页。

⑤ 杨西明《灾赈全书》卷二，李文海等编《中国荒政书集成》第5册，第2964页。

东乡忽起蝗蝻的情况。其中提到了地方官"乱雇民夫,扑打蝗蝻,每蝗蝻一(壹)斤,发工银一(壹)钱,连日搜灭已尽,……民夫工价,蒙杨大老概行发给等"①。可见地方收蝗由仓粮项下支出,民夫工价由地方官自行办理,或出自其他资金,或用民捐办法处理。

另有一份光绪二十九年五月吐鲁番鲁克沁郡王扑蝗收购的资料,该文献内容残缺,字体模糊,年代不清,但反映了该地收买蝗虫的详情。

> 署鄯善县知县何象堃称:鲁克沁郡王叶明和卓汇报了今年六月,有飞来蝗虫约二十余石地之多,派民夫扑打,收买蝗虫三斤给麦面一斤,约需□□□□粮项下支数。由于该处蝗虫仅食高粱叶,不食棉花,该郡王于二十五日来城庆祝并连日扑捕,每日约得七八百斛□□□□等。②

该资料反映了地方收蝗费由仓粮项下支出。组织扑打的各地民夫则按日记工,民夫工价由地方官自行办理。

政府出面收买蝗,不仅能扑灭蝗虫,而且能使百姓能获得日食或工价,更重要的是能使灾民齐心协力,恢复生产,一举三得,在当时扑蝗的紧要关头确实起到了积极效果。

当然,也有收买蝗虫价格不符的情况,如镇迪道称"地方官暴敛横征,甚有任意浮滥"。由于鄯善县地方官收买蝗虫价格不符,受到吐鲁番厅同知的严厉批评。档案资料中未说明收买蝗虫中弄虚作假的详细内容,但对鄯善县地方官,仍有"再不洗心除虑,仍蹈前辙,毋稍有宽容,是为至要"③的警告。

(四)民间的祭祀及刘猛将军庙在新疆的出现

刘猛将军庙和八蜡庙是我国古代社会中与农业生产有密切关系的庙宇,是我国农民

---

① 《胜金大尔瓜阿五牙斯就派遣民夫扑灭蝗灾一事禀吐鲁番厅文》(光绪十八年六月),《清代新疆档案选辑》第13册,第180页。

② 《吐鲁番就鲁克沁郡王报称该处飞蝗已被驱逐事禀吐鲁番厅文》(年代不详),《清代新疆档案选辑》第24册,第266页。据胡正华等编《新疆职官志(1762—1949)》(第143页),鄯善县知县何象堃就任时间光绪二十九年五月一日,卸任无记录。

③ 《镇迪道就照旧章征收田赋事之札文》(年代不详),《清代新疆档案选辑》第91册,第435—436页。据胡正华等编《新疆职官志(1762—1949)》(第139页)记录,刘澄清任吐鲁番同知时间为光绪二十九年四月二十五日,卸任时间为光绪三十年四月二十六日。

专门驱蝗的保护神。目前有诸多学者对此有一定的研究。①关于清代新疆刘猛将军庙和八蜡庙又是如何呢。中原文化又是如何传入新疆天山南北并演变成适应地方民族文化的祭祀景象的呢。

据记载,乾隆三十一年九月二十一日,"谕军机大臣等,闻内地农民,皆祀刘猛将军及八蜡庙。伊犁虽系边徼,其耕种亦与内地无异,理宜仿效内地习俗。着传谕明瑞等,令其建祀设立供奉,亦不必特作一事声张办理"②。可见,刘猛将军庙在乾隆年间已在伊犁设立。此后,在同治时期祭祀活动更为频繁,由于将军庙显灵,同治四年七月,伊犁将军明绪奏伊犁地方神灵感应不为灾情。③第二年,同治五年三月,明绪又给清廷申请了为刘猛将军灭蝗有功请加封号的奏稿。④

到了光绪时期,刘猛将军庙和八蜡庙在南北各地都有设置,范围广泛。北疆地区在多处设立,有官方修建的,也有民间捐修的,如伊犁惠远、乌鲁木齐、塔城、玛纳斯、奇台、乌苏、精河和吐鲁番等地都有设置,且在南疆和田、喀什噶尔、库车、新平和焉耆等地也有设立。这些地区都是蝗灾常发之地。

《焉耆县乡土志·兵事录》载:"南疆诸城,多建庙宇,地方官以其能捍患御灾,有益民生,每于所望行香,为民祈福,尚未请赐封号,以答神庥。"⑤如焉耆的刘猛将军以及列入祀典诸神、和田的刘猛将军庙均按时恪恭将军。⑥吐鲁番档案文献中有蝗虫过境之呈文,可惜该呈文前几行残缺,后半部分讲述了刘猛将军除蝗的威力和给百姓带来的战胜天灾的喜悦。⑦将军庙在新疆的出现具有浓厚的地域色彩,也表明清政府采取的屯垦移民政策,使得大批百姓进入了天山南北。广大百姓同甘共苦,为了生存保护庄

---

① 邱国珍《三千年天灾》,南昌:江西高校出版社,1998年,第322页;唐有伯《刘猛将军庙和吴川将军刘承忠》,《湛江师范学院学报》2013年第1期;李大海《清代新疆地区官主山川祭祀研究》,《西域研究》2007年第1期;唐智佳《清代伊犁多神崇拜初探以关帝庙为中心》,《伊犁师范学院学报》2011年第4期。

② 《清高宗实录》卷七六七,乾隆三十一年八月乙卯。

③ 《明绪奏伊犁地方神灵感应不为灾情》(同治四年七月二十日内阁奉),中国第一历史档案馆藏,宫中朱批财政,档案号:06—06680,084—0446。据唐有伯研究,同治四年,因刘猛将军在新疆伊犁城神灵显应,加封号"普佑"。此时刘猛将军的全称为"保康普佑刘猛将军"。光绪十三年之后,驱蝗正神刘承忠的御封全称就是"保康普佑显应灵惠襄济翊化灵孚刘猛将军"。唐有伯《刘猛将军庙和吴川将军刘承忠》,《湛江师范学院学报》2013年第1期。

④ 《为饬知照伊犁刘猛将军灭蝗有功请加封号事札》(同治五年三月二十一日),四川档案馆,档案号:清6—05—00413—001。

⑤ 《焉耆县乡土志》,马大正、华立等编《新疆乡土志稿》,第490页。

⑥ 《和田直隶州乡土志》,马大正、华立等编《新疆乡土志稿》,第684页。

⑦ 《蝗虫过境之呈文》(年代不详),《清代新疆档案选辑》第24册,第268页。

稼，共同祈祷。中原文化的传播和当地民间的互动加深了各民族的联系，奠定了我国多元文化形成的基础。

在新疆地区，不仅有刘猛将军庙和八蜡庙，城隍庙的祭祀也是护佑农业生产的重要信仰活动。光绪十八年八月六日，吐鲁番首士德生堂、居仁堂以及乡约邓保东、赵廉芳等，恳请加封神衔颁神印件，称："今秋胜金台几处蝗螟振启，民人惶恐。……上宪奏请加封神衔，颁发神印，以招神德而隆禋祀，神人均沾，恩便于世世矣。"① 说明民间城隍庙同样起了保护农业生产、安定百姓的作用。

文献中有地方发生蝗虫，头目带领民众行香祷叩，大搞祭祀，刘猛将军显灵，蝗虫忽然飞去等记载。光绪年间，在吐鲁番和南疆的玛拉巴什等地就有这种情况。吐鲁番："该厅所有蝗螟由北山飞来，大众当即扑并行香祷叩，蝗虫未伤庄稼。"② 玛拉巴什："该厅日扑打已灭三分之一，现在能飞者少，不能飞者尚多。"③ 后又来电称："本厅依法扑减并设神位致祭三日，现未伤禾稼，请释廑念。"④ 说明各地不仅政府督促及时祭祀，地方官也率民夫设神位致祭，把此项行为作为重要的驱蝗方法。在地方志中也称地方官为了扑蝗"日夕不敢宿，惨淡泪沾渎，警将虫贼逆。斋戒谒神祠，长跪虔祷祝"⑤。

可见，除蝗成了地方官祭祀祈祷的愿望之一。蝗虫发生时，地方官与百姓举行祭祀等各种活动，在当时具有特殊的意义。

民间祭祀，是老百姓的传统方法，如在农田中"杀牲放血"，或"烧食油放油烟"，或"做饭（圣人粥）"，或"念经祈祷"等。笔者在南疆调研过程中咨询过去对蝗灾的预防和扑打问题时，得到的回答是烧、四周挖沟法、烧羊粪成灰洒灾地以及民间祈祷等。但是最终去除害虫只能依靠民力，在知县、村长以及乡约的带领下，动员全村人员奋力扑打，才能将其驱赶灭尽。

---

① 《吐鲁番城隍庙禀呈加封神衔》（光绪十八年八月初六日），《清代新疆档案选辑》第30册，第16页。
② 《致迪宪吐鲁番辟展巡检扑灭蝗螟事申吐鲁番厅》，《清代新疆档案选辑》第17册，第327页。
③ 《致迪抚宪藩宪已饬玛厅文武加攻督扑小蝗》（光绪二十八年五月二十日），《新疆巡抚饶应祺稿本文献集成》第29册，第168页。
④ 《致迪抚宪藩宪已饬令除减蝗虫幸未伤禾稼》（光绪二十八年五月二十四日），《新疆巡抚饶应祺稿本文献集成》第29册，第173页。
⑤ 《镇西厅乡土志》，马大正、华立等编《新疆乡土志稿》，第203页。

三、清政府对新疆被蝗灾区和灾民的救济

清政府对自然灾害的救济方式很多，有缓征、豁免、借贷、平粜等。对每一种自然灾害都有相关的救灾措施，但还要根据灾情的轻重来考虑是减免、缓征还是赈济。

从清代新疆各类自然灾害发生来看，政府对蝗虫灾救济的程度不高，全体豁免或缓征内容较地震、洪水和旱灾少。但是，清末新疆蝗灾发生频发，甚至年年有蝗，对于天山南北地区造成过极大的危害。清政府对灾区进行了相应的救灾措施，稳定了社会秩序，恢复了生产。

光绪二十二年八月，据迪化县知县黄袁报，该县北乡上下梧桐窝与沙梁子、蒋家湾等处发生蝗灾，据勘验、审户之后，查出该处地内小麦多被啃食，计成灾十分地二千三百四十八亩一分，应完额粮九十五石七斗三升二合，成灾八九分地九百四十三亩三分，应完额粮三十九石五斗四升五合。①灾后知县黄袁呈请赈恤。清廷要求查明被灾轻重蠲缓粮草，分别极次贫户，散给口粮。

光绪二十三年十二月，塔城被蝗颇重。新疆布政使丁振铎认为塔城地方耕地收成歉薄，牧场复孽生不旺，边民生计艰难。清政府得知灾情后，饬令被灾各属，清查贫户，分别酌借籽种食量，以资调剂。②

光绪二十四年八月，清政府对绥来和呼图壁进行了一次大的蠲免和缓征。

> 绥来县属西四渠，被蝗成灾七八分地二千八十二亩二分五厘，应完额粮七十三石六斗九升六合一勺。其结果是：将绥来县成灾七八分地亩上年应征额粮分作二年带征。呼图壁巡检所属芳草湖桑家渠等处，被蝗成灾十分地九千二百七十九亩五分，应完额粮三百七十四石粟八升八合，其结果是：呼图壁巡检成灾十分地亩，应完粮草照例悉数蠲免，以纾民困。同时，这些灾区，各该处被灾贫户均经酌借籽种食粮，定期归还。③

---

① 《新疆迪化疏勒等属被蝗被雹成灾现筹赈府情形疏》（光绪二十二年八月十八日），《新疆巡抚饶应祺稿本文献集成》第 36 册，第 257—257 页。
② 《新疆被灾地方来春各酌筹调剂折》（光绪二十三年十二月初十日），马大正、阿拉腾奥其尔编《清代新疆稀见奏牍汇编》补遗卷上卷，第 3029—3030 页。
③ 《奏为新疆绥来呼图壁乌什等属上年被灾地方赈恤完竣分别轻重恳思蠲缓粮草以纾民力恭折》（光绪二十四年八月初九日），第一历史档案馆档案，宫中朱批财政，档案号：052-0108。

光绪二十九年十月,阜康县属东乡二道河等八处被蝗,成灾上、中、下三地八千五百八十三亩一分一厘,恳缓至次年带征。① 缓征在灾后的关键时刻,具有缓解灾情的重要作用。特别是对灾后的重建、恢复生产具有重要意义。清政府在多次的蝗灾救济中,常用这些措施来缓解灾情。

在救灾过程中,地方官也担心救灾不及时会造成灾民流失,故以赏给食粮之法做救济。光绪二十二年六月,吐鲁番蝗灾严重,吐鲁番同知朱冕荣通过勘查和乡约禀报,有三十八户春麦地亩被灾十分,朱冕荣及时赏给每户食粮一石五斗,并称此处自光绪二十年以迄于今叫,被蝗三次,灾黎困苦异常,如仍不救济,恐怕"户立脚不住,陆续潜外,枉费从前百计招安之力之语"②。

通过以上几种防灾救灾措施,天山南北各地的蝗灾得到了有效的控制,清廷对天山南北各地有蝗灾的地方救济不断。甚至在清末,从宣统元年到宣统二年,对各类灾害包括蝗灾也进行了大幅度地救济。宣统元年三月,"蠲免新疆镇西、宁远、莎车、阜康、孚远等府厅县被蝗被雹被水地方粮草"③。宣统二年四月,胜金禾苗地内发生蝗虫吃伤禾苗之事,地方政府也给予了相应的赈济。④

四、结 语

综上所述,清代晚期的光绪、宣统年间,新疆蝗灾频繁,其发生数量和波及地方远比我们过去认识的要多。为应对蝗灾,清政府以妥为安抚灾民、尽量减少损失、避免其流离失所为救灾之主要目标,要求各道会同文武督率兵役,对蝗灾妥筹速办,务绝孽种,不得稍有玩忽。在清廷的引导下,驻疆大臣和地方官有效地发动和组织了大批人员防蝗治蝗,采取各种驱蝗和救灾措施,均有其成效。这在当时历史条件下具有积极的意义。

---

① 《奏为新疆镇西等厅县本年被灾地亩请蠲缓额粮折》(光绪三十年二月初十日),中国第一历史档案馆藏,宫中朱批财政,档案号:005-0125,024-0476。

② 《镇迪道为转饬明春搜挖蝗蝻事札吐鲁番厅文》(光绪二十二年九月二十二日),《清代新疆档案选辑》第15册,第330页。

③ 《宣统政纪》卷一一,宣统元年三月乙亥。

④ 《胜金乡约艾子八亥等为禾苗地内忽生蝗虫吃伤禾苗请予急救事禀吐鲁番厅文》(宣统二年四月二十九日),《清代新疆档案选辑》第22册,第391页。

在应对蝗灾过程中，虽然某些地方有像龙魁那样不管灾情蔓延、报喜不报忧的不力之官，但不管怎样，清朝在新疆的蝗灾应对和救助中，充分发挥了国家职能，有灾必救。并将中原救灾机制引入新疆，形成了有效的国家治理模式，其督促地方官员组织人力设局设司收买蝗虫等灭蝗措施，在新疆也是前所未有的。这些都与清政府对新疆行使管辖权和积极治理分不开。

我国对治理蝗灾有丰富的经验，甲骨文中就出现了"蝗"字，历朝历代政府和劳动人民在实践中掌握了很多治蝗灭蝗方法，这些都记载于历朝荒政全书中，并成为官府和民间防治蝗虫的重要依据。新疆档案馆藏1915年迪化道尹公署为喀什、塔城详报预防蝗灾的档案，提到了古代地方官必读书之一的《牧令全书》，其中就有治民、赈灾、救荒策、荒政备览等方面的内容。① 另外，从镇迪道多次转饬的扑蝗之法以及《蝗虫过境之呈文》②和镇迪道转发乾隆时期中原治理灾荒年间民政奏折等③，也可以看出驻疆大臣及甘肃新疆布政使、巡抚等清代新疆地方官员在吸取传统治蝗经验方面的努力。

在抵御和防范蝗灾的过程中，通过继承传统的扑蝗方法和祭祀仪典，吸取中原人民的聪明智慧，并与当地民间知识结合，新疆各族人民形成了多元化的救灾知识。这种中原与西域的知识交流，以及中原文化与西域地方文化的有机结合，形成了多民族共同生产、共同开发建设的局面，促进了不同民族间的文化交融。

在多民族大一统格局下，清代后期新疆各族人民在防灾减灾方面取得了巨大的成就，积累了丰富的经验。对其进行全面、系统、深入地梳理和研究，必能为今后的防灾减灾、民族团结和边疆安全建设提供宝贵的历史借鉴。

（本文原载《民族研究》2018年第4期，第99—114页；有增补）

---

① 《迪化道尹公署为喀什、塔城详报预防蝗灾事给吐鲁番县的饬及博野县知事朱玉行捕蝗示谕》（1915年11月22日），新疆维吾尔自治区档案馆，档案号：M16.002.YJ.0467。
② 《蝗虫过境之呈文》（年代不详），《清代新疆档案选辑》第24册，第268页。
③ 《镇迪道转发治理灾荒年间民政奏折》（年代不详），《清代新疆档案选辑》第24册，第185页。

清代新疆的蝗灾与蝗神信仰

王鹏辉

传统中国社会的国家与民众,基于天人合一的思想意识形态和生产技术水平,对蝗虫灾害认知有限,一面通过祭祀蝗神以禳灾祈报,一面通过人力灭蝗进行社会治理。地理学家陈正祥利用蝗神庙的空间分布绘成中国"蝗神庙之分布"的历史地理图①,刻画出了中国农业文明在历史时空中人类社会与自然生态互动的结构特点。

历史上的蝗虫没有科学分类,现代昆虫学的研究表明,飞蝗是造成蝗灾最主要的种类,郭郛等学者对现代中国灾害性的飞蝗进行生物学分类,划分为东亚飞蝗、亚洲飞蝗和西藏飞蝗三大亚种。② 陈正祥的"蝗神庙之分布图"与东亚飞蝗的分布区域基本重合,表明"蝗神庙之分布图"主要反映的是中国农业文明核心区内地农耕区域蝗灾的历史空间,但对新疆、内蒙古及西藏等边疆区域蝗灾的历史发展和空间分布缺乏概念和认识。

现代昆虫学对新疆亚洲飞蝗的形态、生活习性、地理分布、蝗虫生态条件已基本掌握,并长期研究蝗虫灾害的预测预报和治理方法。③ 历史上新疆沿天山北麓的新兴农耕区蝗虫连年成灾,危害农业生产,农民深受其害。中国历史上蝗灾频仍,加之深入人心的君权神授的天人感应意识,民间信仰形态的八蜡庙、虫王庙、刘猛将军庙(祠)等蝗神

---

① 陈正祥《蝗神庙之分布》,《中国地理图集》,香港:天地图书有限公司,1980年,第244页,图127;陈正祥《蝗神庙之分布》,《中国文化地理》,北京:生活·读书·新知三联书店,1983年,第52—53页,图19;陈正祥《蝗神庙之分布》,《中国历史文化地理》(上册),台北:南天书局,1995年,第64页,图19。

② 郭郛、陈永林、卢宝廉《中国飞蝗生物学》,济南:山东科学技术出版社,1991年,第519—520页,图25—7。

③ 张学祖《新疆蝗虫初步观察》,《昆虫学报》1955年第4期;陈永林等《新疆蝗虫地理的研究》,《科学通报》1957年第7期;陈永林等编著《新疆蝗虫及其防治》,乌鲁木齐:新疆人民出版,1980年;范福来等《亚洲飞蝗在中国新疆维吾尔自治区的发生与防治》,《生态学报》1995年第2期;熊玲《新疆蝗虫发生现状与蝗灾控制对策》,《新疆农业科技》2002年第4期。

庙成为蝗灾治理的社会机制。学界对历史上新疆的蝗灾与治理有不少涉及，[①] 本文拟通过对清代新疆蝗灾治理和蝗神信仰中包含的内地农耕因素和时空分布进行研究，以期对中国蝗灾的历史发展与空间分布有更为科学完整的理解和认知，并思考中国农耕区域与游牧区域相互交错的时空结构。

一、清代新疆的蝗灾时空分布

新疆地处欧亚大陆腹地，气候属于中温带干旱区，由昆仑山、天山、阿尔泰山环抱着塔里木盆地与准噶尔盆地构成。横亘于中部的天山山脉将新疆分隔为南北两个区域，天山北以草原为主形成畜牧经济的游牧社会，天山南以绿洲为主形成定居种植的农耕社会。无论天山南北，清代以降，社会经济都有显著发展，尤其是天山以北持续的农业开发活动改变了其原来的社会生态环境，原生天山北麓的亚洲飞蝗随之对各种农作物进行蚕食，适宜的条件下就会演变成蝗灾。

（一）19 世纪中叶以前的新疆蝗灾

清统一新疆之后，迅即展开政权建设，恢复社会生产、稳定社会秩序。乾隆二十四年（1759），清政府在哈喇沙尔（焉耆）地区安插从阿克苏多伦迁徙的回众 5000 余人，全民垦种。规定三年以后征收粮税。乾隆二十七年九月，哈喇沙尔办事大臣达桑阿报告库尔勒"所种大小麦，因蝗蝻伤损，仅收三百余石"，同一地方的轮台"大小麦俱已成熟。共收获八千—百余石"[②]，显然当年蝗灾造成的损失较大。乾隆二十八年六月，乌什办事大臣素诚向朝廷报告"乌什等处蝗虫成灾"[③]，七月，库车办事大臣鄂宝奏报"库车

[①] 新疆维吾尔自治区地方志编纂委员会《新疆通志·第三十卷·农业志》，乌鲁木齐：新疆人民出版社，1994 年，第 392—393 页；新疆维吾尔自治区地方志编纂委员会《新疆通志·第三十四卷·畜牧志》，乌鲁木齐：新疆人民出版社，1996 年，第 238—252 页；阿利亚·艾尼瓦尔《乾隆时期新疆自然灾害研究》，《中国边疆史地研究》2011 年第 3 期；徐伯夫《清代新疆的自然灾害》，殷晴、田卫疆主编《历史时期新疆的自然灾害与环境演变研究》，乌鲁木齐：新疆人民出版社，2011 年，第 45—68 页；齐清顺《清代新疆"荒政"研究》，殷晴、田卫疆主编《历史时期新疆的自然灾害与环境演变研究》，第 69—106 页；李钢《蝗灾·气候·社会》，北京：中国环境出版社，2014 年，第 98—99 页。

[②] 《清高宗实录》卷六七〇，乾隆二十七年九月辛酉，北京：中华书局，1985 年，第 485 页上栏。

[③] 《乌什办事大臣素诚报乌什等处蝗虫成灾的奏折》（乾隆二十八年六月十五日），军机处满文录副奏折，档案号：2038—024067—2847。

等处遭蝗灾"①。乾隆三十年四月，哈密"蝗从西北飞来"②，反映了飞蝗的大面积迁飞情景。

伊犁是清廷治理新疆的总汇之区，也是屯垦重地，蝗灾也比较多发。乾隆三十一年九月，伊犁屯田"今年偶被蝗灾，收成歉薄，粮价必昂"③，乾隆命令第一任伊犁将军明瑞查明情况，确定赏给屯垦兵丁的钱粮数量。乾隆三十二年五月，伊犁将军阿桂奏报"伊犁乌哈尔里克山谷、塔勒奇、哈喇乌苏、阿里玛图、察罕乌苏及锡伯、回子种田地方均生蝻子"，尤其是"塔勒奇河流域蝻子极多"。④ 伊犁地区具有良好的蝗虫栖息的生态环境，屯垦种植又为其提供了适宜的食料，构成蝗灾发生的基础条件。乾隆三十二年六月，乌鲁木齐办事大臣温福等上报"精河等处军民遣屯地方滋生蝗虫"的详细情况。⑤ 乾隆三十四年三月，清廷原本计划将西安兵 2000 名移驻伊犁巴彦岱，此前因为"阿桂奏称，伊犁地方被蝗，秋收歉薄，请将西安兵暂停移驻，恐建立兵房，无人居住，必至损坏，是以暂停建"，乾隆以为"阿桂从前所办，殊属非是，伊犁被蝗，不过偶然"，认为"彼处田土肥沃，易于成熟"，决定"早应将西安兵移驻"⑥。但实际上，随着伊犁及新疆其他地方农耕的进一步发展，蝗灾不是偶然发生，而是经常发生。

乾隆三十六年七月，吐鲁番盆地鄯善境内发生蝗灾，当时的辟展办事大臣达桑阿奏报"辟展地方遭受蝗灾"⑦。乾隆三十七年七月，焉耆地方再次爆发蝗灾，哈喇沙尔办事大臣实麟上报"库尔勒遭受蝗灾"⑧。乌鲁木齐在乾隆年间屯田农业获得了发展，清廷设置的乌鲁木齐都统辖区从牧场转变为城镇，蝗灾也与农业的发展相伴随。乾隆三十九年五月十三日（1774 年 6 月 21 日），乌鲁木齐都统索诺木策凌上报了三十八年乌鲁木

---

① 《库车办事大臣鄂宝报库车等处遭蝗灾的奏折》（乾隆二十八年七月九日），军机处满文录副奏折，档案号：068—0639。
② 钟方《哈密志》卷二，台北：成文出版社据民国二十六年铅印本影印，1968 年，第 15 页。
③ 《清高宗实录》卷七六九，乾隆三十一年九月丙申，第 447 页下栏；《清史稿》卷一一三《高宗本纪》八月甲寅，北京：中华书局，1976 年，第 474 页。
④ 中国第一历史档案馆编译《锡伯族档案史料》（下册），沈阳：辽宁民族出版社，1989 年，第 608 页。
⑤ 《乌鲁木齐办事大臣温福等报精河等处军民遣屯地方滋生蝗虫田禾被灾及扑打情形折》（乾隆三十二年六月十九日），军机处满文录副奏折，档案号：2331—028080—0221。
⑥ 《清高宗实录》卷八三一，乾隆三十四年三月己亥，第 77 页上栏。
⑦ 《辟展办事大臣达桑阿报辟展地方遭受蝗灾情形折》（乾隆三十六年七月八日），军机处满文录副奏折，档案号：2418—032092—1445。
⑧ 《哈喇沙尔办事大臣实麟报库尔勒遭受蝗灾折》（乾隆三十七年七月初六日），军机处满文录副奏折，档案号：2464—015095—2430。

齐、昌吉等地方发生的飞蝗灾害和扑灭工作。①五月二十九日(7月7日),索诺木策凌又报告玛纳斯所属塔西河一带遭到蝗灾,并详细划分六分、七分、八分不等的受灾等级和具体地亩数。②七月十四日(8月20日),乌鲁木齐都统索诺木策凌再次奏称:"今岁厄鲁特部落耕种地亩内,有被蝗虫伤损者八十余顷,所有从前借给伊等粮石,应于今岁完纳者,请展限二年等语。……今岁被蝗伤损过半。"③乾隆批准了索诺木策凌对厄鲁特部落的救灾方案。乾隆四十一年六月,时任乌鲁木齐都统永庆上奏"乌鲁木齐下属奇台县遭受蝗虫灾,请予赈济"④。乾隆五十四年,乌鲁木齐都统尚安等上奏"迪化州所属地方,蝻子萌生,率属扑灭"⑤,迪化州(州治所在乌鲁木齐迪化城)所属地方包括阜康县、吉木萨尔县、奇台县、昌吉县、玛纳斯县,表明这次蝗灾发生的地域范围较大。因此,闰五月甲辰的乾隆上谕特别提醒乌鲁木齐的军政官员:"则镇西府属,及吐鲁番、库尔喀拉乌苏等处,境地毗连,亦恐或有延及。尚安等务宜一体留心,预为防察,毋使潜萌。"⑥尚安对此次迪化州所属地方的蝗灾扑灭及时,没有造成大的损失。尚安由此一直警惕蝗灾的再次出现,乾隆五十八年还专门上报"饬查乌鲁木齐所属并无蝗蝻"⑦。

嘉庆十年至嘉庆十三年(1805—1808),祁韵士被遣戍伊犁,观察到造成灾害的蝗虫有其天敌"黑雀",并判断是"鹙鸎尔",以诗"蠢蝗害稼捕良难,有鸟群飞竞啄残"描述"鹙鸎尔"消灭蝗虫的情形,"雀如燕而大,色黑,有斑点,啄蝗立毙,然不食也,土人目属神雀"⑧。道光元年六月初八日(1821年7月6日),乌鲁木齐都统贡楚克按例奏报所属兵屯、民屯粮食长势,特别提到"未生蝻子",六月十三日(7月11日),伊犁将军庆祥奏称:"伊犁巴尔图海等地回子农田遭蝗虫灾。"⑨伊犁将军和乌鲁木齐都统常

---

① 《奏报乌鲁木齐昌吉等处上年曾有飞蝗现已扑灭缘由事》(乾隆三十九年五月十三日),军机处汉文录副奏折,档案号:03−0981−088。

② 《奏报蝗灾户亩请缓征借给口粮事》(乾隆三十九年五月二十九日),军机处汉文录副奏折,档案号:03−0547−009。

③ 《清高宗实录》卷九六二,乾隆三十九年七月乙丑,第1053页上栏。

④ 《乌鲁木齐都统永庆奏乌鲁木齐下属奇台县遭受蝗虫灾请予赈济》(乾隆四十一年六月十五日),军机处满文录副奏折,档案号:2688−071109−1863。

⑤ 《清高宗实录》卷一三三一,乾隆五十四年闰五月甲辰,中华书局,1986年,第1018页上栏。

⑥ 《清高宗实录》卷一三三一,乾隆五十四年闰五月甲辰,第1018页上栏。

⑦ 《奏报饬查乌鲁木齐所属并无蝗蝻缘由事》(乾隆五十八年四月十五日),军机处汉文录副奏折,档案号:03−0983−066。

⑧ 祁韵士《西陲竹枝词》,祁韵士著,刘长海整理《祁韵士集》,太原:三晋出版社,2013年,第114页。

⑨ 中国第一历史档案馆等编《清代边疆满文档案目录》第十一册(新疆卷六),桂林:广西师范大学出版社,1999年,第2557页。

例奏报所属军民屯田禾苗生长形势,道光一朝的新疆多数时期没有发生蝗灾。① 同治四年(1865),伊犁将军明绪奏报称:"伊犁地土宽广,田畴交错,军民日多,植米麦一律茂盛,乃于四月底正当结穗之际,蝗蝻滋生,伤害禾稼,……不转日间,忽有神鸦数万翔集,顷刻间蝗蝻灭尽。"② 经过上百年的发展,伊犁地方的农业发展卓有成效,蝗灾仍然时有发生,类似的情况在天山以北的新兴农耕区比较有代表性。但在社会动乱的年代,蝗灾缺乏有效的治理,加之无力救灾,蝗灾危害和社会危机相互表里。晚清新疆民变和外敌入侵,清廷全力收复,战乱破坏后的新疆蝗灾爆发频繁。

(二) 19 世纪中叶以后的新疆蝗灾

光绪年间(1875—1908),镇迪道所属的乌鲁木齐、昌吉、呼图壁、吐鲁番、巴里坤、乌苏、奇台、阜康、玛纳斯、吉木萨尔等地以及南疆的疏勒、拜城、莎车等地都发生了蝗灾。左宗棠率军收复新疆,整顿吏治,恢复社会生产。光绪四年(1878)三月,左宗棠指出"迪化各属间被旱蝗"③,惩治侵蚀救灾物资的署昌吉县属呼图壁巡检王瑜圃。光绪三年至光绪六年,呼图壁"蝗旱频仍",署巡检江景曜倾力"驱蝗请赈发牛籽,豁免额征"④。光绪五年六月,吐鲁番厅同知奎丞向上级报告"蝻子扑灭殆尽"⑤,是年吐鲁番发生蝗灾。光绪八年,陈晋藩任镇西(巴里坤)厅同知"因驱蝗并诸善政,民不忍忘",民众为其刻立功德碑。⑥ 巴里坤营官曾向镇迪道申报"镇西厅属李家沟、奎素一带蝗蝻复生,几于无处不有"⑦,吐鲁番厅向布政使司申报"卑厅飞蝗入境"⑧,鄯善县

---

① 中国第一历史档案馆等编《清代边疆满文档案目录》第十一册(新疆卷六),第 2670、2701、2782、2795、2805 页。

② 《为饬知照伊犁刘猛将军灭蝗有功请加封号事札》(同治五年三月二十一日),四川省档案馆,档案号:清 6-05-00413-001。

③ 《陕督左奏为参革巡检短交赈粮片》,《申报》第 1829 号第 5 版,1878 年 4 月 13 日。

④ 佚名《呼图壁乡土志》,中国社会科学院边疆史地研究中心主编《新疆乡土志稿》,北京:全国图书馆文献缩微复制中心,1990 年,第 156 页。

⑤ 中国边疆史地研究中心、新疆维吾尔自治区档案馆合编《清代新疆档案选辑》第 28 册,桂林:广西师范大学出版社,2012 年,第 157 页上栏。

⑥ 阎绪昌等编《镇西厅乡土志》,中国社会科学院边疆史地研究中心主编《新疆乡土志稿》,第 203 页。

⑦ 中国边疆史地研究中心、新疆维吾尔自治区档案馆合编《清代新疆档案选辑》第 91 册,第 367 页下栏。

⑧ 中国边疆史地研究中心、新疆维吾尔自治区档案馆合编《清代新疆档案选辑》第 91 册,第 373 页下栏—374 页上栏。

也向布政使司禀告"现往鲁克沁地方督捕飞蝗"①，请求得到上级的指示、财政支持和协助。

光绪十九年至二十年，乌苏"甘河子、车排子等处蝗灾"②，结果被飞鸟啄食。光绪二十二年九月，署甘肃新疆巡抚饶应祺奏报"迪化等属被蝗被雹成灾"③，十月，再上报"新疆迪化疏勒二属被蝗被雹"④。光绪二十三年八月，饶应祺又报告"呼图壁地方被蝗成灾"⑤，指出"新疆戈壁淖海极边，近年时有飞蝗为害"⑥。呼图壁蝗灾的同时，乌里雅苏台将军崇欢奏报"戍守官兵日需米面，向由古城采买，现因该地蝗灾，请暂改由归化城购办报闻"⑦，反映奇台县古城一带也发生蝗灾。当时的官府文书透露："查新省北路各属，近数年来蝗蝻为患，几于无岁无之。"⑧光绪二十四年十一月，饶应祺继续汇报"新疆吐鲁番迪化等厅县，水蝗偏灾甚重"⑨，更详细的情报来自署迪化县知县左照煦的报告："县西北乡东工渠、西工渠、太平固堡、东固堡、西石洞子、沙梁子、广东庄、四十户安宁等十一渠于本年七月二十八九等日，忽有飞蝗由戈壁草湖入境，蚕食户民秋禾。""飞蝗众多，一经落翅，地内禾苗残损殆尽"⑩，乌鲁木齐县域遭受严重的蝗灾。饶应祺再次声明"频年北路各属时有飞蝗为患"⑪，天山以北乾隆年间新兴的农耕区域成为蝗灾重灾区。

光绪二十五年，陕甘总督与新疆巡抚联衔会奏"新疆吐鲁番、迪化、镇西、拜城等

---

① 中国边疆史地研究中心、新疆维吾尔自治区档案馆合编《清代新疆档案选辑》第91册，第436页上栏。
② 邓缵先纂修《续修乌苏县志》，苗普生主编《中国西北文献丛书二编第一辑·西北稀见方志文献》第七卷，北京：线装书局，2006年，第458—459页。
③ 《清德宗实录》卷三九五，光绪二十二年九月辛亥，中华书局，1985年，第161页下栏—162页上栏；《清史稿》卷二四《德宗本纪》，中华书局，1977年，第918页。
④ 《清德宗实录》卷三九六，光绪二十二年十月甲子，第168页下栏。
⑤ 《清德宗实录》卷四一〇，光绪二十三年八月乙酉，第344页上栏下栏。
⑥ 《新抚饶奏为呼图壁西北乡飞蝗为灾酌量赈恤片》，《申报》第8815号第13版，1879年10月30日。
⑦ 《清德宗实录》卷四一〇，光绪二十三年八月丙戌，第345页上栏。
⑧ 中国边疆史地研究中心、新疆维吾尔自治区档案馆合编《清代新疆档案选辑》第31册，第199页上栏。
⑨ 《清德宗实录》卷四三四，光绪二十四年十一月壬申，第704页下栏。
⑩ 《新抚饶奏为土鲁番迪化等厅县水蝗偏灾已筹赈抚情形折》，《申报》第9282号第12版，1899年2月19日。
⑪ 《新抚饶奏为土鲁番迪化等厅县水蝗偏灾已筹赈抚情形折》，《申报》第9282号第12版，1899年2月19日。

处被水被蝗被雹"①，蝗灾与其他各种自然灾害在全疆并发处于高发时期。此后，光绪二十六年，奇台"是时蝗蝻为灾，庄稼未收颗粒"②；光绪二十八年十月，"北路阜康县被蝗"③；光绪二十九年五月，"阜康、绥来等县被蝗成灾"④。宣统元年（1909）三月，清廷宣布"分别蠲免新疆镇西、宁远、莎车、阜康、孚远等府厅县被蝗被雹被水地方粮草"⑤。延至1915年，喀什和塔城同时发生蝗灾，迪化道尹公署"通饬各属预先防范，免至蔓延全省"，发出全省蝗灾预警。⑥清季新疆各地灾害频仍，蝗灾一直是其中主要的灾害类型。

（三）新疆蝗灾的时空特征

清代新疆蝗灾爆发的时间主要分布在四月份到十月份，夏蝗与秋蝗并存，主要集中在五、六、七、八、九月，而以六月左右的夏蝗最多。恰如徐光启对蝗灾发生季节的观察和总结："最盛于夏秋之间，与百谷长养成熟之时正相值，故为害最广。"⑦新疆蝗灾持续的时代从清朝一统新疆的乾隆直至清末宣统，其中咸丰朝缺乏文献记载。但咸丰帝在位10年，飞蝗七载，全国大约三分之一的省份蝗祸泛滥，⑧新疆估计也难以幸免。清代新疆蝗灾生发的地理空间分布在天山以南的哈密、吐鲁番（含鄯善）、焉耆（含库尔勒）、库车、拜城、乌什、疏勒、莎车等地，天山以北的巴里坤、奇台、吉木萨尔、阜康、昌吉、乌鲁木齐、呼图壁、玛纳斯、乌苏（含精河）、伊犁等地。新疆蝗灾发生与清代新疆农业的发展密切相关，尤其出现在政府组织的屯田开垦区域，重点集中在天山北麓和吐哈盆地的新兴绿洲农耕区域。清代新疆蝗灾集中发生的地域与亚洲飞蝗的生物群落主要分布于天山南北麓的低地绿洲地理空间基本吻合，源于新兴农耕发展与亚洲飞蝗生态环境的冲突。

---

① 《清德宗实录》卷四五二，光绪二十五年十月丁丑，第965页上栏—下栏。
② 杨方炽编《奇台县乡土图志》，中国社会科学院边疆史地研究中心主编《新疆乡土志稿》，第59页。
③ 《清德宗实录》卷五〇六，光绪二十八年十月丙申，第686页下栏—687页上栏。
④ 《甘肃新疆巡抚潘奏为光绪二十九年新疆镇西阜康等厅县被灾地亩应征额粮恳恩分别蠲缓折》，《申报》第11173号第14版，1904年5月27日；《奏报新疆绥来镇西等处被蝗被冻伤害禾稼情形事》（光绪二十九年五月二十日），宫中档朱批奏折，档案号：04-01-35-0123-047。
⑤ 《宣统政纪》卷一一，宣统元年三月乙亥，北京：中华书局，1987年，第234页下栏。
⑥ 《迪化道尹公署为喀什、塔城详报预防蝗灾事给吐鲁番县的饬及博野县知事朱玉行捕蝗示谕》（1915年11月22日），新疆维吾尔自治区档案馆，档案号：M16.002.YJ.0467。
⑦ 徐光启著，石声汉校注《农政全书》卷四四《荒政》，上海：上海古籍出版社，1979年，第1300页。
⑧ 李文海《中国近代十大灾荒》，上海：上海人民出版社，1994年，第64页。

二、新疆蝗神信仰与蝗灾治理

蝗灾本来属于自然灾害，但其对人类社会的侵害从粮食安全延伸至社会浮动，冲击灾区的社会生活和社会心理，造成了社会危机，因此不仅仅需要物质的补偿救济，还需要社会心理的精神抚慰。

蝗灾的治理就在祭祀蝗神和人力捕蝗两种历史过程中并行不悖。清朝一统新疆之后，天山以北新兴农业区得到长足发展，天山以南原有绿洲农业也得以恢复。① 内地农业文明特有的蝗神信仰也成为新疆蝗灾治理的社会机制之一，各种类型的蝗神庙随之成为天山南北农耕社会的常见景观。

（一）伊犁农耕区的蝗神庙与蝗灾治理

清初同一座庙宇先后被冠以八蜡庙、虫王庙和刘猛将军庙的名称，例如山东威海卫"八蜡庙，俗名虫王庙，在东北门外，康熙末年建，后改为刘猛将军庙，刘能驱蝗，有求必应"②。还有同一县城同时存在八蜡庙、虫王庙和刘猛将军庙三座不同的庙宇之情况，例如河北徐水县"八蜡庙在县南城外，……刘猛将军庙在南关，……虫王庙在北关外"③。这些庙宇也在新疆农业的发展及蝗灾的社会治理中出现在天山南北。乾隆三十一年八月，乾隆给军机大臣的谕旨指示："闻内地农民皆祀刘猛将军及八蜡神。伊犁虽系边徼，其耕种亦与内地无异，理宜仿效内地习俗。"传达命令给伊犁将军明瑞等新疆高级军政官员，"令其建祠设位供奉"④。伊犁初始的八蜡神和刘猛将军祭祀设施比较简略，建制完整的八蜡庙和刘猛将军庙是由第二任伊犁将军阿桂约于乾隆三十二年主持修建的。乾隆四十一年，任职伊犁满营协领的格瑑额详细说明："八蜡庙在惠远城步营大厅之侧，东邻学房，南向正殿三间，后为主持房二间，殿中供设先穑神农、司穑后稷、水庸、水房、猫虎、昆虫、农畯、邮表畷（畷）神位八，而无塑像。其西为刘猛将军庙，规模一如八蜡庙之制"，同时指出两座庙宇"至今岁时致祭祀，以少牢永护星屯矣"，而

---

① 华立《清代新疆农业开发史》，哈尔滨：黑龙江教育出版社，1998年，第93—145页。
② 《威海卫志》卷五《典礼制》，台北：成文出版社（据民国十六年铅印本影印），1968年，叶四背。
③ 刘鸿书《民国徐水县新志》，《中国地方志集成·河北府县志辑》第38册，上海：上海书店出版社，2006年，第324页。
④ 《清高宗实录》卷七六七，乾隆三十一年八月乙卯，第418页下栏。

"蝗起伤禾"是两座庙宇得以完善的直接动因。①

八蜡庙和刘猛将军庙在伊犁同时并存,直到咸丰年间还有清晰的位置记载:"八蜡庙在惠远城鼓楼东,刘猛将军庙在惠远城鼓楼西。"② 同治四年四月底,伊犁蝗灾被自然天敌飞鸟食灭,被认为是刘猛将军显灵的神异。伊犁将军明绪"奏请晋加刘猛将军封号"③,朝廷据此钦定刘猛将军"普佑"封号,传达全国各地刘猛将军庙遵照执行。④ 咸丰七年(1857),朝廷再次重申"刘猛将军为驱蝗正神",礼部随之拟定"保康"封号。⑤ 据此,新疆的刘猛将军庙也应当增加新的封号,并在官方祭祀中行使,进一步明确刘猛将军为"驱蝗正神"的神圣与权威。历经同治年间的战乱,新疆建省之后的伊塔道属地区重新修建一批刘猛将军祠。光绪二十五年,精河直隶厅同知刘澄清在城外东郊建起一座西向的刘猛将军祠。⑥ 光绪二十六年,参赞大臣春满在塔城汉城东门外北梁建修刘猛将军祠。⑦ 光绪三十二年,宁远县(伊宁)知县李方学在县城南街建成刘猛将军祠。⑧ 刘猛将军的蝗神信仰不仅仅是能够驱除蝗灾的神灵,庙宇的修建与祭典也成了稳定社会秩序的教化工程。

(二)乌鲁木齐农耕区的蝗神庙与蝗灾治理

乌鲁木齐农耕区的中心是迪化汉城和巩宁满城,逐渐发展为仅次于伊犁的政治、军事、经济和文化中心,八蜡庙、虫王庙和刘猛将军庙基于蝗灾现实背景的农业神祇信仰也次第出现。乾隆三十四年,八蜡庙位于迪化新城西门内,"朔望与关帝庙一体行香","其香烛则同知与城守营都司备办"。⑨ 乾隆三十三年至乾隆三十六年,翰林院侍读学士纪昀因罪被遣戍乌鲁木齐,其诗作中就有:"绿塍田鼠紫茸毛,搜粟真堪赋老饕。八蜡

---

① 格琫额《伊江汇览》,吴丰培整理《清代新疆稀见史料汇辑》,北京:全国图书馆文献缩微复制中心,1990年,第23页。
② 佚名《伊江集载》,吴丰培整理《清代新疆稀见史料汇辑》,第99页。
③ 《奏请晋加刘猛将军封号事》(同治四年七月十九日),军机处汉文录副奏折,档案号:03—4673—094。
④ 《为饬知照伊犁刘猛将军灭蝗有功请加封号事札》(同治五年三月二十一日),四川省档案馆,档案号:清6—05—00413—001。
⑤ 《清文宗实录》卷二三二,咸丰七年七月乙未,北京:中华书局,1987年,第609页下栏。
⑥ 王树枏等纂修,朱玉麒等整理《新疆图志》(中),上海:上海古籍出版社,2015年,第685页;曹凌汉《精河直隶厅乡土志》,中国社会科学院边疆史地研究中心主编《新疆乡土志稿》,第430页。
⑦ 王树枏等纂修,朱玉麒等整理《新疆图志》(中),第685页。
⑧ 王树枏等纂修,朱玉麒等整理《新疆图志》(中),第685页。
⑨ 佚名《乌鲁木齐政略》,王希隆《新疆文献四种辑注考述》,兰州:甘肃文化出版社,1995年,第22页。

祠成踪迹绝，始知周礼重迎猫。"① 八蜡庙的祭祀还被寄予了消弭鼠害的社会功能。纪昀观察到苇塘是蝗虫的孳生地，赋有诗句"年来苦问驱蝗法，野老流传竟未明"，并由此注意到民间流传的治蝗办法："相传蝗生其中，故岁烧之。或曰蝻子在泥中，而烧其上是与蝗无害，且蝗食苇叶则不出，无食转出矣。故或烧或不烧。自戊子至今无蝗事，无左验，莫得其明。"② 纪昀应该是特意留心调查了新疆火烧灭蝗的治理办法。乌鲁木齐城乡不止一座八蜡庙，巩宁城东南"福寿山东南平地孤起一峰，漫坡高里许，上建八蜡神庙"③。这座八蜡庙于乾隆五十四年建在"孤起一峰"的智珠山上，嘉庆六年（1801）经过重修。

八蜡庙，民间俗称虫王庙，每年农历八月十五举办庙会，杀牲祭神，其中蕴含着防治蝗灾的社会动员。道光年间（1821—1850），智珠山上"八蜡庙左有台，前俯沙滩，后枕山麓。回栏停望，十里烟村，云木之盛，尽在目前，轩盖之游，俱过足下"④，成为乌鲁木齐的一大胜景。新疆建省之后的省会迪化再次修建被战乱破坏的刘猛将军庙。刘猛将军庙重建之前，暂时在龙王庙等庙宇中设置刘猛将军神像，例如光绪二十三年八月二十日（1897年9月16日），镇迪道"就举行春秋祭祀刘猛将军吉礼自行筹备事"给吐鲁番厅的札文显示："省城西关外龙神祠塑有像。"⑤ 同年，迪化县知县黄袁提出"蝗之为物生灭靡常，关系民生之利害也深，地方之灾祥也大，驱除之法不可殚述"，请求镇迪道"通饬各属，每岁春秋举行致祭猛将军吉礼，或建祠或设位，各听其便，以迓神庥而泯蝗孽"⑥。镇迪道尹潘效苏在得到新疆巡抚饶应祺的同意后，命令道属各地区遵照

---

① 纪昀《乌鲁木齐杂诗》，王希隆《新疆文献四种辑注考述》，第166页。
② 纪昀《乌鲁木齐杂诗》，王希隆《新疆文献四种辑注考述》，第181页。
③ 和宁《三州辑略》卷一《山川门》，台北：成文出版社据嘉庆十年修旧抄本影印本，1968年，第23页下栏。
④ 黄濬《红山碎叶》，中国西北文献丛书编辑委员会编《中国西北文献丛书·西北民俗文献》第118册，兰州：兰州古籍书店，1990年，第106页。
⑤ 中国边疆史地研究中心、新疆维吾尔自治区档案馆合编《清代新疆档案选辑》第31册，第198页下栏。
⑥ 中国边疆史地研究中心、新疆维吾尔自治区档案馆合编《清代新疆档案选辑》第31册，第198页上栏—下栏。迪化县知县黄袁引述清初陆世仪《除蝗记》中的语句，应当来自道光年间陈仅编著的《捕蝗汇编》。《捕蝗汇编》详尽汇集并论述清代蝗虫治理技术及政府的蝗灾行政，同时指出蝗虫"所至之处，必有神焉主之。是神也，非外来之神，即本处之山川、城隍、里社、厉坛之鬼神也"，强调"世俗遇蝗而为祈禳祷拜，陈牲牢，设酒醴，此亦改过自新之一道也"。参阅陈仅编著《捕蝗汇编》，李文海、夏民方主编《中国荒政全书》第二辑（第四卷），北京：北京古籍出版社，2002年，第701—732页。可见为了治理蝗灾，官府及民间社会不仅崇拜蝗神，还祭拜地方各种神祇。

执行。光绪三十年，迪化县知县易润庠在重建后的迪化城东北隅修建一座刘猛将军祠。①显然，战乱后的社会重建中应对蝗灾等天灾人祸的蝗神庙成了必须修复的庙宇。

光绪二年，提督王化成"经乌鲁木齐提督金运昌调赴新疆"，主要驻防在天山以北的玛纳斯等地，"创办屯垦，塞外多蝗，祭之皆退"。②王化成在家乡安徽蒙城病故后，地方官员据此上奏，请求为已故提督王化成史馆立传和专祠袝祀，光绪帝予以驳回："其在新疆屯垦、祭蝗各事，皆职守内应办之事。"③表明祭祀蝗神一直是治理蝗灾的官方体制。光绪八年，镇西厅蝗灾蔓延，危害农田，镇西厅同知陈晋藩组织农民扑灭，并在巴里坤城北关修建刘猛将军祠。④光绪十年，绥来县（玛纳斯）在县城东十里建成北向的刘猛将军庙。⑤乡村农民则称刘猛将军庙为虫王庙，⑥清末民初绥来县的蝗灾严重，农民惯习年年拜神，举行庙会，希冀年年好收成，免受蝗害。光绪十五年，绥来县头工乡二工村农民集资建成虫王庙，供奉虫王刘猛将军。⑦光绪十七年，乌苏城内东南隅北向修建火神方神庙，"而刘猛将军袝祀焉"⑧。光绪三十四年，孚远县（吉木萨尔）知县魏霖澍在县城龙王殿右旁增修刘猛将军祠，⑨而县属乡村六十户村庙宇群中也有一座虫王庙。光绪年间，昌吉县新庄、下六工、三工、下三工、西梁5个村庄的农户建有五蜡庙，⑩应当是八蜡庙的变体。

（三）天山以南绿洲农耕区的蝗神庙与蝗灾治理

新疆天山以南原有绿洲农耕区同样深受蝗灾侵害，内地蝗神信仰也开始通行各地，蝗神庙的修建自然也是应有之义。光绪三年，哈密办事大臣明春修建城北西河坝上游西

---

① 王树枏等纂修，朱玉麒等整理《新疆图志》（中），第680页；佚名《迪化县乡土志》，中国社会科学院边疆史地研究中心主编《新疆乡土志稿》，第14页。

② 《礼部昆等奏遵旨议奏折》，《申报》第7542号第11版，1894年4月22日。

③ 《清德宗实录》卷三三六，光绪二十年三月壬午，第313页上栏。

④ 《哈密文物志》编纂组《哈密文物志》，乌鲁木齐：新疆人民出版社，1993年，第226页。

⑤ 杨存蔚编纂《绥来县乡土志》，中国社会科学院边疆史地研究中心主编《新疆乡土志稿》，第142页。

⑥ 郭承华《绥来县的庙会》，中国人民政治协商会议玛纳斯县委员会文史资料委员会编《玛纳斯文史资料》第3辑，石河子：石河子印刷厂，1988年，第91页。

⑦ 新疆维吾尔自治区文物局编《新疆维吾尔自治区第三次全国文物普查成果集成·昌吉回族自治州卷》，北京：科学出版社，2011年，第162页。

⑧ 佚名《库尔喀喇乌苏直隶厅乡土志》，中国社会科学院边疆史地研究中心主编《新疆乡土志稿》，第308页；邓缵先纂修《续修乌苏县志》，苗普生主编《中国西北文献丛书二编第一辑·西北稀见方志文献》第七卷，第420页。

⑨ 王树枏等纂修，朱玉麒等整理《新疆图志》（中），第680页。

⑩ 昌吉回族自治州地名委员会编《新疆维吾尔自治区昌吉回族自治州地名图志》，乌鲁木齐：新疆维吾尔自治区新华印刷厂，1989年，第24页。

大坡的龙王庙庙宇群，其中就有一座刘猛将军庙，①直到1916年谢彬"策马游城北龙王庙"，发现"明公祠、观音洞及刘猛将军庙，建筑皆壮丽可观"②。光绪二十年，署吐鲁番巡检胡虞"培修龙王庙、刘猛将军殿"③，工人们领取"经费银两壹百两"④。光绪二十三年八月二十日（1897年9月16日），吐鲁番厅接到镇迪道关于祭祀刘猛将军的札文，依据"新疆近年每逢蝗患，大宪虔诚祭祷，则相率而去，遁迹荒旷之野，宿莽之圩，无大害，此其明验"，要求吐鲁番厅"或建祠或设位"，"每岁春秋举行致祭刘猛将军吉礼"。⑤光绪二十四年，温宿府在龙王庙内增修刘猛将军祠。⑥光绪二十五年，巴楚州的绅民募捐集资在城东门建成刘猛将军祠。⑦光绪三十一年，鄯善县知县苗茂在鄯善县城东南隅建修刘猛将军祠。⑧新疆祀典中刘猛将军祠的祝文指其"吞蝗懋绩，为斯民捍患御灾"，官方因此"遍率土春祈秋报"，盼望"地无虞乎蚕食"，最终使得"民不叹乎鸿嗷"。⑨新疆官员参考的治蝗办法主要源于内地人力治蝗的经验集成《牧令全书》⑩，类似巡查、挖沟、扑捕、火烧、收买等办法都在蝗灾治理中有所实践。镇迪道就如何严打蝗虫指示巴里坤"文武地方官及防营等督率兵勇民夫，赶紧扑捕、收挖，毋得稍留余孽，以致飞腾蔓延"⑪。而吐鲁番厅则除对入境飞蝗采取扑打和火烧的办法外，还"收买蝗虫一万五百二十六斛，每斛给银一分，共给银一百五两贰钱六分"⑫。鄯善县报告称"鲁克沁地方督捕飞蝗，议交蝗虫三斤，给麦面一斤"，要求"由仓粮项下支发具

---

① 《哈密文物志》编纂组《哈密文物志》，第208页。
② 谢晓钟著，薛长年、宋廷华点校《新疆游记》，兰州：甘肃人民出版社，2003年，第79页。
③ 中国边疆史地研究中心、新疆维吾尔自治区档案馆合编《清代新疆档案选辑》第30册，第318页上栏。
④ 中国边疆史地研究中心、新疆维吾尔自治区档案馆合编《清代新疆档案选辑》第30册，第257页下栏。
⑤ 中国边疆史地研究中心、新疆维吾尔自治区档案馆合编《清代新疆档案选辑》第31册，第198下栏—199页上栏。
⑥ 王树枏等纂修，朱玉麒等整理《新疆图志》（中），第687页。
⑦ 王树枏等纂修，朱玉麒等整理《新疆图志》（中），第689页。
⑧ 王树枏等纂修，朱玉麒等整理《新疆图志》（中），第683页。
⑨ 王树枏等纂修，朱玉麒等整理《新疆图志》（中），第675页。《迪化道尹公署为喀什、塔城详报预防蝗灾事给吐鲁番县的饬及博野县知事朱玉行捕蝗示谕》，1915年11月22日，新疆维吾尔自治区档案馆，档案号：M16.002.YJ.0467。
⑩ 中国边疆史地研究中心、新疆维吾尔自治区档案馆合编《清代新疆档案选辑》第91册，第367页下栏。
⑪ 中国边疆史地研究中心、新疆维吾尔自治区档案馆合编《清代新疆档案选辑》第91册，第373页下栏。
⑫ 中国边疆史地研究中心、新疆维吾尔自治区档案馆合编《清代新疆档案选辑》第91册，第43页上栏。

报"。① 新疆省府通过地方官员按时祭祀刘猛将军的仪礼程序，希望"合省官僚及时猛加修省，如能感召天和，俾一切灾祲可以潜消"②，显然新疆省府意图运用祭祀礼仪规训地方官员们为民行政。但实际上却事与愿违，蝗灾始终是民生大害。

（四）内地蝗神庙在新疆的分布

亚洲飞蝗从起源地大面积迁飞，危害相邻地域的农作物，形成扩散的灾害。为此，清代新疆地方官严密布防，通过行政等级体系及时通报蝗灾信息。总体而言，无论伊犁将军为首的军府制，还是新疆巡抚为首的行省制，清代新疆蝗灾治理的主体可以称之为祭祀蝗神主导的"礼治驱蝗"。天山北麓新兴农耕区域大量兴修蝗神庙属于内地农耕文明的农神信仰，并非是面对蝗灾爆发的临时应对措施。因而清代新疆的蝗神庙和蝗神信仰集中分布在天山北麓新兴农耕区域（19座），天山以南的绿洲农耕区域随着清政府的行政治理也出现了少量的蝗神庙（5座）。

清代中国华北蝗灾巫禳以八蜡庙或虫王庙祭祀为主，江南则以祭祀刘猛将军庙驱蝗为主，这些内地的蝗神庙类型都传入新疆，尤其扎根于天山北麓新兴农耕区域，形成祭祀多种蝗神共治蝗灾的信仰格局。

现代生物学的昆虫研究表明新疆的蝗虫灾害主要是由亚洲飞蝗导致的，其主要的食料就是新疆主要的粮食作物禾本科的麦类、水稻、高粱、玉米、粟、黍等。清代新疆的农耕社会在天山以北草原地带大规模生成，适合新疆生态条件的蝗虫随之与依赖农作物为生的农耕社会形成竞争结构。象征蝗神信仰的八蜡庙、虫王庙、刘猛将军庙也随之从中国农耕的核心地带进入西北新疆，新疆的蝗灾与蝗神信仰主要表征农耕社会遭遇的生物性灾害与社会保护机制。但从更大尺度的区域空间而言，新疆、西藏、内蒙古及东北北部处于广阔的欧亚内陆草原地带，属于草原游牧社会的历史空间。中国农业文明长期在农耕游牧交界的长城一线的东南半壁累积发展，蝗灾也如影随形。亚洲飞蝗和西藏飞蝗的生物群落地理空间分布于长城一线的西北半壁，而东亚飞蝗的生物群落地理空间则分布于长城一线的东南半壁。③ 清代的内地农耕文明已经嵌入长城一线的西北半壁，新疆蝗灾及相应的蝗神庙也表征了这一历史格局。

（本文原载《西域研究》2017年第4期，第78—88页；文中插图删减）

---

① 中国边疆史地研究中心、新疆维吾尔自治区档案馆合编《清代新疆档案选辑》第31册，第19页上栏。
② 章义和《中国蝗灾史》，合肥：安徽人民出版社，2008年，第185—190页。
③ 郭郛等《中国飞蝗生物学》，第519、520页；朱恩林主编《中国东亚飞蝗发生与治理》，北京：中国农业出版社，1999年，彩图38。

晚清吐鲁番郡王经济权益研究

王启明

吐鲁番郡王家族在清朝统一、治理新疆过程中所发挥的重大历史作用，以及郡王家族所享有的崇高政治、经济地位，与其作为清朝统治新疆的稳定基石作用，已被众多学者所揭示。但同治新疆大乱与外部帝国主义势力的现实威胁，迫使清朝在收复新疆后采用直接的行省治理模式，表现在地方，就是府、厅、州、县制度的推行与落实。吐鲁番郡王的经济权益必然受损，郡王是否积极争取过自己的某种权益及其结果如何便很值得关注。目前有关吐鲁番郡王的研究已经取得了很大进展，但大多仍集中于历代郡王的封爵承袭等政治情况，①且多数为同治新疆大乱之前的研究成果，涉及晚清吐鲁番郡王社会经济的成果较少。究其原因，主要在于相关资料的缺乏，正如当年佐口透所指："关于18—19世纪吐鲁番盆地的内部情况，清朝史料中并没深入、详细的记载，因而不免有难以把握之遗憾。"② 不过，随着晚清吐鲁番档案的全面出版，③ 佐口透当年的遗憾将

---

① 外国学者的研究成果主要为［日］佐口透《清朝支配下のトルファン》，《东洋学报》1979年第60卷第3·4号，第1—31页；佐口透《清朝支配下のトルファンⅡ》，《金泽大学法文学部论集·史学篇》1978年第26卷，第25—50页。朱凤将佐口透第一篇文章摘译刊载于《民族译丛》1982年第2、3期，第二篇文章也被摘译发表在《民族译丛》1987年第4期。佐口透的这两篇论文还收录在其《新疆民族史研究》（吉川弘文馆，1986年）的第二部第3—4章中，该书由中国学者章莹翻译，并于1993年由新疆人民出版社出版。相较朱凤译文过程中一些学术信息的遗漏，章莹的翻译更加全面。其他研究如黄建华《额敏和卓以后诸吐鲁番回部郡王史略》，《喀什师范学院学报》1992年第4期；苏北海、黄建华《哈密、吐鲁番维吾尔王历史》（清朝至民国）下编，乌鲁木齐：新疆大学出版社，1993年；田卫疆主编《吐鲁番史》第七章"清朝时期"（齐清顺撰写），乌鲁木齐：新疆人民出版社，2004年；王希隆、马青林《额敏和卓后裔与清代新疆》，《中国边疆史地研究》2009年第2期；李刚《清代—民国初期新疆回部王公贵族世系研究》，南京大学博士论文，2008年；林恩显《清朝在新疆的汉回隔离政策》，台北：台湾商务印书馆，1989年。
② ［日］佐口透著，章莹译《新疆民族史研究》，乌鲁木齐：新疆人民出版社，1993年，第174页。
③ 中国边疆史地研究中心、新疆维吾尔自治区档案局合编《清代新疆档案选辑》影印本，桂林：广西师范大学出版社，2012年。

得到了弥补。

一、郡王的土地资产

有关晚清吐鲁番郡王的经济状况，土地资产首先成为我们必须考察的对象，据《新疆图志》记载：

> 中兴以来，朝廷鉴于往辙，尽夺旧封采地，收其政柄，更所有而代之，藩部之削自此始，务在安边宁人，弋遏萌蘖，俾不至大肆虐于民，保全其封爵，以无伤圣朝覆翼之仁而已。哈密论战守功，晋秩亲王，比于诸藩，有大勋于国。自设郡县后，列藩贡地咸纳诸县官，惟哈密采邑独完，有民数千户，王廷而治之，供其赋役，故诸从官属多有兼理民事者，其他藩邸仅守虚位。①

据上可知，建省后只有哈密保有土地和人民，其他如吐鲁番郡王等只是虚位而已。"尽夺旧封采地"使人怀疑吐鲁番郡王是否拥有土地。20 世纪 70 年代末，佐口透利用俄国学者卡塔诺夫在吐鲁番采集的资料最先对郡王的土地资产做过介绍，但也指出该资料存在许多不明确的地方，②因而难以做出充分的解释。其他旅行者虽也有郡王拥有大片土地及其分布的信息的记载，但具体数字及其分布情况仍然不明，因为这些旅行者透露的信息过于零碎，③现在吐鲁番档案的出版，这一疑团有望得到解答。

光绪三年（1877），清军克复吐鲁番的当年，郡王尚在南路漂泊，左宗棠就已多次饬令"所有回子郡王每年应纳贡粮，并阿斯塔拉三工地粮，以及本城六工地粮，自应照旧征收，以济军需"④当地官府便开始调查吐鲁番的地亩情况，一个多月后官府向左宗棠汇报：

---

① 王树枏等纂修，朱玉麒等整理《新疆图志》，上海：上海古籍出版社，2017 年，第 511 页。
② [日]佐口透著，章莹译《新疆民族史研究》，第 175 页注①。
③ 如[德]勒柯克著，陶谦译《吐鲁番旅游探险》，魏长洪、何汉民编《外国探险家西域游记》，乌鲁木齐：新疆美术摄影出版社，1994 年，第 192—219 页；[俄]尼·维·鲍戈亚夫连斯基著，新疆大学外语系俄语教研室译《长城外的中国西部地区》，北京：商务印书馆，1980 年，第 106 页；[芬]马达汉著，王家骥译，阿拉腾奥其尔校订《马达汉西域考察日记》，北京：中国民族摄影艺术出版社，2004 年，第 292—308 页。
④ 《清代新疆档案选辑》第 6 册，光绪三年七月二十二日（所引档案之具文或奉文时间，下同），第 298 页；同册，光绪三年十月初二日，第 354—355 页。

饬各台吉、苏木人等据实确查毋得隐匿去后，兹据禀称，所谓官地者，系缠回郡王昔年有功于国，仰荷天恩，赏给郡王、各台吉、苏木、闻都、百什户等养赡地。齐克腾木、辟展、连木沁、胜金、洋海、哈喇和卓、七台，地共数十段，约有五六千亩。安逆窜踞吐城，将此项地亩入公，谓之官地，每年分收其地所出，谓之官粮。又哈喇和卓之何加东拉，安逆将坎地入官七百八十亩，各半分收，亦谓之官粮。今夏小麦粮局分收，而以官地粮禀报者，仍安逆之名目也。此外托克逊台、临城各乡、黑山头、玉宗、牙尔巴什、大河口、央沙子、东坎尔、底湖、沙河子、葡萄沟、大桥等处，均有头、二、三、四苏木及头目人等养赡地数段，余皆贡粮地。惟牙尔湖、沙梁子、牙们什、齐克腾木、苏鲁图、都岗湖等处有汉民自挖水道，各纳银粮。又托克逊并七克腾木等处，统谓之八台地，内有贡粮，亦有额粮。其阿斯塔纳即西安工，暨胜金、辟展共三工，是缠回郡王承税认种额粮地。夏麦已经粮局分收，卑职前次禀请于来书分收散回名下，照章接收，以供军需在案，头工、二工、凉州、西宁、榆林、宁夏工现遵前批五工地均额粮地，征收下色二石抵交小麦一石，均额粮地。①

以上材料提供了非常重要的信息，使我们得知原属郡王、台吉、苏木等头目大概五六千亩的赡养地被阿古柏当局没收为官地，征收官粮。除过小部分属于苏木的赡养地外，余下的基本上都是贡粮地亩。所谓贡粮即《西域图志》中所载的"土贡，粮三千石"②，即吐鲁番郡王呈交皇帝的贡品，亦即前引《新疆图志》材料中所说的"采邑"出产，乾隆二十一年（1756）贡粮地亩③总数为四万亩，贡粮四千石。④ 另一类地亩属于户民开垦的土地，需要征收粮赋，即额粮地亩。与同治大乱前相比，现在不论贡粮地，还是被称作官地的头目养赡地，都要征收粮赋，额粮地亩更不例外。如此，清朝便继承了

---

① 《清代新疆档案选辑》第 6 册，光绪三年十一月，第 384 页。谨案，引文中的苏木是蒙古语 sumun 的汉语音译，对应满文的 niru（牛录），汉语一般对译为"佐领"；闻都是对蒙古语 kündü 的汉语音译，对应满文的 funde bošokū（分得拨什库），汉语一般对译为"骁骑校"；百什户是对蒙古语 bošoyo 的汉语音译，对应满文的 bošokū（拨什库），汉语一般对译为"领催"。这些名目都是清代吐鲁番札萨克旗制度的各种职官名称。

② 钟兴麒等校注《西域图志》卷三四《贡赋·辟展》，乌鲁木齐：新疆人民出版社，2002 年，第 470 页。

③ 佐口透在其《新疆民族史研究》中称之为"领地"，其实指的就是这里的贡粮地亩，第 152—160 页。

④ 松筠修，徐松撰《新疆识略》卷三《南路舆图·吐鲁番》，《续修四库全书》第 732 册，上海：上海古籍出版社，2002 年，第 632 页。案，由于第二代郡王素赉满后来被废弃，其地亩数也有所减少，详见佐口透《新疆民族史研究》第 158—160 页的论述。

阿古柏时期将郡王养赡地亩变成官地征收官粮的做法，尤其经过善后清丈后，作为采邑的贡粮地亩自然也被纳入到官府的名下。对此变故，光绪十八年郡王玛木特叙述道：

> 于光绪八年承袭世爵，始回本籍，查阅原日祖遗人民地土，因南疆改设郡县，画归地方官经理，所有的土业已丈量，额岁征粮，现在不但百姓纳粮，世职祖遗及自置上中下共计地一万二千五十九亩九分，每年亦完纳共计京石小麦一百九十六石六斗，膏梁三百九十五石七斗五合。又园子地二百四十亩，每年共完地课银六十一两四钱二分五厘。①

即经过丈量后，郡王尚有一万二千五十九亩九分的田地以及二百四十亩园地，这其中应该包含吐鲁番善后局拨发的位于鲁克沁等处的田地四千九百二十一亩三分，葡萄园地七十七亩。② 即便如此，相比乾隆年间的土地拥有量，此时的土地资产已经锐减（详见下文表格内容）。所以，郡王便指出自己的难处：

> 伏思世职此札萨克官职与哈密亲王札萨克皆同一体，现在哈密亲王不纳征粮，管理回部，独世职完纳征粮，又不能约束人民，差使人役俱系出工银雇用，与民无异。前于光绪十五年赴京引见，因川资缺乏，所负生无债项，至今尚未还清，兹蒙理藩院又催令来京引见，不仅川资不敷，又当应进贡物二十七种，更属无从筹措，世职现在虽已照例承袭王爵，自应呼恩恩施格外，仍旧照例赏还人民地土，俾凑赋役，抑或豁免征粮及地课银两以助贡用之处，出自鸿慈，倘蒙允准，则沾大德无极矣。③

郡王玛木特将自己与哈密亲王比较，指出自己不仅无权约束人民，而且以现有的地亩根本无法维持正常的引见、进贡费用，所以他向新疆省府提出了两套解决方案：第一套方案是旧照例赏还人民地土，这可被视为最高要价。玛木特或许也看清了当时的社会形势，知道该方案很难实现，退而求其次提出第二套方案，请求豁免征粮和地课。按照他的说法，这两种方案都是为了朝贡的需要，当然有这种因素，不过更多还是为了争取自己经济权益的最大化。巡抚陶模得知后，指出"该郡王究竟祖遗、自置地亩各若干，园地若干，岁征额粮课银各若干，并该厅现在有无官地，应饬该司转饬吐鲁番厅分别查

---

① 《清代新疆档案选辑》第13册，光绪十八年十月十九日，第252—253页。
② 《清代新疆档案选辑》第81册，光绪十七年六月，第294页。
③ 《清代新疆档案选辑》第13册，光绪十八年十月十九日，第253页。

明,由司核转,以凭办理"①,即郡王呈报一份详细的地亩粮课信息,吐鲁番厅也需要查明是否还有官地,然后定夺。

光绪十九年二月郡王造呈了一份非常详细的"所部祖业并自置上中下三等地亩并应纳额粮各数目"的清册②,并统计"各处祖遗贡上中下等地一万九百一十五亩六分七厘七毫,每岁应纳额征粮五百七十二石四升七合六勺五抄;自置贡上中下等地一千一百四十三亩五分二厘五毫,每岁应纳额征粮五十九石六斗一升三勺七抄五撮,又上中二等葡萄园地二百七十九亩五分二厘五毫,每岁应完库平课银六十五两五钱四分四厘二毫五丝"③(表1),可以肯定的是,建省后郡王的各项地亩都要交纳粮赋,兹将郡王最后呈报的数据与乾隆年间的地亩额征数据进行比较,以便观察大乱前后郡王土地的变换情况。因佐口透已对乾隆年间的数据有所统计,④兹将其表格稍加变化,并以乾隆二十七年的数据为例,制表2。

表1　光绪十九年(1893)地亩及产量表

地亩类型	亩数(亩)	粮课(石、两)
祖遗地	10915.677	572.04765
自置地	1143.525	59.610375
葡萄园地	279.525	
合计	12338.727	631.658025

表2　乾隆二十七年(1762)地亩及产量表

地亩类型	亩数(亩)	额粮(石)
吐鲁番(地亩,即所谓的贡粮地亩)	40000	3000
托克逊、哈喇和卓(旧屯地)	18582	
辟展、连木沁(旧屯地)	15650	1565
合计	74232	4565

很明显,建省后吐鲁番郡王掌握的土地额数接近乾隆二十七年地亩数的1/6,即郡王所辖土地大幅锐减,但其额交粮石也降至接近乾隆年间的1/7,园课银似为建省后所独有,数量有限。如此看来,晚清吐鲁番郡王似乎对国家的经济义务未有增加,反而得

---

① 《清代新疆档案选辑》第13册,光绪十八年十月十九日,第253页。
② 《清代新疆档案选辑》第82册,光绪十九年二月,第314—315页。
③ 《清代新疆档案选辑》第13册,光绪十九年二月二十五日,第365—366页。
④ [日]佐口透著,章莹译《新疆民族史研究》,第158页。

到减轻。但可以预见几乎作为纯消费的郡王家族,其开销并不意味着也有与经济义务类似的缩减,甚至可能正好相反,如新疆布政使饶应祺就曾指出"该回子郡王祖遗及自置地亩久已入官,额赋间重"①。所以,郡王连连叫苦,请求归还土地人民或者豁免征粮和地课,也就在情理之中。

二、郡王的赡养粮石

针对巡抚陶模饬吐鲁番厅查明官地的训令,吐鲁番厅于光绪十九年六月报告:"至卑厅官地现有胜金工上地二千六百二十六亩六分二厘五毫,每岁征收市斗高粱租粮二百八石八斗一升七合,内除应纳额征京斗高粱一百八十三石八斗六升三合七勺五抄,折合市斗高粱六十六石一斗九升九勺一抄外,尚余市斗高粱一百四十二石六斗二升六合九抄,照依市价变卖,拨入牛痘经费项下动用。又查有上年递解回籍之高文科隐匿中地八十亩奉文充公招佃,应征租粮尚未议定数目。"②即吐鲁番厅仅有的这两千多亩官地尚有其用处,而其他官地也为数无几。这等于否决了玛木特的最高要价——归还土地和人民。至于第二套豁免粮课方案,布政使饶应祺虽然考虑到"该回子郡王祖遗及自置地亩久已入官,额赋间重",但"豁免固有所不行,拨给又无多旷地",最后作为弥补措施,"查该厅官地岁收租粮,除扣额粮尚有余剩拨充牛痘经费,可否援照库车回王之案,即由官地租粮内每年拨给京斗粮一百二十八石,按季赴厅具领,由该回王自行雇人服役,借供养赡之处",最后巡抚陶模同意并饬令"吐鲁番回王地亩应纳银粮既难豁免,准自光绪十九年起,每年由官地租粮内拨给京斗粮一百二十八石,俾咨赡养"③。即令吐鲁番厅每年拨给郡王赡养粮石128石,作为对郡王的经济补助。不过,令饶应祺意想不到的是,此项赡养粮石的发放可谓一波三折。

当年七月,玛木特得此消息后,即向吐鲁番厅申称:"窃查卑郡王应领光绪十九年分服役养赡借供京斗高粱一百二十八石,除备具印领派差前赴宪辕听候核发外,相应具文申赍宪台电鉴俯赐核发。"④但次年吐鲁番同知表示"卑厅官地租粮并无小麦,无项开支回王养赡粮石,可否仍以高粱支发,抑或于额征粮内按数拨给小麦,列入军需善后

---

① 《清代新疆档案选辑》第14册,光绪十九年六月,第29页。
② 《清代新疆档案选辑》第14册,光绪十九年六月,第28—29页。
③ 俱见《清代新疆档案选辑》第14册,光绪十九年六月,第28—29页。
④ 《清代新疆档案选辑》第13册,光绪十九年七月,第399页。

项下具报",布政使饶应祺批示"拨发回王粮石并未报部立案,该厅官地租内既无小麦,以后拨发回王粮石即由采买项下支给小麦"①,可见这项经由巡抚陶批准的赡养粮石实为小麦,而且并未禀报户部备案,因而引发后续无尽的麻烦。七年后,新郡王叶明请求官府拨给本色小麦,内容如下。

> 窃照先父玛木特因为困苦,禀蒙前升任抚宪陶批准,援照各回子王公,于官地内每年拨给小麦一百二十八京石,听该世爵自行雇人服役等情,转饬吐鲁番厅照办拨给在案,遵奉之下感激莫名,讵料历任以来,惟给高粱以抵应发之小麦,并不发给本色。伏思所发高粱乃系马料,亦非常食之物,又且价贱,每石只值银一两之谱,小麦一石要值银三四两之多,年来将高粱出卖抵买小麦以资人役食用,垫赔三倍,是以不敷应用,赔累不堪。现在世爵已蒙栽培,谬荷皇仁新袭王爵,人口日繁,较前更盛,实难受此赔累,惟有恳求格外施恩,转饬现任本管厅仍照上年原批,每年与世爵拨给本色小麦一百二十八京石,以资役食而免赔累,如蒙允准,实沾恩便。②

透过以上报告,可知饶应祺当初批复的采买小麦支给方案并未落实,吐鲁番厅在这七八年中一直发放高粱而非小麦,年青的郡王也毫不顾忌的向省府报告,"所发高粱乃系马料,亦非常食之物",此言似有怨气,也是实情,更重要的是高粱价钱低贱,而且人口增加,一切都需开销食用,令郡王赔累不堪。得此报告后,已升任巡抚的饶应祺再令吐鲁番按照原议遵办,并强调"库车回子郡王与拜城县回子辅国公准发养赡粮石均系小麦,吐鲁番郡王事同一律,自应亦发小麦以归画一,而符原案"③,但吐鲁番厅仍表示为难,提出可否按照"膏(高)粱二石抵小麦一石,或照小麦例价每年折发库平银一百二十八两"发给郡王,但饶应祺认为不妥,因为"新袭郡王叶明和卓人尚年幼,茅塞未开,不谓公家出款,相若只以两歧为怨",所以还是应该发放本色小麦以昭信守,为此不得不"量为变通前项养赡粮石,准由额粮项下扣数发给小麦,汇列变卖仓粮案内造报,仍将官地租粮岁收膏粱酌量变价抵缴小麦价银,俾资归款"④。然而,吐鲁番厅还是认为变卖归还方案一则"事不常有",二则"必须按年专案达部",不如"作为军需善后动用,

---

① 俱见《清代新疆档案选辑》第14册,光绪二十年二月初九日,第299—300页。
② 《清代新疆档案选辑》第18册,光绪二十七年九月十七日,第42—43页。
③ 《清代新疆档案选辑》第18册,光绪二十七年十一月初一日,第71页。
④ 俱见《清代新疆档案选辑》第18册,光绪二十七年十一月初三日,第71—72页。

汇报以归简便",最后被允准。① 如此,这项赡养粮石之案历时近九年,才算最终落实。

三、郡王的抽税权

虽然郡王请求归还土地和人民或者豁免粮课的希望落空,但郡王仍保有一项重要的经济权宜——草头羊的抽税权。据卡塔诺夫叙述,郡王拥有数百头羊只,每年过节祭祀时使用,佐口透据此认为鲁克沁郡王有征收牲畜税和牧草税的权力。② 但马达汉报告最后一位郡王甚至无权抽税,③ 那么郡王到底有无抽税权?可以肯定是郡王拥有"每百收一"的草头羊抽税权,但这项权益的获取也经历了艰难的过程。

玛木特光绪八年承袭王位后,不久便派人"赴东西两山抽收草价羊只,照章每百收一,共收三百零八只"④。吐鲁番厅对此非常不满,签差要将郡王私派之人传案,并令其将羊只归还民户。⑤ 郡王解释"东、西呵呵雅尔山厂草湖系祖遗牧放牛羊马匹处所,并招募缠民牧羊,按年每羊一百抽收草头羊一只,以作养费",但吐鲁番厅表示"该处既系祖遗之业,兼奉有前驻吐鲁番领队大臣庆查勘界址令牌,自应照旧管业抽收羊只。惟军兴之后,诸多更定新章,所禀准自光绪十年起抽收羊只,是否曾奉前署府刘面谕,抑或禀奉批示有案,无从查悉,抑再呈复,以便据情禀恳爵部堂刘批示饬遵"⑥。即是否能收,要等待刘锦棠批示,随后钦差大臣刘锦棠批:"东、西呵呵雅尔及托克逊硖尔各斯山⑦等处山场草湖既经该丞查明本系该回子郡王玛木特祖遗牧放牛马匹之业,自缠户牧羊该山场草湖者,向章每年按羊百只抽收草羊一只,现在该郡王专恃养廉,情形艰窘,应准照旧抽收,□□□帖而示体恤,仍不许回目人等从中影射苛索滋弊,是为至要。"⑧ 从中可以看出,刘锦棠有照顾吐鲁番郡王之意。

不过抽取"托克逊硖尔各斯山等处山场草湖"税收并未如郡王所愿,因为光绪十一年当地四苏木吾受尔等人反映:

---

① 《清代新疆档案选辑》第 18 册,光绪二十八年三月,第 102 页。
② [日]佐口透著,章莹译《新疆民族史研究》,第 183 页。
③ [芬]马达汉著,王家冀译,阿拉腾奥其尔校订《马达汉西域考察日记》,第 305 页。
④ 《清代新疆档案选辑》第 78 册,光绪九年六月三十日,第 155 页。
⑤ 《清代新疆档案选辑》第 78 册,光绪九年七月,第 159 页。
⑥ 俱见《清代新疆档案选辑》第 78 册,光绪十年七月十二日,第 330 页。
⑦ 此山名系音译而来,不同作者用字有差,文中均保留引文原貌,不做硬性统一。
⑧ 《清代新疆档案选辑》第 78 册,光绪十年七月二十九日,第 339 页。

敬禀者，苏目等奉到示谕，饬令郡王每年每百羊抽收草头羊一只，苏目等当即遵照传知百姓饬令按章供奉，毋得有违。奈百姓等哀鸣嗷嗷，痛泣不肯允从，苏目等目击情形，有不得不呼陈于大老爷之前。查托克逊西山硖尔盖斯山厂，据老百姓口称云此山往与达子争放牧羊，当蒙前驻吐鲁番大臣，忘记姓名，查勘断令此山归吐鲁番所属缠民等牧放，以是凡属吐属之民均牧羊于此，已久历年所，其为郡王遗祖之业大约是此来历。不知普天之下莫非王土，郡王既可荷天恩以为禀请，民独不可沾天恩以为惠乎。况查升平之日，郡王曾有羊万余牧于其处，并无抽收各户草头羊之例，即苏目亦年有七十余，亦未见有抽收羊只之事，如果有此旧例，请大老爷电鉴施行可也。今郡王始欲开此例，而百姓实不肯依，人情不孚，苏目等即以势迫，无可如何，且恐此例一开，百姓年年受累，伊于胡底，相应哀乞大老爷恩慈做主，转详爵抚免开此例，不独托克逊之民一时被恩，且万万世被恩矣，跪禀钧安，四苏目吾受尔谨禀。①

据上，得知抽收草头羊税的当地百姓群情激动，不肯允从，因为该地世代为这些牧民放牧之地，并发出"普天之下莫非王土，郡王既可荷天恩以为禀请，民独不可沾天恩以为惠乎"的呼声，着实令人震撼。在此情况下，作为地方头目的苏木（即苏目）也郑重声明，自己70多岁，从未耳闻抽收羊只旧例，所以恳请免收。接到禀报后，时任吐鲁番的监督府黄丙焜当即在来文后批示："兹据禀称，该处诸民以将来抽收不肯允从，自应准如所请，以顺舆情，除谕饬郡王停止抽收外，仍候据情转禀祗奉上宪批示另行饬遵。"② 随后，四苏木再次禀请豁免，③ 郡王的草头羊抽税权就此搁浅。

但郡王并没有就此放弃该处的草头羊税，几个月后，由于当地举办义学，无款可筹，吐鲁番厅报告："查有先年驻吐领队大臣官马草厂大河沿暨托克逊之峡尔盖斯山两处，旧章按每羊百头抽收草头羊一只，每年只抽收一次，收羊之户岁无定额，羊只亦多寡不一，兵燹之后，迄未抽收，前经○○派人查□，现在牧羊之户二百余户，大小羊只四万余头，□□计能收数百金之谱，谕令该各□户照旧完纳草头羊税，羊户均皆悦从。"④ 稍后吐鲁番郡王请求恢复该地的羊只抽税权，据档案记载："托克逊西峡而盖斯

---

① 《清代新疆档案选辑》第79册，光绪十一年十月初九日，第142页。
② 《清代新疆档案选辑》第79册，光绪十一年十月初九日，第142页。有关黄丙焜的事迹详见拙著《论黄丙焜在清末南疆的兴利革弊功绩》，朱玉麒主编《西域文史》第7辑，北京：科学出版社，2012年。
③ 《清代新疆档案选辑》第79册，光绪十一年十月十一日，第145页。
④ 《清代新疆档案选辑》第79册，光绪十二年五月二十四日，第251—252页。案，引文中○○为当地官员姓名的自谦省略符号。

山草头羊税,去年经藩宪详定作为吐属义学经费,系属永远章程,何能改归该郡王收取,且峡尔尕斯山向系苏木辖地,该郡王何得擅议。"① 郡王的抽税权被再次否决。光绪十七年郡王在自造的"所辖境内草场山场地亩"册中提及"西山草场一处距城一百二十里,地名加尔尕斯内牧牲畜之所,承平时收草头税,蒙前厅宪黄面谕,让给吐城等处义塾经征二三年以资塾费,□□裁撤仍归卑郡王管辖,理合登明"。② 似乎透露抽收草头羊税充作义学经费只进行了两三年,而且档案中脱落的地方隐约能释读出"现令"字样,果真如此,从光绪十二年到光绪十七年已不止两三年,郡王似乎在此前后获得了抽收加尔尕斯山草头羊税的权力,但光绪三十四年的档案中又有"案查光绪十八年正月十二日奉前藩宪饶札饬,案奉抚宪批,本署司申复遵饬议准吐鲁番回子郡王玛木特抽收吐属东、西呵呵雅尔草头羊税各缘由一案,蒙批:吐鲁番厅四苏木羊税应如来详禁收"③。那么对此合理的解释只能是草头羊税从光绪十二年作为当地义塾经费起,否决了郡王的抽收请求,待两三年后,大约在光绪十七年左右郡王短暂地获得了这项权益,不过光绪十八年初再一次被禁止。

如前文所述,光绪十年(1884)郡王在东、西呵呵雅尔草厂的抽税权蒙刘锦棠批准,但该处的抽税权也存在一些问题,据光绪十二年郡王玛木特禀报:

窃世职去岁荷蒙栽培,在东、西呵呵雅尔照章抽收草头羊只次资津贴,业感激无地。查有征收司事将收就前项羊只估价催纳税银两,世职切思前项羊只兹蒙转禀赏赐津贴,即向抽羊免税,与自生牲孳事通一律,迥非卖买顶换者可比,每年一次抽收草羊不过二百余只之多,凡牧羊户民专给抽收草头羊只。查每羊一只计重五六斤之多,其价售之,不上二三钱之谱,纳税者无几,仰恳电鉴全体大意,乞宪台批饬照旧免收抽羊税银,诚不负培植之至意,肃此。④

据上,郡王在东、西呵呵雅尔有权抽收草头羊税,但却被当成了交易羊只,被当地的牙行抽收牲畜税。⑤ 黄丙焜随即批示"该郡王所收草头羊只无多,此项税银为数无几,准如禀请,饬该牙行免其抽收"⑥,此后郡王应该一直拥有此项权益,因为光绪十

---

① 《清代新疆档案选辑》第11册,光绪十二年七月,第148页。
② 《清代新疆档案选辑》第81册,光绪十七年六月,第294—295页。
③ 《清代新疆档案选辑》第89册,光绪三十四年六月二十七日,第28页。
④ 《清代新疆档案选辑》第79册,光绪十二年五月二十七日,第253页。
⑤ 牲畜税本为买卖羊只的交易税,参见拙著《论黄丙焜在清末南疆的兴利革弊功绩》,朱玉麒主编《西域文史》第7辑;《从档案看牙行与晚清新疆税收》,《历史档案》2016年第1期,第127—128页。
⑥ 《清代新疆档案选辑》第79册,光绪十二年五月,第255页。

八年郡王报告："准暂照旧章抽收东呵呵雅尔、西呵呵雅尔山场草湖羊税，每年按羊一百只抽收草羊一只，不敢将羊高抬价值发交百姓变卖缴价，并禁回目人等从中舞弊，此外再不敢籍端科派，所具印结是实。"① 即郡王以呈报印结的方式保证自己在东、西呵呵雅尔照章值百抽一，不敢乱收。但至光绪三十四年，当地为开办皮毛官行，需要调查羊只情况，发现郡王"在东、西二山每羊百只抽收大羊一只、小羊一只，似此任意浮收，牧户受累不堪，是否系回目人等从中作弊，除已往不究外，嗣后应照旧章办理，毋再浮收，是为至要"②。即郡王家族并未严格按照章程抽收，但官府也未加深究，只令照旧章办理即可。

除以上所论二处外，档案中尚有一份时间不明，大概在光绪最后几年郡王福晋阿益尼尕尔尔禀称天山北草厂尚未列入舆图，③ 其中涉及一些牧厂的信息。天山北草厂，在光绪六年的一庄命案中有所透露：

> 山北离山根三十多里有鲁克沁郡王牧放牲畜草厂荒滩一处，未纳粮草，因奇台户民与牧牲缠民争斗，在奇禀案，立有石墩，不准缠民过石墩牧放。山之北面以及草厂每年奇台县派役轮流巡查，有事赴奇台禀报，出卖牲畜亦在奇属白杨河纳税，不与吐城相涉，兵乱以来，亦未放过牲畜。再查镇西厅境内亦有郡王牧放草厂，至吐属猎户打猎，由宪主衙门谕饬大尔瓜代（带）领前往，诚恐猎户滋事，饬令大尔瓜稽查约束，合将奉饬查询实情以一并陈明核办。④

据上，这些山北牧场虽然以前属于郡王家族，但兵乱以后，郡王似已无权管辖，但郡王福晋希望将其纳入自己的管辖之下，吐鲁番厅回复道："抚宪复奏折内注明天山以北归奇台，天山以南归鄯善，细查案卷自知，何得谓山北草厂尚未列入，至属地辖境及管理之权，前贵郡王奉有抚宪批示并札行到厅，切勿误信人言，又发出此等议论。"所谓抚宪关于郡王的管理之权是"回王虽有印信之名，实无管理之权"⑤。质言之，光绪末到宣统年间，郡王的土地和牧场均被划在新设立的鄯善县境内，抽收草头羊税的地方

---

① 《清代新疆档案选辑》第82册，光绪十八年二月，第20页。
② 《清代新疆档案选辑》第89册，光绪三十四年六月二十七日，第28页。
③ 《清代新疆档案选辑》第21册，时间不详，第433页。
④ 《清代新疆档案选辑》第52册，光绪六年十二月，第12页。引文中"大尔瓜"原系郡王属下差役，后逐渐演变为基层社会中"乡长"之类的人物，详见拙著《晚清新疆吐鲁番社会史研究——以地方首领和官办教育为中心》第二章第二节，南京大学博士论文，2014年。
⑤ 俱见《清代新疆档案选辑》第21册，时间不详，第433—434页。

似乎也仅限于该县所属东、西呵呵雅尔地方。据此可知，1908年（光绪三十四年）前后，马达汉声称最后一任郡王没有抽税权的论断似有失实之处。

四、余 论

传统观点认为，新疆建省后，除哈密王保有大量的土地和人口外，其他回部王公的土地与属民均改归地方官治理，吐鲁番郡王也不例外，但通过本文的考察，吐鲁番郡王仍然保有数量可观的土地资产和部分经济权益。但就总体而言，郡王的经济权益还是受到急剧损失，即便其一直为恢复旧有权益而努力，但还是在晚清新疆政治体制转型中败了阵。这种结果的出现，清晰地表明以地方府厅州县制度为基础的行省制度已经成为晚清新疆地方社会政治体制发展不可阻挡的方向。换言之，新疆建省顺应历史的发展，不允许任何旧有制度与势力成为晚清新疆社会政治体制转型的阻碍。反过来，这种转型又决定了郡王的命运，其社会地位和作用也必然受到影响。与此同时，新疆省府当局还是考虑到吐鲁番郡王的实际情况，做出了某些政策上的微调，并给予了一定的经济照顾和经济权益让渡，这也成为郡王家族在当地继续保持体面地位的经济基础，无形中也拉近了郡王家族对官府、对朝廷的认同，并使其成为官府治理当地社会有效的中间力量之一。

（本文原载《中国边疆史地研究》2017年第1期，第126—131+181页；有增补）

清代新疆义仓与地域社会

赵 毅

清代义仓建制，始于顺治十一年（1654），康雍乾时期进一步完善，但推广相对较慢。乾隆三十一年（1766），仅有直隶、两淮、江西、浙江、湖北等地上报有义仓存粮的记载。① 而义仓在边疆地区的推广情况则不甚明朗。因资料局限，新疆等地的义仓鲜有学者探讨。本文拟以满文档案来探究乾隆朝新疆义仓的兴废，并以清末吐鲁番义仓为例分析清代基层义仓的兴设情况。②

一、新疆义仓的兴废与再设

关于乾隆年间新疆设立义仓的汉文资料仅有两条。一条为《清高宗实录》所载：

> 据绰克托奏，请于乌什设立义仓谷石借支回民，俟秋收后照数归还等语。向来回疆从无呈报水旱等事，若照内地设立义仓，出入谷石之时，必生弊端，于回民仍属无益，着传谕绰克托等将所立义仓裁撤，其存仓谷石，酌量情形办理，以归简易。③

此条史料的时间为乾隆四十八年，据此知该年乌什参赞大臣绰克托奏请于乌什设立义仓，而乾隆帝认为回疆没有设立义仓的必要，故令裁撤。然而事实并非如此，其误解

---

① 《清朝文献通考》卷三七《市籴六》。
② 本文写就的同时，王启明对晚清吐鲁番义仓的设立与分布进行了探讨，但其内容与本文交叉较少。王启明《晚清吐鲁番义仓的设置与分布》，《中国农史》2017 年第 2 期。
③ 《清高宗实录》卷一一九二，乾隆四十八年十一月辛卯。

为编纂实录之大臣未能合理裁剪史料所致。前句为乌什参赞大臣绰克托乾隆四十八年前所奏,或奏折、谕旨惯用对前所奏之事的追述,后句则为四十八年乾隆帝下发裁撤回疆义仓之谕旨,具体内容将在后文探讨。

另一条则为《总统伊犁事宜》的记载:

> 古尔扎城(今伊宁市)义仓存贮麦子六千五百余石。此项麦子,遇每年青黄不接之时,借给回子,接续口粮,俟秋后,照数交纳,仍入义仓。①

此条汉文史料与满文档案中乾隆五十年(1785)的记载相符。

实际上,清朝统一新疆后就开始创设义仓。乾隆二十八年伊犁将军明瑞等奏:

> 乾隆二十六年阿桂称,由诸城迁到伊犁屯田回众,其所发的小麦籽种内多出三十二石,种下后,将收获的三百五十石余粮交由阿奇木公茂萨收存,在该等青黄不接时,则酌情借给接济。应照义仓之例酌情借给接济,秋收时,每斗加息一升,连同本粮呈交,依年办理,足够二千石之时,则作为定数,再借时,仅收本粮,不取利息等因,奏准在案。②

此虽未明说伊犁义仓设立的时间,但"照义仓之例"及之后伊犁将军上奏义仓之事,多次追述至乾隆二十六年,故当为该年秋天所设。其设立原因是伊犁屯田之人所发的小麦籽种内多出三十二石,故秋天多收三百五十石,此项小麦令阿奇木茂萨收存,并为此设立义仓。此处茂萨即额敏和卓之子,乾隆二十五年充任伊犁三品阿奇木伯克,办理伊犁回屯事宜。③ 故该义仓的设立与伊犁回屯密切相关,目的是在青黄不接时,接济伊犁屯田回众,而阿克苏地区也几乎与此同时设立义仓。

乾隆二十九年,阿克苏帮办大臣德福奏报阿奇木伯克色提巴勒氏呈请之事:

---

① 永保《总统伊犁事宜》,中国社会科学院边疆史地研究中心编《清代新疆稀见史料汇辑》(新疆卷),北京:全国图书馆文献缩微复制中心,1990年,第231页。
② 《伊犁将军明瑞等奏伊犁屯田回子照数归还从义仓所借麦子折》,乾隆二十八年十一月二十日,中国边疆史地研究中心、中国第一历史档案馆合编《清代新疆满文档案汇编》第65册,桂林:广西师范大学出版社,2012年,第396页。按,本文用到的满文档案皆由笔者译为汉文。
③ 《清高宗实录》卷六一〇,乾隆二十五年四月戊子。

> 二十六年秋收后，吾等回众共议设立一义仓，诸属众除每年交官粮外，余均收存入仓，备青黄不接时，作为种子接济贫困回众，所借之粮，秋收时照数偿还，每年收存，至五千石，停止收蓄等因。曾向前署大臣呈请奏闻。得旨，依诸臣所奏施行。①

由此可知，阿克苏在乾隆二十六年秋收后，亦设立义仓。而据《清高宗实录》载："阿克苏办事都统侍郎海明等奏，据阿克苏阿奇木伯克色提巴勒氏等称，本年收获丰裕，请将现收谷，公派五百石，建仓贮备，俟积至五千石即停等语。应如所请，报闻。"②核之满文奏折，此处所谓"建仓贮备"即设立义仓，实录未能言明而已。次年，赛里木、拜城之阿奇木米尔普尔坤、阿布都尔曼等得知阿克苏义仓之利，也呈请每年交纳二百石粮食，设立义仓，以六年为限，以接济贫困之民所用。③

乾隆四十三年，乌什阿奇木阿拉瑚里呈称：

> 驻乌什回众，皆为三十一年陆续由诸城迁来之穷人，得大主恩福十余年，生活安逸。……以吾愚意，现乌什回众称其收粮颇丰，恳请乌什地方亦同阿克苏之例设立一义仓，从诸回众均匀收取，共收粮一千石，偶有需用之时，则将此项粮石借给，秋收时偿还……④

此请得到批准，故乌什于该年设立义仓。而该义仓之设立与"乌什事件"有着莫大的关系。"乌什事件"后，该区之人被派往伊犁等地屯田，乌什地空，故迁移和招募回疆他地之民到该处屯住。经过十余年的屯种，生计有所起色，然其不善经营，没有存粮，为了在青黄不接之时能有接济之粮，故奏请设立义仓。

继而，乾隆四十四年，喀什噶尔办事大臣玛兴阿等亦奏请于喀什噶尔、英吉沙尔二

---

① 《阿克苏帮办大臣德福奏由义仓借米给回子秋后再照数补足折》，乾隆二十九年五月十五日，《清代新疆满文档案汇编》第68册，第307页。
② 《清高宗实录》卷六四六，乾隆二十六年十月丁卯。
③ 《乌什参赞大臣永贵等奏阿克苏回子义仓存粮以一千二百石为限无庸再增折》，乾隆三十三年四月十三日，《清代新疆满文档案汇编》第87册，第429—430页。按：据此奏折内容知，当为赛里木、拜城回子义仓存粮以一千二百石为限之事，故编目有误。
④ 《乌什参赞大臣永贵等奏乌什回子建立义仓折》，乾隆四十三年八月初八日，《清代新疆满文档案汇编》第136册，第201—203页。

处设立义仓。① 实际上，喀什噶尔等地在此前已经存在类似义仓的机构。喀什噶尔办事大臣玛兴阿的奏折显示：

> 查得，二十七年时，前任阿奇木伯克噶岱默特与诸伯克头目共同出粗粮一千石，视城乡距离远近在七处收取。春季借给无种之民耕种，秋收不取利息，偿还原库本粮等事，呈请前任大臣转奏。谨遵上谕"依议"办理，对贫困回众亦多益处。……唯之前收存此项粮食时，并未设立公中地方存放，粮食或存于小伯克家中发放，或存于头目家中发放，公粮与私粮全然无区别。②

据此可知，乾隆二十七年喀什噶尔等处设立了一个类似义仓的机构，且奏准在案。因无固定仓房，亦无公中与专管之人，仅是在小伯克或头目家中借放，易生弊端，故奏请于喀什噶尔、英吉沙尔二地修建房屋，设立义仓，并派大伯克专门管理。

不过，在乌什义仓设立不到五年，就接到乾隆帝裁撤义仓的谕旨，即开篇所述裁撤之事。据满文档案记载："顷，乌什参赞大臣绰克托遵旨裁撤乌什、阿克苏所设义仓，其收存之粮，分给原存粮之伯克。"③ 故乾隆四十八年末不仅乌什义仓遭到裁撤，阿克苏义仓亦被裁撤，回疆他地之义仓也未能幸免。据时任喀什噶尔办事大臣保成等奏："现今所有义仓全部裁撤，收存之粮，本粮补给伯克头目，如此办理可否之处，请圣主明鉴，俟奉圣旨臣等钦遵办理。"④ 此奏折透漏出喀什噶尔、英吉沙尔，于乾隆四十九年初接到谕旨后，纷纷按乌什例裁撤所设之义仓。不过，义仓裁撤是针对回疆而言，伊犁义仓似乎并未受到影响。在乾隆五十六年，伊犁将军保宁还曾奏报义仓之事，⑤ 故而此后的发展状况仍存疑。

综上可知，乾隆二十六年设立伊犁、阿克苏义仓，次年又设立赛里木、拜城和喀什

---

① 《喀什噶尔办事大臣玛兴阿等奏于喀什噶尔等处建立义仓折》，乾隆四十四年四月十六日，《清代新疆满文档案汇编》第139册，第386—387页。

② 《喀什噶尔办事大臣玛兴阿等奏于喀什噶尔等处建立义仓折》，乾隆四十四年四月十六日，《清代新疆满文档案汇编》第139册，第385—386页。

③ 《喀什噶尔办事大臣保成等奏照乌什例裁撤义仓其所存粮食分给原先交存粮石之伯克折》，乾隆四十九年闰三月初九日，《清代新疆满文档案汇编》第160册，第273—274页。

④ 《喀什噶尔办事大臣保成等奏照乌什例裁撤义仓其所存粮食分给原先交存粮石之伯克折》，乾隆四十九年闰三月初九日，《清代新疆满文档案汇编》第160册，第274页。

⑤ 《伊犁将军保宁奏伊犁回子所借义仓粮石秋收后如数还仓片》，乾隆五十六年十一月初五日，《清代新疆满文档案汇编》第194册，第163页。

噶尔、英吉沙尔义仓，四十三年设立乌什义仓。① 可见，裁撤之时，除了乌什义仓，其他义仓已经运行了二十年左右，这些义仓最终被裁撤的原因在于"回疆从无呈报水旱等事，若照内地设立义仓，出入谷石之时，必生弊端，于回民仍属无益"②。除此原因外，还可能与新疆义仓设立的初衷有关。据前可知，伊犁设立义仓是为接济从南疆迁来的屯田之人所用，这批屯田初来伊犁并无籽种，皆是官方拨给，加之陆续又有迁入之人，故义仓规模不断扩大。同时，回屯主要是为伊犁驻防提供口粮，是新疆军府制的重要支撑，所以得到清政府重视。而回疆的义仓则不同。清朝对回疆的农业发展推行"不必官为办理""随宜经营"的政策，③ 依靠当地民众自身来恢复农业，南疆农业本身有一定的基础，恢复较快。然而清朝却并没有大力开发南疆农业的想法，故回疆义仓不受清朝重视，不可避免地遭到裁撤，其再度兴立当为新疆建省之时。

此处存在一点疑惑，为什么新疆义仓裁撤后至建省前的一百年内未曾再设？虽笔者未能发现明确史料，但可大体推断其原因。新疆地区主要依靠泉水、河水灌溉，其水量相对稳定，水旱较少。据学者对新疆乾隆至同治年间的自然灾害统计可知，该时期内各种自然灾害相对较少，故作为备荒仓储的义仓就没有再设的必要。而清末的情况则不同，该时期的新疆自然灾害频发，是其他时期的几倍，④ 吐鲁番地区也不例外。加之因同治年间大乱，吐鲁番地区的社会秩序遭到了严重破坏，为了恢复经济发展才再度兴立义仓。⑤

光绪十二年（1886）刘锦棠的一份札文载：

> 吐鲁番厅黄丞申称，刘前署丞于九年秋，议设吐鲁番新、老两城义仓，自捐市斗高粱三百石，以为之昌（倡）。老城仓归汉民经营，新城仓归回民经营，缠民免捐。因交卸之际，未及举办。卑职于十年秋，传集汉、回头目，极力倡办，复自捐

---

① 塔城地区地方志编纂委员会编《塔城地区志》（乌鲁木齐：新疆人民出版社，1997年，第609页）称乾隆年间"一些市镇设有义仓，遇有灾荒或农作物青黄不接时，借出籽种救济贫民生活，借八斗，还十斗"。然并未发现材料佐证，只能存疑。
② 《清高宗实录》卷一一九二，乾隆四十八年十一月辛卯。
③ 《清高宗实录》卷六一〇，乾隆二十五年四月乙丑。
④ 阿利亚·艾尼瓦尔《从清代文献看清政府对新疆的救济》，《清史研究》2011年第2期。
⑤ 据《新疆乡土志稿》，光绪末年，奇台县、洛浦县、柯坪县皆设有义仓。但具体情况不明，此处仅以吐鲁番地区的义仓为例来探讨。马大正等整理《新疆乡土志稿》，乌鲁木齐：新疆人民出版社，2010年，第32、409、276页。

市斗高粱三百石,令各头目分赴回乡,择汉回殷实之户,劝令捐集。①

其中"黄丞"为"黄丙焜",任职时间为光绪九年十一月二十四日至十二年六月初五。②"刘前丞"为"刘嘉德",任职时间为光绪八年八月二十九日至九年十一月二十四日。③ 因而,光绪九年,吐鲁番同知刘嘉德最先倡设义仓,并自捐市斗高粱三百石,④ 但因该年十一月卸任,未来得及举办。直至光绪十年,同知黄丙焜才创设老城汉民义仓和新城回民义仓。⑤ 随着吐鲁番地区经济的恢复及新、老城义仓的成效运转,光绪二十五年始设老城缠民义仓,⑥ 此后各乡镇亦纷纷设立缠民义仓。据档案所载,截至光绪三十四年,吐鲁番厅有汉民和回民义仓各1处,缠民义仓7处;⑦ 鄯善县有汉民和回民义仓各1处,缠民义仓11处。⑧ 故该时期吐鲁番地区有汉民和回民义仓各2处,缠民义仓18处,共有义仓22处,基本覆盖了当时吐鲁番地区的所有乡镇。

二、新疆义仓的仓粮来源与仓管人员

(一)仓粮来源

清代新疆义仓粮石的来源主要有官捐和民捐两种形式。由前文可知,伊犁义仓的仓粮是由屯田多收的三百五十石小麦而来,后因屯田回众的增加,又从官仓中出借出粮食来充实义仓。据满文奏折记:

> 二十九年时,阿克苏、叶尔羌、喀什噶尔等处,陆续有一千七百五十户回子增迁伊犁,合计之前的一千二百五十户回子,共有三千户回子。自二十六年至二十八

---

① 中国边疆史地研究中心、新疆维吾尔自治区档案局合编《清代新疆档案选辑》第10册,桂林:广西师范大学出版社,2012年,第228—229页。
② 《清代新疆档案选辑》第1册,第295页;第10册,第376页。
③ 《清代新疆档案选辑》第1册,第312页。
④ 实捐粮二百石,黄丙焜亦为二百石(《清代新疆档案选辑》第10册,第385页)。
⑤ 《清代新疆档案选辑》第10册,第387页。《吐鲁番市志》载:"清光绪三十一年(1905)十一月,吐鲁番县始建汉、回义仓,至光绪三十四年(1908),全县共建义仓10处。"这一记载有误。吐鲁番市志编纂委员会《吐鲁番市志》,乌鲁木齐:新疆人民出版社,2002年,第743页。
⑥ 《清代新疆档案选辑》第19册,第365页。
⑦ 《清代新疆档案选辑》第21册,第371页。
⑧ 《清代新疆档案选辑》第5册,第174—175册。

年，义仓收存本息小麦，共四百三十一石，估计借给不足，明寿又从官仓中拨出小麦三百六十八石，由义仓收存，共有小麦八百石之数，借给接济。①

此外，又以"每石收息一斗"的形式来增加仓储。起初，定拟以两千石为限，之后，借放唯收本粮，不取利息。②然而，随着迁入回子的增加，乾隆三十年（1765）重新拟定以五千石为限。③直至乾隆五十年，仓储达六千五百石之数，才奏准停止收息。④因而其仓粮实际上是从屯田回众交纳的官粮中所得。

而阿克苏义仓之粮，则是从属众每年交官粮外的余粮中收取而得，即官粮外额外收取的。且定拟每年交粮五百石，以五千石为限。乾隆二十六和二十七年共交粮一千一百石，之后就未能按此施行。据乾隆三十四年乌什参赞大臣舒赫德奏折可知，该义仓未能按拟定交粮，亦未能每年借放收取息粮。⑤故三十五年舒赫德奏："阿克苏义仓年年交粮收存，为使其不至变烂、生虫，每年青黄不接时，十分内出三分，借给回子，秋收时，照数偿还。"⑥该提议得到批准。乾隆三十八年，阿克苏义仓存粮达五千二百五石五斗，超过之前所定的五千石之数，但并未停息，最终以六千石为限数，停止收息。⑦赛里木、拜城义仓是由阿奇木米尔普尔坤、阿布都尔曼所属之人交纳而设，每年交粮二百石，以一千二百石之数为限，且不取息粮。⑧

乌什义仓之粮，则是由阿奇木阿拉瑚里所属之人两年交纳的一千石粮而得，此地回众为回疆他地迁来的屯田之民，故其仓粮由屯田收获的粮食中交纳而得。乾隆四十三

---

① 《伊犁将军奎林奏屯田回子义仓存粮已达额定数目嗣后借贷时停收息粮折》，乾隆五十年十月二十九日，《清代新疆满文档案汇编》第171册，第158页。
② 《伊犁将军明瑞等奏伊犁屯田回子照数归还从义仓所借麦子折》，乾隆二十八年十一月二十日，《清代新疆满文档案汇编》第65册，第396页。
③ 《伊犁将军明瑞等奏报伊犁屯田回子交还所借义仓粮石数目折》，乾隆三十年十一月二十二日，《清代新疆满文档案汇编》第77册，第155页。
④ 《伊犁将军奎林奏屯田回子义仓存粮已达额定数目嗣后借贷时停收息粮折》，乾隆五十年十月二十九日，《清代新疆满文档案汇编》第171册，第158—159页。
⑤ 《乌什参赞大臣舒赫德等奏报阿克苏义仓现存米石数目折》，乾隆三十四年正月初八日，《清代新疆满文档案汇编》第91册，第151—152页。
⑥ 《乌什参赞大臣安泰等奏动支阿克苏义仓粮食接济回众折》，乾隆三十八年三月二十五日，《清代新疆满文档案汇编》第112册，第155页。
⑦ 《乌什参赞大臣永贵等奏乌什回子所建义仓竣工并已存粮片》，乾隆四十三年十一月二十四日，《清代新疆满文档案汇编》第137册，第341页。
⑧ 《乌什参赞大臣永贵等奏阿克苏回子义仓存粮以一千二百石为限无庸再增折》，乾隆三十三年四月十三日，《清代新疆满文档案汇编》第87册，第429—430页。

年，乌什参赞大臣永贵等奏："吾等商议，倘若七百八十四户回子等，齐心协力，一年交粮不够一千石，则本年小麦、大麦二种掺和先行交粮五百石，来年秋收时，再交五百石，共满一千石之数。"①并照阿克苏之例，每年三分收息。喀什噶尔义仓之仓粮，主要是由二十七年阿奇木伯克噶岱默特与诸伯克头目所属回众交粮一千石而得，以此为定数，不取息粮。②

由上可知，乾隆朝新疆义仓之仓粮，主要由各地阿奇木伯克所属之人交纳而来，且大多定有限数，部分收取息粮，达到限数后则停息，其仓储粮石以小麦为主。而清末吐鲁番地区的义仓却与之大不同，其为吐鲁番同知、吐辟巡检所倡，由殷实之户捐集而成，所存之粮并无限数，每年皆收取息粮，仓粮以高粱为主。据档案，自光绪九年劝捐，至十二年六月，老城汉民义仓共收高粱八百三十二石四斗六升，其中吐鲁番同知刘嘉德与黄丙焜相继各捐二百石，远营汤军门与辟展巡检左贻煦各捐十五石，吐鲁番巡检王道昌捐十石，各乡十三名首事共捐一百零五石七斗，其余则为各地商民和乡绅所捐。③而首事亦为商民或乡绅所充任，故合算官捐高粱四百四十石，约占总数的53％，商民和乡绅捐高粱三百九十二石四斗六升，占约47％。

然而其他义仓却并未得到官捐粮石，故吐鲁番地区的义仓粮石主要由各地商民和乡绅所捐。"择汉回殷实之户，劝令捐集，成数听其乐捐，不许勒派，或原捐过多不能全缴者，□听其便。"④然而，实际上并非全然如此。据档案记，光绪十一年，同知黄丙焜下文："兹查各户民，有家资殷实，先已捐有成数，注载印簿，今复悭吝延抗不交，实属不明大义，合行出示晓谕，为此示仰各汉回民等一体知悉。义仓本属地方要件，尔等自当踊跃，迅将捐就粮石，照数交仓，以储积粟，而成美举。"⑤可见，对于拖延捐集者，予以斥责，并令首事催促交纳，故清末吐鲁番地区之义仓的捐输带有强令的性质。

此外，吐鲁番地区的义仓为了维持运转，在设立之初以每石收息三斗。光绪十二年九月，同知龙魁拟定："自光绪十三年起，每石二斗五升，以后每年递减五升，减至一

---

① 《乌什参赞大臣永贵等奏乌什回子建立义仓折》，乾隆四十三年八月初八日，《清代新疆满文档案汇编》第136册，第203页。

② 《喀什噶尔办事大臣玛兴阿等奏于喀什噶尔等处建立义仓折》，乾隆四十四年四月十六日，《清代新疆满文档案汇编》第139册，第385—387页。

③ 《清代新疆档案选辑》第10册，第385—391页。

④ 《清代新疆档案选辑》第10册，第229页。其中"□"为笔者未能识别或残缺之字，下文同此。

⑤ 《清代新疆档案选辑》第10册，第168页。

斗止，永为定例。应准照办，如遇小有荒歉，免其取息。"① 然而，据档案中历年收支统计显示，其行之一年，又改为二斗加息，直到宣统末年亦是此法，并未推行每年递减五升的章程。

(二)仓管人员

乾隆年间新疆设立义仓时，由各地阿奇木伯克管理，每年春放秋收，并造册上报。乾隆二十八年(1763)，伊犁将军明瑞等奏："此项小麦由茂萨酌情借给该等，秋收本粮小麦三百五十石，再利息小麦三十五石七斗，共三百八十五石七斗，全部照数收仓，由原公茂萨收存呈交，之前臣等奏闻。"② 可知，阿奇木茂萨为伊犁义仓的管理者，其每年将借放收存情况呈报大臣转奏。乾隆三十三年，阿克伯克接任伊犁阿奇木伯克，则义仓亦交其负责。③ 之后义仓的管理者皆依此接替，其他地区义仓亦是如此。换句话说，新疆各地阿奇木伯克是义仓的管理人员。故义仓纳入阿奇木伯克所管事务之内。每年春放秋收时，委派所属小伯克具体负责。所管之人无需另外拨给工食银，伊犁将军及各地大臣仅派人查核而已。④ 不过，这些阿奇木伯克在借放接济时，须呈报该处将军或大臣转奏皇帝批准方可。这些人已成为清朝地方官，乾隆朝新疆义仓是他们参与新疆社会治理的一种表现。

与乾隆朝义仓不同，清末吐鲁番地区义仓仿内地义仓之例所设，因而有一套完善的管理运行体系。义仓首事(或首士)为专管之人，由各地乡约、商首等联名保举产生，再经同知批示充任。义仓设立之初，首事的更换并无定章，一般是由前任首事去世或自动辞任时才重新推举首事。⑤ 为了规范义仓首事的任免，吐鲁番同知文立山于光绪二十七年(1901)定下章程："总、副首事，限定三年一换，届时仍即公举接替，如此办理，庶弊窦剔除，义举可垂久远。"⑥ 如此首事的任期得到限制。据档案记载："各仓公举首事一名，内老新两城汉回义仓粮石较多，准各举首事二名。"⑦ 实际上，汉回义仓各总首

---

① 《清代新疆档案选辑》第 2 册，第 96 页。
② 《伊犁将军明瑞等奏伊犁屯田回子照数归还从义仓所借麦子折》，乾隆二十八年十一月二十日，《清代新疆满文档案汇编》第 65 册，第 396—397 页。
③ 《伊犁将军伊勒图等奏伊犁回子义仓粮石数目折》，乾隆三十五年十月十八日，《清代新疆满文档案汇编》第 98 册，第 64 页。
④ 《喀什噶尔办事大臣玛兴阿等奏于喀什噶尔等处建立义仓折》，乾隆四十四年四月十六日，《清代新疆满文档案汇编》第 139 册，第 386—387 页。
⑤ 《清代新疆档案选辑》第 13 册，第 425 页。
⑥ 《清代新疆档案选辑》第 17 册，第 407 页。
⑦ 《清代新疆档案选辑》第 22 册，第 115 页。

事一名，帮办两名。① 总首事月给工食银四十八两，副首事月给工食银二十四两。② 义仓施行春放秋收的借放模式，实际运行中春冬二季极为繁忙，因而除首事外，还雇佣仓管人员在春冬二季工作，时间按六个月计。其中，雇书识一名，月给工食银六两；仓夫一名，月给工食银三两六钱；斗箕一名，月给工食银三两六钱；看仓长夫一名，月给工食银一两。③ 冬月时，再雇佣更夫一名，计三个月，月给工食银三两七钱三分；催夫一名，计四个月，每月口食银三两。④ 老城汉民义仓因所存粮石超过两千石又增加斗箕一名。

关于首事的职责，光绪二十七年同知文立山重定的义仓章程中如此记载：

> 汉民、回民义仓，令各举殷实公正一人，为总首事，经管粮石。另举妥靠二人，为副首事，帮司收发账务各项。呈候核夺，给谕承充。每年春借，届时取具花户的保，方准借放，如无的保，硬行强借者，指名案究。开仓封仓，须三人齐到，缺一不可。借毕后，即将某某借某色粮若干，分晰开列清单二纸，以一纸送署备查，以一纸张贴义仓门首，俾众周知。秋收务令本息一概收楚，倘有拖欠，指名案候勒追。收毕后，仍将收回某某本息何色粮若干，造具细数清册，并将是年用费动支粮数，传集各乡约，凭众算明，附列册极，赍署备案，仍抄单一纸，张贴义仓门首通晓。⑤

据此知，总首事总揽义仓事务，副首事帮办义仓事务。总副首事须将每年春放民借、秋收本息详情，开列清单二纸，一纸送署备案，一纸张贴义仓门首，并负责追缴拖欠粮石。同时，须将"仓费公项，开除动用粮石，按年缮造数目清册，申报备案"⑥。并规定："本粮均经首事等经手借放，限定秋后并应收市斗息粮，一并如数代收，上仓不得短少升合，如有拖欠短少，惟首事等是问。""开仓封仓，须三人齐到"，使之相互监督、牵制。⑦

---

① 《清代新疆档案选辑》第17册，第407页。
② 《清代新疆档案选辑》第22册，第74页。
③ 《清代新疆档案选辑》第12册，第71页。
④ 《清代新疆档案选辑》第12册，第221页。按，仓管人员的工食银并非固定不变，似随着物价的高低而增减，不同时期的工食银有所出入。
⑤ 《清代新疆档案选辑》第17册，第407页。
⑥ 《清代新疆档案选辑》第12册，第220页。
⑦ 《清代新疆档案选辑》第10册，第383页。

三、新疆义仓的社会功效

清代新疆义仓以"备地方缓急之需"而设,每临春耕时接济贫户为其首要职责。乾隆四十五年,喀什噶尔办事大臣玛兴阿等奏:

> 现署理阿奇木伯克事务之伊什罕伯克托卡、英吉沙尔阿奇木伯克素勒坦乎友纷纷呈请,恰逢春耕时节,喀什噶尔、英吉沙尔二地义仓收存粮食一千石,借给吾等无种回子耕种,秋收时照数偿还等因。呈请。臣等复查,别无它情,于是依托卡所请。将喀什噶尔、英吉沙尔义仓所存一千石粮借给无种之人,为此谨具奏闻。①

此类情况甚多,不再列举。现仅将吐鲁番厅档案中部分义仓借放收存情况统计列表1,以窥其一斑。

表1 清代吐鲁番义仓借放收存统计表

时间	义仓类型	借放(石)		实存(石)		借放率	
		高粱	小麦	高粱	小麦	高粱	小麦
光绪十二年	老城汉民	682		823		45.31%	
光绪十三年	老城汉民	785		258		75.26%	
光绪十六年	新城回民	601	221	50	7	92.32%	96.93%
光绪十七年	老城汉民	225	35	374	61	37.56%	36.46%
光绪十八年	老城汉民	374	61	557	64	40.17%	48.80%
光绪二十年	老城汉民	557	64	703	105	44.21%	30.09%
光绪二十一年	老城汉民	703	105	813	136	46.37%	43.57%
	新城回民	713	233	40	147	94.69%	61.34%
光绪二十二年	老城汉民	830	136	967	172	46.19%	44.16%
光绪二十三年	老城汉民	967	172	1343	261	41.86%	39.72%
光绪二十四年	新城回民	930	297	937	298	49.81%	49.92%
光绪二十五年	老城汉民	1343	270	1593	324	45.74%	45.45%
	新城回民	1110	328	1304	388	45.98%	45.81%
光绪二十六年	老城汉民	1592	326	873	388	64.58%	45.53%
	新城回民	1144		159		87.80%	
光绪二十七年	老城汉民	1837	380	2190	466	45.62%	44.92%

---

① 《喀什噶尔办事大臣玛兴阿等奏将英吉沙尔义仓米石借给回子以备春耕折》,乾隆四十五年三月十八日,《清代新疆满文档案汇编》第142册,第303页。

续表

时间	义仓类型	借放(石)		实存(石)		借放率	
		高粱	小麦	高粱	小麦	高粱	小麦
光绪二十八年	老城汉民	1830	466	2131	559	46.20%	45.46%
	老城缠民	127		141		47.39%	
光绪二十九年	老城汉民	617	116	1872	559	24.79%	17.19%
	新城回民	1960	538	2272	592	46.31%	47.61%
光绪三十年	鄯善汉民	200		160		55.56%	
光绪三十一年	鲁克沁缠民	2095		2514		45.45%	
光绪三十三年	老城汉民	1234	146	2213	295	35.80%	33.11%
宣统二年	老城汉民	1760	176	2512	463	41.20%	27.54%

注：为研究方便，以十斗为一石，十升为一斗，十合为一升，十勺为一合来换算，以四舍五入计数保留法进行统计。

可见，吐鲁番地区义仓的借放率基本保持在45%以上，所起到的社会功效是不言而喻的。需要说明的是，新城回民义仓虽创设于光绪十年，然或因其捐纳粮石较少，故两年后才开始借放。而老城汉民义仓，自光绪十年创设以来，就有较大的存储，故每年皆有借放，其借放收支情况也保存最为完整，几乎没有中断。究其原因，可能与吐鲁番地区的时局有关，长达十余年的变乱，使吐鲁番地区众多建筑夷为废墟，客民大半伤毙或逃亡，而客民中又以汉民居多。① 因而恢复经济为善后之首要任务。大量的逃亡客民陆续回到吐鲁番认领产业，其大部分面临无种耕种的问题，故老城汉民义仓的创设在一定程度上可以缓解此情况。档案显示，老城汉民义仓的借放对象覆盖整个吐鲁番地区的各个族群，但以汉民居多。

然而，清代新疆义仓的储量与借放对该地民众来说到底意味着什么？此处以粮食与当地人口的关系为例做一分析。

乾隆朝之新疆义仓，在设立之初已经规定了存粮限数，伊犁和阿克苏义仓都以五千石为限，赛里木和拜城义仓以一千二百石为限，乌什、喀什噶尔和英吉沙尔义仓皆以一千石为限。倘若按其限数合算，则该时期所有义仓的常规存粮共有一万三千二百石，且达到限数后则不取息粮，此种规定看似使义仓的规模及接济功效受到限制，实则不然。以伊犁义仓为例，其设立初期，是为了接济从回疆迁来的屯田回众，乾隆二十五年迁来三百户，次年又迁来七百户，该时共有屯田之人一千户，似乎考虑到后面将有陆续迁来

---

① 《清代新疆档案选辑》第6册，第229页。

之人，故拟定两千石为限。至二十九年共迁来三千户，故又定拟以五千石为限，三十三年伊犁共有屯田之人六千户，并以此为屯田人数的定额，直至五十年伊犁义仓存粮六千五百石，足以接济，不再收取息粮。① 此时义仓之粮足够每户借领一石。再如赛里木和拜城义仓以一千二百石为限，《西域图志》记载，此二地合计共一千零六十三户，② 如此估量，则每户亦足一石粮。那么，每户一石小麦又代表了什么呢？若按法国学者魏丕信的研究来算，每天每个成人维持生存的最低口粮为0.005石"米"，儿童则半之，此处"米"为抽象实体，包括稻米、小麦、小米，其与高粱的兑换率约为1：1.5。③ 那么一石小麦可供200成年人或400儿童食用一天，如果每户皆按4口成人合计，则一石小麦可供一户食用50天左右。故其仓储规模与所接济对象的人数有关，一定程度上限制其规模的扩大，但似乎并不影响义仓的在设定范围内的社会功效。

而吐鲁番地区，以宣统元年（1909）为例，吐鲁番厅所属九庄义仓共存小麦一千三百六石五斗七合七勺，高粱七千九百二石一斗二升八合二勺九抄；④ 鄯善县所属十三庄义仓共存小麦三百五十石一斗六升七合，高粱二千七百一十一石八斗五升一合五勺。⑤ 按前之小麦与高粱的兑换率1：1.5核算，则共约有8732石小麦。而该年吐鲁番地区约有13282户，⑥ 那么每户可约分得0.66石小麦，如果每户皆按4口成人合计，可供一户食用33天左右。需要指出的是，乾隆年间伊犁与赛里木和拜城所统计之人口皆为种田之人，而清末吐鲁番地区中却包含大量的其他职业者如工、商、士等，⑦ 因而实际可供农民食用天数远远超乎于此，基本上可以满足青黄不接及灾荒时救济所用，故为吐鲁番地区的农业生产发展起着不可忽视的作用。

清代新疆义仓除了在青黄不接时借出接济外，亦用于赈荒。据阿克苏办事大臣绰克托奏：

---

① 《伊犁将军奎林奏屯田回子义仓存粮已达额定数目嗣后借贷时停收息粮折》，乾隆五十年十月二十九日，《清代新疆满文档案汇编》第171册，第158页。

② 钟兴麒等校注《〈西域图志〉校注》卷三三，乌鲁木齐：新疆人民出版社，2002年，第463页。

③ [法]魏丕信著，徐建青译《18世纪中国的官僚制度与荒政》，南京：江苏人民出版社，2002年，第106页。

④ 《清代新疆档案选辑》第22册，第389页。

⑤ 《清代新疆档案选辑》第22册，第398页。

⑥ 按：宣统元年，鄯善县有一万九千八百一十二丁口，吐鲁番厅有九千一百五十二户。《清代新疆档案选辑》第22册，第46—47页、第382页，据《新疆乡土志稿》记，光绪三十二年鄯善县有三千八百六十八户，一万八千七百六十五丁口，而宣统元年较之增加一千零四十七丁口，由此估算宣统元年鄯善县约有四千一百三十户，该年吐鲁番地区就约有一万三千二百八十二户。

⑦ 王树枏等纂，朱玉麒等整理《新疆图志》卷四三《民政四》，上海：上海古籍出版社，2015年，第796—797页。

查得，本年五月，奴才赴阿克苏接任，适会阿奇木色提巴勒氏陆续上报，雅尔巴什、库木巴什、巴什尔克、阿然阿哈雅尔等对布所属诸乡村，全生蝗蝻，尚多等因。……这些人除应当按例交给奴才色提巴勒氏施恩外，由义仓内动用小麦、大麦八十一石，按姓名依次赈济发给，小的等欢雀喜悦。①

光绪二十六年，吐鲁番厅所属雅木什地方萌生蝗蝻，须招民夫捕捉，贫穷者发给粮食，资助扑灭，此次动支费用皆由义仓调拨。②光绪三十一年，吐鲁番地区因棉花种植过多，加之春寒小麦、高粱受冻，收成歉薄，引起粮价腾贵，故吐鲁番同知令新、老义仓分别发粜，来平减市价。③

然而，义仓的经营过程中，因管理不善，也产生一些弊端。义粮借贷须有"的保"作保方可。早在光绪十三年，老城义仓首事松玉成就提出："到秋之时，照章如数交仓，仍若拖欠，惟保人垫还，所具领结是案。"④后同知文立山重定义仓章程时，明确规定"每年春借，届时取具花户的保，方准借放，如无的保，硬行强借者，指名案究"⑤。起初，对借粮数量并未限定，故出现一户承借数十石及数百石不等的情况，⑥且此类情况不在少数。有的竟拖欠数年不还。据光绪十四年九月造报清册可知，十四户民竟借去高粱五百三十七石七斗，⑦平均每户欠义粮三十八石多。此类情况严重影响了义仓的运营。故光绪二十二年同知朱冕荣规定："只准有业农民借贷，其衿盈商贾、军役及不务农业者，概不准借，每户仍以三石为度，各首事不得任意多借，一至秋后承借各户，务查本息归仓，倘有拖欠，许经受（首）事指名案究。"⑧后光绪三十二年同知钱宗彝又定："照定章春放秋收，按二加息，留半放半，每届年终，眼同本厅司事盘验具报一次。务须切实妥为经理，不得各户民颗粒拖欠，又不得经手头目，从中侵蚀，以图肥己。"⑨

---

① 《阿克苏办事大臣绰克托奏动用阿克苏义仓粮石赈济受蝗灾欠收回子折》，乾隆三十年八月初八日，《清代新疆满文档案汇编》第75册，第235—237页。
② 《清代新疆档案选辑》第25册，第424页。
③ 《清代新疆档案选辑》第19册，第348—349页。虽是平抑物价，但以"小麦每市石粜市银九两，高粱每市石粜市银七两"高出市价卖出。
④ 《清代新疆档案选辑》第11册，第399页。
⑤ 《清代新疆档案选辑》第17册，第407页。
⑥ 《清代新疆档案选辑》第11册，第301页。
⑦ 《清代新疆档案选辑》第11册，第301—302页。
⑧ 《清代新疆档案选辑》第15册，第130页。
⑨ 《清代新疆档案选辑》第20册，第282页。

不过，在光绪三十一年，仍发生老城汉民联名呈控义仓首事王金贵侵蚀仓粮之事，① 查出其侵蚀小麦、高粱一千八百八十余石，按当时市价，当在一万两以上。继而又查出缠仓首士托和买提"侵蚀本息市斗高粱一百一十九石零，计赃八百余两"最终二人分别杖一百流二千五百里、杖一百流二千四百里。② 吐鲁番地区义仓虽有流弊，但并没有因此而废，在民国年间仍起着积极作用。1915年，鄯善知事张衔耀主持修复苏鲁图和连木沁四道官坎，因费用不足，从义仓银两中动用开支。③

四、结　语

清朝统一新疆后，为了在春荒不接时接济百姓，自乾隆二十六年至四十三年（1761—1778），在将军和各处大臣的驻扎地设立五处义仓。其仓粮主要由各地阿奇木伯克所属之人交纳，故可谓公派粮石。其设立之初已设下收储限数，到达限数则停止收息，但未有一套独立管理系统，而是纳入各地阿奇木伯克所管事务之内。每逢春放秋收之时，阿奇木伯克则派小伯克具体管理，每年将借收情况汇报给各处将军、大臣，遇到重大借放事宜，须先禀报请示，方能借放。此时的阿奇木伯克业已改造为清朝统治体系下的地方官，可以说新疆义仓是在官方主导下设立的，与内地设立的义仓是有较大差别的。以直隶义仓为例，其于各乡设立，捐纳之人皆给一定奖励，每岁丰收举行劝捐，由仓正、副经管，并给予口粮，借贷对象为佃耕田土的恒业之人等，因而有一套明确的条规。④ 清末新疆建省，其行政体制与内地化一。针对大乱后吐鲁番地区的凋敝状况，照内地义仓之例，由吐鲁番同知首倡，各地商民和乡绅捐集而设义仓。设立之初，只有老城汉民和新城回民两处，后来在各乡镇普遍建立。同时，考虑到该区的族群特点，分别建立各类义仓。这种策略不仅对吐鲁番经济的恢复和社会秩序的稳定起到了重要作用，还有效地避免了族群纷争。吐鲁番同知掌握首事的任免，以"官督民办"的形式进行管理。义仓首事每年春季以"留半放半"的原则进行借放，秋季加息归仓。此外，吐鲁番

---

① 《清代新疆档案选辑》第25册，第427页。
② 《清代新疆档案选辑》第28册，第77页。
③ 刘文龙《新疆水利会第一期报告书（第一册）》卷四，载《新疆史志》第3部第9册，北京：全国图书馆文献缩微复制中心，2003年，第374—375页。按，《吐鲁番市志》（第743页）称："民国初年，吐鲁番县重设汉、回义仓1处。"现据吐鲁番民国档案可知其在民国初年一直在沿用，并未重设（见新疆维吾尔自治区档案馆档号：M16.015.YJ.0009；档号：M16.015.YJ.0008；档号：M16.016.YJ.1399）。
④ 《清高宗实录》卷二八三，乾隆十二年二月庚申。

义仓还招募多人来协助首事管理,每人按月发给工食银,形成相对规模的管理与借放制度,因而规模不断扩大,民国年间也一直发挥着其作用。

实际上,清代新疆义仓设立地点的选择有其原因。伊犁为新疆总汇,伊犁将军驻扎地,其地位自然最为重要,而"阿克苏为回部适中之地,喀什噶尔、叶尔羌为回部诸城之冠,英噶萨尔(即英吉沙尔)则又境属边圉"①。"乌什事件"后,喀什噶尔参赞大臣移住乌什,故乌什又成为回部之首,吐鲁番地区则是南北疆的交通枢纽,历来为兵家必争之地,故这些地方皆属新疆战略要地。同时,这些区域历来都是重要屯田区、产粮区和人口聚集区,至今仍是如此,因而,内地所普遍推广的义仓仓储可以在这些区域推行。此外,吐鲁番地区能在清末设立义仓,除了因其有资料为证外,还和此区的特殊性有关。该区自古以来就是内地民众的迁入区,各民族间的相互交往与融合是新疆其他地区所没有的,清朝亦是如此,故内地的义仓制度能够在该区推行。加之该地区的地方官基本上由内地之人担任,这些地方官对内地义仓制度相当了解,正是在他们的大力倡导下,义仓能够在吐鲁番普遍推广。可见,清政府根据新疆的具体情况,分设不同类型的义仓,并交由阿奇木伯克或地方首领来管理,也是清政府在族群多元复杂的情况下找到一种行之有效的基层治理方针,即"因俗而治"。在义仓的兴立和运营中,又把清代新疆社会精英的阿奇木伯克与地方头目调动起来,使他们广泛地参与基层社会的治理,是清朝将新旧制度下的各种社会力量纳入清朝国家管理体系之中的一种有益探索。

(本文原载《清史研究》2018 年第 1 期,第 52—62 页)

---

① 钟兴麒等校注《〈西域图志〉校注》卷三三,第 437 页。

乾隆朝新疆"格绷额案"研究

锋 晖

纵览清廷新疆治理 149 年，① 自乾隆三十年（1765）"乌什事变"至嘉庆二十五年（1820）"张格尔之乱"初始，此间 50 余年新疆未有大乱，社会安定有序，民众安居乐业，民族和谐共处，是清朝治疆政策成功的反映。清朝治疆政策包括"以军统政"的军事政策、"因俗而治"的民事政策、"拓垦屯田"的经济政策、"羁縻怀柔"的民族政策。对官僚阶层而言，乾隆帝则视吏治为新疆治理的关键，而吏治以清廉为先，严惩贪官，在这方面，以"格绷额案"为典型。

一、格绷额其人

格绷额，② 满文为 gebungge，③ 又译格琫额、格布额，满洲镶黄旗人，④ 马佳氏，

---

① 自 1762 年伊犁将军府建立至 1911 年辛亥革命，清朝统治终结。
② 《清代新疆满文档案汇编》（中国第一历史档案馆编，2012 年广西师范大学出版社出版）中格绷额满文名转写为 gebungge，《伊江汇览》将格绷额写作格琫额，《清高宗实录》写作格布额、格绷额（任副都统前用格布额，其后为格绷额），《清代西迁新疆察哈尔蒙古满文档案全译》中 gebungge 译为格布额，将四部文献对照后确系一人。《国朝耆献类征汇编》卷三二《满汉大臣列传》撰有同名人，此格绷额系蒙古镶黄旗人瑚噜克氏，虽与彼格绷额同为乾隆朝武官，却终身效力于南方福建、湖南等处，乾隆五十九年因病回旗，嘉庆二年卒，故确认为重名人。
③ 依 P. G. von Möllendorff（穆麟多夫）氏 A Manchu Grammar（满洲语法）转写法，以拉丁字母转写。
④ 引自阿拉腾奥其尔、阎芳《清代新疆军府制职官传略》，哈尔滨：黑龙江教育出版社，2000 年，第 155 页；另见《新疆历史词典》，乌鲁木齐：新疆人民出版社，1994 年，第 513 页。

"满洲系胄，世受国恩……起官于文事"①，"原系凉州驻兵，后移驻伊犁"②。据满文档案载，乾隆三十年，格绷额自凉州移驻伊犁前已任佐领一职，至三十六年时已升任协领。四十一年九月，受赏副都统衔并出任喀喇乌苏领队大臣；③五十二年四月，升塔尔巴哈台领队大臣；④五十三年三月，任和田办事大臣。⑤

档案文献中，对格绷额的才能曾记述为"聪明殷勤"⑥，除日常营务外，还负责惠远城官学事务，及护送贡物进京，⑦土尔扈特回归安置时，格绷额对其部众"教种田亩及管束事宜"，并负责"引伊犁河水之灌渠附近及乌哈尔里克河东岸，拨地种田"⑧。乾隆四十年，格绷额著《伊江汇览》，全书自述内容与其满文档案记录一致，⑨可判定该书自序所言据亲身经历而撰是可信的。如上所述，作为首批移驻新疆的满洲官员，格绷额从征从政均颇有成绩，是没有疑问的。

格绷额出身世胄，且与皇家宗室有姻亲关系。乾隆四十六年二月初九，格绷额之女

---

① 格珲额纂《伊江汇览》自序。《伊江汇览》，系清代伊犁地区首部方志，为研究乾隆朝伊犁的重要典籍，全书约3万字，述及伊犁山川、土产、官制、营伍、台站、卡伦等二十六目，该书对土尔扈特部归返安置、伊犁水运等记述详尽。

② 译文转自《乾隆朝满文寄信档译编》第3691条，乾隆五十四年二月十二日，"寄谕陕甘总督勒保等著查格绷额前任各处有无家产"，长沙：岳麓书社，2011年。

③ 译自《清代新疆满文档案汇编》第131册，乾隆四十一年十一月初一日，"署伊犁将军索诺木策凌等奏代伊犁协领格绷额赏副都统衔驻库尔喀喇乌苏办事谢恩折"，桂林：广西师范大学出版社，2012年，第44—46页。

④ 译自《清代新疆满文档案汇编》第177册，乾隆五十二年四月十一日，"库尔喀喇乌苏领队大臣格绷额奏补放塔尔巴哈台领队大臣谢恩折"，第189—191页。

⑤ 译自《清代新疆满文档案汇编》第180册，乾隆五十三年三月十六日，"喀喇沙尔办事大臣德勒格楞责奏新授和田办事大臣格绷额途经喀喇沙尔片"，第182页。

⑥ 原文："格绷额虽聪明殷勤，亦年限未满，与保举之例不符。……乾隆三十七年十月初二日奉朱批：知道了。钦此。"译自《清代新疆满文档案汇编》第108册，"伊犁将军舒赫德奏伊犁满洲锡伯营官员军政考核情形折"，第289—290页。

⑦ 译自《清代新疆满文档案汇编》第183册，"叶尔羌办事大臣期成颇等为副护军校格绷额护送和田叶尔羌贡物到京后即行遣回事咨呈"，第11—13页。

⑧ 原文："(舒赫德)经协领格布额等会同商议，将土尔扈特等居住种田之地，所需耕畜、籽种、农具、接济口粮等项，逐一分别呈报……乾隆三十七年十一月十六日奉朱批：很好。着依议。钦此。"译自《清代新疆满文档案汇编》第109册，"伊犁将军舒赫德奏伊犁满洲锡伯营官员军政考核情形折"，第292—300页。

⑨ 《清代新疆满文档案汇编》有格绷额相关档案四十四件，与《伊江汇览》对照，相差无误。

马佳氏嫁于康熙帝之孙弘谦，①是为嫡夫人。②弘谦是康熙帝第二十三子允祁之第五子，乾隆帝弘历为康熙帝第四子雍正帝之子，可知弘历与弘谦为堂兄弟关系，格绷额系乾隆帝堂弟岳父。因此，论辈分，格绷额为乾隆帝的长辈。③历览新疆驻防大臣，与清朝宗室联姻者寥寥，由此可知其身份非一般驻疆大臣可比。

对于格绷额人物的研究，鲁靖康先生撰有《格琫额〈伊江汇览〉研究》④《〈伊江汇览〉成书时间与作者生平新论》⑤，就其生平进行考证，对其著书予以评价。齐清顺、周轩撰有《乾隆查处新疆贪污大案述评》，提及乾隆五十三年格绷额婪索银物案，并将此案与叶尔羌办事大臣高朴私采私贩玉石案、哈密通判经方私亏库银案、都统索诺木策凌受贿案、奇台知县杨桑阿侵吞公款案、伊犁将军奎林婪赃入己案等并为乾隆朝新疆贪污大案，但以上论著所用均系汉文文献，对照满文档案则疑点甚多。就格绷额案涉案金额而言，汉文文献记录寥寥，满文档案记录丰富，其涉案金额虽远不及高朴、索诺木策凌、经方等案，但案件量刑却并无差异；就乾隆帝而言，一面于上谕以重案定性，严厉处理，一面于寄信强调"格绷额之罪，亦不可与重罪相提而论"⑥，呈现重案非重罪情况，不免令人费解。

二、"格绷额案"及其审理

乾隆五十三年四月，格绷额到和田办事大臣任后开始清点官库、换防巡查、屯田事务、金玉采挖等事宜。七月，和田协办领队大臣事务锦格寄信叶尔羌帮办大臣达福，告

---

① 弘谦，乾隆二十九年生，允祁第五子，乾隆六十年封奉恩将军，嘉庆十四年加辅国将军品级，嘉庆二十四年晋辅国将军，道光四年卒。允祁：康熙第二十三子，雍正八年二月封镇国公；乾隆四十七年晋贝勒；四十九年加郡王衔；五十年卒。

② 译自《清代新疆满文档案汇编》第146册，乾隆四十六年五月二十六日，"库尔喀喇乌苏领队大臣格绷额奏将家女指婚给宗室谢恩折"，第351—352页。

③ 原文："(格绷额)身为长辈之奴，未尽犬马之劳，却屡受皇恩，受赏副都统衔，奴才涓埃未报，正惶恐之际，又蒙圣主优渥，将奴才之女指配宗室弘谦，圣主之恩，奴才实无相配，唯感戴洪恩，奋勉出力，尽犬马之劳，以报优渥于万一。"译自《清代新疆满文档案汇编》第146册，乾隆四十六年五月二十六日，"库尔喀喇乌苏领队大臣格绷额奏将家女指婚给宗室谢恩折"，第351—352页。

④ 鲁靖康《格琫额〈伊江汇览〉研究》，《伊犁师范学院学报》(社会科学版)2011年第2期，第48页。

⑤ 鲁靖康《〈伊江汇览〉成书时间与作者生平新论》，《新疆地方志》2012年第2期，第23页。

⑥ 译文转自《乾隆朝满文寄信档译编》第3755条，乾隆五十四年八月二十五日，"寄谕伊犁将军保宁著格绷额之弟及家人毋庸治罪"。

之格绷额到任后,笔帖式梅泰代其向阿奇木伯克迈玛第敏索借普尔钱文十六串,锦格询问,格绷额称不知,仅将钱文退还,并未究办。达福遂将此事告知叶尔羌办事副都统塔琦,并议定和田巡查之际查办此事。八月,塔琦抵达和田后,仅交代伯克便返叶尔羌,并无查办。① 八月十一日,达福遂通过喀什噶尔参赞大臣明亮,向乾隆帝单衔密奏:"格绷额擅自向回子借钱,目无法纪,叶尔羌办事大臣塔琦查办不力,到达和田两月,查办有意掩饰,建议将此事交明亮查办。"② 与此同时,八月初四,塔琦与达福合奏,称格绷额巡查六城时,收受回子等贡果、羊、绸、马等物,又札饬大小伯克等置办八六大元宝,使众伯克无不惧怕,还向阿布都拉姆取用银、绸,购买水獭皮。对此,塔琦奏称对格绷额及笔帖式梅泰言行予以斥责。③

达福单衔密奏和与塔琦的联名密奏,所述案件经过、涉案金额、结果差异较大,联名密奏较其单衔密奏更为详尽。乾隆帝对此两奏折分别朱批:"此事又怪异矣!"④ "怪异!"⑤ 说明他对当地官员审理此案时的回护徇庇态度产生了强烈质疑。

喀什噶尔参赞大臣明亮奏称:"格绷额向阿奇木伯克借钱之情,锦格派家奴寄信达福,达福与塔琦商量办理,塔琦却推诿未办,此事稍有蹊跷。"⑥ 乾隆帝则寄信明亮:"无须前赴和田,留喀什噶尔办理解送萨木萨克一事。"⑦ 未让明亮参与此案查办。

乾隆帝对格绷额索贿一事表示骇异。十二月初三,将此案查处交给塔琦,谕"诚若属实,理应治以重罪。今锦格揭报甚在理,塔琦即赴和田查办亦好,此事业经败露,着交塔琦,务须秉公究讯,诚然属实,即行从重治罪,从速奏闻"⑧。十二月十日,塔琦

---

① 译自《清代新疆满文档案汇编》第183册,乾隆五十三年十月二十四日,"叶尔羌帮办大臣达福参奏和田办事大臣格绷额擅自向回子借钱及叶尔羌办事大臣塔琦查办不力折",第11—13页。
② 译自《清代新疆满文档案汇编》第183册,隆五十三年十月二十四日,"叶尔羌帮办大臣达福参奏和田办事大臣格绷额擅自向回子借钱及叶尔羌办事大臣塔琦查办不力折",第11—13页。
③ 译自《清代新疆满文档案汇编》第183册,乾隆五十三年十一月初七日,"叶尔羌办事大臣塔琦奏查核达福纠参和田办事大臣格绷额事宜折",第127—131页。
④ 译自《清代新疆满文档案汇编》第183册,乾隆五十三年十月二十四日,"叶尔羌帮办大臣达福参奏和田办事大臣格绷额擅自向回子借钱及叶尔羌办事大臣塔琦查办不力折",第11—13页。
⑤ 译自《清代新疆满文档案汇编》第183册,乾隆五十三年十一月初七日,"叶尔羌办事大臣塔琦奏查核达福纠参和田办事大臣格绷额事宜折",第127—131页。
⑥ 译自《清代新疆满文档案汇编》第183册,乾隆五十三年十一月初十日,"喀什噶尔参赞大臣明亮奏细查和田办事大臣格绷额擅自借普尔钱等情折",第142页。
⑦ 译文转自《乾隆朝满文寄信档译编》第3672条,乾隆五十三年十月二十八日,"寄谕阿克苏领队大臣福嵩着从速前往和田究查格绷额案"。
⑧ 译文转自《乾隆朝满文寄信档译编》第3678条,乾隆五十三年十二月二十三日,"寄谕叶尔羌办事副都统塔琦等著福格赴和田查办格棚额各项罪情"。

奏报，但除言及抵达和田后对伯克们亲加抚慰外，并无查办案件的实质性内容。乾隆帝对此甚为不满，当日寄信饬谕："塔琦奏此案时，理应一并具奏如何查办格绷额案情。格绷额案皆已昭然若揭，尚易于查办，伊已亲抵和田，尚未查询案情大概乎？其奏片内只字未提，甚为不是！"① 十一月二十六日，塔琦又奏，称其在会同锦格查办此案中发现，除锦格原来奏报数项案情外，又查出格绷额派部下于回子处购买皮张、绸子、布匹未给价钱等新案，除之前所借九百普尔钱、三张水獭皮、四五串铜钱外，又查涉案金额一百三四十普尔钱。② 乾隆帝随即传谕塔琦，严饬其办案延误，命"即速审明驰奏，断不可再行拖延"③。

乾隆帝重视此案，一面督促塔琦具奏查办情况，一面寄信阿克苏领队大臣福嵩火速前往和田，告知福嵩"将格绷额所为务必彻底审明，秉公拟奏，查办速奏，双方皆不可袒护"，"如塔琦依旧如回护遮掩，草率办理，当即降旨福嵩复行查办，若塔琦诚将格绷额案逐一究出，据实办理具奏，尚无代为隐匿之项，无需复行查办，则追寄福嵩，令其返回"④。至此，乾隆帝针对达福的"糊涂无能"及塔琦的"回护遮掩"，正式派遣福嵩复行查办。数日后，乾隆帝再次寄信福嵩，令其速察究格棚额各项罪情，再次强调需"秉公查办，不得丝毫徇情袒护"⑤。十二月二十八日，福嵩奏报："塔琦抵达和田已两月，对格绷额一事早有耳闻，但查办事宜按压遮掩，未行处置。奴才谨遵圣旨，从严调查办理，据实上奏。"⑥ 福嵩奏报中对塔琦办案中的袒护予以确认。

二月初九日，塔琦于各方督查催办下查没格绷额和田私物，计有"银两六十三两……其中回子伯克赠物，原人领回，剩余物品依规变卖银两九十三两，全数充叶尔羌衙库，用以公务。格绷额之马十六匹，充哈密官马十三匹，其余三匹入叶尔羌特木里驿中。其骡三

---

① 译文转自《乾隆朝满文寄信档译编》第 3674 条，乾隆五十三年十二月十四日，"寄谕叶尔羌办事副都统塔琦申饬未奏查办格绷额案情"。

② 译自《清代新疆满文档案汇编》第 183 册，乾隆五十三年十一月二十六日，"叶尔羌办事大臣塔琦奏现又查出原任和田办事大臣格绷额从回子买取物品后不给价钱一事片"，第 314—315 页。

③ 译文转自《乾隆朝满文寄信档译编》第 3686 条，乾隆五十四年正月二十四日，"寄谕叶尔羌办事副都统塔琦著将和田领队大臣勒敛案即速查奏"。

④ 译文转自《乾隆朝满文寄信档译编》第 3672 条，乾隆五十三年十二月十一日，"寄谕阿克苏领队大臣福嵩著从速前往和田究查格绷额案"。

⑤ 译文转自《乾隆朝满文寄信档译编》第 3678 条，乾隆五十三年十二月二十三日，"寄谕叶尔羌办事大臣塔琦等著福嵩赴和田查办格棚额各项罪情"。

⑥ 译自《清代新疆满文档案汇编》第 184 册，乾隆五十三年十二月二十八日，"阿克苏办事大臣福高奏遵旨赴和田查办原办事大臣格绷额之案折"，第 82—84 页。

头,分于叶尔羌周边驿站。其枪一枝,刀两把入兵库……家人永儿解送京城"①。

二月十二日,军机大臣对格绷额擅借钱文银两,收受绸缎、皮张一案进行议奏,乾隆帝"以婪索鞫实"②,"斩决,即在和田正法示众"处理,③并查没曾驻地凉州及伊犁家业,全部"密行严查充公"④,甚至将"格绷额交付家人伯曼之物追出入官"⑤,几乎将格绷额私物全数充公。

三、"格绷额案"的影响

关于"格绷额案",有几点值得关注:其一,查案时,乾隆帝高度重视,再三督促查办速查,而查办官员却"回护遮掩"一味敷衍;其二,此案涉案金额甚少,远不及高朴等前案,量刑却同样严厉而无些许宽贷;其三,毕案后,乾隆帝晓谕"格绷额之罪,亦不可与重罪相提而论"⑥,否定其案时"重罪"的定性,留给后人以"重案非重罪"的疑惑;其四,此案审结后的50年,新疆军政再未出现贪腐重案,此案亦为吏治案例警戒各地官员。其影响,集中体现在如下三方面。

(一)"格绷额案"与强化新疆吏治

"乌什事变"起因之一为驻防官员及伯克的故作非为,乾隆帝对此曾谕:"各城驻扎办事大臣,俱系朕特命委用之人,分驻各城办理事务,理应感戴朕恩,廉洁自律,约束属人,安抚回民,诸事秉公依理办理。不可苦累众人等情弊,大伯克俱系管理属下回人者,亦不得蔑视,务须安抚属下回人,倘若仍如先前凌贱属下回人,则断然不可!"⑦

---

① 译自《清代新疆满文档案汇编》第184册,乾隆五十四年二月初九日,"叶尔羌办率大臣塔琦奏将原和田办事大臣格绷额抄没私物变卖入官折",第209页。
② 赵尔巽《清史稿》卷一五《高宗本纪六》,北京:中华书局,1977年,第544页。
③ 《清高宗实录》卷一三二二,乾隆五十四年二月己亥,北京:中华书局影印本,1986年,第891页。
④ 译文转自《乾隆朝满文寄信档译编》第3691条,乾隆五十四年二月十二日,"寄谕陕甘总督勒保等著查格绷额前任各处有无家产"。
⑤ 译文转自《乾隆朝满文寄信档译编》第3755条,乾隆五十四年八月二十五日,"寄谕伊犁将军保宁著格绷额之弟及家人毋庸治罪"。
⑥ 译文转自《乾隆朝满文寄信档译编》第3755条,乾隆五十四年八月二十五日,"寄谕伊犁将军保宁著格绷额之弟及家人毋庸治罪"。
⑦ 译文转自《乾隆朝满文寄信档译编》第815条,乾隆三十年五月三十日,"寄谕礼部尚书永贵著此赴喀什噶尔办事切不可凌贱回人"。

足见乾隆帝在对"乌什事变"严酷镇压同时也在反思新疆吏治问题,对驻防官员强调廉洁自律,对违禁者强调严惩,借以安抚回众,稳定新疆。

新疆人文与内地差异较大,新疆八旗驻防形式也异于内地,新疆驻防"以军统政",驻防官员集军政权力于一身,如乾隆帝所言驻防官员如果狂纵妄行,凌辱回众,妄自尊大,必然激成事变,由此乾隆帝视吏治为治理新疆关键之一,对新疆官吏的处罚较同期内地直省而言可谓极为严厉。唯其如此,叶尔羌办事大臣高朴被"正法示众"①,案件涉及省府州县上百人,前后正法56人,发配46人;乌鲁木齐都统索诺木策凌②被赐令自尽,近十人被处斩,其子发往伊犁充当苦差;伊犁将军明亮涉及貂皮贿赂案,③亦被革职并杖一百,徒三年,从重发往乌鲁木齐效力赎罪。乾隆帝对新疆官员的处罚,无论心腹大臣或宗亲骨肉,违禁者多被诛杀流放、革职抄产。

乾隆帝强化吏治的目的除稳定新疆外,还有强烈的"满洲荣誉"因素。作为人数较少的统治民族,清朝皇帝在其统治多民族国家时,对于"满洲荣誉"格外注重,要求满洲权贵及子弟于其他族众前要以身作则,树立楷模,保持名誉气节,并将此为处罚量刑的依据,如平定阿睦尔撒纳时,西北两路大将达勒当阿、哈达哈"贻误军情",乾隆帝以"玷辱满洲"将二人革职发往热河,披甲效力行走;对庆常捏造诈索一事,乾隆帝量刑时强调"玷辱自身,而且玷辱其祖父、众满洲脸面",对庆常"革职,重责四十板,即发往伊犁,枷号二三年"④。

就格绷额而言,作为首批移驻新疆的满洲官员,出身并不显赫,起身仅为笔帖式,但却受赏副都统衔,并由乾隆帝指配与宗室建立姻亲,除其任职奋勉出力外,不乏乾隆帝笼络之意,为强化驻防官员方式之一。但乾隆帝对格绷额索贿行为十分恼怒,怒斥"驻扎回子各城之大员等,理应廉洁,为众回子等之楷模。今格绷额如此种种向伯克等婪索银物,甚属无耻"⑤!其涉案金额虽与其他大案相差甚远,但其行为不仅大损楷模,

---

① 高朴(? —1778),满洲镶黄旗人。大学士高斌之孙。历任都察院左都御史,叶尔羌办事大臣。乾隆四十三年,高朴役民三千,盗采盗卖官玉,婪索金宝。乾隆命乌什办事大臣永贵严审,审理属实。查获于叶尔羌契银1.6万余两,金500余两,治罪就地处斩。

② 索诺木策凌(? —1782),满洲镶黄旗人。历任乌鲁木齐参赞大臣,乌鲁木齐都统,盛京将军。乾隆四十七年,乌鲁木齐采买粮食浮开粮价一案败露,查索诺木策凌受贿银数万两,治罪令自尽。

③ 明亮(1735—1822),满洲镶黄旗人。都统广成子,孝贤高皇后侄。历任领队大臣伊犁将军,伊犁参赞大臣,喀什噶尔参赞大臣,乌鲁木齐都统,授西安将军等职。

④ 译文转自《乾隆朝满文寄信档译编》第1667条,乾隆三十八年五月十一日,"寄谕伊犁将军舒赫德著将庆常革职重杖发伊犁枷号二三年"。

⑤ 译文转自《乾隆朝满文寄信档译编》第3678条,乾隆五十三年十二月二十三日,"寄谕叶尔羌办事副都统塔琦等著福格赴和田查办格棚额各项罪情"。

触及"满洲荣誉",还涉及皇族"宗室颜面"①,这是清朝皇族所绝不允许的。但毕案后,乾隆帝对拟查办格绷额家人的保宁密信谕令"格绷额因前在和阗肆意勒索回子,已被正法,抄没家产,永儿携来之物,无非系格绷额留给其妻之遗物而已,尚非要事,格绷额之弟贺伯额、家人伯曼、永儿等均无罪",强调"格绷额之罪,亦不可与重罪相提而论,不必另行究讯治罪"②。

乾隆帝之所以否定其之前"重案"的定性,致令后人产生"重案非重罪"的疑问,究其原因,主要是乾隆帝对格绷额从重治罪的缘由,不是其涉案金额之多寡,而是"肆意勒索"回民之严重性质,以及玷辱满洲、有辱宗室之恶劣影响。而作为案件查办官员的塔琦等人,却无此政治眼光与治疆的深谋远虑,以致以"轻案"敷衍,甚至在乾隆帝督促查办下还"回护袒护",最终也受到清廷的处罚。

(二)"格绷额案"与权力格局的调整

从乾隆帝对格绷额一案的处理,还可以看出其在治疆方面围绕权力关系做出的重要调整。

首先,从奏折制度看。所谓奏折范围实为权力分配,涉及官场权力制衡。"格绷额案"发生于高朴、经方、索诺木策凌等重案之后,与此类大案的查办相比较,格绷额一案中驻防大臣密奏范围明显扩大,表现为作为叶尔羌帮办大臣的达福向乾隆单衔密奏,参奏和田办事大臣格绷额及同城之叶尔羌办事大臣塔琦,其单衔密奏折即由喀什噶尔参赞大臣明亮转奏,③对于乾隆帝了解案情,加速查办大有裨益。之前新疆各驻防大臣虽均有奏事权,但协办大臣呈奏限制较多,多为合奏,而无单衔密奏权。针对"官官相护之风,至于举朝皆然"的问题,乾隆四十四年二月二十二日,御史西成奏称"乌什、喀什噶尔、叶尔羌等处协同办事大臣,并无印信,又因路远,大臣奏事,不差家人赍奏,俱交驿站驰递,驿站官无印封不敢接递,遇办事大臣有应参事件,协办大臣不得另折密奏,请嗣后令协办大臣向办事大臣领取印封,专折请安,每岁或三四次,有应密奏事件即就便密奏"④。乾隆帝要求其余新疆协办大臣也一体遵行,新疆协办大臣密折制度由

---

① 译文转自《乾隆朝满文寄信档译编》第3686条,乾隆五十四年正月二十四日,"寄谕叶尔羌办事副都统塔琦著将和阗领队大臣勒敛案即速查奏"。

② 译文转自《乾隆朝满文寄信档译编》第3755条,乾隆五十四年八月二十五日,"寄谕伊犁将军保宁著格绷额之弟及家人毋庸治罪"。

③ 译自《清代新疆满文档案汇编》第183册,乾隆五十三年十月二十四日,"叶尔羌帮办大臣达福奏由喀什噶尔参赞大臣明亮转奏情由片",第14—15页。

④《清高宗实录》卷一〇七七,乾隆四十四年二月丁丑,北京:中华书局影印本,1986年,第469页。

此启动，其密参奏折虽由参赞大臣转递，但参赞大臣无权拆封阅览，这一制度既扩大了协办大臣奏报权，也强化了驻防大臣分权与牵制。另外，喀什噶尔、叶尔羌、乌什等城协办大臣、办事大臣或参赞大臣同城驻扎，"一衙两署"办公，相互监督，也进一步强化了各城驻防大臣的权力制衡。

其次，从权力格局看。"乌什事变"后，乾隆帝谕伊犁将军统辖回疆诸务，同时回疆参赞大臣为回疆八城最高军政长官，统辖南路各城。格绷额一案查办，乾隆帝怒斥塔琦"竟敢如此回护掩饰，朕又将何以用人"①？为加速查办，乾隆帝简化查办程序，未让伊犁将军保宁及回疆参赞大臣明亮发挥"统辖""总理"之责。乾隆帝一面派塔琦查办案件，一面派福嵩分别复查并督促塔琦，塔琦、福嵩等各大臣均直接越过明亮及保宁向乾隆帝密奏，而乾隆帝也以私密寄信的方式直接谕令各驻防大臣。在量刑方面，清代案件审判依据律例，案件定罪量刑多由审官初判，再交刑部核拟，后奏明皇帝最终判决，而格绷额等边疆案件经军机大臣议奏后由乾隆帝直接断案量刑，对其就地斩决示众。这些格局的调整与程序的简化，反映的是皇权在新疆治理中的强化与集中。

再次，从案件查办速度看。"格绷额案"审理可谓迅速，除塔琦"回护遮掩"，自乾隆帝命福嵩查案至断案前后用时仅两个月。哈密通判经方私亏库银一案，从立案到结案用时四个月。都统索诺木策凌受贿案，前后七个多月结案。高朴玉石案查处，前后用时四个月。和田与哈密、乌鲁木齐相距三千里，距京城更是万里之遥，奏折公文经"乌鲁木齐，哈密，甘省凉州，经宁夏，陕西潼关，山西大同，河北保定至京城"递送。② 清朝奏折程限严格，视紧要程度而定驿站程限，有日行三百里、四百里、五百里、六百里和八百里等五种，其中六百里奏折，非军报自不轻用，而格绷额一案中，多次使用六百里加急，甚至使用最高级别的"马上飞"，以加紧最快，可见乾隆帝将此查办案件与军事战报等同对待，保证各类决策要务均由乾隆帝一人裁定。

（三）"格绷额案"与新疆的长治久安

格绷额虽身份特殊，为宗室姻亲，且政绩突出，虽涉案金额不多，最终却被斩决、查没私产，究其原因便是乾隆要以"格绷额案"对新疆各级官员的贪腐行为进行震慑严打，以稳定新疆政局，防止"乌什事变"重演，使该时期案件处理呈现"惩办严厉""查处迅速"的特点，同时亦因特殊时期，清廷多以案件社会影响定性量刑，与律例、

---

① 《清高宗实录》卷一三二二，乾隆五十四年二月己亥，北京：中华书局影印本，1986年，第890页。

② 佟玉泉、佟克力编《锡伯族民间散存清代濒危古典文献》，编译自《京城至伊犁驿站数目及名称（满文）》，乌鲁木齐：新疆人民出版社，2008年，第459—464页。

则例有所差别,此非"执法随意"缘故,实为政权巩固紧迫性需要,因此呈现新疆吏治"先松后紧"的变化。

"格绷额案"的处理涉及诸多官员,因借格绷额钱文银两的阿奇木伯克公迈玛第敏,被前往叶尔羌效力赎罪。因代织绸缎、借给银钱的署理阿奇木伯克阿布都喇被革职处理。对随行索债守备陈士魁,严拿加重治罪。对代借钱文的笔帖式梅泰,被革职并枷号半年,后发往叶尔羌,三年后再遣回乌鲁木齐。对查案"回护掩饰"的塔琦,革职留于叶尔羌效力赎罪,后发往伊犁效力赎罪。对于明亮,训诫其日后务须留意访查。告诫代理阿克苏事务的明兴:"乌什、阿克苏系新疆回地,尤当洁己奉公,加意奋勉,明兴倘仍向回众需索,朕必从重治罪,决不轻贷,格绷额即前车之鉴也!"①

"格绷额案"作为乾隆帝肃清吏治、震慑官员的典型案例,订立为惩办新疆贪腐官员的标准,被其继任者沿用,且其训诫范围已超过新疆官场。嘉庆朝,审理乌里雅苏台额勒春一案,嘉庆帝谕从前高朴之私卖玉石、格绷额之勒索回子,俱已分别正法发遣,从重治罪,告诫官员此类案件大失满洲大臣颜面,玷辱满洲!参照于此,嘉庆帝对额勒春向乌梁海索取马羊一案,以"永远在彼枷号"处罚。道光朝,清廷查办官员贪腐时"即照乾隆年间格绷额之例,立行正法",道光帝要求"各城大小臣工,务当各矢天良,洁己奉公,毋得仍蹈前辙"②。

"治国莫要于惩贪"③,大案往往是内乱的先兆。"格绷额案"对新疆吏治的深远影响虽无法具体衡量,但其案例的沿用及案后新疆承平50余年,足见其效果。然而皇权专制终难以解决贪腐问题,以皇帝个人意志为准,其查办无论强弱,强调何种"颜面",法统一体均随之束缚弱化,形成"君法"与"律法"双重尺度,当"君法"控制力下降,"律法"贯彻力不强,吏治必然破坏。道光帝时期,随着清廷对驻防官员管辖的弱化,新疆又出现"历任参赞办事大臣等贪淫暴虐,回子等忿恨忍受,伊犁将军或漫无觉察,或隐忍不言"的现象④,驻防官员莅其任者,"往往苛索伯克,伯克又敛之回民"⑤。同治三年(1864),新疆于内忧外患及各类弊病下爆发"同治之乱",新疆八旗驻防体系

---

① 《清高宗实录》卷一三二二,乾隆五十四年二月己亥,第891页。
② 《清宣宗实录》卷一四〇,道光八年七月丙寅,北京:中华书局影印本,1986年,第149—150页。
③ 中国第一历史档案馆编《康熙起居注》"二十四年九月十九日",北京:中华书局,1984年,第1359页。
④ 《清宣宗实录》卷一〇二,道光六年八月丁巳,北京:中华书局影印本,1986年,第679—681页。
⑤ 赵尔巽《清史稿》卷三六七《列传》一五四,北京:中华书局,1977年,第11454页。

毁坏殆尽，嘉庆年间新疆满洲驻防军民68440人，① 经"同治之乱"后侥幸存活者不过4000人。② 光绪八年（1882），刘锦棠对此评价"新疆当久乱积罢之后，今昔情形判若霄壤，所有边疆一切事宜，无论拘泥成法，于时势多不相宜，且承平年间旧制，乱后荡然无存，万难再图规复"③。光绪九年，清廷于新疆建省，回疆驻防大臣管理及军统时期由此终结，立行省制度，与内地相同，新疆由此步入制度一体化时期。

（本文原载《西域研究》2018年第1期，第56—63+147页；有增补）

---

① 新疆维吾尔自治区地方志编纂委员会《新疆通志》第二十七卷"民族志"，乌鲁木齐：新疆人民出版社，2006年，第607页。
② 《民族问题五种丛书》辽宁省编辑委员会《满族社会历史调查》"新疆维吾尔自治区满族调查报告"，沈阳：辽宁民族出版社，1985年，第168页。
③ 北京故宫博物院藏《军机处宫中档》，文献编号：124515。

伊犁将军萨迎阿与新疆研究二题

史国强

萨迎阿(1781—1857),字湘林,钮祜禄氏,满洲镶黄旗人。事迹见载于《清史稿》和《国朝书人辑略》。嘉庆十三年(1808)举人,授兵部笔帖式。擢礼部主事,荐升郎中。道光三年(1823),出任湖南永州知府。六年,任甘肃兰州道,不久迁甘肃按察使。九年以副都统衔充哈密办事大臣,旋调喀喇沙尔办事大臣。十年,安集延袭扰喀什噶尔边卡,萨迎阿奔赴土尔扈特、霍硕特召兵赴援,又襄治南路粮运。十一年,留京署镶白旗汉军副都统,旋充乌什办事大臣。十二年,调哈密办事大臣。二十五年,授伊犁将军,三十一年召回。咸丰六年(1856),出署西安将军。七年卒,谥恪僖。

担任伊犁将军五年间,萨迎阿颇有政绩,《清史稿》主要记载了其奏议于喀喇沙尔开都河筹办渠道堤坝、于吐鲁番增修坎儿井以利垦种的事宜,以及平反英吉沙回人冤狱、围剿安集延布鲁特人入侵的事迹。今存《萨迎阿新疆奏稿》为其道光二十九年一年间与中央政府间的例行文稿和官员升补奏折。① 事实上,作为文化素养较高的戍边重臣,萨迎阿对于西域碑刻的拓本流传及西域文学创作的繁荣,都有一定的贡献。

---

① 值得注意的是《萨迎阿新疆奏稿》中对巴彦岱仓员文康的保举。吴丰培认为该文康为近代著名拟话本小说《儿女英雄传》的作者,萨迎阿关于文康在新疆履历的介绍可以弥补学界文康生平研究之缺。但许隽超《文康任凤阳府通判事迹辨正》一文依据《清代官员履历档案全编》一书所收咸丰元年四月文康自呈履历研究认为,该文康"由伊犁巴彦岱仓粮员任内,捐修城垣出力,道光三十一年三月二十一日奉旨著俟选主事"后,又于咸丰元年得补安徽凤阳府通判缺。该履历显示此人年龄明显小于《儿女英雄传》的作者文康,二者系同名而非一人(参见许隽超《文康任凤阳府通判事迹辨正》,《明清小说研究》2002年第4期,第21页)。经笔者考证,《萨迎阿新疆奏稿》中所涉之巴彦岱仓员文康与上述《清代官员履历档案全编》所录履历中文康事迹吻合,那么,可以肯定地说,这个文康与小说《儿女英雄传》毫无关系,也就是说,《儿女英雄传》作者文康并无西域为宦经历。

一、萨迎阿与西域碑刻

萨迎阿多才多艺，尤工于书法。关于萨迎阿的工书，杨锺羲《雪桥诗话余集》卷六云："萨湘林……素工八法，所至刻石，草书犹凌纸怪发。"① 周肇祥《琉璃厂杂记》中也说："萨湘林书，取法松雪，而用笔秀隽名贵，可称妙品。"② 萨迎阿书法成就的获得，与他对碑帖的喜爱、搜求和勤于练习密不可分。何绍基诗云："萨公工书我习见，政暇寻帖意甚殷"，并在诗下注中说："湘林先生昔守长沙，公余惟作书、评帖而已。"③ 据《前尘梦影录》记载：

> 平原《平复帖》墨迹，向在真定梁太保家。蕉林相公刻《秋碧堂帖》，用以压卷。至乾隆朝，梁氏子孙进献于朝。因御刻《三希堂帖》，首卷王廙、王珣，皆东晋后叶也。真迹后赐成邸，因筑"诒晋斋"以藏之。道光初，萨湘林都统为成邸婿，曾细心双钩一本。适祁文端公（寯藻）任江南学使，萨付此钩本，嘱其觅良工精刻。④

这段记录在叙述晋代陆机著名的《平复帖》入清递藏情况的同时，也叙述了萨迎阿得为清中期著名书家成亲王永瑆府邸快婿之益，细心双钩成府所藏之珍稀法帖《平复帖》，并托祁寯藻觅良工精刻的事迹，其间可见萨迎阿对于书法的钟爱和收集名帖的用心。而这种习好也使萨迎阿得以在任职新疆期间与藏匿在天山荒野间的历代碑刻因缘际会，并为碑刻之流传中原做出了贡献。何绍基《雨舲中丞见示伊吾司马侯猗碑，手钩一通。适君以阁学内擢，因题碑后，兼写别怀》诗中"侯君铭字更奇重，光气上属天山云。……初拓百本不到我，多付俗子供摧焚"等句，描述的就是萨迎阿任哈密办事大臣期间拓印哈密境内焕彩沟《伊吾司马侯猗碑》并使之流传中原的事迹。该诗后附识中还抄录了萨迎阿详细描述其西域拓石经历的《寄尹竹农书》片段：

---

① 杨锺羲著，吴兴、刘承幹参校《雪桥诗话余集》，北京：北京古籍出版社，1992年，第403页。
② 周肇祥著，赵珩、海波点校《琉璃厂杂记》，北京：北京燕山出版社，1995年，第12页。
③ 何绍基《东洲草堂诗集》，上海：上海古籍出版社，2006年，第587—588页。
④ 徐康《前尘梦影录》卷上，上海：商务印书馆，1937年，第23页。

萨湘林《寄尹竹农书》略云：伊吾城北行沙漠百二十里，为南山口，登天山赴镇西府所必由。入口十里，道旁有石，刻"焕采沟"三字，乾隆十五年田辅仁书也。道光十五年，许子直游天山归，言石上有隶书，不可辨。余遣吏往拓，得两行，有曰："惟汉永和三年六月十五日（下系付字）。"次行"马"字下有"云中沙海侯"字。碑三面，刻字可辨者尚有"睦堂""陶君"等字，想亦纪功之作。又云：问仙云："祖谷戎军所立《沙壁压命碑》，裴岑写铭，以纪战功于归路道旁石上也。同时有三碑，一裴岑纪功，二即此碣，三失于敦煌房野云云。"裴岑碣刻以玛纳斯碧玉，今置镇西北门外关帝庙。道光十三年，余拓寄同好，士大夫方见裴碑真面目。此断碑残字，又拓百纸遍寄，先寄竹农前辈。道光十五年闰六月廿八日。①

萨迎阿原文今已无可寻，何绍基引录的这两段文字清楚地反映了萨迎阿与这两块备受中原书家、史家珍视的汉代碑刻拓片广为流传的密切关系。

据朱玉麒《汉唐西域纪功碑考述》研究，裴岑碑最早为雍正间宁远大将军岳锺琪在西域平定准噶尔叛乱期间所得，乾隆二十二年由在巴里坤董理军储的裘曰修打本流传内地。但是，"《裴岑碑》的发现正遇上清代书法史上碑学的盛行和考据学中对石刻史料运用的蔚成风气，一时书家与朴学之士，趋之若鹜，乃至访刻、伪本间出"，"由于石刻远在关外，金石学家多不得亲历，加以椎拓损坏，仿刻混淆，故莫衷一是"。"徐松嘉庆十七年遣戍伊犁，亲历其地，从原石拓本过录了碑文，在其道光间刊刻的《西域水道记》中，还详细记载了该碑的形制，对前人始终不明白的'海祠'一词，进行了恰当的解释"。②萨迎阿作为亲历西域的有识之士，显然是继徐松之后为《裴岑碑》拓片流传过程中的去伪存真做出了贡献，而这一点在方小东《枕经堂金石跋》的记载中得到了充分说明：

汉《敦煌太守裴岑碑》在今新疆巴尔库尔城西北三里关帝庙前，当日在其城西五十里，地名石人子，以碑形质如人立故也。雍正年间大将军岳锺琪移置今所。相其碑制，高约今尺四尺二寸，广尺八寸五分，共六行，行各十字。文笔叙事简古，字在篆隶之间，雄劲生辣，真有率三千人擒王俘众气象。予幼习拓本早失去，此为咸丰乙卯十二月萨湘林都护特赠，云其官伊犁将军时，道过是地，亲自督拓，予细审

---

① 何绍基《东洲草堂诗集》，第 588 页。
② 朱玉麒《汉唐西域纪功碑考述》，《文史》2005 年第 4 期，第 129—148 页。

视,非赝刻也。碑上正是"海祠",以是地在汉为蒲类海,今名海子祠,在海岸故称之耳。他本作"德祠",非描摹失真,即是伪作。①

何绍基所说的《伊吾司马侯猗碑》,后有学者指出"猗"字系"获"字误读,其先后还有《沙南侯碑》《沙海侯碑》《伊吾司马碑》等别称。据朱玉麒研究,该碑被识读为汉碑的最早记载是徐松的《西域水道记》,"但是否拓本流传,则不得而知"②。罗振玉谈及汉碑曾指出:"新疆巴里坤两汉刻,一为永和二年敦煌太守裴岑纪功碑,一为永和五年沙南侯获摩崖,均在永和中,顾裴岑久著录,侯获石刻道光间萨湘林始访得。"③ 这番话充分肯定了萨迎阿对于《伊吾司马碑》拓本流传的创始之功。实际上,正因为《伊吾司马碑》"古气纵横奇且重"④"碑词史笔齐垂芬""裴岑肃穆侯猗纵,奇气俱应媲孟文"⑤,所以,一经萨迎阿拓印流传,立即同《裴岑碑》一样受到书家与朴学之士的厚爱。可以说,萨迎阿《寄尹竹农书》对《伊吾司马碑》的所处位置、拓印经过及形制的详尽描写,对碑文的识读和初步考证,以及对拓片的散播,均为后人学书及进一步识读、考证并破解隐藏在碑文背后的汉匈战争之谜打下了坚实的基础,厥功至伟。

除汉碑外,萨迎阿在新疆对于唐碑、唐代造像石刻也有所搜集。他在《东行短述》诗中曾写道"汉碣唐碑拓百纸",并在句下注中说:"汉裴岑纪功碑在巴里坤,唐姜行本纪功碑在天山。"⑥ 可见,萨迎阿在向内地传播汉碑拓片的同时,对于西域著名唐碑也进行过拓印。另外,翁同龢《观西蠡题万岁通天造像》诗云:

白发将军老守边,裴岑侯集与周旋。仙人为指唐时石,似识登封万岁年。⑦

翁同龢的父亲翁心存与萨迎阿交谊甚厚,诗书往还频繁。翁同龢的这首诗在颂赞萨迎阿于汉永和二碑的传播之功的同时,也对萨迎阿的习好及在新疆的其他收获做了反

---

① 靳尚谊主编《王森然研究资料》(第二辑),北京:文化艺术出版社,1994年,第7页。
② 朱玉麒《汉唐西域纪功碑考述》,第129—148页。
③ 罗振玉《贞松老人遗稿》(甲集),《民国丛书第5编》96(综合类),上海:上海书店出版社影印,1996年,叶十三背。
④ 董文涣《砚樵山房诗稿》,太原:山西古籍出版社,2007年,第709页。
⑤ 何绍基《东洲草堂诗集》,第587、589页。
⑥ 萨迎阿《心太平室诗钞》,甘肃省古籍文献整理编译中心编《西北文学文献》(第六卷),北京:线装书局,2006年,第331页。
⑦ 谢俊美编《翁同龢集》,北京:中华书局,2005年,第873页。

映。该诗下注文说:"萨湘林先生好道,久任伊犁将军,此造像从西域携归。"萨迎阿好道,从其《寄尹竹农书》考证汉碑时的"问仙"就可看出,何绍基为此曾在诗中讥笑他"荒唐鬼语托仙书,祖谷戎军定子虚"①。西蠡为费念慈的号,费氏工于书法,精通鉴赏和金石之学。从翁同龢的这首诗看,除汉永和二碑的拓片外,萨迎阿从西域携归的唐代石像也得到了中原专家的钟爱,并在其身后为费氏所收藏。

二、萨迎阿的西域创作

萨迎阿富于文才,除任礼部主事期间曾主持纂修过《钦定礼部则例》外,尚有《梦花斋诗集》《心太平室诗钞》四卷、《心太平室补钞》及《萨恪僖公诗集》等传世。在伊犁将军任上,萨迎阿没有留下诗作。其西域诗作集中在《心太平室诗钞》卷一的《再出玉门草》中,主要为其道光十一年至道光十三年任职乌什、喀喇沙尔、哈密期间所作。②

相比较晋昌西域诗歌的沉溺于诗酒风流和多愁善感,萨迎阿的西域诗作充盈着乐观进取的浩然之气和筹边报国的忠君思想。在谈及《再出玉门草》的创作时,萨迎阿说自己"初学军旅,余事作诗",而诗歌的内容之一是"述秘定之机宜"。这里他所谓的"秘定机宜",实际上就是他对自己出镇边疆立下的志向,用他自己的话说,这个志向就是"增益不能、先劳无倦"。"增益不能"本出自《孟子·告子下》,是说一个人只有经受得住各种艰难困苦的磨砺,才能够增长才干、担当大任。"先劳无倦",则典出于孔子《论语》:"子路问政。子曰:'先之劳之。'请益。曰:'无倦。'"③ 是说作为执政者,要一切为人之先,善于运用劳动属下、百姓的领导原则,并且能够坚持贯彻,做到勤劳而不倦息。在萨迎阿的诗作中,孔孟这种勤政有为的儒家进取思想得到了充分体现。"万里筹边废典坟,书生未学治三军","愧乏筹边才,年余鄙食肉",从嘉庆九年到嘉庆十一年,为平定南疆叛乱,萨迎阿"两度筹边连出塞"。此前一直在内地任文职的他认识到自己缺乏筹边治军经验,但是,他明白自己"胡为极人外之游览,将策治安于万全",因此,当他面对边塞的露雷风雨,过着"万里往来关塞路,十旬留去家乡情","日月浮残星宿槎,轮蹄磨尽关山路"的生活时,胸中毫无愁苦之音,反而充满了慷慨豪迈的浩

---

① 何绍基《东洲草堂诗集》,第589页。
② 本节所引萨迎阿诗句,均引自萨迎阿《心太平室诗钞》,不一一标注。
③ 张燕婴译注《论语》,北京:中华书局,2006年,第186页。

然刚大之气:"我来守岩疆,浩然涵幽独。"他把襄理军务的经历当作了磨砺意志、增益才干的宝贵机会,"动心忍性增不能,露雷风雨皆遭遇",认为"极边坐镇纡筹策,锁钥真需借寇才","一心是胆众心城,浩然大刚道义洽","驾轻就熟耐劳苦,再来西域烦筹边",他渴望自己能够成为汉代寇恂那样深受百姓爱戴、政绩卓著的一方镇抚大员,因此,在新疆他"持节体军情,挥毫扫案牍。坐拥千貔貅,操防厉严肃",且"不时登临砺清勤"。涵咏这些诗句,我们完全可以体会到洋溢在萨迎阿胸中的那种精勤自励、乐观旷达、积极进取、不畏艰辛、勇担大任的非凡志趣和阳刚之气。而此种胸襟气度,在历任伊犁将军中是不多见的。《心太平室诗钞》卷前《题词》中许乃縠"一卷新诗挽倒澜,尽澜边塞语辛酸"和韩赐麟"半壁河山容啸咏,边城风月尽澜愁"之语,正是准确把握到了萨迎阿边塞诗作的此种风神所在。"先劳无倦"的思想在《训将弁兵》诗中得到了集中体现:

用矛当用长,短刀明秋霜。擂炮进复进,先开连环枪。喷桶火焰腾,速战军声扬。夷众皆乌合,一败千逃亡。马队左右出,驱贼如驱羊。健儿受阴谋,月黑潜摹桩。勖哉将弁兵,有勇而知方。万里守边围,同心严操防。养此浩然气,身家俱可忘。精奇不在多,足以安岩疆。天空雕鹗飞,狐兔其伥伥。

这首诗就像是操演前的鼓动讲话,一方面他指出训练要讲求战术的运用和配合,平时训练勇而有方,知己知彼,战时才能无往不胜;另一方面,他又重视部队精气神的培育,认为兵在精不在多,战士只有胸怀浩然之气,万众一心,不畏劳苦,永不懈怠,就能做到身家俱忘,使边围永固。萨迎阿曾说自己是"书生未学治三军",那么从这首诗所反映的内容来看,萨迎阿很快就在抚绥边疆的实践中找到了守边良方。

萨迎阿西域诗作的另外一个内容是"志亲历之风土"。这类诗的一个重要内容就是对边疆多姿多彩的美丽景色进行描画和赞美。身处边疆的萨迎阿胸怀壮志,因此他的诗作里毫无古来边塞诗挥之不去的愁苦之音。相反,由于萨迎阿亲历新疆的大美关山,他认为"阅历天山古战场,设州置府今同轨",并爱上了这块土地:

云山三面矗立如画,泉水一条流有声。(《秋晚晴明登孚化城远眺》)
桃杏花繁溪柳闲,雨余如笑见青山。极边自古无人到,便说春风不度关。(《用凉州词元韵》)

清流新涨小园中，百物春生扇惠风。乱日边疆今日治，异乡花鸟故乡同。亭前柳色迎人绿，岸底山光返照红。心旷浑忘身万里，徘徊不觉月升东。(《晚步后园即景》)

玉翠垂杨叶，鹅黄细柳花。春风连夜雨，芳草遍天涯。紫燕双栖屋，红妆万里家。赏心新景丽，浑似到京华。(《乌什自志五首》)

满山松树白云间，但见松树不见山。天下名区无此境，真堪图供卧游闲。(《松树塘》)

天山五月雪光寒，款段徐行绕曲栏。花草精神尘外长，峰峦气势画中看。松林密布千千树，石蹬重周六六盘。绝顶登临皆俯视，飞泉声出白云端。(《五月廿三日度天山作》)

文武风流成省会，商民云集俪京华。(《乌鲁木齐》)

上述诗文可以使我们感受到，在萨迎阿的笔下，边疆云山如画，桃杏争艳，杨柳垂青，花草精神，春风舞燕，天山冠雪，白云挂松，绝顶飞泉，市井繁荣，浑似京华，处处美景，满眼生机。其所以能如此，都与萨迎阿热爱边疆、能以边疆为家的胸襟气度关系密切。

萨迎阿"志亲历之风土"的另外一个主要内容是对其所亲历的西域诸城，如乌什、库车、喀喇沙尔、阿克苏、哈密、吐鲁番、巴里坤、古城、乌鲁木齐等，一一赋诗描摹，就像一组城市速写诗，大凡地理形势、历史古迹、民情风俗、商业贸易、农田水利、土产气候、军台卡伦等，皆能摄其特色，汇成诗篇。这些诗虽然诵之无味，但因其保留了晚清新疆丰富的城建信息，故对于清代新疆城市历史的研究具有重要的文献价值。另外，诗人还对其所亲历的三泉大风、茫茫戈壁等边地独特物候和地貌做了生动描摹。

除了"志亲历之风土""述秘定之机宜"外，《心太平室诗钞》还反映了萨迎阿与诗人许乃縠之间的文学交集。许乃縠(1785—1835)，字玉年，自号玉子，又号南涧山人，杭州人。道光元年举人。十年秋，随提督杨芳赴喀什噶尔军营参谋军事，与萨迎阿具有了共同的平叛经历。十一年，调任敦煌知县，又和任职哈密的萨迎阿比邻为宦。许乃縠能诗，且以书画擅名。这一切都使他得以和萨迎阿结下了深厚的翰墨之缘。他们常常邮筒往还，不仅互相评骘诗歌，而且一起赏书品画，成为当时已相对平静的西域文坛的一道亮色。

总体来看，萨迎阿西域诗歌艺术成就不是甚高。许乃縠认为其诗立足于学习白居易平易近人的诗风，追求"辞达而与人有情，于物无著"的艺术境界，还比较贴合萨迎阿作品实际。但他说的"彼学人沈博，才人驰骋，或奇丽而少清利，或豪放而少虚和，惟先生兼之。且汉唐以来，边塞之作往往慷慨悲歌，先生则悉变其沿袭，止于吟弄风月、抒写性情，而有包罗万有之妙"①，本来意在褒扬，却实际暗示了萨迎阿诗歌风格不够鲜明突出的缺陷。要之，笔者认为，萨迎阿诗歌思想内容高于艺术价值。

（本文原载《新疆大学学报》2015年第5期，第83—86页）

---

① 萨迎阿《心太平室诗钞》，甘肃省古籍文献整理编译中心编《西北文学文献》（第六卷），第339—340页。

清末新疆建省前后官办学校教育研究
——以《中国经营西域史》为中心

多 强

《中国经营西域史》是由民国学人曾问吾所著，于1936年由上海商务印书馆出版发行。2012年，新疆维吾尔自治区将此书选入《新疆文库》丛书，由新疆人民出版社再版。《中国经营西域史》所记载内容完整、翔实，后来还被维吾尔族学者卡德尔·哈皮孜先生翻译成维吾尔语出版，广具影响，成为国内外学者研究新疆历史和文化的重要参考资料，被学界誉为"安西良鉴"。后人作律诗评价曾问吾及其贡献为：

> 将出寒门志睦边，《经营西域》噪中原。学问百年仍醒世，兰馨一缕未如烟。[①]

《中国经营西域史》共分上中下三篇，主要"叙述自汉以来历朝经营西域之史实"[②]，其中中篇详尽地描述了19世纪20年代起清政府在内忧外患的背景下，以左宗棠、刘锦棠为代表人物力排众议、平息叛乱、收复新疆的艰难过程，以及在新疆建省后，为了尽快恢复社会秩序，清政府在政制、军制、财政、交通、实业和教育等方面采取的一系列治理措施和改革制度。

新疆建省是古代中国统一多民族国家发展的重要时期，而清政府在建省后推行的各项政令对促进当时新疆社会稳定、民族团结起到了不可代替的作用。曾问吾于《中国经营西域史》中细述的左宗棠等人根据新疆社会实情倡导和实施的教育思想以及官办学校制度，使我们能对这一时期新疆总体的教育状况有窥一斑而见全豹的认识，为学者了解和研究新疆民族教育发展历史提供了可资借鉴的史料。

[①] 崔保新《一卷雄文流芳西域〈中国经营西域史〉著者曾问吾生平记录》，《新疆财经大学学报》2014年第3期，第68页。
[②] 曾问吾《中国经营西域史》，台北：文海出版社，1984年，第1—2页。

一、左宗棠上书清政府新疆建省的依据

1876年,左宗棠率领清军分三路进入新疆,军队在克复乌鲁木齐和吐鲁番后,清政府即命左宗棠统筹新疆全局事务,左宗棠总览当时新疆的局势和收复之地的社会情况,立刻上书朝廷,建议在新疆建省。《中国经营西域史》中多次引左宗棠奏折,对其上书新疆建省的原由始末进行描述。左宗棠奏折原文如下:

> 至省费节劳,为新疆画久安长治之策,纾朝廷西顾之忧,则设行省、改郡县,事有不容已者。①

所引其他奏折,及转述左宗棠建议的内容,还包括以下几个方面。
第一,新疆建省有可以治理的人口和耕地。

> 镇西旧有种地六万亩,今有民垦三万六千余亩;迪化州属原有民户二万三千八百余户,近报垦之户已有六千四百余;自木垒河西抵精河,地多膏腴,土客人民及散勇,领地耕种者逐渐增加。②

第二,新疆建省可以为清政府长期治理新疆立下基础。

> 将军、都统与参赞、办事大臣,协办与领队大臣,职分等夷,或皆出自禁闼,或久握兵符,民隐未能周知,吏事素少历练,一旦持节临边,各不相下,稽查督责,有所难行。地周二万里,治兵之官多,治民之官少,而望政教旁敷,远民被泽,不亦难哉!北路粮员但管征收,而承催则责之头目。南路征收,均由回目阿奇木伯克等交官,官民隔绝,民之畏官,不如其畏所管头目。……责成各厅州县,而道府察之,则纲目具而事易举,头目人等之权杀,官司之令行,民之情伪易知,政事之修废易见,长治久安之效,实基于此。③

---

① 左宗棠著,刘泱泱校点《左宗棠全集·奏稿六》,长沙:岳麓书社,2014年,第650页。
② 曾问吾《中国经营西域史》,第353页。
③ 左宗棠著,刘泱泱校点《左宗棠全集·奏稿六》,第173—174页。

第三，新疆建省可以为清政府减少军饷的开支。

> 从前额兵之多者，一则辖疆与蒙部、回番杂处，兵少恐启戎心；一则新疆需由内地拨兵换防，兵少难敷调派也。①

> 建省后，防兵可以渐减，换防之制可永久停止，改行饷为坐粮，每年可节省百数十万。②

左宗棠的这些奏请观点，因势利导、高瞻远瞩，分析了清代以来政府在新疆统治过程中出现的问题，极有力地论证了新疆建设行省、设置郡县的必要性和可行性。同时，左宗棠在新疆建省的思想也为后来继承者刘锦棠继续推行，进过多年的磋商和酝酿，清政府终于在1884年11月17日（光绪十年九月三十日）同意新疆建省，施行与内地行省一样的行政管理体制。

> 新疆底定有年，绥边辑民，事关重大，允宜统筹全局，厘定新章。……前经左宗棠创议改立行省，分设郡县，业据刘锦棠详晰陈奏，由部奏准，先设道、厅、州、县等官。现在更定官制，将南、北两路办事大臣等缺裁撤，自应另设地方大员以次统辖。着照所议，添设甘肃新疆巡抚，布政使各一员。③

新疆建省是古代中国维护边疆稳定、实现中央集权统治的重要标志，也是中华民族文化交流、繁荣发展和统一多民族国家形成的重要体现。新疆地区改设行省，对于抵御帝国主义列强对我国边疆的侵略，保境守土，协调民族关系，维护祖国领土完整和国家统一，发展边疆地区经济文化所起的积极历史作用是显而易见的。④ 同时，新疆建省既是政治改革，又是社会改革。⑤

---

① 左宗棠著，刘泱泱校点《左宗棠全集·奏稿六》，第176页。
② 曾问吾《中国经营西域史》，第353—354页。
③ 《清实录·德宗实录》卷五四，《清实录》第52册，北京：中华书局，1987年，第764页。
④ 吴福环《我国边疆治理制度近代化的重要举措——论新疆建省》，《新疆大学学报》（哲学·人文社会科学版）1995年第4期，第34页。
⑤ 陈明富《晚清名将左宗棠全传》，北京：军事科学出版社，2008年，第670页。

二、新疆建省前后官办学校教育发展状况

（一）新疆建省前的官办学校教育现状

1759年，乾隆皇帝平定准噶尔与回部的叛乱后，统一新疆，并于1762年10月正式宣布在新疆设立伊犁将军，①伊犁将军是清朝设立在新疆的最高军事行政长官，驻节伊犁惠远城，下设都统和参赞、办事和领队等各级官吏，分别派驻天山南北各地，协助伊犁将军管理地方军政要务。

随着清政府在伊犁驻军数量的不断增加，也就出现了随军子弟受教育的问题，尤其是作为统治阶层的八旗官兵在新疆长期的驻守和社会管理的自身需要，学校教育随之应运而生。一开始，新疆的学校教育是从旗学（或者叫营学）开始的。因此，学生成分比较单一，大多数为满汉官兵子弟，在课程设置上也效仿中原教育体制，主要开设文化课和武功实践课程。

> 新疆内属于伊犁，迪化、乌鲁木齐、镇西……各处，驻屯携眷官兵，复招来关内移民前往开垦，十数年之后，生齿滋繁，俊秀辈出，各城分设义塾，延师训科，兼习骑射，兵勇踊跃，造就多人。惟求学者皆汉满人之子弟也。②

1864年库车回民举事，杀死办事大臣与阿奇木伯克。同时因陕甘回乱波及，数月之内，新疆各地相继发生暴动和叛乱，致使城池被毁，教育体制破坏。左宗棠率军收复新疆后，为了普及教育，大力推行官办义学，但是由于风俗习惯和语言文字不同，虽然出台了一些奖励措施鼓励入学，但是教育收效甚微。

> 同治年间，全疆糜烂，城池学宫，荡然无存。其中完善之区，弦诵如故者，惟镇西一城而已。③

> 左宗棠定乱之后，公家开设义塾，其目的欲普及于各族子弟，规模宏大，超轶前代。原左氏之治新疆也，鉴于汉回扦格不入，官民隔阂，政令难施。一切条教，

---

① 《清高宗实录》卷六一九，台北：华文书局，1985年，第4页。
② 曾问吾《中国经营西域史》，第404页。
③ 曾问吾《中国经营西域史》，第404页。

均籍回目传宣,壅蔽特甚。欲将化彼殊俗,同我华风,非分建义塾,令回童读书识字,通晓语言不可。故于南北两路在事诸员筹商,饬各局营,大兴义塾,吐鲁番八、乌苏二、精河三、拜城、焉耆、沙雅……各以次建设,不下三十余处。重赀延教习,月给六七十金,开书局于迪化,刊发书籍,所费不赀,皆仰给于公家。授以《千字文》《三字经》《百家姓》等书。以次授以对字作比。惟新回多茫然不知所谓,异常厌苦,收效殊鲜。①

(二) 新疆建省之后的官办学校教育措施

新疆建省之初,社会各项事业在缓慢推进,教育状况依然落后。1906年,清政府在新疆设提学使,杜彤为首任提学使。杜彤深知在新疆发展教育的重要性和艰难性,常谓"国家之命脉,在多数之小学堂",又谓"办学于新疆,视内地艰苦倍蓰"②。因此,杜彤根据新疆当时的社会状况,提出了具体改进和发展官办教育的意见及措施,在一定程度上改善了教育风气和教育效果。

第一,办学宗旨或思想。

> 故立定推行新疆教育宗旨凡三:(1)求普,不求高。(2)学务用人,厚薪不兼差。(3)循次渐进,不惑于各族人民难于见功之说。③

第二,设立学校,选派教师。

> 始于省城,设高等学校,后改为中学。府厅州县设两等学校。地方官纷纷请派教习,乃于中学附设简易师范班,一年毕业,厚其薪水,月三十金,派往四道,充任教习。④

第三,"以回教回",改善少数民族教育状况。

> 又以汉人与新回,语言、文字、宗教无不隔阂,以汉人教新回,不若以新回教

---

① 曾问吾《中国经营西域史》,第405页。
② 曾问吾《中国经营西域史》,第405页。
③ 曾问吾《中国经营西域史》,第405页。
④ 曾问吾《中国经营西域史》,第406页。

新回，收效较易。故调集前时入义塾之新回入师范学堂读书，期年毕业，授以衣顶，有任学董者，有任乡约者，（虽奏准有案，然实行委任者无多）盛服过市，新回以为荣。学务官遇于途，必假以礼貌词色，以表优异。师范中学班皆习回文回语。①

第四，倡导教育新风，提高学生地位。

昔日义塾教习扑责、禁锢学生之恶习，闻于通省，至是通饬官吏教习不得贱视学生。学生皆免徭役，以示区别，而资提倡。②

第五，教育效果列入官吏政绩考核。

府厅州县皆以兴学成绩，列入考成。前四年（光绪三十四年）分遣视学，赴南北两路视察学务而黜陟之，惟乌什同知彭玉章，焉耆知府张铣，成绩称最，达于学部，得优叙。于是官吏益奋。③

第六，创办少数民族学校，以学习语言文字为主。

蒙古部落设立学堂者有二处：土尔扈特郡王帕勒塔少年英俊，入京师，游日本，参观各学校，归而纠集各蒙部王公于乌苏，建议设学堂为自强之基，设文学堂于省城，送弟子就学，归学司考核。喀喇沙尔蒙部，焉耆知府张铣设一小学堂，招蒙古子弟二十余人入学，供其毳帐饮食。又塔城参赞，选各族子弟设一学堂，蒙、汉、回、哈各以其语言教之，为武备学堂计也。哈密、吐鲁番、库车之回部王，亦设汉话学堂、识字学堂若干所。④

第七，大力推行和普及官办学校教育，但拨款甚少。

---

① 曾问吾《中国经营西域史》，第406页。
② 曾问吾《中国经营西域史》，第406页。
③ 曾问吾《中国经营西域史》，第406页。
④ 曾问吾《中国经营西域史》，第406页。

全省学堂，迪化有：省立法政学堂，学生六十人，经费约二万四千二百余两。省立实验教员讲习所，学生一百二十人，经费约四万二千二百余两。省立中学附设师范，学生共一百二十二人，经费约六万五千余两。师范附小，学生二十二人，经费六百两。省立巡警学堂，学生百零五人，经费一万九千余两。省立中俄学堂，学生十八人，经费四千五百两。省立将弁学堂，学生百人，经费未详。省立陆军小学，学生二百七十人，经费一万七千两。此是省立各学堂之概况也。

四道所属府厅州县之学堂，有两等小学、初等小学、识字学堂、汉字学堂、汉话学堂、实业学堂、艺徒学堂、初级农业学堂、官话学堂等名称。有官立者，有私立者。有半日者，有全日者。

省立学堂经费共一十七万二千五百余两，四道属之公私学堂经费共六十六万四千七百余两，合共仅八十三万七千二百余两，包括常年经费、学堂产业，及储蓄之款。观其经费微小，教育之幼稚可知也已。清末，巡抚袁大化将教育经费提作军用，教育事业益呈退步之象矣。①

从以上《中国经营西域史》所叙内容来看，19世纪20年代起，新疆面临着严重的内忧外患，多年的外国势力侵略干扰，清政府的割地赔款以及国内民族分裂势力的作乱，使得新疆虽然建省，但各项社会事业仍发展缓慢或推进困难，省内民族矛盾和民族关系依然有失调和，官办学校教育并未得到清廷上层的足够重视以及新疆各民族的真情拥护。所幸的是左宗棠、刘锦棠和杜彤等一批仁人志士拒敌守疆、谋略长远、推行新政，在一定程度上维系和巩固了清政府对新疆的统治。

三、新疆建省后官办学校教育发展困难的原因

从新疆建省前后教育现状的分析来看，新疆建省后，为了维护统治阶级的利益，面对百废待兴的社会局面，清政府也积极寻求良策，对各项事业进行治理和改革。就官办学校教育而言，从首任提学使杜彤开始即结合当时新疆社会实际情况，制定和推行一系列的改革制度和措施，但是收效却是甚微。作者曾问吾在《中国经营西域史》论述中，也据实情考证了当时官办学校教育不发达的原因。

---

① 曾问吾《中国经营西域史》，第407页。

(一)由于新疆天然地理条件的限制，不能开展文化教育之交流

新省四面高山峻岭，且其四邻地方如蒙古、甘肃、青海、西藏、印度、阿富汗、西土耳其斯坦等，多为文化落后之区域。新疆人民处此闭塞深锢之天然环境中，不能与其他各文明国家接触，甚少观览比较，缺乏时代刺激，人民不知学问为可贵，有此天然限制，故教育不能进步。①

(二)由于历史造成的民族之间的隔阂根深蒂固，少数民族抵制汉文化

至于占大多数之新回亦不愿读汉书。其所以不愿之原因有四：(1)新回宗教信仰过深，多认读汉书为反宗教，失去信仰心。一班阿浑对此尤为坚决反对，故社会上无形中养成一种风气，视读汉书为可耻，而非高尚人所愿为。(2)新回不了解汉族文化，不知其内容，常存轻视观念，误认为读汉书，不能获得任何学问。(3)清代迭经变乱，新回对于汉人常存"非我族类，其心必异"之观念，以为强迫其读汉书，将希图消灭其文化，同化其民族，与其族必多不利，故汉官催促愈严，而新回恐惧怀疑之心愈深，愈不愿来读汉书矣。(4)鉴于习汉文者，不第未得政府优待，且专为当汉官之舌人而为本族之败类也。新回习汉语者原极少数，而就极少数中，能从事高尚职业者，则几绝未一见。故社会人士，对之极为失望，均认为学汉文，毫无实利，而且有害。有此种种，遂相率不令子弟入汉学堂，而成为新回社会中根深蒂固之积习矣！②

(三)由于办学不善，教师无德，加之校舍条件不好，少数民族不愿入校就学

政府所办汉学堂之腐败，与教授法之恶劣，有更使此种"回民不愿读书"现象，益趋尖锐化与严重化之势：(1)教员人选之太不讲求：各学堂之教员，多为年龄长大，毫无能力学识之人，昏朽庸聩，不足为人师表。且有黑籍中人，精神萎颓，上课时极懒散敷衍之能事。(2)有不合回教徒习惯之仪式：汉学堂中不合回教徒习惯之仪式，最使回民不满者，厥为"向孔夫子叩头"一事。(3)教授法不良常

---

① 曾问吾《中国经营西域史》，第 408 页。
② 曾问吾《中国经营西域史》，第 409 页。

有殴打学生情事；教员多脑经陈旧，教授法不良，每致学生稍有过失，或不能背诵时，必严罚苛责，鞭笞并作，甚至有用铁钉猛刺学生面部者，种种非刑，极尽残酷，新回竟目学堂为活地狱。(4)学堂环境不洁：新回素性向洁，雅好清净，而学堂内多龌龊不堪，学生殊感不耐。(5)课本之不善：清时所用以教回生之课本是《千字文》《百家姓》《三字经》《四书》等，枯燥无味，艰涩难读，虽言文大致根同之汉子弟尚有群年累月不能朗诵者，若读之而不解其意者比比皆是也。(6)校舍相距太远：各县多有戈壁，每隔百数十里而后有一村庄，当时于城内或适中村庄设立学堂，而令相距甚远之学生入学肄业，膳宿均多不便。①

(四)由于学校招生困难，为应对考核，官民相互隐瞒

因此各学堂招生极难，官府严令每家派送名额，而人民则谎报子弟已故者有之，将子弟藏匿深山穷谷者有之，甚或向乡约纳贿，或投入外籍希图免派者亦有之。有时遇官府催追过急，则雇贫家子弟一二以代读，谓之当差。学生毕业遥遥无期，往往因第二批生不易召集，地方官为顾全考成起见，将老生改易名字册报上峰，故有十数年不能出校门者，谓之老当差。②

四、曾问吾对改善新疆官办学校教育的意见

曾问吾在《中国经营西域史》中对新疆建省后官办学校教育不发达原因的论述，可谓经典，一针见血地指出了作为统治阶级的清政府在治理新疆过程中的窘境，同时也鲜明的反映了当时新疆社会民族矛盾的根源所在。对此，作者也向政府提出了今后为改变这一现状的中肯建议。

(1)学校设备之改良，须清洁适于卫生。(2)教员人选之讲究，最好用回族青年曾读汉书有、相当学识修养者充之，高其地位，优其薪俸。(3)特别课本之编订，仿平民千字课之编制，采取新疆史地风俗人物，关于国家世界大势，及三民主义五族平等等诸教材，以为课本，由中央编印发用。(4)学生在学时期，免其徭役；毕业后或资送内省求学，以资深造；或量才录用，委任乡约之类，著有政绩者，可任

---

① 曾问吾《中国经营西域史》，第408—409页。
② 曾问吾《中国经营西域史》，第410页。

命为县长。(5)利用礼拜寺为学校,联络阿浑为董事,反复阐明,兴办汉学,与回教无妨害,与回民有利益。如此,庶可祛新回恐惧怀疑之观念,消除畏读汉书、仇视学校之心理,踊跃来学,于是可期。①

五、结 论

清末新疆建省彻底结束了自乾隆朝以来在新疆长期实行的军府制度,自此,新疆与内地各省行政建制统一,政令一致,新疆与内地的政治、经济、文化和教育等方面的联系交流更为密切,这对于新疆经济社会的发展,对于多民族统一国家的发展来讲,都有着不可低估的实际意义。在半殖民地半封建社会里,在民族矛盾、阶级矛盾日渐激化的历史背景下,清王朝在行将灭亡之际,最终能够收复新疆,取缔压迫百姓的札萨克、伯克制度,在全疆范围内推行府县制度,使相当一部分维吾尔人民由农奴变成农民,成为国家的"编户齐民",成了自耕农,许多地方的社会阶级结构由"农奴主—农奴"转变为"地主—农民",这些虽然仍是封建性质的社会阶级关系,但有很大的区别。② 因此说,新疆建省是中国民族统一历史上要充分肯定的一件大事。

新疆建省后,清政府立即着手恢复社会生产秩序,出台一系列政策法令,并且在较短的时间里收到了一定的实效,其中官办学校教育也成了这一时期社会治理的一个亮点。曾问吾在《中国经营西域史》中对新疆建省前后的官办学校教育状况做了对比,特别是对当时新疆教育滞后和存在的问题进行了详细地分析,并提出了解决的建议和办法,这些意见对于今天我们关注和发展新疆民族教育工作依然有着重要的参考价值。

曾问吾在《中国经营西域史》的"例言"中写道:"本书之作,旨在发扬中华民族向西开拓之伟绩,以期唤醒国人注意西域,共筹巩固国防之策,而奠复兴民族之基。"③当前,在国家"一带一路"倡议实施的背景下,新疆更应该利用好"对口援疆"的资源优势,抓住机遇,大力推进民族教育工作,促进社会各项事业稳定、健康地发展。

(本文原载《昌吉学院学报》2016年第5期,第21—26页;有删改)

---

① 曾问吾《中国经营西域史》,第410页。
② 吴福环《我国边疆治理制度近代化的重要举措——论新疆建省》,第34页。
③ 曾问吾《中国经营西域史》,第2—3页。

唐西州契约的基础研究

裴成国

契约是敦煌吐鲁番社会经济文书中非常重要的一类,因其数量大、内容丰富、与基层百姓社会经济生活息息相关,百余年来备受学界重视。以往的研究成果非常丰富,既有契约文书的整理释录,[①] 也有借助敦煌吐鲁番契约研究契约形制或梳理契约的发展演变史,[②] 还有学者运用契约研究中古时期的社会生活。[③] 敦煌吐鲁番契约文书包含丰富的法制史内容,因而从法制史角度入手也是一个重要视角,这方面也积累了大量成果。[④] 麹氏高昌国时期的契约此前笔者已经做过研究,本文将主要探讨唐西州契约。

此前从文书学角度对吐鲁番契约做过整体考察的有陈国灿先生和吴震先生。陈国灿

[①] Tatsuro Yamamoto, On Ikeda co-edited, *Tun-huang and Turfan Documents Concerning Social and Economic History* Ⅲ, Contracts (B) plates, the Toyo Bunko, 1986; Contracts (A) Introduction & Texts, the Toyo Bunko, 1987. Supplement, Contracts (B) plates, the Toyo Bunko, 2001; Contracts (A) Introduction & Texts, the Toyo Bunko, 2001. 张传玺主编《中国历代契约会编考释》上、下册,北京:北京大学出版社,1995 年。沙知《敦煌契约文书辑校》,南京:江苏古籍出版社,1998 年。

[②] 池田温《契》,池田温编《讲座敦煌》5《敦煌汉文文献》,东京:大东出版社,1992 年;收入池田温著,张铭心、郝轶君译《敦煌文书的世界》,北京:中华书局,2007 年,第 160—188 页。张传玺《契约史买地券研究》上编《契约史研究》前四章,北京:中华书局,2008 年。王旭《契纸千年:中国传统契约的形式与演变》,北京:北京大学出版社,2013 年。乜小红《中国古代契约发展简史》第四章《经济关系的券契及其发展》,北京:中华书局,2017 年。

[③] 童丕著,余欣、陈建伟译《敦煌的借贷:中国中古时代的物质生活与社会》,北京:中华书局,2003 年。徐秀玲《隋唐五代宋初雇佣契约研究——以敦煌吐鲁番出土文书为中心》,北京:中国社会科学出版社,2017 年。

[④] 仁井田陞《中国法制史研究:土地法·取引法》,东京:东京大学出版会,1960 年;仁井田陞《中国法制史研究:奴隶农奴法·家族村落法》,东京:东京大学出版会,1962 年。Valerie Hansen, *Negotiating Daily Life in Traditional China: How Ordinary People Used Contracts*, 600—1400, New Haven: Yale University Press, 1995; 韩森著,鲁西奇译《传统中国日常生活中的协商:中古契约研究》(中译本),南京:江苏人民出版社,2008 年。罗彤华《唐代民间借贷之研究》,北京:北京大学出版社,2009 年。

先生《由雏形走向定型化的契约——谈谈吐鲁番出土契券》一文揭示了吐鲁番出土的十六国、高昌国至唐西州时期的契约内容和条款的演进和变化，分别从买卖契约、借贷契约、土地租佃契约入手，具体比较和梳理了契约条款逐渐成熟和定型的表现。① 吴震先生在《吐鲁番出土券契文书的表层考察》一文重点从形式和语词的发展与演变两个方面进行研究。他将吐鲁番出土契约分为三期，第一期为晋—十六国时期；第二期为高昌国时期；第三期为唐代，自贞观十四年（640）起。唐代又分为初唐（Ⅲⅰ，包括武周，止于睿宗朝）、盛唐（Ⅲⅱ，开元、天宝年间）和中唐（Ⅲⅲ，至德至大历年间）三个阶段。吴震先生归纳第三期较第二期的变化包括：1. 立契年次下省去干支岁次；2. 自贞观末年起，券文内券主双方姓名上冠以所属乡名（Ⅲⅱ期后或省）；3. 由于画指节习俗逐渐流行，券末之"各自署名为信"，改为"获（画）指为信（记）"；4. 券主双方并列署名于券后；5. 券后并列之关系人中"倩书"署名移后，永徽以后渐省，Ⅲⅲ期偶见，作"书契人"；第二期之"时见"作"知见"；增加"保人"联署，其位置在券主之后，"知见"人之前；6. 券主与关系人署名并画指节且书其年岁，Ⅲⅰ期仅买卖契上一见，Ⅲⅱ期渐多，Ⅲⅲ期更为普遍；7. 买卖、夏佃券契中，首列标的物于契文之前，自Ⅲⅱ期始；8. 有些契纸背面可见契合文记。② 吴震先生归纳的以上变化大都正确，但也有个别地方需要修正；另外，限于文章的结构，契约形制的演变不是吴震先生论述的重点，因此也遗留了一些问题，比如画指问题等。至于契约的用纸、书写、废弃等基本问题都未论及，因而仍有专门研究的必要。

一、唐西州契约的典型性问题

在进入文书学的研究之前，笔者想先探讨一个基本问题，即唐西州契约的典型性问题。像大多数敦煌吐鲁番文书一样，地域特色的问题是绕不开的，也就是唐西州的契约文书反映出的只是西州一地的情况，还是在全国具有典型性的问题。就内容而言，既然是边疆地区出土，一定会有一些具有地方特点的内容，比如雇人上烽契在唐西州契约中数量不少，但在全国其他地区不一定会有。那么笔者此文重点讨论的书写和形制问题怎

---

① 陈国灿《由雏形走向定型化的契约——谈谈吐鲁番出土契券》，《文史知识》1992年第8期，第24—30页。
② 吴震《吐鲁番出土券契文书的表层考察》《敦煌吐鲁番研究》第1卷，北京：北京大学出版社，1995年；收入作者著《吴震敦煌吐鲁番文书研究论集》，上海：上海古籍出版社，2009年，第420页。

么样呢？我们首先想到的是唐朝是律令制社会，契约文书作为一类法制文书，必定会有统一的规范。西州确实执行了唐律令规定的诸多基本制度，但既有的研究也表明，西州在执行唐朝制度之时因地制宜进行调整的例子也有不少。比如中宗朝之后西州均田制执行的是每丁十亩的标准；根据贞观户籍，西州丁男一人的租调是租六斗、缣布二丈，与唐赋役令规定的租二石，调布二丈五尺、麻三斤的规定不同。那么就契约的形制而言，西州契约与全国其他地区是否相同呢？这是必须明确的问题。

要研究这个问题，我们需要寻找唐西州之外地区留存的契约进行比较方可。P.4053《唐天宝十三载？(754?)道士杨神岳便粟契》、P.4053《唐天宝十三载(754)龙兴观道士杨某便麦契稿》①、S.5871《大历十七年(782)霍昕悦便粟契》、S.5870+S.5872《唐大历某年女妇许十四举钱契》、S.5867《建中三年(782)马令痣举钱契》②等6件契约（契稿）时间都在敦煌陷蕃之前，契约或完或残，但可见部分都与同时期西州契约几乎无二致，如有的契约中出现"官有政法，人从私契"，并且当事人画指，名字之后记有其年岁等。与唐西州契约稍有不同的就是有部分敦煌契约末尾的用语"两共对面平章，画指为记"，西州契约中没有"对面"二字。可以说，沙州契约与同时期西州契约形制是一致的。这种一致性是否仅局限于西北地区的沙、西二州呢？我们还需其他地域的契约来证明。

吐鲁番文书中非常难得地保存了一件洛州的契约，即阿斯塔那204号墓出土的《唐贞观二十二年(648)洛州河南县桓德琮典舍契》（以下简称《桓德琮典舍契》）。先移录文书如下以便分析。

1 ☐观廿二年☐月十☐日，河南县张☐☐
2 ☐法惠等二人，向县诉桓德☐☐宅价
3 钱，三月未得。今奉明府付坊正☐向县。
4 坊正、坊民令遣两人和同，别立私契。
5 其利钱，限至八月卅日付了。其赎宅价
6 钱，限至九月卅日还了。如其违限不还，任
7 元隆宅，与卖宅取钱还足，余乘(剩)任
8 还桓琮。两共和可，☐指为验。

---

① 唐耕耦、陆宏基《敦煌社会经济文献真迹释录》第二辑，北京：全国图书馆文献缩微复制中心，1990年，第76—77页。
② 唐耕耦、陆宏基《敦煌社会经济文献真迹释录》第二辑，第137—141页。

```
9        负钱人  桓德琮   琮
10       男大义          义
11       同坊人  成敬嗣
12                      嗣
13       坊正李  差  经
```

从内容来看，这件文书并非一件普通契约，而是契约订立之后债务人未及时偿还债务引起纠纷，债权人向河南县提起诉讼，经坊正李差经、坊民调解，限期还钱，两人合意二次订立的契约，吴震先生认为应题作《桓德琮负典宅赎价限期偿还契》①，池田温先生题作《唐贞观廿二年八月十六日洛州河南县张元隆等索钱契》②。就基本格式来说，这件契约与同时期的西州契约，如同年十月西州订立的《唐贞观二十二年（648）索善奴佃田契》③（以下简称《索善奴佃田契》）几乎完全一致，④ 不管是程式化的语言，还是末尾的画指，甚至证人的人名之后画指的指节之间另书人名中的一字，也都一致。这件契约的债权人张元隆，应是贞观十四年高昌国灭之后被迁居中原的高昌人中的一员。贞观末年唐朝开放西州和中原移民之间的人员往来，已经去世的张元隆的骨灰被同族人带回西州下葬，同时随葬了这件很可能是张元隆生前遗命要求随葬的契约。⑤ 这件洛州河南县订立的契约，是债务纠纷引起诉讼之后经调解重新订立的，当事人理应遵循通行规范，可以看作当时中原订立契约的一个标准样板。值得注意的是契约末尾证人的人名之后画指的指节之间另书人名中的一字，这种做法此后并未流行，很可能只是画指执行之初，百姓不清楚具体的操作办法而根据自己的理解采取的一种做法，但巧合的是同年订立的西州契约《索善奴佃田契》上也出现了这种情况。总之，洛州《桓德琮典舍契》与西州契约在格式上的高度一致性，充分证明了西州契约的典型性。

如前文介绍的吴震先生的研究认为，吐鲁番出土唐代契约可分为三期，第二期（开

---

① 吴震《吐鲁番出土券契文书的表层考察》，《吴震敦煌吐鲁番文书研究论集》，上海：上海古籍出版社，2009年，第429页。
② Tatsuro Yamamoto, On Ikeda co-edited, *Tun-huang and Turfan Documents Concerning Social and Economic History* Ⅲ, (A), p.16.
③ 唐长孺主编《吐鲁番出土文书》（贰），北京：文物出版社，1994年，第177页。
④ 可能由于《桓德琮典舍契》是产生纠纷之后二次订立的所以格式与普通契约也还有不同，如末尾的"坊正"的出现。
⑤ 裴成国《唐朝初年西州人与洛州亲属间的几通家书》，荣新江主编《唐研究》第22卷，北京：北京大学出版社，2016年，第346—348页。

元、天宝时期)的显著变化有：首列标的物于契文之前，契约末尾当事人人名后书其年岁。这种变化在西州之外其他地区的契约中也同样存在。如出自于阗的《唐大历十六年(781)杰谢合川百姓勃门罗济卖野驼契》是一件汉文、于阗文的双语契约，首行书"野驼壹头父拾岁"，末尾当事人人名后书其年岁，[1] 与同期西州契约完全一致。前文所举敦煌陷蕃之前的六件契约因并非买卖、夏佃契约，所以首行未列标的物，但末尾当事人都书有年岁，也与西州契约相一致。由此，我们可知当时唐朝整个帝国版图之内，包括四镇地区契约书写格式都是统一的，变化也是同步的。唐西州契约的典型性是毋庸置疑的。

二、唐西州契约的概况

吐鲁番墓葬文书除一少部分专门随葬的以外，大多数被制成明器埋入墓葬。[2] 文书来源有官府、私人、寺院等不同途径，与墓主人有关或无关，入葬具有偶然性。制作明器的形式包括经裁剪制作成的鞋、帽、腰带、纸衾、纸棺，以及不经大幅裁剪直接铺设在停尸席上。用于制成明器的官府文书应当得自官府废弃的文案，包括户籍手实、田亩簿、赋税征收簿、账簿、行政文书、馆驿文书等，还有民间的寺院文书和百姓私人文书，包括寺院破历、名籍、百姓纳税证明、契约等。就数量而言，官府文书和民间文书约略相当。契约只是民间文书中的一种，留存也具有偶然性。

墓葬中纸质明器文书出土的数量多少并不均衡，这与不同阶层的葬具差别有关。社会上层采用棺木、死者穿戴都用丝绸等实物，使用纸质明器的机会很少，[3] 反而社会下层百姓会更多使用纸质明器，如迄今出土文书最多的阿斯塔那506号张无价墓，用文书制作了一具纸棺。就契约的使用而言，社会底层的百姓比社会上层的机会更多，因为社会底层的百姓才需要经常性从事借贷、租佃、雇佣等经济活动，所以使用纸质明器的平民墓葬出土契约的概率也较高，客观上反映了当时普通百姓生活与契约的密切关系。

---

[1] 张广达、荣新江《圣彼得堡藏和田出土汉文文书考释》，《敦煌吐鲁番研究》第6卷，北京：北京大学出版社，2002年，第232—234页。

[2] 除墓葬出土之外，还有少量出自交河故城、柏孜克里克千佛洞、台藏塔等地面遗址。

[3] 目前吐鲁番发掘的等级最高的唐墓应该是阿斯塔那336号墓和哈拉和卓383号北庭副都护高耀墓，阿斯塔那336号墓葬具葬式不明，没有出文书，高耀墓有棺木，也未出文书(也有可能是墓室深，环境潮湿没能保存下来)。其次阿斯塔那206号张雄夫妇墓等级也很高，虽然出了文书，但文书大多拆自舞俑身上，而非纸质明器。

吐鲁番出土的各类文书中，契约是数量很大的一类。吐鲁番出土契约已经公开发表的共有320件①，唐西州以前143件，唐西州契约177件。② 唐西州时代的177件中，集中收录情况如下：《吐鲁番出土文书》收录141件，《大谷文书集成》收录13件，③《敦煌吐鲁番社会经济资料》收录1件，④《斯坦因所获吐鲁番文书研究》收录6件；陈国灿先生《鄯善新发现的一批唐代文书》一文收录13件，⑤《新获吐鲁番出土文献》收录3件。吐鲁番文书中真正随葬的完整文书主要包括随葬衣物疏、功德疏、买地券、告身等，大多与百姓的丧葬观念有关，数量并不大。已经出土的契约虽然数量不小，但绝大多数都是经过裁剪制作成明器随葬的，所以完整的契约仅占很少部分。据笔者统计，177件唐西州时代契约中真正完整、没有裁剪痕迹的契约只有16件，⑥ 不到十分之一，其中有10件都出自阿斯塔那4号墓。契约存纪年者最早为《贞观十四年（640）张某夏田契》，最晚的是《唐大历三年（768）僧法英佃马寺契》。

　　选取完整的契约文书测量，我们可知用纸的纸幅大小。笔者测量了9件契约，数据如下⑦（左右×天地，单位：厘米）：

　　1.《唐龙朔元年（661）龙惠奴举练契》：35×28

　　2.《唐麟德二年（665）张海欢、白怀洛贷银钱契》：39.58×29.17

　　3.《唐乾封元年（666）郑海石举银钱契》：40.83×28.96

　　4.《唐乾封三年（668）张善憙举钱契》：38.75×28.33

　　5.《唐总章三年（670）左憧憙夏菜园契》：41.09×28.91

---

① 这里的统计只包括汉文文书。
② 遗书和市券的性质与普通契约差别较大，为研究方便，本文暂不讨论。
③ 《大谷文书集成》收录的许多文书之前学者们在研究中已经利用和发表过，为方便统计，此前单独发表的情况都不计，而以《大谷文书集成》的集中收录为准。特此说明。
④ 《敦煌吐鲁番社会经济资料》(Tatsuro Yamamoto, On Ikeda co-edited, *Tun-huang and Turfan Documents Concerning Social and Economic History*)按契约类型集中收录了大量唐西州契约，与《吐鲁番出土文书》和《大谷文书集成》大多重复。为方便统计，凡收入《吐鲁番出土文书》和《大谷文书集成》者，《敦煌吐鲁番社会经济资料》统计均不计入。需要说明的是，集中收录契约的《敦煌吐鲁番社会经济资料》第三册出版要比《大谷文书集成》第2卷早；《敦煌吐鲁番社会经济资料》增补卷出版也比《大谷文书集成》第3卷早。
⑤ 陈国灿《鄯善新发现的一批唐代文书》，《敦煌吐鲁番研究》第9卷，北京：中华书局，第123—141页；后经修订收入荣新江、李肖、孟宪实主编《新获吐鲁番出土文献》，北京：中华书局，2008年。
⑥ 其中阿斯塔那35号所出的《唐咸亨四年（673）杜队正买驼契》边角部位稍有残缺，且纸面有印渍，应是陪葬墓中朽烂所致。
⑦ 需要说明的是，以下数据并非据文物实测，而是根据《吐鲁番出土文书》（图录本）的图版测量所得。

6.《唐总章三年(670)张善意举钱契》：40.43×30.21
7.《武周长安三年(703)曹保保举钱契》：42.05×29.78
8.《唐开元二十一年(733)石染典买马契》：35.42×28.75
9.《唐贞观二十二年(648)洛州河南县桓德琮典舍契》①：39×28.75

需要说明的是，以上完整契约的纸张边缘也不整齐，不同位置尺寸相差二三毫米是很常见的。观察以上数据，我们发现，9件契约的左右长度相差超过7厘米，相比较来说，天地的尺寸相差基本在2厘米以内，基本上都接近唐代一尺的标准。② 第9件洛州河南县订立契约的数据也说明西州契约的纸幅也与中原用纸的纸幅相当。值得一提的是，第5、6两件契约订立时间相差仅一月，纸张尺幅也有差别。在没有机械化作业的唐代，民间文书的尺幅精确可能也不是当时人追求的目标。

尺幅之外，书写的情况讨论文书正背面、合同契和书手三个问题。

唐西州官府文书正背两面书写是常见情况。如阿斯塔那61号墓所出文书中，《唐麟德二年(665)张玄逸辩辞为失盗事》和《唐意安等匠人名籍(一)》等文书粘接之后背面书写了《唐西州高昌县上安西都护府牒稿为录上询问曹禄山诉李绍谨两造辩辞事》③、《唐郭阿安等白丁名籍》背面书写了《唐田绪欢等课役名籍》④；阿斯塔那35号墓《武周证圣元年(695)前官阴名子牒为官萄内作夫役频追不到事》背面书写《武周阴仓子等城作名籍》⑤；阿斯塔那230号墓《唐开元九年(721)里正记雷思彦租取康全致等田亩帐》背面书写《唐馆驿文书事目》，《武周沙州敦煌县田亩帐》背面书写《武周牒为镇果毅杨奴子等娶妻事》⑥，例子很多，不备举。百姓的文书也常见正背面书写的情况，如阿斯塔那15号墓文书《武周西州高昌县顺义乡人严法药辞为请追勘桑田事》背面书写《武周长安二年(702)西州高昌县顺义乡人苟仁辞》⑦。作为法制文书，唐西州的契约会正背面书写吗？我们先关注一下此前的高昌国时代的情况。

高昌国时代契约正背两面书写以及两件契约书写在同一纸同一面的情况并不鲜见。

---

① 《桓德琮典舍契》右半部边角残缺较多，但不影响测量。
② 关于唐尺，研究者大都认为一尺约合今30厘米。现今搜集到的唐尺已达30余支，大尺尺度也参差不齐，其伸缩范围在29－31.8厘米之间。丘光明《中国古代度量衡》，北京：商务印书馆，1996年，第145－146页。
③ 唐长孺主编《吐鲁番出土文书》(叁)，北京：文物出版社，1996年，第237－246页。
④ 唐长孺主编《吐鲁番出土文书》(叁)，第249、254页。
⑤ 唐长孺主编《吐鲁番出土文书》(叁)，第519－520页。
⑥ 唐长孺主编《吐鲁番出土文书》(肆)，北京：文物出版社，1996年，第79、81、83页。
⑦ 唐长孺主编《吐鲁番出土文书》(叁)，第430－431页。

2013年刊布的新疆博物馆新获高昌国时期15件契约，契约被剪裁做成纸鞋，都有残缺，有纪年的6件为和平(551—554)、建昌(555—560)年间书写。这些契约有4组11件为正背关系，其中有两件契约写在一纸上的情况3例，还有一件契约背面书写了《高昌立课诵经兄弟社社约》。15件契约中8件都明确是涉及同一人"郑凤安"，另外几件契约可能亦为此人所有，研究者推测这批文书应出自郑凤安的墓葬。① 其中正背书写的一组《高昌和平二年(552)四月王文孝从郑凤安边举麦券》和《高昌建昌四年(558)某人从郑凤安边夏田券》②时间相距仅六年，《高昌和平三年(553)郑凤安买田券》与背面书写的当为建昌四年(558)的《高昌□寅岁六月苏法□买马券》时间相距仅五年。目前墓葬所出建昌年间文书较少，但同出自阿斯塔那169号墓时间当在建昌四年二月九日以前③的《高昌僧僧义等僧尼财物疏》和《高昌僧僧副等僧尼财物疏》，《高昌写本〈孝经〉残卷》和《高昌书仪》，都是正背两面书写。由此可见高昌建昌年间官私文书、百姓契约正背面书写应当是非常普遍的情况。建昌以后，两件契约写在同一纸上的情况虽然继续存在，但明显减少，④ 而利用背面书写其他契约的情况似乎未见。到唐西州时代，尽管官府文书正背两面书写，二次利用的情况很常见，但契约则不然。

唐前期未见契约正背两面书写，或者两件契约写在同一面的情况；出现两件契约写在同一纸上的情况要晚至天宝年间。目前所见的两例都出自阿斯塔那506号墓，即《唐天宝十三载(754)杨堰租田契》和《唐天宝十三载张元举男方晖租田契》。细读两件契约，发现两件契约的标的物都是沙堰渠部田贰亩，且都是天宝十四载租种。第二件契约首句不写时间径直写"张元举男方晖与杨晏边领得沙堰渠部田贰亩"，说明张方晖实际是从杨晏处转租了这块土地。⑤ 这两件契约写在同一纸上是因为没有第一件契约，第二件契

---

① 陈国灿《对新出一批高昌券契的认识》，中国文化遗产研究院、新疆维吾尔自治区博物馆编《新疆博物馆新获文书研究》，北京：中华书局，2013年，第311页。

② 《新疆博物馆新获文书研究》，第202、205页。

③ 该墓葬出土了《建昌四年张孝章随葬衣物疏》，墓葬文书下限由此可以确定。唐长孺主编《吐鲁番出土文书》(壹)，北京：文物出版社，1992年，第207页。

④ 阿斯塔那365号墓所出的《高昌延昌二十八年(588)王幼谦夏镇家麦田券》和《高昌延昌二十九年(589)董神忠夏田残券》连写在同一纸上，两件契约租种的都是镇家田；同墓所出的《高昌某人夏树(或葡萄园)残券》与《高昌某人从孟儶边夏□残券》也连写在同一纸上，"吐鲁番文书整理小组"推测第一件的出夏方可能也是主簿孟儶，出夏的标的物应当也归镇家所有；阿斯塔那34号墓的《高昌延和元年(602)隗某举麦残券》和《高昌延和元年(602)□□宗从左舍子边举大麦券》也接连书写在同一纸上，推测两件契约的债权人应当是同一人。

⑤ 《杨堰租田契》中租田人的名字写作"堰"(未及检阅原卷，文书图版模糊不清，录文写作"堰")，而第二件写作"晏"，可能因第一件契约田地位置中有"沙堰渠"，书契人因以致误，实际上是同一人。

约无以自明，所以必须如此。第二例是《唐至德二载(757)杨晏租田契》，在第1件契约之后接连书写了两行内容，"□交□小麦二斛于白如奕边租取□□娶□分部田一亩，其契准上。田主白如奕载卅"可知，后件契约的租田人也是杨晏。另外，用使用过的文书背面书写契约的，管见所及仅有一件，即阿斯塔那184号墓文书《唐家用帐》的背面书写了《唐道士梁玄忠便钱契》，文书整理组根据"玄忠"之名又见于同墓所出文书《开元十二年(724)残书牍》，推测本件亦当是开元年间契约。总体来看，唐西州契约一契一纸几成规律，绝少出现两契写在一纸上的情况，后期稍有例外。

入唐之后，之所以一契一纸成为定制，一方面因为契约涉及双方的权利和义务，是法律凭证，客观上需要妥善保管，另一方面也与契约制度有关，即契约背面需要书写用于验真的"合同"文。

唐代对民间契约采取"任以私契，官不为理"的态度，确立了政府不主动干预私契的放任原则，对不同类型的经济活动涉及的契约政策又有差别。对于土地、奴婢、马牛驼骡驴等买卖，民间订立私契之后，必须经官府批准给以市券，方为合法，对没有及时订立市券的要处以刑法。对民间的租赁、借贷、雇佣、抵押、典当等经济活动的契约，官方不予干预，但法律承认并保护私人之间订立的契约。在当事人之间发生纠纷不能通过协商解决时，才由国家政府出面予以解决；对"契外掣夺、违法积利"等违犯公法规则的行为，则予以干预，用立法手段保护契约当事人的权力。[①] 基于官府的态度和法律环境，民间契约的订立尽管以诚信为基础，但也需要有避免纠纷的防范措施，如在契约背面书写用于检验真伪的"合同"，在契约末尾署名画指等。

关于合同契的问题，张传玺先生指出，隋唐以后，合同契主要使用于租赁、借贷、雇佣、抵押、典当等契约中，在买卖关系中使用的已很少，一般买卖关系多使用单契。[②] 那么唐西州契约中合同契有多少呢？根据目前文书刊布著作提供的信息，我们可以找到8例，[③] 罗列如下：

1. 大谷文书2828号《唐显庆四年(659)张君行租田契》，背面款缝写有"合同"二字的合体字，存右半字。契约中没有提到"契有两本，各捉壹本"。

---

① 陈永胜《敦煌吐鲁番法制文书研究》，兰州：甘肃人民出版社，2000年，第101页。
② 张传玺《契约史买地券研究》，北京：中华书局，2008年，第50—51页。
③ 2001年鄯善县洋海墓地出土文书《唐吕致德租葡萄园契》，契约中记"契有两本，各捉壹本"，但契约背涂墨，不清楚是否存"合同"文记，论理应当亦有。同墓所出《武周吕□□佃田契尾》残文也可见"契有两"原文应该也是"契有两本，各捉壹本"，文书残甚，背面情况不详。荣新江、李肖、孟宪实主编《新获吐鲁番出土文献》，第370、372页。

2. 阿斯塔那337号墓《唐龙朔三年(663)西州高昌县张海隆夏田契》，纸背可见折缝处所写的"合同"文记，本件存所书左侧。契约中有"契有两本，各捉一本"。

3. 阿斯塔那317号墓《唐赵荫子博牛契》，本件背面中央有契合字的左半，契约中有"□两本，各捉壹本"。

4. 阿斯塔那506号墓所出《唐张小承与某人互佃田地契》，背面下部中间有"合同"二字左半。契约中有"契有两本，各执一本"。

5. 阿斯塔那506号墓所出《唐孙玄参租菜园契》，背面中间有"和同"二字之左半。契约中记"契□□本，各执一本"。

6. 鄯善县洋海墓地所出《武周吕憨子从和行本边佃葡萄园契》，背面有"合同"二字的左半。契约中记"契有两［"①。

7. 斯坦因所获吐鲁番文书《武周天授三年(692)西州高昌县武城乡张文信租田契》背面有合同类文记左半，契约中记"契两本，各执一本"②。

8. 2006年征集文书《唐景龙二年(708)十一月八日西州高昌县宁大乡肯义租田契》，正面有大写的"合同文"，契约中记"］各执壹本"③。

因为绝大多数唐西州契约都是经过裁剪、残缺不全的，所以原本应当有更多的契约订立时就是同时书写两份，折叠之后对接并在折缝处书写"合同"二字。但从目前情况来看，书写两份的也并非都背书"合同"二字。情况到底怎样呢？

以上8件中，除第3件是博换契约之外，其余7件都是租佃契约，租佃契约是使用合同契最多的一类。8件当中，比较特殊的是第8件，从残存的"各执壹本"可以确定契约写有两份，但"合同文"写在正面却是罕见的情况。另外7件都背书"合同(和同)"，并且第2到第7件的契约正文中也写有"契有两本，各捉(执)壹(一)本"。第1件契约从背书"合同"来看必定是同时写有两份，但从基本完整的契约内容中确实看不到"契有两本，各执一本"这类声明，这说明立契时同时书写了两份的也未必会在契约中声明"契有两本"，没有在契约中说明"契有两本，各执一本"的，也未必就不是书写了两本的。我们可以从阿斯塔那4号墓所出的左憧憙契约中做一考察。该墓所出15件契约中，有左憧憙的2件夏菜园契、1件夏葡萄园契、1件夏田契。在这4件租佃契约中，左憧憙都是租佃方，契约中约定租佃期限往往超过一年，租金也是分期支付，在这种情况下，作为债权人的土地主人一定要持有契约，作为日后讨要租金的凭据。尽管

---

① 荣新江、李肖、孟宪实主编《新获吐鲁番出土文献》，第369页。
② 陈国灿《斯坦因所获吐鲁番文书研究》，武汉：武汉大学出版社，1994年，第239—240页。
③ 荣新江、李肖、孟宪实主编《新获吐鲁番出土文献》，第326—327页。

四位土地主人的那一份契约今天没有保存下来,尽管契约中无一例写明"契有两本,各执一本",尽管完整的租佃契约背后也未见"合同"字样,我们确信这4件契约书写之时都是书写了两本的。这个墓葬中还出土了1件《唐总章元年(668)西州高昌县左憧憙辞为租佃葡萄园事》,这是左憧憙为之前租佃的赵廻□的一所葡萄园而向县司上的辞,为了向县司说明葡萄园租佃的相关情况,我们确信左憧憙在给县司呈词之时,必定要把这份租佃契约一起呈上,尽管墓中随葬的15件契约中没有这1件(保留下来的葡萄园租佃契约园主是王输觉,并非这一所),但我们确定左憧憙身前曾持有过这件契约。用这个例子,笔者想证明,合同契的数量必定比我们看到的要多得多,大量没有保存下来的契约是真实存在过的。尽管今天留存的唐西州契约中找不到两件同时订立的合同契,但当时一式两份的合同契必定不会少,尤其是在租佃契约中。

标准的合同契理应同时书写两份,在契约中专门注明"契有两本,各执壹本",然后折叠拼合,在接缝处书写"合同"二字,以备日后验证。上文列举的第1例背书"合同"而契约中未记"契有两本"之语,第8例"合同文"写在正面,都是实际操作中贯彻不严的表现,但契约的效力并不会因此受损。

契约的书写具体是如何进行的呢?订立契约首先要备好纸。高昌国时期当地就有"纸师",唐西州还有"纸坊"①,西州当地应当可以造纸,官府用纸质量上至少分两种。② 从天宝二载交河郡市估案我们看到大量内地产品在西州市场行销,外地纸张也有条件进入西州。③ 订立契约除了买纸以外,请人书写应当也需要花钱。阿斯塔那184号墓出土的《唐家用帐》记载"五月五日,六十籴面,卅买酱,十八买酢",也记载"伍拾文为缘勋官事文辞用",在识文断字率低的时代,普通百姓订立契约、作家书或者向官府呈词等都需要专门请人代笔。在日常经济生活中经常需要订立契约的情况下,请人代笔可能也是普通家庭的一笔常规性支出。契约的形式从魏晋南北朝到唐代的一个重要变化就是"书券""倩书"的退出和"保人"的加入。唐西州时期的契约虽然极少见到末尾注明书契人的例子,但大多数百姓的契约继续需要请人代笔,则是一定。高昌国时期的契约书手有两个特点:其一,道人(僧人)充当契约书手是高昌国时期的一个显著的特点,这主要是因为僧人是当时的知识群体,大多能识会写;其二,个别俗人也充当了

---

① 唐长孺主编《吐鲁番出土文书》(肆),第385页。
② 大谷文书5839《开元十六年(728)请纸牒案》所记河西市马使请纸分案纸和次纸,《大谷文书集成》第三卷,第208页。
③ 此次研究过程中未得机会检阅文书原卷。从文书图版来看,洛州河南县订立的《桓德琮典舍契》所用纸张为白色,与大多数西州契约用纸颜色迥异。

契约书手，但这些人在自己订立契约时却必须找人代笔，这主要是高昌国时期契约"署名为信"的规定使然。唐西州的契约末尾依次列名的是债权人和债务人、保人、证人，一般不会写上书手名字。幸运的是，有几件契约的末尾保留了一些信息。阿斯塔那40号墓出土的《唐保人安不六多残契》的末尾注明"书人宁欢保"[①]，《唐天宝五载(746)闰十月十五日某人从吕才艺租田契》末行书"倩书人浑仙"[②]；阿斯塔那506号墓出土的《唐乾元二年(759)康奴子买牛契》末尾最后一行注明"□契人高元定"[③]；大谷3107号《唐开元廿四年(736)二月张某从佐小礼租田契》末行书"倩书地主□□□"。四例中的最后一例引人注目，"倩书地主"的写法表明地主自己书写了该件契约。由此件契约不难想到唐西州的部分契约可能是由当事人自己书写的，唐西州契约在程序上的"画指为信"取代了之前高昌国的"署名为信"，为契约当事人自己书写契约扫除了技术上的障碍。

三、唐西州契约的画指及形制演变

唐西州的契约较之前高昌国时期契约在形式上的另一个变化是契约末尾的"画(获)指为信(记)"取代了之前的"署名为信"，也就是画指节代替了之前的署名。回顾十六国至唐代吐鲁番地域的契约形制发展史，作为民间文书的契约，其形制发展中自我完善的内在动力占据主导，官方的介入也提供了助力。十六国时期契约的书写材料始变为纸，书写格式和用语都不固定，但却孕育了后来形制规范的高昌国契约。《前凉升平十一年(367)王念卖驼券》[④]《前秦建元十三年(377)赵伯郎买婢券》[⑤]《高昌建平五年(441)张鄩善奴夏葡萄园券》[⑥]的末尾都注明了契约书手姓名，称之为"书券"，并且书手还担有证人之责[⑦]，《高昌建平四年(440)道人佛敬夏田券》中明确写明"各自署名"。《阚氏高昌永康十二年(477)闰月十四日张祖买奴券》末尾写作"请宋忠书信"，契约中没有提到

---

① 唐长孺主编《吐鲁番出土文书》(叁)，第301页。
② Tatsuro Yamamoto, On Ikeda co-edited, *Tun-huang and Turfan Documents Concerning Social and Economic History* Ⅲ, (A), p. 59.
③ 唐长孺主编《吐鲁番出土文书》(肆)，第549页。
④ 唐长孺主编《吐鲁番出土文书》(壹)，第2页。
⑤ 徐俊《俄藏 Dx. 11414 + Dx. 02947 前秦拟古诗残本研究——兼论背面券契文书的地域和年代》，《敦煌吐鲁番研究》第6卷，北京：北京大学出版社，2002年，第211页。
⑥ 王素《略谈香港新见吐鲁番契约的意义——〈高昌史稿·统治编〉续论之一》，《文物》2003年第10期；收入作者著《汉唐历史与出土文献》，北京：故宫出版社，2011年，第292页。
⑦ 契约中注明书券也"共知本约"。

署名，但买卖双方和末尾的四位证人都署了名。麹氏高昌国初年的契约《高昌承平八年(509)九月廿二日翟绍远买婢券》末尾记"倩书道护"，文中写"各自署名为信"，且契约第1行买主翟绍远确实有署名，这件契约缺少末尾的证人，但主体内容已经是非常规范的高昌契约。和之前的张祖买奴券相比，"倩书"名称的出现以及此后一百多年固定为高昌契约对书手的称呼，令人想到这可能是麹氏高昌立国之后官府可能基于民间已有的做法，对契约的形制和用语进行了统一和规范。值得注意的是，同一时期内地的契约《北魏正始四年(507)九月十六日北坊民张神洛买田券》的末尾写"画指为信，书券人潘藐"①，这件北魏契约提示我们，高昌国契约6世纪之后开始与中原契约出现了明显的形制差别，走上独自发展的道路。又过了一百多年，当地契约中出现"画指"的做法，而当时还在麹氏高昌国时期，这一点也值得特别关注。

高昌国契约中写明"各自署名为信"，但因为大多数契约末尾的列位中并无契约的当事人双方，所以署名是在契约一开始首次提到两位当事人时。通检契约发现，双方同时署名的仅有数例，债权人或债务人仅有一方署名的有17例，契约残缺不清楚有无当事人署名的占到不少，当事人双方俱存但无署名的有15例。可见"各自署名为信"在大量契约中并未得到贯彻，原因之一应该是许多人并不能识文断字做到自己署名。

契约末尾画指节的做法在高昌国末期就已经出现，但数量不多。阿斯塔那117号墓所出的《高昌延寿九年(632)十一月廿二日曹质汉、海富夏麦田券》(以下简称《曹质汉夏田券》)②的末尾除海富之外的四位当事人都用"指节为明"的方式画了指。大谷文书《高昌延寿十五年(638)六月一日周隆海买田券》③末尾周隆海的名字之后也有"指节为明"，但仅限周隆海一人。高昌国后期的画指文书不只以上两件④，阿斯塔那117号墓也出土了另外一件，不过纪年残缺，需要考订。

阿斯塔那117号墓出土两件有关吴海儿的契约，都剪为鞋底，形状完全相同。因为时间残缺，两件契约的年代都需要考订。第一件《某人买葡萄园契》(以下简称《买葡萄园

---

① Tatsuro Yamamoto, On Ikeda co-edited, *Tun-huang and Turfan Documents Concerning Social and Economic History* Ⅲ, (A), p. 2.

② 唐长孺主编《吐鲁番出土文书》(贰)，第289页。

③ 《大谷文书集成》第二册图版，Tatsuro Yamamoto, On Ikeda co-edited, *Tun-huang and Turfan Documents Concerning Social and Economic History* Ⅲ, (A), p. 7.

④ 还有大谷文书1494+3462+1500+1492+3470+3457《高昌延寿十五年(638)前后买田桃券关联断片》中明确记载"以兄欢伯妻手不解书，指节为名"，"以员海伯妻手不解书，指节为名"，Tatsuro Yamamoto, On Ikeda co-edited, *Tun-huang and Turfan Documents Concerning Social and Economic History* Ⅲ, (A), pp. 8—9.

券》)①，文书整理者的解题称，根据内容"后有人何道"判断当是买卖契约，又因为在"四至"之后接写"桃肆……"，推测应当是买葡萄园契约。又言因唐代未见买卖契，疑为高昌时物。②文书整理组的判断非常正确。在《敦煌吐鲁番社会经济资料》第三册中定名为《高昌或初唐年次未详某人买桃券》。③文书当为高昌时期契约，从第二行提到的交易货币"交孔钱叁拾文"也可证明。此处的"孔钱"应该是高昌国末年流入的唐朝开元通宝钱，因是圆形方孔，与当时高昌国流通的主要货币萨珊波斯银币迥异，故有是称。这件契约值得注意的是末尾的"时见吴海儿"和"临坐安客得"人名之后写"不解书至["，在人名和"不解书至"几个字中间画了指节，从同墓所出的《高昌延寿九年(632)曹质汉、海富合夏麦田券》人名末尾的"指节为明"来看，前件契约末尾书写的应该是"至(指)节为明"。在贞观初年唐和高昌交流频繁的背景下，不仅开元通宝铜钱传入，唐朝契约画指的习惯也传入，并且在一部分高昌国契约中被采用。尽管我们在中原或其他地区找不到武德、贞观初年的唐朝契约，但"画指为信"自唐初就是契约书写的通行规范，这一点应当是可以确定的。

高昌国后期画指契约的出现背景是当时唐朝和高昌国存在民间交流（商人可能助力颇多），具体原因则是契约形制自我完善的内在动力。"署名为信"的规定对大量百姓而言缺乏履行的基本条件，就像契约中陈述的"手不解书"；另一方面契约基本上还是民间文书，官府干预的少，所以形制的演变也一定程度上允许其自发来主导。"画指"被接受的最主要原因就是它较"署名"简便易行，因而可以说，"画指"取代"署名"成了表达个人信誉的方式。吴震先生概括唐西州契约"券主双方并列署名于券后""券主与关系人署名并画指节"，洵非事实。那么唐西州契约中的画指情况执行得如何呢？

总体来说，与契约末尾无一例外地写明"画指为信"相比，画指真正在契约中执行的并不严格。理论上来说，唐西州契约的末尾列位中当事人双方、保人、知见人都需要画指，画指应以食指或中指三个指节位置画线示意，理论上每个人手指长短不一，指节长短也不一，指节线长短具有唯一性，因而画指就是个人信誉的承诺。但在契约中，当事人是否全都画指、在哪里画指、怎样画指在执行中都做不到严格统一。以下详细举证。首先，讨论谁该画指的问题。上文提到的《唐龙朔三年(663)西州高昌县张海隆夏田契》是一份标准的合同契，契约末尾田主和佃田人都有画指，但总体来看，这种例子为

---

① 高昌契约都称"券"，按照文书整理组的意见，本件应当是高昌国时期契约，宜称为"券"。
② 唐长孺主编《吐鲁番出土文书》(贰)，第292页。
③ Tatsuro Yamamoto, On Ikeda co-edited, *Tun-huang and Turfan Documents Concerning Social and Economic History* Ⅲ, (A), pp. 6—7.

少数,大多数契约债权人是不画指的(一些契约末尾债权人连名字都省略未写)。除当事人双方,保人和证人画指也是契约确保效力的客观要求,但实际上保人和知见人该画指而未画指的例子很多。其次,在文书的哪个位置画指,不同契约也不尽一致。常见的画指位置是在人名之下,依次画三个指节印,但也有契约指节画在人名中间。从文书图版来看,指节画在人名中间基本上都是因为书写人名之后空间不够在余白处画指,这本身也说明画指的位置民间并无严格规定和清晰统一的认识。前文提及的洛州河南县的《桓德琮典舍契》和西州的《索善奴佃田契》既有画指,又署有人名的一个字,形式不一而足。笔者认为当时不管洛州还是西州,尽管契约都需画指,但画指的具体做法可能都不统一。再次,关于所画指节的精确程度,不同契约也差别较大。早期的画指契约如高昌国末期的《曹质汉夏田券》《唐显庆四年(659)张君行租田契》等所画的指节印都是平整的短横线;还有很多契约如《唐乾封三年(668)张善憙举钱契》所画的指节像是随意点画的接近圆形的顿点,仅具示意作用,谈不上精确。

以上从三个方面揭示了契约画指的具体状况,那么如何看待这种状况下画指所具有的法律效力呢?要了解这一问题,首先要考察当时画指这种做法实施的环境。画指的做法从高昌国末期传入吐鲁番地区之后,逐渐在唐西州流行开来,被普遍地运用到了官私文书中,用来表示当事人认可、承诺、保证、同意等含义。如阿斯塔那61号墓出土的《唐麟德二年(665)张玄逸辩辞为失盗事》首行书张玄逸姓名年龄,之后有画指,画指应是张玄逸确认证词真实无误。阿斯塔那29号墓出土的《唐垂拱元年(685)康义罗施等请过所案卷》中商人康义罗施等人的姓名年龄之后也有画指,这是确认身份之意。阿斯塔那188号墓出土的《唐译语人何德力代书突骑施首领多亥达干收领马价抄》末尾译语人何德力也有画指,应当是保证翻译和书写内容真实无误。阿斯塔那77号墓出土的《武周天授二年(691)老人王嘿子等牒为申报主簿高元祯职田事》末尾有两位老人的画指,牒文末尾称"如后不依今状,连署之人,请依法受罪",所以老人的画指也是保证之意。此类例证多有,不赘举。需要说明的是,以上所举文书中本身都没有提到"画指";尽管画指的含义各处不尽相同,但也无须特别说明。总之,唐西州在官文书中需要画指的场合非常多,百姓对于画指极为熟悉,广泛接受。从阿斯塔那91号墓所出《唐贞观十七年(643)何射门陀案卷为来丰患病致死事》中"节义坊正麹伯恭"署名且画指的情况来看,画指在契约之外的场合被使用自唐西州建立之初就已经开始。唐西州在契约和官私文书中都广泛使用画指的方式,其效力必定具有广泛的认可度。与以上官私文书不同的是,契约是受法律保护的专门用于明确双方权利义务的文书,契约末尾列名的当事人双方、保人和证人都有明确的履行和维护契约条款的义务,因而尽管有些契约中画指执行并不严格，但并不影响契约效力。在契约末尾均详列保人的情况下，保人的存在也是确保契约执行的有力保障。

唐西州契约在开元年间开始出现的两个重要变化，契约末尾的当事人书其年岁和买卖、夏佃契约首列标的物于契文之前可以肯定是受当时其他官私文书做法的影响。重要的当事人书其年岁，这在西州官文书中颇为常见，如西州初年的文书《唐贞观十七年（643）何射门陀案卷为来丰患病致死事》《唐贞观年间西州高昌县勘问梁延台、雷陇贵婚娶纠纷案卷》中已然如此。至于最早书写年岁契约的出现时间，则尚需稍做考辨。

阿斯塔那 117 号出土的另一件有关吴海儿的契约是《某人用练买物契》（以下简称《用练买物契》）。此件契约末尾共有六个人名，其中"吴海儿"在第四列，应该也是"知见人"。契约末尾六个人名不仅画指其中四个人还在人名之后书写了年岁，"吴海儿五十"。这件契约也残缺较多，断代殊为不易。文书整理组没有给出意见，《敦煌吐鲁番社会经济资料》第三册定名为《高昌或初唐年次未详某人用练买物券》也未做出判断。①《买葡萄园券》和《用练买物契》同时被裁剪制作成鞋子下葬，将两件契约中的"吴海儿"判定为同一人应当是稳妥的。根据墓葬解题，该墓所出文书有纪年者既有高昌国时期，也有唐西州时期，最晚为唐高宗某元年。吴震先生根据残存程式将此件契约定为第三期的初唐契约，并指出买卖契约画指并书其年岁，此期仅此一见。②笔者也同意吴震先生对契约的断代意见，并且愿略做补充。高昌国时期银钱的使用非常普遍，除小额交易的场合使用粮食作为货币之外，③罕见使用其他货币。唐西州前期因为军资练的流入，帛练成为一种重要货币，文书中也时时可见，如阿斯塔那 4 号墓出土《唐龙朔元年（661）左憧憙买奴契》和《唐支用钱练帐》即是明证。《用练买物契》的例子说明尽管人名后书写年岁开元、天宝时期渐多，中唐时期才普及，但其萌芽实际早在唐初就有了。从这种做法出现、增多、普及的历程来看，应当是一个自发的过程，而非出于官方推动。

将标的物列在文书首行，在《唐永徽三年（652）士海辞为所给田被里正杜琴护弟子耕种事》《唐永徽三年（652）士海辞为所给田被里正杜琴护弟子耕种事》这类文书中也是习见做法。总之，开元年间契约的两种新变化反映了在汲取官私文书合理因素的背景下，契约形制和内容向着更严密、更明晰方向发展演变的能动性和自发性，是契约文书发展完善的表现。

---

① Tatsuro Yamamoto, On Ikeda co-edited, *Tun-huang and Turfan Documents Concerning Social and Economic History* Ⅲ, (A), p. 9.
② 吴震《吐鲁番出土券契文书的表层考察》，《吴震敦煌吐鲁番文书研究论集》，第 420、433 页。
③ 裴成国《魏氏高昌国流通货币研究》，《中国史研究》2018 年第 1 期，第 62—67 页。

四、契约的废弃与随葬

　　绝大多数唐西州契约都是经裁剪制作成明器随葬的，在制作明器之前，契约必定已经废弃。本节尝试对契约的废弃期限、文书转让和随葬做一探讨。

　　唐代的官府档案有定期废弃的规定，"文案不须常留者，每三年一拣除"[①]，契约文书的保存时间应当是依类型不同而长短不一。相比较而言，雇佣契约如雇人上烽契等，一般涉及的就是上烽十五天，时间既短，雇佣价格也仅为银钱数文，因而只要受雇人按时上烽归来，雇主结清剩余部分雇价，[②] 契约就算是履行完毕。上烽契当然还需要保留一段时间以备日后官府查核，但期年之后应当即可废弃。租佃契约保留的时间应当更长一些。一则租佃契约期限最短一年，时间长的比如一些葡萄园、菜园租佃契约则有四五年的，[③] 并且唐西州时期很多租佃契约是前一年就订立好的，这样一来，契约履行的时间就长，在此期间契约当然需要妥善保管。二则，目前出土文书所见契约订立之后履行过程中的纠纷由土地租佃契约引起者数量不少，为预防可能产生的纠纷，契约也需妥善保管。买卖契约因标的物不同，情况不同，契约保管时间长短亦应有差别。奴婢、大畜买卖契约因为有呈报官府另给市券的要求，短期即可获得官府的正式认定，所以私契不一定需要长期保管；奴婢因为要上户籍，而造籍之年以三年为期，所以最长三年即可将买来的奴婢登入户籍，因此私契的保管亦应不必太久。

　　笔者需要指出的是，契约废弃和制成明器埋入墓葬是两个不同的概念，中间可能存在相当长的时间差。中古时期吐鲁番地区百姓，尤其社会中下层使用纸质明器陪葬相沿成俗。对于许多普通百姓而言，废弃的收据、契约也不会随便丢弃，为自己或家人终将来临的葬礼积攒收集用于制作明器的废弃文书，应当是大多数家庭的习惯做法，而契约是普通百姓最常使用的为数不多的私人文书，自然是积攒收集的重点。阿斯塔那10号

　　[①] 长孙无忌等撰，刘俊文点校《唐律疏议》卷十九《贼盗》，北京：中华书局，1983年，第351页。

　　[②] 多数雇人上烽契都是即时交付雇佣价格，也有个别契约规定上烽归来再支付剩余部分雇价，如《唐张隆伯雇范住落上烽契》即是一例（唐长孺主编《吐鲁番出土文书》贰，第199页）。

　　[③] 如《武周吕憨子从和行本边佃葡萄园契》（荣新江、李肖、孟宪实主编《新获吐鲁番出土文献》，第369页）期限为四年；《武周长安三年(703)严苟仁租陶契》（唐长孺主编《吐鲁番出土文书》叁，第432页）期限是五年。

墓是傅阿欢的墓葬，他由高昌国入唐西州，大概在唐高宗永徽之后去世。① 他的墓葬中留存高昌国义和四年(617)他自己的条记文书，还有他永徽四年(653)的夏田契约，显然是长期积攒的结果。废弃契约除了供自家之用，也常常会用在家族成员的墓葬中。如阿斯塔那337号、338号墓因为有墓志出土，得知是范阿伯、范乡愿的墓志，两个墓葬中出土了多件卫士范欢进的契约，有雇人上烽契、买马契、买奴契、赁车牛契，② 应当是范欢进在族人去世后拿出自己积攒的契约助葬的结果。类似的例子还有阿斯塔那40号、42号墓。③ 阿斯塔那40号墓无墓志，但出土了杜定欢的契约5件，很可能即为杜定欢墓葬，契约中有一件《杜定欢赁舍契》，舍主为证圣寺三纲僧练伯；阿斯塔那42号墓出土了永徽二年(651)《杜相墓志》一方，同墓也出土了一件《杜定欢赁舍契》，舍主为郭海柱。应当也是同族亲属助葬的原因，杜定欢的赁舍契约埋在了杜相的墓葬中。我们在傅阿欢和范阿伯、范乡愿的墓葬中还看到孙阿父师、赵明儿等显然非同族人的契约，应当是应墓葬明器制作之需，无偿或有偿获得的。

真正以没有废弃的契约随葬的较为罕见。左憧憙墓葬因为出土了十余件契约，且大多完好，被人认为是刻意随葬用于冥界讨债之用，此处做一澄清。

出土完整契约最多的阿斯塔那4号墓，因为有墓志出土，可以确认系左憧憙的墓葬。该墓葬总共出土契约15件，其中10件都是完整契约。契约中有6件左憧憙出借银钱，2件出借大练④，可见左憧憙善于经营，经济实力雄厚。韩森注意到左憧憙先后在668年和670年向张善憙出借银钱，期间又曾在670年早些时候夏取张善憙的菜园，韩森认为左憧憙以租田的名义来多次纠缠张善憙，张善憙欠左憧憙的债越来越多。由此韩森认为左憧憙刻意随葬契约还想去冥界找所有没有还债的人，把他们所欠的银钱和练索回后，在冥界中使用。尽管该墓葬的发掘简报已经发表，但其中没有提及契约出土时的情况，韩森论文中提到主持墓葬发掘的吴震先生告诉她墓葬的情况，并说契约是完整地卷在一起。⑤ 从契约的完整性来看，墓葬刻意随葬契约应该是没有问题的，但韩森对原因的解释令人疑惑，以下试做分析。

---

① 墓葬出土仅刻"傅阿欢"三字的墓砖一方，因而可以确认墓主。男尸纸鞋所出纪年文书最晚者为永徽六年(655)，唐长孺主编《吐鲁番出土文书》(贰)，第201—211页。
② 唐长孺主编《吐鲁番出土文书》(贰)，第221—246页。
③ 唐长孺主编《吐鲁番出土文书》(叁)，第110、145、295—300页。
④ 最近吕博也研究了相关契约，参见吕博《唐西州前庭府卫士左憧憙的一生》，《唐研究》第24卷，北京：北京大学出版社，2019年，第399—423页。
⑤ 韩森《为什么将契约埋在坟墓里》，朱雷主编《唐代的历史与社会》，武汉：武汉大学出版社，1997年，第540—546页。

左憧憙两次向张善憙借钱的利息是每月百分之十，虽然很高，但却是当时西州民间借贷的一般利息率，是普遍接受的"乡法"①，如阿斯塔那363号墓出土同一时期的《唐麟德二年(665)西州高昌县宁昌乡卜老师举钱契》，利息率也是月息百分之十。左憧憙六次借钱其中五次都是按照百分之十收息，仅有一次要求月息百分之十五，是向崇化乡的郑海石收取。从文书来看，左憧憙和张善憙之间没有不良债务的迹象，所谓张善憙欠债越来越多，以致左憧憙要带着契约去冥界讨要，并无根据。其次，如果15件契约都是要带到冥界去追索的凭据，数量如此之大，坏账和纠纷如此之多，在当时是否具有普遍性呢？从目前发掘的墓葬情况来看，答案是否定的；如果这只是特例，那么按照乡法借钱，又善于经营的左憧憙反而有大量欠债追讨不回，这也是情理不通的。如果再看契约的情况，15件契约中还有5件是残缺较多的，基本可以确定下葬的时候应该已经残缺，那么残缺的契约还能作为去冥界讨债的凭据吗？显然是有问题的。实际上，15件契约中，还有左憧憙的两件夏菜园契(1件完整、1件残缺)、买草契(完整)、夏葡萄园契(残缺)、夏田契(残缺)、买奴契(残缺)以及1件残缺太甚难以确认性质的契约。至少性质明确的这6件，左憧憙都是买方和租赁方，根本不可能牵涉到对方欠钱的问题，带这6件契约到冥界，也无债可讨。契约订立之后在执行过程中产生纠纷，这并不鲜见，因为契约纠纷而给官府呈送的辞也发现了多件，如阿斯塔那19号墓所出《唐咸亨五年(674)王文欢诉酒泉城人张尾仁贷钱不还辞》②。左憧憙的墓葬中也出土了残缺的《唐总章元年(668)西州高昌县左憧憙辞为租佃葡萄园事》，涉及的是葡萄园主人是赵廻□，与张善憙无关。如果左憧憙和张善憙之间真的产生了债务纠纷，左憧憙应当会在生前就呈辞诉诸官府；③官府解决不了，左憧憙不得不去冥界追讨的话，作为债务纠纷的见证和重要环节，左憧憙理应保留给官府的辞并完好地随葬。我们在墓葬中并没有发现涉及与张善憙债务纠纷的辞。

契约作为法律凭证，是债务纠纷牵涉诉讼时必须向官府出示的。如果按照韩森的理解，左憧憙要求把没有追回欠债的契约随葬，是要去冥界讨债，这也就意味着彻底放弃现世和未亡亲属的追讨权力。左憧憙真的有可能会这么想吗？我们要了解一下当时人的

---

① 参阅罗彤华《唐代民间借贷之研究》之第五章《借贷之期限、数量与利息》，北京：北京大学出版社，2009年，第244—246页。又参见孟宪实《国法与乡法——以吐鲁番、敦煌文书为中心》，《新疆师范大学学报》2006年第1期，第99—105页。
② 唐长孺主编《吐鲁番出土文书》(叁)，第269页。
③ 左憧憙在总章三年(670)的三月十三日和廿一日分别给张善憙和白怀洛出借银钱肆拾文和拾文，距左憧憙咸亨四年(673)五月廿二日去世还有三年多时间，不会存在来不及追讨的问题。左憧憙墓志见侯灿、吴美琳《吐鲁番出土砖志集注》，成都：巴蜀书社，2003年，第551—552页。

冥界财富观念。中古时期吐鲁番绿洲百姓虽然大多信仰佛教，但与冥界相比，他们更注重现世的利益。比如高昌国男子流行骑射之风，弓箭为家家必备，男子的随葬衣物疏中随附弓箭的比例也极高，但墓葬中未见真正随葬实用弓箭的情况；[①] 又比如随葬衣物疏中大多会登载随葬丝绸万段、银钱万文，比如左憧憙墓的《生前功德及随身钱物疏》中就有这两项，但墓葬中顶多放置象征性的绢片；一般墓葬中随葬的陶器也都是专门烧制的比较粗糙的明器，而很少将实用器物随葬，对大多数普通百姓都是这样。墓葬同时牵涉生死两界，在生者看来，写在衣物疏里就算是给亡人陪葬了；而未亡人自己的生活才是实实在在的。借贷、买卖契约中一般都会有这样的条款"若身东西不在，仰妻儿偿上"，即便债务人去世，也可以向其亲属追讨。左憧憙如果真的要求把尚有纠纷的契约随葬，也就意味着放弃现世的追讨权力，左憧憙的亲属应当不会答应，[②] 而他们才是主导左憧憙葬礼的人。

　　左憧憙墓葬随葬的这些契约真的牵涉债务吗？当然不是。因为律令和乡法的保障，西州的借贷、买卖、租赁市场总体上应该是秩序井然的。左憧憙虽然偶尔放高利贷，但也在乡民容忍和接受的范围之内，否则他不可能经营致富。那么他为什么会遗命随葬15件契约呢？契约有完整的，也有残缺的；有他向人放贷取利的，也有他租种别人的菜园、葡萄园的，是他经营起家的真实写照。左憧憙作为普通百姓，却能积累大量财富，主要得益于他善于经营，当然也需要律令和法规保障的良好环境。在当地百姓都有积攒废弃文书以供将来制作明器之用的环境中，左憧憙生前的契约也大多保存完好。和普通百姓情况不同的是，左憧憙非常富有，随身衣物似乎无需使用纸质明器制作，[③] 在这种情况下仍然将契约埋入墓葬，只能是出于他的遗命。左憧憙遗命将这些已经废弃的契约收集起来随葬，或许是想以此纪念自己勤劳致富的人生，他可能也希望在冥界可以

[①] 裴成国《论高昌国的骑射之风》，《西域研究》2016年第1期，第1—12页。
[②] 没有证据证明这些随葬的契约的重新抄写的复制品。
[③] 纸质明器在中古时期的吐鲁番墓葬当中使用较为普遍，这些明器绝大部分是实物的替代性用品，随葬应该与物资匮乏有关系。参见陆锡兴《吐鲁番古墓纸明器研究》，《西域研究》2006年第3期，第50—55页。
　　明器也不是所有墓葬都会使用，并且同一墓葬的个体也有差别，如2006年发掘的阿斯塔那604号墓葬两个个体，其中男性个体身体包裹白色绢单子，里面穿着麻布衣、裤，脚穿一双纸鞋；女性下身着夹裤，表面是丝罗，内层是红色绢，脚穿一双紫色翘头绢鞋，内有一双红色绢袜。从随身所穿衣物看墓主人显然生前较为富足，虽然是同一墓葬，男女两个个体也有穿纸鞋和绢鞋的区别。新疆维吾尔自治区博物馆考古部、吐鲁番地区文物局阿斯塔那文物管理所《新疆吐鲁番阿斯塔那古墓群西区考古发掘报告》，《考古与文物》2016年第5期，第44—45页。

继续这样的生活。① 同墓出土的左憧憙墓志中称"财丰齐景，无以骄奢"②，说左憧憙堪比很会敛财的齐景公，但却不奢侈。③ 在这方颇多溢美不实之词的墓志中，这两句写左憧憙财力雄厚之言虽然夸张但也还是有根据的。"财丰齐景，无以骄奢"这两句颇为个性化的描述应该视为家人对左憧憙的描述和评价，或许也道出了左憧憙自己的心声，在家人心目中的左憧憙正是"勤劳致富"的代表，所以会遵照墓主人遗命随葬这些相关契约。

西州的市场也并非全无纠纷，左憧憙的墓葬中就出土了一件《唐总章元年(668)西州高昌县左憧憙辞为租佃葡萄园事》，即是一例。墓葬中也确实有因为纠纷未能解决而将相关契约随葬的，就是前文引用的《桓德琮典舍契》，迁洛高昌人当时居洛州河南县的张元隆去世时纠纷尚未解决，而他也已经知道没有机会与亲族重返故土西州，现世的追讨已经不可能，只能寄希望于未知的冥界了。④ 这种情况毕竟太特殊，此件契约毕竟是特例。大多数契约都是废弃后被剪裁，缺损严重，较为完整的也不一定就是刻意随葬的。如阿斯塔那509号墓出土的开元廿一年石染典买马、驴契，一件完整、一件稍残，但实际都是拆自纸衾，并非专门随葬，只是因为裁剪较少，保存较好而已。

中古时期的吐鲁番，商贸发达，经济繁荣。契约与经济活动息息相关，为经济活动提供了平台和保障，契约自身也在频繁的经济活动中不断走向成熟和完善。本文对唐西州契约的一些基本问题如书写、形制、画指、随葬等做了研究，填充了此前研究的一些薄弱之处。唐西州契约形制演变与之前高昌国时代一脉相承，又在一百多年的时间里有新的发展。高昌国时代契约末尾的"署名为信"对许多不具读写能力的普通百姓而言没有可操作性，唐西州演变为"画指为信"更加简便易行；唐西州契约末尾列位中"保人"的加入为契约增加了一重保障；一纸一契和合同契更为普遍；开元年间之后当事人书其年岁，租佃、买卖契约首行标明标的物。以上变化都使得契约内容和形制更加合理、严密和明晰。高昌国末期画指契约的出现，初唐契约中偶见的当事人书午现象都说

---

① 町田隆吉认为左憧憙墓葬随葬契约可能反映左憧憙希望来世也可以继续从事这些契约关系代表的经济活动，町田隆吉《「唐咸亨四年(673)左憧憙墓誌」めぐって——左憧憙研究覚書(2)》，《国际学研究》第4号，2013年，第70页。

② 侯灿、吴美琳《吐鲁番出土砖志集注》，第551—552页。

③ 町田隆吉也注意到这两句话在一般的墓志当中未曾见过，表现了左憧憙这样的新兴庶民阶层的自负心理，并希望自负心理来世也能得到满足。町田隆吉《「唐咸亨四年(673)左憧憙墓誌」めぐって——左憧憙研究覚書(2)》，《国际学研究》第4号，第69页。

④ 裴成国《唐朝初年西州人与洛州亲属间的几通家书》，荣新江主编《唐研究》第22卷，第346—348页。

明契约自身具有自我完善的内在动力。汲取官私文书的合理之处则是契约自我完善的重要途径。尽管契约中的画指情况执行的并不严格，在画指被社会普遍接受的背景下，契约的效力并不因此受损。不同类型的契约保管期限差别也较大，当地百姓有收集积攒废弃文书制作明器的习惯，所以契约废弃和埋入墓葬的时间可能会相差很大。左憧熹墓葬的契约文书是他经营致富的写照，但随葬并非为了去冥界追讨欠债。

唐前期的契约文书保存最多、资料最丰富的就是西州。从形制来说，唐西州契约与中原、敦煌、安西四镇地区都具有一致性，典型性毋庸置疑，因而西州契约是研究唐代基层社会运行机制的宝贵资料。唐西州契约的研究让我们看到了律令制国家与基层社会之间的边界，看到基层社会自我管理的能力和井然秩序，因而具有重要的意义。

（本文原载《西域研究》2020年第1期，第42—58页）

佛教与政治之间
——土尔扈特汗"精进修行"汉字官印考

巴·巴图巴雅尔

17世纪二三十年代,土尔扈特部首领和鄂尔勒克率部众西迁至额济勒河(伏尔加河)流域,建立土尔扈特汗国。土尔扈特汗国汗、诺颜、贵族及大臣处理汗国内外军政事务过程中形成的公文,均需钤盖印章以为凭证。从现收藏于各国档案馆的档案来看,土尔扈特汗国历任汗、诺颜曾使用多种印章。这些印章形状各异,使用文字各不相同。2004年和2009年,俄罗斯联邦卡尔梅克共和国学者先后整理出版《卡尔梅克汗国汗鄂尔齐渥巴锡信函集(18世纪)》[①]、《18世纪卡尔梅克诸汗及同时代人书信集(1713—1771)(选编)》[②]两部托忒文档案汇编。上述档案汇编,共收录托忒文信函206件,均为原件影印,每件信函上钤盖有鲜明的不同文字、形状各异的官印,使我们对汗国政治与社会有了生动真切的了解。

这些官印,在中国政治史和官印制度史上都非常少见,尚未进入研究者视野,因而值得认真收集研究,阐明其历史的意蕴。其中有一枚方形印最为特别,印文为汉文篆字"精进修行"。本文拟就这枚汉字印章的来龙去脉及其政治文化的意义,做初步的探讨。

一、汉文篆字"精进修行"印及其使用情况

目前,我们只能在档案上见到这枚印章的印文,尚未找到实物。因此,我们对该印

---

① Гедеева Д. Б, Письма наместника калмыцкого ханства Убаши (XVIII в.). Элиста, 2004 г.
② Сусеева Д. А., Письма калмыцких ханов XVIII века и современников (1713—1771 гг.), Избранное, Элиста, 2009 г.

章的材质、高度、纽形、款识等,一无所知,只能确定:该印章为方形,印文系汉文篆字,印面尺寸为 4.5 cm×4.5 cm(图1)。

从目前我们掌握的托忒文档案情况来看,这枚汉字印章使用于 1710 年至 1775 年 10 月,即清朝康熙四十九年到乾隆四十年之间,钤盖此印章的托忒文档案共有 74 件。

1710 年,土尔扈特汗国阿玉奇汗长子沙克都尔扎布致俄国阿斯塔拉罕省军政长官的三封托忒文信函上钤盖有此印章,信函内容涉及军事、外交等,这是迄今已知最早使用此印章的公文。其后,阿玉奇汗孙子、沙克都尔扎布儿子敦罗布喇什汗(1741—1761 年在位)在 1737—1763 年间致俄国阿斯塔拉罕省军政长官的 19 件托忒文信函,均钤盖有此印章。

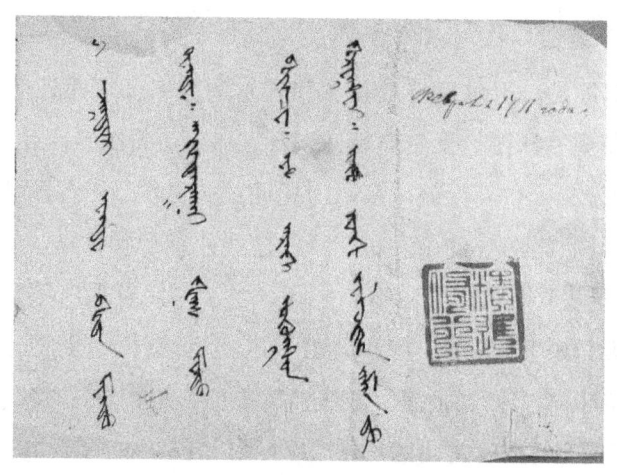

图 1　"精进修行"印文
(1711 年沙克都尔扎布致阿斯塔拉罕省军政长官托忒文信函,
现藏于圣彼得堡大学图书馆卡尔梅克文献库)

信函内容涉及军事、经济、法律、外交、宗教、派遣使者、汗国内政、游牧等。1761 年 1 月 21 日,敦罗布喇什汗去世,其幼子渥巴锡承袭汗位,成为土尔扈特汗国汗鄂尔齐。① 渥巴锡在 1763—1771 年间致俄国阿斯塔拉罕省军政长官的托忒文信函有 40 件,均钤有此印,内容涉及派兵打仗、经济贸易、法律纠纷、赋税、卡伦戍边、宗教、派遣使者、汗国内部政务、游牧草场、户口、盐务等方面。以上档案均收藏于俄罗斯联

---

① 鄂尔齐:卫拉特蒙古语,土尔扈特汗国一般将应继承汗位的人先确定为鄂罗齐。鄂罗齐(oroči)一词在《土尔扈特诸汗史》和渥巴锡于 1771 年呈清朝的信件中均有出现。oroči(鄂罗齐),词根为 oron,意为"位置""席位""候补""预备"等含义,-či 为名词附加成分。鄂罗齐(oroči)是"汗储""储君"的意思。该词在俄语中译作 наместник(代理人),汉译时却译为"总督""督办""副汗""部长"等。而后,根据汉译又译成蒙古语"总指挥""全权大臣"。这些译名均与原意相差甚远了。

邦卡尔梅克共和国国立民族档案馆。

此外，1710—1711年间，沙克都尔扎布和他的儿子达桑致俄国军政长官的托忒文信函有4件，也钤有这枚印章。这4封信函现藏于圣彼得堡大学图书馆卡尔梅克文献库。

1771年，土尔扈特汗国汗鄂尔齐渥巴锡率部东归后，在1771—1775年间给清朝乾隆皇帝、伊犁将军、塔尔巴哈台参赞大臣的托忒文信函上也钤盖了此印章。目前已知的有9件，信函内容涉及归顺清朝的原因、奏报部众生计情况以及耕田农务、救济谢恩等。这些档案收藏于中国第一历史档案馆。另外，甘肃省拉卜楞寺大经堂亦收藏有1封钤盖此印章的托忒文信函，内容为渥巴锡部被安置于喀喇沙尔以后，从拉卜楞寺延请喇嘛和额木齐（emči，大夫）的信件。

从这枚印章的使用情况看，此枚印章的主要使用者或所有人是土尔扈特汗国的汗或汗鄂尔齐等重要人物。主要用于处理土尔扈特汗国内外军政事务及经济贸易等事项，因而是官印，甚至可以视作汗国的国玺。这种情况令人颇感困惑。因为从印文内容看，这枚印章应属佛教出家人的个人印章，但究竟是一位喇嘛之物，还是汉僧所属，有待考证。考虑到卫拉特蒙古人崇信藏传佛教，该枚印章最初应系一位喇嘛所有，后来不知何故被土尔扈特汗国的当权者用作了汗国处理内外事务的印信，赋予了它政治的功能，其作为一个实物象征，在中亚史和中国史上的丰富含义有待阐明。

二、"精进修行"印章的来历

从印文看，此印章无疑是一枚佛教出家人的印信，而且是汉字印章。那么，它是如何成为土尔扈特汗国领袖处理世俗军政事务上的官印呢？

1710—1775年，中原地区已经是清朝的天下。如果说此印章是清朝颁给土尔扈特汗国某个喇嘛的（后因某种原因阴差阳错地成了汗国的官印），那么该印印文并不符合清朝的官印制度。因为，清朝官印一定同时镌刻有"国语"——清文（Manju gisun），而该印印文，只有四个汉字"精进修行"。因此，其为明朝政府赐给土尔扈特部喇嘛高僧的可能性最大。

卫拉特与明朝建立政治、军事联盟的同时，达到了和中原内地沟通市场、交流文化的目的。卫拉特贵族为了稳定统治，满足需求，对内地的贸易表现出极大的积极性。明廷为了羁縻和控驭卫拉特，也部分满足了卫拉特的需求。于是，在卫拉特和明朝之间出现了和好、贸易的景象。

自明永乐以后的明蒙战争中，卫拉特几乎一直是明朝的盟友。据《明实录》记载，永乐元年至五年（1403—1407），马哈木等与鬼力赤连年战争。永乐六年（1408），阿鲁台另立本雅失里为可汗，翌年，率兵出击卫拉特，被马哈木等击败，退走克鲁伦河。马哈木等经此战役控制了鬼力赤的故土甘肃边外之地。但是阿鲁台自恃力强，不仅与卫拉特抗衡，同时也与明朝为敌。于是，明朝开始扶持卫拉特。永乐七年，明朝封马哈木、太平、把秃孛罗三人为王。其中土尔扈特太平为特进金紫光禄大夫、贤义王。① 永乐元年以后，明廷几次派人赉敕往谕卫拉特马哈木等领袖，双方关系逐渐密切起来。到脱欢、也先时代，卫拉特与明朝的来往更加频繁，明廷曾授卫拉特400多人次以官爵、封号。

卫拉特蒙古与明朝之间的这种政治经济关系，也推动和加强了双方在宗教方面的关系。也先时期，瓦剌佛教非常兴旺，双方宗教往来非常密切。如《明英宗实录》"正统二年十二月九日"条云：

> 命瓦剌顺宁王脱欢使臣哈马剌失力为慈善弘化国师，大藏为僧录司右觉义，答兰帖木儿等为指挥、千户、镇抚等官。初，哈马剌失力自陈屡来朝贡，厚蒙恩赍，乞赐名分，以便往来。行在礼部以闻，故有是命。仍赐哈马剌失力僧衣一袭，及答兰帖木儿等冠带。②

《明英宗实录》"正统十一年正月十二日"条载：

> 瓦剌太师也先所遣朝贡灌顶国师剌麻禅全，精通释教，乞大赐封号，并银印、金襕袈裟，及索佛教中合用五方佛画像、铃杵、铙、鼓、缨络、海螺、咒施法食诸品物。③

《明英宗实录》"景泰三年十一月三日"条载：

> （瓦剌太师）也先又别为其国师三答失里、番僧撒灰帖木儿等奏求僧帽、僧衣、

---

① 马大正、成崇德主编《卫拉特蒙古史纲》，乌鲁木齐：新疆人民出版社，2006年，第25页。
② 《明英宗实录》卷三七，"中央"研究院历史语言研究所校印，1962年，第0712、0713页。
③ 《明英宗实录》卷一三七，"中央"研究院历史语言研究所校印，第2722页。

佛像、帐房、金印、银瓶、供器等项，俱不允。①

根据清朝档案，渥巴锡曾经向清朝上交一枚印章，系象牙镶银，印侧镌汉字二行："永乐二十二年三月三日(1424年4月2日)，赐喇嘛密札室哩"。② 这是明朝封土尔扈特部首领太平为贤义王15年之后的事。由此看来，"精进修行"这类印文的印章，也应是明朝颁发给该部落藏传佛教领袖人物的。

此外，明朝对边疆地区实行封授官职、同时颁给喇嘛印信的制度，使西藏和其他各地方首领和佛教各派领袖直接受命于朝廷，以达到中央集权的目的。在西藏先后封有正觉大乘法王、阐教王等，封禅师、喇嘛、都纲、僧纲等就更多，已知保存至今的印文为汉字的印章见表1③。

表1　现存汉字印文印章表

印　文	情　况
净修觉道	象牙印，佛轮纽，高6.5厘米，方，边长4.3厘米，款识：右上"赐副都纲禄竹聪密"、左上"正统十三年　月　日"，现藏于布达拉宫
妙缘清净	象牙印，佛光纽，高7.1厘米，方，边长4.3厘米，款识：右上"永乐十四年三月　日"、左上"赐也失藏卜"，现藏于布达拉宫
圆修般若	明代，象牙印，佛光纽，高6.4厘米，方，边长4.3厘米，款识：右上"宣德二年　月　日"、左上"赐喇嘛桑哩结藏卜"，现藏于罗布林卡
如如自在	象牙印，佛光纽，高6.7厘米，方，边长4.3厘米，款识：右上"赐喇嘛舍罗藏卜"、左上"正统二年九月　日"，现藏于罗布林卡

从印文、字体、含义等方面看，"精进修行"印章图像与上述几枚印章基本与相同，应属于同一类性质。

三、"精进修行"印章的结局

是何种原因导致这枚喇嘛个人印章成为土尔扈特汗国领袖的官印，尚无法考证。

---

① 《明英宗实录》卷二二三，"中央"研究院历史语言研究所校印，第4819、4820页。
② 中国社会科学院民族研究所民族史研究室、中国第一历史档案馆满文部《满文土尔扈特档案译编》，北京：民族出版社，1988年，第150页。
③ 《西藏历代藏印》，拉萨：西藏人民出版社，1991年，第41、42、45页。

1771年，土尔扈特汗国汗鄂尔齐渥巴锡率部回归故土，归顺清朝。同年9月，他前往承德，觐见乾隆皇帝，被册封为汗，并赐汗号。1775年1月9日，即乾隆三十九年十二月初八，渥巴锡汗病故，其子车凌那木扎勒（即策璘纳木扎勒）袭位。是年10月，清朝在土尔扈特部实行盟旗制，并按清制颁发官印，以便行政。清廷颁发给土尔扈特部南路的官印有"乌纳恩苏珠克图旧土尔扈特部卓里克图汗之印""乌纳恩苏珠克图旧土尔扈特南部盟长之印""乌纳恩苏珠克图旧土尔扈特部南旗管旗扎萨克之印"。①

根据我们掌握的档案资料，在清朝颁发汗印、盟长印、扎萨克印之前，渥巴锡和车凌那木扎勒一直使用这枚"精进修行"印章处理本部政务。而在此之后，也就是说，在1775年10月之后，这枚"精进修行"印章便不再使用，而经皇上例外恩准，作为祖传之物珍藏于该卓里克图汗及其后人手里。其后，这枚"精进修行"印章的命运如何，今在何处，我们不得而知。关于这件事的满文档案有三件，标题分别为：

（1）《喀喇沙尔办事大臣达色奏土尔扈特汗策璘纳木扎勒启用新印未收回其旧印折》（乾隆四十年十月初一日）；

（2）《伊犁将军伊勒图奏查询观音保是否已晓谕土尔扈特汗停收旧印折》（乾隆四十年十月初二日）；

（3）《伊犁将军伊勒图奏报侍卫观音保未收到土尔扈特汗所用旧印不必收交谕旨折》（乾隆四十年十月十二日）。②

第一件最能说明土尔扈特东归后这枚印章的使用情况和结局，谨汉译如下：

奴才达色谨奏，为奏闻奉旨事。

是年九月二十日，接军机大臣字寄，乾隆四十年八月二十九日奉上谕：授土尔扈特汗策璘纳木扎勒为盟长，颁给扎萨克印信，其原有"精进修行（jing jin siu hing sere hergen i temgetu）"印信，不可续用之处，曾谕观音保晓谕，将其（印信）收回京师。

今窃思，将其业已授为盟长，依印制，应行用印，其旧有印信，已成无用之物。倘从其手中收回，恐生猜忌，此乃并非一定收回送来之物。将此事寄信，晓于观音保。倘策璘纳木扎勒已将其印信，交与观音保，仍依前降之谕，顺便解送京师。倘未及就此晓谕，则不必言于策璘纳木扎勒，将此无用之物，令其自行处

---

① 道尔基、巴·巴图巴雅尔、李杰著《清代土尔扈特部与和硕特部印章研究》（蒙汉合璧），乌鲁木齐：新疆人民出版社，2009年，第137页。

② 中国第一历史档案馆、中国边疆史地研究中心编《清代新疆满文档案汇编》卷一二六，桂林：广西师范大学出版社，2012年，第115、121、186页。

理。……查得,土尔扈特汗策璘纳木扎勒,有小印信一枚。收回策璘纳木扎勒此印信之事,奴才未曾提及。驻守土尔扈特游牧侍卫观音保,于其接奉上谕之前,曾告知奴才,伊等未向策璘纳木扎勒提及收回印信之事。等语。奴才等,谨遵上谕:使此事等同于无,令其自行处理。

为此谨具奏闻。

乾隆四十年十月二十五日奉朱批:知道了。钦此。十月初。

按照清朝印制,颁授新印,一定要缴回旧印,并加以销毁。这次皇帝体察具体情形,颁给清朝印章之后,允准该部首领保留这枚祖传印章,以作纪念。这种做法虽有违清廷规制,然而不失为一种体贴之举,有利于边疆稳定和民族团结。

四、小 结

17世纪二三十年代,土尔扈特部首领和鄂尔勒克率部西迁到达额济勒河流域之后,建立土尔扈特汗国。经过一个半世纪漂流异域的颠沛游牧岁月后,终于在1771年回归故土。土尔扈特汗国的历代汗和诺颜曾拥有一枚方形、印文为汉文篆字"精进修行"的印章,并长期将其作为汗国官印,钤盖在处理汗国军政大事的公文上,以为印信。目前,这类公文存有几十件,十分罕见,弥足珍贵,展现了瓦剌历史文化特殊的一面。

经考证,这枚印章应是明朝皇帝颁发给瓦剌部某位喇嘛高僧的。这位高僧应与土尔扈特部落的政治领袖有深切的因缘关系,或者是家族血亲,或者做过某一代政治领袖的佛教师父。因某种因缘,这枚印章竟然最后成了汗国首领的官印——"国玺",并用于汗国的政治军事外交事务。这无疑是一件很有趣的事情。这启示我们,在瓦剌各部与明朝政府之间,以及各部落内部,西藏佛教与政治有多么密切的联系,喇嘛私人印章的功能竟然可以转换,由汗国最高统治者用于汗国的军政大事上,使我们重新思考瓦剌、中亚和中国历史上的"政教"关系,获得了新知。

在土尔扈特部东归,清廷在土尔扈特部编旗设佐,并为其首领颁授新的官印以后,按照清朝定制,理应收缴该部原有印信。但是,清朝皇帝在这件事情上,为了不使印章的主人感到不安,破例允准其保留此祖先遗物以作纪念。乾隆皇帝的这个做法显示了清朝皇帝政治上的温情。

(本文原载《清史研究》2017年第2期,第153—156页;有增补)

史源学方法的价值
——以清代伊犁惠远城建城时间为例

施新荣　魏晓金

一

众所周知，史料是历史研究的基础，对史料的考订是史学研究的一项重要工作，并决定着研究成果的质量。一般而言，我们所使用的史料绝大部分都经过了编纂，甚至多次编纂。如中国古代史上半段的源头性史料多已不存，经编纂而成的正史等传世文献是研究这一段历史的基本史料，然而明清以降则不同，档案、奏折等源头性史料尚存于世，是各类传世文献的史源性材料。

20世纪三四十年代，著名史学大师陈垣在辅仁大学开设"史源学研究"（后更名为"史源学实习"）课程，该课程的说明称："择近代史学名著一二种，逐一追寻其史源，检照其合否，以练习读一切史书之识力及方法，又可警惕自己论撰时之不敢轻心相掉也。"① 陈垣的"史源学"方法最初只是用于训练学生，但对日后的历史研究产生了重大影响，特别是20世纪80年代实证史学的兴起，仅1980—2005年涉及"史源学"方法的论著就有40篇（部）之多。② 关于陈垣的"史源学"方法，有研究者认为，陈垣的"史源学"与傅斯年的"史料学"其实同出一源，都来自伯伦汉（Ernst Bernheim）。陈垣的"史源学"方法实际上是乾嘉学与新兴西方史学概念的嫁接。③ 近年，日本学者用"由考据学走向史料学"为题探讨相关历史问题，④ 苗润博新近出版的《〈辽史〉探源》一

---

① 陈智超《陈垣史源学杂文（增订本）》，北京：生活·读书·新知三联书店，2007年，第120页。
② 陈智超《陈垣史源学杂文（增订本）》，第147—150页。
③ 王瑞《官修正史与叙史框架——史源学的意义·纪要》，《云端论坛》第3期，2018年6月18日。
④ ［日］石川祯浩著，袁广泉译《由考证学走向史料学》，参见氏作《中国近代历史的表与里》，北京：北京大学出版社，2015年，第279—299页。

书运用史源学方法"系统深入地考证《辽史》的文本来源、生成过程、存在问题及史料价值"①，得到了学界的高度肯定。因此，重视史源，强调史料文本的原始性与可靠性，成为当今文献整理与史学研究的共识。② 下面，我们拟就以涉及清代伊犁惠远城建城时间的各种传世文献为例，运用史源学的方法，对方略、实录、方志等各种文献何以记载不同进行分析，说明史源学方法对史学研究、文献整理的重要价值。

二

乾隆二十年(1755)五月，清军进抵伊犁，平定准噶尔之乱。此后，清军在伊犁先后建立了塔勒奇、绥定、宁远、惠远、惠宁、广仁、拱宸、熙春、瞻德等九城。③ 乾隆二十七年，清朝在新疆设立伊犁将军，其治所后移驻新建的惠远城。

伊犁惠远城建于何时？因清代历史文献丰富，史源性的档案、奏折等尚存于世，④对某些事件的前因后果都有记载，为我们解决这一问题提供了可能。但查阅《朱批奏折》《起居注》《上谕档》及满文档案等史源性资料，⑤ 不见相关记载，甚为遗憾！不过，在一些经编纂后的传世文献中有记载，多记为乾隆二十九年，⑥ 但也有记为乾隆二十八年或三十年的。⑦ 记载为乾隆二十八年的有传世官修刻本《新疆识略》、《西域水道记》、抄本

---

① 苗润博《〈辽史〉探源》，北京：中华书局，2020年，第4页。
② 陈爽《漫谈史源调查(代导言)》，《文献》2020年第3期，第4页。
③ 魏长洪《新疆行政地理沿革史》，乌鲁木齐：新疆大学出版社，2011年，第81—84页。
④ 乌云毕力格将档案、奏折等史料称为"遗留性史料"。参见氏作《史料的二分法及其意义——以所谓的"赵城之战"的相关史料为例》，《清史研究》2002年第1期。
⑤ 笔者曾劳烦新疆师范大学马克思主义学院锋晖副教授、陕西师范大学中国西部边疆研究院王启明副教授代为查阅清代新疆满文档案，特此致谢。
⑥ 格琫额纂《伊江汇览·城池》，中国社会科学院中国边疆史地研究中心编《清代新疆稀见史料汇辑》，北京：全国图书馆文献缩微复制中心，1990年，第21页。祁韵士《西陲要略》卷二《南北两路城堡》，载刘长海整理《祁韵士集》，太原：三晋出版社，2014年，第73页。松筠修，汪廷楷、祁韵士撰《西陲总统事略》卷五《城池衙署》，北京：中国书店，2010年，第71页下栏。《大清一统志》卷五一七《伊犁·建制沿革》，载《四部丛刊》本第44册，上海：上海书店，1985年影印本，第2页正。钟兴麒等校注《西域图志》卷一二《疆域五·天山北路二·伊犁东路·伊犁》，乌鲁木齐：新疆人民出版社，2002年，第209页。椿园七十一《西域闻见录》卷一《新疆纪略上》，石丽珍、王志民、陈玉红编《清抄本林则徐等西部纪行三种》，北京：全国图书馆文献缩微复制中心，2001年，第24页。《新疆图志》卷二《建置二》，上海：上海古籍出版社，1992年(据1923年东方学会重校增补铅印本)影印，第24页上栏。《清史稿》卷一三〇《兵一·八旗》，北京：中华书局，1977年，第3871页。
⑦ 魏长洪《新疆行政地理沿革史》，第82页注④。

《总统伊犁事宜·北路总说》《伊江集载·城池》与《大清一统志》卷五百一十七《伊犁·城池》①，抄本《伊犁略志》则记为乾隆三十年。②

何以如此？我们从史源学的角度，来梳理关于清代伊犁惠远城开建的资料。笔者未能查到伊犁将军明瑞奏建惠远城的奏折，③ 不过在《清实录·高宗实录》《平定准噶尔方略》④中存有明瑞上奏建城的内容，应是对原奏折的摘编。相比之下，《平定准噶尔方略》删减的比《清实录·高宗实录》少，似乎更接近原奏折。⑤ 有学者认为，"《清实录》的史料大部分来源于档案，然而，它却对档案进行了改写"⑥；有学者特意对比了满文《使者档》与《清实录·高宗实录》《平定准噶尔方略》的内容，认为"方略馆、实录馆之馆臣，在利用档案编修实录、方略时，弃而不用或删节者颇多、曲解原文之处甚少……《平定准噶尔方略》《清高宗实录》堪称信史"⑦。可见，《平定准噶尔方略》《清实录·高宗实录》的准确性极高，其可信度不低于原奏折。据《平定准噶尔方略》续编卷二十，乾隆二十八年二月丙辰条载：

> 伊犁将军明瑞等疏奏筹议安插驻防兵丁事宜。明瑞等奏言：臣等准军机处议覆，伊犁驻扎索伦、察哈尔及凉州、庄浪满洲兵，陆续派往，以便建造城署营房，及预备粮饷等事宜。查察哈尔、厄鲁特兵丁，俱以游牧为生，应仍其旧。索伦亦系游牧，过冬自构棚房，可以临时酌办，其给与产业，再行详议。至凉州、庄浪官兵，若照该处给与房屋，即需七千余间，须择地土坚凝，及便运木植之处。今乌哈

---

① 松筠修，徐松撰《新疆识略》卷四《伊犁舆图·城池廨署》，《续修四库全书》史部732册，上海：上海古籍出版社，2002年据上海辞书藏清道光元年武英殿刻本影印，第641页下栏。徐松纂，朱玉麒整理《西域水道记（外二种）》，北京：中华书局，2005年，第241—242页。永保纂《总统伊犁事宜·北路总说》"伊犁"条，中国社会科学院中国边疆史地研究中心编《清代新疆稀见史料汇辑》，北京：全国图书馆文献缩微复制中心，1990年，第136页。佚名撰《伊江集载·城池》，中国社会科学院中国边疆史地研究中心编《清代新疆稀见史料汇辑》，北京：全国图书馆文献缩微复制中心，1990年，第93—94页。《大清一统志》卷五一七《伊犁·城池》，《四部丛刊》本第44册，第4页正。
② 佚名纂《伊犁略志》，中国社会科学院中国边疆史地研究中心编《清代新疆稀见史料汇辑》，第292页。
③ 经查满文档案及有可能抄录原奏折的《朱批奏折》《起居注》《上谕档》等，皆无。
④ 乌云毕力格将实录、方略等史料称为"记述性史料"。参见氏作《史料的二分法及其意义——以所谓的"赵城之战"的相关史料为例》。
⑤ 据笔者管见所及，研究惠远城建城的论文，多使用《清实录》的资料，似不见使用《平定准噶尔方略》者。
⑥ 谢贵安《清实录研究》，上海：上海古籍出版社，2013年，第128页。
⑦ 赵令志《清修官书取材管窥——以〈使者档〉与〈方略〉〈实录〉之内容比对为例》，载赵志强主编《满学论丛》第三辑，沈阳：辽宁民族出版社，2013年，第345页。

尔里克新城，仅敷现在官兵驻扎。惟近城三四十里，伊犁河岸高阜之上，可筑大城。所用木植，有阿布喇勒山，松杉甚多，预行斫伐，从哈什、空格斯等河造筏，直至城工对岸。且在新城及固勒扎回城之间，粮运亦便。地既产煤，又采柳条、芦苇，柴薪不乏。来春从内地调绿旗兵一千名，筑城造房，至秋季，可成三千余官兵房舍之半，其余至乾隆乙酉年可竣。此时先派伊犁马兵数百，游牧至阿布喇勒山，伐木造筏，一面咨行杨应琚，遣木工、铁工数人，于今秋制造器具，秋收后，以绿旗兵协助，兼制芦席麻绳，可以应用无误。其兵丁粮饷，以伊犁收获及回人所交粮石，计至乾隆丙戌年约十七万石有奇。至乾隆丁亥年麦收之前，合计新旧兵丁二万口，足敷三年之食。但驻防粮饷，须多为筹备，请以来年为始，先增屯田兵五百名。乾隆乙酉年，城工竣事，又增兵一千名，归入屯田，收获自有盈余。且孳生牛羊，尚未算入。将来塔尔巴噶台驻兵，亦可源源接济。谨将本年二月起，至乾隆丁亥年止，陆续前来官兵，及收支粮饷各数，分晰列单，恭呈御览。奏入，得旨，如所议行。①

据上，乾隆二十八年二月丙辰（二十八日），时任伊犁将军的明瑞上奏称：为了安置在伊犁驻扎的索伦、察哈尔及凉州、庄浪满洲兵，拟于来春（即乾隆二十九年春），在"新城及固勒扎回城之间"的"伊犁河岸高阜之上""筑城造房"，至秋可完成一半房屋的建造工作，其余房屋"至乾隆乙酉年可竣"。此项计划得到了乾隆帝的认可——"如所议行"。这里的新城是办事大臣阿桂于乾隆二十七年在乌哈尔里克建的绥定城；固勒札城就是安远城；② 大城，就是乾隆三十年乾隆帝赐名的惠远城，③ 乙酉年即乾隆三十年。因之，按计划惠远城应开建于乾隆二十九年春，④ 是年秋完成一半房屋的建造工

---

① 《平定准噶尔方略》续编卷二〇，乾隆二十八年二月丙辰条，北京：全国图书馆文献微缩复制中心，1990年，第2811页下栏、2812页下栏。按，《清实录·高宗实录》卷六七八，（中华书局，1985年）第582页下栏—583页上栏，将伊犁将军明瑞于乾隆二十八年二月丙辰（二十八）日上奏的"筹议安插驻防兵丁事宜"摘编后，置于乾隆二十八年正月辛酉（初三）日上奏的"预备移驻官兵各事宜"后，中间用"寻奏"二字连接。

② 那彦成编，王昶勘定，卢荫溥增修《阿文成公年谱》卷二，乾隆二十七年八月初十日条，载北京图书馆《北京图书馆藏珍本年谱丛刊》第99册，北京：北京图书馆出版社，1999年（据清嘉庆十八年刻本）影印，第392—393页。

③ 《清实录·高宗实录》卷七八一，（乾隆三十年闰二月己巳条）第50页下栏载："伊犁将军明瑞等，以伊犁河新筑满洲驻防城及哈什回人新筑城工告竣，奏请赐以嘉名。寻定伊犁河驻防城曰惠远。"

④ 具体可参看魏长洪《新疆行政地理沿革史》第82页注④。魏长洪《伊犁九城的兴衰》，《新疆社会科学》1987年第1期，此据氏作《魏长洪新疆历史文选》，乌鲁木齐：新疆大学出版社，2013年，第350页。

程，其余房屋于乾隆三十年完工。又据《平定准噶尔方略》《清实录·高宗实录》所载，惠远城于乾隆二十九年春得到乾隆帝的批准开始建造，①的确是按照明瑞上奏方案的时间实施的。前文所述将惠远城始建年代定于乾隆二十九年的各类官私文献，当为据明瑞奏折或《平定准噶尔方略》《清实录·高宗实录》编纂而成。

众所周知，官修《西陲总统事略》是《新疆识略》的底本，私修《西陲要略》又是据《西陲总统事略》节录而成。关于惠远城，祁韵士撰的《西陲总统事略》卷五《城池衙署》曰：

> 惠远城，乾隆二十九年在伊犁河北岸创建，高一丈四尺，周九里三分，门四：东景仁、西说泽、南宣闿、北来安。中建鼓楼一座……②

徐松在《西陲总统事略》基础上增补续修的《新疆识略》卷四《伊犁舆图·城池廨署》载曰：

> 惠远城，乾隆二十八年将军明瑞奏建，在伊犁河北岸，高一丈四尺，周一千六百七十丈，共九里三分。门四，东景仁、西说泽、南宣闿、北来安。中建鼓楼一座，嗣于五十八年将军保宁以创建。惠远城已三十余载，户口繁多，原立房间不敷居住，走明于城东展筑二百四十丈，共一里三分三厘有零。统计新旧城，共十里六分三厘有零。城内满营驻札。③

而《新疆识略》的编者徐松在其《西域水道记》中则曰：

> ……惠远城……乾隆二十八年，将军明公瑞奏言："乌哈尔里克新城仅敷现在官兵驻札，惟近城三四十里，伊犁河岸高阜上，可筑大城，所用木植，有阿布喇勒山松杉甚多，……"逾年，城成，高一丈四尺，周一千六百七十四丈，共九里三

---

① 《平定准噶尔方略》续编卷二四，(乾隆二十九年三月戊寅条)第2874页上栏—2875页下栏。《清实录·高宗实录》卷七〇七，(乾隆二十九年三月戊寅条)第901页下栏—902页上栏。
② 松筠修、汪廷楷、祁韵士撰《西陲总统事略》卷五《城池衙署》，第71页下栏。
③ 松筠修，徐松撰《新疆识略》卷四《伊犁舆图·城池廨署》，载《续修四库全书》史部732册，上海：上海古籍出版社，2002年(据上海辞书藏清道光元年武英殿刻本)影印，第641页下栏。

分,门四,东景仁、西说泽、南宣闿、北来安。①

祁韵士《西陲要略》卷二《南北两路城堡》:

(乾隆)二十九年,始于伊犁河北岸度地创筑,赐名惠远城。垣高一丈四尺,周九里有奇,门四:东景仁、西说泽、南宣闿、北来安。中建鼓楼镇之。②

有研究者认为,徐松编的《新疆识略》第一至十二卷,基本采用了《西陲总统事略》卷次的相关内容,只是调整了记述的目次,使读者看起来更清楚。③但是,改编后的"惠远城,乾隆二十八年将军明瑞奏建,在伊犁河北岸"一句,语意不甚明确,既可理解为惠远城于乾隆二十八年经伊犁将军明瑞上奏而建成,也可理解为明瑞于乾隆二十八年上奏建议在伊犁河北岸筑城。徐松将《新疆识略》水道内容扩充后撰成《西域水道记》④,随着文字的扩充,语意似乎明确了,惠远城建成于乾隆二十九年。但惠远城何时开建,仍然不明。

《西陲总统事略》于嘉庆十四年(1809)由程振甲刊行,但流行不广,影响不大。⑤而《新疆识略》由松筠以《伊犁总统事略》之名,于道光元年(1821)奏进,嘉庆皇帝赐名《钦定新疆识略》,是年由武英殿修书处刊刻,成为官修志书流行于世。或许《新疆识略》及徐松《西域水道记》广为流行的缘故,成为清季《伊江集载·城池》等书编纂时的重要参考来源,在惠远城建城时间上,多以《新疆识略》《西域水道记》为本。这似乎也是嘉庆重修《大清一统志》卷五百一十七《伊犁·城池》等,将惠远城建城时间确定为乾隆二十八年的主要原因。

我们再来看两种清代伊犁地方志资料,其中的《伊江汇览·城池》载曰:

伊犁于(乾隆)二十六年创始之初,仅于塔奇奇河修盖小堡一座,并无名目,以

---

① 徐松纂,朱玉麒整理《西域水道记(外二种)》,第241—242页。按,《西域水道记》此段文字与《平定准噶尔方略》续编卷二〇,乾隆二十八年二月丙辰条摘编的明瑞奏折非常接近,徐松似乎应摘编自原奏折或《平定准噶尔方略》。
② 祁韵士《西陲要略》卷二《南北两路城堡》,刘长海整理《祁韵士集》,第73页。
③ 郭丽萍《绝域与绝学——清代中叶西北史地学研究》,北京:生活·读书·新知三联书店,2007年,第67—68页。
④ 见徐松纂,朱玉麒整理《西域水道记(外二种)·前言》,第5页。
⑤ 《西陲总统事略出版说明》,松筠修,汪廷楷、祁韵士撰《西陲总统事略》,第2页。

为屯兵居住之处。二十七年,在乌哈尔里克修建绥定城一,即以换防满洲官兵居之。嗣又于古尔扎修建宁远城一,以居回户。二十九年,在伊犁河北修建惠远城,彼时凉庄热河满洲官兵移驻居住,是为大城。三十年,西安满洲官兵移驻而来,爰建惠宁城以居之。①

《伊江集载·城池》载曰:

> 惠远城,乾隆二十八年建,在伊犁河北岸,共周九里三分,门四:东景仁,西说泽,南宣闿,北来安。②

《伊江汇览》与《伊江集载》均为清代伊犁地方志资料,但二者的价值有别。著名边疆史地文献专家吴丰培在《伊江汇览·跋》中说:

> 据作者格琫额自序及书中所记,知为任笔帖式来新,乾隆三十年乙未参加戎幕,由伊犁将军舒赫德差委多项工作……视各种事宜,仅据档册、汇抄而成者不同,殊为有用之作。……作者留心边事,纂成资料,不失为伊犁地区较好的文献之一。③

其又在《伊江集载·跋》中说:

> 清季佚名纂……是书汇抄伊犁地方舆地形势及后办事宜,记事至咸丰年间。系宦新之士汇录当时成案以成矣,虽不免庞杂之病,然清时边圉制度,据此得传,亦属治方隅史之要籍也。④

从上可知,《伊江汇览》的作者曾充任伊犁将军舒赫德(乾隆三十六年十月至三十八

---

① 格琫格纂《伊江汇览·城池》,中国社会科学院中国边疆史地研究中心编《清代新疆稀见史料汇辑》,第21页。
② 佚名撰《伊江集载·城池》,中国社会科学院中国边疆史地研究中心编《清代新疆稀见史料汇辑》,第93—94页。
③ 中国社会科学院中国边疆史地研究中心编《清代新疆稀见史料汇辑》,第87—88页。又收入吴丰培《吴丰培边事题跋集》,乌鲁木齐:新疆人民出版社,1998年,第221页。
④ 中国社会科学院中国边疆史地研究中心编《清代新疆稀见史料汇辑》,第124页。又收入吴丰培《吴丰培边事题跋集》,第222页。

年七月在任)幕府,当能接触到伊犁的地方档册;而《伊江集载》作者不知名,系清季"宦新之士汇录当时成案以成"。可见,前书作者在惠远城建成不久就到了伊犁,可以说几乎是惠远城建城的当事人,其书接近史实,而后书作者距建城时间已一个多世纪,是"汇录当时成案以成"书,讹误也就在情理之中。

至于永保纂的《总统伊犁事宜》,吴丰培说是其"得传抄本于李氏木犀轩藏书,录副以存,较其内容,与《伊犁总统事略》相似而又不尽同,成书年月,在两书相距不远,析其大要,为伊犁将军管辖各项事宜,以军事为主,继以北路道里,南路总统,殿以边卫情况。虽属杂抄旧档,尚多可取"。①

有学者认为是永保署理伊犁将军时,在伊犁不到一年的时间里,组织编纂而成。②永保曾在乾隆五十五年四月庚午(1790年6月3日)至乾隆五十六年三月(1791年4月)署理伊犁将军。③或许因编纂时间有限,只是"杂抄旧档",未做辨析,因而不免舛误。

三

综上所述,乾隆二十八年春二月二十八日,伊犁将军明瑞上奏清廷拟在伊犁河北岸建惠远城,计划于乾隆二十九年"春,从内地调绿旗兵一千名,筑城造房,至秋季,可成三千余官兵房舍之半,其余至乾隆乙酉年(三十年——笔者)可竣",并得到朝廷的批准实施。这本是一个清晰而又得到执行的计划,但因各种后续文献,特别是著名西北舆地学大家徐松在编纂《新疆识略》《西域水道记》时,根据需要对原奏折或《平定准噶尔方略》《清实录·高宗实录》进行了删减、摘编,由此致使某些信息流失,进引起了歧义,导致了惠远城建城时间的混乱。因此,历史研究必须高度重视史源学方法,以及对史源性资料的挖掘和使用,强调史料文本的原始性与可靠性,这应是我们从事文献整理与史学研究的基本要求。

(本文原载《西域研究》2021年第2期,第134—139页)

---

① 吴丰培《吴丰培边事题跋集》,第211页。
② 郭丽萍《绝域与绝学——清代中叶西北史地学研究》,第54页。按,《总统伊犁事宜》铅印本整理者认为"本书写成于乾隆末嘉庆初"。见马大正、牛汉平《〈总统伊犁事宜〉跋》,载中国社会科学院中国边疆史地研究中心编《清代新疆稀见史料汇辑》,第273页。
③ 阿拉腾奥其尔《清代伊犁将军论稿》,北京:民族出版社,1996年,第203页。

《回疆志》初纂本考

吴华峰

《回疆志》是现存清代最早关于西域南疆的方志。"是志为新疆南部各地之通志","是研究清朝统治新疆初期新疆地方史、民族史的重要志书之一"。[①] 以最初的完成时间计，它比乾隆时期私人撰述的《西域闻见录》成书早 14 年，比进呈御览的定本《西域图志》早 19 年。对于人们了解乾隆时期天山南路各城政治经济、风物民情，都具有重要的价值。

《回疆志》的成书历经了永贵、固世衡初纂，苏尔德增纂，达福补订三个阶段，版本也分为与之相应的三大系统。[②] 常见的众多《回疆志》抄本，都属于增纂本和补订本系统。加之苏尔德的同僚福森布为增纂本作序时称："尚书永公于宣威施惠之暇，就耳目所及，询访所得，草录此一方志略，适蒙内诏，未及成书。"[③] 致使人们多认为《回疆志》初纂本并未完成，从而忽略了它的存在。然而此书并没有因后人持续增纂补订所覆盖淹没，晚清李文田(1834—1895)批校过的《西域地理图说》一书，实际就是《回疆志》的初纂本，本文即对此加以论证。

[①] 纪大椿、齐清顺、苗普生等著《清代现存方志概览》，《新疆社会科学研究》1988 年第 3 期，第 5—6 页。

[②] 参拙文《〈回疆志〉编纂研究》，《西域文史》第九辑，北京：科学出版社，2014 年，第 247—266 页。

[③] 福森布《回疆志序》，丁氏"八千卷楼"抄本，南京图书馆藏（馆藏编号：GJ/132524）。按，就笔者所见各种苏尔德增纂本《回疆志》抄本。后文所引《回疆志》内容，均出自此本。

一、《西域地理图说》与《回疆志》关系蠡测

《西域地理图说》抄本藏于西华师范大学(原南充师范学院)图书馆古籍部,[①] 对学界而言并不是一部罕见史料,早在1992年,阮明道先生即将之整理刊布。[②] 该抄本首册扉页有李文田朱、墨两种笔迹的识语(图1),交代了他从缪荃孙处借阅是书的缘起:

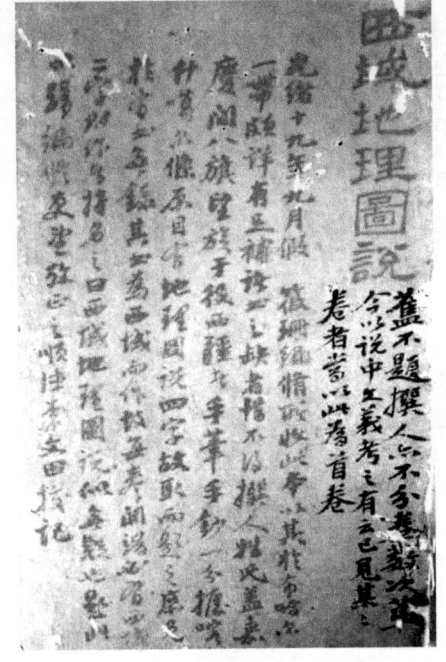

图1 《西域地理图说》卷首
李文田题识

旧不题撰人,亦不分卷数次第。今以《说》中文义考之,有云已见某某卷者,当以此为首卷。(墨)

光绪十九年九月,假筱珊编修所收此本。以其于布哈尔一带颇详,有足补诸书之缺者,惜不得撰人姓氏,盖嘉庆间八旗望族于役西疆者手笔。手抄一份。据喀什噶尔条原目,有"地理图说"四字,故取而题之,庶免于有书无录。其书为西域而作,故每卷开端必有"西域"二字,则作者特名之曰《西域地理图说》,似无疑也。题此以归编修,更望考正之。顺德李文田校记。(朱)

如批语所云,李文田初借该书时,无书名及著者。所谓"西域地理图说"之名,是

[①] 《西域地理图说》,清抄本,西华师范大学图书馆藏(登记号:103014—21),后文所引《西域地理图说》内容,均出自此本。

[②] 阮明道主编《西域地理图说注》,吉林:延边大学出版社,1992年。另傅平骧、李凤仪《读旧稿本〈西域地理图说〉》,《南充师范学院学报》1980年第1期,第1—13页;阮明道《有关〈西域地理图说〉的两个问题》,《四川师范学院学报》1990年第4期,第23—28页;都对此抄本进行了研究。马大正《读〈西域地理图说注〉》,《中国史研究动态》1994年第5期,第30—32页;日本《明代史研究》第21号,东京:汲古书院,1993年,第65—66页,对整理本均有介绍,但是诸家均未意识到它与《回疆志》的渊源。

他根据书中出现的"地理图说""西域"等语词推测得来,遂为后人递相沿用。实则"西域地理图说"与该著只述"回疆"概况的内容颇有名不副实之嫌。为了行文方便,本文也姑且使用这个约定俗成的旧名。

李文田还曾据此缪荃孙藏本另外抄录《西域地理图说》一份。李抄本《西域地理图说》初以《回疆志》之名收藏于"国立中央"图书馆。今藏美国哈佛大学燕京图书馆,馆藏著录为"'国立中央'图书馆藏善本,八卷,永贵撰。清顺德李氏钞本,清李文田手批并题记"①。抄本首页天头李文田眉批云:"光绪十九年从缪小山编修借钞此本。无书名撰人。寻喀什噶尔条原目自称曰'地理图说',故题曰《西域地理图说》耳。"(图2)正可与上引原抄本识语相印证。李文田抄本调整了底本"行文从左到右直行式"的格式,也不存在底本"文句错漏之处较多,可能是依据作者底稿誊抄的写本,誊抄后对错抄漏抄文字仅做了个别更正,从笔迹看,誊抄者非一人"造成的讹误。② 最重要的是,抄本卷首也保留了李文田光绪二十年所作题识一纸,明确指出《西域地理图说》即《回疆志》之蓝本:

> 光绪癸巳年,假钞此册于缪小山编修。及秋冬间,按试定州讫,观定州王氏藏书,借得《回疆志》四卷钞之,方知此书乃苏尔德《回疆志》之蓝本。本亦名《回疆志》,乃礼部尚书永贵参赞彼土时所撰也。书作于乾隆己卯,草创未成。及苏尔德同副都统福森布驻护喀什噶尔,乃据此本重改定之,仍名《回疆志》,共四卷云。

光绪十九年李文田抄阅此书时,并未将《西域地理图说》与《回疆志》联系起来。时隔一年,当他在河北定州王氏"括斋"见到苏尔德增纂的四卷本《回疆志》时,立刻凭借其深厚的史地学素养,辨认出二者实为一书。

瞿冕良《中国版刻辞典》"读五千卷书室"条也记载过这一李文田手抄"永贵《回疆志》8卷"③。日本京都大学文学部羽田纪念馆中亚研究会收藏的一部写本《回疆志》,封面亦题"据'国立中央'图书馆藏清顺德李氏钞本",此写本只抄录了正文内容,将李文田的题识和零星批语全部刊落(图3)。但是由于李文田当时的发现已经来不及标记在缪荃孙的藏本上,以致后来的整理者与研究者仍旧延误了李文田第一次题记的观点,将它作为独立的《西域地理图说》来定论。

---

① 此据美国哈佛大学燕京图书馆馆藏藏胶片,编号:Harvard-Yenching Microfilm FC5404。
② 阮明道《〈西域地理图说注〉序》,《西域地理图说注》,第2页。
③ 瞿冕良《中国版刻辞典》,苏州:苏州大学出版社,2009年,第511页。

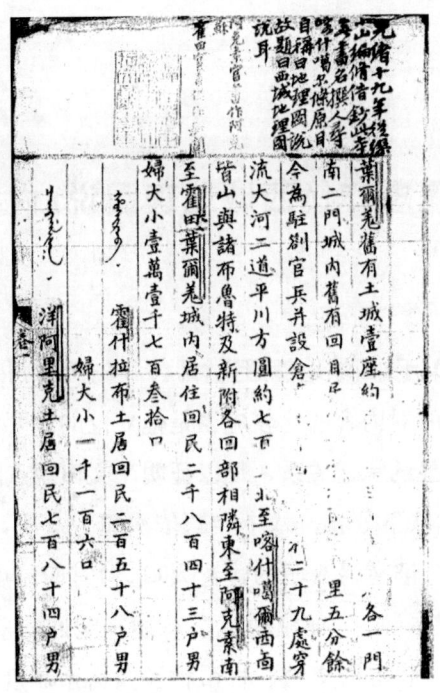

图 2　哈佛燕京图书馆藏李文田抄本《回疆志》

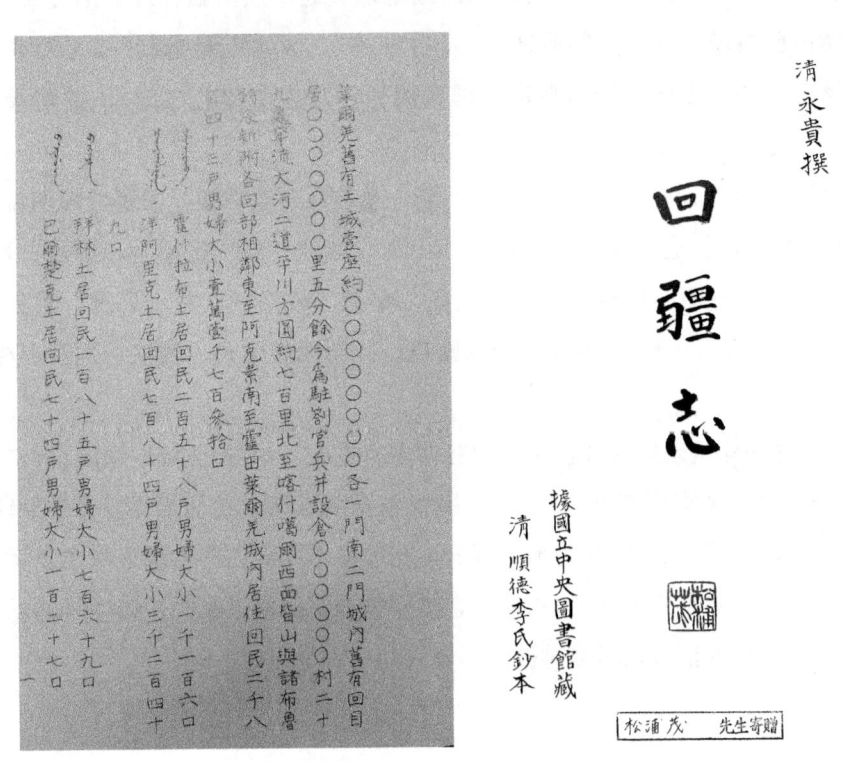

图 3　羽田纪念馆所藏《回疆志》写本

二、《回疆志》对《西域地理图说》内容的承继

100余年前,李文田关于《西域地理图说》即《回疆志》的判断独具慧眼,他虽并未详述论断过程,但抄录两著时对内容的比较应当是他立论的重要依据。从史料运用的一致性考察,二者的确具有明显的承递关系,足以证明李文田观点的准确性。

《西域地理图说》抄本原不分卷,八个专题依次厘为八册,故李文田及今注本均将其视为八卷。"城村户口"记南疆八城的建置人口。"官职制度"载各城伯克数目与职能,旁及官员图记、器械军装。"征榷税赋"总述平定回疆前后的税赋变化,分述各城赋税项目。"市籴钱币"载市场交易、货币种类及铸币制度。"土产时贡"记每岁入贡物品与回疆特产。"外夷情形"详述毗邻诸国地理交通,及南疆各地卡伦设置。"衣冠服饰"介绍南疆各城和邻国人物服饰。"垂古胜迹",收录乾隆御制《双义诗》《御制平定回部勒铭叶尔奇木之碑》《御制平定回部勒铭伊西洱库尔淖儿之碑》,并附录各城杂记。

苏尔德增纂《回疆志》将全书体例统一为四卷。卷首系两通碑铭、回疆地理图说、新疆全舆图、回人相貌图。卷一载天时、地理、山河、城池。卷二记回教、面貌、性情、房室、衣冠、饮食、婚姻、丧葬、耕种、织纴、交易、畋渔、五谷、瓜果、菜蔬、草木、花卉、物产、杂记。卷三分述官制、各城户口。卷四叙赋役、钱法、刑法、隘卡、邮驿、外夷。

从目录看,两书体例差别较大,实际内容却多有重合。约占《西域地理图说》二分之一篇幅的"城村户口""官职制度""征榷税赋"卷全部被苏尔德所沿用,"市籴钱币""衣冠服饰""垂胜古迹"三卷内容的绝大部分也与增纂本相同。苏尔德采取了以类相从的编纂原则,将《西域地理图说》中的相关内容重新整合归类加以吸收。如《图说》卷一对"霍田"地区城村人口的记载,增纂时被分别置入卷一和卷三中。(表1)

表1

《西域地理图说》	"八千卷楼"抄本《回疆志》
霍田有六城，内无名霍田者。霍田乃该部总名，原指其东南、西东两山，雪水于其左右流至雅布喀阿满地方，会归一河，其地适在两水夹流之中，故名曰霍田。平川约五百里，所有六大城内，一名伊犁启，约三里七分余，东、西、南、北四门；一名哈拉喀什，约二里九分余，东、西、北三门；一名玉龙哈什，约二里五分余，东、西两门；一名克里雅，约二里九分余，东、西、南、北四门；一名车勒，约二里余，南、北二门；一名塔克，约一里余，西北一门，西南一门。六城远近不一，庄村接连不断。西北至叶尔羌属桑竺地方，东北至阿克素，西南与后藏连，正南皆山，东及正北悉系戈壁，无路可通。戈壁者，犹言沙碛、瀚海也。	和阗六城村内无名和阗者，和阗之谓乃该部落总名。由南山流出雪水，左为合泰，在玉陇哈什，右为克里雅克素，在哈拉哈什，此两河内出玉。玉陇哈什河者最嘉，哈拉哈什河者次之。……和阗平衍处约有五百余里。一名依里齐，约三里七分余，东、西、南、北四门。一名哈拉哈什，约二里九分余，东、南、北三门。一名克里雅，约二里九分余，东、南、西、北四门。一名塔克，约一里余，南、北二门。一名玉陇哈什，无城。一名车勒，无城。以上六城村远近不一，西北与叶尔羌相通，西南与后藏相通，东面与沙州相近，一带戈壁无路可通。正南皆山，正北大沙戈壁，东北与阿克苏相通。（卷一：城池）
伊里起城内及各属庄村，居住回民共计四千三百八户，男妇大小一万四千六百六十一口。	和阗伊里齐城内以及各村庄居住回民共计四千三百八户，男妇大小一万四千六百六十一口。所属城村五处内：
哈拉哈什城内及各属庄村，居住回民共计四千二百七十二户，男妇大小一万二千九百六十七口。	哈拉哈什城内以及各村庄居住回民共计四千二百七十二户，男妇大小一万二千九百六十七口。
克里雅城内及各属庄村，居住回民共计二千二百二十九户，男妇大小六千二百二十四口。	克里雅城内以及各村庄居住回民共计二千一百二十九户，男妇大小六千二百二十四口。
玉龙哈什城内及各属庄村，居住回民共计一千八百五十二户，男妇大小六千三百一十八口。	玉陇哈什地方以及各村庄居住回民共计一千八百五十二户，男妇大小六千三百一十八口。
缀勒城内及各属庄村，居住回民共计九百三十八户，男妇大小二千六百一十六口。	车勒地方以及各村庄居住回民共计九百三十八户，男妇大小二千六百二十六口。
塔克城内及各属庄村，居住回民共计二百三十九户，男妇大小七百一十六口。	塔克城内以及各村庄居住回民共计二百三十九户，男妇大小七百一十六口。
以上霍田六城各属大小庄村，居住回民共计一万三千八百余户，男妇大小约略四千三百五百余口。（卷一：城村户口）	以上和阗伊里齐并所属各城村回民共计一万三千八百余户。男妇大小约计四万三千五百余口。（卷三：各城户口）

如表1所示，两著使用的材料，乃至表述方式基本没有差别，尤其是对和阗城村人口的记录完全一致。二者唯一的不同，在于《图说》地名写法全部采用旧制，如"霍田"

"阿克素""伊里起""缀勒"诸地，《回疆志》分别作"和阗""阿克苏""伊里齐""车勒"。西域地名多系音译，汉文转译写法不一。早在乾隆二十二年(1757)平定准噶尔之际，军机处即曾会同会典馆并翻书房，议将"至伊犁各处地名内，吐尔番应改称吐鲁番，鲁古沁应改称鲁克沁，波罗他拉应改称博罗塔拉"①。乾隆二十八年《钦定西域同文志》付梓，天山南北路地名译写才由官方正式统一。苏尔德《回疆志》增纂于乾隆三十七年，自然要使用规范后的地名。

从两著对罗布泊人和木素尔冰岭的描写中，也可以明显看这种继承的关系。(表2)

表2

《西域地理图说》	"八千卷楼"抄本《回疆志》
一罗布那尔(即罗布泊)部落回人一枝，每年应(交纳)海龙皮玖张。 一罗布那尔(即罗布泊)回人，每年交纳哈什鸟翎壹百枝。……因该处并不耕田牧畜，唯籍海内所得之鱼而为食。所得之水獭、海龙等皮张，货换其布而为之衣，附海陆地，自生野麻，采而为之毡帐。此外盖无别项出产。(卷三：征榷税赋) 故参赞尚书舒(赫德)等差员备礼，往而祭拜，风雪暂止，即使人开冰凿坝，以为可行梯登，台道始通，因而具奏，奉旨按年差员往祭，至今每年肆季捧旨备礼往祭。仍设回民一百二拾户，豁免其科赋，令其无时修理冰阶梯登，其势虽仍自变换无息，却有可走道路。(卷八：垂古胜迹)	参赞尚书舒公具奏，每年致祭，列入祀典，安设回民一百二十户，专事修凿，今已为驿路衡途，商旅通行矣。…… (罗布泊)各湖池之北，大湖之南，有一种回人，不种五谷，不牧牲畜，惟划小舟捕鱼为食，或采野麻，或捕哈什鸟，剥皮为衣，或以水獭等皮，并哈什鸟之翎，持往各城贸卖，易布以为衣带，此种回人，世居海边，不惟不通中华，亦不与各部落相通。(卷一：山河)

《回疆志》将《西域地理图说》中分属于两卷的文字，合并入卷一"山河"条中，虽然内容有所精简，但史料运用显然是一致的。这也是现存文献当中对罗布泊人和冰岭最早的记载。在大多数情况下，苏尔德都是通过调整内容和凝练文字对初纂本内容加以修改继承，类似的例证在两书中不胜枚举。比如《西域地理图说》"垂古胜迹"中的两通碑

---

① 《清实录·高宗实录》卷五三五，《清实录》第15册，北京：中华书局，1986年，第748—749页。

铭,被《回疆志》移置卷首,以突显表彰其独特意义。再如《回疆志》卷二"交易"条继承了《西域地理图说》关于南疆巴杂尔情形、度量单位特点的记载,删掉了诸如"手艺匠工之贪馋克扣,却与内地之行计异甚"等与主旨无关之语,从而使《回疆志》的结构与语言更加凝练,逻辑层次更加明晰。

阮明道先生在《有关〈西域地理图说〉的两个问题》文中,也对两书部分内容进行过比较。如其指出《西域地理图说》与《回疆志》所载南疆卡伦数目不同:"卡伦部分,哈尔沙尔、库车各属卡伦数,两书记载均同;乌什属卡伦,《西域地理图说》五处,《新疆回部志》四处;喀什噶尔属卡伦,《西域地理图说》九处,《新疆回部志》十处;叶尔羌属卡伦,《西域地理图说》五处,《新疆回部志》三处。由于撰写著作时间有先有后,各记设置卡伦数目不同,这是合情合理的。如乾隆二十六年二月,舒赫德奏新疆台站官兵更换事,奏入,军机处议准:'军营所设台站,酌量繁简,随时增减移撤。'"①在这里他已经意识到两书因成书时间差异而导致内容的动态变化,故所举例证并无意义。

阮文还将《西域地理图说》与吴丰培油印本《新疆回部志》、《中国方志丛书》本《回疆志》中的"火滩"条进行了综合考察,指出三书所记大致相同:"行文顺序一致,所采资料应为同一来源。值得注意的是,《新疆回部志》此段文字中,偶然留下'阿克素'之称,与《西域地理图说》通译'阿克素'相同。阿克素与阿克苏,是同名异译,除《西域地理图说》外,其他文献很难找到通译'阿克素'的。"②他还推测:"《新疆回部志》所采上述资料来源,可能与《西域地理图说》相同。……据此分析,这段资料,《回疆志》(包括《新疆回部志》)有可能采自《西域地理图说》抄本。如此点可成立,则永贵等编撰《回疆志》时,在南疆尚可见其抄本。"③这段论证,事实上等于承认了《回疆志》系承继《西域地理图说》而来。

阮明道先生没有意识到《西域地理图说》即《回疆志》的初纂本,认为"就两书内容看,详略各异,有一部分内容大致相同,而大部分内容则多不同"④,通过对两书内容的再审视,这一结论并不符合实际。阮文中所举之例,大多数反而为确定《西域地理图说》即《回疆志》初纂本提供了有益的启示和证据。

---

① 阮明道《有关〈西域地理图说〉的两个问题》,第25页。
② 阮明道《有关〈西域地理图说〉的两个问题》,第27页。
③ 阮明道《有关〈西域地理图说〉的两个问题》,第27页。
④ 阮明道《有关〈西域地理图说〉的两个问题》,第24页。按,阮明道先生所使用的《新疆回部志》,为《边疆丛书续编》中所收吴丰培先生校订本。他同时参考了《中国方志丛书》本《回疆志》。这两部著作均属于苏尔德增纂本《回疆志》系统,阮文并未辨别两者之间的关系。

三、《西域地理图说》为《回疆志》初纂本的旁证

对编纂者行实、成书时间以及内容完整度进行考察，也能够为《西域地理图说》系《回疆志》初纂本增加旁证。

首先，《西域地理图说》正文中叙及的时间节点下限，截至乾隆二十八年。试举两例："沙尔胡尔、克尔品等处五员阿奇木伯克缺出，仍以本处应升人员拣选排列，奏请钦点。六、七品者缺出，均以本地人员内拨补，年底汇题等。因于二十八年四月具奏，奉旨着军机处大臣议奏。""故又具奏，将（阿克素）贰十柒年应给散库之贰拾陆年铸得之钱，权照原议，均匀散给，其贰拾捌年春季应抽之贰成钱文，作为春秋两季收纳。自贰拾捌年起，将各城应纳铜之斤数，另为均匀拟酌摊算，较之该城回民户数，定以该城应纳铜斤，铸得新钱，即照贰拾柒年之例散给。"阮明道据此认为其成书"可能在乾隆二十八年至二十九年"①。傅平骧、李凤仪亦谓"《图说》内容反映乾隆二十七八年间的史实颇多"，且"由于书中所记回城多用旧名，说明《图说》成书的时间早，作者还不知道后来改定的名字"。②

《回疆志》初纂者永贵（？—1783），于乾隆二十六年正月以左都御史代舒赫德为喀什噶尔办事大臣，同年三月抵任："海明不称喀什噶尔办事之任。现命永贵前往更代舒赫德。但抵任仍需数月。……命舒赫德暂往喀什噶尔办事，候永贵交代。"③ 乾隆二十八年三月永贵在回疆办事得力，"上嘉其办理妥协，下部议叙加一级，八月还京"④。《西域地理图说》中记载了不少永贵在办事大臣任内的政绩："贰拾捌年径（经）议政尚书永（贵）等审视，得各外部落贸易回人，俱知其乌什素无税科，故多不走喀什噶尔，皆由山后偷往乌什等处贸易。……故忒（特）具奏，酌与外部落搭界之乌什，照依喀什噶尔一律抽收回人贸易税赋。""近因总理各城事物议政尚书永（贵）等议酌奏定，每年将葡萄贰仟觔内，上好者拣贰、叁百觔解送内廷。"

另一位编纂者固世衡（？—1771）原系归绥道员，乾隆二十四年受山西将军保德、同

---

① 阮明道《〈西域地理图说注〉序》，《西域地理图说注》，第2页。
② 傅平骧、李凤仪《读旧稿本〈西域地理图说〉》，第3页。
③ 《清实录·高宗实录》卷六二八，《清实录》第17册，北京：中华书局，1986年，第9页。
④ 铁保《钦定八旗通志》卷一六二，《中国史学丛书续编》，台北：台湾学生书局，1968年，第10780—10781页。

知呼世图挪用公款案牵连发配"叶尔羌效力赎罪"①，二十九年遣戍期满。《清高宗实录》乾隆二十八年八月条载："据永贵等奏称：喀什噶尔办事主事伊灵阿、道员固世衡，至明年三年期满，其员缺无庸于内地派人更换。……固世衡、拖穆齐图、八十尔俱系有罪发往之人。俟将伊等获罪缘由、查明具奏时，另降谕旨。"②十二月条又载："道员固世衡在哈什噶尔办事奋勉，实属称职，应请旨交部议叙等语。固世衡实心办事，殊为可嘉，着加恩交部议叙。"③

固世衡必然是由于遣戍期间办事奋勉得到永贵赏识，得以与之共同修纂《回疆志》。故乾隆二十八年永贵刚回到京城，就在乾隆帝面前为固世衡进言开脱。永贵、固世衡留驻喀什噶尔的时间确与《西域地理图说》成书年代相符，由他们的行实，还可进一步明确《回疆志》初纂本应成书于乾隆二十六年三月至乾隆二十八年八月之间。

其次，宏观来看《西域地理图说》内容基本完整，但个别细节的缺载，仍然昭示出它是一部"未及成书"的初纂本。傅平骧、李凤仪曾举出全书四处尚未完稿之处："这八册似非全帙，比如《外夷情形·交通》册篇末记辟展卡伦，只有一个标目并无下文。《土产时贡》册篇末记'今特撰若干则，附列于山川图右'。但所谓'山川图'不但不见于本册，也不见于他册。《衣冠服饰》册篇首说：'至于各部男女身势已见风俗教化部门。'按《图说》八册中未见有'风俗教化'门。《垂古胜迹》册篇末记英阿杂尔城东北，牌素巴特属凉噶尔地方的地洞，但叙述至'今经二百余年并……'处便戛然中止。以上均说明这部《图说》并非完帙。原因可能是作者尚未写完，便因故中止；也可能是作者请人清稿，校改乃作者复阅时所为，但复阅并未完毕。"④阮明道也指出《图说》"写本篇幅不大，叙事简略，有的缺载。……写本所记，也有传闻失实处。如云布哈尔都城'周围三百余门，一门至一门五日路'……由上可见，此写本非定本，而是一部尚待整理完善的初稿本"⑤。

除上述两文所举，《西域地理图说》卷六"外夷情形"云："其地舆山河，并其途路情形，暨我部相达之隘口道路，不可不记录，以备之考阅焉。是将图说妥具于章右。"但在后文中，并未见"图说"。由此可知，甚至李文田初见此书并据以为之命名的"地

---

① 傅恒等撰《平定准噶尔方略》正编卷七八，北京：全国图书馆文献缩微复制中心，1990年，第2363页。
② 《清实录·高宗实录》卷六九三，《清实录》第17册，第769页。
③ 《清实录·高宗实录》卷七〇一，《清实录》第17册，第839页。
④ 傅平骧、李凤仪《读旧稿本〈西域地理图说〉》，第12—13页。哈佛燕京图书馆藏李文田抄本"垂古胜迹"卷末"地洞"条后亦批"无可访补"四字。
⑤ 阮明道《〈西域地理图说注〉序》，第5—6页。

理图说"四字,可能也是永贵等人预先设计而未及完成的部分。待到苏尔德补纂《回疆志》,才在卷一中补充了"西域地理图说"一节,并绘制全舆图一幅。而"山川""风俗教化"及"杂记·地洞"诸缺失内容,也在增纂时得以补足。福森布《回疆志序》称苏尔德为完成《回疆志》"复详加考核,广为搜访,删其冗复,增其简略。并绘图于前,披阅了如指掌。录杂记于末,巨细无不兼该",正是对此过程的实录。

《西域地理图说》原抄本中笔误较多,李文田最初认为此书"盖嘉庆间八旗望族于役西疆者手笔",随即又认定其"乃乾隆初定新疆之时旗人手笔"[①]。阮明道猜测"作者应是通晓满文、初习汉文的满洲旗人"[②]。清廷在南疆地区因地制宜保留原有伯克制度,留驻官员相对较少。在回疆初定之际,人才匮乏给修志工作带来了诸多不便,很可能在《回疆志》修纂过程中,永贵只充当着宏观策划,乃请固世衡具体撰写,又经他人誊抄,故有不少失误。尽管固世衡"交部议叙"提拔已经是永贵回京以后之事,但随着主持者的暂时离任,编纂也暂告停歇,并留下诸多缺憾,直到苏尔德赴任,才再续前缘足成此志。

四、余 论

除了因纂修时间先后所导致两书中某些数据与条例的变动外,《西域地理图说》与《回疆志》也有完全不同之处,主要表现在如下数端。

第一,《西域地理图说》"城村户口"卷每处汉语地名前,都另外标注着该地满语译名。"土产时贡"卷介绍"馕""茶""糖"等十余种物品,也附有其满语称谓。"外夷情形"卷,作者谓诸藩属邻国"地名人名、道路山河、游牧之名,俱以汉字译记,恐其音韵稍有未给(恰)之处,经久音流,则是半边情事,往涂迷其真迹。今将何部落、某头目、游牧于何等地方,忒(特)具清字,记于篇末"。增纂本则未采用满文。实则从乾隆朝官修《西域图志》到私人撰述《西域闻见录》,再到后世众多西域方志,均保持由汉语撰述的统一规范,《西域地理图说》中的满文书写成为一个特例。

第二,增纂本《回疆志》删除了《西域地理图说》"市籴钱币"和"衣冠服饰"卷中所

---

① 《西域地理图说》第八册卷首李文田墨批。
② 阮明道《有关〈西域地理图说〉的两个问题》,第24页。

配的回疆钱币、回人衣帽图,于卷首重新绘制了"新疆全舆图"及九幅"回人外貌图"①。

第三,《西域地理图说》"官职制度"卷比《回疆志》多出"器械军装"一段。"土产时贡"卷事无巨细地记述各地物产,器物如布匹、小刀,植物如雪莲、银杏、木耳,动物如野鸭、猫鼠等。《回疆志》对此卷只字未用,而代之以胡桐木、琐琐柴、芨芨草、大头羊等典型西域风物。同时增加了回教、婚姻、丧葬、邮驿等新内容。

第四,《西域地理图说》"外夷情形"卷谓:"况迄今我部回城均照依内地修持,其地理大概,已与他部各异,则境外诸部,自固是为外夷,但其地脉皆与我部连毗,故其情形是不可以不深悉者。"对与南疆接壤各国之历史概况、地理远近详加考录,体现出强烈的经世致用意识。增纂本则未将邻国作为重点,只简述了哈萨克、布鲁特、色哷库勒、蒿汉、拔达克山、爱乌汉、博罗尔七地的风土人情。其目的不在防范边患于未然,而在于鼓吹"庶览者咸知我圣朝幅员之广,人物之异,品类之庶"②。

苏尔德在《回疆志·自序》中就已经明言增纂此书时并未步趋原稿:"前驻镇尚书都统、今大宗伯永公贵,与观察使固君世衡编有《回疆志》一书,但所载较之于今,考其时事不无参差,爰就其原本一一核实,于其繁者删之,略者增之,分门别类,以成西域回疆之志。"而是在其基础上根据时事变化,加以增删补订、分门别类而成书。所以这些差异并不能动摇《西域地理图说》为《回疆志》初纂本的结论。而明确《西域地理图说》即《回疆志》初纂本,既弥补了《回疆志》成书中缺失的一环,使得乾隆年间回疆的政治制度、经济文化情形,在该书历经三代修纂的接力过程中得到动态揭示,也为今人考察清代西域方志草创时期的体制形态和编纂思路提供了绝佳的视角,从中亦折射出清朝西域经营初期南疆各级边吏的文化心理,以及他们为边庭地区长治久安所寻求文化建构的努力。

(本文原载《文献》2018年第1期,第99—108页)

---

① "八千卷楼"本《回疆志》中只有"新疆全舆图"目录而插图不存。在另一种"南屏理"抄本《新疆回部志》中则保留了这几幅插图。可见苏尔德确实曾为《回疆志》补绘过插图,只是由于传抄者的原因,在有的版本中将插图省去了。
② 苏尔德《回疆志·自序》,"八千卷楼"抄本。

《回疆通志》史学价值论析

孙文杰

自常璩编纂《华阳国志》始，便开启了我国地方志的编纂历史，经过历代学人的不断努力，方志的编纂体例和特点也逐渐完备，到清代更是达到兴盛期，编纂的方志数量蔚为大观。其中，有关新疆的地方志便有110种之多，即便除去同书异名之情况，仍然也有80种、600余卷之多，[①]虽然在数量上和内地省份相比为数不多，但这些几乎都是清人编纂的当代地方志，[②]因而保存了大量真实的清代新疆资料，且大部分质量较高，从而给后人留下了宝贵的文化遗产。

回疆，是清代对天山南路维吾尔族聚居地区的总称。初指"吐鲁番""哈密""喀什噶尔""叶尔羌"等具体地区，清政府平定大小和卓叛乱前后主要指库车以西地区。清廷一统新疆后，有时仅指喀什噶尔参赞大臣所总理的南疆八大回城，[③]但也泛指包括哈密、吐鲁番两地在内的所有维吾尔族聚集地区。[④]和瑛著之《回疆通志》所涉"回疆"，即是较早泛指天山南路八大回城，以及包括吐鲁番、哈密在内维吾尔族聚居区史实的一部方志，较之《西陲要略》（祁韵士撰）和《西陲总统事略》（松筠修，汪廷楷、祁韵士著）尚早数年，对清中期后这一地区的政治、经济、社会等诸多史实有真实记录，在新疆方志史上的价值自不待言。同时，"和瑛娴习掌故，优于文学"[⑤]，其所修方志全面吸收了前代方志的体例和特点，质量较高，并对后世新疆方志的编纂有深远的影响，具有重要的史学价值。

通过对《回疆通志》史学价值的考察，对其给予一个质实而中观的学术研究，不仅可

[①] 详参中国科学院《中国地方志联合目录》，北京：中华书局，1985年，第235—255页。
[②] 除佚名纂《西州图经》残卷属唐代方志、邓缵先纂《乌苏县志》和阚凤楼纂《新疆大记补编》属民国方志外，其余均为清代方志。
[③] 八大回城指喀什噶尔、英吉沙尔、叶尔羌、和田、乌什、阿克苏、库车、喀喇沙尔。
[④] 纪大椿《新疆历史词典》，乌鲁木齐：新疆人民出版社，1994年，第198—199页。
[⑤] 赵尔巽等《清史稿》，北京：中华书局，1977年，第11283页。

以全面认识其学术价值与地位,也可以更加明晰地梳理清代对天山南路的管理和认识,总结其科学思想和方法。本文在继承前贤研究成果的基础上,重点对《回疆通志》的编纂特点、主要内容、思想价值以及学术特点进行探讨,以期求教于方家。

一、《回疆通志》的编纂、体例及特点

嘉庆七年(1802),和瑛(1741—1821)因事被贬谪乌鲁木齐效力赎罪。八年,调任喀什噶尔参赞大臣。担任喀什噶尔参赞大臣期间,职责所在,每年必须巡查各城,他利用巡查各城的机会,考察各地风土人情和经济生活状况,访问历史古迹和收集历史、文物史料,因而扩大了眼界,增长了知识,为撰写《回疆通志》奠定了丰厚的基础。是书即嘉庆八年和瑛担任喀什噶尔参赞大臣时所编纂,虽系私人撰述,但只用了不到两年的时间,嘉庆九年即已成书,约15万字,可见作者修史之功底。

《回疆通志》有嘉庆九年抄本二种,现存北京、上海、新疆、台湾等地图书馆。此书虽成书较早,但印行较晚,百年后的1925年,沈瑞麟认为该书"视《一统志》而事详,本《闻见录》而时近。念流传为孤本,未列缥缃,将著录于艺林,复之梨枣"①,遂重加校印问世,现存北京大学、清华大学及新疆大学等地图书馆。1966年,台北文海出版社总编沈云龙认为该书"现据沈氏印行又逾四十年矣,海内殆成孤本,本社爰以影印,俾广流传"②。将其收入《中国边疆丛书》影印出版。

《回疆通志》采取分门别类的方式编纂,全书共分十二卷,卷一为乾隆帝平定回疆"御制诗",反映清政府统一新疆期间平定大小和卓叛乱之武功,以及在统一战争中出现的重要军事行动;卷二至卷六之"列传"及卷十二之"纪略""回族"主要是维吾尔上层贵族的传记,详细地记载了清政府统一新疆期间的诸多历史事实,是研究康雍乾时期清政府与新疆关系极为重要的历史史料;卷七至卷十一分别详细记载了天山南路所属各地之沿革、疆域、建置、营伍、屯田、粮饷、赋税等,对清代中期天山南路各地的政治、经济、文化、军事等方面有详细的记载,是研究当时回疆地区社会状况极其重要的资料;卷十二之"风俗""物产",主要记载了维吾尔族的风土人情,对该族民风、民俗的研究具有重要的参考价值。由此我们可以看出,《回疆通志》的编纂方法在继承前人的基础上,也有诸多创新,主要有以下几个特点:

---

① 和瑛《回疆通志》,《中国边疆丛书》第24册,台北:文海出版社,1966年,第2页。
② 和瑛《回疆通志》,《中国边疆丛书》第24册,第3页。

第一，史地并重。史地并重是我国古代史志的一个优良传统，《回疆通志》全书由史、地两条主线纵横编织而成，也继承了这样一个修史优点。和瑛在《回疆通志》自序中即言："稽册借以成编，毕胪形胜，叨旌麾以治事，恪守规模。惟愿职斯土者，修其教，不易其俗，齐其政，不易其宜。"① 是书卷二至卷六主要为回部王公总传及其子孙分脉而有世爵者列传，卷十二之"纪略""回族"主要叙述是回部王公子孙分脉并无世爵不入列传的维吾尔族贵族事迹。记载他们在清政府统一新疆时期所起到的历史作用，同时也反映了普通维吾尔民众对国家的认同，以及他们在维护祖国统一斗争中所做的贡献。该书传记部分除了记载维吾尔族贵族历史外，还分叙回疆喀喇沙尔所属之土尔扈特传记，为之后治理新疆者提供了足够多的历史借鉴。《回疆通志》卷七至卷十一则详细记载回疆八大回城之地理、沿革、山川、河道等诸多情况，对研究清朝统治新疆时期之军事、政治具有重要的资料价值。诚如沈瑞麟所言："视《一统志》而事详，本《闻见录》而时近。"② 史地并重，确实为《回疆通志》之一大特点。

第二，注重民族。新疆自古即是一个多民族聚居地区，回疆也不例外，这里除了居住着维吾尔民族之外，还有布鲁特（今柯尔克孜族）、蒙古等诸多民族共同生活。《回疆通志》卷二至卷六详细叙述维吾尔族史，卷十二维吾尔族风俗、物产，为我们研究维吾尔族史提供了翔实的研究资料。此外，《回疆通志》卷六还特设喀喇沙尔所辖南路《土尔扈特传》，详细记载土尔扈特之源流、迁徙以及列该部各首领传记，真实地反映了乾隆三十六年该部在首领渥巴锡带领下回归祖国后之情况。另外，是书也详细地记载了布鲁特、冲巴噶什、胡什齐等诸多部落游牧、贡赋、商务、官制等情况，真实地反映了当时外藩部落政治、社会状况。

第三，门类创新。和瑛"以词苑之清班，作安西之都护……遂踵《西域图志》之规，爰有《回疆通志》之作"③。《回疆通志》在充分继承前人的基础上，除了叙述史地之外，在门类创新上也有诸多突破。官铺租税、杂支、事宜、伯克、硝局、回务等部分内容都是该书在方志编纂史上的创新，特别是设置了"伯克"与"回务"两门。清政府收复新疆之后，对回疆原本长期存在的伯克制度不加改革即纳入政府管理机制，从而形成清政府经营新疆的特殊统治制度——伯克制度。和瑛首创的"伯克"与"回务"两门对此有较为详细的记载，对清政府治理和经营新疆的模式有真实反映，同时也是清政府对新疆

---

① 和瑛《回疆通志》，《中国边疆丛书》第 24 册，第 8 页。
② 和瑛《回疆通志》，《中国边疆丛书》第 24 册，第 2 页。
③ 和瑛《回疆通志》，《中国边疆丛书》第 24 册，第 2 页。

"修其教，不易其俗，齐其政，不易其宜"的因俗而治政策的具体体现。①

第四，分叙吐鲁番、哈密。清政府收复新疆之后，吐鲁番属乌鲁木齐都统管辖，哈密则隶属陕甘总督，二城不仅在行政上不隶属于喀什噶尔参赞大臣，在地理上也不属于回疆地区，此前各方志也均未曾将此二城收入回疆部分。但诚如作者和瑛在《回疆通志·例言》所讲："吐鲁番属乌鲁木齐都统辖，哈密属陕甘总督辖，为南路回疆门户，其办事大臣、领队大臣例与回疆有交涉事件，故附载焉。"② 哈密、吐鲁番地属东疆，为新疆之东大门，更是内地出入南路回疆之门户，地理位置极其重要。同时，哈密、吐鲁番二城也均为维吾尔族主要聚居地，其办事大臣和领队大臣职责所在，向来与南路回疆有诸多交涉事件。故和瑛将哈密、吐鲁番二城附载于《回疆通志》，亦是新疆方志编纂史上的一大创新。

二、《回疆通志》的主要内容及价值

《回疆通志》是继《回疆志》之后编纂的又一部收集天山南路资料较为完备的志书，是书包罗万象，内容丰富，与《回疆志》相比，更是充实了回疆的政治、军事、农业、交通、回务、伯克等方面的资料，立体反映了清代中期回疆的全面特点，在回疆方志中，此书为资料最为翔实的一种，堪称当时回疆的"百科全书"。纵观是书，主要有以下几个方面的特点。

第一，记载康、雍、乾时期清政府统一新疆诸多重要事实，略古详今。《回疆通志》开篇即言："臣和宁稽册借以成编，毕胪形胜，叨旌麾以治事，恪守规模。惟愿职斯土者，修其教，不易其俗，齐其政，不易其宜，矢志公清，俾怀恩信，庶不负我皇上倚畀岩疆之至意云尔。"③ 说明清朝统治者已经意识到以史鉴今的重要意义，以及对经营和治理新疆的重要意义。《回疆通志》在卷二至卷六主要叙述哈密、吐鲁番回部总传及其子孙分脉而有世爵者诸列传，卷十二之"纪略""回族"中则补充叙述了许多为统一新疆大业建立功勋的维吾尔族英雄人物，当然也详实地记录了少数新疆民族首领企图分疆裂土的历史事实，以及清政府为此展开的一系列交涉活动，揭露了部分少数民族领袖贪得无厌、得寸进尺的分裂本性。其中许多史料《清史稿》《清国史》等书中没有记载或者记载

---

① 和瑛《回疆通志》，《中国边疆丛书》第24册，第8页。
② 和瑛《回疆通志》，《中国边疆丛书》第24册，第9页。
③ 和瑛《回疆通志》，《中国边疆丛书》第24册，第8页。

较为简略，而《回疆通志》则加以详细叙述，为维吾尔上层人物专门立传，叙述他们在清中期维护国家统一中的历史功绩，也从中反映出维吾尔民众在清政府统一新疆、维护国家完整中的巨大贡献。同时，为今天的学者研究清代中期收复新疆时期的历史状况保存了大量珍贵资料。

例如，诸多史志均多谈清政府派兵收复新疆的原因，是因为清政府已意识到准噶尔日强，新疆面临日益恶化的局势，中国西部疆域有即将分裂的危险，尤其是来自俄国，从北方陆地对中国构成的潜在威胁，如果不及时行动，将影响封建政权的存亡和民族的危亡。但却很少具体叙述生活在这片土地上的维吾尔人民思想感情，或笼统地将其称之为维吾尔族民众支持国家的统一和领土完整，缺乏细致论述。但《回疆通志》却敏锐地注意到这一点并加以捕捉，详细地记载了清政府收复新疆之前，广大维吾尔民众深受准噶尔贵族的凌辱和压迫之事。

> 国初时，准噶尔恃其强横，占据其地为牧场，回民不堪其扰，死绝逃亡，地遂空虚。①

> 准噶尔时，额鲁特常来骚扰，或三五或数十为群，至回地或奸淫妇女，抢夺畜产，少不如意，则施放鸟枪将回子击毙。故少殷实者，皆置楼堡一处。额鲁特来，人口避于上，牲畜避于下，而谨塞其窦。倘遇刁健回子，转将额鲁特杀死，亦无人查究。然回子之畏额鲁特，如狗之畏虎、鼠之畏猫。②

> 秋成后，准噶尔遣人向回城一带征收赋税，每回男一名谓之一户，每户每七日之巴杂尔一次，交布一匹，或羊皮数张，猞猁皮一张，通年计算，逐次索取。所种米谷，眼同收打，与回人平分，分后再征税粮，十分抽一。差来头目人等，日奉以牛、酒、妇女，去仍多索馈，送不如意，则纵其从人肆行抢杀。③

生活在新疆这片土地上的维吾尔族人民不堪凌辱，迫切希望清政府能够早日收复新疆，并切实地帮助清政府实现统一国家之大业，维护国家的稳定与主权的完整。同时，维吾尔民众对后期的大小和卓叛乱带来的灾难也是深恶痛绝的，对清国维护国家完整、主权统一大力支持。因为，清政府对主权的维护不仅仅给国家带来长久的安定、维护边疆地区的和平，而且还给边疆各族人民带来了繁荣和稳定的生活，边疆人民也理所当然

---

① 和瑛《回疆通志》，《中国边疆丛书》第 24 册，第 323 页。
② 和瑛《回疆通志》，《中国边疆丛书》第 24 册，第 409 页。
③ 和瑛《回疆通志》，《中国边疆丛书》第 24 册，第 410 页。

地支持国家的军事行动。和瑛以这些确切的史料进一步说明，边疆各族人民从内心真正支持和拥护国家主权的完整和统一。同时，这也为清政府因维护国家统一而开展的军事行动的合法性提供了更多的历史依据，更进一步说明了新疆自古以来即是我国不可分割的领土。

第二，记载了回疆地区各城的建置、沿革、疆域、山川、水道等自然地理情况。清政府统一新疆后，在天山南路设参赞大臣一员（乾隆二十五年安设，三十年移驻乌什，本处改设办事大臣。五十二年，仍由乌什移驻喀什噶尔，总办八大回城事务），驻节于喀什噶尔①，总理喀什噶尔、英吉沙尔、叶尔羌、和田、乌什、阿克苏、库车、喀喇沙尔八大回城事务；喀什噶尔另设协办大臣一名，专管本处及英吉沙尔事务。下属诸城中，叶尔羌、乌什、库车、喀喇沙尔设办事大臣，英吉沙尔、和田设领队大臣。另外，哈密设办事大臣、协理大臣，归陕甘总督辖；吐鲁番设领队大臣，归乌鲁木齐都统辖。《回疆通志》对此有极为详细的记载，为我们今天研究清代中期回疆地区的建置提供了珍贵的历史资料。此外，《回疆通志》还对各城沿革，山川、水道等自然地理状况有详细记载并加以考证，内容繁复，如《叶尔羌·沿革》，②作者详细地叙述了叶尔羌城的历史沿革及现实情况，在叙述过程中旁征博引，广泛引证历代史书记载，详今略古，考释叶尔羌城的历史、名称由来及统一期间重大历史事件等情况，并详细考订了前人记载的讹误。同时，《回疆通志》对回疆境内诸城之山川河流发源、流向、功用、矿产都有详细记载、考证，对历史上记载的讹误加以修订。这些记载，毫无疑问，都具有重要的政治、军事及地理价值，对后世官员治理新疆具有极为重要的资料价值，部分资料成为后世文人修纂新疆地方志重要的直接资料来源，如后世徐松《西域水道记》曾多次直接引用《回疆通志》中有关山川水道之资料，即是一重要佐证。

第三，记载了清政府统一新疆之后该地区的官制、营伍、粮饷、军台、军械、卡伦、道里等诸多状况，保持了我国地志的传统体例。该书详细记载了清政府收复新疆之后驻扎回疆各城疆部队的各级官员数量、职掌、任职来源、设立时间、养廉银、口粮、兵员数量、军械数量。其中，因新疆毗强邻俄罗斯，国防问题显得尤为重要，清政府在诸城境内均设立兵营、军台、卡伦，派兵巡守。因此，《回疆通志》对清政府驻扎回疆部队情况的记载尤为详细，对各城、卡伦、军台之满、汉、锡伯、索伦、绿营之数量、源流，对各处军械数量，大到火炮、小到旗杆飘带的数量，都有具体数字的记载。由于边

---

① 和瑛《回疆通志》，《中国边疆丛书》第24册，第191页。
② 和瑛《回疆通志》，《中国边疆丛书》第24册，第249页。

防所需，尤其是对各城、卡伦、军台之间的道里、驻兵状况之记载，非常具体。这些记载，无疑都是极具政治史和军事史价值的资料，体现了清政府收复新疆之后初步形成的国家意识、边疆意识以及边防意识，是非常值得珍视的重要资料。

第四，记载了回疆地区屯田、赋税、税则、钱法、牧场、矿业等经济发展状况，展现了自收复以来新疆经济发展的成就。清政府自乾隆年间一统新疆之后，大批满、汉、蒙古、锡伯族官兵进驻各地，大兴屯田，此外还有汉人绿营兵协理屯田；奖励农商，轻徭薄赋，各回城居民除需缴纳正额钱粮、少量牛羊、布匹和一些地方特产外，别无他税，哈密居民更是全部免税；举办牧场、开办硝局。这一系列措施的实行，促使新疆各方面的开垦均取得了巨大成就，促进了当地经济的快速繁荣，至嘉庆年间，"疏勒、莎车，内登衽席，悄头帕腹，争冠带于康衢。……泯泯棼棼，熙熙暭暭。所以遂异域生成之性，莫不戴重华覆育之恩也"①。回疆地区经济的繁荣，受益者不仅仅是清政府，而且也极大地减轻了维吾尔族民众的纳税负担，较之如前所揭准噶尔统治时代的严苛赋税，回疆民众之境况有了天壤之别。

天山南路地区经济的繁荣，必然会引起钱法的改革。《回疆通志》对此也有较为详细的记载："回地旧用钱文名曰普儿，以红铜铸之，每五十文为一腾格。其式小于制钱，厚而无孔，一面用怕尔西字铸'业尔奇木'字，一面用托特字（即厄鲁特字）铸'策旺喇布坦'及'噶尔丹策凌'字样，皆昔时厄鲁特汗之名也。重一钱四五分至二钱不等。"②清政府承认这种钱币并加以改造，使之同清朝制钱基本一样："乾隆二十四年，将军兆惠奏请于叶尔羌城开局设炉，改铸制钱。以十万腾格为度，面铸乾隆通宝，幕铸清文、回字'业尔羌'字样，轮廓方孔，如制钱式。……乾隆三十五年，参赞大臣舒赫德奏明，铸钱改重一钱五分，铸'乌什'字样，各回城通用其钱价。"③钱法的改革，不仅为新疆内部商品的流通创造了有利条件，同时因为新疆地处欧亚大陆中心、地当东西方交通孔道，更是促进了中外贸易的发展，"广衢容五轨地，极边诸夷会焉。每岁布鲁特人驱牛羊十万及哈喇明镜（音译，即黑貂）等物，入城互市……民用繁富"④。而且增强了祖国统一的内聚向心力以及中华民族的内部凝聚力。

第五，记载了回疆地区维吾尔族的民族源流、伯克制度及丰富多彩的风物人情。非

---

① 和瑛《回疆通志》，《中国边疆丛书》第 24 册，第 8 页。
② 和瑛《回疆通志》，《中国边疆丛书》第 24 册，第 200—201 页。
③ 和瑛《回疆通志》，《中国边疆丛书》第 24 册，第 201 页。
④ 王树枏等《新疆图志》，《续修四库全书》编委会《续修四库全书》第 649 册，上海：上海古籍出版社，2013 年，第 528 页。

常值得注意的是，新疆自古以来就是众多少数民族繁衍生息之地，是一个多民族聚居区，即使是维吾尔族在清初也并非皆以维吾尔自称，对此，《回疆通志》有较为详细的记载："回人错居西域，以天方为祖国，或城郭处，或逐水草徙，称花门回。相传祖玛哈麻教以事天为本，重杀，不食犬豕肉，尝以白布蒙头，故称曰缠头回，又称白帽回，回人自呼白帽曰达斯塔尔。别有红帽回、辉和尔、哈拉回诸族，然以缠头回为著。"① 辉和尔，即维吾尔，南疆八大回城正是以这种红帽回为主的，哈密则以白帽回为主。此外，《回疆通志》卷十一《吐鲁番志》又记吐鲁番东南五百里的罗布淖尔别有一族存在："其中有回村二处，皆呼之曰罗卜（布）淖尔，人户各四五百家。其人不种五谷，不知游牧，以鱼为食，织野麻为衣，取天鹅绒为裘，卧籍水禽之翼。语言与回子通，曾不知讽经礼拜之事。时有入库尔勒回城者，不能食牲畜之肉、谷黍之食，食即大吐。以库尔勒多鱼，故肯来，他处则不敢往矣。"② 这一事实早已在斯坦因第二次西北探险时得到再次验证，罗布淖尔人的风俗、宗教、饮食等明显与维吾尔族民众有较大差异，这些资料对我们今天进行人类学研究极具价值。

伯克制度是维吾尔族长期存在的传统官制，清政府统一新疆后，对伯克制度稍加改革即纳入自身的官制体系中。各城城长设三品衔阿奇木伯克，其余依次递下，四五六七品不等，《回疆通志》是当时各种史书中记载最为详细的，详细记载了各城各级伯克的升调、额缺、职掌、养廉、升迁盘费等诸多材料，保存了大量相关的珍贵资料，对研究维吾尔族历史官制具有极为重要的价值。

《回疆通志》卷十二列有风俗、物产两类，对回疆地区少数民族饮食起居、服饰建筑、婚丧嫁娶、宗教信仰等习俗皆有详细记载。此部分虽然录自七十一所著《西域闻见录》，但在体例上自成单元，配合其他各卷的散见材料，可以窥见康雍乾时期回疆的风土人情，具有重要的文献价值。除此之外，《回疆通志》还对维吾尔族的服饰建筑、宗教信仰等习俗都有详细的记载。这些，不仅增加了方志记载的生动性，同时增添了进一步传播少数民族习俗的功用，使读者能够在生动有趣的记载中，进一步地了解、认识少数民族习俗，从而尊重他们的习俗。

第六，丰富地记录了回疆地区的历史古迹及部分碑石刻文。《回疆通志》详细地记载了各城历史古迹及金石刻文，如卷八《叶尔羌志》所载："城南有残败坟茔一处。土冢坍塌，基址尚存……旁有松柏树数十株，石凿驮马羊。又有石人两对，盔帽乌纱，执笏佩

---

① 和瑛《回疆通志》，《中国边疆丛书》第 24 册，第 39 页。
② 和瑛《回疆通志》，《中国边疆丛书》第 24 册，第 341 页。

剑，唐宋装也，土人言此系喀喇和台国人之墓。因与回教相左，经礼不宜，是以自喀喇和台国溃败以后，回人欲划毁其坟，辄为风雨所阻，故荒基故址至今尚在。"① 卷十《库车志》载其境内："城外东南十里有颓城一段，长五里许，坚实高厚，雉堞犹存，土人谓汉时屯兵之所也。"② 卷十一《吐鲁番志》所载："哈喇和卓，即火州城东西四十余里，乃班超屯兵之遗垒也。破城一座，基址尚存。"③ 现除了哈喇和卓（交河古城）外，其余二处皆已不存。回疆各城类似的历史古迹虽有很多，但大多已不复旧貌，全靠《回疆通志》记载留下永恒的记载。这些古迹，是边疆与中央政府悠久历史联系的重要标志，同时也说明新疆两千年前即已纳入祖国版图，自古即是我国不可分割的一部分，为我国维护边疆领土主权提供了现实依据。

同时，《回疆通志》详细地记录了大量的历史碑刻，并对重要的碑文全文著录，如《御制双义诗》《建显佑寺木碑》《大树记》《南山口唐碑记》《关帝庙碑记》《重修关帝庙碑记》《建安西道署记》《重修打坂径碑记》等，这些碑记同样具有详今略古的特点，除了《南山口唐碑记》是清之前碑外，其余皆为清代碑刻，且都是清政府平定新疆过程中的军事纪功碑，详细记录了清朝平定新疆的重要军事战争取得胜利的经过，这些碑文今天大多漫漶不清，《回疆通志》的著录无论是对考订历史，还是对补充文献记载的不足，都具有重要的军事、历史价值及意义。尤其是一些碑文现已不存，如《建显佑寺木碑》等碑文的保存，更是极具历史和考古价值。考地存文，也是此书的重要内容和价值之一。

三、《回疆通志》的学术特点

纵观《回疆通志》，它具有以下几个学术特点：

第一，体例严谨，内容丰富。《回疆通志》虽是较早成书的一部方志，但它在继承前人的基础上，又与时俱进地创立了一些新的方志门类，以反映时代变迁，具有时代进步感。如官铺租税、杂支、事宜、伯克、硝局、回务等部分内容都是该书在方志编纂史上的创新，反映清政府一统新疆之后新的时代变迁，因而该书在内容和体例上都富有新的时代气息，并对后世文人修订地方史具有重要的影响。

第二，旁征博引，资料翔实。《回疆通志》在修订过程中广泛吸收历代有关新疆的研

---

① 和瑛《回疆通志》，《中国边疆丛书》第 24 册，第 257 页。
② 和瑛《回疆通志》，《中国边疆丛书》第 24 册，第 313 页。
③ 和瑛《回疆通志》，《中国边疆丛书》第 24 册，第 344 页。

究成果，真正做到了资料性强，旁征博引。作者所没有明确列出具体参考书目，单据笔者统计，仅就作者所征引的官修正史、方志、游记等即已有数十种之多。此外，《回疆通志》还保存了大量的原始文献，因而具有很强的资料性。卷一御制诗中所录十九题五十五首诗歌均是原始文献，《南山口唐碑记》《建显佑寺木碑》等碑刻文，也均是原始文献。《回疆通志》收录这些原始文献，既丰富了该书的内容，同时又对文献的保存具有重要意义。

第三，略古详今，重点突出。《回疆通志》在编纂过程中执行了"略古详今"的编纂原则，重点突出收复之后的新疆，无论是传记、沿革、建置，还是官制、营伍、粮饷等内容，都主要以康雍乾时期出兵收复新疆前后的政治、军事、经济为重点，为当时的现实服务。

第四，依据官书，规范舆地。《回疆通志》还对西域人名、地名等的规范问题非常重视，"人名、地名、山川名，系回语、蒙古语，或沿袭旧名，或译音讹舛，今尊《同文韵统》(《同文韵统》当为《西域同文志》之误)更正"①，这一点尤其难能可贵。《西域同文志》在乾隆二十八年敕撰，用满、汉、蒙古、藏吾尔、维、托忒蒙古文等6种文字对西域人名、地名加以规范，但其后的私修方志并没有依照官书，例如比《回疆通志》稍晚的《西陲总统事略》等书即没能做出响应，这一规范直至道光年间才成为通行做法。但和瑛在嘉庆九年成书《回疆通志》时，已注意到地名、人名的规范化处理，提出"尊《同文韵统》更正"，显示出作者的前瞻性和敏感性，对其后西域方志的编纂影响很大。

第五，继承前人，拾缺补漏。《回疆通志》编纂时对历代西域文献进行甄别与借鉴，同时也对前人著述中的遗漏进行了增加与补充。如乾隆四十四年敕撰之《钦定外藩蒙古回部王公表传》中有回部王公台吉表传，《回疆通志》除对此加以借鉴外，还对回部名流大量补充，对"其子孙分派并无世爵、不入列传者，分录回族一门于末"②。

第六，考疑正误，力求准确。《回疆通志》对回疆的历史地理等内容都进行了详细的考证，力求准确。该书考证大致可以分为以下几类：辨析地名异同，考证地理遗址所在，辨析官私史书记载之误。和瑛的史志考证虽与前人一脉相承，大量征引文献，翔实考据，但因其精确使用了实地考察材料，以实地考证的结果修正历代文献记载之错误，大量纠正前人关于回疆史实认知的失实。通过《回疆通志·罗布淖尔》，我们即可窥见作者考证之功力，③ 力求记载准确之态势。

---

① 和瑛《回疆通志》，《中国边疆丛书》第24册，第10页。
② 和瑛《回疆通志》，《中国边疆丛书》第24册，第9页。
③ 和瑛《回疆通志》，《中国边疆丛书》第24册，第341—343页。

如前所揭,《回疆通志》是清代回疆各志中材料最为充实的一种,是研究清代中期回疆地区历史不可或缺的一部"百科全书"。但限于各种条件的限制,还在多处存有瑕疵,比如历史考据尚欠进一步的精准,体例结构也有混乱杂沓之感,尤其是卷二至卷五的传记与卷十二的纪略、回族存在一事分叙多传的现象,甚至出现一人一事前后记载不一致的现象,比如"赖黑木图拉"一人姓名,竟前后出现"莱黑木图拉""赖黑水图拉""赉哈木图拉""喇依罕木图拉"五种不同的记载,① 部分内容在叙述上也有剪裁失当的现象。当然,由于是个人修史,编纂时间较短,且部帙繁富,考订中难免会出现一些谬误和不足,这是我们阅读《回疆通志》需要注意的地方。但是,瑕不掩瑜,纵观回疆地方志,《回疆通志》仍不失为一部研究回疆地方史和民族史的重要参考资料,它的史料价值绝对不能忽视,应该引起学界足够多的注意和重视。

(本文原载《新疆大学学报》2015年第6期,第66—70页;有增补)

---

① 和瑛《回疆通志》,《中国边疆丛书》第24册,第39—141、369—400页。

《西域考古录》的文献学价值探析

司艳华

《西域考古录》是清代学者俞浩在道光末年写成的一部西北史地研究著作。全书共十八卷，涉及甘肃、新疆、青海以及西藏等地的政治、历史、军事、地理、物产、民族等内容。该书对西北史地资料加以汇辑与考辨，"颇能参证古今，多所驳正"，"为考边防者不可少之书"。[①] 因此，《西域考古录》在清代西北史地研究学术史上可谓具有重要的研究价值与文献价值。目前学界对此书的文献学价值少有关注。笔者拟从文献辑佚、文献考异与辩误、文献利用等三方面来探讨《西域考古录》所具有的文献学研究价值。

一、文献辑佚

日本著名史家内藤湖南曾称《西域考古录》作者俞浩是"一位博览众书从事稳健研究的学者"[②]。俞浩的这种"稳健"，从其对待所引文献资料的态度上可见一斑。俞浩对所引文献资料，一律采取实事求是的客观态度。"虽《水经注》《一统志》《元史》，亦刊其谬"，"虽说部如《西游记》，亦取其长，遍采缊素，实事求是"。正是这样的态度，使《西域考古录》一书所引文献具有较高的可信度。

《西域考古录》所引文献，既有传统的经典史籍，又有当时亲历西域者的著作，同时还有一些笔记、别集中提到的西域相关内容。尤为值得肯定的一点是，该书保存了众多今已失传或他书未详的文献资料，具有很高的文献辑佚价值。

今已失传者，如《戎幕随笔》。俞浩在《西域考古录》自序中提到参考了"谢氏之《戎幕随笔》及《西北域记》"。俞浩在书中多次提到《戎幕随笔》及其著者谢济世，并直接征引

---

① 李慈铭撰，由云龙辑《越缦堂读书记》，北京：中华书局，1963年，第475页。
② ［日］内藤湖南著，马彪译《中国史学史》，上海：上海古籍出版社，2008年，第322页。

该书内容达五百余字。尤为重要的是，《西域考古录》所引《戎幕随笔》书中关于库车千佛洞的资料。《西域考古录》卷十二记言：

> 丁谷山千佛洞、白衣洞，即《唐书》所谓阿羯田山。山势自西北逶迤，趋东南，天山所分一大干也。白衣洞有奇篆十余，剥落不可识。洞高广，如夏屋，屋隅有泉流出，洞中石壁上镌白衣大士像，相好端正，衣带当风，如吴道子笔。洞左复有一洞，如曲室，深窈不可穷。前临断崖，见西南诸峰，无名而秀，异者甚众。西日照之，雪光耀晃，不能久视，上下山谷，佛洞以百数，皆元人所凿。佛像亦剌麻所为，丑怪百出，不堪厉目。壁镌楷书《轮回经》一部，字甚拙，亦元时物，或指唐人刻者，谬也。考白山以西北，唐为突厥施沙雁州界，东为鹰娑都督府地，皆隶于安西府者。白山西北，势极绵亘，如崇墉坚垒，开合云气中，自石浮屠至千佛洞可五六十里。东南斩崖一带，横亘如城，城上复叠两重城，渐陿至顶，下层望上层，呼之可应。然陡绝不可登，须绕出山背，盘道纡回几十里乃得到，有潭水亩许，不涸不盈。唐时有关隘，以防御突骑施。塔下旧有两截碑，文字可辨者三之一，唐开元三年安西都护吕休璟为监察御史张孝嵩平阿了达干纪功碑也。孝嵩以奉使至，愤吐蕃之跋扈，念拔汗那之式微，以便宜征兵戎落，出安西数千里，身当矢石，俘斩凶夷。故碑中多以常惠、陈汤比之。今仆以大将军之命，奉使至此，其有愧于古人多矣。拔汗那者，汉乌孙之裔也。详见《唐书·张孝嵩传》中。

从这段文字的叙述口吻来看，当是俞浩引自《戎幕随笔》原文。这段文字内容反映了谢济世考察库车丁谷山千佛洞的基本情况，并引起了众多专家学者的重视。如张广达先生在《吐鲁番出土汉语文书中所见伊朗语地区宗教的踪迹》一文中即提到："丁谷之名直到近代还见于龟兹/库车地区，见清代中晚期俞浩《西域考古录》卷十二转引谢济世《戎幕随笔》。"[①] 并以此来推断丁谷之名的使用时期。又如《新疆克孜尔石窟考古报告》附录二中的《克孜尔部分洞窟阶段划分与年代等问题的初步探索》《古代石窟·吐鲁番柏孜克里克石窟》《纪念北京大学考古专业三十周年论文集》中所收录的《克孜尔石窟的洞窟分类与石窟寺院的组成》以及《佛教石窟考古概要》等书都注意到了俞浩所引的这部分资料。而龟兹研究所朱英荣与王建林二位合撰的《龟兹石窟的考察与研究》一文中更是据《西域考

---

① 张广达《文本、图像与文化流传》，桂林：广西师范大学出版社，2008年，第236页。

古录》所引文字认定谢济世是龟兹石窟废弃后第一个考察龟兹石窟的人。① 由此可见，俞浩对《戎幕随笔》一书的引用，不仅保存了该书一些珍贵的内容，同时也使这些文献资料发挥了重要的研究价值。

《西域考古录》还保存了诸多他书未详的文献资料。其一，有关元人耶律楚材所作《西游录》一书部分所失内容。《西游录》因其强烈的反道教主旨，在刊行以后不久，就已"人所罕见"②。元初，盛如梓在其所著的《庶斋老学丛谈》中曾经将其节录，后来一度留传的即为这一节录本。直到1926年在日本才发现了一部旧抄足本，《西游录》的全貌才得以呈现。而《西域考古录》在卷十、卷十一、卷十五中所引用的《西游录》中资料则为盛氏节录本中所未有。清代著名史家李文田注意到这一点以后，在其所著《西游录注》的文末附上了《西域考古录》所引《西游录》资料三则及相关注解。《西域考古录》所引《西游录》的资料内容，对进一步研究和利用《西游录》具有重要的文献学价值。其二，有关北宋欧阳忞所撰《舆地广记》一书部分所缺内容。《西域考古录》曾多次提及此书，并对该书内容有所征引。如《西域考古录》卷十三记言：

《舆地广记》："拓厥关在昆河水上，有铁骑五千戍之，其西五十里为白马，渡路通瀚海军。白山南有铜铁厂，军民杂聚为冶铸之所。关城两山壁立中，峡深百十丈，水流其中，日夜有声，人行北山颠，俯视颠悸魂摇，过大龙峪、千佛洞，逾岭至突骑施沙雁州，西至拨换城，由北山口二百里，关距安西府百里。"

检索今存《舆地广记》，并无此段文字及相关内容。法国学者伯希和、列维所著《吐火罗语考》亦言"检《舆地广记》数次，不见此文"，并认为这段文字系俞浩伪造。③ 俞浩一生未涉足西域，他关于西域所有知识皆来自于各家学说，基于这样背景，这段文字应当依然有所来源，或为《舆地广记》别种版本，或为来自其他典籍，而为俞浩所误抄。无论怎样，这则资料都有待于进一步正本清源。

---

① 新疆大学周轩教授对该说提出了质疑，并认为《戎幕随笔》一书的作者另有他人。参见周轩《谢济世考察龟兹石窟说辩误》，《西域研究》2014年第1期，第80—85页。
② 张兵《从〈西游录〉看辽金元时代的一次佛道斗争》，参见赵维江主编《走进契丹与女真王朝的文学·第三届中国辽金文学学术研讨会论文集》，北京：文化艺术出版社，2006年，第224—225页。
③ [法]谢阁兰、伯希和等著，冯承钧译《中国西部考古记·吐火罗语考》，北京：中华书局，2004年，第136页。

二、文献考异与辩误

文献考异与辩误是《西域考古录》的重要内容。据粗略统计，俞浩在书中的考异与辩误共约一百六十余处，对所征引文献几乎都有涉及，力求精准无误。

对于书中所提到的讹误之处，虽然俞浩的考证与纠谬并不一定全部正确，但他考证与辩谬的过程，却是认真的，并且其中大部分结论是有其道理，且被后来学者所认可的。如《西域考古录》卷六中言：

> 按，《元和志》：州境东南至肃州四百八十里。《寰宇记》：东南至肃州界首三百四十里。以今安西州至关五百九十里推之，今州盖常乐县地也。盖旧镇城在今布隆吉尔。雍正元年，曾于彼建筑郡城，周六里有余。距今安西新城百六十五里，今墙垣仅存。有都司千总等武职，马步兵四百五十七名。所谓布隆吉尔营者，乃唐之晋昌县，瓜州治之故城也。

俞浩在此对唐瓜州城旧址的推考，为后来亲历西域的陶保廉所注意，并认为俞浩所提唐瓜州在双塔堡是比较接近史实的观点。陶保廉在《辛卯侍行记》卷五过布隆吉条下，参照了俞浩的观点，并按《元和志》所记瓜州与肃、沙二州间的距离，进一步推测了唐瓜州在清双塔堡附近。[①] 关于唐瓜州城地址的问题，《通典》《元和郡县志》《太平寰宇记》等史书提供的资料并不统一，且并未指明具体位置，清代的一些方志之书也只是泛泛记录瓜州历史沿革，而不能指出唐瓜州的故址所在。陶保廉注意到了俞浩认为故址在双塔堡的辩谬及推考，并在自己亲历的基础上，推测唐瓜州当在双塔堡附近。向达先生根据

---

① 王北辰教授曾指出："光绪年间，陶保廉在其《辛卯侍行记》卷五过布隆吉条下，参据俞浩的《西域考古录》，并按《元和志》所记瓜州与肃、沙二州间的距离，推测唐瓜州城在清双塔堡附近，这才使问题的解决前进了一步。"参见《王北辰西北历史地理论文集》，北京：学苑出版社，2000年，第343页。

《辛卯侍行记》及自己亲自考察，最终认为唐瓜州就在双塔堡附近的苦峪城。① 由此可以看出，虽然俞浩得出的唐瓜城地址并不准确，但这一地址最终得以清楚，显然同俞浩最初对诸书的辨谬、推考是分不开的。而《西域考古录》一书中对典籍记载中的讹误或者不统一之处进行辨谬、推考，无疑对后来学者更客观的看待前人史料，更准确的使用史料，更严谨的进行研究是有很大帮助的。

即使该书中那些尚未被证明一定正确，或者可能是错误观点的纠误事例，对后来的研究者也同样有着重要的参考价值。因为在俞浩对这些文献记载内容进行质疑的同时，实际上也是对后来研究者的一种提醒，即此处可能存在的问题。这种提醒会吸引学者对《西域考古录》的考证过程及结果进行进一步研究，并且随着这种深入，一个个有疑问的问题会被逐步地辨误或者辨正，而这个辨误或者辨正的过程，实际上是对古人遗留下来典籍中内容进一步精准化的过程。而精准化之后的典籍，对后世引用史料从事各项研究，无疑将发挥更大作用。俞浩本人在纠正文献谬误时，也是本着一种严谨的治学态度，对于他认为并不能确定，而只是怀疑的部分，都清楚地将自己的想法列出，供后来者参考。如卷十一中："考讹打刺城，在土鲁番东，又东南五百里，于布隆吉河相近，其详已不可考，附书以俟博雅君子。"②

总之，《西域考古录》中对文献考异与辨误的内容无疑具有重大价值。俞浩对典籍中存在问题处的质疑及推考，使后来的研究者看到了各书记载的差异，对这些问题的澄清，无疑将为西北史地学研究做出更多的贡献。因而，对于《西域考古录》中所涉及的这一百六十余处的文献纠谬，实在值得学者对其进行汇集并一一考证确认，以辨明这些问题正确与否。

三、文献利用

《西域考古录》一书内容涉猎广泛，为我国的西北史地学研究提供了众多可资利用的

---

① 1942年向达先生去西北访古，曾考察过破城子、榆林窟一带。1944年撰写成《玉门关、阳关杂考》一文，后改题为《两关杂考》，收进其《唐代长安与西域文明》内。他参据《大慈恩寺三藏法师传》及《辛卯侍行记》等，第一个提出了："私意以为，唐瓜州治晋昌，当即俗称为锁阳城之苦峪城，玉门关则在其北。"向达《唐代长安与西域文明》，石家庄：河北教育出版社，2001年，第378页。1944年随同向达先生赴西北考察的阎文儒先生也推论说："锁阳城即或者就是唐代的瓜州城。"阎文儒《河西考古杂记》，《文物参考资料》1953年第12期，第68页。

② 俞浩《西域考古录》，甘肃省古籍文献整理编译中心编《西北考古文献》第二卷，北京：线装书局，2006年，第144页。

文献资料。

首先，《西域考古录》中所包含的相关历史、政治、军事内容，为后来的修志者提供了丰富翔实的资料。《西域考古录》对其中所包含的20多个地区及其下所属的50多个下属厅县皆从历史沿革、山川风貌、历史事件、地理军事意义几个角度进行描述。在描述过程中，俞浩又综合了各家史书对其所描述之地的记载，在内容上取各家所长，补各家所短，方便了后来的研究者对于该地区历史、政治，以及所发生的军事事件的研究。且《西域考古录》中对于下属厅县这些小地方政治、历史军事事件的详细记录，也为后来专门修撰这些地区地方志的研究者提供了难得的材料。如《轮台县地名图志》《高昌史稿》《酒泉文史资料》《河西走廊历史地理》《明代西海蒙古史研究》等书，皆注意并吸收了《西域考古录》中所记录的相关史地学材料。

除此之外，《西域考古录》的军事地理色彩非常浓厚，它继承了《读史方舆纪要》对历代州域形势和各省山川险要的论述方式，强调了西域诸多地区的军事地理意义。在《西域考古录》一书中所叙述的政区沿革和山川形胜，皆从历史上穷本溯源地备述其军事价值。如卷十一，谈到焉耆在西域的军事地位时说："焉耆为国，斗绝一隅，每恃险远，抗衡中夏。"[①] 并阐述了北魏至清乾隆朝有关西域焉耆的重要战事。同时，参考当时亲历西域之人的著作，如卷七引丁萘《巴里坤南山新修运道记》，补充了清代以来西域的军事地理内容。俞浩在叙述中也很重视地利在战争中的作用，常以"岂非地利之一异乎"（卷十六上）、"岂非以地利之得乎"（卷五）等来抒发自己关于地形优势的重要感慨。因此，他结合历代军事事件，分析了具有重要军事地理意义的山、水、城、堡等的地理形势，并指出其重要性，对后来的治边者具有重要的借鉴意义。

而在政治策略上，《西域考古录》同样为后人提供了很多经验性的历史材料。在《西域考古录》一书中记录了大量政治历史事件，这些政治事件中既有发生在各民族之间的，亦有发生在中原政府同西北边疆地区之间的。在这些事件中亦包含了历代不同的治边政策及建议。如《西域考古录》卷七，俞浩在谈论明代经营西北的策略时，肯定了霍韬的招抚固边之议，并赞其"为达变深识之士"[②]。这些内容都从一个侧面为后人提供了治乱兴亡的历史经验教训。同时以这些事件，提醒当局政府在对待西北边疆问题上制定正确政策、采取正确措施的重要性。而《西域考古录》中所具有的这些政治、军事上的内容已经突破了它在学术上的价值，而使这部作品具有了更多的现实意义。

---

① 俞浩《西域考古录》，《西北考古文献》第二卷，第125页。
② 俞浩《西域考古录》，《西北考古文献》第二卷，第408页。

其次，《西域考古录》作为一部西北边疆的历史地理著作，其中还包含了大量与西北少数民族相关的内容。这为后来的少数民族研究者提供了丰富的材料。第一，记录了少数民族生活方式及主要种植作物的内容。如卷一："民虽少而土人则众，弓、矢、殳、矛比屋皆有，无事则耕屯为生，有事则守望相助。土地所出，则麦、豆、青稞，且以转资邻境。"① 第二，对商胡们市场交易物品的记载。如卷二"大通县"条下："白塔为商胡走集之地，狐貂、舍利、鹿麇、羊羔之皮，金刚钻、镔铁、琅玕石、五色毡罽、多罗、琐伏香、牛皮、撒黑剌、阿魏、苦术、吟剌、各种蒲萄、驴马、橐驼、牦牛、犏牛、羱羊，捆载而麇集于此。"② 这些内容散见于《西域考古录》所记载的各个地区及其下属州县。第三，记载了关于少数民族种姓发展、地名译言的内容，如"各部落如突厥十箭、回纥十一姓、昭武九姓、吐火罗二十七种"等，这些内容不仅记载了各民族之间的关系，还考辨了其起源，为后来的西北少数民族史研究提供了重要的文献资料。如刘义棠先生在《突回研究》《维吾尔研究》《〈钦定西域同文志〉校注》等书的研究中，《西域考古录》作为一部重要参考文献，在他对少数民族研究，以及西域地名考证中发挥了重要作用。岑仲勉先生在关于达怛、敦煌、于阗等史地问题的考证中，也参考利用了《西域考古录》的相关内容。法国著名汉学家伯希和在《吐火罗语考》一文中，亦参考利用了《西域考古录》的相关内容。

最后，《西域考古录》中对城池、山川、河流地理方位的记述和考辨，为后来的西北史地研究者提供了参考和借鉴。俞浩这部《西域考古录》内容中所占比例最大的就是地理方位的考辨。这部分内容也是西北史地研究者关注较多的部分。因而，这部分内容较其他部分具有更大的学术影响。《西域考古录》在成书不久后，即对当时诸多西北史地研究书籍起到了参考作用，如清李光廷所著《汉西域图考》中即参考了《西域考古录》中的一些地理方位材料及考辨观点，而清陶保廉《辛卯侍行记》中亦多次提到俞浩《西域考古录》中所述地区所在方位的观点，其中或肯定《西域考古录》中所言地理方位的正确，或对其描述进行质疑，全书中对自己所记录地区的地理方位多次以《西域考古录》为参照史料。而清代历史学家李文田不仅谈到该书中所言观点，还对《西域考古录》进行了批校，并在《西游录注》书尾附录俞浩《西域考古录》书中所引《西游录》资料三则，另在注释《西北域记》"瀚海石"一条时，亦参引了《西域考古录》之观点。③ 此外，还有许多国内外著名史家在进行西域史地考证的过程中亦参引了《西域考古录》的相关内容，如被誉为"晚清

---

① 俞浩《西域考古录》，《西北考古文献》第二卷，第88页。
② 俞浩《西域考古录》，《西北考古文献》第二卷，第161页。
③ 高良佐《西北随轺记》，南京：建国月刊社，1936年，第246页。

民初学者第一人"的杨守敬与我国著名历史学家岑仲勉以及日本著名史家安部健夫与长泽和俊等。① 这从侧面体现了俞浩《西域考古录》所具有的史地学研究价值。

除了政治、军事、历史、地理、民族等方面内容所具有的价值外，《西域考古录》中所包含的丰富资料还从各个角度为后来的研究者提供帮助，如《中国地方志经济资料汇编》吸纳了其中关于经济生活部分的内容，而《新疆通志·气象志》部分则参考了《西域考古录》中对于气候方面的记载。《中国珍稀兽类的历史变迁》参照了《西域考古录》中关于物产及物种的记录。《民勤绿洲的开发与演变》则参考其关于湖水面积及其变化情况的记载。这些内容虽然在书中并不占据主要地位，但其中所包含的信息却间接地为后来的研究者提供了帮助。

综上可知，清代学者俞浩所作《西域考古录》一书在我国西北史地研究学术史上具有重要的研究价值和文献学价值。

（本文原载《中国地方志》2017年第10期，第50—55页）

---

① 杨守敬、熊会贞疏，段熙仲、陈桥驿校《水经注疏》，南京：江苏古籍出版社，1989年，第54页；岑仲勉《中外史地考证(外一种)》，北京：中华书局，2004年，第85、259页；岑仲勉《汉书西域传地里校释》，北京：中华书局，1981年，第18、174页；岑仲勉《岑仲勉史学论文续集》，北京：中华书局，2004年，第62、91、313页；[日]安部健夫著，宋肃瀛等译《西回鹘国史的研究》，乌鲁木齐：新疆人民出版社，1985年，第382、385、389、392、407页；[日]长泽和俊著，钟美珠译《丝绸之路史研究》，天津：天津古籍出版社，1990年，第252页；[英]约·弗·巴德利著，吴持哲、吴有刚译《俄国·蒙古·中国》(全四册)，北京：商务印书馆，1981年，第1023页。

唐道西域著述考辨

周燕玲　吴华峰

一、唐道生平及其西域著述

唐道，字秋渚，清江苏华亭人，约生活于乾嘉时期，具体生卒年无考，嘉庆十八年（1813）尚在世，他是清代众多亲历西域文人中的一员。民国《重辑张堰志》载有"《西陲纪游》，国朝唐道著"[①]。今此著尚存，后附《伊犁纪事诗》三十八首及《归自伊犁，喜述四十五韵》长篇五古，成为唐道二百余年前西域之行的记忆凭证。

《西陲纪游》正文分为上、中、下篇，记述自己乾隆五十一年（1786）自京城出发，同年八月底至伊犁惠远城的路途闻见。上篇写京师至嘉峪关行程，中篇载出关之后至伊犁的经历，下篇叙伊犁杂记。卷首有乾隆五十五年秋朱钧序言、嘉庆七年七月唐晟序言及嘉庆十八年胞弟唐集刻印此集题识，卷末有同乡刘斯裕跋语一通。《伊犁纪事诗》以竹枝体的组诗形式描绘伊犁风物。

唐道行实史志无载，今人有关他西域经历一鳞半爪的了解，均出自《西陲纪游》的几篇序言及文中自述，但讹误颇多。《中华竹枝词全编》载："唐道，字秋渚。乾隆三十一年随其师福喜纳谪赴伊犁，居三年，归著《西陲纪游》。"[②]《清代松江府文学世家述考》云："唐道，字秋渚，华亭人。乾隆三十八年，其师福喜纳谪戍伊犁，唐道随行，居新疆三年，著有《西陲纪游》三卷。"[③] 而据唐道《西陲纪游》开篇自言，他乃于乾隆五十一年赴伊犁：

[①]《重辑张堰志》，《中国地方志集成·乡镇志专辑》第 3 册，上海：上海书店，1992 年，第 399 页。

[②] 丘良任、潘超等编《中华竹枝词全编》第 7 册，北京：北京出版社，2007 年，第 365 页。

[③] 徐侠《清代松江府文学世家述考》上册，上海：上海三联书店，2013 年，第 329 页。

岁丙午，予师福喜纳谪赴伊犁，鲜从往者。谓予曰："子能从我游乎？"予应曰："可。"于三月十一日，自都中出平门，亲朋送者至万明寺而返，予则慷慨登途矣。①

　　乾隆五十七年七月初一，伊犁将军保宁曾上《奏请令废员福喜纳管理伊犁塔勒奇城粮仓事务折》，②未予获准。《清高宗实录》五十九年正月丙午条载："从前保宁请令发遣伊犁之福喜纳，管理塔尔奇城仓务时，朕曾降旨，以此等发遣人犯，如此保举，赏给同知主事职衔，是并未将伊等治罪，反予以升进之阶。嗣后遇有此项管理仓务官员缺出，俱由部照例拣选人员发往。"③唐道居伊犁三年而返，当其之师福喜纳还在伊犁效力赎罪时，他已经带着大著《西陲纪游》东还入关，且将之出示友人邀序，并得到"此奇文也，此真文也，此足以新耳目而撼实不虚者也"的赞誉④。然而遗憾的是，这些让唐道留名后世的著述，却并非他本人原创，而是抄袭同期另外两位遣戍文人——王大枢《西征录》与庄肇奎《胥园诗钞》相关内容而成，这桩西域文史上的公案，不可不辨。

二、《西陲纪游》与《西征录》

　　《西征录》的作者王大枢（1731—1816），字澹明，安徽太湖人，号"白沙"，又号"天山渔者""天山老人"。乾隆五十三年三月因事获遣，同年十月十一日到伊犁，嘉庆四年始由伊犁释回。⑤王大枢将自己西行途程及西域生活闻见著成《西征录》一书。定本《西征录》八卷，卷一、卷二为西行《纪程》，卷三《新疆》，卷四《杂撰》，卷五、卷六《存草》，卷七《跫音》辑录友人诗作，卷八为赐还归程诗作《东旋草》。《西陲纪游》之体例、结构、内容均从《西征录·纪程》而来，并涉及卷三《新疆》的部分内容。

　　王大枢乾隆五十三年年底到伊犁时，唐道已至西域两年，他于乾隆五十四年东归，

---

① 唐道《西陲纪游》，嘉庆十八年刻本，叶一正。
② 《清代边疆满文档案目录》第10册，桂林：广西师范大学出版社，1999年，第2030页。
③ 《清实录·高宗实录》卷一四四五，《清实录》第27册，北京：中华书局，1986年，第4—5页。
④ 朱钧《西陲纪游·序》。
⑤ 王大枢西域行实与著述，参吴华峰、周燕玲《"天山渔者"王大枢的遣戍生涯与诗文创作》，《西域研究》2014年第2期，第115—122页。

完全有机会见到王大枢的《纪程》。《西陲纪游》(后简称《纪游》)中三处显而易见的破绽，是断定其抄袭王大枢的证据。

第一，《纪游》上篇记述路经华阴县，途中望华山经过，云："西岳华山在望矣，巨灵抵掌，玉女差肩，锯齿排云，莲峰映日，莫可名状。征途回首，一步一盼。因忆池州九华，灊阳天柱，吾邑司空、香茗诸胜，皆得其一枝节耳。"①《纪程》中的相关内容为："西岳华山在望矣，亘亘百十余里，奇秀无敌，如春笋上林矣。芙蕖之出水，巧木难稽，绘不能悉也，顾此犹为儿孙之罗立。及至抵县城，则万峰攒聚，更有雄杰者出而主之，巨灵抵掌，玉女差肩，日月捍门，明星落户，真所谓白帝金精运元气者矣。因忆池州九华，潜阳天柱，吾邑司空明堂、妙道香茗诸胜，皆得其一支一节耳。"② 两文中提及的司空山与香茗山均在安徽太湖境内，唐道称之"吾邑"，显然不妥。

第二，《纪游》中篇记载过玛纳斯夜饮事，谓："国朝置绥来县，亦两城并建，又一要会，出麸金，出绿玉，是夜严寒，孤吟痛饮，至三更有句云：'鄣客悲歌凌白雪，军城严鼓挟清霜。'未几，角声催晓，和衣略睡。"③《纪程》中更为详细："九月初八日至玛纳斯，为绥来县，亦两城并建，又一要会，出碧玉，出麸金，按此处当即轮台县，盖古来州县至轮台而极，今则自此而西，犹拓地千里，然目前州县则以绥来为极云。旅舍翁出古画一幅，云是某谪宦所遗，请予题跋。……是夜严寒，宿巢县人宋景元寓，相与剧饮，谈新疆近事至三更，援题二律赠之：'穷秋塞露绕天长，永夜寒深刺剑铓。旅舍悲歌连白雪，军城严鼓挟清霜。谁家好梦达樏兔，到处春愁王倩娘。近事也堪增慨息，更烧桦烛话维桑。'"④ 王著中详细刻画了夜宿绥来县的经过与闻见，并赋诗记此事，唐道略去了细节描写，但却抄录改编了王大枢的颔联。

第三，《纪游》中篇载由乌兰乌素赴盐池海途中"至联泉铺，此名系予所题，因铺有双井，俗呼双井子。主人请署名于予，予因名，遂称为联泉铺云"⑤。《纪程》所载与之相似："至联泉铺，铺新落成，主人敦请嘉赐于予，因其地有双井，为署名曰联泉，手书其门额。"⑥ 但在《西征录》卷八《东旋草》中，有一首《题联泉铺》诗，系王大枢东归再次途径此地时所题。注语谓："予昔来时所署名，手书门额。"诗歌正文为："记得联泉

---

① 唐道《西陲纪游》，叶二背。
② 王大枢《西征录》，《古籍珍本游记丛刊》第 13 册，北京：线装书局，2003 年，第 6647 页。
③ 唐道《西陲纪游》，叶五背。
④ 王大枢《西征录》，《古籍珍本游记丛刊》第 13 册，第 6775—6776 页。
⑤ 唐道《西陲纪游》，叶六正。
⑥ 王大枢《西征录》，《古籍珍本游记丛刊》第 13 册，第 6780 页。

铺,曾题道上扉。斯名已四达,而我亦东归。犊鼻更三主,樗身长十围。光阴真过客,感此一增唏。"① 唐道只见到《纪程》中所载的这则轶事,而王大枢作于嘉庆四年的诗作,他当然无缘过目,因此《纪游》中只留下这则有头无尾的故事。

唐道与王大枢出发至伊犁的首途分别是京城和安庆,他们的行记均按照路途所经之地历述行程。《纪游》仅以寥寥四段文字记述自京城至山西的行程,且行文方式与语言多有模仿《纪程》之处。进入陕西境内,两人的行程一致,《纪游》除了所记个别具体时间,及在兰州和乌鲁木齐所遇故人不同之外,基本全篇沿袭王著。以下再举数例,以明二者渊源(表1)。

表1

《西征录·纪程》	《西陲纪游》
度灞桥,昔郑繁言"诗思在灞桥风雪中,驴子背上"即此处。由是至陕西西安府,新筑城隍极其壮丽,咸宁、长安两县倚其内,终南、太乙峙其南,泾渭灞浐鄠镐潦滈八川,分流而萦带,自文武定都以来,秦都咸阳,汉唐都长安,地皆相近,号为关中京兆府也,左冯翊右扶风,古迹与中州敌。予行促,不能一二数,有遗憾焉。(第6655页)	自是至陕西西安府,城极壮丽,咸宁、长安两县在城内,终南、太乙在其南,昔武王定都丰镐,是其地也。自是渡灞桥,越浐水,则秦汉之故都咸阳始见。所谓关中京兆府是也,左扶风右冯翊,古迹与中州相埒。予行促,不能一二数,有遗憾焉。(上篇,叶三正)
哈密至乌鲁木齐有二道,北道由巴里坤,南道由土鲁番。北道行雪山中,即天山,极寒。予时走南道。由头铺、三铺、沙枣泉、梯子泉至瞭墩,山顶有古台可远望。至梧桐窝,梧桐盖胡桐之讹,即唐《本草》胡桐泪树,此间始有。逆旅老人同吾姓字宗英者,长安人也,吹笛娱客,予因有感于昔者,尝纂《律吕辑略》一书,颇费稽考,乃仓皇散失,不能忘怀,率成一律,即以赠老人云:"八十四声六十调,数起黄钟迄变宫。截竹苟能谐鸑鷟,扣盘行且试钟筒。相生古法曾经手,对语新巢已扫空,此日但闻羌笛引,断肠清泪滴胡桐。"老人得诗喜,乃出所藏唐睿宗御书《景龙观钟铭》帖本见酬,隶楷朱篆,古藻耀目,且嘱曰:"此去有怪风,得此可辟。"予感其意而未信其言也。	哈密有二道,其一北出,通巴里坤,行雪山中,极寒,予时以福公遵遗,例走南道。由头铺、三铺、沙枣泉、梯子泉至瞭墩,其地山顶有古台,可远望。至梧桐窝,殆胡桐之讹,即《本草》胡桐泪树,此间始有。是夜闻笛,因得句云:"秋风老叶胡桐泪。夜月梅花塞笛声。"有老人王宗英者,欣赏予句,出一帖见示。墨榻(揭)而朱印,乃唐景云间御制《景龙观钟铭》,因赠且曰:"此去有怪风,得此可辟。"予感其意而未信其言也。

---

① 王大枢《西征录》,《古籍珍本游记丛刊》第13册,第7363—7364页。

续表

《西征录·纪程》	《西陲纪游》
至三间房，时八月十五夜，边秋旷远，沙月亦自来照人，奈独店缺沽，正海怀殷渴，忽有辽阳勇弁往和阗驻防者呵驺而至。才交语，若故欢，即指其途间射得所谓黄羊者欲煮，出大皮葫芦，倾烧酒，就土炕上传杯剧饮。老杜诗所云"黄羊饫不膻，芦酒多还醉"，恰有此趣，既醉，勇弁脱剑作公孙大娘舞，同事刘就壁间捻琵琶作昭君出塞声，予亦高唱长苏公"大江东去"词，勤儿亦从旁击缶以和之，相与喧闹，攘袂不觉达晓。比晓而勇弁径去，惜哉竟未询其姓字也。 勇弁既去，予等亦启行，天渐晓路渐分，但见平沙悄悄，白骨盈途，遥天远岫，仅余一发。俄而雾沉空阴霾飒面，驼马之属，皆跑地鸣吼，而身上虮虱亦嗫嗫出领袖间，忽羊角陡起，惊沙坐振，轮掀马颠，咫尺迷离，但闻雷霆格斗，江海翻腾之声曾不自知。身之为腾为掷为帆翔，为鹞退，为蓬转也，簸荡至午夜，始达十三间房，撒尘坐定而心犹摇摇，始信吾宗老人之言不予欺也。（第6736—6738页）	至三间房，时值闰七月十六夜，孤店缺沽，得辽阳勇弁往和阗驻防者。偶猎得黄羊斫煮，倾皮葫芦酒，拉同食饮，凉月清宵，乃不寂寞。 凌晨整装，行不三四里，但见平沙悄悄，白骨盈途，遥天远岫，隐见一线，俄而黄雾沉空，阴霾飒面，驼马之属，皆跑地鸣吼，予方悚俱急驱，而羊角陡起，扶摇大振，轮掀马颠，咫尺迷离，急下倚辕暂避。但闻雷霆格斗、江海翻腾之声，曾不料飞廉巽二，猖獗若此，因而为鹞退，为帆翔，为蓬转，随其顺逆回旋，且前且却，至半夜始达十三间房，撒尘坐定，而此心犹摇摇惊未已也，始信前王老人怪风之言，不予欺也。（中篇，页三正—页四背）
三台有大泽名曰海子，盖古雪海，岑参《轮台歌》四边伐鼓雪海边，又《西征诗》走马川行雪海边。予来时，海间无雪，但见渺渺泓波，涵天荡地，琉璃万顷中三岛浮烟清宵，云卷风恬，玉蟾丽空，上下朗彻，客子尘氛万斛立刻洒然，然岑寂之气亦殊竦毛发。盖缘四山围绕二百余里，中钟大泽湛若镜圆，较以内地江湖虽不指屈，然当地角风埃之会，忽敞清元，兼以岩壑倒垂，云霞曳漾木华至此，谅亦怡怀，惟是通体碜砾，藻荇不生，鱼虫亦绝影，且气味乖剌，不堪饮注，徒然彻底澄清，终成弃耳。或言晴天亦现海市，若逢阴晦，必隐隐闻鼓乐声，岂亦鸣其不幸耶，抑亦有萧然自得者耶，予至此，为停一日，始循崖倚麓而行数十里，别海登山，回首犹绻绻云。（第6788—6789页）	三台有海子，至则一望泓波，涵天荡地，琉璃万顷，中岛屿微茫，为诵秋水长天之句。时则残霞远落，恨无飞鹜为之点缀。少焉，云敛晴空，冰轮乍涌，觉上下朗彻，客子尘氛万斛，立刻一洗净尽。盖其四山绕翠，隐若大环，中涵三百余里，汪洋晶淼，若镜之圆，而又水晶澄澈，毫无纤翳，真似游广寒宫，毛发俱清，惟觉吾形秽耳。较以内地江湖，曾不一二数，当地角风埃之会，忽睹尔许清光，能不赏心悦目。恨不得偕生平好友，与之一齐吟赏也。惟是碜砾铺底，鱼虫不蓄，且气味乖剌，不堪酌注，渫而勿食，亦未免为吾心测耳。予至此，为停车三日，始循崖倚麓而行，走数十里，别海登山，回首犹绻绻云。（中篇，叶六背—叶七正）

续表

《西征录·纪程》	《西陲纪游》
自嘉峪关至伊犁，皆属雍州西北之地。于先天属艮，于后天属乾，于地之十二辰属戌，于天之十二宫属未，于日月所会之次属鹑首，于二十八宿分星分野，当准雍州属井鬼。伊犁少迤而北，应属井宿三十一度之首，若据《天官书》，昂毕天街，街南为阳，街北为阴。……伊犁处西北之巅，曾经量度，较京师高八百四十里，故夜望星光灿烂如垂，而日晷之长亦当寸许也。（第6826—6827页）	自嘉峪关至伊犁，皆属雍州西北之地。于天属艮，于后天属乾，于地之十二辰属戌，于天之十二宫属未，于日月所会之次属鹑首，于二十八宿当准雍州属井鬼。伊犁少迤而北，应属井宿三十二度之首，前十度之间，伊犁处西北之巅，曾经用晷测法量度之，较京师高八百里，以是知昼夜节候之有差也。（下篇，叶二正—叶二背）

类似的雷同之处，在两著中不胜枚举。由此数例，可对唐道沿袭王大枢之作的特点窥之一斑。大多数情况下，王大枢途中每遇古迹名胜，均于行记之后按图索骥，详考其传承来历，或将感慨系之以诗。《纪游》则略去了《纪程》中的考证与诗作，仅单纯借用了对行程闻见的叙述。诸如表中所举的第二个例证，在《纪游》中反而并不多见，或许唐道也被王大枢经历的这两个生动而又有传奇色彩的故事所打动，此处竟然直接将之移植到自己名下，并未过多删削。可以说，《西陲纪游》完全就是一部缩减版的《西征录·纪程》。

特别需要指出的是《纪游》下篇的内容，分别引自卷三《新疆》中的《伊犁考》《伊犁九城》《伊犁星野》诸单篇杂文。据王大枢自称，他来到伊犁的次年三月，即"呈《伊犁星野述》"，奉时任伊犁将军保宁命，"入志局修《伊犁志》"①。所以至少在乾隆五十四年三月前，王大枢就已经撰写了不少有关伊犁史地的文字，在唐道还乡之前能够得以寓目。这也大概能够解释为何《西陲纪游》下篇的内容尤其单薄，给人以戛然而止的突兀感，这是因为在唐道离开伊犁时，王大枢其他可供其"借鉴"的文章还没有问世。

在引用抄袭的过程中，《西陲纪游》也出现了一些讹误。如上篇所云："出甘州，渡黑河，水颇迅激，即禹贡黑水是也，或曰丽水。据黑水，乃九州之极西，既渡此，且转而东矣。"②《西征录》原文为："弱水处有张掖河，一名黑河，即黑水也。湍驶泛滥，广四五里，自黄河以来兹为大川。故禹贡以为中国极西之界，曾不料渡而更西，回首转而为东界。"③唐道忽略了原著中"回首"这两个关键字眼，因而连赴伊犁行进的方向也

---

① 王大枢《谒别总统将军少保义烈公》注，《西征录》，《古籍珍本游记丛刊》第13册，第7147页。
② 唐道《西陲纪游》，叶六背。
③ 王大枢《西征录》，《古籍珍本游记丛刊》第13册，第6684页。

完全搞反。

唐道与王大枢在伊犁生活的时间稍有偏差,但是两人出发与抵达目的地的日期、路途的经历都颇为相似,因此《西征录·纪程》恰好为《西陲纪游》提供了可资借鉴的范本,不得不说也是一个巧合。王大枢在乾嘉之际的伊犁流人群中,以其才名享有"博雅群推王白沙"的赞誉,[①]他的鸿篇巨制《天山赋》就曾被欧阳镒所据有并付梓刊刻,[②]后来王大枢赐还东归过兰州,还曾与欧阳镒见面。但他怎么也不会料到,还有一部以《西征录·纪程》为底本的《西陲纪游》亦并世流传。

三、《伊犁纪事诗》与《伊犁纪事二十首效竹枝体》

唐道的《伊犁纪事诗》《归自伊犁,喜述四十五韵》附于《西陲纪游》之后。这些诗作与《纪游》存在同样的问题:其内容上基本与庄肇奎《伊犁纪事二十首效竹枝体》相同。[③] 庄肇奎(1726—1798),字星堂,号胥园,浙江嘉兴人。乾隆四十五年(1780)受云贵总督李侍尧贪纵受贿罪牵连,由广南府迤南道贬往伊犁。乾隆五十二年东归,未几奉檄再回伊犁,五十四年回京。

以下首先按照两人组诗的顺序,择取部分诗作加以对比(表2):

表2

		《伊犁纪事二十首效竹枝体》	《伊犁纪事诗》三十八首
内容全同者	1/1	新辟龙沙版宇收,今皇威德古无俦。我曾穷极天南路。又到西方最尽头。伊犁在极西。[②]	远辟龙沙版宇收,今皇威德古无俦。我曾穷极天南路,又到西方最尽头。
	2/5	土膏肥沃雪泉香,尽有瓜蔬独少姜。惟姜携来率干枯不可种。最是早秋霜打后,菜根甘美胜吾乡。	土膏肥沃雪泉香,尽有瓜蔬只少姜。惟姜携来率干枯不可种。最是早秋霜打后,菜根甘美胜他乡。
	5/8	春水穿沙到麦田,野花初试草连阡。沿渠抽满新蒲笋,带得长镵不用钱。伊犁不产笋,惟蒲根颇鲜嫩可食,名曰蒲笋。	春水穿沙到麦田,野花初试草连阡。沿渠抽满新蒲笋,带得长欃不用钱。伊犁不产笋,惟蒲根颇鲜嫩可食,名曰蒲笋。

---

① 舒其绍《听雪集》卷四,《清代诗文集汇编》第403册,上海:上海古籍出版社,2010年,第384页。

② 参史国强《〈天山赋〉著者考辨》,《中国典籍与文化》2013年第4期,第56—59页;吴华峰、周燕玲《"天山渔者"王大枢的遣戍生涯与诗文创作》(《西域研究》2014年第4期,第115—122页)。

③ 《中华竹枝词全编》也意识到这一问题,并说唐道这组诗"与庄肇奎《伊犁纪事效竹枝词》有七首近似雷同"(第365页)。通过逐一对比,其中二十首诗都渊源于庄肇奎诗。

续表

		《伊犁纪事二十首效竹枝体》	《伊犁纪事诗》三十八首
内容全同者	6/10	家家院落有深沟,一道山泉到处流。罂粟大于红芍药,好花笑被舫亭收。余于署之西偏辟荒芜以莳花,甚茂,筑屋如舫,暇时每小憩焉。	家家院落有深沟,一道山泉到处流。莺粟大于红芍药,好花笑被舫亭收。抚民庄丞,于署之西偏辟荒芜以莳花,甚茂,筑屋如舫,暇时每小憩焉。
	8/15	果子花开春雨凉,垂丝斜弹嫩条长。一枝折赠江南客,错认嫣红是海棠。花嫩红色,枝条甚柔,名曰果子花。	菓子花开春雨凉,垂丝斜弹嫩条长。一枝折赠江南客,错认嫣红是海棠。果子花嫩红色,枝条甚柔,绝似海棠。
	15/28	一双乌喇跪阶苔,以皮为靴,名乌喇,底皆软。库库携将马湩来,以马乳为酒,置之皮筒,其筒为库库。好饮更须烧一过,胜他戴酒出新醅。伊犁人以戴酒为最佳。	一双乌喇跪阶苔,以皮为靴,名乌喇,底皆软。库库携将马湩来,以马乳为酒,置之皮筒,其筒名库库。好饮更须烧一过,胜他戴酒出新醅。伊犁人以戴酒为最佳。
改动部分字句者	3/6	新疆形势地居巅,度量曾经初辟年。高过京师八百里,得伊犁后量地,约有此数。去天尺五古碑传。伊犁城西有汉张骞碑,有人摹得四句云:去鸿钧以尺五,远华西以八千,南通火藏,北接大宛。	伊犁地势踞高边,晷测曾量初辟年。高过京师八百里,得伊后,曾以洋法晷影测地,其高约有此数。去天尺五古碑传。张骞碑云:去鸿钧以尺五,远华西以八千,南通火藏,北接大宛。
	4/7	伊犁江上泮冰初,雪圃才消未有蔬。齐向鼓楼南市里,一时争买大头鱼。伊犁大头鱼颇肥美,每岁二月中河泮可得。	伊江皱皱泮冰初,雪圃才消未有蔬。人集鼓楼南市里,一时争买大头鱼。伊犁大头鱼颇肥美,每岁二月中可得。
	7/14	寻巢双燕语呢喃,嫩柳夭桃三月三。如许风光殊不恶,梦魂长似在江南。	寻巢双燕语呢喃,嫩柳夭桃三月三。对景几忘家万里,偏教人说似江南。
	9/17	午余苦热更斜阳,到晚尤热,想为阳西沉为更近耳。偏较中原昼景长。自寅至戌日常八时有余。芨芨草帘风细细,青蝇也怕北窗凉。有绿草细长可作帘,名曰芨芨草。	炎威最逼是斜阳,到晚尤热,以夕阳西沉为更近耳。晷较中原影更长。自寅至戌,日长八时有余。芨芨草帘风细细,清宵苦短且乘凉。
	10/19	虞美人开偏小园,千层五色彩云屯。佛茄偏向黄昏放,别种幽香欲断魂。虞美人花萼高三寸,色浓艳,中原所不及。佛茄花香独幽烈。	艳色丰肌虞美人,西来姿态一番新。佛茄花向黄昏发,差许熏香列下陈。虞美人花几高三寸,色秾艳,中原所不及,佛茄花香独幽烈。

资料来源:庄肇奎《伊犁纪事二十首效竹枝体》,《胥园诗钞》,《清代诗文集汇编》第363册,上海:上海古籍出版社,2010年;唐道《伊犁纪事诗》三十八首,《西陲纪游》附,嘉庆十八年刻本。

通过比较可见,唐道袭取庄肇奎诗作的特点有二:第一,诗作内容完全相同。第二,诗歌部分字句相同;尤其以第二种类型最普遍,唐道有时会改动胥园诗歌正文的文字,有时改动诗歌的自注。如上引《伊犁纪事诗》其十注语中,将庄肇奎原注中的"余"改为"抚民庄丞"。庄肇奎于乾隆四十九年补授伊犁抚民同知,故唐道有此说。经过四个字的改动,唐道之作便达到点化无痕,如从己出的效果。差别较大的改造在两人全部组诗中仅有一例，即庄肇奎《伊犁纪事二十首效竹枝体》其十九，与唐道《伊犁纪事诗》其三十三：

  车载粮多未易行，六千回户岁收成。造舟运入仓箱满，大漠初闻欸乃声。（庄肇奎）
  古尔车来惠远城，纳粮回户岁艰行。造舟今入伊江泛，大漠初闻欸乃声。（唐道）

  两首诗作文字差异稍大，但究其主旨却完全一致，如果考虑到在《西陲纪游》中，唐道也曾如此处理过王大枢的诗作，两者之间的差异也就不足为奇了。

  除了《伊犁纪事诗》组诗，《西陲纪游》所附的最后一首压卷之作《归自伊犁，喜述四十五韵》，也系抄袭化用庄肇奎《伊犁纪事》而来。兹将两诗对比如下（表3）。

表3

庄肇奎《伊犁纪事》	《归自伊犁，喜述四十五韵》
乾隆庚子春，滇狱问远徙。出关走西荒，莽莽伊何底。直穷天尽头，始令仆马止。将军建大牙，独坐帷幄里。官僚列门墙，商贾辏城市。诸蕃纷趋跄，名未登前史。重重译语言，种种异冠履。亘古不知降，稽颡莫敢视。争欲观天颜，伏地呼不起。将军宣纶音，分年班次第。欢声动若雷，出门各色喜。龙漠隔万里，天威俨尺咫。伊犁俨大都，风物中原似。农禾原隰繁，清冽井泉美。纷纷移室家，岁岁丰鱼米。瓜果委巷衢，灾畲渥雪水。军糈满溢仓，屯耕习举趾。菜根甘如饴，羊皮贱于纸。边气转太和，苦寒减倍蓰。载猃逐雉兔，张弓殆鹿豕。刁斗益森严，烽燧久宁枚。新土成乐郊，大荒臻上理。我皇超羲轩，巍巍不可拟。乘龙拓八方，西域有蠡尔。睿谟发迅雷，一麾二万里。天山效嵩呼，瀚海尽衣被。于阗玉苍苍，大宛马济济。职方隶版图，边汗供驱使。一令下幕庭，奔走疾若驶。人生如井蛙，游迹谁到此。前年缅甸酋，叩关附南鄙。贡象称下臣，不烦遗一矢。聊此备近闻，他事难屈指。众水赴海归，万里因风靡。帝曰柔远人，来者绥之耳。圣寿届八旬，天禄申方始。小臣荷生还，六旬有三矣。明年千叟宴，幸附群僚尾。归与里老谈，三日犹未已。	忆自丙午春，送客问远从。出关走西荒，经涉难具拟。地穷天且极，马息人始止。将军建大牙，独坐帷幄里。官僚列门阶，商贾辏城市。诸蕃纷趋跄，名未登前史。重重译语言，种种异冠履。亘古不知降，自今顿嗓始。愿以一介男，执鞭捧盘匜。争请觐天颜，伏地呼不起。将军宣纶音，分年班次第。欢声动若雷，出门各色喜。龙汉隔万里，天威俨尺咫。伊犁大都会，风物中原似。农禾原隰繁，清冽井泉美。纷纷移室家，岁岁丰鱼米。果蔬委巷衢，灾畲渥雪水。军糈满溢仓，屯耕习举趾。菜根甘如饴，羊皮贱于纸。畦树郁烟云，园花灿罗绮。鼓乐神祠喧，渔舟柳渚舣。雷惊荡春原，雨喜润芸几。边气转太和，苦寒减倍蓰。载猃逐雉兔，张弓殆鹿豕。刁斗故森严，烽燧久宁枚。新土成乐郊，鸿荒臻上理。我皇超羲轩，巍巍古莫比。乘龙拓八方，西陲尚蠡尔。睿谟发迅雷，一麾二万里。覆之如青天，怀之如赤子。祁连效嵩呼，瀚海作江涘。大宛马成云，于阗玉可玺。职方隶版图，边汗供驱使。一令下幕庭，奔走疾若驶。人生如井蛙，游迹谁到此。吾今感圣德，目击诚如是。愧弗百事详，宁有一言侈。前年缅甸酋，叩关附南鄙。贡象称下臣，不烦遗一矢。聊此备近闻，他事难屈指。众水朝宗归，万草向风靡。帝曰柔远人，来者绥之耳。圣寿届八旬，共祝无疆祉。小臣去复还，寒暑四更矣。归与里老谈，三日犹未已。

  资料来源：庄肇奎《伊犁纪事》，《胥园诗钞》，《清代诗文集汇编》第363册，第52—53页；唐道《归自伊犁，喜述四十五韵》，《西陲纪游》嘉庆十八年刻本。

庄肇奎原诗为三十九韵，唐道诗虽然篇幅稍长，但谋篇布局与主要内容还是能够看出《伊犁纪事》的影子，只是稍微增加了局部内容而已。

断定唐道之诗因袭庄肇奎之作的因素也有二：第一，《伊犁纪事诗》第二十五首"三千罪属聚成群，总唤乡亲类各分。仅有居心成猾贼，也多满面是斯文"，注语谓："伊将军因伊犁发遣太多，嘱予草奏稿乞止发。计累年积匪猾贼多至三千人。上允所请，得少减。"所云"伊将军"为伊勒图，伊勒图于乾隆五十年卒于伊犁将军任上。唐道在伊犁生活的三年期间系奎林与保宁先后主政军政事务，已故的伊将军不可能给唐道分配任务。而庄肇奎补抚民同知即系伊勒图提拔，《胥园诗钞》中有奉和伊勒图之作，伊勒图病殁时，庄肇奎还作《哭伊显亭将军》长篇古体悼之，此诗注语语气更像是胥园所为。第二，庄肇奎在乾隆末期的伊犁颇有文名，他与伊犁将军奎林关系密切，加之奎林的继任者保宁又爱提拔奖掖文士，若唐道名闻当时或在将军府幕僚中与唐道共事，两人不会没有交集，一定会在作品中展现出蛛丝马迹。且庄肇奎作诗甚多，几乎与同时期遣戍者之能文者均有诗歌唱和，但是遍查其集及同时期其他有文集传世者，均未提及唐道姓名字号。此外，王大枢的著述也构成旁证，《西征录》卷七《登音》专录遣戍期间友人诗文，也未见提及唐道之名，如果唐道能文善诗，王大枢也不会漏载此人。

那么，既然唐道的诗作系抄袭庄肇奎而来，为何《伊犁纪事诗》组诗的数量要比胥园诗多出十八首呢？我们尚未发现《伊犁纪事诗》借以改编的其他诗作底本，但是一般而言，流放诗人们在西域期间的诗作，仅仅是他们一生创作动态过程中的一个片段。在诗集最终付梓之前，他们往往会对前作加以修改。顾曾于嘉庆二年十一月为《胥园诗钞》作序即说："庄胥园先生出其生平所作诗若干首命余编校，淘汰其十之四，排纂整齐，分为四卷共得十卷，末附诗余一卷。先生自号胥园，而总名之曰《胥园诗钞》云。"① 可以推测，也许唐道当时所看到的庄肇奎组诗数量原本就是三十八首甚至更多，后来经过庄肇奎本人授意顾曾编校删汰，待到嘉庆十七年诗集最终刻印时，收录的就是流传至今的《伊犁纪事二十首效竹枝体》。

四、余 论

实则在《西陲纪游》卷末唐道胞弟唐集的识语中，就已经流露出对此著疑虑的端倪，

---

① 顾曾《胥园诗钞·序》，《胥园诗钞》，《清代诗文集汇编》第363册，第1页。

识语谓：

> 右帙梓行必有毁誉参半者，故于镌工竣后，率成二断句，用附篇末，以俟知者："兄藏兹帙廿余年，今日方梓且浪传。可是补前书未及，一新耳目岂徒然。""半年才得拭尘髯，历尽崎岖费笔尖。走马定多遗漏处，有心揽胜会须添。"①

唐道将此集保存至20余年后才刻印成书，或也为掩人耳目的心虚之举。而从唐集"毁誉参半"的评价中，也隐隐能够感受到他对乃兄之著的版权归属似乎已经有所疑问。在没有任何有关唐道文采记载，也没有任何其他文学作品传世的前提下，《西陲纪游》和诗作的突然出现，的确显得有些突兀。唐集《西陲纪游·序》称唐道"才本不羁，鞭丝指一万二千余里，归仍作客，萍迹又十有三年。……天涯兄弟忆相逢，在燕市酒楼，风景河山，出示一编于阳平客舍。展小说于虞初，驰大观于域外，斯游壮矣。相对惨然"。在题词中亦有"对床风雨不成眠，话到乡关路二千。兄已华颠亲白发，如何流浪自年年"之语。② 可见唐道漂泊一生而无所遇的落魄形象。所谓"文章不朽之盛事"，他之所以抄袭王大枢和庄肇奎的作品，实在也是想借此留下对伊犁之行的永久记忆，侥幸换得一时之名。

尽管唐道的做法并不可取，但这桩公案至少为人们了解彼时西域诗文的创作现场，带来了一些启示：首先，它从侧面反映出王大枢与庄肇奎的著作有一定的影响力，在创作伊始就流行一时，为人所熟知并广泛接受。其次，《西陲纪游》保留了《西征录》与《胥园诗钞》定稿之前的初始风貌。王大枢的《西征录》在伊犁期间既有四卷本和六卷本两种版本。而从唐道《西陲纪游》据以引用的内容范畴来看，在四卷本《西征录》出现之前，《纪程》二卷与王大枢有关伊犁概况的考述之文，就已经传播流布。另如上文所论，如果庄肇奎《伊犁纪事二十首效竹枝体》组诗在删汰前不止二十首，那么唐道的《伊犁纪事诗》乃是保存胥园佚诗之功臣。从这两个角度来审视，唐道的西域著述反而获得了作者本人始料未及的意义与价值。

(本文原载《伊犁师范学院学报》2017年第1期，第35—39页；有增补)

---

① 唐道《西陲纪游》下篇，页九正。
② 唐集《西陲纪游·序》。

论《新疆图志》中的国家意识

黄晓东　宋晓蓉

　　《新疆图志》编纂于清末光宣年间,是新疆近代第一部系统完备的方志,也是自光绪十年(1884)新疆建省后的最后一部省志。其全面系统地记述了新疆的自然、政治、经济、军事、文化等方面的历史与现状,是清末新疆社会的全景透视。《新疆图志》是新疆地方志的集大成者,被梁启超誉为方志中的"名志"。

　　《新疆图志》的编纂是在中央政府的组织下进行的,由清末中央政府部署,新疆政府主持,按照统一的体例和规范编纂完成。其编纂过程以及体例内容都带有国家性质,影响深远。作为官修通志,《新疆图志》是国家实现行政管理和主权管辖的重要标志,是透视国家与社会的窗口,是连接二者关系的重要纽带。和内地方志相比,它不仅记载着新疆的自然、政治、经济、军事、文化等方面的历史与现状,而且"从思想到知识,《新疆图志》不忘主权意识和强国之梦"[1],这是国家意识的体现,它对推动新疆多民族地区的发展和各民族间的文化交流与融合、维系国家的长治久安,都起着积极作用。

　　梁启超曾指出:"夫国也者,何物也?有土地,有人民,以居于其土地之人民,而治其所居之土地之事,自制法律而自守之,有主权,有服从,人人皆主权者,人人皆服从者,夫如是斯谓之完全之国。"[2] 我们认同梁启超对国家概念所做的界定,认为一个国家,其构成要素有三:领土、主权、定居的居民。而《新疆图志》的国家意识正是从这三方面得以体现。

---

[1] 王树枬等纂修,朱玉麒等整理《新疆图志·整理前言》,上海:上海古籍出版社,2015年,第7页。

[2] 梁启超《少年中国说》,《饮冰室合集·文集之五》,北京:中华书局,1996年,第9页。

一、对国家领土的确认

清廷于乾隆二十四年(1759)最终统一了新疆,结束了长期以来的分裂局面,新疆成为大清国土不可分割的一部分。光绪十年,新疆建省。清政府对新疆的主权宣示与领土确认需要一定的方式,而编纂方志则是其中重要的一种。这时编写新疆方志已经不单纯是地方政府的事,而是事关国家的统一和领土的完整,即所谓"国家抚有疆宇,谓之版图。版言乎其有民,图言乎其有地"①。《新疆图志》不仅对新疆的领土范围给予确认,并且有力地证明了新疆自古以来就是中国领土不可分割的一部分。

领土,即在一国主权管辖下的地球表面特定部分,包括陆地、水域及其底土和空气空间,由领陆、领水和领空三部分构成。领陆是国家领土的基本组成部分。《新疆图志》开篇就对新疆的四至范围进行了界定:"新疆东捍长城,北蔽蒙古,南连卫藏,西倚葱岭,居神州大陆之脊,势若高屋之建瓴。"②"地东西七千余里,南北三千余里。"③ 在这片辽阔的土地上,有清朝的道、府、厅、州、县,也有自然的山川河流,人工的沟渠道路。《新疆图志》的《建置志》《山脉志》《水道志》《道路志》《沟渠志》《土壤志》均能说明这些归属于清王朝所有。

我们以《建置志》为例。《建置志》用四卷的篇幅对新疆的地理位置、历史沿革及行政管辖属地等做了记述。其最能体现国家意识的方面如下。

(一)以京师为中心说明新疆各府、直隶厅所在位置

"一个国家的文化中心在什么地方,周边的人民是否认可,地名在这时体现出人们内心的国家意识。"④《建置志》始终把京师作为国家的中心。据其记载,自光绪八年至二十八年,清政府在新疆设道四、府六、厅十一、直隶州二、州一、县二十一、分县二。其中六府、八直隶厅、二直隶州所在的位置均以京师为中心确定。如六府位置:

迪化府,东至京师八千八百四十里;伊犁府,东至京师一万六百十里;温宿府,东至京师一万八百三十里;焉耆府,东至京师九千一百四十里;疏勒府,东至

---

① 赵尔巽《清史稿》卷二八四《论》,北京:中华书局,1977年,第10185页。
② 王树枬等纂修,朱玉麒等整理《新疆图志》,第1页。
③ 王树枬等纂修,朱玉麒等整理《新疆图志》,第3页。
④ 单之蔷《地理考察中的语言密码》,《语言战略研究》2017年第2期,第7页。

京师一万二千一百七十四里；莎车府，东至京师一万二千一百三十三里。八直隶厅位置：吐鲁番直隶厅，东至京师八千三百十里；镇西直隶厅，东至京师七千五百十里；哈密直隶厅，东至京师七千二百二十里；库尔喀喇乌苏直隶厅，东至京师九千五百十里；精河直隶厅，东至京师九千九百六十里；塔城直隶厅，东至京师一万四百六十五里；乌什直隶厅，至京师一万一千七十里；英吉沙尔直隶厅，东至京师一万二千三百二十四里。二直隶州位置：库车直隶州，东至京师一万八十里；和阗直隶州，东至京师一万二千九百七十九里。①

以京师为坐标中心来说明新疆各府、各厅、各州所在的位置，体现的是一种向心力，反映了《新疆图志》的编撰者认为京师是清王朝政治、经济和文化的中心，而新疆隶属于清王朝的领土观。

(二) 对所属领土进行了尽可能详细的记录

领土问题实质上是生存空间问题，备受国家的重视。国家需要对本国领土形成准确完整的空间意识，需要知道自己的领土有多大，边界在哪里，领土范围如何确定，领陆面积是多少，等等。这些详细的内容与数据都需要全国各省的支持与提供。《新疆图志》的编撰者在《建置志》对新疆每府、每厅、每州、每县范围的记录细致而周全。如：

> 伽师，北极高三十九度二十八分，偏京西三十九度三十分。
> 其界东二百八十里至通罕麻札，接巴楚；南一百四十里至沙碱戈壁，接巴楚；西六十里至格密桑，接疏勒；北五百六十里至俄国哈拉里都拜阿可沙依，接俄国七河省；东南二百七十里至铁里木华戈壁，接巴楚；西南一百二十里至罕艾里克，接疏勒；东北三百九十里至哈哈峡，接乌什；西北一百九十里至小阿图什，接疏勒。东西三百四十里，南北七百里。有庄四：曰牌素巴特，即县治，领小村四十五。曰和色布依，城西南七十里，领小村四十一。曰阿斯图什，城西北一百九十里。一名大阿图什。领小村三十七。曰阿尔湖，城西北二百三十五里，领小村四。皆其属也。②

"北极高三十九度二十八分，偏京西三十九度三十分"为伽师准确的地理位置，接

---

① 相关内容均见王树枏等纂修，朱玉麒等整理《新疆图志》，第4—8页。
② 王树枏等纂修，朱玉麒等整理《新疆图志》，第86页。

着按东、南、西、北、东南、西南、东北、西北的顺序将伽师县的边界呈现出来：东、南、东南与巴楚相接，西、西南、西北与疏勒相接，东北与乌什相接，北接俄国七河省。所至何处，相距里数，都交代得清清楚楚。"东西三百四十里，南北七百里"的表述等于交代了城土面积，此外还交代了伽师县四个庄的庄名以及各庄的村落数量。这样的描述，翔实清晰，是国家领土空间意识在《新疆图志》中的体现。

《山脉志》《水道志》《土壤志》全面记载了新疆自然地理状况，包括山脉及河流的走向、覆盖的区域、分支情况、熟地、荒地、戈壁、山地、湖泊的分布情况。《沟渠志》《道路志》则详细介绍了新疆人文地理的情况，包括沟渠的修建、分支、长度、宽度、所灌溉的面积；道路的起点与终点、分支、经过的地方、所用的时间等。叙述中既有实地调查资料，又有文献资料佐证。这些也是国家领土空间意识在《新疆图志》中的全面体现。

二、对领土主权的维护

主权是一个国家在其领域内拥有的最高权力，根据这种权力，国家按自己的意志决定对内对外政策，处理国内国际一切事务，而不受任何外来干涉。国家领土主权意识的形成，既有漫长的民族融合的历史过程，又有遭受外寇入侵与分割的惨痛经历。清末之时，清廷统治下的中国内忧外患。自乾隆二十四年新疆统一至光绪三十三年《新疆图志》开始编纂，新疆变乱不止。如嘉庆二十五年（1820）的张格尔之变、同治元年（1862）的伊犁三道河回民起义、同治三年的库车之乱、光绪二年玛纳斯之乱。此外，又经历了英、俄对新疆领土的争夺和蚕食。这一切使得清代的西北边疆危机重重，清朝在西北的统治岌岌可危。国家领土主权不断地被侵犯，从而激起民众的觉醒以及反抗，国人逐步有了维护主权的意识。这种意识便在《新疆图志》创设的新的分志门类《国界志》《交涉志》中得以充分的反映。

(一)对涉及国家利益的疆界、外交给予重点描述

《国界志》与《交涉志》详细记载了西北疆界的变化，以及清政府与英、俄交涉、签约等事件的始末。如《国界志》记录了自咸丰八年（1858）至光绪十年中大大小小的条约15个，尽管多数条约涉及的内容都是清政府的领土如何被侵占、被吞并、被割让，但凡是涉及疆界划定的条约，《国界志》大都给予了重点且详尽地记录。如光绪八年九月十八日（1882年10月29日）《伊犁界约》第一条：

自伊犁西南天山之阴那林哈勒噶。山口中起,至伊犁东北喀尔达坂止,此间共立界牌鄂博三十三处,两国分界大臣会同在那林哈勒噶山口中建立第一处界牌鄂博。因山中之水往北流,以水东边为中国地,以水西边为俄国地。从此出山口往东北,顺水建立第二处界牌鄂博。又往东北顺水至草野,建立第三处界牌鄂博。……从此往东略北行,靠阿拉套山之达巴罕至萨尔坎斯克。山中、巴散斯克。山中库克托木句、索达坂、喀尔达坂等处,建立第二十九、第三十、第三十一、第三十二、第三十三界牌鄂博,共立界牌鄂博五处,以阿拉套山之达巴罕为交界,以山之东南为中国地,以山之西北为俄国地。①

边界线所沿分水岭起自何处,朝向何方,沿途经过哪些山、哪些河,最终归至何地,多少块界碑以及每块界碑立在何处,这些都是一个国家的核心利益,《伊犁界约》中表述得详尽、完整而清晰。对涉及国家利益的疆界描述得越周详,让他国钻空子的机会就越少。倘若表述不清,日后引起纠纷,则有可能给国家造成巨大的损失。《新疆图志》中就记载了反面的例子,如同治三年《塔约》定以特克斯河顺纳林河依天山顶为界,"既未详细履勘,我又无图籍与之比较,卒以俄人所画红线为凭,于是截阿克苏河、札那尔特河,划帖列克山于界外。是知同治三年《塔约》原以天山正干为界,后之勘界者不辨山之脉络,水之方向,又不察明谊旧图,至无端而弃数千百里之地,殊可痛也"②。对此编者都进行了详细的记录,可供后人吸取教训。

而《交涉志》重点记录的是清政府的外交。从中我们可以看到,在国家主权和领土完整遭遇到重大挑战之时,并非所有清朝官员都一味忍让与盲从,也有朝官一直在做尽可能的努力和争取。如光绪四年六月,朝令吏部侍郎崇厚为出使全权大臣赴俄商议伊犁交还、通商、分界、偿款等事,而崇厚为俄人所诱胁,先许俄"还我伊犁,而索我伊犁西南地段及通商、设领、偿费诸端"③,再许俄恩赦得俄人纵庇之伊犁叛回,又于光绪五年八月草签对中方不利的条约十八款。时任钦差大臣督办新疆军务、进驻肃州的左宗棠具疏力驳。十二月,朝命曾纪泽为出使俄国大臣,商改条约,左宗棠"分兵四路,进规伊犁,舁櫬驰抵哈密"④,"俄人侦知我国有备,闻我王师大出,不敢劳师远涉,轻启兵端,商改条约之事,渐次就范。故曾使得以从容辩论,保全数百里疆索还隶职方者,宗

---

① 王树枏等纂修,朱玉麒等整理《新疆图志》,第 152—153 页。
② 王树枏等纂修,朱玉麒等整理《新疆图志》,第 114 页。
③ 王树枏等纂修,朱玉麒等整理《新疆图志》,第 951 页。
④ 王树枏等纂修,朱玉麒等整理《新疆图志》,第 955 页。

棠之力也"①。《交涉志》对整个交涉过程进行了详尽地描述,对维护国家领土主权的有功之臣给予充分肯定,这正是国家意识的高度体现。

(二)按史书编年体形式详细记录了领土被侵犯、被分割的经过

记录领土被分割、被侵犯的经过,便于总结沉痛历史教训,便于在国家意识中强化领土主权观念。如《国界卷》按史书编年体形式详细记录了英、俄侵略新疆的始末。限于篇幅,我们略去详细记录,仅保留领土被侵犯、被分割的经过,如下:

> 嘉庆十八年,俄罗斯人至塔尔巴哈台之哈达苏卡伦外,向哈萨克索取安集延人口。
> 道光廿五年,喀拉塔勒河南近伊犁河之乞尔几子入贡于俄。
> 二十六年,俄人建阔拔勒及唯尔讷一作威尔尼。两城于巴尔开什湖南。
> 咸丰三年,俄人谴兵至伊犁迤西吹河界外、纳林河北岸沙喇塔拉斯一带哈萨克游牧境内,建筑炮台七座。
> 四年,俄人在塔尔巴哈台所属额尔济斯河西岸辉迈拉虎卡伦外设立斜米帕拉廷斯克巡抚。
> 同治三年,俄人夺据塔什干城。
> 四年,俄人夺据纳林河南之霍占城。
> 五年,俄人占据塔尔巴哈台以北,伊犁、哈什噶尔以西,塔什干以东诸地,设仙米烈厘斯克巡抚、土尔齐斯坦总督。
> 六年,俄人取撒马尔罕,并乌尔古特、偏察干特之地,设立襟拉夫山巡抚。
> 九年,俄人以兵据我伊犁,辞曰"代收代守"。
> 光绪二年,俄人夺取浩罕,建费尔干省,设巡抚,筑炮台,驻重兵守之。
> 十八年四月二十日,撤苏满卡兵,退驻布伦库尔,阿富汗人进据苏满。
> 闰六月,俄人驱逐阿富汗人出苏满境,以布回迁住。
> 十月,英、俄私议分帕,划萨山为中、俄界限。
> 二十一年三月,俄人、英人私分帕米尔。
> 二十五年,英人索我坎巨提,并议商划界。②

---

① 王树枏等纂修,朱玉麒等整理《新疆图志》,第955页。
② 王树枏等纂修,朱玉麒等整理《新疆图志》,第117—243页。

可以说，这些记录是近代中国在西北边界对外交涉、领土丧失的屈辱历史的真实反映。《国界志》共有5卷，其中更是用了2卷的篇幅，巨细无遗地记录了中国的坎巨提、帕米尔被英、俄侵吞瓜分的经过。在这种背景下，清末国人的"国家观""边疆观"得以进一步形成和增强。虽然作为志书，其叙述要保证客观性，防止刻意渲染，避免主观评价，但对外交涉的失败、边疆领土的丧失，使得《新疆图志》的编者在如实记录历史的同时，字里行间表露着惋惜、悲愤、担忧的情感，体现出对边疆领土危机深深的忧患意识。如：

> 英人因俄图一线之误，遂指为中国自定之界，且明知为中国旧壤，还之中国，施不费之惠，而因以收坎部之全权，亦可谓欺人太甚矣。①
>
> 谨按，俄人所占诸地，当日皆在我国势力范围之内，而乘人之乱，巧取豪夺，以肆鲸吞，此不仁不义之尤者。②
>
> 尤可异者，英人代印度以索我之坎巨提，复代坎巨提以中国之地让与中国，要挟欺侮，至此极矣。《玄》曰："缩失时，或承之灾。"中国盖无不以缩而受其害者，要其心乃并其哇而亦耍之，其失时也宜哉。③

面对俄、英通过不平等条约割占、吞并我国大片边疆领土的史实，编者忍不住发出"亦可谓欺人太甚矣""此不仁不义之尤者""要挟欺侮，至此极矣"的悲叹。爱国情怀，溢满字间。

三、对中华民族的认同

国家必然由一定数量的人民组成，人民既是形成国家的基本要素之一，也是国家行使权力的对象。"国者积民而成，舍民之外，则无有国。"④ 在中国大地上生活着的人民就是中华民族。"中华民族历经几千年连绵不断的发展，终于形成今日这样的统一国家；

---

① 王树枏等纂修，朱玉麒等整理《新疆图志》，第116—117页。
② 王树枏等纂修，朱玉麒等整理《新疆图志》，第123页。
③ 王树枏等纂修，朱玉麒等整理《新疆图志》，第243页。
④ 梁启超《论近世国民竞争之大势及中国前途》，《饮冰室合集·文集之四》，北京：中华书局，1996年，第56页。

这样一种汉族和少数民族插花分布、交错杂居而又相对聚居的分布格局；这样的一套建立在互补共生的基础之上，由多种经济文化类型构成的完整的体系"①，从今天的角度来看，《新疆图志》的《藩部志》和《礼俗志》所反映的内容，不仅肯定了新疆各民族是中华民族血脉相连的家庭成员，而且展示了新疆各民族文化是中华文化不可分割的一部分。《藩部志》和《礼俗志》反映出编者对统一的多民族国家的认同。

(一)详细记载了清政府统治下的新疆多民族共同生活的情况

客观存在的国家一体性，版图的共有和完整性，使得各民族血脉相连、利害相关、不可分割，使得各民族在根本利益和长远利益上具有一致性。新疆既然是中国领土不可分割的一部分，那么生活在这片土地上的各民族也即中华民族大家庭血脉相连的成员。《藩部志》详细记载了新疆及其周边清朝统治下的各部落分布及民族世系情况。所记述的部落有：东西布鲁特部、哈萨克部、旧土尔扈特部、和硕特部、哈密回部、吐鲁番回部、南八城部，又附边外30部；所涉及的民族有：柯尔克孜族、哈萨克族、蒙古族、回族、维吾尔族等。记述的内容包括历史源流、归属情况、人口变迁、牧地边界、首领名称及归附时间、袭爵世系等。如：

例1：

> 哈密本伊吾庐地，汉唐已隶中国，明以封元裔忠顺王安克帖木儿，后为吐鲁番牙兰所据，并入回部，盖嘉靖以后事也。顺治十二年(1655)，哈密回目克拜赍叶尔羌表献内地民，表署阿布都拉汗。……诏纳之。②

例2：

> 雍正三年，徙辟展、鲁克沁、吐鲁番回众六百五十余户安置肃州金塔寺、咸房堡诸地，其分处鲁克沁者十四万户。准噶尔屡袭吐鲁番，上以吐鲁番距巴里坤六七百里，难以庇护，乃由留屯塔勒纳沁回众迁至瓜州，凡八千一十三口。③

例1记述的是哈密回部的历史源流及政治归属情况。例2记述的是吐鲁番回部人口

---

① 费孝通主编《中华民族研究新探索》，北京：中国社会科学出版社，1991年，第9—10页。
② 王树枏等纂修，朱玉麒等整理《新疆图志》，第400页。
③ 王树枏等纂修，朱玉麒等整理《新疆图志》，第404页。

变迁的情况。两例反映出生活在新疆的这些部落及民族均归属于清王朝，是中华民族大家庭的成员。《藩部志》第三卷还对新疆南北边隅形势加以考察。

(二)具体描述了清政府统治下的新疆多种文化并存发展的情况

中华民族拥有共同的生存空间——中华大地，在中国统一的地域空间内各民族不同性质的民族文化共存。各民族的文化既不断融合，但又程度不一地保存着各自的民族特性，从而展现出了中华文化的多元特性。《礼俗志》详细描述了生活在新疆的蒙古族（包括额鲁特、察哈尔、土尔扈特、和硕特）、缠回、布鲁特、哈萨克、甘回等民族的相貌特征、聚居之所、房屋建筑、饮食起居、衣装服饰、语言文字、宗教信仰、风俗礼仪、亲属称谓、婚丧礼俗等文化表现。如布鲁特人的服饰及婚俗：

> 其服饰多与缠回同，身披单褥，冬冠他玛克，夏冠斗破。女则折叠白布络头，垂背尺许。阿浑之帽上锐而高檐，以白布绾之，厚二三寸。脱帽为敬，入门必解屦。妇女出，必以障面，障面或以白布，或以花巾，边垂丝穗。皆古制也。
>
> 婚姻之礼，纳采亲迎，皆同缠俗。女入门，男女对座，以盐水湛饼而食，犹合卺也。次日见翁姑、家人，长幼以次相识，均交手鞠躬曰"赛拉玛理坤"，犹问安也。一夫众妻，无嫡庶，妇多从一而终者。夫妻反目，则延阿浑诵经以调之，再醮则先兄公与叔，无兄弟则适族人，无族人始改嫁异族。①

民族生态的鲜活凸显，民族文化的具体描述，说明新疆各民族之间是相互了解、相互认知的，彼此间的文化是相互影响、相互交融的，不同民族文化均是中华文化的有机组成部分，是中华民族多元一体的充分表现。

《新疆图志》作为一部官修通志，其国家意识的表现不仅仅体现在上述内容所涉及的各卷，在其他卷志中也有所反映。如《职官志》《赋税志》《民政志》《军制志》《学校志》等，反映出清政府在新疆有着国家制定或认可的职官设置、赋税及民政制度，军队管理制度，有着统一的语言文字的学习，等等，这些都体现着一定的国家意识。其中有很多内容在今天依然具有借鉴价值，需要进一步研究。

(本文原载《西域研究》2018年第3期，第49—54页；有增补)

---

① 王树枬等纂修，朱玉麒等整理《新疆图志》，第859页。